Weitere Titel der Autorin:

Wenn Frauen Männer buchen

Leg dich nicht mit Mutti an (auch als Audio verfügbar)
Ich bin alt und brauche das Geld (auch als Audio verfügbar)

Zeitenzauber – Die magische Gondel (auch als Audio verfügbar)
Zeitenzauber – Die goldene Brücke
Zeitenzauber – Das verborgene Tor

Titel in der Regel auch als E-Book erhältlich

Über die Autorin:

Eva Völler hat sich schon als Kind gern Geschichten ausgedacht. Trotzdem hat sie zuerst als Richterin und später als Rechtsanwältin ihre Brötchen verdient, bevor sie ihre Robe endgültig an den Nagel hängte, um nur noch zu schreiben. Ihre heiteren Frauenromane sind stets sehr erfolgreich. Die Autorin lebt mit ihren Kindern am Rande der Rhön in Hessen.

Eva Völler

Der Montagsmann
&
Hände Weg oder wir heiraten

Zwei Romane in einem Band

BASTEI LÜBBE TASCHENBUCH
Band 17133

1. Auflage: Januar 2015

Dieser Titel ist auch als E-Book lieferbar

Beide Originalausgaben sind 2005 erschienen.

Copyright © 2005 by Autorin und Bastei Lübbe AG, Köln
Titelillustration: © shutterstock/Albina Tiplyashina
Umschlaggestaltung: Tanja Østlyngen
Satz: Urban SatzKonzept, Düsseldorf
Gesetzt aus der Garamond
Druck und Verarbeitung: GGP Media GmbH, Pößneck
Printed in Germany
ISBN 978-3-404-17133-0

Sie finden uns im Internet unter
www.luebbe.de
Bitte beachten Sie auch:
www.lesejury.de

Für Ute, die beste Nachbarin der Welt

»Entschuldigen Sie, können Sie mir vielleicht sagen, wie ich heiße?«
»Klar. Dein Name ist Isabel, und du bist meine Verlobte.«

Der Montagsmann

Kaum zu glauben, aber es könnte was dran sein: Isabel hat ihr Gedächtnis verloren und keinen Schimmer, wer sie ist und woher sie kommt. Fabio, Eigentümer eines künftigen Sternelokals, sieht nicht nur aus wie ein Gott, sondern kocht auch so. Grund genug, sich über so einen tollen Verlobten zu freuen und nebenher zu hoffen, sich irgendwann wieder an ihn zu erinnern. Doch warum benimmt er sich ihr gegenüber wie die Axt im Walde und lässt seinen betörenden italienischen Charme nur bei seinen weiblichen Gästen spielen? Wieso kann sie, obwohl sie doch gelernte Köchin ist, nicht mal Zwiebeln schneiden? Was wollen die komischen Typen mit den Ausbuchtungen unter den Jacken?

Und wie kommt es, dass sie für diesen rüden Italo-Macho Töpfe schrubben und Kochschürzen bügeln muss, obwohl sie einen Dreikaräter am Finger und Schuhe von Manolo Blahnik an den Füßen hat?

Und wann, verdammt noch mal, geht er endlich mit ihr ins Bett...?

Rasant-vergnügliche Romanze zwischen einer Lady ohne Gedächtnis und einem Raubein zwischen Pasta, Pesto und Pistolen.

*Sie möchten sich das Besondere gönnen?
Einen entspannten Abend,
allein, zu zweit oder
im Kreise von guten Freunden?*

Sie legen nicht nur Wert auf exquisite Speisen und edle Weine, sondern auch auf eine Umgebung von gehobener Eleganz, mit einem Hauch von Luxus? Dann sind Sie bei uns gut aufgehoben! Treten Sie ein und genießen Sie eine Atmosphäre stilvoller Gastlichkeit ...

»Das wäre der große Speisesaal«, sagte Fabio. Er zeigte mit ausholender Geste in den Raum und fragte sich, ob die Kundin wohl imstande war, das Ganze vom richtigen Blickwinkel aus zu betrachten. Richtig war der Blickwinkel dann, wenn es ihr möglich war, in die Zukunft zu sehen. Dazu müsste sie natürlich in der Lage sein, sich den ganzen Dreck wegzudenken, außerdem ganze Vorhänge von Spinnweben, zentimeterdicken Staub auf jedem einzelnen Möbelteil und den Müll, den vermutlich Generationen von Pennern hier hinterlassen hatten.

Isabel van Helsing blickte über den Rand der Werbebroschüre in die Runde und kniff die Augen zusammen.

»Ist der Saal schon mal benutzt worden?«

Klar, das letzte Mal vor fünfzig Jahren, dachte Fabio.

»Nein, natürlich nicht«, sagte er freundlich und, wie er hoffte, ohne jeden Unterton von Ärger. »Wir haben das Haus erst vor zwei Wochen übernommen und sind noch dabei, alles zu sichten. Und zu renovieren natürlich. Das Gebäude ist sehr groß«, setzte er hinzu.

»Das kann man von außen schon sehen. Groß und naturbelassen.« Isabel van Helsing schaute ihn an, als fände sie, dass diese Beschreibung auch auf ihn passte. Dann stöckelte sie auf ihren Pumps vorsichtig über die breiten Holzbohlen in den Saal und betrachtete schaudernd die Jagdtrophäen, die an den Wänden hingen, rettungslos verstaubt, teilweise verrottende Hirschköpfe und so viel Gehörn, dass Heerscharen von Waidleuten vermutlich Jahre gebraucht hatten, um die ganzen Viecher abzuschießen und hier aufzuhängen.

»Mein Gott«, sagte sie.

»Sie müssen sich das alles hier einfach nur sauber vorstellen«, sagte Fabio sofort. »Dieser ganze Kram kommt natürlich noch weg.« Er gab sich Mühe, nicht auf ihre Beine zu schauen, die in den hochhackigen Schuhen endlos lang wirkten. Und natürlich nicht auf ihren Hintern.

»Bis zu Ihrer Feier wäre hier alles wie aus dem Ei gepellt.«

Er fragte sich, ob der Ring an ihrer rechten Hand wohl ihr Verlobungsring war. Hatte die Welt je einen solchen Klunker gesehen? Drei Karat, eher dreieinhalb, hatte Natascha gesagt. Anders als sie verstand er nicht viel davon, aber er glaubte es ihr unbesehen.

Eine einzige große Hochzeit, so wie die von der neuen Kundin – *hoffentlich* neuen Kundin! –, und er könnte mindestens ein Dutzend Reinigungstrupps bezahlen. Und wenn sie ihn an ihre reichen Freundinnen weiterempfahl, vielleicht noch zwei oder drei Hilfsköche, zwei Servierdamen, einen Patissier. Und sogar die vielen Handwerker, die hier noch wochenlang würden schuften müssen. Diese Lady brauchte nur eines zu tun: hier ihre Hochzeit zu feiern.

»Tja.« Sie unterbrach seine Tagträume und bedachte die Räumlichkeiten mit eindeutig ablehnenden Blicken. »Es ist so... Hm, ich weiß nicht.«

»Romantisch?«, schlug er vor. »Historisch?«

»Das Wort, das eher passen würde, wäre desolat«, sagte sie.

Wieso musste eine snobistische Zicke wie sie ausgerechnet so einen Hintern spazieren tragen? Und warum musste er höflich zu dieser Zicke sein?

Die Antwort auf die letzte Frage fiel ihm zum Glück rechtzeitig ein. Er brauchte dringend Gäste. Gut zahlende Gäste.

»Wir arbeiten daran«, sagte er. »Es wird renoviert. Und es wäre auf jeden Fall rechtzeitig fertig. Ein perfektes Ambiente. Es soll ja Ihre Hochzeitsfeier werden.«

»Mhm.« Sie schaute sich erneut um und machte dabei nicht den Eindruck, gleich in Jubel auszubrechen.

»Kann ich bitte noch die Waschräume sehen?«

»Ah ... Besser nicht. Das ist im Moment eine einzige Baustelle.« Der richtige Ausdruck war eigentlich *Katastrophe*, aber hätte er das vielleicht sagen sollen? Etwa in dem Stil: An schlechten Tagen quillt da unten ziemlich viel Scheiße aus den Rohren, aber der Klempner ist schon bestellt?

»Herr ... ahm ...?« Sie nestelte in ihrem Täschchen herum, offensichtlich auf der Suche nach der Visitenkarte, die er ihr vorhin gleich zur Begrüßung in die Hand gedrückt hatte.

»Santini«, sagte er. »Fabio Santini.«

Er hatte sich schon vorher namentlich vorgestellt, zwei Mal sogar. Einmal, als ihre Freundin angerufen und den Besichtigungstermin mit ihm ausgemacht hatte, und einmal vorhin, als sie angekommen war.

»Herr Santini, soll ich offen sein?«, fragte sie, während sie die Broschüre achtlos zerknüllte und fallen ließ.

»Wenn's sein muss.«

Sie umfasste den Raum mit einer Armbewegung. »Es ist total verdreckt, scheußlich vergammelt, und es stinkt. Die Tische und die Stühle sehen aus, als bestünden sie nur noch aus den Löchern, die der Holzwurm übrig gelassen hat. Es ist einfach ... Schrott.«

Fabio unterdrückte nur mühsam ein Zähneknirschen. Und den Drang, sie zu packen und durchzuschütteln. »Wie Sie meinen«, sagte er kalt.

Sie seufzte. »Sie fragen sich bestimmt, warum ich mich so spät erst nach Räumlichkeiten umschaue, obwohl ich doch schon nächsten Monat heiraten will, nicht wahr?«

Er nickte höflich, obwohl es ihn nicht die Spur interessierte. Jetzt nicht mehr, denn dass sie das Haus nicht buchen wollte, war so klar wie der Riesenbrilli an ihrer Hand.

»Weil ich an dem Tag Geburtstag habe. Wir dachten, es wäre eine nette Idee, gleichzeitig meinen Neunundzwanzigsten und meine Hochzeit zu feiern. Es wäre auch astrologisch sehr günstig gewesen, wenn Sie verstehen, was ich meine.«

»Natürlich«, sagte er, obwohl er keinen Schimmer hatte, was sie meinte.

»Nun, wir wollten die Feier zunächst in einer anderen Lokalität gestalten, einem alten Landsitz wie diesem, allerdings war er ein wenig ...« Sie verstummte, offensichtlich auf der Suche nach einer passenden Beschreibung.

»Sauberer«, sagte er.

Sie nickte. »Nun, der ist leider abgebrannt. Es war das *Schwarze Lamm.*«

Fabio nickte, er wusste es nur zu gut.

»Na ja.« Sie blickte sich ein letztes Mal um, dann stöckelte sie zur Tür. Dummerweise beging sie den Fehler, den Knauf anzufassen. Die Tür, die ohnehin schon schief in den Angeln hing, löste sich knirschend aus der Aufhängung und krachte gleich darauf in einem Schauer aus zersplitterndem Holz zu Boden. Isabel van Helsing konnte gerade noch zur Seite springen.

»Nichts passiert?«, vergewisserte er sich.

»Meine Güte.« Sie klopfte sich den Holzstaub von ihrem teuer aussehenden Sommerkleidchen. »Das ist ja hier lebensgefährlich!« Sie hatte bei der Aktion einen ihrer Stöckelschuhe verloren, und als Fabio ihn aufhob und ihr reichte, sah er, wie klein sie ohne die hohen Hacken war. Ihr Scheitel reichte ihm höchstens bis zum Kinn. Sie sah aus wie eine zierliche kleine Elfe, die zufällig an den richtigen Stellen Kurven hatte. Im Grunde war sie überhaupt nicht sein Typ. Außerdem war sie ein richtiges Miststück. Es geschah ihr recht, dass ihr die Tür vor die Füße gedonnert war.

»Es tut mir leid«, sagte er bedauernd. »Das war Pech. Wir hatten schon für gestern einen Schreiner bestellt, der das in Ordnung bringen sollte, aber er musste den Termin auf morgen verlegen.«

Sie nahm ihm den Schuh aus der Hand, ein zarter Riemchenpumps, an dem kaum mehr Leder sein konnte als am Armband seiner Uhr. Eher weniger. Und der Absatz war fast so hoch, wie der ganze Schuh lang war. Dass sie mit diesen Dingern überhaupt laufen konnte, war ein anatomisches Wunder.

»Eine Ironie des Schicksals«, sagte sie, während sie sich die Sandalette überstreifte.

»Was?«, fragte er. »Das mit der Tür?«

Sie schüttelte den Kopf. »Dieser Brand. Da brennt ein bildschöner und mit spitzenmäßiger Küche ausgestatteter Gutshof bis auf die Grundmauern ab – und so ein Stall wie dieser hier, dem ein kleines Feuerchen nur guttäte, bleibt stehen.« Sie warf einen abschätzigen Blick in die Runde. »Wissen Sie, man muss nicht Innenarchitektur studiert haben – was ich übrigens getan habe, wenn auch nur ein paar Semester –, um zu sehen, dass das hier nicht viel taugt. Entschuldigen Sie meine Direktheit, aber das ist eine morsche Ruine. Hier fehlt nur eines: eine große, stabile Abrissbirne.«

Fabio starrte sie perplex an. Hatte diese Zicke gerade eben wirklich eine derart bodenlose Gemeinheit von sich gegeben?

Sie stöckelte davon, und wider Willen fixierte er ihre Rückseite, die beinahe so viel hermachte wie ihre Vorderfront. Sie war ein Biest, aber ihr Hintern war eine Klasse für sich, genau wie ihre Beine.

Als hätte sie seine Blicke gespürt, warf sie einen Blick über ihre Schulter. »Sie wissen nicht zufällig, wo Erik und Daphne sind, oder?«

»Wenn Sie Ihren Verlobten und Ihre Freundin meinen – ich glaube, sie sind nach oben gegangen, um die Hochzeitssuite zu besichtigen.«

»Das hat sich jetzt ja wohl erledigt.«

»Ich nehme mal an, Sie finden alleine raus«, sagte er mit frostiger Stimme. »Wiedersehen.«

Ohne sich noch einmal umzuschauen, ging Fabio an Isabel van Helsing vorbei, in Richtung Wirtschaftsräume. Sein letztes Wort war nur eine Floskel. Wenn es nach ihm ging, brauchte ihm diese eingebildete Schnepfe nie wieder unter die Augen zu treten.

Frustriert schaute Isabel ihm nach. Sein durchgedrückter Rücken und sein wütend erhobener Kopf ließen darauf schließen, dass sie nicht gerade Punkte bei ihm gesammelt hatte. Vielleicht hätte sie ihm das Haus nicht ganz so madig machen sollen. Es war nicht zu übersehen, wie viel ihm an dem alten Gemäuer lag.

Trotzdem konnte auch die Begeisterung des Besitzers

nicht darüber hinwegtäuschen, dass es hier stank wie aus einer offenen Kloake. Als sie vorhin hergekommen waren, hatten sie es schon von weitem gerochen, doch Daphne hatte gemeint, sie müssten es sich wenigstens anschauen.

»Es sieht so wahnsinnig authentisch aus«, hatte sie gemeint. »So, als wäre es mindestens zweihundert Jahre alt.«

Nach Isabels eigener Einschätzung hatte der Landsitz mindestens drei-, vielleicht sogar vierhundert Jahre auf dem Buckel, und das Mobiliar, das in den verdreckten Zimmerfluchten noch herumstand, konnte auch nicht viel neuer sein.

Für die Feier war dieses Loch völlig inakzeptabel, doch möglicherweise hätte sie es dem stolzen Eigentümer ein bisschen diplomatischer beibringen sollen. Er hatte ziemlich beleidigt dreingeschaut, als er vorhin verschwunden war. Vielleicht lag es daran, dass er Italiener war. Die konnten es am allerwenigsten leiden, wenn man ihr Lieblingshobby schlecht machte.

Und mehr als ein Hobby konnte dieses heruntergekommene Anwesen wirklich für niemanden sein. Falls er sich trotzdem ernsthaft einbildete, daraus in vier Wochen einen Gourmettempel machen zu können, litt er an maßloser Selbstüberschätzung. Nein, an einer Wahnvorstellung.

Von daher hätte sie noch so höflich sein können, er hätte es auf jeden Fall in den falschen Hals gekriegt.

Davon abgesehen war es nicht ihre Schuld, dass ihre Laune auf dem Tiefpunkt war. Nicht nur, dass dieser italienische Obermacho ihr ständig auf den Hintern und die Beine geglotzt hatte – sie wusste einfach nicht, was mit ihr los war. Seit Tagen war sie so nervös, dass sie bei der leisesten Irritation aus der Haut fuhr. Es ging um diesen Hochzeitstermin. Es ging ... um die Hochzeit überhaupt.

Nicht nur um die Feier oder die Örtlichkeit. Sondern das Heiraten an sich.

Woher kam es eigentlich, dass immer wieder die Szene vor ihrem geistigen Auge ablief, in der Erik sie fragte, ob sie ihn heiraten wollte? Sie hörte sich jedes Mal *Ja* sagen. Aber manchmal kam in der Szene auch eine andere Antwort vor.

Zum Beispiel *Ich weiß nicht.* Oder *Warum so plötzlich?* Oder *Wozu denn heiraten?*

Und einmal auch ganz einfach *Nein.*

Sie fand eine von Staubmäusen besiedelte Treppe, die nach oben führte.

»Erik?«, rief sie, als sie sich dem ersten Obergeschoss näherte. »Daphne? Wo seid ihr?«

Hier oben roch es nicht ganz so stark nach Latrine wie unten, aber dafür gab es ungleich mehr Staub und Spinnweben. Isabel wischte sich eine Hand voll der hauchfeinen Schlieren vom Gesicht und spuckte angewidert aus. Ob dieser Fabio Dingsbums überhaupt Personal hatte? Bis jetzt hatte sie hier keine Menschenseele gesehen außer ihm selbst.

Sie fischte die Visitenkarte aus ihrer Tasche, weil sie schon wieder vergessen hatte, wie er hieß. Santini. Fabio Santini. Netter Name, richtig italienisch. Aus Neapel, hatte Daphne gesagt, und dass er in Paris bei einem Fünf-Sterne-Guru gekocht hatte, bevor er sein eigenes Restaurant aufgemacht hatte.

Ein halbwegs breiter Gang führte zwischen steinernen Wänden hindurch, die bis auf Kopfhöhe mit dicken alten Eichenpaneelen beschlagen waren. Immerhin, das machte was her, wie Isabel sich selbst gegenüber einräumen musste. So ganz Unrecht hatte Daphne sicher nicht, es war wirklich authentisch. Und wenn man nur genug Geld und Zeit übrig hatte, ließ sich vielleicht tatsächlich was aus dem Objekt machen, möglicherweise sogar ein angesagtes Restaurant. Aber wenn, dann höchstens in ein paar Monaten, auf keinen Fall in ein paar Wochen. Vielleicht sollte sie die Hochzeit einfach verschieben. Wer musste schon gleichzeitig heiraten und Geburtstag feiern! Oder noch besser: Sie konnten noch ein Jahr warten, dann würde sie dreißig werden. Ein runder Geburtstag war viel eher ein Grund zum Feiern als ein popeliger neunundzwanzigster.

»Erik, bist du hier oben? Daphne? Huhu!«

Isabel spitzte die Ohren, als sie Stimmen hörte. Rechts von ihr befand sich in dem dicken Mauerwerk eine schmale Tür, und als sie dort vorbeikam, wurden die Stimmen deutlicher. Ohne zu zögern, drückte sie die Tür nach innen auf. Sie öffnete sich knarrend und quietschend in einen dunklen, modrig riechenden Raum, der ebenso wie die Wände des Gangs mit Eichenholz getäfelt war. Falls es in dem Zimmer ein Fenster gab, so war es jedenfalls gut verrammelt, denn es fiel, außer der spärlichen Helligkeit des Gangs, kein Lichtstrahl in den Raum.

Die Stimmen waren bei geöffneter Tür noch besser zu hören. Isabel meinte sie als die von Erik und Daphne zu erkennen, sie konnte sogar einzelne Wortfetzen verstehen. Einmal war sie sicher, ihren eigenen Namen gehört zu haben.

Trotzdem bestand kein Zweifel daran, dass sich in diesem Zimmer außer ihr keine Menschenseele aufhielt. Überall hingen dichte Spinnweben, und die Staubschicht, die trotz des Dämmerlichts gleich hinter der Türschwelle zu erkennen war, sah aus, als hätte sich seit Jahrzehnten kein Mensch mehr hierher verirrt.

Die Stimmen klangen seltsam hohl und weit entfernt, wie von Gespenstern, die in den Wänden hausten.

In den Wänden ... Isabel wartete ein paar Sekunden, bis

sich ihre Augen den dürftigen Lichtverhältnissen angepasst hatten, dann trat sie in das dunkle Zimmer.

Fabio schliff das Filetiermesser mit dem Wetzstein und betrachtete es dann gegen das Licht, um die Schärfe der Klinge zu überprüfen. Hauchfein, so wie es richtig war.

»Wen willst du damit umbringen?«, fragte Natascha. »Du siehst aus, als wärst du sehr, sehr wütend.«

»Das liegt vielleicht daran, dass ich wütend *bin*.« Er packte den Edelfisch, den es heute zum Dinner geben würde, am Schwanz und klatschte ihn auf die blitzende Edelstahlanrichte, wo er ihn der Länge nach aufschlitzte.

Natascha, die am Herd stand und Fond für die Sauce einkochte, hob den Kochlöffel. »Du bist sauer auf die blonde Prinzessin. Wie hieß sie gleich?«

»Isabel van Dingsbums. Weiß nicht mehr.«

»Sie fand es wohl nicht so toll hier, oder?«

Er zuckte nur mit den Achseln.

»Ich hab's dir ja gleich gesagt. Das Gesetz der Serie ist gegen uns.«

»Du mit deinen Würfeltheorien«, sagte er. Bevor Natascha sich aufs Kochen verlegt hatte und fett geworden war, war sie als Showgirl in einem Casino in Las Vegas aufgetreten.

»Wieso? Es stimmt doch. Eine Pechsträhne ist eine Pechsträhne.« Natascha stellte die Temperatur des Gasherds eine Idee niedriger und wedelte mit ihrer vielfach beringten Hand. »Zuerst der Hammer mit den undichten Gästeklos«, zählte sie auf. »Dann die Sache mit dem feuchten Keller. Ach ja, und der Typ von der Baubehörde, der uns ständig die Hölle heiß macht.« Sie dachte nach. »Hab ich was vergessen?«

Er hätte sie auf das Desaster mit dem Schreiner hinweisen

können oder auf den Ärger mit den Installationen und auf Harrys Grippe, doch das wusste sie alles schon selbst.

Er nahm die Innereien aus dem Fisch, filetierte ihn fachgerecht und legte ihn zur Seite. Anschließend schob er sich ein Brett zurecht und packte ein paar fertig geputzte Möhren darauf. Ein anderes Messer trat in Aktion, ebenso scharf geschliffen wie das, was er vorhin für den Fisch benutzt hatte. Das gleichmäßige Klacken der Schneide auf dem Brett war ein tröstliches Geräusch in seinen Ohren, eine jener Konstanten in seinem Leben, auf die er sich immer verlassen konnte. Wenn er sich auf eine Sache wirklich gut verstand, so war es das Kochen.

»Mann, wenn ich es nicht mit eigenen Augen sehen würde, könnte ich es nicht glauben«, sagte eine Männerstimme von der Tür her.

Fabio hörte mit dem Möhrenschneiden auf und widerstand nur mühsam dem Drang, herumzufahren und dem Besucher zur Begrüßung das Messer entgegenzuschleudern.

Stattdessen drehte er sich langsam um und setzte eine unbeteiligte Miene auf.

»Hallo, Nero.«

»Fabio.« Nero Foscarini, der von sich behauptete, der größte italienische Feinschmecker diesseits der Alpen zu sein, stand im Türrahmen, das Gesicht zu einem wohlwollenden Lächeln verzogen.

»Du bist und bleibst der Großmeister«, sagte Nero. »Kein anderer hackt Möhren wie du.«

»Sie sollten ihn mal Zwiebeln schneiden sehen«, sagte Natascha. »Schnell wie ein Maschinengewehr.«

Nero warf ihr einen drohenden Blick zu, den sie unerschrocken erwiderte. Sie erzählte gern davon, dass sie seit ihrer Las-Vegas-Zeit per Du mit allen möglichen amerikanischen Mafiabossen war und dass ein paar dämliche neapolitanische Möchtegern-Paten schon früher aufstehen müssten, um solchen Typen wie denen, die sie im Casino kennen gelernt hatte, das Wasser zu reichen.

Leider nützten Fabio Nataschas Kontakte, ob sie nun echt oder eingebildet waren, nicht das Geringste.

»Hat sich viel getan, seit ich das letzte Mal hier war.« Nero warf einen anerkennenden Blick in die Runde. Er musterte mit Kennerblick die blinkenden Flächen der Anrichten und Kochfelder, fuhr mit dem Finger über die auf Hochglanz polierten Türen der Edelstahlschränke und der hohen Regale.

»Profi-Kochgeschirr vom Feinsten«, urteilte er anerkennend. »Diese Messer da – sind die aus Japan?« Er schüttelte den Kopf und schnalzte mit der Zunge, um seine Frage sofort selbst zu beantworten. »Natürlich sind sie das. Sieht man doch.«

»Wenn man das sieht, braucht man nicht so blöd zu fragen«, warf Natascha beiläufig ein. »Damit ruft man nämlich nur den Eindruck hervor, zurückgeblieben zu sein.«

Nero reckte seine hagere, knapp einssechzig kurze Gestalt, sodass seine Hosenschläge hochrutschten und nicht nur seine mageren Knöchel, sondern auch seine mindestens zehn Zentimeter hohen Absätze zum Vorschein kamen.

»Du solltest diesem Weibsstück bessere Manieren beibringen«, sagte er. »Ich kann Frauen mit großer Klappe nicht ausstehen.«

»Frag mich mal, wen ich alles nicht ausstehen kann«, erklärte Natascha.

»Natascha, vielleicht lässt du uns einen Moment allein«, sagte Fabio. »Ich kümmere mich um den Fond.«

Sie zuckte die breiten Schultern, bedachte Nero mit einem

kurzen giftigen Blick und murmelte was von Murphys Gesetz, bevor sie die Kochmütze von ihrer rot gefärbten Lockenpracht zog und hoch erhobenen Hauptes aus der Küche rauschte.

»Sie redet zu viel«, sagte Nero mit einem bewundernden Blick auf ihren gewaltigen Hintern. »Aber ihr Arsch – der ist klasse. Glaub mir, ich finde ihn klasse.«

»Ich glaube es.«

»Hätte sie nicht so einen Arsch, hätte ich sie vielleicht schon umgelegt.«

»Das würde ich mir an deiner Stelle gut überlegen. Sie ist eine erstklassige Sous-Chefin. Wenn ich sie nicht hätte, könnte ich den Laden sofort dichtmachen.«

»Dann bring ihr bei, das Maul zu halten, wenn Männer über Geschäfte reden.« Nero war ins Italienische gefallen. Er nahm den Kochlöffel, den Natascha neben den Herd gelegt hatte, und rührte die köchelnde Flüssigkeit um. »Riecht prima. Was soll das werden, Fischsuppe? Für wen kochst du heute?«

»Für ein paar Freunde.«

»Interessant. Hast du noch welche?«

Fabio sagte nichts. Er wartete lieber, bis Nero seine üblichen Sprüche losgeworden war. Warten und aussitzen, das war derzeit seine Devise im Umgang mit Nero und Giulio.

»Und wann kochst du für zahlende Gäste?«

»Die kommen schon noch.«

»Vielleicht die Leute, die mit dem Edelschlitten gekommen sind, der draußen steht?«

»Kann sein. Sie haben sich noch nicht entschieden.«

»Was wollen sie haben, ein Abendessen?«

»Eine Hochzeit mit dreihundert Gästen.«

Nero war beeindruckt. »Vielleicht solltest du dafür sorgen, dass sie sich entscheiden. Für dich, meine ich.«

»Sie besichtigen noch die Räumlichkeiten.«

»Sie sollten lieber die Küche besichtigen. Alles andere hier ist doch Schrott.«

»Um es sich fertig vorzustellen, braucht man nur ein bisschen Fantasie. Die Leute, die diesen Laden buchen, haben genug davon.«

»Hauptsache, sie haben genug Geld.«

»Sonst könnten sie mich nicht bezahlen.«

Nero grinste und ließ seine spitzen Eckzähne sehen. »Und du nicht den Boss.«

Fabio hätte hundert Jahre damit zubringen können, Nero zu erklären, dass Giulio kein Geld von ihm zu kriegen hatte, aber er würde es sowieso nie begreifen. Giulios Wort war für ihn Gesetz, und daran würde sich bis zu seinem Tod nichts ändern.

»Der Boss würde es übrigens gerne sehen, wenn du dir Raphaela endlich aus dem Kopf schlägst.«

»Ich *habe* mir Raphaela aus dem Kopf geschlagen.«

Nero wiegte zweifelnd den Kopf. »Er glaubt es nicht. Er ist davon überzeugt, dass du versuchst, sie zurückzukriegen.«

»Ich will sie nicht mehr.«

»Du lügst. Eine Frau wie Raphaela nicht wollen – das geht nicht.«

Unter normalen Umständen hätte Fabio ihm Recht gegeben, aber die Umstände waren alles andere als normal.

»Glaub mir einfach, dass ich kein Interesse mehr an Raphaela habe.«

»Auch wenn ich es dir glaube – Giulio hat seine eigene Meinung.«

Das stimmte natürlich, und Giulios Meinung war alles,

was zählte. Wenn er sagte, dass Fabio ihm Geld schuldete, dann war es auch so, und wenn er der Meinung war, dass der Ex seiner neuen Braut noch hinter ihr her war, nützten Einsprüche wenig.

»Sie ist mit ihm zusammen, das ist doch wohl Beweis genug«, sagte er.

»Giulio empfindet es als Zumutung, dass du eine Affäre mit ihr hattest.«

»Sie hatte auch andere Affären, nicht nur mit mir.«

»Aber von dir redet sie immer noch.«

Fabio unterdrückte die Bemerkung, die ihm auf der Zunge lag. Er begann sich ernsthaft zu fragen, welche Konsequenzen es wohl hatte, wenn er den Kerl doch noch tranchierte und seine Überreste im Keller versteckte. Aber dann würde Giulio einfach jemand anderen, noch Unangenehmeren schicken.

»Nun, vielleicht erzählst du ihm einfach, ich hätte eine Neue kennengelernt.«

Nero seufzte. »Das könnte ich, aber du kennst ihn. Er kann eine Lüge auf drei Meilen gegen den Wind riechen.«

»Nun, in dem Fall ist es aber zufällig die Wahrheit«, hörte Fabio sich zu seiner eigenen Überraschung sagen. »Um genau zu sein: Ich hab mich sogar mit ihr verlobt.«

Nero starrte ihn an. »Das glaub ich nicht.«

»Ist aber so. Ich schwöre beim Grab meiner Mutter.«

»Die lebt doch noch.«

»Aber wenn sie mal tot ist, wird sie begraben. Und wenn ich dann einen Meineid auf ihr Grab geleistet habe, brate ich auf ewig im Fegefeuer.«

Nero war gläubiger Katholik und entsprechend beeindruckt. »Du hast wirklich eine Neue? Wie heißt sie?«

»Isabel«, sagte Fabio wie aus der Pistole geschossen. Gleich darauf hätte er sich am liebsten die Zunge abgebissen. Wieso hatte er ausgerechnet diesen Namen gesagt? Hätte es ein anderer nicht ebenso getan? Zum Beispiel Janine oder Sandra, immerhin waren das zwei Frauen, die er wirklich gut kannte. Warum musste es unbedingt der Vorname der arrogantesten Zicke im Umkreis von tausend Kilometern sein?

»Wie sieht sie aus?«, wollte Nero wissen.

»Gut. Sehr, sehr gut. Nicht besonders groß, aber spitzenmäßige Figur.«

»Blond?«

»Hellblonde Locken. Natur.«

»Titten?«

»Bombastisch. Beine und Hintern auch. Außerdem teilt sie meine Interessen. Sie ist eine richtige Küchenfee.«

»Das könnte Raphaela ärgern«, gab Nero zu bedenken.

»Dass sie eine Küchenfee ist?«

»Nein, die Sache mit den Titten und dem Hintern.«

»Was denn? Hätte ich mir eine Vogelscheuche als Lebenspartnerin suchen sollen?«

Nero seufzte. »Ein Kerl wie du? Wohl kaum. Umso eher wird Giulio sich freuen, davon zu erfahren.« Er betrachtete Fabio lauernd. »Kann man sie kennenlernen? Wohnt sie hier?«

»Sie ist im Begriff, hier einzuziehen.«

»Wann?«

»Bald. Aber sie soll so wenig wie möglich über meine Verwandten erfahren«, sagte Fabio fromm.

»Klar.« Nero nickte. »Das versteh ich. Versteh ich voll und ganz.« Nero dachte nach. »Das sind gute Nachrichten, oder? Ich meine, *richtig* gute.«

»Wenn du es sagst.«

»Jetzt müsstest du nur noch irgendwie die Kohle auftreiben, dann wäre alles im grünen Bereich und der Boss so zufrieden wie noch nie.«

»Ich gebe mein Bestes, hier auf die Beine zu kommen, aber ich schaffe es bestimmt nicht, wenn mir dauernd Knüppel dazwischengeworfen werden.«

Nero war beleidigt. »Wer wirft denn hier Knüppel? Ich etwa?«

»Du hältst mich vom Kochen ab. Und von der Akquisition.«

Nero kniff misstrauisch die Augen zusammen. »Wovon?«

»Davon, Gäste für den Laden hier aufzutreiben.«

Nero wirkte verärgert. »Immer noch derselbe Besserwisser, was? Musst es ständig raushängen lassen, dass du länger zur Schule gegangen bist als ich und die anderen.«

Fabio seufzte unhörbar. »Haben wir noch was zu besprechen, oder war es das für heute?«

Nero furchte die Stirn, ihm war anzusehen, dass er vorgehabt hatte, ein bisschen mehr Druck zu machen als beim letzten Mal, aber anscheinend hatte die gute Nachricht über die Verlobung ihm den Wind aus den Segeln genommen.

»Gut, dann geh ich jetzt«, sagte er. »Aber ich komme wieder.« Er ging zur Tür und drehte sich um. »Um deine Verlobte kennenzulernen. Nur, damit ich Giulio erzählen kann, dass er sich wegen dir und Raphaela keine Gedanken mehr machen muss.« Plötzlich grinste er breit und zeigte mit dem Finger auf Fabio. »Kann aber auch sein, dass du es ihm selbst erzählen kannst.«

»Was meinst du damit?«

»Er ist für ein paar Wochen in der Stadt.«

»Wer?«, fragte Fabio, während er blitzschnell versuchte, seine konfusen Gedanken zu ordnen.

»Wer wohl?«

»Giulio?«

»Genau der.«

»Was will er hier?«

Nero zuckte mit den Achseln. »Geschäfte machen, nehme ich an.«

Fabio hatte den deutlichen und ziemlich unangenehmen Eindruck, dass Giulio möglicherweise nicht nur Geschäfte hier in der Gegend machen wollte. Wie es aussah, würde ihm bald höllischer Ärger ins Haus stehen.

Isabel zuckte erschrocken zusammen, als die Tür hinter ihr ins Schloss fiel. Sie ging sofort die drei Schritte zurück und suchte nach der Klinke, doch zu ihrem Erstaunen fand sie keine, nur einen metallischen Beschlag, wo vielleicht vor hundert Jahren ein Türknauf gesessen hatte.

Sie verbrachte eine halbe Ewigkeit damit, den Lichtschalter zu suchen. Nach einer Weile fand sie sogar einen, ein altertümliches Ding, das man drehen statt knipsen musste. Sie betätigte es, aber außer einem durchdringenden Knacken passierte nichts. Wahrscheinlich lag es daran, dass diese komischen Schalter ebenfalls vor hundert Jahren modern gewesen waren. Die dazugehörige Stromleitung war bestimmt schon seit Jahrzehnten verrottet.

Isabel tastete sich in die Richtung, wo sie ein Fenster vermutete, und tatsächlich stießen ihre ausgestreckten Hände gegen eine Glasscheibe. Eine Vorrichtung zum Öffnen von Rollläden suchte sie jedoch vergebens, folglich konnte es sich hier nur um Klappläden handeln. Um die zu öffnen, hätte sie zuerst das Fenster aufkriegen müssen, doch der Griff war allem Anschein nach zugerostet. Sosehr sie auch rüttelte – es tat sich nichts.

Sie überlegte kurz, woran diese Situation sie erinnerte.

Richtig, an irgendwelche blöden Filmtitel. Sie waren umso blöder, als sie die Filme nie gesehen hatte. Aber dafür waren die Titel sehr aussagekräftig. *Lebendig begraben. Die Nacht der lebenden Toten.*

Doch so schnell gab sie nicht auf. Aus der Dunkelheit kamen immer noch Eriks und Daphnes Stimmen, das war nicht zu überhören. Isabel drehte sich lauschend einmal um die eigene Achse und stolperte anschließend über ihre Füße, während sie sich seitlich nach rechts auf die Wand zubewegte, von der sie meinte, dass hier die Stimmen deutlicher zu hören waren.

Sie drückte gegen die Paneele und japste überrascht, als sich in der scheinbar türlosen Wand eine Öffnung vor ihr auftat. Als sie hindurchgehen wollte, stieß die Spitze ihres Pumps gegen eine steinerne Stufe.

»Aha«, murmelte sie. »Eine Geheimtür mit einer Treppe. Ein richtiges Gruselschloss. Wie im Film.«

Ohne zu zögern stieg sie die Treppe hoch und stützte sich dabei an den Wänden ab. Die Stufen waren merkwürdig hoch und schmal, eher wie bei einer Leiter als einer vernünftigen Treppe. Hier hatte sich eindeutig ein Stümper von Maurer ausgetobt.

Isabel stieg in der muffigen, von Spinnweben durchsetzten Finsternis aufwärts, bis ihre Hände gegen ein hölzernes Hindernis stießen.

Sie gab einen unterdrückten Fluch von sich, als sie hängen blieb und sich einen Nagel einriss. Wozu gab sie eigentlich so viel Geld im Nagelstudio aus, wenn die Verlängerungen nicht die kleinste Erschütterung aushielten?

»War da was?«, hörte sie plötzlich Daphnes Stimme in aller Deutlichkeit sagen.

»Nein, das bildest du dir ein«, erwiderte Erik.

»Ich habe aber was gehört. So ein Rascheln und Schaben, ein komisches Geräusch. Es kam, glaube ich, aus dem Schrank da drüben. Oder meinst du, es gibt hier Ratten?«

Isabel öffnete den Mund, um *Überraschung!* oder etwas ähnlich Geistreiches zu rufen, doch dann brachte ein Impuls sie dazu, lieber zu schweigen.

»Ratten?«, meinte Erik zweifelnd. »Na ja, so wie es in diesem alten Stall überall aussieht, würde mich das nicht mehr wundern. Es war eine Schnapsidee, diesen Kasten für die Hochzeit überhaupt in Betracht zu ziehen.«

»Du hast Recht. Unten sieht es schaurig aus. Nur die Küche ist vom Feinsten, die hat er anscheinend als Erstes sanieren lassen. Aber der Rest ... Wahrscheinlich macht dieser Italiener alles etappenweise. Einen Raum nach dem anderen.«

»Kann sein. Aber dann braucht er Jahre, bis alles fertig ist.«

»Das Zimmer hier ist schon ganz nett«, meinte Daphne. »So richtig lauschig. Mit diesen schönen Truhen und dem Bauernschrank und den Butzenscheiben. Und dem alten Himmelbett. Mhm, sieht aus, als wäre es sogar frisch bezogen. Riech mal an dem Vorhang. Und die Bettwäsche – ich würde sagen, die ist von Ikea. Und wenn ich die Truhen so ansehe, kommt es mir vor, als wären die auch daher. Oder meinst du, die sind alt?«

»Ich würde sagen, ja.«

»Egal. Also, ich find's toll. Als Hochzeitssuite macht es was her. Die Bettwäsche gefällt mir am besten. Ich mag Ikea.«

»Seit wann findest du Ikea toll?«

»Die haben spitzenmäßige Designer«, sagte Daphne. »Dieses schwedische Ambiente macht mich an. Wollen wir vögeln?«

Isabel schnappte nach Luft.

»Hier?«

»Klar.«

»Aber sie ist doch hier irgendwo im Haus!«

»Eben. Das macht mich richtig geil. Hm, lass mal fühlen...«

»Nicht doch. Ich weiß nicht... Aaah, was machst du da?«

»Was du am liebsten hast.«

»Eigentlich ist es nicht fair, sie jetzt noch zu heiraten. Ich komme mir ziemlich abgebrüht vor.«

»Was heißt hier abgebrüht? Du wolltest sie heiraten, oder nicht? Und es war dir die ganze Zeit völlig ernst damit.«

»Da wusste ich noch nicht, dass du wieder zu haben warst. Ich habe kein gutes Gefühl, diese Sache mit dem Heiraten trotzdem durchzuziehen.«

»Du wirst es schon überstehen. Denk immer an das viele Geld, so schwer kann das doch nicht sein.«

»Wir können auch ohne die paar Hunderttausend aus dem Zugewinnausgleich ein schönes Leben führen. Es wird sicher bald wieder besser klappen an der Börse.«

»Träum weiter«, sagte Daphne.

»Aber Daphne... Liebes... Aaah!«

Isabel starrte in das Dunkel. Es kam ihr vor, als hätte ihr jemand einen Tritt gegen die Brust verpasst und damit gleichzeitig die Atmung und den Herzschlag außer Funktion gesetzt. Sie bekam keine Luft mehr, und ihr Herz hatte aufgehört zu schlagen. Es *konnte* nicht mehr schlagen, denn es fühlte sich an, als läge es wie ein kalter, toter Stein in ihrer Brust. Sie geriet ins Wanken und versuchte, sich an der Wand festzuhalten.

»Jetzt habe ich aber wirklich was gehört«, sagte Daphne.

»Das hast du dir nur eingebildet. In diesem Gemäuer knackt und raschelt es andauernd, deswegen glauben ja auch so viele Leute, dass es in alten Burgen oder Schlössern spukt.

He, was machst du da. O Herr im Himmel, Daphne! Was ist, wenn sie jetzt kommt?«

»Dann musst du eben schneller kommen. Mach schon. Ich weiß doch, wie superschnell du sein kannst.«

»Was willst du damit sagen?«

»Nichts.«

»Oooh ... Aber ...«

»Halt die Klappe«, sagte Daphne. »Hier spielt die Musik.«

Isabel hörte Bettfedern quietschen und merkte, wie sie endgültig das Gleichgewicht verlor. Ob es nun an ihren hohen Hacken lag oder an der dumpfen Luft oder daran, dass der Mann, den sie liebte und in ein paar Wochen heiraten wollte, mit ihrer besten Freundin ins Bett ging – sie konnte sich nicht länger auf den Füßen halten. Dummerweise gab es weit und breit keine Sitzgelegenheit, es sei denn, man zählte das Bett mit, das sicher keine zehn Schritte von ihr entfernt war. Aber das hätte ebenso gut auf dem Mond sein können, so weit war es weg. *Alles* war mit einem Mal sehr weit weg, sogar die Holztür, an der sie sich eben noch hatte festhalten wollen. Es war, als wäre sie mitten im lichtlosen Raum eingefroren, während um sie herum alles ins Trudeln geriet. Sie war hier definitiv im falschen Film.

Da es stockfinster war, konnte Isabel nicht sehen, wie die Steintreppe unter ihren Füßen auf sie zugerast kam. Aber sie konnte es fühlen, vor allem den Moment, als sie ihr Kinn erreicht hatte. Es knirschte und tat einen dumpfen Schlag, sie merkte, wie sie ein Stück weit vorwärts auf Kinn und Knien die Treppen runterrutschte, und sie fand die Haltung für einen Sturz ebenso absurd wie schmerzhaft. Dann wurde sie schneller, und ihre Arme und Beine breiteten sich wie die Glieder eines Kraken nach allen vier Seiten aus, als könnte sie so wieder Halt gewinnen.

Das ist aber wirklich ein Sturz, dachte sie. Muss bescheuert aussehen. Wenn das jetzt einer mitkriegt, würde er sich schieflachen.

Dann knallte ihr Hinterkopf gegen eine der Stufen, und es dröhnte, als hätte jemand mit einem Gummihammer auf eine leere Holzkiste geschlagen.

Oje, jetzt hat es mich aber richtig erwischt, schoss es ihr durch den Kopf.

Das war der letzte Gedanke, bevor alle Wahrnehmungen in der Dunkelheit versanken.

»Harry, ich habe den Arzt bestellt«, sagte Fabio.

Harry richtete sich hustend im Bett auf. »Du liebe Zeit! Wieso das denn?«

»Natascha hat gesagt, dass du hohes Fieber hast.«

»Woher will die das wissen?«

»Sie hat gesagt, sie hat gemessen, und du hast mindestens vierzig Grad Fieber.«

»Blödsinn, Alter«, krächzte Harry. »Sie hat versucht, meinen Bauch anzufassen und mir so ein bescheuertes Thermometer ins Ohr zu schieben, aber ich habe sie rausgeschmissen. Es geht mir super.«

Harry schaute Fabio aus Augen an, die so trüb waren, als würde er auf dem Grund eines metertiefen Teichs liegen.

»Du hast definitiv Fieber, dazu brauche ich nicht mal deinen Bauch anzufassen. Du bist so krank, dass du aussiehst wie dein eigener Opa.«

»Meine Opas sind beide tot.«

»Sag ich doch. Besser, der Arzt schaut nach dir.«

»Alter, ich hasse Ärzte.«

»Zu spät. Er ist bestellt, und es wird nicht lange dauern, bis er hier ist.«

»Schick ihn weg. Oder noch besser, mach ihm gar nicht erst auf.«

»Das sehen wir dann. Hm, dir ist heiß, oder?«

»Heiß ist kein Ausdruck«, sagte Harry, der rot war wie ein Hummer und vor Schweiß nur so triefte. »Ich koche sozusagen. Aber es ist kein Fieber, klar?«

Fabio blickte unschlüssig auf das Fenster in der schmalen Kammer. Er überlegte, ob er es öffnen sollte, denn die Luft hier drin war zum Schneiden dick und so abgestanden, dass auch der Gesündeste bald in Ohnmacht fallen würde. Andererseits war es eines von den Fenstern – den *vielen* Fenstern! –, die noch nicht erneuert worden waren. Jeder Versuch, es aufzumachen, konnte dazu führen, dass es schlicht aus den Angeln gerissen wurde. Dann war es zwar offen und die Luft wunderbar frisch, aber das Zimmer hatte kein Fenster mehr. Jedenfalls keines, das man wieder schließen konnte, falls es einem hier drin zu kalt wurde.

Er beschloss, die Tür zum Gang offen zu lassen, das würde für ausreichend Frischluftzufuhr sorgen. Die Fensterfirma hatte für nächsten Mittwoch ihr Kommen zugesagt, er würde sich einfach darauf verlassen, dass sie den Termin einhielten. Bisher hatte das noch keine Firma geschafft, nicht mal der Küchenmonteur, obwohl der sich eine goldene Nase an ihm verdient hatte, aber Fabio gab die Hoffnung nicht auf. Bald würde dieser Laden stehen wie eine Eins, sämtliche Handwerker und Lieferanten würden spuren, und alle Welt würde sich drum reißen, in seinem Restaurant einen Platz zu kriegen.

»Kann ich dir was holen, bevor der Arzt kommt? Vielleicht einen O-Saft oder ein paar Zwiebäcke?«

Harry nieste, dann nickte er. »Vergiss den Zwieback, aber

O-Saft klingt gut. Nimm ein großes Glas. Zwei Fingerbreit Saft und dann Wodka bis oben hin.«

»Ich denke nicht, dass sich das gut für jemanden eignet, der Grippe hat.«

»Du kannst ja eine Scheibe Zitrone reinlegen, das sind zusätzliche Vitamine.«

Von nebenan kamen ein Rumpeln, ein rhythmisches Quietschen und dann ein weibliches Stöhnen.

»Was war das denn?«, fragte Fabio. »Kam das nicht eben aus der Hochzeitssuite?«

»Oh, ich bilde es mir nicht nur ein?«, meinte Harry. »Ich dachte, es wäre meine Fieberfantasie, dass sich neben mir zwei Leute das Hirn aus dem Kopf vögeln.«

»Du hast doch gesagt, du hättest kein Fieber.« Fabio ging zur Tür und schob seinen Kopf hinaus in den Gang.

»Stimmt. Aber Fantasie.«

»Das da nebenan ist so eindeutig, dafür braucht man nicht viel Fantasie.«

Harry hustete. »Haben wir etwa Gäste?«

»Falls ja, dann sind es welche, die sich selbst eingeladen haben.«

Fabio horchte kurz, dann trat er in den Flur und ging ein paar Meter weiter, bis er vor der Hochzeitssuite stand. Hier war der Lärm nicht mehr zu überhören.

Er versuchte, die Tür zu öffnen, und war nicht überrascht, sie verriegelt zu finden.

Mit der Faust gegen die Türfüllung hämmernd, verlieh er dem gesamten Frust, der sich in den letzten Stunden in ihm angestaut hatte, auf brachiale Art Ausdruck.

»Hallo?«, brüllte er. »Ist da jemand drin?«

Das Quietschen und Stöhnen hörte abrupt auf. In der Suite herrschte Totenstille.

»Ich habe gute Ohren«, rief Fabio drohend. »Und außerdem ein geladenes Gewehr gegen Einbrecher!«

Er ahnte das Getuschel in dem Zimmer mehr, als dass er es hören konnte, doch die Schritte, die kurz darauf zu vernehmen waren, bildete er sich nicht ein.

Die Tür ging auf, und er blickte in das hochrote Gesicht des Verlobten.

»Wir sind es nur«, sagte Erik.

Fabio versuchte, an ihm vorbei ins Zimmer zu blicken, doch der blond gelockte Muskelprotz schob sich direkt vor ihn.

»Was sollte das hier werden?«, fragte Fabio.

»Wir ... ahm, wir haben uns die Hochzeitssuite näher angesehen.«

»Wieso?«

»Nun ja ... Für den Fall, dass wir das Anwesen für unsere Feier in Betracht ziehen, müssen wir doch wissen ...« Eriks Stimme erstarb, während neben ihm die Freundin der Braut auftauchte, Daphne. Mit ihren glitzernden grünen Augen und der wallenden roten Mähne sah sie aus wie eine exotische Katze. Eine *satte* Katze. Sie war vollständig angezogen, aber um ihren Hals hing ein unsichtbares Schild mit der Aufschrift *Ich hatte eben tollen Sex.* Wenn sie es nicht gerade mit dem Verlobten ihrer Freundin bis zum Gehtnichtmehr getrieben hatte, wollte Fabio nicht mehr Santini heißen.

»Klar, dass Sie das Bett ausprobieren wollten«, sagte Fabio. »Interessant ist nur, dass die Braut weit und breit nicht zu sehen ist. Und dabei ist sie vorhin nach oben gegangen, um Sie beide zu suchen. Oder ist sie vielleicht noch in der Suite?« Er schob sich an dem blonden Männermodel vorbei in die Suite und sah, dass das Bett auf eindeutige Weise zerwühlt war, aber die kleine Prinzessin war nicht da.

»Sie ist ... raufgekommen?« Die rothaarige Freundin schaute leicht verstört drein. »Wieso denn? Sie wollte sich doch noch alles unten mit Ihnen ansehen!«

»Ihr hat der Speisesaal schon gereicht.«

»Hören Sie ... Signor ...« An den blonden Wikinger gewandt, fügte Daphne hinzu: »Wie war gleich sein Name?«

»Warum fragen Sie mich nicht?«, fragte Fabio. »Ich stehe direkt hier. Und ich kann es nicht ausstehen, wenn man in meiner Anwesenheit über mich quatscht, als wäre ich nicht da.«

»Santini«, sagte Erik. »Er heißt Santini.«

»Ich glaube, ich gehe jetzt mein Gewehr holen.«

»Nicht doch, Signor Santini!«, rief Daphne. »Sie ... ahm, Sie werden doch Isabel nichts davon sagen, oder? Wo ist sie überhaupt?«

»Keine Ahnung«, sagte Fabio wahrheitsgemäß. »Aber man konnte Sie beide prima hier draußen auf dem Gang hören. Sogar noch im Nachbarzimmer.«

Daphne rannte zum Fenster und schaute hinaus. »Dein Wagen steht noch da.«

»Logisch«, sagte Erik. »Ich hab ja auch die Schlüssel.«

»Ob sie noch hier im Haus ist?« An Fabio gewandt, fügte sie hinzu: »Wo könnte sie sein?«

»Wenn Sie mich fragen, ist sie abgehauen.«

»Mit *den* Schuhen?«, fragte Daphne zweifelnd. »Sie hatte Manolo Blahniks an. Zu Fuß kommt man damit nicht weit.«

»Es gibt Taxis.«

»Das würde ihr ähnlich sehen«, sagte Erik.

»Du hast Recht. Das ist ihre Art. Sie haut immer ab, wenn ihr was gegen den Strich geht. Wahrscheinlich ist sie schon auf dem Weg nach Sylt. Oder in die Toskana.« Daphne hatte einiges von ihrer Überheblichkeit eingebüßt. Doch dann hob sie kämpferisch den Kopf. »Erik, wir müssen sie finden, und dann musst du ihr klarmachen, dass es nichts mit deinen Gefühlen für sie zu tun hat.«

»Ich verstehe nicht, wie ich ihr das begreiflich machen soll!«

»Ich auch nicht«, warf Fabio ein.

»Halten Sie die Klappe!«, fuhr Daphne ihn an. Zu Erik sagte sie: »Du hattest schon mal eine andere, und sie hat es mit Fassung getragen.«

»Das war aber nichts Ernstes, nur ein Urlaubsflirt. Und sie war vor allen Dingen nicht mit Isabel befreundet.«

»Egal. Es wäre Schwachsinn, so kurz vor der Hochzeit alles in die Binsen gehen zu lassen.«

Sie fasste Erik beim Arm und zog ihn aus der Suite auf den Gang. »Vielleicht erwischst du sie noch, bevor sie weg ist.«

»Ich sehe nicht, was das bringen soll«, protestierte Erik. »Nimm es doch einfach als Fingerzeig des Schicksals, dass sie uns belauscht hat und dass nun aus der Hochzeit nichts werden soll!«

»Halt die Klappe.« Daphne blieb stehen und drehte sich zu Fabio um. »Können wir auf Ihre Loyalität zählen?«

»In welcher Beziehung?«

»Sagen wir, in der einzig nur möglichen. Eine schöne große Hochzeit mit allen Schikanen, hier in diesem Haus. Ich sorge dafür, dass die Einladungen diese Woche noch rausgehen, und Sie sputen sich, bis dahin hier alles auf Vordermann zu kriegen.«

»Meinetwegen«, sagte Fabio, der keinen Moment lang glaubte, dass es zu dieser Feier kommen würde. Schließlich hatte die Braut auch noch ein Wörtchen mitzureden. Aber man konnte ja nie wissen. Nächsten Monat konnte alles schon ganz anders aussehen.

Schon am selben Abend war er völlig anderer Meinung. Er zweifelte ernsthaft, dass er hier überhaupt noch einen Handschlag würde tun können. Während des Dinners tauchte Giulio Caprini auf, und er sah aus, als wäre er zum Töten aufgelegt.

»Hallo, Fabio«, sagte er, als er mit Nero im Schlepptau in die Küche marschiert kam.

»Hallo, Giulio.« Fabio legte rasch das Messer weg, mit dem er gerade die Poularde tranchieren wollte. Giulio mochte es nicht, wenn Leute, die sich in einem Raum mit ihm aufhielten, bewaffnet waren.

Giulio war ein Jahr älter als er und kompakt gebaut. Obwohl er ein paar Kilo zu viel auf den Rippen hatte, sah er auf derbe Art gut aus mit seinen schwarzen, mit Gel gestriegelten Haaren und seinem kantigen Kinn. Fabio suchte manchmal nach Zeichen von Familienähnlichkeit zwischen sich und Giulio, doch bisher hatte er keine entdecken können. Das erfüllte ihn regelmäßig mit Erleichterung. Es musste ja nicht jeder gleich sehen, dass Giulio sein Cousin war.

»Je später der Abend, desto mieser die Gäste«, meinte Natascha. Sie saß mit Harry am Tisch und wartete darauf, dass Fabio die Poularde auftrug.

»Boss, ich würde ihr gern das Maul stopfen«, sagte Nero.

»Kommt vielleicht noch«, sagte Giulio.

»Ich kenne Johnny die Schlange«, erklärte Natascha.

»Ich nicht. Also halt dich lieber zurück.«

»Der Braten riecht gut«, sagte Nero schnuppernd. »Neues Rezept? Ich dachte, es gibt Fisch.«

»Das war der erste Gang«, erklärte Natascha. »Ist leider alles weg.«

Giulio kam zur Anrichte und trat dicht an Fabio heran. Von überflüssigen Erwägungen wie dem Bedürfnis seiner

Mitmenschen nach einem Minimum an sozialer Distanz hatte er sich noch nie beeinflussen lassen. Ob er es absichtlich tat oder aus fehlgeleiteten Instinkten heraus – er ging stets auf Tuchfühlung. Es war so lästig, dass Fabio einen Schritt zur Seite trat. Giulio folgte ihm sofort, also musste es Absicht sein.

Fabios Blicke wechselten zwischen dem Tranchiermesser und den aus dieser Nähe gut sichtbaren Mitessern auf Giulios Nase hin und her.

»Versuch es doch«, sagte Giulio lauernd.

Fabio ergriff das Messer, und Nero fuhr mit der Hand unter den Aufschlag seines Sakkos. Er förderte ein Schießeisen zu Tage, das fast so groß war wie er selbst, und als er damit auf Fabio anlegte, verstummten schlagartig alle Geräusche in der Restaurantküche.

Fabio sah, wie Nero die Waffe entsicherte, und sein Inneres fühlte sich so schockgefrostet an wie das Filet von dem tropischen Fisch, bevor er den ersten Gang daraus gemacht hatte. »Aber, aber«, sagte Giulio. »Übertreib nicht so, Nero. Er will nur diese Poularde tranchieren, der gute Junge.«

Fabio ließ sich von dem leutseligen Tonfall nicht täuschen. Er sah das hasserfüllte Funkeln in Giulios Augen. Der Kerl wartete nur auf ein paar gute Gründe, ihn zu erledigen. Sobald ihm genug Argumente eingefallen wären, mit denen er es der Verwandtschaft erklären konnte, würde er es bestimmt tun.

Fabio tranchierte den Braten und wünschte sich, mit Giulio dasselbe zu machen. Er trug die Fleischplatte zum Tisch und tat Harry, Natascha und sich selbst jeweils ein Stück auf.

»Nehmt euch von dem Salat«, sagte er.

»Sieht gut aus, diese Kräuterfüllung«, sagte Natascha. »Schade, dass es nur für uns drei reicht. Wenn ich gewusst hätte, dass diese netten Burschen aus Neapel heute kommen, hätte ich einen Vogel mehr gekauft.«

»Sie können meine Portion haben«, sagte Harry hustend. »Mir reicht noch ein Glas von dem Aperitif. Aber diesmal mit mehr Wodka drin.«

»Mir kannst du auch einen geben«, sagte Giulio. Er ließ sich mit einer für seine Masse überraschenden Wendigkeit auf einem der freien Stühle nieder und legte beide Hände mit gespreizten Fingern vor sich auf die Tischplatte. Schau her, ich habe nichts Böses im Sinn, schien die Geste zu besagen. Doch darauf gab Fabio nicht viel. Nero hatte zwar die Waffe wieder weggesteckt, aber seine Finger zupften ständig nervös an den Aufschlägen seines Jacketts herum.

»Ich habe gehört, du hast hier schon die erste große Feier eingeplant«, sagte Giulio. »Eine Hochzeit mit zig Personen. Das muss ordentlich Geld in die Kasse spülen.«

»Im Moment kann ich dir nichts geben. Du siehst ja, wie viel hier noch zu tun ist. Komm in drei Monaten wieder.« Fabio setzte sich so weit weg von Giulio wie möglich an den großen runden Tisch und fing an zu essen. Die Poularde schmeckte wie Sägemehl mit Plastikfüllung, obwohl sie vorhin beim Kosten noch auf der Zunge zergangen war.

»Komm besser in sechs Monaten«, sagte Natascha.

Giulio warf Nero von der Seite einen Blick zu, und als wäre es die selbstverständlichste Sache von der Welt, nahm Nero eine der Gabeln vom Tisch, packte eine Hand voll von Nataschas Haar und hielt ihr die Zinken dicht vor das linke Auge.

»He, diese Gabel könnte meine Wimpern ruinieren! Was glaubst du, was für Geld ich dafür ausgegeben habe? Die sind aus echtem Nerz!«

»Wenn du weiter so rumquatschst, brauchst du keine Wimpern mehr«, sagte Giulio. »Weil du dann nämlich keine Augen mehr hast.«

Fabio hatte sich halb von seinem Stuhl erhoben und schätzte die Entfernung zu Nero ab.

»Verkneif es dir lieber«, sagte Giulio salbungsvoll. »Ich bin heute nicht hier, um wegen Geld Druck zu machen. Natürlich kriege ich es noch, und du hast es nur deiner Mutter zu verdanken, dass ich dir mit der Rückzahlung so viel Zeit lasse. Sie war schon immer meine Lieblingstante. Aber heute geht es ausnahmsweise mal nicht um deine Schulden.«

Fabio versagte sich die Erwiderung, dass die Schulden ohnehin nur in Giulios Einbildung existierten, denn er ahnte, dass sich das nur negativ auf die Laune seines Cousins auswirken konnte. Und je schlechter Giulios Laune war, desto nervöser wurde Nero. Der neigte dazu herumzuhampeln, wenn er nervös war, und dafür war dieser Zeitpunkt denkbar ungünstig, jedenfalls solange er mit der Gabel vor Nataschas Gesicht herumfuchtelte.

»Wenn es dir nicht ums Geld geht, was willst du dann?«

»Deine Verlobte kennenlernen. Die reizende Isabel. Nero hat mir von ihr erzählt. Na, und da war es doch wohl klar, dass ich mich mit eigenen Augen davon überzeugen muss, dass du dir meine süße kleine Maus wirklich aus dem Kopf geschlagen hast.«

Harry nieste und schaute überrascht drein. »Ich wusste gar nicht...«

»Gesundheit«, fiel Natascha ihm laut ins Wort.

Fabio fragte sich, wie Giulio auf die Idee kam, Raphaela als süße kleine Maus zu bezeichnen. Sie war einen halben Kopf größer als er, sogar ohne Schuhe.

»Also, wo ist sie? Nero hat gesagt, heute kochst du für deine Freunde, also sollte sie auch hier sein.«

Fabio starrte seinen Cousin an. »Wolltest du nicht einen Wodka?«

»Lieber Grappa«, sagte Giulio.

»Ich nehme auch einen«, sagte Nero.

»Nein, du musst fahren«, sagte Giulio.

»Wirklich?«, fragte Nero mit leuchtenden Augen. »Den Ferrari?«

»Nein, natürlich nicht, du Blödmann. Ich fahre selbst. Du sollst nichts trinken, weil ich es hasse, wenn du nach Schnaps stinkst.«

»Was für ein ungewöhnlicher Zufall«, sagte Fabio, während er Giulio Grappa einschenkte. »Raphaela findet das auch absolut widerwärtig. Da habt ihr direkt was gemeinsam.«

Giulio verschüttete ein paar Tropfen aus seinem Glas und betrachtete es dann, als könnte es ihm in die Hand beißen. »Wirklich? Mag sie keinen Grappa?«

»Doch, natürlich. Aber nur, wenn sie ihn selber trinkt. Nicht, wenn andere danach riechen.«

»Ah«, meinte Giulio unverbindlich. Er schob das Glas beiläufig zu Harry rüber und verschränkte die Arme vor der Brust. Seine Laune schien sich dem absoluten Gefrierpunkt zu nähern. »Hol sie her. Oder Nero macht dir Beine.«

»Wenn du meinst, dass er mich erschießt – lass es ihn doch tun. Dann haben wir wenigstens das Thema durch.«

»Dann müsste er auch deine Angestellten erschießen. Schon deswegen, weil sie Zeugen wären.« Giulio betrachtete ihn lauernd. »Also, wo ist sie?«

Fabio öffnete den Mund, um eine glaubhafte Ausrede anzubringen, etwa: *Sie ist verreist* oder *Sie besucht ihre kranke Mutter,* als sein Handy klingelte.

Er zog es aus der Hosentasche und meldete sich.

»Na so was«, meinte er. »Isabel! Wie geht es dir?«

»Hier ist Frau Hasenkemper«, sagte seine Putzhilfe am anderen Ende.

»Ach nein, was du nicht sagst!«

»Seit wann duzen wir uns?«, fragte Frau Hasenkemper.

»Ist es wirklich so schlimm?«, wollte Fabio mit scheinheiliger Besorgnis wissen.

»Nein, aber es kommt für mich unerwartet. Wir kennen uns schließlich erst seit zwei Wochen. Außerdem bin ich mindestens zwanzig Jahre älter als Sie. Da hätte ich es höflich gefunden, vorher gefragt zu werden. Weshalb ich anrufe ... Ich fühle mich nicht so gut heute. Es ist wieder mein ...«

»Na gut, dann wird eben heute Abend nichts mehr aus unserem gemeinsamen Essen«, sagte Fabio.

»Wieso? Hatten Sie mich denn eingeladen?«

»Nein, aber das macht nichts. Ich liebe dich. Bis dann.«

Er legte auf, bevor Frau Hasenkemper Einspruch erheben konnte. Wahrscheinlich hätte sie sich sowieso wieder nur krankmelden wollen. Von drei Arbeitstagen in der Woche war sie höchstens an einem gesund genug zum Putzen. Entweder war es ihr Kreuz oder ihre Bandscheibe oder beides. Sogar als Teilzeitkraft war sie ein Totalausfall.

»War sie das?«, fragte Giulio mit zusammengekniffenen Augen.

Fabio nickte und stand auf. »Sie fühlt sich nicht gut.«

»Ich dachte mir heute Nachmittag schon, dass bei ihr eine Migräne im Anzug ist«, warf Natascha ein.

»Oder eine Grippe«, sagte Harry hustend. »Die Grippe grassiert zurzeit. Sehen Sie nur mich an. Ich habe sogar Fieber. Sie sollten besser gehen, bevor Sie sich am Ende noch anstecken.«

Giulio achtete nicht auf die beiden. Er fixierte Fabio mit tödlichem Blick.

»Willst du damit sagen, sie kommt überhaupt nicht zum Essen? Nicht mal zum Nachtisch?«

»Sie hat wahnsinniges Kopfweh.«

Giulio lief dunkelrot an. Dann stand er ebenfalls auf – und fing an, unter der Achsel rumzufummeln, wo er sein eigenes Schießeisen stecken hatte. »Du lügst«, rief er mit wutbebender Stimme. »Ich rieche Lügen hundert Kilometer gegen den Wind, vor allem deine. Es gibt sie gar nicht, diese Verlobte. Du bist immer noch scharf auf Raphaela!«

Fabio wollte etwas sagen, aber die Worte erstarben ihm auf den Lippen.

Giulio zog seine Pistole.

Eine Dampflok war über sie hinweggerast. Oder eher ein ganzer ICE. Sie würgte, als sie in der Dunkelheit zu sich kam, und sie versuchte, ihre Befindlichkeiten so weit zu sortieren, dass sie sich wenigstens wieder bewegen konnte.

Schlimmer als das hämmernde Kopfweh war das diffuse Gefühl, dass etwas Schreckliches passiert war. Die völlige Desorientierung, die sie daran hinderte, auch nur einen einzigen klaren Gedanken zu fassen.

Sie merkte, dass sie auf einem kahlen Steinboden lag, dass sie sich erbrochen hatte und dass ihr alle Knochen wehtaten. Am schlimmsten schmerzte ihr Kopf.

Dann, mit einer Verzögerung von mehreren Atemzügen, wurde ihr klar, dass das alles nichts war im Vergleich zu der furchtbaren Tatsache, dass sie keine Ahnung hatte, wo sie war. Und das wiederum war völlig harmlos angesichts der wirklich Grauen erregenden Gewissheit, dass sie nicht wusste, *wer* sie war.

»Das glaub ich nicht«, murmelte sie. »Das ist ein Hangover. Ich habe zu viel getrunken.«

Manchmal trank sie einen über den Durst, das fiel ihr in

diesem Moment wieder ein. Vor allem, wenn es guten Champagner oder leckere Cocktails gab. Aber das half ihr in der Situation auch nicht weiter, zumal es für Champagner ganz offensichtlich momentan weder die richtige Zeit noch der richtige Ort war.

»Was, zum Teufel, ist hier los?«, sagte sie laut. Immerhin, sie konnte sprechen. Leicht verwaschen und krächzend, aber ansonsten deutlich und fehlerfrei. Das war wenigstens etwas, auch wenn alles andere immer noch so bestürzend war, dass sie es nicht fassen konnte.

Sie schaffte es sogar, sich auf Hände und Knie hochzurappeln und ein Stück weit vorwärtszukriechen. Wer kriechen konnte, war noch lange nicht tot, so einfach war das.

Trotzdem schaffte sie es kaum, ihre Panik unter Kontrolle zu bringen, während sie sich durch die Dunkelheit bewegte.

»Ich bin eine Frau und kann denken«, erklärte sie. Das klang nicht schlecht für den Anfang. Aber es war noch nicht genug.

»Du armes besoffenes Ding musst nur wieder richtig nüchtern werden«, befahl sie sich laut, während sie spürte, wie auf dem rauen, kratzigen Steinfußboden ihre Strumpfhose zerriss.

Dieses Umherrobben konnte ihrer Kleidung nicht guttun. Sie hatte den deutlichen Eindruck, dass vor allem ihre Schuhe für diese Art der Fortbewegung nicht gemacht waren, obwohl sie nicht wusste, woher diese Erkenntnis kam.

Sie erreichte eine Wand und stemmte sich hoch – und hielt sich mit beiden Händen den Kopf, weil sie fürchtete, dass er sonst platzen würde. Oder einfach von ihren Schultern herabfiel.

»Lieber Himmel«, stöhnte sie. »Das ist vielleicht ein Kater!«

Auf einer tieferen Ebene ahnte sie, dass es kein Kater war, sondern etwas Schlimmeres. Doch darüber wollte sie nicht nachdenken, denn wenn sie erst anfing, sich damit auseinanderzusetzen, würde ihr aufgehen, dass ihr nicht einfiel, wer sie war.

»Ich muss mir nur etwas Zeit geben«, beschwor sie sich selbst, während sie mit ausgestreckten Händen an der Wand entlang weitertappte, bis ihre Hände gegen den hölzernen Rahmen einer Tür stießen. »Es wird mir gleich wieder einfallen, dann ist alles klar!«

Ihre Finger fanden einen Türknauf, und sie rüttelte daran und versuchte, ihn zu drehen. Es tat sich nichts. Eine dumpfe Gewissheit breitete sich in ihr aus, dass sie schon mal versucht hatte, hier rauszukommen, wo immer sie sich auch befand, doch sie war sicher, dass sie es auch diesmal nicht schaffen würde. Man hatte sie eingesperrt! Aber wer war *man*? Außerirdische? Natürlich! Was sonst!

Surreale, klaustrophobische Ängste wallten in ihr auf, und sie versuchte gar nicht erst, dem Drang zu widerstehen, ihrer Furcht Luft zu machen.

»Hilfe!«, brüllte sie. »Hört mich hier jemand? Ihr kleinen miesen Aliens, wenn ihr glaubt, ihr könnt mir Implantate ins Hirn bauen, müsst ihr früher aufstehen!«

Die Außerirdischen ließen sich nicht blicken.

Sie zog an dem Türknauf und drehte ihn, diesmal in die andere Richtung. Zu ihrer Überraschung gab er widerstandslos nach, und die Tür schwang auf.

Sie fand sich in einem Gang wieder, der mit schmutzigen Holzbohlen ausgelegt war und in dem es sogar das eine oder andere Fenster gab. Das war ein deutlicher Fortschritt. Sie war nicht eingesperrt. Fenster konnte man aufreißen und sich bemerkbar machen. Ein Sondereinsatzkommando würde anrücken und sie aus den Krallen ihrer Entführer befreien.

»Hilfe!«, schrie sie aus voller Kehle. »Hil-fe! Hiiil-feee!«

Fabio hob lauschend den Kopf. »War da nicht gerade was?«

Giulio zögerte, aber er hatte die Pistole immer noch in der Hand. »Willst du mich ablenken?«, fragte er auf Italienisch. »Mach lieber dein Testament, das ist sinnvoller!«

»Da hat gerade jemand um Hilfe gerufen.«

»Klar, das war dein Unterbewusstsein.«

Natascha starrte auf die Pistole. »Ich habe es auch gehört.«

»Ich auch«, sagte Harry unaufgefordert. »Obwohl ich wegen der Grippe ziemliche Ohrenschmerzen habe.«

»Ahm, Boss...« Nero hob dezent die Hand. »Also, die Sache ist die: Ich habe auch was gehört. Klang wie eine Frau, die um Hilfe gerufen hat.«

»Ich gehe rasch nachsehen«, sagte Fabio.

Giulios Blick war kälter als Polareis. »Wenn du abhaust, sind deine Leute hier tot.«

»Das habe ich gerade verstanden«, sagte Natascha. »Ich kann ein bisschen Italienisch. Wie gesagt, ich kenne Johnny die Schlange. Und der stammt aus Sizilien. Jedenfalls seine Vorfahren.«

»Das stört mich nicht die Bohne«, sagte Giulio.

Fabio verließ stirnrunzelnd die Küche und ging durch den gefliesten Gang des Wirtschaftstraktes zur Haupttreppe. Wenn ihn nicht alles täuschte, waren die Schreie vorhin von oben gekommen.

»Hallo?«, rief er.

»Hallo!«, kam es schrill zurück. »Hilfe! Ich bin hier! Holt mich hier raus!«

Er raste förmlich die Treppe hoch, immer zwei Stufen auf einmal nehmend.

Isabel van Helsing kam ihm entgegen, unsicher staksend auf ihren hohen Absätzen und so bleich wie der wandelnde Tod. Sie klammerte sich mit beiden Händen am Geländer fest. Ihr Haar war zerrauft und ihre Augen blutunterlaufen. Sie roch nach Erbrochenem, und ihre Augen waren auf unnatürliche Weise geweitet.

»Mir ist schlecht«, sagte sie.

Er war bestürzt. »Das sehe ich. Was ist los?«

»Ich ... ahm, ich weiß nicht.«

»Was ist passiert?«

Sie drückte sich die Hand gegen die Stirn. »Wenn ich das wüsste. Bin ich in einem Irrenhaus oder so was?«

»Das ist Auslegungssache, aber bei objektiver Betrachtung kann ich die Frage verneinen.«

»Dann müssen es Aliens gewesen sein. Sie haben mir Sonden ins Gehirn geschoben und alles ausgelöscht. Eine Gehirnwäsche.«

»Was?«, fragte er konsterniert.

Sie torkelte an ihm vorbei die Treppe runter und dann den Gang entlang. Er folgte ihr hastig, denn sie war so wacklig auf den Beinen, dass sie sich kaum aufrechthalten konnte.

»Es gibt keine andere Möglichkeit«, sagte sie mit wachsender Verzweiflung in der Stimme. »Außer, dass ich verrückt geworden bin.« Sie blieb stehen, drehte sich zu ihm um und holte tief Luft. »Bin ich verrückt?«

»Na ja, ich ... Hm, keine Ahnung. Wieso?«

»Ich habe einen komischen, völlig absurden Filmriss. Ich weiß, das hört sich jetzt vielleicht blöd an. Aber ... Entschuldigen Sie, können Sie mir vielleicht sagen, wie ich heiße?«

Fabio sah, wie sich weiter vorn die Küchentür öffnete und

wie Giulio im Rahmen erschien, Mordlust im Blick und die Pistole immer noch in der Hand.

Fabio räusperte sich. »Klar. Dein Name ist Isabel, und du bist meine Verlobte.«

Sie legte den Kopf schräg und schaute ihn an. Ein Ausdruck von Erleichterung trat auf ihr Gesicht. »Ja«, sagte sie dankbar. »Isabel. Ich glaube, so heiße ich. Und ich bin verlobt. Das weiß ich. Das ist korrekt.« Sie ging weiter und schlingerte dabei wie ein Schiff in Seenot. »Danke vielmals. Geht's hier raus? Ich glaube, ich brauche frische Luft. Mein Kopf tut wahnsinnig weh. Ahm, ich glaube, mir wird wieder schlecht. *Richtig* schlecht.«

Und dann brach sie direkt vor Giulios Füßen zusammen.

Der Arzt schaute besorgt drein. Jedenfalls vermutete Fabio hinter dem Gesichtsausdruck Besorgnis, so ganz genau konnte man sich in dem Punkt nicht festlegen, weil der Arzt sich ständig mit den Fingern im Gesicht herumfuhr und die Haut hin und her zog, was einige Verzerrungen im Mienenspiel bewirkte.

»Die Röntgendiagnose hat ergeben, dass sie keine Schädelfraktur erlitten hat, wie wir zunächst befürchtet hatten. Aber es liegen alle klassischen Symptome eines schweren Schädel-Hirn-Traumas vor. Damit hätten wir die Erklärung für die Amnesie.«

»Das arme Ding!« Giulio warf Fabio einen verärgerten Blick zu. »Es ist alles deine Schuld! Du hast mit ihr telefoniert, da hatte sie schon Kopfweh! Wenn du dich sofort um sie gekümmert hättest, wäre sie nicht hingefallen!«

»Also, ich ...« Fabio überlegte krampfhaft, wie er es anstellen konnte, diesen Irrtum richtig zu stellen. Aber wie es aussah, ließ er davon fürs Erste die Finger. Jedenfalls so lange, bis Giulio seine Aufwallung von Hilfsbereitschaft überwunden hatte und von hier verschwunden war.

»Sie wird sich aber wieder an alles erinnern können, oder?« Giulios Stimme nahm einen drohenden Tonfall an, und Fabio meinte erkennen zu können, wie der Neurologe unter den Blicken seines Cousins ein Stück schrumpfte. »Schließlich ist sie seine Verlobte. Angenommen, sie hat es vergessen – was dann?«

Der Arzt versuchte, die Haut an seinem Kinn bis zur Stirn hochzuschieben, mit der Folge, dass seine Nase wie ein Knopf von lauter Hautfalten zusammengedrückt wurde.

»Nun ja, die Sache ist: Die Patientin leidet unter einer so genannten retrograden Amnesie, bei der die im Gedächtnis gespeicherten Bilder und Zusammenhänge, die vor dem schädigenden Ereignis liegen, nicht mehr abgerufen werden können.«

Giulio starrte den Arzt an. »Wieso machen Sie das?«

»Was?«

»So in Ihrem Gesicht rumzerren. Das ist krank, Mann. Sind Sie auch mal auf den Kopf gefallen?«

Der Neurologe steckte hastig beide Hände in die Taschen seines Kittels und schaute so hochnäsig drein, als hätte er gerade einen Hörsaal voller unfähiger Studenten betreten. »Um auf die retrograde Amnesie zurückzukommen...«

»Ich habe gesagt, dass das krank ist!«, sagte Giulio leise und drohend.

Der Arzt warf einen Blick auf seine Armbanduhr, dann winkte er eine vorbeieilende Schwester heran. Sie blieb stehen und zückte ihr Klemmbrett. »Herr Doktor. Es ist alles vorbereitet.«

»Ich muss zu einer Notoperation«, sagte der Arzt zu

Fabio. Giulio würdigte er keines Blickes. »Ich bin schon spät dran. Bitte erledigen Sie noch unten in der zentralen Aufnahme die Formalitäten für Ihre Verlobte.« Noch bevor er den Satz zu Ende gebracht hatte, war er schon mit flatterndem Kittel um die nächste Ecke verschwunden.

»Den kaufe ich mir noch«, erklärte Giulio. »Oder meinst du, hier sind alle Ärzte so, weil es eine Art Irrenabteilung ist?«

»Es ist die neurologische Abteilung«, sagte Fabio.

»Scheiße, das ist doch genau dasselbe. Guck dir die Hirnis an, die hier im Bademantel rumschlurfen.« Er warf einen bezeichnenden Blick auf einen triefäugigen Patienten, der sich an der Wand entlangdrückte, dabei nickend den Kopf bewegte und etwas murmelte, das sich anhörte wie *abserviert*. Vielleicht hatte er auch *abgeschmiert* oder *abgeführt* gesagt, so genau war es nicht zu verstehen, weil der arme Kerl ohne Gebiss war.

Ein Physiotherapeut führte einen anderen Patienten an ihnen vorbei, der selig vor sich hin kicherte.

»Das muss irgendwie ansteckend sein«, befand Giulio angewidert. »Du solltest zusehen, dass du dein Goldschätzchen so schnell wie möglich wieder hier rausholst.« Er bedachte Fabio mit einem beinahe kameradschaftlichen Grinsen. »Übrigens, sie ist wirklich niedlich. Natürlich kein Vergleich mit Raphaela. Die ist eine wirkliche Rassefrau, so eine kriegst du nie wieder!«

Fabio blieb vor dem Aufzug stehen. Er drückte auf den Knopf fürs Erdgeschoss und spekulierte während der Fahrt nach unten darauf, dass Giulio endlich verschwand. Er selbst hätte dann noch ein paar Minuten in der Halle gewartet, am besten hinter einer der dort wuchernden Kübelpalmen, um dann ebenfalls unauffällig das Feld zu räumen.

»Heute ist dein Glückstag«, sagte Giulio. »Ich gehe noch mit zur Verwaltung wegen der Aufnahme.«

»Nicht nötig. Du hast schon genug getan. Ich meine, weil du geholfen hast, sie herzubringen.«

»Einer musste ihr doch den Kopf halten. Sie gehört quasi zur Verwandtschaft, denn du wirst sie ja demnächst heiraten. Ich weiß, was ich der Familie schuldig bin.«

Daran hatte Fabio keine Zweifel, nur dass sich das, was Giulio unter familiären Verpflichtungen verstand, grundlegend von dem unterschied, was der Rest der Welt darüber dachte.

»Name?«, fragte die Frau in der Aufnahmeabteilung.

»Santini«, sagte Giulio. »Fabio Santini.«

»Sind Sie der Patient?«

»Nein.« Giulio zeigte auf Fabio. »Er ist es. Oder vielmehr seine Verlobte. Isabel.«

»Name?«

»Sind Sie schwer von Begriff?«, fragte Giulio. »Santini!«

Die Frau stach mit dem Kugelschreiber in die Luft, in Giulios Richtung, bevor er sich wieder aufblähen konnte. »Der Name der Verlobten, klar?«

»Isabel«, sagte Fabio seufzend. »Van Helsing.«

»Anschrift?«

»Na, sag sie ihr doch«, forderte Giulio ihn auf. »Sie wohnt doch bei dir.«

Fabio machte sich widerstrebend klar, dass er keine Wahl hatte. Später würde er noch genug Zeit haben, das ganze Missverständnis aufzuklären. Sobald Giulio seiner Wege gegangen wäre.

»Versicherung?«, fragte die Frau.

Fabio starrte sie an. Sie trug einen weißen Kittel, wog ungefähr dreißig Pfund zu viel, hatte neckische braune Löckchen, eine rosa geränderte Brille und sah genauso aus wie seine Erdkundelehrerin aus der dritten Klasse. Die hatte auch immer Dinge von ihm wissen wollen, von denen er keine Ahnung hatte.

»Die Krankenversicherung«, wiederholte die Erdkundelehrerin.

»Privat«, meinte er aufs Geratewohl. Jemand, der solche Ringe und solche Schuhe trug wie seine angebliche Verlobte, konnte nur privat versichert sein.

»Gut.« Die Angestellte machte sich Notizen. »Das hätten wir dann.«

»Wir können noch einen zusammen trinken gehen«, sagte Giulio großmütig, als sie anschließend zum Parkplatz gingen.

»Danke für das Angebot, aber ich fahre lieber nach Hause. Es ist schon spät.«

»Ich komme dieser Tage noch mal vorbei«, sagte Giulio. »Mich interessiert natürlich, wie es deiner kleinen Verlobten geht. Und ob ihr glücklich seid...« Er ließ das Ende des Satzes vielsagend in der Luft hängen, doch Fabio wusste auch so, was Giulio nicht ausgesprochen, aber gedacht hatte. *Vielleicht lasse ich dich dann am Leben.*

Im Laufe der Woche ließen die Schmerzen nach und hörten schließlich ganz auf, aber sie erinnerte sich nicht an ihr Leben. Es war wie ausgelöscht. Der große, düstere Italiener, der nach ihrem Aufwachen zu ihr gesagt hatte, dass er mit ihr verlobt wäre, kam am dritten Tag, um sich nach ihrem Befinden zu erkundigen. Er setzte sich an ihr Bett und starrte sie an. Sie fühlte sich unbehaglich unter seinen Blicken und fragte sich, ob sie in dem Krankenhausnachthemd sehr schräg aussah. Oder ob es an der riesigen blaugrünen Beule lag, die mitten auf ihrer Stirn prangte. Sie hatte noch genug andere

Beulen, doch die waren wenigstens unter ihren Haaren verborgen.

»Ich sehe wohl ziemlich schlecht aus, oder?«, fragte sie.

Er ging nicht darauf ein, sondern sah sich sorgenvoll im Zimmer um.

Sie betrachtete ihn verstohlen. Ob sie schon lange verlobt waren? Was war er überhaupt für ein Mensch? Die Vorstellung, mit jemandem verlobt zu sein, den sie nicht kannte, jagte ihr einen Schauer der Angst über den Rücken. Angst... Das war etwas, woran sie sich in den letzten Tagen gewöhnt hatte. Der Arzt hatte ihr gesagt, es würde vielleicht alles wiederkommen, und daran klammerte sie sich. An dieses *vielleicht*.

»Du erinnerst dich wohl immer noch an nichts, oder?«

»Doch. Ich weiß das meiste wieder.«

Er machte einen erleichterten Eindruck, und es tat ihr beinahe leid, dass sie ihre Auskunft sofort revidieren musste. Sie zeigte auf den Fernseher, der oben an der Wand gegenüber vom Bett angebracht war. »Ich schaue den ganzen Tag fern, so ziemlich alles, was sie bringen. Politik, Sport, Filme – jede Menge Dinge, die ich kenne und worüber ich Bescheid weiß. Es ist im Grunde alles wieder da. Alles, außer meinem persönlichen Leben.«

»Wie ist das möglich?«, fragte er mit gerunzelter Stirn.

»Keine Ahnung.« Sie zuckte die Achseln. »Der Arzt hat gesagt, dass bei Amnesien dieser Art das autobiografische Gedächtnis besonders betroffen ist. Dass es aber wieder in Ordnung kommen kann.« Sie holte Luft. »Meinst du, du könntest mir vielleicht einen kleinen Gefallen tun?«

»Welchen?«

»Na ja, sie haben mir hier gesagt, ich wohne bei dir. Wäre es eventuell möglich, dass du mir eines von meinen Nachthemden und ein bisschen Schminkzeug mitbringst?« Sie schaute zum Nachbarbett hinüber, in dem ihre Zimmernachbarin mit offenem Mund vor sich hinschnarchte. »Sie hat mir schon was von ihren Sachen angeboten, aber sie hat Größe vierundvierzig.«

»Ich schaue, ob ich was finde. Wenn nicht, besorge ich was.« Dann zögerte er. »Ich hätte da noch eine kleine Frage.«

»Frag nur.«

»Wäre es für dich sehr schlimm, wenn wir gar nicht verlobt wären?«

Sie schluckte und merkte, dass sie absurderweise zugleich Erleichterung und Panik verspürte. Erleichterung, weil dieser Fremde kein wie auch immer geartetes Recht auf sie geltend machen konnte, und Panik, weil mit ihm auch der letzte Bezugspunkt aus ihrem Leben verschwinden würde.

»Ich weiß nicht«, sagte sie wahrheitsgemäß. »Haben wir uns denn gestritten?«

»Irgendwie schon«, sagte er.

»Wollten wir uns trennen?«

»Also... Na ja, irgendwie schon.« Mehr als diese Wiederholung brachte er nicht heraus. Sie sah fasziniert, wie seine Ohren rosa anliefen. Er wirkte so verzweifelt, dass sie am liebsten die Hand ausgestreckt und ihm über den Kopf gestrichen hätte. Zu ihrer eigenen Überraschung gab sie dem Impuls nach und tat es. Er fuhr ein wenig zusammen, hielt aber still. Seine dunklen Locken fühlten sich weich und elastisch unter ihren Fingerspitzen an, und sie konnte der Versuchung nicht widerstehen, kurz seine Ohren zu berühren.

Er drehte den Kopf zur Seite, und sie riss die Hand weg, als hätte sie sich verbrannt. »Entschuldige. Wenn wir uns trennen wollten, habe ich kein Problem damit. Eigentlich ist es sogar ziemlich praktisch, denn ich kenne dich ja überhaupt nicht.« Sie dachte nach. »Du sagst mir einfach, zu wem ich gehen kann. Bestimmt habe ich eine Familie. Eltern, Geschwister. Oder Freunde.« Sie würde sich erinnern, das hatte sie sich geschworen. Einen Verlobten konnte man vielleicht vergessen, aber nicht die eigenen Eltern. Der Arzt hatte ihr gesagt, dass das sehr wohl möglich war, aber sie glaubte ihm nicht.

Sie würde sich ihr früheres Leben wiederholen.

Der Installateur wischte sich den Schweiß von der Stirn. »Tut mir echt leid.«

»Oh, Scheiße«, sagte Harry.

»Da sprichst du ein wahres Wort gelassen aus«, meinte Natascha. Sie zerrte sich einen Zipfel ihrer Bluse aus dem Rockbund und drückte ihn sich vor die Nase. »Mann, das stinkt vielleicht!«

Der Installateur stieg über die zäh fließende Pfütze, die rund um das Abflussrohr aus den geborstenen Fliesen quoll. »Ich habe mein Bestes gegeben, aber was nicht geht, geht nicht.«

»Wenn Ihr Bestes ein See von Scheiße ist, wirft das kein gutes Licht auf Ihren Berufsstand«, sagte Natascha.

Er grinste sie an und musterte bewundernd ihre Rubensfigur und ihre knallroten Haare. »Das bringt mein Job eben manchmal so mit sich.«

»Ich wette, wenn Sie abends sauber aus der Dusche steigen, merkt Ihre Frau davon kein bisschen.«

»Ach, ich bin seit fünf Jahren geschieden.«

»Tatsächlich? Ein Mann wie Sie? Kaum zu glauben! Welche Frau kann so blöd sein?«

Fabio stand in der Eingangstür der Restauranttoilette, die Hände in den Hosentaschen versenkt und dunkle Gedanken im Kopf. Er wünschte sich, diese Pfütze da vorn und die kaputten Rohre wären seine einzigen Probleme. In dem Fall würde er in die Kirche gehen und zum Dank eine Kerze anzünden.

Was hatte er eigentlich erwartet? Dass der Sanitärbereich so bleiben konnte?

»Tja«, sagte er. »Damit läuft es wohl darauf hinaus, dass es mit der Reparatur nicht klappt, oder sehe ich das falsch?«

»Das sehen Sie durchaus richtig«, sagte der Installateur. Er kniete sich neben die Pfütze. »Ich werde dann die Spirale mal wieder rausholen. Das Rohr ist nicht verstopft, sondern kaputt.«

»Mit anderen Worten, Sie würden für neue Sanitärinstallationen plädieren?«

»Plädieren?« Der Spengler runzelte die Stirn. »Nee, ich würd's reinbauen. Meiner Meinung nach ist dieses Klo an die fünfzig Jahre alt, und wenn Sie mich fragen, haben da schon ein paar Millionen Menschen reingeschissen.«

»Der Landsitz war früher mal ein Ausflugslokal«, sagte Fabio.

Der Spengler betrachtete die eingerosteten Armaturen an den vorsintflutlichen Waschbecken und die blinden Spiegel. »Muss lange her sein.«

»Mehr als fünfzig Jahre«, bestätigte Fabio.

»Höchste Zeit, alles zu erneuern.«

»Ein Mann, ein Wort«, sagte Natascha. Sie drehte sich ein bisschen in Positur, damit der Handwerker sie besser betrachten konnte. Er machte ausgiebig Gebrauch davon und ließ dabei einen Schraubenzieher fallen.

Fabio überschlug im Geiste die anfallenden Kosten für eine komplett neue Gästetoilette mitsamt allen dazugehörigen neuen Rohren und zog rasch den Schluss, dass es darauf auch nicht mehr ankam. Er hatte sowieso kaum noch Bargeld, und wenn er davon noch die angeblichen Schulden bei Giulio abzog, steckte er so tief im Minus, dass er sogar für einen Konkurs noch zu arm wäre.

»Fangen Sie am besten gleich morgen an«, sagte er.

»Das wird teuer«, sagte Harry. Er blieb mit Fabio zurück, während Natascha den Handwerker nach draußen begleitete.

»Ich *weiß*, dass es teuer wird. Aber ich habe keine Wahl, wenn ich den Eröffnungstermin einhalten will. Wie würde es aussehen, wenn wir alle Gäste, die sich schon angemeldet haben, wieder ausladen?«

»Schlecht«, sagte Harry düster. »Ich hätte auf der Website vielleicht weniger retuschieren und in der Broschüre nicht so viel angeben sollen.«

»Zu spät. Jetzt bleibt uns nur, alles schnellstmöglich so hinzukriegen, dass dieser Landsitz rechtzeitig den Bildern auf unserer Homepage halbwegs ähnlich sieht.« Fabio schaute nachdenklich in den Gang, der von den Gästetoiletten hinüber zu den Galerieräumen im Haupttrakt führte. »Ich hatte vorhin den Eindruck, als würde uns der Installateur vielleicht einen Freundschaftspreis machen. Dieses Gefühl hatte ich noch nicht, als er uns oben die Bäder eingebaut hat.«

»Bedank dich bei Natascha dafür, sie hat ein Händchen für Handwerker-Rabatte. Wird nicht lange dauern, bis er sie ins Kino einlädt. Nur blöd, dass sie dort letzte Woche schon mit dem Dachdecker war und davor die Woche mit dem Malermeister. Irgendwann wird sie die Burschen durcheinanderbringen, und dann werden sie alle miteinander auf sofortige Abschlagszahlungen bestehen.« Harrys Nase war immer noch rot, aber die Erkältung war fast abgeklungen. In der Küche war er wieder voll einsatzfähig, und er würde auch seine wichtigste Aufgabe vor der Eröffnung endlich angehen können: die Bestückung des Weinkellers.

»Du siehst so geknickt aus«, sagte Harry.

»Ich habe Gründe, so auszusehen.«

»Hängt es zufällig mit dieser Sache zusammen?«

Diese Sache war das Synonym für Isabel van Helsing. Fabio sparte sich eine Antwort, es war ohnehin offensichtlich, dass es um *diese Sache* ging.

Vorgestern war die erste fette Krankenhausrechnung gekommen, und wenn man die ganze Behandlung hochrechnete – inzwischen war sie seit zwei Wochen in der neurologischen Abteilung der Klinik –, dürfte gut und gern eine Summe zusammenkommen, die für die Totalsanierung des Außengeländes inklusive Bepflanzung gereicht hätte.

Heute Morgen hatte jemand aus der Krankenhausverwaltung angerufen. »Es wäre durchaus angebracht, wenn Sie die junge Dame zeitnah nach Hause holen. Die weitere Behandlung kann problemlos ambulant durchgeführt werden.«

Mit anderen Worten: Wer das Gedächtnis verloren hatte, musste deswegen noch lange kein Krankenhausbett blockieren.

Als wäre das nicht genug, meldete sich mindestens alle zwei Tage Giulio, um sich nach dem Stand der Dinge zu erkundigen. Die Stimme seines Cousins klang von Mal zu Mal drohender, soweit das überhaupt möglich war.

Fabio wandte sich zu Harry um. »Bist du bei deiner Suche weitergekommen?« Er musste die Frage einfach stellen, obwohl er wusste, wie die Antwort ausfallen würde.

Harry schaute bedauernd drein. »Ich hab mein Bestes gegeben, Alter. Entweder existiert diese Frau nicht, oder sie benutzt ein Pseudonym, das ebenfalls kein Mensch kennt.«

Fabio hatte selbst schon nach dem Namen im Internet gesucht, aber das hätte er sich ebenso gut schenken können. Sämtliche Online-Telefonbücher: Fehlanzeige. Dasselbe bei den Suchmaschinen. Gab man *Van Helsing* ein, erschienen mehr als zweieinhalb Millionen Fundstellen. Eine unübersichtliche Anzahl davon bezog sich auf den gleichnamigen Vampirjäger. Es gab auch eine Menge tatsächlich existierender Van Helsings, aber keiner der vorhandenen Links führte zu jemandem, der auch nur entfernt mit Isabel in Zusammenhang zu stehen schien.

Von ihrer Freundin und ihrem Verlobten wusste er außer deren Vornamen so gut wie nichts. Nur dass die beiden es miteinander trieben und dass sie, ebenso wie Isabel, von außerhalb kamen. *Außerhalb* wiederum konnte ebenso gut die nächstgrößere Stadt sein wie ein Kaff am anderen Ende des Landes.

Er hatte die überregionalen Vermisstenmeldungen durchforstet, aber ihren Namen nirgends entdeckt. Falls sie jemandem fehlte, hatte der Betreffende es nicht gemeldet. Ihr Verlobter und ihre Freundin suchten sie auf Sylt oder sonst wo – wenn überhaupt. Der Verlobte hatte eher den Eindruck gemacht, als sei er nicht mehr sonderlich versessen auf die Hochzeit. Möglicherweise hatten die beiden längst beschlossen, Isabel in ihrem vermeintlichen Schmollwinkel versauern zu lassen.

Fabio hatte ihr Täschchen auf der Treppe hinter der Geheimtür gefunden, aber in dem lächerlich winzigen Ding hatte nicht mal eine Geldbörse Platz gehabt. Es gab keinen Ausweis, keine Kreditkarten, keinen Führerschein, nichts außer einem Hausschlüssel an einem wertvollen silbernen Anhänger in Form eines stilisierten I, dem Anfangsbuchstaben ihres Vornamens. Das war der persönlichste Gegenstand in der Tasche. Außerdem war noch eine Puderdose von einer sündhaft teuren Marke drin gewesen. Dass das Ding teuer war, wusste er auch nur von Natascha, die ihn davon in Kenntnis gesetzt hatte, dass eine Dose Puder dieser Firma so viel kostete wie fünfzig Stück von der günstigen Sorte. Natascha hatte gemeint, dass es für Frauen vom Schlage Isabels nicht ungewöhnlich war, ohne Brieftasche loszuziehen, weil es für sie ganz normal war, sich chauffieren zu lassen und ansonsten immer und überall die Gold Card ihres Begleiters zu benutzen.

»Da bist du wohl ganz schön angeschmiert, Alter.« Harry schaute über die Schulter zurück zu den Sanitäranlagen. Der Geruch war seit dem Rückzug des Installateurs nicht besser geworden. Es stank wie aus einer offenen Jauchegrube. »Was findest du schlimmer – das mit dem Klo oder diese Sache?«

»Fragst du mich das ernsthaft?«

Harry warf ihm einen Blick von der Seite zu. »Hm. Ich würde sagen, du hast ein echtes Problem. Und damit meine ich nicht das Klo.«

Fabio war derselben Meinung, als er sich am Nachmittag endlich dazu durchrang, zum Krankenhaus zu fahren. Er musste mit ihr sprechen, unbedingt. Es hatte keinen Sinn, den Kopf in den Sand zu stecken. Er musste ihr die Wahrheit sagen.

An der Eingangstür der Station traf er auf den Chefarzt.

»Ah, der Verlobte von unserer Amnesie«, sagte der Neurologe.

»Gut, dass Sie es erwähnen, ich wollte eigentlich schon längst...«

»Sie hat während der Therapie davon gesprochen, dass Sie

beide vorgehabt hätten, sich zu trennen«, sagte der Arzt. »Das halte ich unter den gegebenen Umständen für ganz schlecht. Es könnte sämtliche bisher erzielten Fortschritte schlagartig wieder über den Haufen werfen.« Er griff sich ins Gesicht und zerrte eine Hand voll Haut von der Nase in Richtung rechtes Ohr. »Wussten Sie, dass manchmal schwerer Stress allein ausreicht, um zu einer spontanen Amnesie zu führen? Es muss nicht immer ein körperliches Trauma vorliegen.«

»Ahm ... Aber hier lag doch eines vor, oder?«

Der Arzt musterte ihn, als hätte er zwei Köpfe. »Das ist ausgeheilt, doch die psychischen Folgen sind noch nicht abzusehen. Wir haben ein fragiles Gleichgewicht erreicht, ihr Gemütszustand kann als halbwegs stabil bezeichnet werden. Eine Heilung scheint mir nicht ausgeschlossen. Aber alle nur infrage kommenden Stressoren müssen dringend vermieden werden. Eine Trennung wäre beispielsweise ein extremer Stressor.«

Fabio schluckte und suchte krampfhaft nach Argumenten, warum die Trennung eigentlich keine war, doch ihm fielen keine passenden Worte ein. Was hätte er auch sagen sollen? *Übrigens, ich bin überhaupt nicht mit ihr verlobt, und ich war es auch nie. Dass ich das bei der Einlieferung nicht richtiggestellt habe, liegt daran, dass mein Cousin rasend eifersüchtig ist und immer eine Achtunddreißiger in der Jacke hat. Schussbereit, Sie verstehen?*

Ja, logisch. Das klang für jeden unvoreingenommenen Nervenarzt absolut einleuchtend.

»Ich nehme an, Sie sind bereits zu derselben Annahme gekommen«, meinte der Arzt. Er bekam eine Hautfalte auf seiner Stirn zu fassen und versuchte, sie in den Haaransatz zu schieben. »Die Patientin sagte, Sie hätten noch keine anderen

Angehörigen informiert, die sie hätten abholen können. Folglich gehen wir davon aus, dass eine Trennung derzeit nicht mehr zur Debatte steht.«

Er ließ sein Gesicht in Ruhe und schaute auf seine Armbanduhr. »Gleich ist Visite. Wenn Sie vorher noch mit ihr sprechen wollen ...«

Bitte nicht, dachte Fabio, während er hinter dem Arzt hertrottete, der ihm fürsorglich die Tür zu ihrem Zimmer öffnete.

Der Neurologe wandte sich zu ihm um und schob sich den kleinen Finger bis zum zweiten Glied ins Ohr. »Nicht vergessen. Keine Stressoren.« Ins Zimmer gewandt, fügte er strahlend hinzu: »Lieber Besuch ist gekommen!« Er fasste Fabio beim Arm und schob ihn vorwärts.

Isabel saß aufrecht im Bett und schaute von einer Illustrierten auf, als er das Zimmer betrat.

»Na so was«, sagte sie erfreut. »Ein bekanntes Gesicht!«

Fabio hätte sich am liebsten entmaterialisiert, als er das glückliche Leuchten in ihren Augen sah. Auf der Stelle fühlte er sich wie das größte Schwein im Universum. Er versuchte, diese Selbsteinschätzung zu verbessern, indem er ihr Lächeln erwiderte, aber er merkte, wie künstlich es war.

Ihr schien nichts aufzufallen. »Endlich bist du da!«, sagte sie aufgeregt. »Ich habe schon die ganze Zeit gewartet, dass du wieder herkommst!«

»Ach«, meinte er überrumpelt.

»Ja, um mir Nachthemden zu bringen. Eine von den Schwestern hat mir dann welche besorgt, ich nehme an, du hattest keine Zeit oder hast es vergessen.«

»Ah ... ich fürchte, ja«, sagte er peinlich berührt.

»Ich habe angerufen, aber es ging immer nur ein Typ namens Harry dran. Er sagte, du hättest wahnsinnig viel zu tun, weil du ein altes Landhaus sanieren und ein Restaurant eröffnen musst. Stimmt das?«

»Ja«, sagte Fabio, erleichtert, weil er nicht lügen musste. »Ja, alt ist es wirklich! Aber die Arbeiten machen Fortschritte!«

»Habe ich da mit dir zusammen gelebt?«

»Ah ... Also, in Wahrheit ist es so ...« Er verstummte und überlegte, was wohl passierte, wenn er jetzt einfach mit allen Fakten herausrückte. Ob er damit die Chance, dass sie ihr Gedächtnis zurückgewann, ruinierte? Darüber hatte der Arzt sich nicht ausgelassen. Doch er hatte unmissverständlich klargestellt, dass man sie auf keinen Fall aufregen durfte.

Erschrocken sah Fabio, wie sich ihre Miene verfinsterte.

»Ich war schon ausgezogen, stimmt's?«, stieß sie hervor. »Dieser Harry – er hat es gesagt.«

»Was hat er gesagt?«

»Ich habe ihn gefragt, ob ich bei dir wohne, und da sagte er: *nicht wirklich.*«

»Äh – tatsächlich?«

»Ist es so? Ich meine, hatten wir die Trennung schon hinter uns, und war ich schon ausgezogen?«

Fabio wand sich und starrte auf das Nachbarbett. Es war leer; die alte Frau von neulich war entweder verlegt oder entlassen worden. »Na ja ... sozusagen.«

»Wohin?«

»Keine Ahnung.«

Bestürzt sah er, wie sich ihre Augen mit Tränen füllten.

»Dann bin ich nirgends mehr zu Hause«, flüsterte sie.

»Nicht doch!«, rief er. »Du bist ... äh, du bist natürlich jederzeit herzlich willkommen ...« Er brach ab, durchdrungen von dem heftigen Bedürfnis, sich selbst in den Hintern zu treten. Was, zum Teufel, tat er hier eigentlich? Er merkte, wie er von widerstreitenden Gefühlen durchflutet wurde. Er wusste nicht, welches Bedürfnis stärker war: einfach rasch zu verschwinden oder sie zu trösten. Nach kurzem Überlegen entschied er sich für das Verschwinden, aber das trug nicht dazu bei, dass er sich besser fühlte. Hinzu kam, dass er es ohnehin nicht fertigbrachte. Er konnte nicht einfach aufstehen und gehen, aber ebenso wenig konnte er sie in den Arm nehmen oder ihre Hand tätscheln oder ähnlich plump reagieren. Er konnte nur weiter hier hocken und an ihr vorbeistarren, weil er es nicht schaffte, ihr in die Augen zu blicken. Und noch weniger schaffte er es, ihr die Wahrheit zu sagen, während sie hier im Bett saß und so erbarmungswürdig verloren aussah wie ein kleines Mädchen, das jemand im Wald ausgesetzt hatte.

Er kam sich vor wie ein Monster, und je länger er hier neben ihrem Bett saß, umso schlimmer wurde es.

Unruhig rutschte er auf dem Besucherstuhl herum und fragte sich, was er als Nächstes sagen sollte. Ihm fiel nichts ein.

»Ich würde ja zu meinen Eltern gehen«, sagte sie leise. »Oder zu meiner Oma.«

»Deine Oma? Hast du eine?«

»Jeder Mensch hat zufällig zwei davon«, sagte sie spitz.

»Lebt sie noch?«

»Wenn ich das wüsste, wäre ich jetzt bei ihr!«, fauchte sie ihn an. »Oder bei meinem Bruder oder meiner Schwester!«

»Du hast einen Bruder und eine Schwester?«, fragte er hoffnungsvoll.

»Woher soll ich das wissen?«, gab sie verärgert zurück. Sie hielt inne. »Habe ich?«

»Keine Ahnung.«

Sie starrte ihn an. »Wir sind verlobt, und du weißt nicht, ob ich Geschwister habe?«

Er überlegte wie rasend, welche stressfreie Wendung er diesem Gespräch geben konnte.

»Du hast mir so gut wie nichts über dich erzählt, als wir uns kennenlernten«, improvisierte er schließlich hastig. »Mit privaten Informationen warst du sehr zurückhaltend. Ich weiß praktisch überhaupt nichts von dir.«

»Du meinst, ich wollte nicht über mein Leben sprechen, als wir uns begegnet sind?«

Er nickte und ließ langsam den angehaltenen Atem entweichen.

Sie erschauerte. »Ich muss eine schreckliche Vergangenheit haben!«

»Tja, das soll's geben«, meinte er lahm.

»Und du hast dich trotzdem sofort in mich verliebt, obwohl du gar nichts von mir wusstest?«

Er zuckte zusammen. »Na ja ... nicht sofort.«

Sie wurde rot. »Ich verstehe.« Sie holte Luft. »Unsere Trennung – war sie endgültig? Oder wollten wir nur eine Auszeit?«

Die Tür ging auf, und der Chefarzt segelte wie ein Flaggschiff ins Zimmer, mit spitzem Finger in seinem rechten Auge herumpolkend und umgeben von einem Geschwader weiß bekittelter Assistenzärzte und Schwestern.

»Ich geh dann mal wieder!«, sagte Fabio, während er Haken schlagend die Weißkittel umrundete, wie ein Hase auf der Flucht.

»Warten Sie draußen, Sie können Ihre Verlobte nachher gleich mitnehmen!«, rief ihm der Chefarzt nach.

Fabio warf die Tür hinter sich zu und tat so, als hätte er ihn nicht mehr gehört. *Jetzt* konnte er endlich verschwinden.

Der junge Oberarzt hieß Tobias Mozart. Er lächelte sie schüchtern an, als er das Zimmer betrat. Vorhin bei der Visite war er auch schon dabei gewesen, und Isabel hatte längst bemerkt, dass er mehr in ihr sah als nur einen interessanten Fall. Er nutzte jede Gelegenheit, außer der Reihe zu ihr ins Zimmer zu kommen und sich nach ihrem Befinden zu erkundigen. Er hatte sie auf ihre Bitte hin mit Fachliteratur über Amnesie versorgt und war jederzeit für sie ansprechbar. Darum hatte er ihr seine private Telefonnummer gegeben.

»Falls Sie mal eine dringende Frage haben. Oder sich nicht so gut fühlen.«

Bis jetzt hatte sie ihn nicht angerufen, obwohl ihr ganzes Leben eine einzige dringende Frage war und sie genau deswegen meilenweit davon entfernt war, sich gut zu fühlen.

Als Isabel seinen Vornamen noch nicht kannte, hatte sie ihn gefragt, ob er Wolfgang hieß. Es war eine der ersten Fragen gewesen, die sie nach ihrem Aufwachen hier im Krankenhaus gestellt hatte. Die Frage war spontan gekommen, weil sie das Schildchen an seiner Brusttasche gesehen hatte – Dr. Mozart.

Er hatte grinsend den Kopf geschüttelt, und sie war darüber so erleichtert gewesen, dass ihr die Tränen in die Augen gestiegen waren. Nicht, weil sein Vorname Tobias war, wie er ihr später erzählte, sondern weil sie sich daran erinnern konnte, dass es einen berühmten Komponisten gegeben hatte, der Wolfgang Amadeus Mozart hieß. Wenn sie die Augen schloss und sich konzentrierte, konnte sie sogar im Geiste die Musik hören, die von ihm stammte. Die Zauberflöte. Cosi fan tutte. Den Figaro. Und schließlich seine Klavier- und Violinkonzerte. Sie wusste, dass sie Mozart mochte, und wenn sie an ihn dachte, bewegten sich ihre Finger. Dabei war ihr klar geworden, dass sie Klavier spielen konnte.

Auf diese Weise konnte sie sich an vieles erinnern, einfach, indem sie es auf sich einströmen ließ. Fast alles kam wieder.

Im Krankenhaus gab es ein Zentrum für Physiotherapie, und dort war auch ein kleines Schwimmbad, wo sie zuerst zögernd, dann immer sicherer einen Schwimmzug nach dem anderen getan hatte, bis sie schließlich zügig kraulend durchs Becken geschossen war. Ihre Physiotherapeutin hatte begeistert und ungläubig gelacht und gefragt, ob sie in einem früheren Leben ein Delphin gewesen wäre.

Nach dieser flapsigen Bemerkung hätte Isabel sich am liebsten auf den Grund des Beckens sinken lassen, um nie mehr aufzutauchen. Was nützte ihr das Wissen, schwimmen und Klavier spielen zu können, wenn sie keine Ahnung hatte, wo und bei wem sie es gelernt hatte?

Wissen über das öffentliche Leben und Prominente war leicht abzurufen. Es kam wieder, sobald sie eines der Hochglanzmagazine aufschlug, mit denen die Schwestern sie täglich versorgten, oder wenn sie durch die Fernsehprogramme zappte. Sie erinnerte sich an Filmstars und Rockmusiker ebenso wie an Politiker, und sie wusste jeweils sofort instinktiv, wen sie mochte oder nicht ausstehen konnte. Sie kannte die Filme, in denen die Schauspieler mitgewirkt hatten, und sie konnte die Lieder mitsummen, die im Radio oder in den Musikkanälen des Fernsehens gespielt wurden. Sie roch die Parfums und Deos der Schwestern und wusste jedes Mal, welche Duftnote sie mochte und welche sie verabscheute. Sie spürte, dass ihre eigene Duftnote nicht dabei war.

Das Kleid, in dem sie eingeliefert worden war, stammte von einem japanischen Designer. Die eingenähten Schildchen hatten eine englische Aufschrift, folglich hatte sie es vermutlich im Ausland gekauft. Ihre Schuhe, das hatte sie sofort erkannt, waren von Manolo Blahnik. Er war ihr liebster Schuhdesigner. Die Unterwäsche war von Victoria's Secret, dem berühmten amerikanischen Dessoushersteller.

Überhaupt schien sie nicht vergessen zu haben, welche persönlichen Vorlieben sie hatte. Sie mochte kein Schweinefleisch, liebte aber Fisch, und trotz ihrer Amnesie war ihr binnen kürzester Zeit klar geworden, dass die Krankenhausküche so erbärmlich schlecht war, dass nur der nagende Hunger sie dazu brachte, hin und wieder wenigstens einen Teil der Gerichte zu essen.

In den Zeitschriften las sie Artikel über teuren Wein, Haute Cuisine und prominente Köche, und sie war kaum überrascht, als sie erkannte, dass das gesamte Vokabular ihr vertraut war. Ihr Kleid war ebenso teuer gewesen wie ihre Schuhe, Wohlstand konnte ihr nicht fremd sein. Schließlich war da noch der Ring, ein wahres Prachtexemplar in Sachen Größe und Reinheit.

Immerhin waren ihr durch ihre Kleidung und den Ring gleich mehrere wichtige Informationen über ihr früheres Leben zuteilgeworden. Sie hatte Geschmack, und sie hatte Geld. Ganz so übel konnte ihre Vergangenheit demnach doch nicht gewesen sein.

Aber warum hatte sie dann nicht mit diesem Italiener darüber gesprochen?

Es fiel ihr immer noch schwer, ihn sich als ihren Verlobten vorzustellen, was auch der Hauptgrund dafür war, warum sie eher zögerlich darangegangen war, Kontakt zu ihm aufzunehmen. Aber was war ihr übrig geblieben? Wenn sie mehr über die Zeit vor dem Unfall herausfinden wollte, war er der einzige kompetente Ansprechpartner, daran gab es nichts zu deuten. Die Oberschwester hatte sich bei der Klinikverwaltung seine Adresse geben lassen und ihr die Telefonnummer besorgt. Dass er nicht erreichbar gewesen war, hatte sie einerseits mit Erleichterung, andererseits aber auch mit Unruhe erfüllt. Sie wusste genau, dass sie nicht ewig hier im Krankenhaus bleiben konnte, und je eher sie zu diesem alten Landhaus zurückkehrte, umso besser standen ihre Chancen, sich vielleicht an ihr Leben zu erinnern, denn das war der Ort, an dem ihre Vergangenheit aufgehört hatte.

»Trübe Gedanken?«, fragte Doktor Mozart.

»Was sonst?«, gab sie zurück. »Wie würden Sie sich fühlen, wenn Sie eines Tages aufwachen und keine Ahnung haben, wer Sie sind? Wenn Sie sich selbst nicht mal im Spiegel wiedererkennen?«

Er hob die Schultern. »Ich würde zumindest sagen: He, was ist das da im Spiegel für eine super aussehende junge Frau!«

Sie musste lachen. »Ja, ich gebe zu, wenigstens damit habe ich nach Lage der Dinge Glück gehabt. Ich hätte ja auch irgendwo zwischen siebzig und achtzig und ohne eigene Zähne aufwachen können, das wäre ganz schön gemein gewesen.«

Sie wusste, dass sie hübsch war. Auf eine unerklärliche Art hatte sie es schon gespürt, bevor eine der Schwestern ihr das erste Mal auf ihren Wunsch hin einen Handspiegel ans Bett gebracht hatte. Doch was nützte es ihr, wenn sie in ihren eigenen Augen so ungewohnt und unvertraut aussah, dass ihr Gesicht ebenso gut einem beliebigen Model in einem Frauenmagazin hätte gehören können? Was hatte sie von einem Äußeren, das anderen zwar gefiel, ihr selbst jedoch absolut fremd war?

»Die Sache mit Ihrem Verlobten«, begann er.

Sie hob die Hand, bevor er weiterreden konnte. »Ich weiß schon, was Sie sagen wollen: Er ist wieder weg.«

»Eigentlich sollte er Sie mitnehmen.«

»Wie es aussieht, hatten wir vor dem Unfall vor, uns zu trennen. Ich glaube, er ist jetzt deswegen immer noch hin-

und hergerissen.« Sie runzelte die Stirn. »Dasselbe gilt ehrlich gesagt auch für mich. Die Vorstellung, mich einem Menschen anzuvertrauen, von dem ich noch weniger weiß als von Ihnen, ängstigt mich ziemlich.«

»Sie könnten sich mir anvertrauen. Von mir wissen Sie immerhin, dass ich kurzsichtig, überarbeitet und aufdringlich bin.«

Isabel lachte. »Sie sind nett! Und Sie haben keinen einzigen Tick!«

Er grinste sie an. »Sie meinen, solche Dinge wie an den Ohren zu reißen und mit dem Finger Löcher ins Gesicht zu bohren?«

»So ungefähr.«

Er setzte sich zu ihr auf die Bettkante. »In Anbetracht Ihrer besonderen Situation möchte ich Ihnen einen Vorschlag machen. Unsere Klinik betreut einige beschützende Wohngemeinschaften. Dort leben Menschen, die ... na ja, sie sind geistig ein wenig beeinträchtigt.«

Isabel schluckte. »Sie meinen, da würde ich gut reinpassen?«

»Nein, das meinte ich nicht. Sie könnten für sich sein. Falls Sie Wert darauf legen. Niemand kann Sie zwingen, sich in die Gesellschaft von Menschen zu begeben, bei denen Sie sich unerwünscht oder fehl am Platze vorkommen.«

Isabel seufzte. »Ich kenne mich ja nicht mal selber. Wenn ich mich überhaupt irgendwo sicher fühlen kann, dann eigentlich nur bei Leuten, die wenigstens *mich* kennen. Und mich halbwegs mögen.« Sie dachte kurz nach, dann setzte sie hinzu: »Hoffe ich jedenfalls.«

»Eine Frau wie Sie? Wer sollte Sie *nicht* mögen!«

»Keine Ahnung«, sagte sie vage, erschrocken über die Gefühle, die unvermittelt in ihr aufwallten und ihr Unbehagen einflößten. Etwas sagte ihr, dass es sehr wohl Leute gab, die sie nicht ausstehen konnten. Woher jedoch diese plötzliche Erkenntnis kam, vermochte sie nicht einzugrenzen. Sie konzentrierte sich und versuchte, dem nachzuspüren, was sich gerade eben wie ein kleiner Zipfel der Vergangenheit angefühlt hatte, doch je mehr sie danach strebte, es zu ergründen, umso rascher versank es im Dunkel ihres verlorenen Gedächtnisses.

Doktor Mozart stand auf und ging zur Tür. »Wenn Sie mich brauchen...«

»Dann rufe ich Sie«, beendete sie gewohnheitsmäßig den Satz, mit dem er jedes Mal das Zimmer verließ.

Er war kaum verschwunden, als sich neuer Besuch ankündigte.

»Hier kommen gute Freunde!«, meinte eine leutselige Stimme von der Tür her.

Isabel bezwang ihr aufgeregtes Herzklopfen, als sie den italienischen Akzent hörte und gleich darauf den Mann sah, zu dem die Stimme gehörte. Im ersten Moment war sie davon überzeugt, jemand aus ihrer Vergangenheit sei aufgetaucht, ein Mensch, den sie von früher kannte und der jetzt einen Wiedersehenseffekt in ihr auslöste – vielleicht der erste Schritt auf dem Weg zur Heilung!

Doch gleich im nächsten Moment erkannte sie ihren Irrtum. Sie *hatte* den Mann schon gesehen – aber nach ihrem Unfall.

»Hallo«, sagte sie schlecht gelaunt, als der Typ näher kam. Er trug sein Haar mit Gel an den Kopf geklatscht, und der Maßanzug aus feiner grauer Seide konnte nicht kaschieren, dass er leicht übergewichtig war. Die Frau, die hinter ihm ins Zimmer kam, war etwa einen halben Kopf größer als er. Sie hatte stufig geschnittene brünette Locken und war umwerfend schön. Auch bei ihr glaubte Isabel für einen Moment, sie von früher zu kennen, doch dann merkte sie, dass der Effekt einen anderen Grund hatte: Die Frau sah haargenau so aus wie Gina Lollobrigida in *Der Glöckner von Notre Dame*, nicht nur, weil sie einen schwingenden, weit ausgestellten Rock und eine extrem tief ausgeschnittene Bluse trug, sondern weil sie dieselben schmollenden Lippen und dunklen, dicht bewimperten Augen hatte.

Der Typ, mit dem sie gekommen war, hätte einen guten Glöckner abgegeben, von der Größe her stimmte es, nur der Buckel fehlte.

»Wie hieß er noch gleich?«, murmelte Isabel, frustriert, weil der Name ihr nicht sofort einfiel.

»Giulio Caprini«, sagte der Typ.

»Nein, Quasimodo«, widersprach Isabel, die sich soeben wieder erinnert hatte. »Sie wissen schon – Anthony Quinn. In dem Film.«

Giulio blieb in der Mitte des Zimmers stehen. »Sekunde mal. Ich kenne den Film. Soll das eine Beleidigung sein?«

Die Frau schwebte an ihm vorbei ans Bett. »Hören Sie nicht auf ihn. Ich weiß, dass ich wie die Lollo in ihrer Jugend aussehe, und er zieht immer die falschen Schlüsse daraus, wenn ich die Leute an die Esmeralda aus dem *Glöckner* erinnere.« Sie reichte Isabel die Hand.

»Tut mir leid, aber ich habe mein Gedächtnis verloren«, sagte Isabel höflich. »Falls ich Sie von früher kennen sollte, ist das leider weg.«

»Wir kennen uns nicht. Deswegen bin ich ja mit Giulio hergekommen. Um das zu ändern.«

Sie lächelte mit schneeweißen Zähnen. »Hallo. Ich bin Raphaela.«

Sie musterte Isabel mit neugierigen Blicken. »Tatsächlich. Ganz anders als sein üblicher Geschmack. Blond, blass, klein und so klapprig, dass der Wind Sie wegwehen könnte.«

»Danke für die Blumen«, sagte Isabel.

»Wir wollen Sie nach Hause bringen«, sagte Giulio. »Zu Ihrem Verlobten.« Er dachte kurz nach. »Wir sollten uns duzen. Er ist mein Cousin. Und ihr seid verlobt. Also sind wir praktisch schon verwandt.«

»Eigentlich glaube ich nicht, dass er noch mein Verlobter ist. Wir wollten uns trennen.«

»Trennen?«, rief Giulio aus. Er blähte sich auf wie ein Blasebalg, und in seinem Gesicht breitete sich ungesunde Röte aus. »Davon hat dieser Scheißkerl nichts gesagt!« Er starrte Isabel bohrend in die Augen. »Warum?«

»Keine Ahnung. Vielleicht, weil es eine Privatangelegenheit ist. Solche Dinge erzählt man nicht gerne überall rum.«

»Ich glaube, Giulio will nicht wissen, warum Fabio ihm nichts davon gesagt hat, sondern er möchte gern erfahren, warum ihr euch trennen wolltet«, sagte Raphaela.

»Das finde ich genauso privat. Außerdem weiß ich es nicht. Schließlich habe ich eine Amnesie.«

Giulio wirkte verblüfft, dann grinste er. »Dann ist ja alles in Ordnung. Ihr fangt noch mal von vorne an. Bei null sozusagen.« Er brach in Gelächter aus. »Das war gerade gut, oder? Bei null! Bei *null!*«, wiederholte er trompetend, als müsste er den Witz einer Versammlung vertrotteler Schwerhöriger begreiflich machen. Raphaela begleitete sein Getröte mit ihrem Kichern. Offenbar amüsierten die beiden sich prächtig zusammen.

»Na schön«, sagte Isabel, der es allmählich reichte. »Was kann ich sonst noch für Sie beide tun, außer Sie zum Lachen zu bringen?«

»Aber ich dachte, das wäre klar.« Giulio stellte sein Wiehern ein und wischte sich die Lachtränen aus den Augen. »Steh auf und pack dein Täschchen. Und dann geht es los. Auf nach Hause.«

Zuhause? War es das wirklich? Isabel saß im Fond von Giulios Protzlimousine und starrte das Gebäude an, als könnte es beißen, wenn man ihm zu nahe kam.

Das Ding sah aus wie eine Filmkulisse, aber nicht für einen Film wie *Die Guldenburgs,* sondern eher für einen Gruselschocker aus der Reihe *Outer Limits.*

Es gab im rückwärtigen Bereich sogar noch Reste einer Wehrmauer, die an einem kleinen Turm endete. Der wiederum war kaum mehr als eine Ruine, mit bröckelnden Fensteröffnungen und eingefallenen Rändern. Das große Hauptgebäude mit seinen spitzgiebeligen Erkern und Ecktürmchen schien etwas besser in Schuss zu sein, jedenfalls besaß es Fenster und eine Dacheindeckung, die aussah, als wäre sie weniger als zweihundert Jahre alt.

Über die Mauern wuchsen Geißblatt und wilder Wein, der sich malerisch an der Fassade emporrankte und vermutlich das Schlimmste überdeckte.

»Na ja, ich hatte schon gehört, dass es ziemlich runtergekommen ist«, sagte Raphaela. Sie saß auf dem Beifahrersitz und beschattete die Augen mit der Hand. »Aber dass es so schlimm ist ... Dieses Ding hat nicht viel Ähnlichkeit mit dem *Schwarzen Lamm.* Da hat er sich ja wirklich was vor die Brust genommen!«

»*Das Schwarze Lamm?*«, fragte Isabel.

»Das war das Restaurant, das er davor hatte«, erklärte Raphaela. »Als er noch mit mir zusammen war.«

»Ich will nicht, dass du davon redest.« Giulio brachte den Wagen abrupt zum Stehen. »Du musst deine Vergangenheit hinter dir lassen! Mach es wie sie! Vergiss ihn einfach!« Er wandte sich mit wutverzerrter Miene zu Raphaela um, die ihn sonnig anlächelte und ihm die Wange tätschelte. »Du bist so süß, wenn du böse bist!«

Isabel fand ihn nicht süß, sondern unheimlich, und sie fragte sich nicht zum ersten Mal, seit sie die beiden kennengelernt hatte, was für eine schräge Nummer hier ablief.

Sie stieg aus, obwohl ein Impuls sie dazu zwingen wollte, sitzen zu bleiben. Sie überlegte, woher diese merkwürdige Anwandlung kam, aber erst, als sie sah, wie Raphaela sitzen blieb und lässig darauf wartete, dass Giulio ihr die Tür aufriss, erkannte sie, was es damit auf sich hatte. Sie war ebenfalls daran gewöhnt, dass andere Leute ihr die Wagentür aufhielten oder ihr sogar aus dem Auto heraushalfen. Männer natürlich.

Ein Handy klingelte, und Giulio zog ein Telefon aus der Hosentasche seines Anzugs.

»*Pronto*«, sagte er. Er lauschte kurz, und dann gab er einen italienischen Wortschwall von sich. Isabel horchte kurz auf – und merkte, dass sie außer vereinzelten Wortfetzen nichts verstand. Sie wusste zwar, dass es Italienisch war, aber sie war mit der Sprache nicht vertraut. Französisch konnte sie ziemlich gut, Englisch ebenfalls, das hatte sie vorgestern in einem Dialog mit einer Krankenschwester ausprobiert, die beide Sprachen beherrschte. Aber Italienisch gehörte nicht zu ihrem Repertoire.

Sie verlor das Interesse an dieser Thematik und konzentrierte sich wieder auf den Gedankengang, der vorhin durch das Handyklingeln unterbrochen worden war.

Der Wunsch, sich aus dem Auto helfen zu lassen. Die Schuhe, das Kleid, der Ring. Und der sofortige emotionale Zugang zu allem, was die Reichen und Schönen dieser Welt zu tun und zu lassen pflegten. Natürlich gab es für all das nur eine Erklärung.

»Ich bin reich und verwöhnt«, sagte sie halblaut.

Raphaela drehte sich zu ihr um. »Das habe ich sofort gesehen, schon an dem Ring und den Schuhen. Aber sag das lieber nicht, wenn Giulio es hören kann. Dann will er sofort Geld sehen.«

»Was hast du gesagt, mein Engel?« Giulio hatte sein Telefonat beendet und steckte das Handy wieder ein.

»Nur, dass wir uns hier mal ein bisschen umsehen wollen. Sieht doch schon ganz gut aus, oder?«

Dem mochte Isabel nicht zustimmen. Der Platz vor dem alten Landsitz war zwar weiträumig, aber insgesamt rief er den Eindruck hervor, als würde zur Vervollständigung der Optik nur noch eine Horde von Häftlingen fehlen, die man zum Hofgang rausließ.

Mit grobem, teilweise geborstenem Kopfsteinpflaster belegt und von hervorsprießendem Unkraut überwuchert, war er zudem nicht gerade der geeignete Untergrund für einen Fußmarsch auf hohen Absätzen.

Isabel schloss kurz, aber konzentriert die Augen und öffnete sie dann wieder, als könnte sie auf diese Weise die ausgefallenen Synapsen in ihrem Gehirn reaktivieren. Doch es tat sich nichts. Sie hatte nicht den Hauch einer Erinnerung an das, was sie um sich herum sah.

»Da bin ich ja direkt gespannt, wie es drinnen ist«, meinte Raphaela in süffisantem Ton.

Ich nicht, dachte Isabel. Sie begann sich zu fragen, wie genau sie sich diese beschützende Wohngemeinschaft, von der Doktor Mozart gesprochen hatte, wohl vorzustellen hatte. Auf keinen Fall so fragwürdig wie dieses Ambiente hier. Sie hätte die Idee nicht so voreilig abtun sollen.

Raphaela ging mit schwingenden Hüften auf den Haupteingang zu, und Giulio folgte ihr wie ein treuer Dackel. Der Eindruck hündischer Ergebenheit wurde nur ein bisschen dadurch beeinträchtigt, dass er hin und wieder ihren Hintern tätschelte.

Isabel stöckelte notgedrungen auf ihren hohen Schuhen hinter den beiden her, darauf bedacht, nicht mit ihren Absätzen in jeder Ritze hängen zu bleiben.

Der Eingang bestand aus einem gewaltigen Holztor, das zu Isabels Überraschung bereits restauriert war, das erste Anzeichen von Erneuerung, das sie seit ihrer Ankunft hier wahrnehmen konnte. Die Löcher im Holz waren ausgebessert, und es glänzte vor frischer Politur.

Auch in der Halle, die sich dahinter auftat, waren deutliche Anzeichen einer Modernisierung zu erkennen. Die Mauern waren frisch verputzt und geweißt, die Holzbohlen an den hohen Decken und Wänden abgezogen und die Granitplatten des Bodens sorgfältig gereinigt.

Weitere Arbeiten waren offensichtlich in vollem Gange, denn Hämmern, Bohren und das Heulen von Schwingschleifern erfüllten die Halle bis in den letzten Winkel. Zur Rechten stand eine zweiflügelige Tür offen und gab den Blick auf einen großen, holzgetäfelten Saal frei, in dem einige Handwerker mit Schreinerarbeiten beschäftigt waren. Ein Dutzend Schritte voraus führte eine breite Treppe mit geschwungenen Geländern nach oben. Auf den Stufen hockten drei weitere Männer in Overalls und bearbeiteten das Geländer. Der Radau, den sie mit ihren Maschinen veranstalteten, war ohrenbetäubend. Es roch durchdringend nach frisch gesägtem Holz und Politur.

Rechts und links neben dem Eingangstor sowie an der gegenüberliegenden Wand zu beiden Seiten der Treppe waren hohe, spitzbogige Fenster in das Mauerwerk eingelassen, die mit bleigefassten Butzenscheiben im mittelalterlichen Stil ebenfalls erneuert worden waren. Auf einer Leiter, die vor einem der Fenster aufgeklappt war, stand ein Mann und fugte Ritzen im Mauerwerk unterhalb des Spitzbogens mit Spachtelmasse aus.

»Wo ist mein Cousin Fabio, dieser Schweinehund?«, brüllte Giulio niemanden im Besonderen an.

Der Handwerker auf der Leiter blickte über die Schulter zu ihnen herunter. »Sind alle hinten!«

Er deutete mit dem Spachtel in einen Gang, der in einen anderen Trakt des Gebäudes führte, aus dem Gitarrenmusik zu hören war. Giulio marschierte ohne zu zögern los, und Raphaela blieb an seiner Seite und kraulte ab und zu mit spitzen Fingern sein Ohr, wobei er jedes Mal erschauerte – ob vor Wohlgefühl oder vor Schreck, war allerdings schwer zu sagen.

Durch den hohen, gewölbten Gang gelangten sie in den Wirtschaftstrakt des Gebäudes, und jetzt war auch zu erkennen, dass das Ganze mal ein Restaurantbetrieb werden sollte. Vor ihnen tat sich der Blick auf eine riesige, vor Edelstahl nur so blitzende Küche auf, in der eine passende Mannschaft sicherlich ohne weiteres für ein paar hundert Gäste kochen konnte.

Die Musik hörte auf, und ein junger Mann kam aus einem Nebenraum in die Küche. Er war mittelgroß und so dünn wie seine elektrische Gitarre, die er in der Hand hielt. Isabel schätzte ihn auf Mitte bis Ende zwanzig. Er hatte zerzaustes dunkelblondes Haar und ein Kindergesicht mit Lachgrübchen, die allerdings sofort verschwanden, als er der Besucher ansichtig wurde.

»Ach du Scheiße«, sagte er. Es klang alles andere als kindlich.

»Hallo, Harry«, sagte Raphaela.

»Hallo, Raphaela.«

»Willst du mich nicht auch begrüßen?«, fragte Giulio drohend.

»Hallo, Signor Caprini. *Come sta?*«

»Tu nicht so, als könntest du Italienisch, du verkorkster Minnesänger. Wo ist mein Cousin?«

»Er ist nicht da.«

»Ich habe dir eine Frage gestellt, oder nicht? Eine sehr einfache Frage.«

Es klang so aggressiv, dass Isabel unwillkürlich zusammenfuhr. Meine Güte, dachte sie besorgt, was ist das eigentlich für ein Typ? Er benahm sich, als würde er schon zum Frühstück eine Vendetta anfangen!

»Er ist in der Stadt, Zutaten fürs Essen kaufen.«

»Das kann Stunden dauern«, sagte Raphaela. Mit kenntnisreicher Miene schaute sie sich um und begutachtete die blitzenden Anrichten, die vielen kupfernen Kasserollen und Pfannen, die Hightechherde mit den großen Abzugshauben, die Kühlschränke und die Borde mit den Gewürzbehältern.

Ihr entwich ein schwacher Seufzer der Bewunderung. »Er hat es drauf«, sagte sie schlicht. »Immer noch und immer wieder!«

Giulio plusterte sich erbost auf. »Wieso sagst du das jetzt?«

Raphaela schaute ihn streng an. »Meine Güte, Schatz, jetzt mach aber mal halblang! Haben wir einen Hochzeitstermin oder nicht?« Sie blickte sich prüfend um. »Ich könnte mir vorstellen...«

»Dass er unser Hochzeitsessen kocht? Nein, lieber nicht.« Giulio hielt inne und krauste die Stirn. »Obwohl... Der Gedanke hat was.« Er schüttelte den Kopf. »Trotzdem. Ich hasse ihn. Mir wäre lieber, er wäre tot. Dann müsste ich mich nie mehr über ihn ärgern.«

»Schau«, sagte Raphaela. »Jetzt bin ich extra mitgekommen, weil du wolltest, dass ich seine neue Freundin kennenlerne. Ich *habe* sie kennengelernt...« – sie warf Isabel einen gelangweilten Blick zu – »... und ich bin nicht eifersüchtig. Sie kann ihn haben. Ich will nur dich.«

Giulio grinste sie an. »Beweis es mir.«

Raphaela kicherte. »Du Schlimmer!« Sie wandte sich an Harry. »Wir ziehen dann mal wieder los. Das Wichtigste habe ich ja jetzt gesehen. Grüß ihn schön von mir und sag ihm, er soll das arme kleine Ding gut behandeln, sonst geht sie noch ein wie eine Primel, so ganz ohne Gedächtnis. Ach, was mich noch interessiert: Wie haben die beiden sich eigentlich kennengelernt?«

»Sie war ... irgendwie war sie auf einmal da«, stammelte Harry errötend.

»Aha.« Raphaelas Blick wurde scharf. »Wann war das?«

»Uh ... Ja, wann?« Harry wandte sich Hilfe suchend an Isabel. »Wann war es gleich?«

Sie starrte ihn erzürnt an. »Soll das jetzt eine ernsthafte Frage sein, oder was?«

»Oh, sorry, ich hab's vergessen. Ich meine, ich hab nicht mehr dran gedacht, dass *du* es vergessen hast.« Er dachte nach und legte den Finger an die Nase. »Ich hab's. Es war auf jeden Fall nach Ostern.«

»Das ist noch nicht so lange her«, stellte Raphaela fest. »Ostern war vor vier Monaten. Wieso wollte er sich so schnell schon wieder von ihr trennen?«

»Vielleicht wollte *ich* mich ja trennen!«, sagte Isabel patzig. Sie hatte das Gefühl, unbedingt widersprechen zu müssen.

Harry starrte zuerst sie, dann Raphaela an. »Ahm – ehrlich gesagt, so genau weiß ich das auch nicht. Mit mir hat niemand drüber gesprochen.«

»Ich weiß es«, sagte eine Frauenstimme hinter Isabel.

Sie drehte sich um und sah eine dralle, kunstvoll geschminkte Rothaarige in der Tür zum Gang stehen. Sie trug ein paillettenbesetztes T-Shirt zu engen Jeans und war um die vierzig. Ihr hübsches rundes Puppengesicht war zu einem fröhlichen Lächeln verzogen.

»Hallo, Liebes«, sagte sie freundlich zu Isabel.
»Tut mir leid, aber ich kenne Sie nicht.«
»Ich weiß, du armes Ding. Du kennst ja niemanden mehr. Aber das ändern wir ganz schnell, verlass dich darauf. Dafür werde ich persönlich sorgen. Das mache ich mir zur Aufgabe. Und wenn ich mir erst etwas zur Aufgabe gemacht habe, dann können wir sicher sein, dass bald wieder alles im Lack ist. Ich bin übrigens Natascha. Das ist zwar mein Künstlername, aber der tut's für alle Gelegenheiten.«

»Warum wollte ich mich von Fabio trennen?«, fragte Isabel mit angehaltenem Atem. Sie blickte nervös in die Runde.

»Ich geh dann mal wieder, ich muss noch die Vorräte einräumen.« Harry verschwand hastig im Nebenraum.

»Nur ein kleiner Streit unter Liebenden«, sagte Natascha. »Nichts, was sich nicht wieder geradebiegen lässt.«

»Na, seht ihr«, meinte Giulio. »Ich wusste doch, dass es absolut harmlos war. Komm, wir gehen.« Giulio packte Raphaela beim Arm, und diesmal ließ seine Miene keinen Zweifel daran, dass er nicht zum Nachgeben bereit war.

Beim Verlassen der Küche warf er Natascha einen Blick zu, der so tödlich kalt war, dass ein sensibler Mensch vermutlich zu Eis erstarrt wäre, doch Natascha zuckte nur mit den Achseln und wandte sich ab.

Isabel ließ den angehaltenen Atem entweichen. »Mein Gott, was für ein unheimlicher Typ!«

»Das kannst du laut sagen, Kindchen.«

»So, wie er aussieht und wie er redet ... Mir kommt er vor wie so eine Art Pate. Sie wissen schon.«

»Klar weiß ich's.«

Isabel war entsetzt. »Sie meinen – er ist einer? Ein richtiger Verbrecher?«

»So sieht es aus.«

»Und diese ... Raphaela ... Wie kann sie nur ...?«

»Wo die Liebe hinfällt«, sagte Natascha.

»Vielleicht hat er Qualitäten, die nicht jedem sofort ins Auge fallen«, stimmte Isabel beklommen zu. Sie wollte sich nicht länger mit diesem italienischen Paten befassen, sondern endlich ihrer Vergangenheit auf die Spur kommen.

»Sie scheinen einiges über mich zu wissen«, begann sie.

Natascha schien noch nicht bereit, ein Frage- und Antwort-Spiel zu beginnen. »Nenn mich Natascha und sag *du* zu mir. Wieso haben die beiden dich eigentlich hergebracht?«

»Weil Fabio schon wieder weg war. Eigentlich sollte er mich vom Krankenhaus abholen und mit ... nach Hause nehmen. Das haben dann die zwei erledigt. Und da bin ich.«

»Ach so.« Natascha senkte die Lider. »Was haben sie denn so gesagt?«

»Nicht viel.«

»Was denn genau?«

Isabel dachte nach. »Dass Giulio Geld sehen will. Von Fabio?«

»Das kann man so oder so sehen«, meinte Natascha zerstreut. »Komm mit, ich zeige dir dein Zimmer.«

Isabel sah sich stirnrunzelnd um. Das Zimmer war einigermaßen geräumig und komplett renoviert. Es begeisterte sie nicht gerade, aber es war auch nicht so schlimm, dass es Fluchtinstinkte in ihr auslöste. Es war ... nett. Ja, *nett* war die richtige Beschreibung.

Vor den Fenstern hingen cremefarbene Vorhänge mit

einem dezenten Muster, das sich in den Tapeten wiederholte. In der Mitte des Raums stand ein gewaltiges Himmelbett mit freundlich geblümter Bettwäsche, die vom Stil her zu den liebevoll restaurierten Bauernmöbeln passte, mit denen das Zimmer eingerichtet war.

»Nett hier«, sagte Isabel. Sie versuchte, sich ihre Enttäuschung nicht anmerken zu lassen. Hier gab es nichts, das auch nur den Hauch einer Erinnerung in ihr wachgerufen hätte. Sie ging zu dem geschwungenen Bauernschrank und öffnete ihn. Er war leer.

Natascha zeigte in die Runde. »Deine persönlichen Sachen hattest du natürlich alle mitgenommen.«

»Natürlich«, sagte Isabel entnervt. »Hatte ich zufällig mal erwähnt, wo ich nach ... nach meinem Streit mit Fabio hingezogen bin?

»Kein Sterbenswörtchen.«

»Und warum war ich danach noch einmal hier?«

»Keine Ahnung. Vielleicht, weil du dich mit ihm versöhnen wolltest.«

»Dieser Streit – war er sehr schlimm?«

»Fabio war schon ganz schön sauer auf dich«, sagte Natascha.

Isabel schluckte und weigerte sich, darüber nachzudenken, was ihr in dem Fall leichtfiel, da sie sich sowieso an nichts erinnern konnte.

Im Moment, so fand sie, gab es wichtigere Dinge, über die sie sich den Kopf zerbrechen musste.

»Ich habe überhaupt nichts anzuziehen.«

Natascha musterte die Manolo Blahniks. »Stimmt, das ist so gut wie nichts.«

Isabel trat von einem Fuß auf den anderen und zupfte an ihrem Kleid. »Im Krankenhaus haben sie es gereinigt, aber die Blutflecken sind nicht rausgegangen, und die Löcher natürlich auch nicht.«

»Keine Sorge, ich kümmere mich darum. Dieses Zeug kannst du bei der Arbeit sowieso nicht tragen.«

Konsterniert blickte Isabel auf. »Bei der Arbeit? Bei welcher Arbeit?«

»Ach ja, du erinnerst dich natürlich nicht mehr dran, dass du quasi hier der gute Geist warst. Aber das macht nichts. Es gibt Dinge, die der Mensch niemals verlernt. Vor allem nicht die einfachen.«

Isabel spürte eine grässliche Vorahnung. »Welche Dinge meinst du genau?«

»Schätzchen, ich meine deinen Beruf.« »Was habe ich denn beruflich gemacht?« »Na, kochen, putzen, Staub saugen, bügeln – nur um mal ein paar Beispiele zu nennen.«

»Ich habe ... *was?*«, stotterte Isabel. »Du meinst, das ist mein ...«

»Dein Job, ganz recht. Du bist eine ganz erstklassige Haushaltshilfe.«

»Du hast komplett den Verstand verloren«, sagte Fabio. »Falls du vorher überhaupt welchen hattest.«

»Aber hallo«, sagte Natascha beleidigt. »Was glaubst du wohl, für wen ich das gemacht habe? Wir wollen in ein paar Wochen eröffnen, und uns fehlt Hilfe an allen Ecken und Enden! Sie ist gesund und kräftig und hat zwei Hände, mit denen sie anpacken kann. Jedenfalls so lange, bis sie sich wieder erinnert. Warum sollen wir wichtige Ressourcen brachliegen lassen?«

»Ressourcen? Woher hast du das Wort schon wieder?«

»Aus *Wer wird Millionär*«, sagte Harry.

Natascha warf ihm einen giftigen Blick zu, doch er hob nur die Schultern und grinste.

Er saß auf einem Hocker vor der alten Harfe, die sie beim Renovieren in irgendeinem Winkel gefunden hatten, und zupfte daran herum. Das Ding war ziemlich morsch, und soweit Fabio es überblicken konnte, fehlten etliche Saiten, und einige der vorhandenen waren locker, aber denen, die festsaßen, entlockte Harry überraschend melodische Klänge.

»Wir tun nur ein gutes Werk«, sagte Natascha. »Erstens weiß das arme Ding doch gar nicht, wo es hin soll. Und zweitens würde sie nur Trübsal blasen, wenn sie tatenlos rumhängen müsste. Das täte sie garantiert, wenn wir ihr nichts zu tun geben. Und du musst zugeben, dass sie sich wirklich nicht allzu blöd anstellt.«

Fabio unterdrückte ein Schnauben. »Das kann nicht dein Ernst sein! Und das Größte ist, dass du ihr außerdem noch erzählt hast, sie wäre Köchin!«

»Hilfsköchin«, korrigierte Natascha. »Zugegeben, das Gemüseputzen muss sie noch üben. Aber Wein dekantiert sie wie keine Zweite.« Sie hob ihr Rotweinglas und prostete Fabio zu. »Jetzt mach nicht so ein griesgrämiges Gesicht, sondern freu dich lieber, dass du vorläufig Ruhe vor der Mafia hast!«

Damit hatte sie einen Punkt angesprochen, gegen den er nicht viel sagen konnte. Fabio trank einen Schluck aus seinem eigenen Glas und überlegte hin und her, doch es gab nichts daran zu deuteln, dass die Erleichterung über Giulios momentane friedliche Phase eine Menge Unannehmlichkeiten aufwog. Er war bereit, deswegen alles Mögliche auf sich zu nehmen, vielleicht sogar diese dämliche Scharade, die Natascha eingefädelt hatte.

Fabio seufzte und streckte die Beine von sich. Sie saßen zu dritt in einem weitläufigen Zimmer innerhalb des Wirtschaftstraktes, das er für sich und die Belegschaft als eine Art kombinierten Wohn- und Arbeitsbereich hergerichtet hatte. Hier hatte er seinen PC und die Akten stehen, seine Bücherregale und seine Hantelbank. Außerdem gab es ein breites Sofa, auf dem man sich auch mal ausstrecken konnte, ein paar Sessel, eine Musikanlage und einen Fernseher. Und er hatte es nicht weit bis zu seinem Arbeitsplatz, denn es waren nur wenige Schritte bis zur Hauptküche, die mit dem Aufenthaltsraum durch einen kurzen Gang verbunden war.

In den Anfangsjahren des Hauses war hier wohl eine Art Sammelraum für Vieh und Gesinde gewesen, wobei damals die Kühe, Ziegen und Schweine für die nötige Wärme gesorgt hatten. Auch im einundzwanzigsten Jahrhundert und ohne Tiere, dafür aber mit einer modernen Heizung, eignete sich der Raum sehr gut zum Ausspannen. Die Heizung brauchten sie zwar jetzt im Sommer nicht, aber es war ein gutes Gefühl, dass sie mittlerweile eingebaut war. Gemessen an den übrigen Sanierungsinvestitionen war das so ziemlich der größte Batzen gewesen, den er hatte lockermachen müssen.

Inzwischen hatte es sich für ihn zu einer lieben Gewohnheit entwickelt, abends mit Natascha und Harry hier noch eine Stunde zusammenzusitzen, bevor sich jeder in sein Zimmer zurückzog. Sie alle hatten ihre privaten Räume im zweiten Obergeschoss, wo die Renovierung – abgesehen vom Wirtschaftstrakt – am weitesten fortgeschritten war. Dort oben hatte er auch ein paar der Kammern für Übernachtungsgäste herrichten lassen. Es würde hier zwar vorläufig keinen Hotelbetrieb im engeren Sinne geben – erst in etwa zwei Jahren, sobald das Restaurant sich amortisierte, wollte er zusätzlich ein kleines Tagungshotel einrichten –, aber hin und wieder gab es Gäste, die von weither kamen, nur um eine exquisite Küche zu genießen, und die wussten es manchmal zu schätzen, nach dem letzten Absacker zum Schlafen bloß eine oder zwei Treppen hochsteigen zu müssen, um in ein frisch bezogenes Bett sinken zu können. Diesen Service hatte er auch schon im alten *Schwarzen Lamm* angeboten. Es reichte, dafür zwei oder drei gepflegte Schlafräume mit Bad bereitzuhalten und morgens ein Frühstück à la Carte anzubieten, denn fast alle Gäste, die übernachten wollten, meldeten sich lange genug vorher an.

Für Hochzeitsgäste hatte er sogar ein Zimmer mit Himmelbett und Bauernmöbeln ausgestattet, eine Idee von Natascha, die gemeint hatte, dass das nicht schaden könnte. Höchstwahrscheinlich hatte sie zu viele typische Las-Vegas-Hochzeiten aus nächster Nähe miterlebt, aber Fabio hatte ihr freie Hand gelassen. Meist kam bei dem, was sie in Angriff nahm, etwas Gescheites heraus.

Blieb nur die Frage, ob das auch für ihren heutigen Coup galt.

Unterm Strich konnte er bisher nur als reichlich absurdes Ergebnis festhalten, dass er eine neue Haushaltshilfe hatte, die in der Hochzeitssuite schlief.

Weiß Gott, er hatte schon genug über sinnvolle Alternativen nachgedacht, doch ihm war nichts eingefallen. Jedenfalls nichts, was halbwegs praktikabel gewesen wäre.

Natürlich hätte er eine Anzeige mit ihrem Foto schalten können, darunter die Kopfzeile: *Wer kennt diese Frau?*

Nur würde das vermutlich augenblicklich Giulio auf den Plan rufen, und was dann passierte, wagte Fabio sich gar nicht erst auszumalen. Sein Cousin stand zu dicht vorm Überschnappen. Natürlich war das in erster Linie Raphaelas Schuld, aber das änderte nichts an der unguten Situation.

Auf eine derartige Suchanzeige würden sich außerdem sicher reihenweise perverse Spinner melden. Oder, was vielleicht noch schlimmer wäre, dieser Wikingerverschnitt Erik und ihre Freundin Daphne. Für die beiden wäre Isabels Gedächtnisverlust garantiert ein willkommener Anlass, gewisse peinliche Vorkommnisse einfach unter den Tisch fallen zu lassen.

Für Fabio lag auf der Hand, wie es zu dem Treppensturz gekommen war: Isabel hatte die beiden zur selben Zeit stöhnen gehört wie er, nur von der anderen Seite aus, auf der Geheimtreppe.

Er seufzte, weil er merkte, dass er sich den Kopf über die Angelegenheiten wildfremder Leute zerbrach. Was gingen ihn Isabels Beziehungsprobleme an? Oder, um noch früher anzusetzen: Wie kam er überhaupt dazu, mit ihrem Vornamen an sie zu denken?

Ruckartig stellte er sein Glas ab.

»Was ist jetzt schon wieder?«, wollte Natascha wissen. Sie setzte sich aufrecht hin, die Schultern in Abwehrhaltung hochgezogen. »Sie könnte es wirklich schlechter haben! Ich habe ihr Klamotten besorgt! Ich habe ihr sogar meinen Fernseher ins Zimmer gestellt. Und sie hat meinen Kugelkaktus gekriegt und die ganzen *Gala*-Ausgaben von diesem Jahr!«

»Wenn das nicht der Hammer ist«, warf Harry ein. Er hörte mit dem Harfezupfen auf und goss sich ebenfalls noch einen Schluck von dem Wein ein. »Wo ist sie denn jetzt? Ist sie schon auf ihr Zimmer gegangen?«

»Wieso willst du das wissen?«

»Wenn sie zur Belegschaft gehört, sollten wir sie einladen, mit uns ein Glas Wein zu trinken.«

»Ja, klar«, sagte Natascha. »Um mit aufgespannten Lauschern zuzuhören, wie wir über sie reden.«

»Nein, ich meine generell. Wenn du schon die ganze Zeit darauf herumreitest, wie gut sie es hier bei uns hat und dass sie wegen ihres Zustandes nicht alleine herumhängen sollte – was liegt in dem Fall näher, als sie runterzubitten?«

»Meinetwegen«, sagte Natascha achselzuckend. »Mach doch, wenn dir dran liegt, eine eingebildete, reiche Zicke um dich zu haben.«

»Aha«, sagte Harry. »Daher weht der Wind. Du bist immer noch sauer auf sie. Von wegen Stall und morsche Ruine und Abrissbirne.«

»Jawohl«, erwiderte Natascha wütend. »Das hat mich aufgeregt, ich gebe es zu! Ich liebe das Haus, auch wenn es immer noch seine vergammelten und stinkenden Seiten hat! Sie hätte auch nach der Besichtigung einfach wieder gehen können, oder nicht? Stattdessen musste sie es erst nach Strich und Faden schlechtmachen!«

Fabio stand auf, er hatte genug von der Diskussion. Er hätte besser daran getan, den beiden – vor allem Natascha – nie von seiner ersten Unterhaltung mit Isabel zu erzählen. Es war gut möglich, dass sie Isabel nicht nur deshalb als Haushaltshilfe eingespannt hatte, weil es praktisch, sondern weil sie außerdem ärgerlich auf sie war. In ihren Augen war jeder, der dieses alte Landhaus nicht durch dieselbe rosarote Romantikbrille betrachtete wie sie, ein Banause, und wer sich gar zu Lästereien über den maroden Zustand verstieg, ein Feind.

Er machte sich zu einem abendlichen Rundgang auf, eine Beschäftigung vorm Schlafengehen, die er als beruhigend empfand, vor allem in den letzten Tagen. Der Innenausbau hatte rapide Fortschritte gemacht, und sobald die Sanitärinstallationen im Gastbereich fertig waren, wäre buchstäblich das Gröbste geschafft. Der Eingangsbereich brauchte nur noch ein bisschen Dekoration, und das Mobiliar, sofern es nicht schon an Ort und Stelle war, würde ebenfalls im Laufe der beiden nächsten Wochen geliefert werden. Dann noch weitere acht Tage für den Feinschliff und ein paar Probeläufe mit dem bereits eingestellten Personal, und es konnte losgehen.

Kommenden Samstag wurde die erste Anzeige geschaltet, und das Gewinnspiel – eine Idee von Harry – würde vermutlich den Leuten einen zusätzlichen Anreiz bieten, in Scharen zu kommen.

Bis dahin blieb auch noch ausreichend Zeit, den Vorplatz in Form zu bringen. Der Unternehmer, den er für die Gestaltung der Außenanlagen engagiert hatte, wollte ebenfalls in der kommenden Woche mit seinen Männern zur Arbeit anrücken.

Beim Anblick des Kostenvoranschlags war Fabio sich vorgekommen wie ein Hochseilartist ohne Sicherheitsnetz. Wenn jetzt noch etwas kaputtging oder andere unvorhergesehene Ereignisse eintraten, konnte er den Laden dichtmachen. Oder besser: gar nicht erst eröffnen.

Er blieb in der Küche stehen und betrachtete die auf Hochglanz polierten Edelstahlflächen, die Kochsegmente und die großen Kühl- und Aufbewahrungsschränke.

In den letzten Wochen hatte er sich fast täglich mit Kochen beschäftigt, nicht etwa, um das Gefühl dafür nicht zu verlieren – das würde er nie –, sondern um sich abzulenken. Kochen war nicht nur sein Job, sondern sein Leben. Für ihn war es wie die Luft zum Atmen, in der Küche zu stehen und Mahlzeiten zu komponieren. Schon als kleiner Junge hatte er lieber mit seiner Mutter und seiner Oma Pasta fabriziert als mit den Jungs aus dem Viertel Fußball gespielt.

Fabio inspizierte kurz die benachbarten Lager- und Vorratsräume und fand alles in Ordnung. Einen Teil der nötigen Vorräte hatte er bereits eingelagert, vor allem Käse und Schinken und andere haltbare Produkte, doch den größten Teil der Nahrungsmittel würde er erst frisch in der Woche der

Eröffnung auf dem Großmarkt besorgen müssen. Dafür war der Weinkeller bereits einigermaßen bestückt, wenn auch noch nicht in solchen Mengen, wie er es sich gewünscht hätte. Ein paar spezielle Flaschen würde er vermutlich erst in ein paar Monaten kaufen können, doch dieser Luxus musste warten.

Er ging hinüber in den Gastraum und stellte sich vor, wie es in ein paar Tagen hier aussehen würde. Rustikales Mobiliar, passend zu den geschwärzten Balken an der hohen Decke und den dunklen Holzbohlen des Fußbodens, und das alles wiederum in Kontrast zu dem blütenweißen Damast, dem schweren Silber und dem Kristall auf den Tischen. Für die Wände brauchte er noch Bilder, Nippes, Antiquitäten – irgendetwas, um das Bild vollständig zu machen, doch das würde sich zu gegebener Zeit schon finden. Hoffentlich.

Er verließ den Gastraum und ging weiter in die Eingangshalle, wo eine Ecke für den Empfangs- und Kassenbereich und eine weitere für eine kleine Bar vorgesehen war. Die Anschlüsse waren bereits gelegt, und die Schreinerfirma, die auch im großen Saal die Paneele behandelt hatte, würde in der kommenden Woche die Theke einbauen. Wenn er die Augen schloss, sah er es schon beinahe vor sich.

Blieb nur zu hoffen, dass diesem Unternehmen mehr dauerhaftes Glück beschieden war als dem ersten *Schwarzen Lamm*.

Auf dem Weg zu seinem Zimmer blieb er unschlüssig vor der Hochzeitssuite stehen. Er hörte die Geräusche des laufenden Fernsehers, also war sie noch wach.

Er entschied, dass er es endlich hinter sich bringen musste. Was immer in den kommenden Tagen passierte – er würde ihr nicht ewig aus dem Weg gehen können.

Nach einem kurzen Klopfen wartete er ihr *Herein* ab und betrat das Zimmer.

Sie saß im Bett, zurückgelehnt in die Kissen und mit angezogenen Beinen. Anscheinend hatte sie vor kurzem geduscht, ihr Haar war noch feucht. Sie trug einen grauen Trainingsanzug, und vor dem Bett stand ein Paar Turnschuhe.

Sie wirkte ziemlich verschreckt, und für eine Sekunde überlegte er ernsthaft, einfach mit einer kurzen Entschuldigung wieder zu verschwinden.

Isabel umklammerte die Fernbedienung fester, als er zu ihr ins Zimmer kam, und bei seinem Anblick wurde ihr klar, dass sie die ganze Zeit mehr oder weniger darauf gewartet hatte, heute noch einmal mit ihm zu sprechen. Nicht, dass sie besonderen Wert darauf gelegt hätte, im Gegenteil. Aber natürlich wusste sie, dass sie ihm auf Dauer nicht ausweichen konnte. Also konnte es nur von Nutzen sein, gleich zu Anfang bestimmte Fragen zu klären.

»Gut, dass du kommst«, sagte sie mit mehr Gelassenheit in der Stimme, als sie fühlte. Ihr schossen zu viele Dinge auf einmal durch den Kopf. Unter anderem fragte sie sich, ob sie in dem Trainingsanzug, den Natascha ihr besorgt hatte, genauso dämlich aussah, wie sie sich fühlte. Oder ob man ihr anmerkte, dass sie deswegen geheult hatte. Doch diese Punkte mussten bis später warten. »Es gibt da ein paar Dinge, die ich unbedingt mit dir bereden muss.«

»Ach«, sagte er. Sein Gesicht hatte einen undeutbaren Ausdruck.

Sie zeigte auf einen Sessel, für den Fall, dass er im Sinn gehabt hätte, sich wieder auf ihre Bettkante zu setzen. »Nimm doch Platz.«

Er zögerte sichtlich, doch dann hob er die Schultern und folgte ihrer Aufforderung.

Isabel holte Luft. »Also, das Allerwichtigste zuerst. Ich bin dir gegenüber entschieden im Nachteil. Ich habe keine Ahnung, wie wir uns kennengelernt haben, was wir für ein Leben geführt haben. Zum Beispiel weiß ich überhaupt nichts über dich persönlich. Außer, dass du ein italienischer Koch bist.« Sie merkte, dass ein anklagender Ton in ihre Stimme getreten war. Eilig setzte sie hinzu: »Nicht, dass es mir was ausmacht. Ich empfinde ja nichts für dich.«

Mit angehaltenem Atem beobachtete sie, wie er wohl auf diese Eröffnung reagierte, doch er schien nicht sonderlich betroffen zu sein. Anscheinend war die Entfremdung, die bereits vor ihrem Unfall zwischen ihnen eingetreten war, schon recht weit fortgeschritten. Oder bildete sie sich das nur ein, weil hier der Wunsch der Vater des Gedankens war?

»Kann natürlich sein, dass dieser Gefühlsverlust auch daran liegt, dass ich mich nicht mehr an uns beide erinnern kann«, meinte sie einschränkend. »Da will ich jetzt nichts übers Knie brechen. Also krieg das bitte nicht in den falschen Hals, was ich eben gesagt habe. Ich wollte dich nicht verletzen oder so.«

Er betrachtete seine Hände. »Du verletzt mich nicht. Wenn du nichts für mich empfindest, kann ich damit sehr gut umgehen.«

Isabel merkte, dass sie deswegen nicht erleichtert, sondern eher verärgert war. Sie räusperte sich. »Kannst du mir was über dich erzählen? Ich meine, nur damit ich erfahre, mit was für einem Menschen ich verlobt bin.«

Sie sah, dass er sich sammelte und überlegte, womit er anfangen sollte.

»Fang ganz vorne an«, sagte sie rasch. »Ich möchte *alles* über dich wissen. Als Erstes zum Beispiel, wie alt du bist.«

»Ich bin am fünfundzwanzigsten Mai einunddreißig geworden.«

»Dann bist du Zwilling«, platzte sie ohne nachzudenken heraus. Sie hatte schon im Krankenhaus bei der Lektüre der Illustrierten bemerkt, dass sie sich mit Sternzeichen auskannte. Und sie glaubte auch an die Macht der Sterne, dessen war sie sich ganz sicher. Leider hatte sie keine Ahnung, was ihr eigenes Sternzeichen war. Aber diese Wissenslücke würde sie gleich als Nächstes schließen.

»Wann bin ich geboren?«, fragte sie, sich innerlich gegen alle möglichen grässlichen Wahrheiten wappnend.

»Am zweiundzwanzigsten August. Du wirst diesen Monat neunundzwanzig.«

»Oh«, sagte sie erleichtert. »Gott sei Dank. Ich dachte, ich wäre schon über dreißig und hätte mich nur gut gehalten. Und ich bin Löwe. Löwe ist ein wunderbares Sternzeichen! Passt übrigens auch gut zu Zwilling.«

»Ich bin tatsächlich Italiener«, fuhr er fort, ohne auf ihre letzte Bemerkung einzugehen. »Neapolitaner, um genau zu sein.«

Sie nickte. »Das dachte ich mir schon.«

»Wieso?«

»Weil da die Camorra sitzt. Bist du auch Mitglied bei denen?«

Er verschluckte sich beim Luftholen und hustete. »Wie kommst du darauf?«

»Natascha hat es mir erzählt.«

»Sie hat *was*?«

»Oh, nicht, dass du bei der Mafia bist. Aber sie hat durchblicken lassen, dass dein Cousin ... Na, du weißt schon. Er scheint mir ganz der Typ zu sein. Und da dachte ich, weil ihr zu einer Familie gehört ... Man sagt doch in Neapel auch *Famiglia* dazu, oder nicht?«

»Du bist anscheinend gut informiert.«

»Ich habe *Der Pate* gesehen und weiß noch alle Einzelheiten.«

»Der spielt in Sizilien.«

»Richtig«, meinte sie zerstreut. »Wo waren wir stehen geblieben?«

»In Neapel. Ich bin da aufgewachsen und zur Schule gegangen, aber nur bis zu meinem elften Lebensjahr. Dann bin ich mit meiner Mutter und meiner Großmutter nach Deutschland gekommen. Meine Mutter hatte nach dem Tod meines Vaters einen neuen Mann kennengelernt, einen Restaurantbesitzer. Den hat sie geheiratet und mit ihm das Restaurant geführt, einen ziemlich noblen Laden in Köln. Ich habe mich gut mit ihm verstanden und nach meinem Schulabschluss bei ihm die feine Küche gelernt. Danach war ich zwei Jahre Sous-Chef in Paris, im Ritz Carlton. Vor vier Jahren habe ich mein eigenes Restaurant eröffnet, das *Schwarze Lamm*.«

»Und was ist damit passiert?«

»Es ist leider abgebrannt.«

»Oje«, sagte Isabel ehrlich betroffen. »Das tut mir leid. Hoffentlich warst du gut versichert.«

»Nicht ganz so gut, wie ich es gern gehabt hätte. Aber es hat gereicht, um den Laden hier zu kaufen und halbwegs instand zu setzen. Für die Neueröffnung musste ich mich verschulden, aber wenn nichts Unvorhergesehenes dazwischenkommt, kann ich mich in den nächsten zwei Jahren wieder konsolidieren.«

»Und wie soll das neue Restaurant heißen?«

»Wie das alte. *Schwarzes Lamm*.«

»Meinst du nicht, dass das eventuell ein schlechtes Omen bedeuten könnte?«

»In jedem Fall bedeutet es eine gewisse Stammkundschaft, die mir hoffentlich treu geblieben ist. Das Restaurant hatte einen wirklich guten Ruf. Für die Neueröffnung habe ich schon jede Menge Anmeldungen.«

»Ich kann mich nicht an ein Restaurant namens *Schwarzes Lamm* erinnern«, sagte Isabel. »Ich überlege gerade, ob ich es kennen müsste, wenn es wirklich so gut wäre.«

Er stand auf und ging zum Fenster, wobei er ihr den Rücken zuwandte. Die Daumen in die Gürtelschlaufen seiner Hose gehakt, blickte er hinaus in die Dunkelheit.

»Kannst du dich denn an andere Restaurants erinnern?«, fragte er nach einer Weile.

»Nein«, räumte sie ein. »Nur an Namen, zum Beispiel *Die Ente*. Oder das, was du eben genannt hast. Das Ritz. Aber ich kann dir nicht sagen, ob ich schon dort gewesen bin.« Gereizt fuhr sie fort: »Ich weiß überhaupt nichts mehr, was im Zusammenhang mit meiner Person steht. Der behandelnde Arzt im Krankenhaus meinte, Amnesie-Patienten könnten sich für gewöhnlich an berufliche Fertigkeiten erinnern, aber sogar das ist total weg bei mir. Wenn ich wirklich mal eine gute Köchin war, hab ich leider vergessen, wie es geht. Ich konnte nicht mal Möhren schneiden.«

Als er darauf nichts erwiderte, machte sie den Fernseher wieder an und zappte wie wild durch die Programme. Sie musste unbedingt noch einen wichtigen Punkt ansprechen, aber sie traute sich nicht.

Als er sich zu ihr umwandte und sich auf das Bett zubewegte, fuhr sie zusammen.

»Warte!«, rief sie aus. »Da ist noch was!«

Erst, als er stehen blieb, begriff sie, dass er gar nicht vorhatte, sich ihr zu nähern, sondern zur Tür gehen wollte.

»Was denn?«, fragte er.

»Ist nicht so wichtig.«

»Nicht?«

»Doch«, sagte sie kleinlaut.

»Aber du willst es mir nicht sagen, oder was?«

»Eigentlich nicht. Aber in Anbetracht der besonderen Umstände sehe ich keine Alternative.« Sie runzelte die Stirn. »Ob ich wohl studiert habe? Ich finde, ich drücke mich ziemlich gewählt aus, oder nicht?«

»War es das, was du noch mit mir bereden wolltest?«

»Nein. Obwohl – warum eigentlich nicht? Hab ich studiert?«

»Du hast mal erwähnt, dass du ein paar Semester Innenarchitektur studiert hast.«

»Und sonst? Was habe ich dir sonst so über mich erzählt?«

»Ich sagte doch schon, dass ich so gut wie nichts über dein früheres Leben weißt. Du hast dich da sehr bedeckt gehalten.«

»Aber ich habe gern hier geputzt und gekocht?«

»Du hast dich jedenfalls nie drüber beschwert.«

»Dann finde ich vielleicht noch Spaß dran.«

»Wäre eventuell einen Versuch wert.«

»Vielleicht kann ich auch bei der Inneneinrichtung helfen. Ich meine, wenn ich's ja schon studiert habe...?«

»Warum nicht. Meinetwegen gerne. War sonst noch was?«

»Also... Hm, habe ich dir einen Grund gesagt, warum ich dir nichts über mein Leben berichtet habe? Ich meine, als ich dich kennenlernte und wir uns dann ... ahm, näherkamen. Normalerweise erzählt man sich in so einem Fall doch alles Mögliche über sein Leben.«

»Dann warst du eine Ausnahme.« Er machte Anstalten, die Tür zu öffnen, doch sie hob die Hand. »Warte.«

»Ja?«

»Ahm...« Sie spürte, wie ihr Gesicht rot anlief, doch sie musste es zur Sprache bringen, sonst würde sie heute Nacht keinen Schlaf finden. »Natascha hat mir ein paar Dinge erzählt, und ich finde, wir müssen da zwischen uns beiden was klarstellen, wenn wir eine gemeinsame Basis finden wollen. Ich meine, eine *andere* gemeinsame Basis als die, die wir beide die ganze Zeit hatten.«

Er blickte sie nur abwartend an, während sie nach Worten rang.

Sie fühlte sich zu einer Erklärung genötigt. »Ich hatte Natascha nämlich heute gefragt, welches die Basis unserer Beziehung war, außer der Arbeit natürlich.«

Sie druckste herum und zerrte an der Bettdecke, als könnte sie dem geblümten Stoff die Worte entringen, die sie selbst nicht über die Lippen brachte.

»Sie sagte, es wäre der Sex gewesen«, platzte sie schließlich heraus.

»Äh... Sex?«

Isabel nickte mit gesenkten Lidern. »Sie sagte, wir wären total wild aufeinander gewesen. Wir hätten es ständig miteinander getrieben, wenn wir nicht gerade gearbeitet hätten. Sie sagte, für mich wäre dich sehen und mit dir ins Bett springen wollen eins gewesen. Und für dich umgekehrt genauso.« Sie holte Luft und kam mit Todesverachtung zum Ende. »Wir haben gerammelt wie die Karnickel. So drückte sie sich aus.«

Er schluckte so heftig, dass sie seinen Adamsapfel hüpfen sah. »Also... Ich... Na ja, ich weiß nicht, ob man das einfach so pauschal sagen kann...«

Sie schaute ihn entschlossen an. »Ich finde, wir sollten das auf jeden Fall lassen.«

»Äh – was meinst du?«

»Den Sex. Wir kennen uns ja im Prinzip überhaupt nicht. Oder sagen wir: *Ich* kenne dich nicht. Jedenfalls im Moment nicht. Da wäre es doch ... Na, ich finde, es wäre unangebracht, wenn wir ... es täten.«

Er wirkte verblüfft, sagte aber kein Wort.

Ängstlich erwiderte sie seine Blicke. »Was ist?«

»Gut.«

»Was meinst du mit gut?«

»Dass du Recht hast.«

»Also ... Du bist damit einverstanden?«, vergewisserte sie sich. »Dass wir es sein lassen?«

»Niemals würde ich auf die Idee kommen, mich dir aufzudrängen!«, sagte er mit ernster Miene. »Was immer uns vorher verbunden hat – es gibt keinen Grund dazu, diese Seite unserer Beziehung wieder aufzufrischen!«

Schwach vor Erleichterung lächelte sie ihn an, während sie sich gleichzeitig fragte, ob sie sich diesen Anflug von Ärger, der sich da gerade in einem entlegenen Winkel ihres Bewusstseins einnistete, vielleicht nur einbildete.

»War das jetzt alles?«, fragte er.

»Ja, das war das Wichtigste.«

»Dann geh ich jetzt mal wieder. Ist ja schon spät.«

Ihr fiel doch noch etwas ein, das Zweitwichtigste, das sie den ganzen Abend über beschäftigt hatte. »Warte. So kann das auf keinen Fall weitergehen.«

»Was meinst du? Deine Arbeit hier?«

Sie schüttelte den Kopf. »Das lerne ich schon wieder, schließlich braucht man dafür weiß Gott keine besonderen Fähigkeiten. Nein, das hier.« Sie zerrte an dem Oberteil des scheußlichen Trainingsanzugs, um ihm zu verdeutlichen, worauf sie hinauswollte. »Natascha hat es mir besorgt. Ich kann mir einfach nicht vorstellen, dass ich mich in solchen Sachen wohlgefühlt habe. Nicht in diesem ... Zeug! Es fühlt sich einfach absolut falsch an! Bin ich wirklich so rumgelaufen?«

»Nein.« Er schien noch etwas hinzufügen zu wollen, blieb aber stumm.

Sie hatte den Eindruck, dass er bedrückt wirkte, doch es widerstrebte ihr, der Sache auf den Grund zu gehen. Vorläufig war sie froh, wenn sie eine Sache nach der anderen klären konnte, ohne ihr letztes bisschen kontrollierten Verstand auch noch zu verlieren.

»Dann wäre das ja geklärt. Ich brauche neue Klamotten. *Anständige* Klamotten!«

»Dagegen ist nichts einzuwenden.«

»Du meinst also auch, ich kann mir welche kaufen?«

»Selbstverständlich.«

»Womit wir bei einem interessanten Punkt sind. Ahm, ich habe nicht bei meinem Auszug oder sonst wann hier irgendwelche Kreditkarten vergessen?«

»Nein, das hast du nicht. Und bevor du mich fragst, welches deine Hausbank ist – ich weiß es nicht.«

»Aber ich habe doch Geld, oder?«

»Ich nehme es an. Du hast dich nie beklagt und warst immer gut angezogen.«

Sie lächelte erleichtert. »Das wusste ich!« Sie dachte kurz nach. »Tja, man könnte wohl irgendwie sagen, dass ich vielleicht so was wie pleite bin, oder?«

»Irgendwie«, bestätigte er.

»Dann halte ich es für eine gute Idee, dass du mir ein bisschen finanziell unter die Arme greifst.« Hastig setzte sie hinzu: »Natürlich nur, bis ich weiß, wo mein Geld ist.«

»Da du für mich arbeitest, sollte das kein Problem sein. Kost und Logis hast du sowieso frei.«

»Stimmt. Außerdem sind wir ja verlobt, da ist es im Grunde eine Selbstverständlichkeit, sich gegenseitig mal mit ein bisschen Geld auszuhelfen, oder?«

Er gab keine Antwort, sondern sah sie nur merkwürdig an.

Sie atmete aus, sagte aber nichts.

Schweigen auf beiden Seiten.

»Noch was?«, fragte er.

Sie schüttelte den Kopf.

»Gute Nacht«, sagte er.

»Gute Nacht«, erwiderte sie leise, während er schon die Tür hinter sich zuzog.

Er war kaum draußen, als sie erneut ausatmete, diesmal wesentlich geräuschvoller als vorhin. Sie machte den Fernseher wieder aus und kroch unter die Decke. Höchste Zeit, dass sie endlich schlief, der Tag war lang und anstrengend genug gewesen. Das Licht ließ sie an. Seit ihrem Unfall konnte sie nicht im Dunkeln schlafen, vor lauter Angst, vielleicht nicht mehr aufzuwachen. Die Dunkelheit wurde schon bedrohlich, wenn sie länger als ein paar Sekunden die Augen zumachte. Leider ließ es sich mit offenen Augen nicht schlafen, doch wenn sie durch die geschlossenen Lider die Deckenlampe schimmern sah, war das besser als nichts.

Sie merkte, wie sie langsam wegdriftete, doch bevor sie in den Schlaf glitt, stellte sie sich erneut die Frage, mit der sie sich schon den ganzen Abend herumgeplagt hatte, vor allem vorhin, als er im Zimmer gewesen war.

Was es wohl für ein Gefühl war, wie ein Karnickel zu rammeln?

Auf einer weit entfernten Ebene wusste sie, dass es nur ein Traum war, doch er fühlte sich erschreckend echt an. Sie wurde verfolgt. Zuerst waren es gesichtslose Monster, die hinter ihr her waren, und so sehr sie sich auch abmühte, sie kam nicht richtig voran bei dem Versuch, ihnen zu entkommen. Die Biester waren ständig so dicht hinter ihr, dass sie ihren keuchenden Atem im Genick spüren konnte.

»Ihr kriegt mich nicht«, stieß sie hervor, davon überzeugt, in der nächsten Sekunde das Zupacken von klauenartigen Händen zu spüren. Sie rannte in vollem Lauf durch merkwürdige Gänge, die eng und aus Stein gemauert waren, wie in einem Verlies. Es gab nirgends ein Fenster oder eine Tür, und es war stockfinster. Trotzdem fanden ihre Füße auf sonderbare Weise den Weg von allein. Wenn nur die Monster nicht so dicht hinter ihr gewesen wären!

Dann schaffte sie es wider Erwarten, eine Idee schneller zu rennen, und ihr schien, als würde sie mit der Zeit einen kleinen Vorsprung herausarbeiten. Es gab auch wieder Licht, auch wenn es nur eine Art diffuses Wabern war, wie Nebel, der durch Bäume quillt.

Obwohl sie eine Höllenangst davor hatte, ihre Verfolger von Angesicht zu Angesicht zu sehen, riskierte sie es, einen kurzen Blick über die Schulter nach hinten zu werfen. Sie war verblüfft, weil sie ein Gesicht sah, das sie erkannte. Es war ein großer, blonder Mann, der Ähnlichkeit mit einem Wikinger gehabt hätte, wären seine Haare eine Idee länger gewesen. Sie war absolut sicher, den Mann schon gesehen zu haben, doch ihr fiel nicht ein, wo das gewesen war.

»Ich kenne dich!«, sagte sie keuchend. »Ich muss nur ein bisschen nachdenken, dann fällt mir dein Name wieder ein! Und dann hast du keine Macht mehr über mich!«

»Vorher hole ich dich ein und fresse dich auf. Ich fresse nämlich gerne Frauen zur Hochzeit.«

Zur Hochzeit?

»Nicht mit mir«, murmelte Isabel. Wenn das kein Traum war, wollte sie Daphne heißen!

Während sie noch darüber nachdachte, wie sie ausgerechnet auf Daphne kam, wachte sie vollends auf.

Stöhnend wälzte sie sich auf den Bauch und weigerte sich, den Realitäten ins Auge zu sehen. Sie vergrub den Kopf im Kissen und sagte sich, dass sie vielleicht wieder einschlafen könnte, wenn sie sich nur genügend anstrengte.

Es war zwar hell draußen, aber das wollte nichts heißen. Im Hochsommer wurde es morgens schon um sechs Uhr hell. Spätestens. Sechs Uhr war eine absolut unmögliche Zeit zum Aufstehen.

Es hämmerte an der Tür. »Sechs Uhr!«, rief Natascha von draußen. »Zeit zum Aufstehen!«

Isabel kämpfte sich mühsam aus dem Bett und taumelte ins Bad. Unter der Dusche dachte sie über den Traum nach, aus dem sie vorhin aufgewacht war. Das Gesicht des blonden Mannes stand ihr immer noch deutlich vor Augen. Ob er jemand war, den sie kannte? Oder konnte man sich im Traum Gesichter ausdenken?

Widerwillig zog sie nach dem Duschen den Trainingsanzug an, den Natascha ihr besorgt hatte. Sie ersparte es sich, hinterher im Spiegel zu prüfen, wie sie aussah, denn sie wusste, dass es ihr nur auf den Magen schlagen würde. Auch wenn sie keine Ahnung von ihren sportlichen Vorlieben hatte – sie war sicher, dass keine Sportart dabei war, zu der man einen Trainingsanzug trug.

Beim Verlassen des Zimmers fuhr sie sich mit beiden Händen durch das Haar und hatte dabei den Eindruck, in eine Wolke zu greifen. Sie hatte bereits festgestellt, dass es von Natur aus lockig war. Der Blondton war ebenfalls beinahe echt; der nachwachsende Ansatz war nur eine winzige Nuance dunkler als der Rest. Die ganze Frisur als solche sah allerdings danach aus, als würde ihr ein wenig mehr Zuwendung nicht schaden.

Draußen auf dem Gang war Natascha damit beschäftigt, ein Sortiment von Putzutensilien zu sortieren.

»Guten Morgen«, sagte Isabel. »Ich will dich nicht bei der Arbeit stören, ich habe nur eine kurze Frage: Zu welchem Friseur bin ich immer gegangen?«

»In der Zeit, in der du hier warst, bist du nicht beim Friseur gewesen.«

»Wirklich?« Isabel fuhr sich erneut durchs Haar. »Wer hat mich denn frisiert?«

»Na, derjenige, der das bei anderen Leuten morgens nach dem Aufstehen auch immer macht. Der Eigentümer der betreffenden Haare. Übrigens finde ich deine Frisur wirklich gut.«

»Ich sehe aus wie ein Rauschgoldengel!«

»Schätzchen, darauf fahren die Männer ab.« Natascha strich sich durch die wallende Kupfermähne. »Je mehr Volumen, desto schärfer sieht es aus.«

»Ich denke, ich gehe erst mal runter, frühstücken.«

»Tu das. Wenn du fertig bist, kannst du gleich wieder raufkommen und hier weitermachen.«

»Womit?«

Natascha klapperte mit dem Putzeimer. »Hiermit. Die Putzfrau ist seit zwei Wochen krank, und alleine schaffe ich das alles unmöglich.«

»Du meinst, ich soll ... putzen?«

Natascha zuckte die Achseln. »Klar. Du liebst es. Du hast immer gesagt, es gefällt dir viel besser als Bügeln.«

Isabel betrachtete zweifelnd den Schrubber, von dem nicht der geringste Wiedererkennungseffekt ausging. Sie sah nur einen langen Stab, der in einem ausklappbaren, flachen Unterteil mündete, sowie einen ergonomisch dazu passenden viereckigen Eimer, in dem eine Art Putzvlies schwamm, das vermutlich über das Unterteil des Schrubbers gezogen wurde.

»Es kommt mir ... irgendwie fremdartig vor.«

»Wenn du erst mal angefangen hast, wirst du merken, wie es dir in Fleisch und Blut übergeht. Es ist wie Fahrradfahren und Schwimmen.«

»Schwimmen kann ich gut.«

»Na also«, sagte Natascha zufrieden.

Isabel fand, dass zwischen Schwimmen und Putzen kein zwingender Zusammenhang bestand, doch es war zu früh am Morgen, um großartig darüber nachzudenken.

Unten in der Küche stieß sie auf Harry, der sie fröhlich begrüßte.

»Kaffee? Tee?«

»Ich ... ja, bitte. Kaffee ist eine gute Idee.« Sie setzte sich an den großen Tisch im Aufenthaltsraum neben der Küche. Darauf standen vier Frühstücksgedecke, von denen zwei bereits benutzt waren. Außerdem gab es Platten mit Wurst und Käse, einen Korb mit Brötchen und Croissants und verschiedene Sorten Konfitüre.

Harry schenkte ihr Kaffee aus einer Warmhaltekanne ein und setzte sich zu ihr an den Tisch. »Ich war eigentlich fertig mit Frühstücken, aber ich trinke gerne noch eine Tasse Kaffee mit dir.«

Er hatte sich ihr schon am Vortag vorgestellt. Sie wusste, dass er fünfundzwanzig Jahre alt war und bei Fabio im ersten *Schwarzen Lamm* das Kochen gelernt hatte. Wie Natascha war er nicht nur *Mitglied des Teams,* wie er es nannte, sondern wohnte auch hier im Haus.

Er war auf zurückhaltende Weise höflich, und anders als

bei Natascha fühlte Isabel sich durch seine Äußerungen in keiner Weise unzulänglich, weil ihr jede Erinnerung an ihn fehlte.

»Ist Fabio schon auf?«, fragte sie.

»Klar. Ist immer der Erste morgens. Er ist zur Großmarkthalle gefahren. Kann aber nicht lange dauern, bis er wiederkommt.«

Isabel blickte auf das benutzte Frühstücksgeschirr. »Hat er schon Kaffee getrunken?«

»Nein, das macht er immer erst, wenn er von seinen Besorgungen zurück ist.« Harry reichte ihr den Brotkorb. »Bedien dich. Hier, nimm auch Butter, die ist sehr gut. Frische Bioware aus Frankreich. Und die Konfitüre da – selbst gemacht.«

»Von dir?«

Er nickte. »Kiwi mit Stachelbeere.«

»Schön grün«, sagte sie höflich. Sie kleckste einen Löffel davon auf ein zerteiltes Croissant und nahm einen Bissen. »Das ist gut«, meinte sie überrascht. »Sehr gut!«

Er grinste errötend. »Dann muss ich ja was richtig gemacht haben.«

»Du kannst bestimmt wunderbar kochen.«

»Nicht so gut wie der Meister«, kam es von der Tür. Natascha betrat den Raum und ließ sich auf den Stuhl neben Isabel fallen. »Mir bitte auch noch Kaffee.« Sie hielt Harry ihre Tasse zum Einschenken hin. »Mein Gott, mir tut das Kreuz weh! Diese Putzerei ist nichts mehr für eine Frau in meinem Alter!«

Isabel hatte den deutlichen Eindruck, dass Nataschas Stimme ein anklagender Unterton anhaftete, doch sie zog es vor, nichts dazu zu sagen.

»Mir kannst du auch einschenken«, ertönte es aus dem

Nachbarraum. Nebenan schleppte Fabio drei übereinandergestapelte Kisten in die Küche und setzte sie auf einer der Anrichten ab. Ohne innezuhalten fing er an, einen Teil der Lebensmittel in Kühl-und Vorratsschränke zu räumen.

»Das sieht nach Arbeit aus, Alter«, sagte Harry, während er zuerst Natascha Kaffee eingoss und dann die noch verbliebene frische Tasse für Fabio füllte.

»Heute ist der erste Probelauf«, sagte Fabio. Er setzte sich Isabel gegenüber an den Tisch und nickte ihr kurz zu. »Hallo«, sagte er. »Gut geschlafen?«

Sie nickte, weil ihr das als Antwort ebenso passend vorkam wie jede andere Bemerkung.

»Hast du was Nettes geträumt?«, fragte Harry. »Man sagt ja, dass das, was man in der ersten Nacht in einem fremden Bett träumt, in Erfüllung geht.«

»Ich dachte, es wäre vorher schon mein Zimmer gewesen.«

»Äh ... Klar. Aber du hast es doch vergessen, deswegen zählt es nicht. Eigentlich zählt überhaupt nichts von dem, was vorher war, oder?« Zustimmung heischend blickte er in die Runde.

»Ich hatte einen Albtraum«, sagte Isabel.

»Oje«, meinte Harry betreten. »Hoffentlich nichts Schlimmes!«

»Albträume sind immer schlimm«, sagte Fabio. »Worum ging es denn?«

Isabel betrachtete ihn unter gesenkten Lidern und fragte sich, wie er es hinkriegte, so früh am Morgen auf diese geradezu beängstigende Weise frisch und aktiv auszusehen. Es konnte nicht damit zusammenhängen, dass er sich besonders sorgfältig frisiert oder herausgeputzt hatte, im Gegenteil. Sein dunkles Haar war rettungslos vom Wind zerzaust, und auf seinem Poloshirt prangten deutlich sichtbar zwei große Flecken von den Kisten, die er vorhin hereingetragen hatte. Er war nicht mal rasiert. Auf seinen Wangen und seinem Kinn zeigte sich ein Bartschatten, der einem Piraten alle Ehre gemacht hätte.

Vielleicht lag es daran, dass sich seine Zähne so weiß dagegen abhoben. Oder dass sich in seinen Augen der strahlend blaue Farbton seines Hemdes widerspiegelte. Oder waren die von alleine so blau?

»Ich habe von einem Mann geträumt«, sagte sie langsam.

»Das passiert mir dauernd«, warf Natascha ein. »Diese Albträume sind mir die liebsten.«

»Der Mann war groß und blond und sah ein bisschen aus wie ein Wikinger. Sein Gesicht kannte ich irgendwoher, aber seinen Namen habe ich nicht geträumt.«

»Wieso war es ein Albtraum?« Fabio trank von seinem Kaffee. Schwarz, mit zwei Löffeln Zucker, wie Isabel registrierte.

»Er hat mich verfolgt, und ich spürte, dass er böse Absichten hatte. Er wollte mich heiraten.«

Natascha verschluckte sich, und Isabel streckte unwillkürlich die Hand aus, um ihr auf den Rücken zu klopfen. »Besser?«

Natascha nickte. »Geht schon wieder. Heiraten – ein Albtraum, wie? Das hat mir schon meine Großmutter dauernd gepredigt, als sie noch lebte. Kindchen, sagte sie immer, tu es nicht, sonst bist du bis an dein Lebensende mit einem Bier trinkenden, furzenden Ungeheuer geschlagen. Das böse Erwachen kommt schnell, hat sie gesagt. Abends gehst du mit einem Teufelskerl ins Bett, und am nächsten Morgen liegst du neben einem Montagsmann. Ich hab ihren Rat immer beherzigt. Montagsmänner sind nicht mein Fall. Heiraten – das ist für mich ein absolutes Tabu.« Sie hob die Schultern. »Na ja, sagen wir: fast. Schließlich habe ich jahrelang in Vegas gearbeitet. Da gehört Heiraten praktisch zum Geschäft. Ein- oder zweimal hab ich es auch gemacht. Das Gute ist: Drüben gehen auch die Scheidungen schnell.« Sie wandte sich zu Isabel um. »Was ist, fertig mit Frühstücken? Gehen wir putzen?«

»Ich habe auch von einer Frau geträumt«, sagte Isabel, ohne auf Nataschas letzte Bemerkung einzugehen. »Sie hieß Daphne. Das heißt, ich habe nicht wirklich von ihr geträumt, ich habe sie nicht in meinem Traum gesehen. Nur den Namen. Kennt ihr zufällig jemanden, der Daphne heißt?«

»Ich hatte als kleiner Junge mal ein Bilderbuch über ein Schwein, das hieß Daphne«, sagte Harry.

»Der Name passt gut zu einem Schwein«, meinte Natascha. »Er klingt irgendwie fett.« Sie griff nach einem Croissant und tunkte es in ihren Kaffee. »Apropos. Ich sollte das nicht machen. Dieses Teil hat mehr Kalorien als eine Flasche Bier. Aber der Klempner hat gesagt, er steht auf füllige Weiber.«

»Dann kannst du ja von Glück sagen, dass du nicht Daphne heißt.« Isabel merkte erst, dass sie diejenige war, die das gesagt hatte, als Natascha sich abermals verschluckte und Harry in dröhnendes Gelächter ausbrach.

Auch Fabio, der sich bisher aus der Unterhaltung weitgehend herausgehalten hatte, grinste amüsiert.

Isabel fühlte sich unter seinen Blicken eigentümlich befangen. »Was meintest du eigentlich vorhin mit: *Heute ist der erste Probelauf?*« Sie stellte die Frage, nur um etwas von sich zu geben. »Falls die Frage blöd ist – sorry, aber ich weiß es nicht besser.« Ihre letzte Äußerung klang in ihren eigenen Ohren patzig, doch es half ihr, sich weniger hilflos zu fühlen.

»Die Frage ist nicht blöd.« Fabios Stimme klang überraschend sanft. »Keine deiner Fragen ist blöd, okay?« Sein Akzent war mit einem Mal stärker hörbar als sonst, eine Veränderung, die in Isabel ein merkwürdiges Prickeln auslöste. Sie wich seinen Blicken aus und fragte sich, ob er ihr ansehen konnte, was sie dachte. Ihr war soeben die Geschichte mit den Karnickeln wieder eingefallen.

»Mit Probelauf meinte ich, dass wir – Natascha, Harry und ich – eine Menüfolge kochen, die wir für den Tag der Eröffnung vorgesehen haben. Natürlich nur im kleinen Rahmen.«

»Soll ich auch mithelfen?«

»Nur wenn du möchtest.«

»Natürlich möchte sie«, sagte Natascha. »Womit soll sie sonst den ganzen Abend die Zeit totschlagen? Allein auf dem Bett hocken und fernsehen?«

Isabel fühlte sich auf unbestimmte Art erleichtert. Der gestrige Abend war ihr tatsächlich aufs Gemüt geschlagen. Im Krankenhaus hatte ihr wenigstens noch die meiste Zeit über die alte Frau Gesellschaft geleistet. Die hatte von sich selbst auch nichts weiter gewusst als den Vornamen – Mathilde. Zwar lag das bei Mathilde am Alzheimer, aber das Ergebnis war in etwa dasselbe.

»Wir sollten das jetzt mit der Putzerei nicht länger rausschieben«, sagte Natascha.

Isabel betrachtete ihre Fingernägel, oder genauer: die kaum noch vorhandenen Reste. Zwei der hochglänzenden Verlängerungen hatten sich gleich bei ihrem ersten Versuch verabschiedet, das nasse Vlies über das ausklappbare Endstück des Schrubbers zu stülpen. Zwei weitere hatten sich später beim Auswringen aufgelöst. Drei waren weggeknickt, als sie die Latexhandschuhe, die sie von Natascha verlangt hatte, übergezogen hatte, in der Sorge, den ganzen übrigen Bestand auch noch zu verlieren. Es hatte nichts geholfen.

Isabel bog die aufgeweichten Ränder um, bis sie sich zu traurigen Wülsten zusammenrollten. Eine der künstlich aufgebrachten Applikationen riss vollständig ab, und sie entfernte mit den Zähnen die vorstehenden Fransen ihres eigenen Nagels.

»Wie konnte ich überhaupt mit diesen Dingern putzen?«, wollte sie von Natascha wissen.

»Gute Frage. Gar nicht, denke ich. Sie sind mir heute das erste Mal an dir aufgefallen.«

»Also muss ich sie mir neu zugelegt haben, nachdem ich hier ausgezogen war?«

»Scheint so. Ich sage dir, diese Kunststoffnägel taugen nichts. Sie sehen nicht mal gut aus.«

»Vielleicht habe ich Nägel gekaut und brauchte deswegen welche. Weil es sonst noch schlimmer ausgesehen hätte. Hab ich gekaut?«

Natascha warf ihr einen Blick von der Seite zu. »Sieht ganz so aus.«

Isabel nahm den Finger aus dem Mund. »War ich ein nervöser Typ?«

»Nicht nervöser als jetzt.«

Isabel seufzte. »Wenn ich nur wüsste, wo ich wohne! Dann könnte ich wenigstens da hinfahren und meine Sachen sichten. Und mir was anderes anziehen.« Sie betrachtete angewidert die Hose des Trainingsanzugs. Sie triefte nur so von dem dreckigen Putzwasser. Das dazugehörige Oberteil hatte sie sich nach der ersten halben Stunde Arbeit ausgezogen und im Hemdchen weitergeputzt. Das stammte aus Nataschas Privatbeständen und war mindestens drei Nummern zu groß. Als ihr auch das zu unbequem geworden war, hatte sie es kurzerhand ebenfalls abgestreift, und da die übrigen Hausbewohner bis zum Mittagessen ausgeflogen waren, war Natascha die Einzige, die daran hätte Anstoß nehmen können, aber die hatte bisher nicht gemeckert. Und falls sie es doch getan hätte, wäre Isabel nicht darauf eingegangen. Sie fand, dass sie in einem Wonderbra von Victoria's Secret immer noch eine bessere Figur machte als in einem Trainingsanzug vom Discounter.

»Weißt du, was ich nicht verstehe?« Sie stellte den Schrubber zur Seite und nahm einen der Wischlappen aus dem Putzwagen. »Es sagt mir rein gar nichts.«

»Was sagt dir nichts?« Natascha, in der einen Hand ein Poliertuch und in der anderen eine geöffnete Flasche Holzpolitur, rieb emsig die Paneele ab. Es roch intensiv nach dem Öl, mit dem sie vorhin auch bereits die alten Bauernmöbel in den Schlafzimmern behandelt hatten.

»Das Saubermachen«, sagte Isabel.

»Manche Dinge muss man eben länger auf sich wirken lassen«, behauptete Natascha.

Isabel zog zweifelnd die Brauen hoch. »Meinst du? Ich weiß nicht ... Wenn ich fast drei Monate hier gelebt habe und jeden Tag gerne sauber gemacht habe, kann das doch nicht innerhalb von zwei Wochen alles weg sein, oder?« Sie nahm einen leeren Eimer vom Putzwagen, drehte ihn um und setzte sich darauf. »Ich hatte dir doch erzählt, dass ich mit dem Arzt darüber gesprochen habe. Er hat mir gesagt, dass bei einer retrograden Amnesie wie bei mir in den allermeisten Fällen kognitive Fähigkeiten genau wie vor dem schädigenden Ereignis beherrscht werden. Das nennt man prozedurales Gedächtnis.«

»Du liebe Zeit, so viel Fachchinesisch! Wen willst du denn damit beeindrucken?« Natascha warf den Lappen zurück auf den Putzwagen und schraubte die Ölflasche zu. »Ich verstehe davon bloß Bahnhof.«

Isabel rollte den Wischlappen auseinander und betrachtete ihn eindringlich, als könnte sie in den Staubflusen die Geheimnisse ihres Lebens entdecken.

»Es bedeutet, dass man Dinge, die man einmal gelernt hat, nach einem Gedächtnisverlust noch beherrscht. Damit meine ich jetzt nicht nur Schreiben und Lesen oder wie man sich die Schuhe zubindet oder einen Tisch deckt, sondern berufliche Qualifikationen. Fabio hat erzählt, dass ich Innenarchitektur studiert habe. Das habe ich mittlerweile schon bemerkt. Ich weiß alle möglichen theoretischen und praktischen Einzelheiten über Stilrichtungen und Einrichtungsformen, über Kunst, Stoffe, Bodenbeläge, Holz und Mauerwerk. Ich habe Vorstellungen, was bestimmte Dinge kosten und wo man sie bekommt. Ich weiß beispielsweise, dass die Möbel, die wir eben in den Schlafzimmern poliert haben, aus den frühen Zwanzigerjahren des letzten Jahrhunderts stammen. Vermutlich wurden sie in Tirol hergestellt. Und sie wurden vor kurzem gegen Holzwurm behandelt.«

»Das hätte ich dir auch sagen können. Frag mich mal, wer den kleinen Biestern neulich gnadenlos auf den Pelz gerückt ist!«

»Nehmen wir was anderes. Klavierspielen zum Beispiel.«

»Kannst du Klavier spielen?«

»Ich weiß es nicht genau, aber ich meine, ja. Sobald ich ein Klavier sehe, werde ich es ausprobieren.«

»Hier im Haus gibt es keins.«

Isabel spürte unbestimmten Ärger in sich aufsteigen. »Ich werde schon noch irgendwann und irgendwo eines auftreiben, okay?« Sie bezwang ihren Unmut und fuhr zögernd fort: »Es gab noch mehr Fähigkeiten, an die ich mich automatisch erinnert habe. Beim Schwimmen war es beispielsweise so, wie Doktor Mozart es gesagt hatte. Ich konnte es sofort wieder, und zwar sehr gut. Auch mit dem Schminken klappte es ganz hervorragend. Eine der Schwestern hat mir Make-up mitgebracht. Sie meinte, professioneller hätte es auch ihre Kosmetikerin nicht hingekriegt.«

»Tja.« Natascha musterte sie, bis Isabel sich vorkam wie ein nutzloses Insekt auf einem Objektträger. »Fragt sich nur, was es bringt, ein Ass im Schwimmen und Schminken zu sein. Ich meine, was nützen dir denn das tollste Make-up und hundert Meter Freistil? Kriegst du etwa Geld dafür und kannst davon deinen Lebensunterhalt bestreiten?« Sie grinste. »Außer natürlich, du bist eine weltberühmte Goldmedaillengewinnerin und machst Werbung für wasserfeste Wimperntusche.«

Isabel musste lachen, sie konnte nicht anders. »Du hast Haare auf den Zähnen, Natascha.«

»Das hat mein erster Ehemann auch immer gesagt.«

»Warst du lange mit ihm verheiratet?«

»Kaum länger, als die Scheidung dauerte.« Natascha kicherte. »Mit zwanzig zum Standesbeamten, mit einundzwanzig zum Scheidungsanwalt.«

»Und Nummer zwei? War das der Mann, mit dem du in Las Vegas gelebt hast?«

Natascha seufzte und verschränkte die Arme vor der fülligen Brust. »Ja, der war eine Klasse für sich. Gegen Johnny die Schlange konnten sich alle Männer verstecken. Ich vermisse ihn immer noch! Leider musste ich ihn zum Teufel jagen. Er trieb es mit allen Frauen, die auf Schrittlänge an ihn herankamen und nicht bei drei auf den Bäumen waren.«

»Wie ist er an seinen Namen gekommen?« »Das möchtest du lieber nicht wissen.« Isabel wollte es durchaus wissen, hatte aber den Verdacht, dass es um schlüpfrige Zusammenhänge ging. Über solche Dinge wollte sie momentan nicht näher nachdenken. Die Sache mit den Karnickeln reichte ihr schon.

Sie putzte mit Natascha das zweite Obergeschoss fertig und fand anschließend, dass sie einiges geleistet hatte. Zwei Gasträume, jeweils mit Bad, außerdem ihr eigenes Zimmer, das aus unerfindlichen Gründen genau zwischen den beiden anderen lag, und schließlich Nataschas kleines Apartment am Ende des Gangs. Fenster putzen, Möbel wienern, Böden saugen und putzen, Bäder schrubben – ein beachtliches Pensum, das sie trotz ihrer ruinierten Fingernägel, ihrer inakzeptablen Frisur und ihres grauenhaften Outfits mit eigenartiger Zufriedenheit erfüllte. Vielleicht hatte Natascha doch Recht. Anscheinend war Putzen nicht so schlimm, wie sie befürchtet hatte. Im Gegenteil – es schien sogar etwas für sich zu haben. Wenn sie die blank gebohnerten Holzbohlen des Flurs betrachtete, kam sogar eine Spur Stolz in ihr auf.

»Hier müsste ein Läufer liegen«, sagte sie. »Ein Aubusson wäre schön. Und da vorn in der Ecke ein Spiegel. Ich sehe ihn schon vor mir. Venedig, achtzehntes Jahrhundert. Und davor ein Tischchen mit Muranoglas als Dekoration. Vielleicht eine Hochzeitsschale.« Das Wort *Hochzeit* hatte einen unangenehmen Nachklang, und sie verbesserte sich eilig. »Lieber toskanische Bauernkeramik, das käme noch besser zur Geltung.«

»Ja klar, und hier an der Wand muss ein Gemälde von van Gogh hängen.«

Isabel runzelte die Stirn. »Das ist eine andere Preisliga. Allein die Versicherung würde mehr kosten als alles, was hier im Haus ist.« Sie merkte, dass Natascha sich über sie lustig machen wollte, und im selben Moment begriff sie auch, warum. »Für Teppiche und Spiegel ist gar kein Geld da, oder?«

Ihr fiel wieder ein, was Fabio am Vorabend dazu geäußert hatte. *Für die Neueröffnung musste ich mich verschulden...*

Folglich musste alles, was nicht dringend nötig war, logischerweise warten, inklusive solcher nutzlosen Interieurs wie die, die sie vorhin aufgezählt hatte. Eingangsbereich und Restaurant würde er natürlich entsprechend dekorieren müssen, aber alles andere käme erst im Laufe der Zeit dazu. Womit sich ihr Vorhaben, ihm innenarchitektonisch unter die Arme zu greifen, wohl vorläufig in Luft aufgelöst hatte. Es sei denn...

Natascha unterbrach ihre Gedanken. »Hier sind wir so weit fertig.«

»Was ist mit den Schlafzimmern der Männer?«

»Die sollen ihre Bude mal schön selbst sauber machen«, sagte Natascha. »Männer können süß sein, aber es gibt Bereiche, da muss man als Frau ungeheuer darauf achten, keinen überflüssigen Service anzubieten. Das gilt in erster Linie für alle Arten von Dreckbeseitigung. Es ist beinahe wie Sex, nur ohne den Spaß. Machst du es einmal, wollen sie es immer.«

Das fand Isabel einleuchtend, auch wenn sie sich an nichts erinnern konnte, was diese Lebensweisheit bestätigte. Dennoch hätte sie ganz gern einen Blick in Fabios Zimmer geworfen. Einfach nur so.

»Morgen müssen wir eine Etage tiefer auch noch ran«, sagte Natascha. »Vielleicht haben wir Glück, und Frau Hasenkemper lässt sich wieder blicken. Dann schaffen wir es zu dritt und bei gutem Willen an zwei Tagen.«

Im ersten Obergeschoss hatte Isabel sich noch nicht näher umgesehen, sie wusste nur, dass die Sanierungsarbeiten dort noch nicht abgeschlossen waren, und ein kurzer Blick in den verstaubten Gang hatte ihr das bestätigt. »Muss unten eigentlich noch viel hergerichtet werden?«

»So ziemlich alles. Nur die Fenster und Heizkörper sind schon drin. Und jede Menge Staub und Dreck, der dauernd durchs Haus getragen wird, wenn wir ihn nicht wegwischen.«

»Warum ist der zweite Stock vor dem ersten fertig gemacht worden?«

»Weil hier oben die Zimmer kleiner und wohnlicher sind. Im ersten Stock sind ein paar richtig herrschaftliche Säle. Nicht so groß wie die im Erdgeschoss, aber ganz beachtlich. Das Stockwerk soll irgendwann hauptsächlich als Tagungsbereich genutzt werden.«

Auch davon hatte Fabio gesprochen. Isabel beschloss, sich die Räume irgendwann anzusehen. Doch vorher musste sie eine Verabredung einhalten.

Isabel sah dem Ausflug in die Stadt mit gemischten Gefühlen entgegen, nicht nur, weil sie keine Ahnung hatte, wie es dort aussah, sondern weil sie mit Fabio hinfahren würde.

Es verunsicherte sie zusehends, mit einem Mann verlobt zu sein, den sie überhaupt nicht kannte. Und dass er, wenn man Nataschas Behauptungen glauben konnte, ein wahrer Sexgott war, trug auch nicht gerade zu ihrem Seelenfrieden bei. Heute Morgen beim Frühstück war ihr in seiner Gegenwart heiß und kalt geworden, und dabei hatte er sie nicht mal berührt. Allein die Vorstellung, dass sie in einem früheren Leben verrückt nach ihm gewesen war – und er umgekehrt nach ihr ebenfalls –, reichte aus, um sie restlos zu verunsichern.

Ansonsten ertrug sie ihren Gedächtnisverlust mit Fassung. Sie hatte sich nicht einmal darüber gewundert, dass es ihr so wenig ausmachte, bis eine der Physiotherapeutinnen sagte, wie tapfer sie das fände.

»Mal ganz ehrlich, ich bewundere Sie! Wie Sie das aushalten! So ohne Erinnerungen! Ich würde wahnsinnig werden an Ihrer Stelle! Toben und weinen und rumlaufen, bis ich nicht mehr kann – *das* würde ich machen! Wie schaffen Sie es bloß, die Nerven zu behalten?«

Diese Frage hatte Isabel wenig später an Doktor Mozart gerichtet. Sie hatte Sorge, dass sie sich vielleicht psychotisch verhielt. Sie wusste nicht, wer sie war, aber es schien ihr nicht annähernd so viel auszumachen, wie alle Welt unter diesen Umständen erwartete. Das konnte nicht normal sein.

Er hatte sie beruhigt. »Es ist eine häufig beobachtete Reaktion, dass die Betroffenen sich nicht verrückt machen. Diese Formulierung können Sie übrigens wörtlich nehmen. Betrachten Sie es als eine Art eingebauten Selbstschutz. Ein gewisser Fatalismus schützt vor zusätzlichem Stress, durch den die Situation höchstens schlimmer statt besser würde. Ihre Psyche federt sich dagegen ab, so gut es geht. Außerdem gibt es wesentlich schlimmere Fälle als bei Ihnen. Viele Amnesie-Patienten sind so lethargisch, dass sie kaum ansprechbar sind.«

Isabel hatte anfangs nicht recht gewusst, ob sie das als Trost betrachten sollte, doch inzwischen tat sie es. Doktor Mozart hatte ihr geraten, einen Schritt nach dem anderen zu tun. »Lernen Sie sich selbst kennen«, hatte er gesagt. »Erfahren Sie einfach nach und nach, wer Sie sind. Ganz langsam und in aller Ruhe. Sie haben viel Zeit. So viel, wie Sie brauchen.«

Sie brachte es nicht über sich, in Trainingsanzug und Turnschuhen – Letztere mussten vom selben Grabbeltisch stammen wie der Anzug – in die Öffentlichkeit zu gehen, also zog sie das einzige Outfit an, das sie sonst noch besaß. In dem zerknitterten, fleckigen Kleid von Miyake und spitzhackigen Manolo Blahniks gefiel sie sich definitiv besser als in Sportkluft vom Wühltisch, es sei denn, sie hätte zufällig vorgehabt, joggen zu gehen.

Als sie auf den Hof hinausstöckelte, war Fabio dabei, leere Gemüsekisten in sein Auto zu laden, ein dunkelblauer Multivan, der schon bessere Tage gesehen hatte. Die Wagentüren standen offen, vermutlich wegen der Wärme. Es war zwei Uhr und bullig heiß, mindestens dreißig Grad.

»Bist du sicher, dass du in diesen Schuhen laufen kannst?«, fragte er.

»Kilometerweit, wenn es sein muss. Es ist keine Frage der Statik, sondern der inneren Einstellung.« Noch während sie das sagte, knickte sie auf dem buckligen Pflaster um und tat so, als wäre das völlig normal. Lässig schwang sie sich auf den Beifahrersitz und wartete, bis er ebenfalls einstieg.

Er schlug die Heckklappe zu und setzte sich ans Steuer, und sofort merkte sie, wie sie dieselbe Befangenheit überkam wie am vergangenen Abend und am Morgen. Komisch, im Krankenhaus hatte sie davon nichts gespürt. Allerdings hatte sie da auch die Sache mit den Karnickeln noch nicht gewusst.

»Ich denke, ich könnte als Erstes ein paar schöne neue Schuhe vertragen«, sagte sie.

»Wie du meinst. Wenn wir in der Stadt sind, können wir uns trennen.«

Isabel fuhr zusammen und starrte ihn perplex an. »Das hättest du mir auch sagen können, bevor ich den ganzen Dreck weggeputzt habe! Ich habe mir acht wirklich gute Fingernägel dafür ruiniert, und die beiden übrigen musste ich auch noch abschneiden, weil es einfach ekelhaft aussah!« Sie runzelte die Stirn. »Und wo, bitte schön, soll ich hin, so mir nichts, dir nichts?«

»Ich hatte eher eine taktische Trennung im Auge. Du gehst einkaufen, ich gehe einkaufen. Aber in verschiedenen Läden.«

»Ach so.« Sie verabscheute sich für den erleichterten Ton in ihrer Stimme und fügte deshalb kühl hinzu: »Männer haben in Schuhgeschäften sowieso nichts verloren.«

Er grinste, und sie sah, dass er in der rechten Wange ein tiefes Grübchen hatte. Ob links auch eines war, blieb vorläufig offen, denn er wandte ihr das Profil zu, während er den Wagen startete und ihn aus der Einfahrt lenkte.

Er trug Jeans, die eine Handbreit über dem Knie abgeschnitten waren, und dazu ein Polohemd in einem ähnlichen Blauton wie das vom Morgen, nur dass es frisch war. Außerdem hatte er geduscht, sein Haar war über den Ohren noch feucht. Rasiert hatte er sich ebenfalls, aber lange würde der Effekt nicht vorhalten, denn er hatte einen extrem starken Bartwuchs. Sogar im Sitzen wirkte er noch groß und massiv, mit ausgeprägten Armmuskeln, dunkel behaarten Beinen und Zähnen, die so weiß waren, dass man zweimal hinsehen musste, um es zu glauben. Der typische Latin Lover, wie er im Buche stand.

Eigentlich passte er überhaupt nicht zu ihr, weder optisch noch von der Herkunft her. Er war ein Koch, der sich aus kleinen Verhältnissen hochgeschuftet hatte, und sie war ... Ja, was eigentlich? In jedem Fall reich, oder? Immerhin trug sie einen Mehrkaräter und hochwertige Designerkleidung. Ihre Handtasche, die Fabio ihr heute Morgen überreicht hatte, stammte von Prada, und sie war genauso wenig nachgemacht wie ihre Pumps. Nur nützte ihr das alles momentan nicht viel, jedenfalls nicht, solange sie nicht rauskriegte, woher der ganze Segen stammte, den sie am Körper trug.

Bis dahin ...

»Wie wollen wir es nachher machen?«, fragte sie betont locker. »Ich meine, finanziell? Gibst du mir deine Kreditkarte mit?«

»Die brauche ich selbst, ich muss ja auch einkaufen. Ich gebe dir Bargeld.«

»Soll mir recht sein.«

Als sie sich der Innenstadt näherten, schaute sie sich ratlos um. Der Name des Ortes war ihr durchaus vertraut, und sie wusste sogar, dass es ein Schloss, einen Dom und einen kurfürstlichen Park geben musste, doch falls sie je hier gewesen war, dann hatte sie schlicht alle Einzelheiten vergessen. Ob es ihr in Paris genauso ergehen würde? Sie erinnerte sich an bunt bewegte Bilder vom Montmartre, vom Eiffelturm und vom Louvre. Sie sah die Seine in der Sonne schimmern und wusste mit einem Mal, dass sie sich dort zurechtfinden würde. Paris war präsent. Mit geschlossenen Augen ließ sie andere Städte Revue passieren. London, Rom, New York, Madrid, Berlin, Hamburg, München. Es war alles da. Anscheinend war sie eine kosmopolitische Person.

Nur hier kam ihr nichts bekannt vor. Merkwürdig. Möglicherweise war der ganze Ort zu eng mit ihrer persönlichen Biografie verknüpft, sodass sie deswegen alles vergessen hatte. Sie würde dieser Tage Doktor Mozart danach fragen.

»Habe ich eigentlich mal erwähnt, wo ich aufgewachsen bin?«, wollte sie beiläufig von Fabio wissen.

»Nein«, sagte er, während er den Wagen in ein Parkhaus lenkte.

»Es ist schon eigenartig, dass ich so rein gar nichts von meiner Vergangenheit erzählt habe«, sinnierte sie.

Fabio zuckte die Achseln. »Wahrscheinlich hattest du deine Gründe.«

Isabel erschrak, denn mit einem Mal kam ihr ein entsetzlicher Gedanke. Vielleicht hatte sie sich deswegen ausgeschwiegen, weil sie etwas zu verbergen hatte! Womöglich hatte sie am Ende sogar etwas verbrochen! Waren sie deswegen so scharf aufeinander gewesen? Immerhin stammte er im weitesten Sinne auch aus dem Verbrechertum. Ein neapolitanischer Camorra-Spross und eine deutsche Gangsterbraut. War das der Grund für ihre Karnickelbeziehung? Sozusagen eine Art Bonnie-und-Clyde-Syndrom? Oder, noch schlimmer: Hatten sie vielleicht krumme Dinger zusammen gedreht, und jetzt tat er so, als wäre nichts gewesen, nur um sicherzustellen, dass sie ihn nicht verpfeifen würde? Schließlich wusste sie nichts mehr davon und wollte vielleicht ein ehrliches Leben anfangen!

Nein, Quatsch. Isabel schüttelte heftig den Kopf, als könnte sie damit ihre Gedanken vertreiben. Auf was für blöde Ideen sie kam!

»Was ist?«, fragte er.

»Nichts, alles in Ordnung.«

Er stellte den Wagen in einer Parklücke ab, stieg aus und kam auf die Beifahrerseite, wo er Isabel die Tür öffnete und ihr beim Aussteigen half.

Sie nahm es zerstreut zur Kenntnis und achtete auch nicht weiter darauf, dass er ihren Ellbogen stützend umfasste, während sie zum Aufzug gingen. Das, was ihr gerade durch den Kopf schoss, war noch wesentlich grässlicher als die Verbrechertheorie.

Was, wenn ihr Reichtum aus einer ganz bestimmten Quelle stammte? Das Kleid, die Unterwäsche, die Schuhe, der Ring ... deutete das alles nicht in eine ganz bestimmte Richtung? Hatte sie ihrem eigenen Verlobten deswegen nichts über ihre Vergangenheit erzählt, weil sie ... War sie etwa ...?

»Hast du was?«, fragte Fabio. »Du bist so still.«

»Mir ist nur heiß«, brachte Isabel mühsam heraus. Der Aufzug kam, und sie ging steifbeinig hinein. Während Fabio neben sie trat und auf den Knopf drückte, starrte sie blicklos auf die Wand und überlegte fieberhaft, was sie über Frauen wusste, die für Geld zu haben waren. Manche waren ordinär und billig, andere kultiviert und teuer. Es war wie überall im Leben: eine Frage des Preises. Die einen waren Nutten, die anderen nannten sich vielleicht Hostessen.

Isabel schluckte heftig. Hatte sie sich vielleicht bloß deswegen mit teurer Designerkleidung und hochwertigem Schmuck ausstatten können, wie in dem Film mit Julia Roberts und Richard Gere? War sie eine Art ... *Pretty Woman?*

Der Aufzug hielt im Erdgeschoss, und Isabel stolperte geistesabwesend hinter Fabio her ins Freie.

»Ich ziehe dann mal los«, meinte er. »Ich würde sagen, wir treffen uns hier in einer Stunde wieder.«

Sie nickte und schaute ihm nach. Er ging ein paar Schritte und blieb dann stehen.

»Ach, das hätte ich doch fast vergessen.« Er kehrte zurück, zog seine Brieftasche hervor und drückte ihr einen Geldschein in die Hand. »Hier, bitte.«

Sie schaute zuerst verständnislos und dann entsetzt auf die Banknote. »Was ist das?«

»Das sind zweihundert Euro.«

Sie schluckte hart. »Wofür sollen die sein?«

»Na ja, ich dachte, bis wir alles geklärt haben, führe ich dich als Vierhundert-Euro-Kraft, und das Geld wäre sozusagen ein Vorschuss.«

»Also nicht für ... Ahm, nicht für ...«

»Nicht für was?«

»Für nichts. Schon gut. Es ist einfach nur so, zum Einkaufen, oder?«

»Genau. Das hatten wir doch besprochen, oder?«

»Ja, klar. Ich war nur für einen Moment ein bisschen durch den Wind. Muss die Hitze sein.«

Sie betrachtete den Geldschein. »Was soll ich dafür kaufen?«
»Oh, das überlasse ich dir. Was du so brauchst, denke ich.«

Na toll, dachte sie. Für dieses bisschen bekam sie höchstens eine Garnitur Dessous. Wenn überhaupt.

Doch er hatte sich bereits umgedreht und schlenderte davon. »Bis später«, rief er über die Schulter zurück.

Sie blickte ihm mit offenem Mund nach und starrte dann den Geldschein an, doch es waren und blieben zweihundert Euro.

Nachlässig stopfte sie das Geld in ihr Täschchen und blickte sich um. Sie stand in einer netten, provinziell anmutenden Einkaufspassage mit Läden, von denen sie sofort instinktiv wusste, dass sie sich hier in ihrem früheren Leben niemals eingekleidet hätte. Jedenfalls nicht vor ihrer Verlobung mit diesem armen italienischen Koch.

Isabel legte den Kopf schräg und sortierte alle Informationen, die sie bisher über sich selbst hatte sammeln können. Die Verlobung war ganz offensichtlich der entscheidende Faktor gewesen, wie ihr mit einem Mal klar wurde. Ein Ereignis, das anscheinend ihr komplettes Leben geändert hatte!

Früher hatte sie sich elegant gekleidet, hochkarätige Ringe getragen, sich perfekt geschminkt, Reisen in diverse Weltstädte unternommen. Dann hatte sie diesen Italiener kennengelernt, eine karnickelähnliche Beziehung mit ihm angefangen und die Freude am Putzen entdeckt. Wenn das keine Wandlung war, wollte sie Daphne heißen!

Sie stutzte kurz, weil sie schon wieder auf diesen Namen gekommen war, doch dann wandte sie sich sofort wichtigeren Gedankengängen zu. Sie rekapitulierte nochmals ihre Schlussfolgerungen und zählte dabei sämtliche Fakten stumm an den Fingern ab.

Erstens: dubiose reiche Schnepfe gewesen, vielleicht sogar weltweit operierende Betrügerin oder Nutte.

Zweitens: armen Koch kennengelernt und mit ihm neues, ehrliches, sauberes Leben begonnen. Naturbelassen, ohne Schnickschnack, dafür mit Karnickelsex.

Drittens: Krach mit armem Koch, Trennung. Versuch, altes, dubioses Leben wieder aufzunehmen. Keinen Spaß mehr daran gehabt, also Versuch einer Versöhnung.

Viertens: hingefallen, Gedächtnis verloren.

Fünftens: nichts mehr zum Anziehen.

Isabel umfasste entschlossen ihr Handtäschchen. Sie brauchte nicht erst großartig darüber nachzudenken, was sie wollte – mal abgesehen von neuen Schuhen. Sie musste einfach der Person vertrauen, die sie vorher gewesen war. Und die hatte ein anderes, bodenständiges Leben führen wollen! Mit einem hart arbeitenden Koch und Existenzgründer. Fernab von jedem fragwürdigen Luxus, nur der Kraft vertrauend, die eigener Hände Arbeit entstammt. Schluss mit *Pretty Woman!*

Isabel atmete heroisch durch und stöckelte auf das gegenüberliegende Geschäft zu.

Fabio blieb an der Ecke stehen und schaute zurück. Isabel stand in sich versunken da und schaute auf ihre Finger, sie schien etwas abzuzählen. Ob sie überlegte, was sie alles kaufen sollte, beziehungsweise, ob das Geld dafür reichte? Gemessen an ihren Ansprüchen kam sie vermutlich rasch zu dem Ergebnis, dass es kaum für eine Maniküre oder einen Besuch beim Friseur langte. Geschweige denn für solche Schuhe, wie sie welche trug.

Widerwillig registrierte er, dass so ungefähr jeder Mann in

Sichtweite sich den Hals verdrehte, um sie angaffen zu können. Tatsächlich war sie trotz des leicht mitgenommenen Fähnchens ein Anblick der Extraklasse. Sie war nicht besonders groß, aber jeder ihrer schätzungsweise einhundertsechzig Zentimeter war tadellos proportioniert, alles verteilt auf eine niedliche Stundenglasfigur. Ihre blonden Locken waren auf dekorative Weise zerzaust, und dass sie heute nicht geschminkt war, verlieh ihrem Gesicht einen elfenhaften Reiz. In Verbindung mit den verruchten Schuhen und dem eng anliegenden Seidenkleid erhöhte es noch den Hauch erotischer Verlockung, der von ihr ausging. Er hatte bereits vorhin im Auto nicht an sich halten können, ihr ständig in den Ausschnitt oder auf die Beine zu glotzen. Schon heute Morgen beim Frühstück hatte sie derartig zum Anbeißen ausgesehen, dass er Mühe gehabt hatte, sich ihre Zickigkeit in Erinnerung zu rufen.

Sie setzte sich in Bewegung und hielt auf ein edel aussehendes Schuhgeschäft zu. Doch zu seiner Überraschung ging sie nicht hinein, sondern betrat das gleich daneben befindliche Bekleidungshaus.

»Das glaub ich nicht«, murmelte er. Sie ging tatsächlich zu H&K! Es geschahen noch Zeichen und Wunder.

Er ging weiter, um seine Besorgungen abzuarbeiten. Ein Termin bei der Bank, der wie erwartet wenig erfreulich verlief, ein weiterer bei der Versicherung. Es waren immer noch Zahlungen offen, die er wegen des Brandes beantragt hatte. Wahrscheinlich würde er noch die nächsten Jahre darauf warten müssen.

Ein dritter Termin, diesmal bei dem Laden, der im *Schwarzen Lamm* die Ausstattung des Eingangsbereichs übernommen hatte, gestaltete sich noch unersprießlicher. Es gab ihn nämlich nicht mehr. Vor der Glasfront war das Rollgitter herabgelassen, und an der Tür hing ein dezentes kleines Schild:

Wegen Insolvenz geschlossen. Und er hatte diesem Mistkerl von Ausstatter letzte Woche zweitausend Euro Materialvorschuss überwiesen! Kein Wunder, dass immer nur der Anrufbeantworter drangegangen war!

»Na toll«, entfuhr es ihm.

»Das finde ich auch!«, sagte eine erfreute Stimme neben ihm.

Er zuckte zusammen. Es war Raphaela. Mit ihrem rosa Kleid und der üppigen Lockenfrisur sah sie aus wie eine teure, kostbar herausgeputzte Puppe. Giulio dräute an ihrer Seite und beäugte Fabio wie ein seltenes, zum Abschuss freigegebenes Tier.

»Was macht ihr denn hier?«, fragte Fabio, nur um etwas von sich zu geben.

»Wir waren italienisch essen«, sagte Raphaela. Sie warf das Haar zurück und lächelte ihn an. »Bei der Konkurrenz. Kein Vergleich zu deiner Küche, mein Lieber, kein Vergleich.«

»Ich will nicht, dass du ihn so nennst«, mäkelte Giulio. Er trug einen cremefarbenen Anzug aus einem Seide-Leinen-Gemisch und von perfekter Passform, sah man von der kaum merklichen Ausbuchtung unter der Achsel ab. Er würde niemals unbewaffnet unter Leute gehen, und schon gar nicht würde er seinen massigen Körper in so profane Kleidungsstücke zwängen, wie Fabio sie trug, und wenn es noch so heiß draußen war. Auf seiner Stirn perlte der Schweiß, aber bevor er sich das Jackett auszog, musste schon ein Notfall eintreten.

»Alles im Lot zwischen dir und deiner kleinen Braut?«, fragte Raphaela. »Kann sie sich wieder an dich erinnern?« In ihrer Stimme schwang ein merkwürdiger Tonfall mit. Fabio warf ihr einen irritierten Seitenblick zu, wobei er sich Mühe gab, sie nicht länger als nötig anzuschauen, damit Giulio gar nicht erst auf dumme Gedanken kam.

»Bis jetzt nicht, aber das wird schon noch«, sagte er. »Wir müssen uns nur ein bisschen aneinander gewöhnen.«

»Ich stelle es mir aufregend vor, mit einem Mann Sex zu haben, den ich überhaupt nicht kenne«, meinte Raphaela.

»Ich muss dann mal weiter«, sagte Fabio. »Isabel wartet auf mich.«

Raphaela schien Einwände erheben zu wollen, aber Giulio sah aus, als wäre er sehr damit einverstanden, dass Fabio auf der Stelle verschwand. Er fasste Raphaela beim Arm und zog sie mit sich. »Wegen deiner Schulden unterhalten wir uns noch«, sagte er über die Schulter zu Fabio.

Fabio blickte den beiden nach, während sie zu Giulios Wagen gingen, der ein paar Meter entfernt geparkt war. Er fühlte sich erst besser, als sie beide eingestiegen und davongebraust waren.

Ein Gefühl sagte ihm, dass jemand ihn beobachtete, und als er sich umdrehte, sah er, dass Isabel auf der anderen Straßenseite stand und zu ihm herüberschaute. Sie trug eine Einkaufstüte und winkte ihm mit der freien Hand zu. Er winkte kurz zurück und ging dann über die Straße zu ihr hinüber, wobei er nicht umhinkonnte, ihre veränderte Erscheinung wahrzunehmen. Anscheinend hatte sie einen Teil ihrer Einkäufe gleich angelassen. Der glänzende Designerfummel war verschwunden, stattdessen trug sie ein schlichtes weißes Top mit Spaghettiträgern und dazu einen cremefarbenen, spitzenbesetzten Rock, dessen schwingende Volants bis zu ihren Waden reichten. Ihre schmalen Füße steckten in zierlichen Ballerinas. Die einzige Extravaganz, die Fabio außer dem Prada-Täschchen und dem angeberischen Brillantring noch an ihr ausmachen konnte, bestand in einem winzigen Silberkettchen um ihren rechten Fußknöchel. Wenn sie ihm nicht gleich zu Beginn ihrer Bekanntschaft gesagt hätte, wie alt sie war, hätte er sie für ein Schulmädchen gehalten.

Sie lachte ihn begeistert an, als er zu ihr trat. »Sieh mal, ist das nicht toll?« Sie drehte sich einmal um ihre eigene Achse, bis der Rock in einem fließenden Wirbel aus Spitze hochflog und Fabio ziemlich viel von ihren nackten, sanft gebräunten Beinen sehen konnte.

Er schluckte – nicht nur, weil der Anblick eher unpassende Gedanken in ihm hervorrief, sondern weil sie ihn so vertrauensvoll anschaute.

»Gefällt es dir?«, fragte sie.

Er schluckte abermals und nickte dabei. »Netter Rock. Und das Hemd und die Schuhe natürlich auch.«

Isabel strahlte und hielt die Tüte hoch. »Hier drin ist noch mehr! Jeans, zwei T-Shirts, Unterwäsche! Alles Sonderangebote, und dabei richtig schick!« Ihre Begeisterung war förmlich mit Händen zu greifen. »Ich wusste gar nicht, dass solche Läden so nette, tragbare Sachen haben! Und dabei hab ich nicht mal alles ausgegeben! Es sind noch zehn Euro übrig!«

»Tatsächlich.« Seine Antwort klang genauso belämmert, wie er sich fühlte.

»Ja, und stell dir vor: Man kann dafür sogar zu Mittag essen!« Sie deutete auf das Burger-King-Restaurant an der nächsten Straßenecke. »Für zehn Euro kriegen wir da ein komplettes Menü! Für zwei Personen! Das konnte ich gar nicht glauben, aber es stimmt, ich hab eben nachgeschaut und es ausgerechnet. Zum Mittagessen ist es eigentlich zu spät, und ich weiß ja, dass du uns heute Abend was Gutes kochen willst. Aber ich könnte schon vorher einen Happen vertragen. Ehrlich gesagt, habe ich einen Riesenhunger. Was ist mit dir?« Sie grinste. »Ich lade dich ein.«

Fabio lachte. »Warum nicht?«

Als sie ihn unterhakte, tat er so, als wäre dies das Normalste von der Welt. Er spürte ihre zarte, sonnenwarme Haut an seinem Arm, doch er sagte sich, dass nicht das ihn beunruhigte, sondern einfach nur die Situation als solche.

Sie holten sich ein Mittagsmenü am Tresen des Schnellrestaurants und setzten sich an einen Tisch an der Fensterfront.

Isabel saß ihm gegenüber und packte ihren Burger aus wie ein Kind, das ein Überraschungsgeschenk außer der Reihe bekommen hatte. »Komisch«, sagte sie. »Ich kann mich nicht erinnern, schon Burger gegessen zu haben. Aber es riecht gut.« Sie biss davon ab, kaute und legte nachdenklich den Kopf zur Seite. »Schmeckt auch gut«, sagte sie. Langsam fügte sie hinzu: »Waren wir schon mal zusammen Burger essen?«

»Nein.«

»Du bist wohl eher kein Freund von Fast Food, oder? Ich meine, als Gourmetkoch hat man sicher andere Vorlieben.«

Hin und wieder aß Fabio durchaus Hamburger. Er hatte fast zwei Monate lang überhaupt nicht gekocht, denn mit dem ersten *Schwarzen Lamm* war auch seine Küche in Flammen aufgegangen, und die Pension, in der er vor dem Umzug übernachtet hatte, war alles andere als ein Tempel der Gastronomie. Außer einem schnellen Frühstück hatte er dort nichts erwarten können.

»Fast Food ist manchmal gar nicht so übel«, sagte er. »Wenn es gerade nichts anderes gibt, ist es besser als nichts.«

Isabel tunkte ein Pommesstäbchen in die Ketchuppfütze, die sie neben dem Papiertütchen platziert hatte. »Ich habe die beiden gerade gesehen. Giulio und seine Freundin.«

Fabio ließ den Whopper sinken. Der Appetit war ihm vergangen.

Sie schaute ihn unverwandt an. Zwischen ihren Brauen stand eine winzige Falte. »Was wollten sie von dir?«

»Nichts. Ich habe sie zufällig getroffen, sie kamen vom Mittagessen aus einem Lokal.«

Sie holte Luft und stellte dann die Frage, mit der er schon gerechnet hatte. »Irgendwas stimmt nicht zwischen dir und denen, oder? Was ist das für Geld, das er von dir haben will?«

»Ach, das ist nicht weiter wichtig.«

»Ich möchte es aber wissen. Schließlich bin ich mit dir verlobt, folglich weiß ich es sowieso bereits.« Sie hielt inne. »Oder sagen wir: Ich wüsste es, wenn ich es nicht vergessen hätte. Ich bin sicher, dass du schon mit mir drüber gesprochen hast, vor dem Unfall. Jetzt kannst du es mir genauso gut noch mal erzählen.« Energisch schob sie das Kinn vor. »Also?«

»Ich war mal mit Raphaela zusammen. Es ist zwei Jahre her, aber er hat immer noch Probleme damit.«

»Warum? Hattest du sie ihm ausgespannt?«

»Nein, wir hatten Schluss, und sie ist zu ihm gegangen.«

»Warum habt ihr euch getrennt?«

»Meine Güte, aus demselben Grund, warum sich die meisten Leute trennen. Irgendwann versteht man sich einfach nicht mehr.«

»Hat er dir Geld geliehen?«

»Nein, ich habe es geerbt.«

»Äh ... geerbt?«

»Von unserer gemeinsamen Großmutter. Es war nicht die Welt, aber es hat gereicht, um ein Restaurant zu eröffnen.«

»Das *Schwarze Lamm*.«

»Das erste *Schwarze Lamm*«, bestätigte er. »Giulio fühlt sich ungerecht behandelt. Sie war seine Lieblingsoma, sagt er.

Er sieht nicht ein, dass sie ihrem Lieblingsenkel nichts vermacht hat, sondern alles mir hinterlassen hat. Er ist der Meinung, dass ihm sein Anteil an dem Erbe zusteht.«

»Er könnte dich verklagen.«

»Es ist nicht Giulios Stil, jemanden zu verklagen.«

»Ich verstehe.« Isabel stocherte nachdenklich in ihrem Pommes-frites-Tütchen herum.

»Wie lange, sagtest du, wart ihr zusammen?«

Er hatte überhaupt nichts darüber gesagt, aber es war klar, dass sie nicht lockerlassen würde, bis er dieses Versäumnis wettmachte.

»Vier Monate.«

»Das ist nicht viel.«

»Auf jeden Fall genug, um rauszufinden, ob man zusammenpasst.«

»Wir zwei sind seit Ostern zusammen. Das hat Natascha mir so im Vorbeigehen erzählt.«

»Ja, und?«, fragte er vorsichtig.

»Das sind auch vier Monate. Danach haben wir uns ebenfalls getrennt. Anscheinend ist bei deinen Beziehungen nach vier Monaten eine Art kritische Phase erreicht.«

Er blickte sie stumm und mit schlechtem Gewissen an.

»Was war der Grund für die Trennung?«

»Ach ... wir haben gestritten.«

»Worüber?«

»Über ... das neue *Schwarze Lamm*. Dir gefiel einfach das Interieur nicht.«

»Wirklich?« Sie wirkte erstaunt. Mit nachdenklich gerunzelter Stirn meinte sie: »Es stimmt, manches hätte ich da anders gemacht, das ist wohl wahr. Aber noch ist es ja nicht fertig. Das heißt, man kann es so oder so gestalten.«

Er nickte nur und kam sich wie ein Volltrottel vor.

»Immerhin haben wir unsere Trennung rückgängig gemacht«, meinte sie. Es klang gelassen, doch er spürte, wie sehr dieses Thema sie beschäftigte.

Sie knabberte an einem Pommesstäbchen. »Nachdem wir also diese Krise überwunden haben, hast du mit mir vielleicht mehr Glück als mit Raphaela. Oder ich mit dir, je nachdem, wie man es sieht.«

Ihm fiel nichts ein, was er darauf hätte erwidern können, folglich hielt er den Mund.

Sie zog die beiden Hälften ihres Whoppers auseinander und zupfte die Tomatenscheibe heraus. »Ich mag keine Tomaten. Sie widern mich an. Komisch, oder?«

»Nein, ich kenne auch andere Leute, die keine mögen. Das kommt vor.«

»Aber ich ekle mich davor, obwohl ich keine Ahnung davon hatte. Ich meine, ich wusste ja nicht, dass ich keine mag. Und wusste es dann auf einmal doch wieder. Im Krankenhaus gab es mal Tomatensalat, und ich hasste ihn auf den ersten Blick.«

Fabio unterdrückte ein Grinsen. »Du hättest ihm vielleicht eine Chance geben sollen«, sagte er trocken.

»Bei dir war es anders«, erklärte sie mit nachdenklicher Miene.

»Was meinst du?«

»Du warst nicht wie der Tomatensalat.«

Ihm war sofort klar, worauf sie hinauswollte, und alles in ihm drängte danach, ihr zu widersprechen. Doch was hätte er ihr sagen sollen? Etwa: *Hey, vor deinem Unfall hast du mich behandelt wie eine Tomate auf zwei Beinen?*

»Ich hasse nur rohe Tomaten«, informierte sie ihn. »Gekocht oder gebacken mag ich sie. Zum Beispiel in Suppe oder Aufläufen oder auf Pizza. In allen möglichen italienischen Gerichten. Aber das weißt du natürlich.«

»Natürlich«, sagte er. Sorgenvoll fragte er sich, auf was für ein halsbrecherisches Spiel er sich da eingelassen hatte.

Ratlos schaute Isabel auf die zischende Dampfwolke, die dem Bügeleisen entwich. Die weiße Kochschürze, die ausgebreitet auf dem Bügelbrett vor ihr lag, hatte sich nach ihren ersten Versuchen nicht in die makellos glatte Fläche verwandelt, die Natascha bei ihrer Demonstration bei der vorhergehenden Schürze erzeugt hatte. Das von knittrigen Furchen durchzogene Ding war keine Schürze mehr, sondern eine einzige hoffnungslose Faltenlandschaft. Je mehr sie daran herumbügelte, umso zerknautschter wurde es.
»Also, ich weiß nicht«, sagte sie. »Du bist ganz sicher, dass ich das mal gut konnte?«
»Vielleicht nicht so gut wie ich«, räumte Natascha ein. »Aber du warst ein Naturtalent.«
»Ich versteh's nicht«, sagte Isabel. »Ich kann schwimmen. Und Auto fahren. Hab ich heute Nachmittag ausprobiert.«
»Schwimmen?«
»Nein, Auto fahren. Es klappte hervorragend. Sogar das Rangieren aus der Parklücke. Wieso kann ich nicht bügeln?«
»Vielleicht, weil du später damit angefangen hast.«
»Da könnte was dran sein«, meinte Isabel. Nachdenklich bügelte sie weiter. Tatsächlich kriegte sie nichts von dem richtig hin, was eine gute Hausfrau können sollte. Das konnte nur daran liegen, dass sie erst damit in Berührung gekommen war, als sie Fabio kennengelernt und beschlossen hatte, an seiner Seite ein ordentliches Leben zu führen, mit richtiger, eigenhändiger Arbeit.
Natascha nahm ihr das Bügeleisen aus der Hand. »Lass mal, ich mach das schon.«

Isabel bedankte sich höflich und ging durch die offene Tür in die Küche, zu der großen, blitzenden Espressomaschine, mit der sie sich weit besser auskannte als mit dem vertrackten Bügeleisen und dem sperrigen Schrubber.

»Kaffee habe ich anscheinend öfter gekocht«, rief sie. »Es muss eine von den habituellen Fähigkeiten sein.«

»Ja, wahrscheinlich. Mach mir auch einen!«

Isabel brühte zwei Tassen Cappuccino auf und betrachtete zufrieden die perfekten Schaumberge auf den Tassen. Immerhin eine Sache, die sie sofort beherrscht hatte, obwohl niemand es ihr hatte zeigen müssen.

Sie ging mit den vollen Tassen nach nebenan in den Aufenthaltsraum, wo das Bügelbrett vor dem Fernseher aufgestellt war, damit sie die Vorabendsoaps sehen konnten. Oder genauer: Natascha hatte sie sehen wollen, während sie abwechselnd Wäsche zusammenlegte oder Isabel zeigte, was man alles mit dem Bügeleisen anstellen konnte, angefangen vom Betätigen der Sprühdüse über Dauerbefeuchtung bis hin zum gezielten Dampfstoß.

Das Ding war der Mercedes unter den Bügeleisen, und von der Technik her hatte Isabel es auch rasch begriffen, aber die Wäsche wurde dadurch nicht glatter.

Natascha faltete die perfekt geplättete Schürze zusammen und packte sie oben auf den Wäschekorb. »Fertig.« Sie ließ sich auf das Sofa fallen und trank von dem Cappuccino. »Du siehst gut aus. Gefällt mir besser als das Fähnchen, in dem du heute Mittag losgezogen bist.«

»Hinz und Kunz«, sagte Isabel. »Ein empfehlenswerter Laden, wirklich. War ich da öfter einkaufen?«

»Keine Ahnung«, meinte Natascha. »Ich war nie dabei.«

Isabel setzte sich zu ihr. »Kann ich dich mal was fragen?«

»Das machst du sowieso dauernd.«

»Stört es dich?« Isabel nahm einen großen Schluck von ihrem Cappuccino, dann stellte sie ihre Tasse auf dem Couchtisch ab. »Irgendwen muss ich schließlich fragen, oder? Die Riesenauswahl habe ich leider nicht. Harry weiß zum Beispiel überhaupt nichts. Er meinte, er hätte praktisch kaum mit mir geredet die ganzen Monate.«

Natascha verdrehte die Augen. »Im Grunde kann ich dir auch nicht viel sagen. So gut kenne ich dich auch wieder nicht. Warum lässt du nicht einfach ein paar Wochen ins Land gehen und vertraust darauf, dass du dich bald erinnerst?«

»Das habe ich schon gemacht. Der Unfall ist fast drei Wochen her. Und ich weiß immer noch nicht so viel.« Isabel schnippte zur Demonstration mit den Fingern.

»Du bist mit einem wirklich heißen Typ verlobt, das halte ich schon mal für einen echten Gewinn.«

Isabel merkte, wie ihr das Blut in die Wangen schoss. »Das ist genau der Punkt, zu dem ich dich was fragen wollte.«

Natascha seufzte. »Dann frag halt.«

»Diese Raphaela...«

»Vergiss das schwarzhaarige Luder einfach. Er hat sie aus seinem Leben gestrichen.«

»Warum haben die beiden sich getrennt? Sie ist sehr hübsch!«

»Das ist er auch. Manchmal passen zwei Leute einfach nicht zusammen. Es kann an allem Möglichen liegen. Geld, Alkohol, Sex...«

»Sex?«

»Tja... Wenn du mich so fragst – wieso nicht? Völlig unwahrscheinlich kommt es mir nicht vor.« Natascha wiegte den Kopf. »Je länger ich darüber nachdenke, umso mehr denke ich, das könnte der Grund gewesen sein.«

Isabel schluckte. »Es ... Ahm ... Er wollte wohl öfter als sie, oder? War es ihr zu viel?«

»Hm ... Nein. Zu oft, das ist in meinen Augen kein Grund zum Trennen. Höchstens zu wenig. Oder was Perverses.« Natascha hielt inne und blickte über Isabels Schulter zur Tür. »Hallo, Fabio.«

»Hallo.« Fabio stand in der offenen Tür, und Isabel fragte sich bange, was er von der Unterhaltung gehört hatte. Sein Gesichtsausdruck war wie immer unergründlich.

»Es kann losgehen«, sagte er. »Wo ist Harry?«

»Der macht wahrscheinlich das, was er schon den ganzen Tag macht«, sagte Natascha.

»Und das wäre?«

»Sich drücken. Und zwar nicht unbedingt nur vor der Arbeit.«

»Dann fangen wir ohne ihn an«, sagte Fabio. Er nahm die Schürze vom Wäschekorb und band sie sich um. Isabel gab sich alle Mühe, unbeteiligt dreinzuschauen, doch bei seinem Anblick fiel es ihr schwer. Eigentlich hätte es ihr grotesk vorkommen müssen, dass er über dieser abgeschnittenen Jeans und dem Polohemd eine lange Kochschürze trug, doch es sah einfach nur ... gut aus. Sehr, sehr gut. Weiß stand ihm ausgezeichnet.

Warum hatten die beiden sich getrennt?

Wie ein Schaf trottete sie hinter ihm her in die Küche, die beiden leeren Cappuccinotassen vor sich hertragend. Sie stellte sie in einer der Spülen ab und gab sich dabei Mühe, nicht ständig auf seine nackten Waden und den Hintern in der gut sitzenden Jeans zu starren. Beides war hervorragend zu sehen, sobald er ihr den Rücken zuwandte. Wenn sie es genau bedachte, sah er von hinten fast so gut aus wie von vorn. »Hier, binde das um«, sagte Natascha. Sie war ihr in die

Küche gefolgt und warf ihr eine Schürze zu. »Sonst ist dein schönes neues Outfit gleich am ersten Tag reif für die Tonne.«

Isabel band sich mit zittrigen Fingern die Schürze um.

Eine Perversion? Aber welche? Ein Fetisch? Vielleicht stand er auf ...

»Deine Haare«, sagte Fabio.

»Was?«, stieß Isabel hervor.

Er deutete auf ihre Locken. »So kann das nicht bleiben.«

Sie griff sich mit beiden Händen in das zerzauste Geriesel. Sie hatte ihr Haar am frühen Abend gewaschen und sorgfältig frisiert. Sehr sorgfältig sogar. Mit derselben Bedachtsamkeit, mit der sie sich geschminkt hatte, nämlich so, dass man es nicht bemerkte. Das erforderte größtmögliches Geschick, und sie war froh, dass sie die dafür nötige Technik mindestens so gut beherrschte wie das Schwimmen. Wenn sie eines von Fabio hundertprozentig wusste, dann war es die Tatsache, dass er auf natürlichen Look stand. Ihr Gesicht und ihr Haar sahen aus, als käme sie von einer einsamen Insel, auf der es nichts gab außer Sonnenlicht, frischer Luft und Meerwasser. Auf keinen Fall solche Dinge wie Grundierung, Puder, Wimperntusche, Glanzgel oder Haarspray.

»Da fällt mir ein, dass ich noch eine Tönung auftragen muss«, meinte Natascha. »Olaf kommt doch nachher zum Essen. Kriegt ihr die Vorspeise ohne mich hin?«

»Ja, klar«, sagte Fabio. Er zog eine Schublade auf und nahm zwei Kochmützen heraus. »Hier, eine für dich, eine für mich.« Er reichte eine davon Isabel, die sie zweifelnd zwischen den Händen drehte, weil sie auf Anhieb nicht erkennen konnte, wo an dem Ding vorn und hinten war.

»Wer ist Olaf?«, wollte sie wissen, nachdem Natascha mit einem Summen auf den Lippen die Küche verlassen hatte.

»Der Klempner«, antwortete Fabio. Er nahm ihr die Kochmütze aus der Hand und setzte sie ihr auf. »So rum ist sie richtig. Beim nächsten Mal steckst du sie vielleicht mit Spangen fest, dann hält sie noch besser.«

Er schob ein paar Locken unter den Rand der Mütze und berührte dabei ihr Ohr. Isabel zuckte zusammen wie unter einem Stromstoß. Bestürzt schloss sie für einen Moment die Augen.

»Was ist?«, fragte er.

Hatte seine Stimme heiser geklungen, oder bildete sie sich das nur ein?

»Nichts«, sagte sie. *Ihre* Stimme klang definitiv heiser. Und dass ihr bei seiner Berührung eben heiß geworden war, bildete sie sich ganz bestimmt nicht ein.

»Ah – findest du eigentlich mein Haar schön?« Sie hatte die Frage kaum gestellt, als sie sich dafür auch schon am liebsten selbst in den Hintern getreten hätte. Dämlicher und plumper ging es wohl kaum noch!

»Ja, sehr schön.«

»Schöner als das von Raphaela?« Peng. Noch ein Punkt auf der nach oben offenen Dämlichkeitsskala!

»Na ja ... Anders. Ihre sind dunkel, deine hell.«

Na, wenn das keine essenzielle Aussage war!

Isabel straffte sich. »Ich will es mal umformulieren.« Diesmal klang es weder dämlich noch plump, sondern kühl und intellektuell. »Du hast nicht zufällig eine besondere Affinität zu Haaren, oder?« Darüber durfte dieser angebliche Super-Latin-Lover erst mal nachdenken! Vorausgesetzt, er wusste überhaupt, dass Affinität nichts mit Affen zu tun hatte.

Doch zu ihrer Verblüffung erwiderte er ihren Blick völlig ungerührt. »Haare sind eine feine Sache. Ich mag sie tatsächlich. Sehr sogar. Besonders an schönen Frauen. Aber nicht in meinem Essen.«

Damit war immer noch nicht klar, ob er vielleicht ein Haarfetischist war. Aber auf jeden Fall mochte er ihr Haar.

Isabel beobachtete ihn aus den Augenwinkeln. Natürlich könnte sie jetzt ihre Ermittlung fortsetzen, es bot sich förmlich an, da außer ihnen beiden niemand in der Restaurantküche war. Sie könnte fragetaktisch nahtlos von den Haaren zu Lack, Leder und Latex übergehen und von dort aus vielleicht sogar zu SM.

Doch etwas hielt sie davon ab, wahrscheinlich der grimmige Ausdruck, der in seinen Augen stand. Tapfer sagte sie sich, dass es sowieso keine Rolle spielte. Was immer Raphaelas Grund gewesen war abzuhauen, es war nicht derselbe gewesen, den sie gehabt hatte. Bei ihr hatte es nicht am Sex gelegen, also konnte es nichts allzu Perverses sein.

Oder es war doch pervers, aber es gefiel ihr!

Isabel blieb keine Zeit, über diese schockierende letzte Möglichkeit genauer nachzudenken, denn Fabio knallte einen Korb vor sie auf die Anrichte.

»Hier, wenn du willst, kannst du damit anfangen, das ist nicht so schwierig.«

»Sprach der Meisterkoch«, murmelte Isabel. Sie betrachtete das Gemüse in dem Korb. Zwiebeln, Karotten und Sellerie.

»Soll ich das alles schälen?«

Er grinste. »Nein, von jeder Sorte nur ein Stück. Schälen und würfeln.« Er nahm zwei Beutel mit Fleisch aus dem Kühlschrank und legte sie neben den Korb. »Das hier kannst du auch klein schneiden.«

Isabel wog die Beutel in der Hand. »Ziemlich wenig, finde ich. Meinst du, es wird für alle reichen?«

»Es ist nur für eine Füllung.«

»Was soll denn damit gefüllt werden?«

Aus einem der Vorratsschränke holte er einen weiteren Korb, der randvoll mit Oliven war. »Das hier.«

Isabel kam es so vor, als müssten sich mindestens tausend Oliven in dem Korb befinden, doch wahrscheinlich waren es eher hundert.

»Das sind ganz schön viele«, sagte sie.

»Nicht, wenn wir sie nachher essen. Dann sind sie ruckzuck weg.«

»Was soll ich damit machen?«

Er zeigte es ihr. »Hier, du nimmst eine und entkernst sie, indem du sie vom Stiel ausgehend spiralförmig aufschneidest. Den Stein nimmst du vorsichtig heraus.« Er demonstrierte es ihr an einer Olive. »Aber zuerst bereitest du die Füllung vor. Du schneidest das Gemüse und das Fleisch klein, brätst alles in Öl an und lässt es zehn Minuten lang schmoren. Danach wird es püriert und anschließend mit einem Ei, Parmesan und Gewürzen verrührt. Danach füllst du mit der Farce die entkernten Oliven, schließt sie wieder, wendest sie in Mehl, dann in verquirltem Ei und zuletzt in Semmelbröseln. Zum Schluss werden sie in Olivenöl goldbraun frittiert. Alles ganz einfach.«

»Ganz einfach«, wiederholte Isabel, die nichts davon behalten hatte außer einzelnen Wörtern wie *Parmesan* und *frittieren*. »Gut. Sag mir nur, was ich zuerst machen soll, dann sehen wir weiter.«

»Alles klar. Schäl die Möhrchen und schneid sie klein.« Er grinste sie an, und ihr Herz tat einen kleinen Hüpfer, weil wieder das Grübchen in seiner Wange erschienen war. Er hatte nur das eine, dicht neben dem Mundwinkel. In seiner anderen Wange war keines, was dieses Grübchenlächeln auf besondere Weise einzigartig aussehen ließ. Mit einem Mal hatte sie eine – wenn auch noch nebulöse – Vorstellung davon, wieso sie seinetwegen ihr ganzes Leben über den Haufen geworfen hatte.

»Ist das die Vorspeise?«, erkundigte sie sich atemlos.

»Nein, nur ein bisschen Fingerfood für den Anfang. Eine kleine Vorspeise vor der eigentlichen Vorspeise.«

»Also eine Art Amuse-Gueule«, sagte sie, glücklich, weil ihr das Wort in den Sinn gekommen war, ohne dass sie erst darüber nachdenken musste.

»Genau.« Er sah ihr in die Augen. »Die Oliven sind sehr lecker, deshalb mache ich immer ein paar mehr davon. Man kann sie auch kalt zum Bier essen.«

»Trinkst du Bier? Ich dachte immer, alle Italiener trinken Rotwein.«

Fabio lachte. Anstelle einer Antwort ging er zu einem der Kühlschränke und holte eine Flasche Bier heraus. Er hielt sie hoch. »Möchtest du auch ein Glas?«

»Trinke ich denn Bier?«, fragte Isabel irritiert.

»Wenn du mich schon so fragst: Ich habe dich noch keines trinken sehen. Aber ich finde, du solltest es nicht so machen wie bei den Tomaten. Geh unvoreingenommen ran. Gib dem Bier eine Chance.«

»Ich versuch's«, sagte sie. Ihr war nicht ganz klar, ob sie es deswegen tat, weil sie sich so zittrig in seiner Gegenwart fühlte und deswegen unbedingt eine Ablenkung brauchte, oder ob sie wirklich einfach mal von dem Bier probieren wollte. Sie war ziemlich sicher, noch nie Bier getrunken zu haben, aber der Gedanke daran war nicht negativ besetzt. Fabio hatte Recht: Es war anders als bei den Tomaten. Wahrscheinlich hatte sie deswegen keine Erfahrung mit Bier, weil es in ihrer früheren Welt keinen Platz gehabt hatte, ebenso wenig wie Burger King und Hinz und Kunz. Oder wie Bügeln, Putzen und Gemüse klein schneiden. Sie hatte sich an all diese

Dinge herangetraut. Dabei hatte sie zwar nicht durchweg gute Erfahrungen gemacht – das Bügeln war einfach nicht ihr Metier –, aber sie musste zugeben, dass sich neue Horizonte vor ihr aufgetan hatten. Und nur darauf kam es schließlich an. Neue Perspektiven zu gewinnen. *Überhaupt* irgendetwas dazuzugewinnen, bei diesem Leben, das sozusagen bei null angefangen hatte.

Fabio öffnete die Bierflasche, holte zwei Pilsgläser aus einem Schrank und füllte sie mit fachmännischem Schwung, wobei er darauf achtete, dass die Schaumkrone nicht überschwappte.

»Ein frisch gezapftes ist natürlich besser«, sagte er. »Die Anlage ist schon eingebaut. Nächste Woche wird sie in Betrieb genommen.«

»Das alles muss dich ein horrendes Geld gekostet haben.«

Er reichte ihr eines der beiden Biergläser. »Mörderisch viel. Nur in dem speziellen Fall hält es sich in Grenzen, denn die Anlage stellt die Brauerei. Natürlich unter der Vorgabe eines langfristigen Abnahmevertrages, das ist so üblich.« Er prostete ihr zu und lächelte sie an, wobei seine Zähne mit dem Weiß seiner Schürze um die Wette leuchteten.

Himmel, sieht er gut aus, durchfuhr es sie. Hatte er schon immer diese Wirkung auf sie gehabt? Sie wusste nicht, was sie denken und wohin sie schauen sollte.

»Prost.« Er stieß mit ihr an.

Isabel nahm vorsichtig einen Schluck und verzog das Gesicht. Sie hatte keinen Zweifel, dass sie noch nie ein Fan von Bier gewesen sein konnte. »Es ist ... irgendwie bitter.«

»Trink noch mal.«

Sie tat es und fand es beim zweiten Mal geschmacklich schon weniger fremdartig.

»Noch mal«, forderte er sie auf. Er stellte sein Glas auf der

Anrichte neben dem Olivenkorb ab, nahm ein Stück Baguette aus einem anderen Korb und brach etwas davon ab.
»Hier, kau zwischendurch was davon. Und dann trink einen Schluck Bier.«

Isabel biss von dem Brot ab, kaute und schluckte und nippte dann erneut. Sie war überrascht, wie gut es diesmal schmeckte. Würzig, herb und unleugbar erfrischend.

»Es ist ... nicht schlecht«, sagte sie.

Er trank ebenfalls und beobachtete sie dabei. Isabel fühlte sich von widerstreitenden Gefühlen übermannt. Auf der einen Seite drängte es sie danach, sich vor ihm zu verstecken. Am liebsten so schnell und so weit weg von hier wie möglich. Jeder Zoll an ihm signalisierte eine Gefahr, die sie nicht richtig einordnen konnte.

Doch gerade dieser Hauch von Gefährlichkeit, der von ihm ausging, hinderte sie daran, etwas anderes zu tun, als seine Blicke zu erwidern wie ein hypnotisiertes ... Karnickel.

In ihrem Eifer, sich geschäftig zu zeigen, trank sie rasch ihr Glas leer und ließ zu, dass er es anschließend nachfüllte. Aus lauter Verlegenheit trank sie weiter und hörte erst auf, als er sich langsam abwandte und zur anderen Seite der Anrichte hinüberging.

Sie lehnte sich gegen die Kante der Arbeitsfläche, das Glas feucht und kühl zwischen ihren Händen, während Fabio auf der anderen Seite ein paar kahl gerupfte Vögel bearbeitete. Auf den ersten Blick hatte Isabel sie für Hähnchen gehalten, aber dafür waren sie zu klein. Ob es Tauben waren?

Die Anrichte zog sich mitten durch den Raum, über die ganze Längsseite, und sie reichte fast von einer Wand bis zur anderen. Sie war von beiden Seiten begehbar, ein edelstahlglänzendes Konglomerat mit mehreren Kochstellen und darüber angebrachten Essen, die in kastenförmigen Abzugsleitungen an der Decke mündeten. Es gab alle möglichen Geräte und Küchenwerkzeuge. Messerblöcke, Gewürzetageren, Schüsseln, Waagen, Siebe, Flaschen – alles wirkte beeindruckend professionell.

Sie nahm den letzten Schluck von dem Bier und stellte das Glas zur Seite.

»Womit soll ich anfangen?«, fragte sie.

Mit gemischten Gefühlen beobachtete sie, wie er ein Messer aus einem der Halter nahm und es mit einem Wetzstein malträtierte. War es normal, dass bei einer derart profanen Verrichtung gleich so viele Muskeln an seinen Oberarmen hervortraten? Oder lag es an der Beleuchtung? Vielleicht sah er bei Neonlicht generell gut aus.

Was sie selbst betraf, war sie da nicht so sicher. Sie hätte gern einen kurzen Blick in einen Spiegel geworfen. Es war keiner da, aber die blank polierte Edelstahlfläche vor ihr tat es vielleicht auch. Sie beugte sich unauffällig vor, doch sie konnte nicht viel erkennen außer ihren herabhängenden Haaren und der darüber aufragenden Kochmütze.

Sie zuckte zusammen, als er ihr über die Arbeitsplatte hinweg das blank geschliffene Messer entgegenstreckte, mit dem Heft voran.

»Das ist ein Gemüsemesser.«

Sie nahm es, legte eine Karotte vor sich auf das Brett und gab ihr Bestes. Vorsichtig schnitt sie das Ding in gleichlange Stücke.

»Warte. Es wäre besser für die Zubereitung, wenn du die Möhre vorher schälst.«

Sie versuchte es, musste sich aber selbstkritisch eingestehen, dass anschließend nicht mehr viel von der Karotte übrig war. »Na ja«, meinte sie. »Eine habituelle Fähigkeit ist das wohl nicht.« Seltsamerweise machte es ihr nicht das Geringste aus, im Gegenteil. Sie fand es sogar witzig und musste kichern. »Sieht nicht mehr aus wie eine Möhre, eher wie ein Bleistift, oder?«

»Soll ich dir mal eine Technik zeigen, wie es besser funktioniert?«

Allein ihn das unschuldige Wort *Technik* aussprechen zu hören, versetzte ihre Magennerven in Schwingung.

Das Kribbeln in ihrem Bauch wurde stärker, als er wieder um die Arbeitsplatte herumkam und sich neben sie stellte.

»Es gibt zwei Möglichkeiten, eine Möhre zu schälen«, sagte er. »Mit einem Schälmesser, das man auch für Spargel nimmt. Oder so.« Bei so fing er an, in rasender Geschwindigkeit das Messer an der Möhre rauf und runter zu bewegen. Es war eher ein Schaben als ein Schälen, aber als er fertig war, hatte er eine spiegelblanke Rübe in der Hand, und das, was er davon entfernt hatte, war so wenig, dass man es zwischen Daumen und Zeigefinger hätte verstecken können.

»Toll«, sagte Isabel. »Meine Güte, bist du schnell! Wie der Weltmeister im Schälen!«

»Eigentlich nennt man es Schrappen. Das ist das Beste für junges Gemüse.«

»Schrappen...« Isabel ließ sich das Wort auf der Zunge zergehen. Es klang ähnlich verführerisch wie *Technik,* ohne dass sie auch nur den Hauch einer Idee hatte, wieso.

Oder doch... Es konnte nur daran liegen, dass ihr Unterbewusstsein ihren Körper zwang, ihr Signale zu senden. Es erinnerte sich anscheinend besser an gewisse Dinge als sie selbst. Zum Beispiel daran, dass sie sich im Bett immer gut verstanden hatten.

»Willst du?«, fragte er.

Isabel starrte ihn an. »Ich... ahm... Jetzt?«

»Klar. Hier.« Er reichte ihr das Messer und blieb neben ihr

stehen, so dicht, dass sie das Rascheln seiner Schürze an ihrer spüren konnte. Wenn sie sich darauf konzentrierte, konnte sie sich fast einbilden, dass es eine Berührung war.

Es ist nur ein Rascheln, ermahnte sie sich. Bloß ein blödes Rascheln!

Doch damit konnte sie nicht verhindern, dass sich ihre Nasenflügel ohne ihr Zutun blähten, damit sie mehr von seinem Geruch aufschnappen konnte.

Vielleicht hätte sie nicht gleichzeitig versuchen sollen, die nächste Möhre zu schrappen. Oder dabei wenigstens ihre Augen auf das Messer richten sollen, dann hätte sie wahrscheinlich ihren Finger vorher aus dem Weg genommen.

Sie sah das Blut und ließ das Messer fallen. »Ich habe mich geschnitten!«

»Zeig her.« Er nahm ihre Hand und zog sie näher zu sich heran, bis sie so dicht vor ihm stand, dass aus dem Schürzenrascheln definitiv eine Berührung wurde. Sie spürte seinen Oberschenkel an ihrer Hüfte, und ihr Herz klopfte wie rasend, als sie zu ihm aufschaute und sah, wie er mit konzentrierter Miene ihre Verletzung musterte.

Sie hatte keine Ahnung, ob der Schnitt tief war oder ob es stark blutete. Sie konnte ihre Augen nicht von seinem Gesicht wenden. Sein Kinn mit dem dunklen Bartschatten, das strahlende Azur seiner Iris, der markante Schwung seiner Brauen.

»Tut es sehr weh?«, fragte er, während seine Blicke sich mit den ihren verhakten.

»Ich ... weiß nicht«, stieß sie hervor. Ihr Herz raste und stolperte derartig, dass sie kurz überlegte, ob sie vielleicht in ihrem früheren Leben an einer schlimmen Krankheit gelitten hatte, wie hieß das noch gleich? Tacho ... Tachy ... Nein, lieber nicht.

»Isabel ...«

Sie merkte, dass der Ausdruck in seinen Augen wechselte, von einem Moment auf den nächsten. Er senkte ein wenig die Lider, doch sie hatte das schwache Flackern in seinem Blick bereits gesehen.

Langsam ließ er ihre Hand los. »Ich hole ein Pflaster.«

Er trat einen Schritt zur Seite und zog eine Schublade auf, in der ein Erste-Hilfe-Kasten lag.

Mit umständlichen Bewegungen nahm er ein Päckchen heraus und riss es auf.

Isabel schob den verletzten Finger in den Mund und leckte das Blut ab. Ohne nachzudenken, streckte sie ihm anschließend die Hand hin, damit er ein Pflaster auf die Wunde kleben konnte.

Stattdessen ergriff er sie und zog sie zu sich heran. Die plötzliche Bewegung brachte Isabel aus dem Gleichgewicht. Sie stolperte nach vorn und wurde abrupt von seinem Körper gestoppt. Wenn sie herzkrank war, musste es mit ihm zusammenhängen. Genauer, mit seinem Geruch und mit dem Gefühl, ihm so nah zu sein.

Fabio hielt ihre Hand immer noch fest, während seine andere Hand sich um ihren Hinterkopf legte und seine Finger sich in ihrem Haar vergruben. Seine Lippen senkten sich auf ihren Mund und öffneten ihn zu einem Kuss.

Isabel wäre es nie in den Sinn gekommen, zurückzuweichen oder sich zu wehren. Dafür war sie viel zu begierig darauf, endlich herauszufinden, was es mit all den verstörenden Andeutungen auf sich hatte, die Natascha ihr gegenüber hatte fallen lassen.

Sie erwiderte seinen Kuss mit aller Leidenschaft, zu der sie fähig war, und sie merkte in weniger als dem Bruchteil einer Sekunde, dass Natascha nichts weiter gesagt haben konnte als die reine Wahrheit.

Bei der Berührung seiner Lippen und seiner Zunge gerieten ihre Wahrnehmungen vollständig außer Kontrolle. Eine Art Flächenbrand versengte von außen ihre Haut, während von innen Hitzewellen auf und ab brandeten und eine fremde Macht mit ihrem Herz Pingpong spielte. Nein, eher Squash.

Zusammenhanglose Gedanken schossen ihr durch den Kopf.

Er war nur ein italienischer Koch mit einem Haufen Schulden und einer ungewissen Zukunft, und sie selbst wusste über sich nur, dass sie in ihrem früheren Leben seine Geliebte gewesen war.

Bei Gott, jetzt war ihr klar, wieso!

Stöhnend drängte sie sich enger an ihn, und als er sie fester packte und einen harten Schenkel zwischen ihre Beine schob, wäre sie um ein Haar vor lauter Gier nach mehr ohnmächtig geworden.

Seine Zunge stieß sich tiefer in ihren Mund, während eine seiner Hände den Weg unter ihre Schürze fand.

Mit einem Mal fühlte sie sich ergriffen und hochgehoben. Fabio setzte sie mit Schwung vor sich auf der Arbeitsplatte ab und schob sich zwischen ihre geöffneten Beine. Sein Kuss wurde, soweit das überhaupt möglich war, noch intensiver, während er mit einer Hand ihr Kleid nach oben schob und mit der anderen am Reißverschluss seiner Jeans herumfummelte.

Isabel riss an seinem Hemd und an der Schürze, bis sie seine nackte Haut unter ihren Handflächen spüren konnte. Und dann schaffte sie es irgendwie, ihre Hand in seine Hose zu schieben. Nein, das gab es nicht! War das ... Nein, oder? Oder doch? Himmel, war das viel! Und hart! Es fühlte sich an wie Samt über Stahl.

Gleichzeitig spürte sie seine Finger zwischen ihren Beinen. Wahnsinn!

Isabel stöhnte in Fabios Mund und wand sich an seinem Körper. Oh ja! Verdammt noch mal, jaaa! Endlich!

Gleich, dachte sie. Gleich würde es passieren! Er hatte genau das, was sie jetzt brauchte, und er würde es ihr geben.

Sie war dabei, sich in ein Karnickel zu verwandeln, und es fühlte sich wunderbar an!

»Also, Alter, Natascha sagte, ich soll euch mal beim Kochen helfen...« Harrys Stimme erstarb. Im selben Moment war Fabio einen Schritt zurückgetreten und ließ die Schürze über gewisse herausragende Teile seiner Anatomie fallen, während Isabel von der Anrichte rutschte und sich an dem nächstbesten Gegenstand festklammerte, um nicht gleich weiter auf den Boden zu sinken. Es war der Korb mit den Oliven, und sich daran festzuhalten stellte sich sofort als schwerer Fehler heraus. Er knallte auf die Fliesen und alle Oliven mit ihm.

Immerhin hatte Isabel nun einen guten Grund, außer Sicht zu gehen. Sie bückte sich und sammelte die runden, kleinen Alibis ein, während ihr Gesicht brannte, als hätte sie im Solarium übernachtet.

»Ah... Ich mach dann vielleicht lieber die Enten fertig«, sagte Harry.

»Gute Idee«, stimmte Fabio zu. Seiner Stimme war nichts anzumerken. Er half Isabel beim Auflesen der Oliven und legte sie sorgfältig zurück in den Korb. Er vermied es, sie dabei anzusehen, und hielt immer einen Schritt Abstand.

Aha, dachte Isabel zusammenhanglos, die Hähnchen sind keine Tauben, sondern Enten. Wieder was dazugelernt.

»Ich dachte immer, Enten sind größer«, sagte sie in seltsam quiekendem Ton. Klar, vielleicht sollte sie zwischendurch mal dran denken, wieder normal zu atmen.

»Es sind junge Wildenten«, sagte Harry.

Isabel tauchte zögernd oberhalb der Anrichte auf. Fabio hatte den Korb längst wieder oben abgestellt, es wäre also blödsinnig gewesen, weiter auf dem Boden rumzupusseln und so zu tun, als müsste sie da noch nach Oliven suchen.

Er stand schweigend vor einem der Kühlschränke und suchte Zutaten für das Dinner zusammen.

»Was machst du mit den Enten?«, fragte Isabel. Ihre Stimme klang immer noch atemlos, aber nicht mehr ganz so piepsig. »Ich meine, was für ein Gericht soll daraus werden?«

»Keine Ahnung«, sagte Harry. »Eigentlich wollte Fabio sie machen. Ahm ... Alter, was soll ich damit machen?«

»Nichts.« Fabios Gesicht war genauso unbewegt wie seine Stimme. »Ich kümmere mich selber drum.«

Isabel fand, dass sie sich zu dritt in der Küche umherbewegten wie eingerostete Roboter. Wenn sie nur lange genug hinhörte, würde sie irgendwann ein rostiges Quietschen hören.

Anscheinend hatte sie vorhin etwas falsch gemacht – aber was?

»Leute, das war wieder ein Wahnsinnsdinner«, sagte Natascha. Sie lehnte sich zurück und drückte dabei ihren gewaltigen Busen raus, sodass Olaf, der Klempner, keinen einzigen Zentimeter übersehen konnte. Sie machte es richtig, denn Isabel merkte, dass ihm fast die Augen aus dem Kopf fielen.

Nach dem nur um einen Hauch am Karnickelsex vorbeigeschrammten Zwischenspiel in der Küche hatte sich die Stimmung wieder normalisiert – soweit man dabei überhaupt von *normal* sprechen konnte. Immerhin ratterte ihr Herz nicht mehr wie ein kaputter Auspuff, und ein paar Minuten nachdem Fabio angefangen hatte, die Enten in ein Hauptgericht zu verwandeln, war sie emotional wieder so weit beieinander, dass sie nach seinen Anweisungen die Füllung für die Oliven fertig machen konnte.

»Hat wirklich toll geschmeckt«, pflichtete Harry Natascha bei. Er bedachte Isabel mit verstohlenen Seitenblicken, denen sie geflissentlich auswich. Harry schaute hastig woandershin und fischte sich eine Olive aus der Schüssel.

Fabio hatte sie ebenfalls während des Essens hin und wieder angesehen, das war ihr nicht entgangen. Aber im Gegensatz zu Harry konnte er so blitzartig wegschauen, dass ihre Blicke sich nicht mal für den Hauch eines Moments begegneten.

»Natascha, das hast du spitzenmäßig gekocht«, sagte Olaf. Er war groß und kräftig und hatte schaufelartige Hände, mit denen er ständig die Schuppen von seinen Schultern wischte, wenn er dachte, dass niemand hinsah. Außerdem war er fünfundvierzig, seit einem halben Jahr geschieden und im Begriff, mit einer Klempnerfiliale im Nachbarort zu expandieren, was Natascha mit Wohlgefallen vernommen hatte.

»Man tut, was man kann«, sagte Natascha. Sie warf einen drohenden Blick in die Runde, damit bloß niemand auf die Idee kam, Olaf zu verraten, dass sie erst runtergekommen war, als Fabio gerade mit dem Nachtisch fertig gewesen war und Harry die letzten Oliven aus dem Frittierfett gefischt hatte.

»Vor allem das Hähnchen war klasse«, sagte Olaf.

»Das Hähnchen war Ente«, warf Isabel ein. »Genauer gesagt: junge Wildente mit Granatäpfeln.«

Als Natascha sie ärgerlich anfunkelte, fiel ihr der höhere Zweck des Ganzen wieder ein – die überquellenden Gästeklos. Morgen war der Dachdecker zum Essen eingeladen, und letzte Woche war der Schreiner als Dinnergast hier gewesen. Von nichts kommt nichts, hatte Natascha ihr erklärt.

»Das hast du wirklich wunderbar hingekriegt, Natascha«, erklärte sie fromm.

»Die Rezepte musst du mir aufschreiben«, sagte Olaf. »Dann kann meine Mutter mir das vielleicht auch mal kochen.«

»Ach wo«, sagte Natascha. »Wozu willst du dich von deiner Mutti bekochen lassen, wenn du auch hierher zu mir zum Essen kommen kannst! Bis zur Eröffnung haben wir hier immer ein warmes Plätzchen an unserem Tisch!«

»Ich weiß nicht ... Das kann ich doch gar nicht annehmen!«

»Na hör mal«, sagte Natascha. »Du machst doch hier die komplette Sanitäranlage zu einem Freundschaftspreis! Da ist ja wohl freies Essen inklusive, oder was? Fabio?«

»Sicher«, sagte Fabio.

Olaf kratzte sich am Kopf und löste einen wahren Schuppensturm damit aus. Er wirkte leicht verunsichert, und Isabel kam es ganz so vor, als wäre die Sache mit dem Freundschaftspreis völlig neu für ihn.

»Was hältst du davon, wenn wir gleich nach oben zu mir gehen, und ich zeige dir mein Fotoalbum von Las Vegas? Von meiner Bühnenshow.«

»Wieso nicht.« Der Gedanke war für Olaf anscheinend genauso neu wie der Freundschaftspreis, gefiel ihm aber offensichtlich um einiges besser, denn er grinste bis an die Ohren und kippte sich zum Dessert vier Grappa hinter die Binde.

Isabel machte für alle eine Runde Espresso und kam sich dabei schon sehr professionell vor. Der Kochabend war ausgesprochen effektiv gewesen, sie hatten zu dritt Hand in Hand gearbeitet, und Isabel hatte sich gegen Ende wie ein routinierter Koch gefühlt. Na ja, wie eine routinierte Küchenhilfe. Und es war etwas geschehen, womit sie nicht gerechnet hatte: Es hatte ihr Spaß gemacht. Fast so viel Spaß wie vorher das ... Hm, besser nicht dran denken!

Sie ließ sich von Harry noch einen Nachschlag von dem Mandarinensoufflé auftun und knabberte dazu einen der Kekse, die sie eigenhändig gebacken hatte. Fabio hatte ihr die Zutaten auf die Arbeitsplatte geklatscht und ihr dann die einzelnen Zubereitungsschritte quer durch die Küche zugerufen, während er sich mit dem Soufflé befasste. Die Kekse hießen *Brutti ma buoni,* was so viel bedeutete wie *hässlich, aber gut,* und das Rezept stammte aus irgendeinem italienischen Kaff, dessen Namen sie schon wieder vergessen hatte. Isabel fand, dass sie ausgezeichnet schmeckten, und sie war stolz, dass sie mit ihren eigenen Händen dieses Meisterwerk der Backkunst geschaffen hatte. Na gut, die Mandelmasse war beim Einkochen ein bisschen zu dunkel geworden, und als sie nach dem Backen das Blech aus dem Ofen geholt hatte, hatte sie sich prompt einen Finger verbrannt. Aber da es derselbe Finger war, den sie vorher mit dem Messer traktiert hatte, fiel das kaum ins Gewicht. Sie hatte sowieso noch ein Pflaster drüberkleben müssen.

Beim Verpflastern hatte ihr Harry geholfen. Fabio hatte derweil ganz den Eindruck gemacht, als würde er nicht mehr in ihre Nähe kommen wollen.

Das war ... merkwürdig. Sie waren schließlich verlobt, und sie hatten sich nach ihrem Streit wieder vertragen. Wieso hatte er sich dann so angestellt, als Harry unerwartet aufgetaucht war? Und, was noch eigenartiger war – wieso hatte er sie den ganzen Abend links liegen lassen? Sie beschloss, bei der nächsten Gelegenheit mit ihm darüber zu reden.

Fabio verstand die Welt nicht mehr. Er musste verrückt geworden sein.

»Alter, du bist verrückt geworden«, sagte Harry, als sie gemeinsam das Geschirr abräumten und in einer der drei großen Spülmaschinen verstauten.

»Das musst du mir nicht erst unter die Nase reiben. Ich weiß selber, was für ein Trottel ich bin.«

»Wer hat angefangen, du oder sie?«

»Ich«, brummte Fabio. Er blickte sich kurz um, doch es war niemand in Sicht. Natascha war mit ihrem Olaf im Obergeschoss verschwunden, und Isabel war ebenfalls nach oben gegangen. Allerdings hatte sie ihnen noch nicht gute Nacht gesagt, folglich war damit zu rechnen, dass sie gleich wieder runterkommen würde.

»Hat sie sich erinnert?«, wollte Harry wissen.

»Nein«, antwortete Fabio wortkarg.

»Wie konntest du ihr bloß an die Wäsche gehen?«

»Ich weiß auch nicht. Sie war so ... Und dann war sie so ...« Fabio fielen nicht die richtigen Worte ein. Was hätte er denn auch sagen sollen? Dass sie ausgesehen hatte wie ein besonders köstliches Dessert und dass er sich unpassenderweise gefühlt hatte wie jemand, der seit Jahren nichts Süßes bekommen hatte?

»Hat sie sich dir an den Hals geworfen?«

Hatte sie das? Fabio dachte kurz nach. »Nein«, gab er schließlich zu. »Nicht so direkt. Aber ...«

Aber sie hatte es gewollt, oder nicht? Oder hatte er sich das in seiner grenzenlosen Dämlichkeit vielleicht nur eingebildet? Na ja, als es dann zur Sache gegangen war, hatte sie mitgemacht. Sogar mehr als das. Sie war richtig scharf auf ihn gewesen ...

»Du warst also einfach scharf auf sie, oder?«

»Äh ... irgendwie ja.«
»Du bist bescheuert. War es denn wenigstens gut?«
»Bis du reingeplatzt bist, ja.«
»Und was hast du jetzt vor?«
»Soll das ein Verhör werden, oder was?«
»He, ich frage nur aus Selbstschutz! Was glaubst du denn, wen sie immerzu mit ihren Fragen nach ihrer Vergangenheit löchert, wenn sie nicht mehr weiterweiß?«

»Tut mir leid«, sagte Fabio zerknirscht. Und das war die reine Wahrheit. Er fühlte sich elend. Nicht nur, dass es idiotisch von ihm gewesen war, Isabels Zutraulichkeit auf diese miese Art auszunutzen und alles rettungslos zu verkomplizieren – er war so heiß und nervös gewesen wie damals in der elften Klasse, als ihn Bibi Kronmüller auf dieser Party aufgefordert hatte, sie zur Toilette zu begleiten.

»Wann willst du ihr endlich reinen Wein einschenken?«

Natascha kam in die Küche. »Auf keinen Fall vor der Eröffnung«, sagte sie. »Sonst wäre der Laden hier schneller verbranntes Kleinholz, als wir alle *Piep* sagen können. Ich würde doch sehr dafür plädieren, Giulio nicht schon wieder unnötig zu reizen.«

»Schon fertig mit dem Klempner?«, wollte Harry wissen.

Natascha schnaubte nur verächtlich. Aus einem der Schränke holte sie eine Flasche Grappa, aus einem anderen zwei Gläser.

»Was soll nach der Eröffnung denn anders sein als vorher?« Harry warf mit einem Knall die Spülmaschine zu.

»Dann kommt Geld rein, was die Bank dazu bringen wird, neue Mittel auszuspucken, womit unser guter Junge hier seinem bescheuerten Cousin vielleicht eine erste Rate bezahlen kann.«

»Wenn ihr mich fragt, ist diese blöde Erbgeschichte nur ein

Vorwand für Giulio«, widersprach Harry. »Ich persönlich glaube, dass er hauptsächlich wegen Raphaela sauer ist.«

»Wenn die beiden erst verheiratet sind, ist dieses Problem hoffentlich auch Schnee von gestern«, sagte Natascha. »Ein kleines Vögelchen vom Rathaus hat mir gezwitschert, dass die zwei schon einen Hochzeitstermin bestellt haben.«

»Ist nicht wahr!« Harry riss die Augen auf. »Echt? Für wann denn?«

»In drei Wochen.«

Fabio wusste es bereits, sie hatte es ihm schon heute Nachmittag erzählt. Wo immer Männer in entscheidenden Positionen saßen – Natascha kannte stets die, auf die es gerade ankam. In diesem Fall war es der Leiter der Baubehörde, mit dem sie wegen diverser unangenehmer baulicher Auflagen in Kontakt getreten war. Er wollte ebenfalls demnächst zum Abendessen vorbeikommen. Das Vögelchen war eine gute Bekannte von ihm und zugleich Leiterin des Standesamtes.

»Ihr meint – dann wäre der ganze Spuk hier vorbei?« Harry schien es nicht fassen zu können. »Hören diese kranken Heimsuchungen dann endlich auf?«

»Wenn nichts dazwischenkommt.« Natascha hob die Grappaflasche und klopfte sich damit sanft gegen die Stirn. »Drei Mal auf Holz.« Sie winkte mit der Flasche, dann zog sie wieder ab.

»Was sollte denn noch dazwischenkommen?«, fragte Harry, nachdem sie verschwunden war.

»Da wüsste ich eine ganze Menge«, sagte Fabio düster. Ihm war soeben wieder eingefallen, mit welchen Blicken Raphaela ihn heute in der Stadt gemustert hatte. Am besten, er dachte gar nicht erst dran. Sonst fing er womöglich noch an, sich auszumalen, wie Giulio sie alle erschoss.

Gemeinsam mit Harry brachte er die Küche auf Vordermann, bis alles wieder blinkte, dann verschwand Harry, um ins Bett zu gehen.

Fabio räumte noch die Pfannen weg. Morgen würde er nicht umhinkönnen, Frau Hasenkemper anzurufen und ihr die Pistole auf die Brust zu setzen. Natascha und Isabel konnten unmöglich die ganze Putzarbeit allein erledigen. Je näher die Eröffnung rückte, umso mehr andere Arbeiten mussten erledigt werden. Tischwäsche bereitlegen, Dekorationen anbringen, Silber und Gläser polieren, Geschirr sortieren, Hilfskräfte einweisen. Harry würde genau wie er selbst alle Hände voll damit zu tun haben, sich um die Getränkebestände zu kümmern und Vorräte einzukaufen und bei den letzten handwerklichen Arbeiten mit anzupacken. Und dabei zu helfen, noch die Außenanlagen aufzumöbeln. Pflanzkübel mussten her, ein paar Schilder ebenfalls. Ach ja, und die Parkplatzbeleuchtung stand auch noch auf der Liste, die abgearbeitet werden musste.

Alles nur eine Sache des richtigen Timings, sagte Fabio sich. Bis jetzt hatte doch auch alles funktioniert, oder nicht?

Aber dann dachte er wieder an den größten Stress- und Störfaktor, der sich derzeit in seinem Leben breitmachte, und prompt sackte ihm das Herz in die Hose.

Isabel van Helsing.

Wie hatte er vorhin nur so aus der Rolle fallen können? Wenn es ihn derartig juckte, warum konnte er nicht einfach zu Sandra fahren? Sie war zwar fest liiert, aber das hatte den Vorteil, dass sie keine feste Beziehung mit *ihm* wollte, nur ein bisschen Abwechslung. Ihr Freund war ständig auf Geschäftsreise, und wenn er heimkam, stand ihm der Sinn nur nach Bier und Fußball. Fabio hatte keine Ahnung, ob es stimmte, aber jedenfalls beschwerte Sandra sich ständig darüber. Sie hatte schon durchblicken lassen, dass sie nichts dagegen hatte, wenn er gelegentlich vorbeischaute.

Oder er konnte sich mit Janine treffen, die eine wirklich treue Seele war und keinen seiner Geburtstage vergaß. Okay, zu seinem letzten hatte sie ihm ein Buch mit dem Titel *Tantrischer Sex und was Männer darüber wissen sollten* geschenkt und darin gleich mehrere Abbildungen mit merkwürdigen Stellungen angekreuzt, und danach hatte er sich nicht mehr bei ihr gemeldet. Sie hatte zwei-, dreimal auf seine Mailbox gesprochen, aber das hatte er ebenfalls ignoriert. Was sie ihm wohl mit dem Buch hatte sagen wollen? Dass die kurzen Treffen, die alle paar Monate mal stattfanden, nicht mehr so prickelnd waren? Hm, vielleicht doch lieber Sandra.

»Hallo. Bist du fertig mit Aufräumen, oder soll ich dir noch helfen?« Isabel stand in der Tür, und Fabio ließ um ein Haar die Pfanne fallen.

Fabio lächelte gezwungen. »Ach, du bist's. Ich dachte, du wärst schon im Bett. Tja, ich war gerade hier fertig und wollte auch eben verschwinden.«

»Dann kann ich mich ja noch kurz mit dir unterhalten.«

»Ach ... Eigentlich bin ich unheimlich müde, es war ein langer, harter Tag, und ...«

»Es dauert nicht lange«, sagte sie. Ihre Miene signalisierte Entschlossenheit, und Fabio hätte sich am liebsten auf der Stelle in Luft aufgelöst.

»Na gut«, sagte er, während er sich bereitmachte, beim kleinsten Anzeichen von Stress einen Notfall zu erfinden, der ihn zwang, unverzüglich von hier zu verschwinden. Genau genommen war der Notfall schon eingetreten, und der Stress sowieso. *Sie* war der Stress, mit ihren großen Unschuldsaugen, den rosigen Wangen und dem blonden Lockengeriesel. Wieso musste sie auch wie ein Engel aussehen? Na gut, vielleicht sahen ein paar Teile von ihr nicht gerade engelhaft aus und fühlten sich auch ganz irdisch und handfest an.

»... nicht verstehen«, sagte sie in anklagendem Tonfall.

Ihm ging mit Verzögerung auf, dass sie etwas gesagt hatte. Aha, deshalb hatten ihre Lippen sich bewegt. Hätte er nicht gerade im Zusammenhang mit ihren Lippen an etwas völlig anderes gedacht, wäre ihm das nicht entgangen.

Er räusperte sich. »Entschuldige, was hast du gesagt?«

»Ich sagte gerade: Du hast mich den ganzen Abend links liegen lassen. Und dass ich das nicht verstehe.« Sie zögerte. »Ich meine, es war doch ... Bevor Harry kam ... Ich fand es ... Es war doch gar nicht so schlecht, oder?«

»Nein«, sagte er hastig. »Ich meine natürlich ja! Es war überhaupt nicht schlecht. Es war sogar eigentlich ... gut.« Du lieber Himmel, welchen Schwachsinn gab er da eigentlich von sich? Musste er alles noch schlimmer machen?

»Ich dachte nur«, meinte sie.

»Was dachtest du?«

»Ahm ... dass ich es vielleicht verlernt hätte und etwas verkehrt mache.« Sie blickte ihn geradewegs an. »Kam es dir verkehrt vor?«

Nein!, hätte er am liebsten ausgerufen. »Ja«, sagte er.

Sie wirkte bestürzt. »Wirklich? Warum?«

»Na ja ... Es war irgendwie ... fremd.«

»Fremd? Im Sinne von fremdartig oder im Sinne von ungewohnt?«

Er kam sich restlos beschränkt vor. »Mhm ... Irgendwie vielleicht beides.«

»Aber wir sind doch ein Paar!«

»Äh ... ja, klar. Aber eigentlich kennen wir uns überhaupt nicht.« Er bemerkte ihren betroffenen Gesichtsausdruck und fuhr hastig fort: »Oder sagen wir: Du kennst *mich* überhaupt nicht. Du hast es selbst gesagt.«

»Ja, aber ...«

»Du hast sogar ausdrücklich gesagt, dass du es lieber nicht willst. Das mit dem Sex. Du hast es mir deutlich gesagt, erinnerst du dich? Dass du es unangebracht fändest, wenn wir es ... hm, täten. Deine Worte waren: *Wir sollten das auf jeden Fall lassen.*«

Sie dachte nach, dann nickte sie langsam. »Stimmt. Das habe ich gesagt. Du hast Recht.«

Fabio ließ langsam die angehaltene Luft entweichen. Er hätte jubeln sollen, weil ihm so unverhofft die rettende Ausrede eingefallen war. Doch er fühlte sich ganz einfach nur mies.

»Dann geh ich jetzt mal schlafen«, sagte sie leise, während sie sich bereits mit gesenkten Blicken abwandte. »Gute Nacht, Fabio.«

»Gute Nacht, Isabel.« Er brachte es nur mühsam heraus und lauschte anschließend mit hämmerndem Herzen ihren Schritten, bis sie verklungen waren. Er wartete, bis er sicher sein konnte, dass sie ihn nicht mehr hörte. Danach packte er die Pfanne am Stiel und schleuderte sie quer durch die Küche.

Sie fühlte sich entsetzlich. Schon auf dem Weg zur Treppe merkte sie, wie sich hämmernde Kopfschmerzen einstellten, und kaum hatte sie die ersten Stufen erklommen, fühlte ihr Schädel sich an, als wolle er gleich bersten.

Doktor Mozart hatte ihr gesagt, dass es hin und wieder zu migräneartigen Kopfschmerzen kommen könnte. Stressbedingt, hatte er gesagt. Und als Nachwirkung des schweren Schädel-Hirn-Traumas, das sie bei dem Sturz erlitten hatte.

Er hatte allerdings nicht erwähnt, dass ihr ein Fünfzigtonner auf den Kopf donnern würde. Oder dass ihr Gehirn in Salzsäure schwimmen würde.

Hinter ihren Schläfen stach und brannte es, und im hinteren Bereich, da, wo sie die Verletzung erlitten hatte, schien sich eine glühende Lanze in ihr Hirn zu bohren, während gleichzeitig ein Vorschlaghammer brutal von oben zuschlug. Im Krankenhaus hatte sie regelmäßig Schmerzmittel bekommen, da war es nie so schlimm geworden. Am Schluss hatte sie keine Probleme mehr damit gehabt, aber für den Fall der Fälle hatten die Schwestern ihr Zäpfchen für zu Hause mitgegeben.

Zu Hause.

Isabel hörte ein krächzendes Geräusch und zuckte zusammen, als ihr aufging, dass sie es war, die dieses Geräusch von sich gegeben hatte. Eine Art Lachen, das sich so komisch angehört hatte, weil es im Grunde gar kein Lachen war. Eher ein Weinen.

Im ersten Stockwerk angekommen, taumelte sie gegen die Wand und stützte sich ab. Wo war ihr Zimmer? Ach ja, noch eine Treppe höher.

Himmel, tat ihr der Kopf weh! Es war fast so schlimm wie direkt nach dem Sturz. Das war ihre erste bewusste Empfindung gewesen in ihrem neuen Leben. Schmerz. Sie war im Dunkeln zu sich gekommen, und sie hatte gedacht, sie müsse sterben, weil es so wehtat.

Da drüben war das Zimmer, sie war schon dort gewesen und hatte es sich angeschaut. In allen Einzelheiten, mit einer Taschenlampe. Es hatte eine Verbindungstreppe zum zweiten Obergeschoss, eine Art Geheimgang von unten nach oben. Oder umgekehrt. Sie war so alt wie das Haus, hatte Natascha gesagt, also an die zweihundertfünfzig Jahre. Über den Sinn der Treppe konnte man nur Vermutungen anstellen. Wahrscheinlich hatte ein Bewohner des Hauses vor Urzeiten eine heimliche Affäre mit jemandem vom Personal gehabt. Zum Beispiel Hausherr und Kinderfrau. Oder Hausherrin und Kammerherr.

Oder Hausherr und Kammerherr? Alles war möglich.

Bloß – was hatte sie selbst auf der Treppe verloren? Es war dunkel da drin, es gab nirgends Licht, folglich machte es keinen Sinn, dass sie da Staub geputzt haben sollte, wie Natascha vermutet hatte. Oben in ihrem Zimmer stand der Schrank vor der Geheimtür, es gab also keinen Grund, über die Treppe von hier nach dort zu gehen.

Es war alles sehr merkwürdig. Doch sie konnte nicht länger darüber nachdenken. Wenn sie überhaupt noch denken konnte, dann höchstens daran, dass sie jetzt sehr dringend eines von diesen blöden Zäpfchen brauchte.

An einem Abend in der Woche darauf lag sie auf dem Bett und starrte an die mit feinen Goldlinien ausgemalte Stuckdecke.

Seit dem Vorfall neulich in der Küche war sie in ein derart tiefes emotionales Loch gefallen, dass sie in hundert Jahren nicht würde rauskrabbeln können. Ihr Leben bestand aus einer großen, runden, fetten Null. Nein, noch weniger als das. Es war ein riesiges Minuszeichen. Ihr fehlte so ziemlich alles. Familie, Freunde, Geld. Ach ja, und Klamotten. Von solchen Kleinigkeiten wie ein komplettes Leben mit ein paar netten Erinnerungen ganz zu schweigen.

Alles, was sie besaß, war ein dicker Brillantring. Und ein Verlobter, der sich benahm, als könnte sie ihn beißen, wenn er ihr zu nahe kam. Und der, da sollte sie endlich aufhören, sich was vorzumachen, nicht gerade weltmännisch war. Oder besonders gebildet. Er war ein dickschädeliger, dämlicher Prolet aus Italien. Na schön, ein Prolet, der gut kochen konnte, aber das war auch schon alles. Wie kam er überhaupt dazu, sie derartig arrogant zu behandeln? Sie hatte mehr Niveau als er! Sie war intellektuell und kulturell beschlagen! Sie war belesen! In der Krankenhausbibliothek hatte sie die meisten Bücher schon gekannt, jedenfalls die wirklich guten, die zur Weltliteratur zählten. Krieg und Frieden. Schuld und Sühne. Der Steppenwolf. Von Menschen und Mäusen. Ja, sogar den Ulysses!

Meine Güte, und dieser neapolitanische Obermacho, dessen blöde Schürzen sie bügeln durfte, hatte ein paar zerfledderte Krimis und Kochbücher in seinem Regal stehen! Das hatte sie selbst gesehen, denn in dem Zimmer, in dem sie immer zusammen aßen, befanden sich auch seine Arbeitsecke und sein Bücherregal. Und seine Hantelbank, auf der er garantiert mehr Zeit zubrachte als über guter Lektüre!

Wer war er eigentlich, dass er sich weigerte, mit einer Frau zu schlafen, die den Ulysses gelesen hatte? Dieser ... Dieser Montagsmann! Mit den Servierdamen und Küchenhilfen, die er für die Eröffnung anlernte, konnte er ohne Ende herumschäkern. Vorgestern waren zwei Frauen da gewesen, die für den Eröffnungsabend persönlich einen Tisch bestellt hatten. Zwei ganz normale weibliche Gäste, und er hatte sie angeflirtet und mit seinem strahlenden Macho-Grinsen bezirzt, als wären sie die ersten und letzten Frauen auf der Welt!

Aber sobald sie selbst in seiner Nähe auftauchte, musste er sich immer dringend um andere Dinge kümmern. Es ließ sich nicht leugnen: Er ging ihr aus dem Weg. Beharrlich, schweigsam, kühl. Bloß keine Berührungen, nicht mal ein Küsschen auf die Wange zum Frühstück.

Gut, sie *hatte* gesagt, dass sie keinen Sex wollte. Aber das war Lichtjahre her! Na schön, vielleicht nicht ganz so lange, jedenfalls nicht aus normaler Sicht. Doch an ihrem Leben war *nichts* normal. Genau genommen bestand ihre ganze Lebensdauer aus vier mickrigen Wochen. Gemessen daran war eine einzige ja wohl wirklich viel. So viel wie bei anderen Leuten Jahre, oder?

Mit steifen Gliedern kämpfte sie sich vom Bett hoch. Ihr war nicht danach, noch länger hier zu liegen und die Decke anzustarren, nachdem sie den ganzen Tag geschuftet und eines dieser seltsamen hausinternen Edeldinner hinter sich gebracht hatte, inklusive Dachdeckermeister, Nataschas derzeitigem Favoriten.

Von einer seltsamen Rastlosigkeit erfüllt, holte sie die dünne Strickjacke aus dem Schrank und streifte sie über, ein weiteres preiswertes Kleidungsstück, das sie am letzten Wochenende erstanden hatte. Im Moment kam es ihr sinnlos vor, dass sie sich über diese Neuerwerbung gefreut hatte. Wen wollte sie denn damit beeindrucken? Es interessierte sich ja doch niemand dafür, wie sie aussah!

Ohne zu wissen, was sie vorhatte oder wo sie hinwollte, eilte sie nach unten. Im Küchenbereich sowie im angrenzenden Aufenthaltsraum war niemand mehr, alles war dunkel und still. Ohne das Licht anzumachen, streifte sie durch die Räume, die nur schwach von der einfallenden Flurbeleuchtung erhellt wurden. Am Schlüsselbrett neben dem Eingang zu den Vorratsräumen sah sie die Autoschlüssel hängen.

Warum nicht?, dachte sie trotzig. Es war ihr gutes Recht. Fabio hatte ausdrücklich gesagt, dass sie mit seinem Wagen fahren durfte. Davon, dass er jedes Mal dabei sein musste, hatte er nichts gesagt. Und jetzt hatte sie Feierabend, oder nicht? Gleiches Recht für alle. Andere Leute verbrachten ihren freien Abend auch in der Stadt, in einer Kneipe.

Na gut, es war schon fast elf. War das zu spät? Sie konnte sich zwar nicht erinnern, je um diese Uhrzeit ausgegangen zu sein, aber das war natürlich kein Maßstab, denn schließlich konnte sie sich *überhaupt* nicht erinnern, ausgegangen zu sein. Sie hing jeden Abend nach dem Essen auf ihrem Zimmer herum, und sie langweilte sich so sehr, dass sie nicht mal Lust aufs Fernsehen hatte. Nicht auf diese ungezählten Sendungen, in denen alle Welt ausging und Spaß hatte.

Höchste Zeit, auf diesem Gebiet in der Realität aufzuholen!

Unterwegs überlegte sie flüchtig, dass sie vielleicht nicht ganz so schnell fahren sollte. Als sie den dritten Wagen hintereinander in halsbrecherischem Tempo überholte, beschwerte sich der Fahrer mit wütendem Dauerhupen.

Egal. Sie bretterte weiter über die Landstraße, was das Zeug hielt. Zum Schleichen hatte sie keine Zeit. Sie hatte sowieso viel zu wenig Zeit. Viel weniger als andere Leute, die immerhin eine komplette Kindheit und Jugend hinter sich hatten und sich daran *erinnern* konnten!

Sie fand einen Parkplatz vor einer Bar und warf zornig die Wagentür zu. Das Lokal war rammelvoll und von Rauchschwaden durchzogen. Stimmengewirr erfüllte den Raum, und an den umliegenden Tischen und der Bar wurde durcheinandergeschnattert und gelacht.

Na also, dachte Isabel. Geht doch! Hier tanzte der Bär, wie Harry es ausdrücken würde. Sie war ziemlich sicher, dass sie selbst diesen Ausdruck nicht verwendet hätte – warum, wusste sie allerdings auch nicht –, aber er gefiel ihr trotzdem.

Mit erhobenem Kopf steuerte sie einen freien Platz an der

Bar an. Sie erklomm den gepolsterten Hocker und bestellte bei dem Barkeeper einen Tequila Sunrise. Gleich darauf musste sie lächeln, weil sie plötzlich wusste, dass das einer ihrer Lieblingscocktails war. Immerhin, ein kleiner Lichtblick an diesem miesen Abend.

»Was ist denn so lustig?«, fragte der Mann auf dem Barhocker neben ihr. Er war schon älter, an die sechzig, aber er sah noch gut aus. Mit seinen silbergrauen Schläfen und dem freundlichen Faltengesicht hätte er fast ein Bruder von Robert Redford sein können.

»Ich freu mich einfach«, sagte sie. »Weil ich schon lange keinen Tequila Sunrise mehr getrunken habe. Hm, eigentlich mein ganzes Leben lang nicht. Und weil das hier eine Jazzbar mit Livemusik ist.« Sie deutete auf die kleine Bühne, wo drei Musiker aufspielten. »Ich liebe Jazz.«

Auch das war ein Grund zum Strahlen, und sie tat es ausgiebig. Ja, sie liebte Livejazz! Und wie! Ihre miserable Laune war wie weggeblasen. Sie hatte etwas über sich entdeckt, das ihr neu war! Wunderbar, hier zu sitzen und Jazzmusik zu hören!

»So viel Begeisterung ist ansteckend«, sagte der Mann. »Gestatten Sie, dass ich Sie zu diesem Drink einlade?«

»Nein, danke. Ich lasse mich generell nicht von Fremden einladen.«

»Dann gestatten Sie, dass ich mich vorstelle: Hubertus Frost.«

»Isabel«, sagte Isabel.

Er bestand darauf, ihr den Cocktail zu spendieren und gleich darauf noch einen weiteren, eine Pink Lady, auch ein Lieblingsdrink von ihr, wie sie nach dem Austrinken des Tequila Sunrise feststellte. Von Hubertus eingeladen zu werden stellte sich im Übrigen als äußerst praktisch heraus, denn sie hatte beim Bestellen die unbedeutende Kleinigkeit außer

Acht gelassen, dass sie kein Geld dabeihatte. Ganz abgesehen davon, dass sie auch zu Hause – haha, *zu Hause!* – kaum einen Cent hatte, würde sie sich durch diesen hässlichen Winkelzug des Schicksals nicht davon abbringen lassen, sich zu amüsieren. Dieser Hubertus war wirklich ein netter Kerl. Er war auf Lesereise in der Stadt, erzählte er.

»Lesereise?« Isabel wippte auf dem Barhocker auf und ab, während sie zum Piano hinüberschielte. Der Pianist war gut, sehr gut. Aber irgendwie ...

»Schriftsteller machen Lesereisen«, sagte Hubertus. »Sie fahren durch die Städte und lesen aus ihren Büchern vor. Ich bin Schriftsteller, wissen Sie? Ich schreibe populärwissenschaftliche Bücher. Über Steuertricks und sonstige finanzielle Optimierungen von Privatvermögen. Die Leute mögen das. Deshalb gehe ich gern auf Lesereise.«

»Oh, toll.« Isabel fragte sich, ob er wohl das schwache Hicksen gehört hatte. Den dritten Cocktail – einen Golden Elephant – hätte sie vielleicht nicht ganz so schnell austrinken sollen. »Ich finde das wahnsinnig engagiert von Ihnen. Ich meine, kulturell und so. Den Leuten das näher zu bringen. Ihr Buch über Steuertricks und Finanzgeschichten.«

Hubertus Frost lachte, und weil sie in so guter Stimmung war, fiel sie sofort mit ein. Sie wippte immer noch auf dem Hocker, obwohl die Musiker gerade Pause machten. Es war ein Trio, ein klassisches Jazzensemble. Bass, Schlagzeug und Piano.

»Ich würde gern ...« Sie verstummte.

»Was denn? Noch einen Cocktail?« Hubertus winkte dem Barkeeper.

»Nein, nein. Ich würde gern ... Klavier spielen.«

»Dann tun Sie es doch. Es ist gerade frei.«

»Ist nicht Ihr Ernst.«

»Aber ja doch. Wieso denn nicht? Können Sie es denn?«

»Das würde ich ja gern ausprobieren. Ich glaube, ich habe früher mal ... Hm, ich weiß nicht. Ob ich ... Nein, lieber nicht.«

»Unfug. Ich sehe Ihnen doch an, wie sehr Sie es wollen! Kommen Sie!«

Hubertus nahm ihre Hand und zog sie vom Hocker zu der kleinen Bühne in der Ecke der Bar. Er wechselte ein paar Worte mit dem Bandleader, die sie nicht verstehen konnte, dann kam er zurück und grinste sie an. »Pauseneinlage der hübschen Lady sehr erwünscht. Hat er gerade eben wortwörtlich gesagt. Also, nur zu!«

»Ach nein, ich ...« Zaghaft schaute Isabel zu dem Pianisten hinüber, der an einem der Tische saß und an einem Bier nippte. Er nickte ihr aufmunternd zu und zeigte mit seinem Glas auf das Klavier.

Isabel schaute sich zögernd um, doch in dem lärmenden Trubel nahm niemand von ihr Notiz. Auch vorhin, als die Band noch gespielt hatte, war der Betrieb hier drin normal weitergegangen. Keine Bühnenshow, kein Hingucker, nur gute, ehrliche Hintergrundmusik. Warum also nicht einfach da rüber zu dem Stutzflügel gehen und eine kleine Single-Session veranstalten? Niemand würde sich daran stören.

Sie tat es. Sie ging hin, setzte sich auf den Schemel und legte die Hände auf die Tasten. Und dann passierte es. Eben noch war ihr Kopf gähnend leer gewesen, und mit einem Mal fügten sich Bilder zusammen. Nein, keine Bilder. Noten. Sie sah Noten vor ihrem geistigen Auge, die sie kannte und nach denen sie schon gespielt hatte, Klassik ebenso wie Jazz. Und es waren andere Lieder da, ohne Noten, oder genauer, Lieder, bei denen Noten unwichtig waren, weil sie die mit geschlossenen Augen spielen konnte.

Scheinbar ohne ihr eigenes Zutun begannen ihre Finger sich zu bewegen. Sie klimperte ein bisschen herum, fand ein Gefühl für den Anschlag, den Klang, die Pedale unter ihren Füßen. Dann erreichte die Süße der Töne ihr Inneres und setzte dort etwas in Gang, das sich ihrer bewussten Kontrolle entzog. Unter ihren Händen schwebte Musik hoch und erfüllte sie, und mit einem Mal summte es auch in ihrer Kehle, bis aus dem sanften Wiederholen der Töne Gesang wurde, leise zuerst, dann mit wachsender Kraft.

Jemand schob das Mikro auf dem Klavier zurecht, doch sie merkte es nur daran, dass ihre Stimme lauter und voller klang. Sie öffnete nicht die Augen. Auf einer anderen Ebene war sie sich der Tatsache bewusst, dass ringsum die Gespräche verstummten, zuerst einige, dann mit einem Mal alle, bis nur noch die Musik und ihre Stimme zu hören waren. Sie spielte und sang ihr Lieblingslied, diesen wunderschönen, getragenen Song von Norah Jones. »Come away with me and we'll kiss...« Ihre Augen blieben geschlossen, und sie lehnte sich leicht zurück, weil sie das Gefühl hatte, mehr Platz zu brauchen. »On a mountaintop...«

Jemand links hinter ihr raunte, aber er hätte auch schreien können, sie hätte es ausgeblendet, so wie alles um sie herum. »Come away with me... And I'll never stop loving you...«

Ihre Augen brannten, als sie fertig war, und sie zuckte verwirrt zusammen, als um sie herum Beifall aufbrandete. Die Leute klatschten und stampften mit den Füßen, sie riefen und lachten durcheinander, und als Isabel Anstalten machte, aufzustehen, wurden Proteste laut.

»Mehr!«, rief jemand, und ein anderer schrie: »Zugabe!«

Jemand stellte ihr ein randvolles Glas auf den Flügel. »Ein Bier für die Frau am Klavier!«

Das Bier sah merkwürdig aus, nicht so wie das, was sie mit

Fabio getrunken hatte. Es schmeckte schärfer als das stärkste Mundwasser und war ... – sie trank noch einen Schluck – purer Gin. Kein Lieblingsdrink, aber es half gegen das Lampenfieber.

Sie wusste nicht, wie sie sich dem Wunsch der Zuhörer entziehen sollte, und gab ein weiteres Stück zum Besten, und danach noch eins, weil die Leute mit den Füßen trampelten und mehr wollten. Nach einem dritten Lied reichte es ihr, und sie stand auf, um zur Bar zurückzugehen.

»Sie können jetzt unmöglich aufhören«, sagte Hubertus Frost, als sie, von Beifallrufen und lautem Klatschen begleitet, wieder auf ihren Hocker kletterte. Er strahlte sie an. »Sie sind grandios! Wo haben Sie studiert?«

Sie schaute ihn nur verständnislos an.

»Hören Sie, ich verstehe ein bisschen was davon«, sagte er. »Meine Mutter war Klavierlehrerin. So, wie Sie hier spielen und singen – das kann man nicht von allein, und schon gar nicht lernt man es so nebenher.«

»Tja«, sagte sie. »Ich weiß nur, dass ich ein paar Semester Innenarchitektur studiert habe, auch wenn ich das völlig vergessen habe. Falls ich außerdem Musik belegt hatte, so ist mir das leider auch entfallen.« Sie hob die Hand und winkte dem Barkeeper. »Einen Caipirinha, bitte!« Verschwörerisch wandte sie sich an Hubert. »Ich glaube, das ist auch einer meiner Lieblingsdrinks.«

»Was meinen Sie mit *vergessen?*«, wollte Hubertus wissen.

Fröhlich erwiderte sie sein Lächeln. »Mit *vergessen* meine ich vergessen. Ich leide an einer retrograden Amnesie.« Die beiden letzten Wörter kamen leicht genuschelt heraus, was daran liegen mochte, dass ihr die drei Drinks – oder waren es schon vier? – inzwischen zu Kopf gestiegen waren. Sie schaute Hubertus blinzelnd an. Anscheinend war er im Begriff, sich zu verdoppeln. Egal. Er war da und hörte ihr zu. Er war ein Mensch an ihrer Seite. Zwar nicht im übertragenen Sinne, bloß buchstäblich, aber immer noch besser als niemand.

»Eine Amnesie? Ist das Ihr Ernst?«

Sie nickte nachdrücklich. »Ein Unfall. Auf den Kopf gefallen, richtig heftig. Alles war w-weg.«

»Alles?«, fragte er mit hochgezogenen Brauen.

»Alles. Es ist n-nichts mehr da. Niente, nada, rien, nothing.« Sie rieb sich die Stirn. »Falls Sie glauben, dass ich scherze – schön wär's. Leider ist es die reine Wahrheit. Außerdem bin ich p-pleite und kann nicht richtig bügeln und putzen, deshalb k-komme ich finanziell auch bestimmt auf keinen grünen Zweig mehr.«

Macht aber nichts, fügte sie in Gedanken großmütig hinzu. Dafür kann ich Klavier spielen und singen. Wenn das nichts ist! Na gut, stimmlich war sie nicht dasselbe Kaliber wie Norah, aber am Klavier konnte sie mithalten. Auf jeden Fall.

»Wahnsinn«, sagte jemand hinter ihr. Es war der Bassist, der an die Bar gekommen war. »Wo haben Sie studiert?«

»Das hat sie vergessen«, sagte Hubertus.

»Macht nichts«, sagte der Bassist. »Dafür kann sie Klavier spielen und singen. Und zwar spitzenmäßig. Haben Sie in der nächsten Zeit schon viele Gigs, oder hätten Sie Lust, bei ein paar Sachen mitzumachen?«

»Gig – das heißt so viel wie bezahltes Engagement, oder?«, wollte Hubertus wissen.

»Ja klar. Umsonst ist der Tod.«

Hubertus wandte sich an Isabel. »Wie war das gerade mit dem Bügeln und den Finanzen?«

»Ja, also ... Geld kann nicht schaden, denke ich. Mhm, ich habe furchtbar wenig zum Anziehen. Eigentlich fast nichts. Ahm ... Ich geh mir mal eben die Hände waschen.« Isabel stand auf und bewegte sich ein wenig schlingernd auf eine Tür zu, hinter der sie die Toiletten vermutete. »Wäre wahnsinnig nett, wenn Sie das mit den F-Finanzen abchecken, Hubi«, rief sie über die Schulter zurück. »Schließlich sind Sie der Optimierungsexperte!«

Ganz Kavalier der alten Schule, bestand er darauf, sie nach Hause zu begleiten. Rein technisch löste er das Problem so, dass er sie mit Fabios Wagen chauffierte und sich von unterwegs per Handy ein Taxi zum *Schwarzen Lamm* bestellte, das ihn anschließend wieder zurück zur Bar brachte.

Isabel war glänzend gelaunt, als sie ausstieg. Wenn dieser Abend kein Erfolg gewesen war, wusste sie es auch nicht. Sie hatte zwar immer noch keine Vergangenheit, aber dafür anscheinend ab sofort einen Agenten. Oder jedenfalls jemanden in der Art.

Und einen netten Nebenjob, der wesentlich mehr Spaß machte als Bügeln.

Hubertus küsste ihr zum Abschied die Hand. »Ich rufe Sie nächste Woche vor dem Auftritt an.«

»Sie sind ein Schatz! Dafür kaufe ich mir von meinem ersten Geld Ihr Buch!«

Isabel winkte ihm zu, als er in das Taxi stieg. Summend strebte sie der Eingangstür entgegen – und stellte im nächsten Moment fest, dass diese sich nicht öffnen ließ.

Einen Moment lang war sie davon überzeugt, dass das gar nicht sein konnte, schließlich war sie ja auch rausgekommen. Dann ging ihr auf, dass das Rausgehen bei Türen für gewöhnlich einfacher war als das Reinkommen. Es gab Türen, die ein Sicherheitsschloss hatten – so wie diese – und die einen Federmechanismus besaßen, der sie ins Schloss fallen ließ – so wie diese. Die Tür war zu, und man brauchte einen Schlüssel, wenn man reinwollte. Alles andere wäre auch Blödsinn gewesen für eine Haustür, denn sonst könnte ja jeder rein.

Ratlos schaute Isabel an der wuchtigen, aus alten Bruchsteinen errichteten Fassade des Hauses hoch. Vielleicht war noch jemand auf ... Nein, alles dunkel. So was Dummes!

Sie überlegte gerade, ob sie vielleicht im Auto übernachten sollte, als durch die Seitenfenster Licht sichtbar wurde. Im nächsten Augenblick wurde die Tür geöffnet, und Fabio stand vor ihr. Isabel prallte leicht zurück, einesteils vor Schreck, weil er so unerwartet aufgetaucht war, und zum anderen wegen seines Äußeren. Außer einer Boxershorts trug er keinen Faden am Leib, nicht mal ein Paar Schlappen.

»Was war das denn gerade hier für ein Auftrieb?«, fragte er mit barscher Stimme.

Sie starrte auf seine nackten Füße und suchte nach primitiven Merkmalen. Irgendwas, das zu seinem niveaulosen, bäuerlichen, proletarischen Wesen passte. Hammerzehen vielleicht. Oder fingerdicke Hornhaut. Oder wenigstens ein klitzekleines Hühnerauge.

Doch sie fand nichts von alledem. Seine Füße waren wie der Rest von ihm. Schlank, gut geformt und kräftig.

Sie schaute auf, und weil sie ihn nicht direkt ansehen wollte, heftete sie ihren Blick auf seine Brust. Ein schwerer Fehler, wie sie sofort bemerkte. Im schräg einfallenden Licht der Flurbeleuchtung sah er aus wie eine Skulptur von Bernini. So ... muskulös. Und so ... hm, glatt und fest. Alles an ihm war so ... Ach, verdammt!

Isabel zuckte leicht zusammen. Hatte sie das wirklich

gerade gedacht? Normalerweise fluchte sie nicht, nicht mal in Gedanken. Das wusste sie instinktiv, auch wenn sie sonst ihr ganzes Leben vergessen hatte. Fluchen war niveaulos. Nur Leute ohne Kultur fluchten.

Fabio fluchte häufiger, meist auf Italienisch.

»Kennst du Bernini?«, fragte sie in herablassendem Tonfall. Sie fand, dass es an der Zeit war, diesem hergelaufenen Koch zu zeigen, wer von ihnen beiden mehr draufhatte. Er bildete sich einfach zu viele Schwachheiten ein, nur weil er zufällig einigermaßen kochen und küssen konnte.

»Bernini? War das der Kerl, der vorhin mit dem Taxi abgefahren ist?«

»Ha!«, sagte sie. »Du kennst ihn nicht!«

»Nein, natürlich nicht. Hab den Typ noch nie gesehen. Wer war er?«

»Ein ganz berühmter Bildhauer«, sagte sie würdevoll. Der Effekt wurde leider durch das Hicksen verdorben, das gleichzeitig mit dem Wort *Bildhauer* herauskam.

»Sag mal, kann es sein, dass wir von zwei verschiedenen Typen reden?« Er ergriff ihren Arm und bugsierte sie ins Haus.

»Er war ein großer K-Künstler«, hickste sie. »Einer der größten. Und du kennst ihn nicht. Ha!«

»Wen? *Den* Bernini? Meine Güte, ich bin Italiener und war bestimmt schon hundert Mal in Rom. Man läuft dort an jeder Ecke an Bernini-Statuen vorbei.«

»Du kennst ihn also doch?« Sie wusste nicht recht, ob sie sich darüber ärgern oder freuen sollte. Unentschlossen ließ sie sich von ihm durch das Vestibül in die kleine Eingangshalle und von dort zur Treppe ziehen. »Was hast du vor?«

»Dich ins Bett zu bringen. Du bist beschwipst. Wo warst du überhaupt?«

»In einer sehr schönen B-Bar, wo es wunderbare Musik gab. Und nette Männer.«

»Aha. Und einer davon war wohl auch so nett, dir einen auszugeben, was? Du hattest doch gar kein Geld dabei!«

»Es gibt noch K-Kavaliere«, sagte sie von oben herab.

Sie stolperte hinter ihm her die Treppe hoch.

»Aua«, nuschelte sie. »Du zerrst so an mir!«

Er ließ sie los, worauf sie prompt aus dem Gleichgewicht geriet und stehen blieb, um sich am Geländer festzuhalten. Was wiederum dazu führte, dass er erneut ihre Hand packte, um sie weiterzuziehen.

Sie kicherte und fing an zu summen. »Come away with me ...«

»Du hast ganz schön einen gekippt, oder?«

»Ich kann Klavier spielen. Und s-singen. Ich habe Ulysses gelesen. Ich bin kultiviert.«

Sie hatten das zweite Obergeschoss erreicht, und er stieß die Tür zu ihrem Zimmer auf.«

»Du bist blau.«

Sie riss sich los und rieb sich wütend das Handgelenk. »Ich bin ... niemand!« Ihre Beschwingtheit war mit einem Schlag verflogen. »Kein Mensch kennt mich, vor allem nicht ich selbst! Wen immer ich frage – niemand erzählt mir etwas über mich! Nicht mal du, obwohl du seit vier Monaten mein ... Freund bist! Ich bin ein Nichts, eine Null! Eine Negativ-Existenz! Alles, was es über mich zu wissen gibt, muss ich mühsam und Stück für Stück selbst herausfinden! Und niemand hilft mir dabei!« Sie stockte. »Ich habe heute Geburtstag. Ich hab mich an das Datum erinnert, das du mir genannt hast. Es ist mir vorhin eingefallen, als ich nach Hause kam.« Wütend lachte sie auf. »Nach Hause! Wo kein Mensch weiß, dass ich Geburtstag habe! Beinahe nicht mal ich selbst!«

Er schaute betroffen drein. »Oh, verdammt ... Ich hab's völlig verschwitzt ... Es tut mir leid!«

»Das sagst du doch nur so! Ich bin dir völlig egal!«

»Isabel ...«

»Wieso bist du so komisch?«, rief sie verzweifelt aus. »Warum kannst du mir nicht helfen? Du bist doch mein ... Aber ich hab das Gefühl, du magst mich gar nicht mehr, obwohl ... Ich kann doch nicht ...« Zu ihrem eigenen Entsetzen brach sie in Tränen aus. »Nein«, stammelte sie. »Ich bin keine H-Heulsuse! Bitte, ich ...« Sie brach ab, um weiterzuweinen. Sie wurde förmlich geschüttelt von Schluchzern, die tief aus ihrer Brust stiegen und sich stoßweise den Weg durch ihre Kehle nach draußen bahnten.

»Isabel! Nicht doch! Bitte nicht weinen!«

Er hatte gut reden! Vielleicht hatte er auch noch einen guten Tipp auf Lager, wie sie damit aufhören konnte!?

Wie durch einen Nebel nahm sie wahr, dass sich Arme um sie legten. Nackte, starke Arme, die sie an eine ebenso nackte und starke Brust zogen.

»Isabel, verzeih mir. Ich hätte deinen Geburtstag nicht vergessen dürfen. Sag mir, was ich tun kann, um es wieder auszubügeln!«

»Sprich nicht vom Bügeln«, murmelte sie erstickt an seiner Schulter.

Sie hätte nicht erwartet, dass es so guttun würde, von ihm umarmt zu werden. Letzte Woche in der Küche war es anders gewesen, da hatte sie einfach nur darauf gefiebert, dass er sie küsste und sie anfasste. Jetzt wollte sie bloß gehalten und getröstet werden, mehr nicht.

Mhm, er roch gut. Sehr, sehr gut.

Sie wusste selbst nicht, wie es kam, dass sie auf einmal ihre Nase über seine Brust rieb. Und ihre Lippen gleich dazu. Ihre

Tränen versiegten schlagartig, sie konnte schließlich schlecht seine ganze Brust nassheulen. Außerdem konnte sie nicht richtig an ihm schnuppern, wenn ihr vom Weinen die Nase triefte.

»Isabel...«

Es hörte sich wunderbar an, wenn er ihren Namen aussprach. Kein bisschen niveaulos.

Da er sie schon so eng an sich drückte, ergab es sich wie von selbst, dass sie ihre Hände hob und sie über seinen Rücken gleiten ließ.

»Isabel«, murmelte er.

Und dann musste sie nichts weiter tun, als ihm ihr Gesicht entgegenzuheben, damit er sie küssen konnte. Was er mit wilder, kompromissloser Leidenschaft tat. Dass er als Nächstes mit dem Fuß die Tür ins Schloss drücken und sie in der Manier eines Kriegers auf Beutezug hochheben und zum Bett tragen würde, hatte sie nicht unbedingt erwartet, aber es kam ihr vollkommen natürlich vor. Genauso folgerichtig fand sie es, als er ihr hastig und unter wilden Küssen die Kleidung vom Leib zerrte. Seine Shorts waren schon vorher verschwunden, vielleicht hatte er sie weggezaubert.

»Oh«, sagte sie, als sie sah, was sich ihr da im Licht der kleinen Nachttischleuchte so stramm entgegenreckte.

Er hielt inne, schwer atmend und mühsam beherrscht. »Was?«

»Ahm, du bist da so groß. Bist du sicher, dass wir es... Ach, Unsinn. Wir tun's einfach.«

Und dann griff sie nach ihm und zog ihn an sich, bevor er es sich womöglich anders überlegen konnte.

Fabio stürzte sich auf sie wie ein Verhungernder. Vielleicht hätte er noch aufhören können, wenn sie ihm Einhalt geboten hätte, aber wahrscheinlich hätte sie ihm dabei gleichzeitig einen ihrer spitzen Absätze über den Schädel ziehen müssen, sonst hätte er es sowieso nicht beachtet. Er war so wild auf sie, dass er meinte, platzen zu müssen, wenn er sie nicht bald haben konnte.

Nackt sah sie nicht mehr aus wie eine Elfe, sondern wie die personifizierte Sünde, mit dem Körper einer jungen Göttin. Ihre Brüste waren voll, aber nicht so üppig, dass es nicht zum Rest gepasst hätte. Ihre Hüften und Hinterbacken waren sanft geschwungen und gerade so gut gepolstert, dass es herrlich war, mit beiden Händen richtig fest zuzufassen.

Er vergrub seine Nase in ihren duftenden Haaren und biss in ihren Nacken. Sie stöhnte kurz auf, und er hielt flüchtig inne, weil er fürchtete, ihr wehgetan zu haben. Doch sie wand sich nur ekstatisch an seinem Körper, ein Bein fest um seine Hüfte geschlungen und ihren Unterleib an seiner Hüfte reibend. Er spürte und roch ihre Erregung und fühlte, wie feucht sie war. Rote Nebel schienen sich vor seinen Augen zu ballen und trübten seine Sicht, während er seine Finger zwischen ihre Schenkel gleiten ließ.

Sie schrie leise auf und öffnete die Beine, um sich ihm entgegenzuwölben, und als er sich tieferschob, um sie dort zu küssen, gab sie ein lang gezogenes Keuchen von sich, das ihn fast in den Wahnsinn trieb. Er wollte sie weiterküssen, bis sie kam, und gleichzeitig wollte er sich auf sie werfen und sich in ihr versenken, bis *er* kam.

Lieber Gott, mach, dass ich aufhöre!, dachte Fabio zusammenhanglos.

»Ja, bitte! O Gott ja, hör nicht auf!«

Wenn ich weitermache, bin ich geliefert, durchzuckte es Fabio.

»Oooohhh ... Ja, mach weiter!«

Sie gab einen gepressten Schrei von sich, und er legte sich auf sie, drängte sich zwischen ihre Schenkel. Lieber wäre er gestorben, als aufzuhören.

Dann versank jeder Gedanke für den Rest der Nacht in einem verrückten, wirbelnden Sog.

»Nein, bringen Sie es hier rüber, aber nicht bis ganz an die Wand, es muss ein bisschen Abstand bleiben. Und dann leicht schräg stellen, in einen Winkel von fünfundvierzig Grad.« Isabel tänzelte um die Möbelpacker herum und versuchte, ihnen klarzumachen, dass man einen Tisch nicht einfach planlos hinstellen konnte, schon gar nicht in einem geraden Winkel ausgerichtet. Bei den Speisetischen mochte das anders sein, da war eine gewisse Symmetrie wichtig, die Leute achteten in einem Restaurant auf optische Ordnung. Aber dieser Tisch war ein Deko-Tisch. Sie hatte schon genau vor Augen, wie es aussehen würde, wenn es fertig war: Mit reich gefälteltem Damast belegt, in dem sanften Altrosa, das sich in den Deckenlampen wiederholte, und darauf ein Bouquet von frischen Schnittblumen in einer Kristallschale. Den Damast hatte sie für einen Spottpreis aus einer Haushaltsauflösung gekauft, genau wie die Kristallschale und die dazu passenden Kerzenlüster.

Die Packer platzierten den Tisch zu ihrer Zufriedenheit leicht schräg unter einen geschwärzten Eichenbalken, und Isabel seufzte befriedigt auf, während sie sich umsah. Wunderbar! Alles war an Ort und Stelle. Tische, ein Teil der Stühle, Wanddekorationen, das Gründerzeitbüfett. Sie beglückwünschte sich immer noch zu diesem Schnäppchen. Es bestand aus einer Art Paket, nämlich dem Büfett und einem Sekretär aus derselben Stilepoche. Sie hatte beides im Pfandhaus entdeckt und gegen ihren Ring getauscht, ein ungemein praktisches Arrangement, wie sie fand, denn sie konnte den Ring jederzeit zurücktauschen, wie ihr der freundliche Pfandleiher versichert hatte. Natürlich nur gegen Geld, aber das würde bestimmt bald kein Problem mehr sein. Hubertus Frost hatte hervorragende Konditionen für ihre wöchentlichen Auftritte ausgehandelt und wollte nichts weiter dafür haben als freies Essen im *Schwarzen Lamm,* wenn er mal wieder auf der Durchreise war. Einen erfolgreichen Auftritt in einer Jazzkneipe hatte sie bereits hinter sich, oder sogar zwei, wenn man den ersten mitzählte. Der zweite hatte ihr schon ein hübsches Sümmchen eingebracht. Sie hatte sich bei H&K von Kopf bis Fuß davon eingekleidet, sogar dreifach. Und hinterher noch Geld für ein bisschen schöne Deko übrig gehabt. Wenn man einmal raushatte, wie es mit dem Geldverdienen funktionierte, war es kinderleicht. Wieder eine neue Erfahrung in einem neuen Leben.

»Nicht dorthin!«, rief sie. Im Gang vor dem Speisesaal waren die Packer mit dem Sekretär aufgetaucht. »Bitte wieder zurück damit! Der soll vorn in der Eingangshalle stehen!«

Sie zeigte den Männern, wo sie das Möbelstück haben wollte, nämlich neben dem Kassenbereich, genau in der Mitte eines gefälligen Ensembles aus rotem Designer-Samtsofa (Konkursware), Kupferkanne auf Dreifuß, beides spätes achtzehntes Jahrhundert (Sponsoring eines Antiquitätenhändlers, der dafür mit diskretem Firmenlogo auf dem Parkplatzschild verewigt war) und einem wirklich umwerfend prachtvollen venezianischen Spiegel (stinknormale preisgünstige Neuware aus dem örtlichen Möbelhaus, eigenhändig mit Beize und Feile auf Alt getrimmt).

Das Entrée eines Hauses, vor allem in der Gastronomie, war so wichtig wie kaum ein anderer Teil des Innenbereichs, es konnte gar nicht sorgfältig genug gestylt werden. Na gut, vielleicht waren die Gästetoiletten mindestens genauso wichtig, aber darüber musste zum Glück hier niemand mehr nachdenken, denn Olaf hatte ganze Arbeit geleistet, mit selbstreinigenden WCs, Marmorbordüren, eingelassenen Waschbecken und indirekt beleuchteten Spiegeln. Ganz zu schweigen von solchen Kleinigkeiten wie Händetrockner mit Sensorautomatik, elektronischem Handtuchspender und berührungsfreien Hightech-Armaturen.

Alles war edel und vom Feinsten. Am Anfang hatte es im ganzen Haus nur ein richtiges Glanzlicht gegeben, nämlich die Küche, doch inzwischen war der gesamte Gastronomiebereich in dieselbe First-Class-Kategorie aufgerückt. Fabio war ein Raubein, er ging nicht in Opern, hatte nie was von James Joyce oder Thomas Mann gelesen und war in seiner Ausdrucksweise eher geradlinig als intellektuell. Aber er war ein gastronomischer Tausendsassa. Und ein Wahnsinnslover ...

Alles hätte so perfekt sein können. Bis auf zwei Kleinigkeiten. Erstens, an ihrer Amnesie hatte sich nichts geändert. Zweitens ...

»Ach, da bist du ja«, sagte sie. Sie konnte nicht verhindern, dass ihre Stimme atemlos klang, wie immer, wenn er so unvermittelt in ihrer Nähe auftauchte.

Seit diesem einen wundervollen Mal letzte Woche hatte er nicht mehr mit ihr geschlafen. Es war immer was dazwischengekommen. Einmal war er abends auf dem Geburtstag eines Schulfreundes eingeladen gewesen (»Reine Männergesellschaft, da würdest du dich nur langweilen«), an einem anderen Abend hatte er Unterlagen für den Steuerberater fertig machen müssen (»Dafür brauch ich garantiert die halbe Nacht«), und dann hatte er diese furchtbare Magenverstimmung gehabt, von der er sich immer noch nicht ganz erholt hatte (»Das ist der Stress wegen der Eröffnung«).

»Hallo«, sagte Fabio. Er küsste sie auf die Wange und fuhr ihr durchs Haar, seine übliche Begrüßung am Morgen. Zu mehr konnte er sich nicht durchringen, wenn Leute dabei waren, offensichtlich mochte er keine Vertraulichkeiten, wenn er dabei beobachtet werden konnte. Dummerweise waren eigentlich immer Beobachter anwesend, denn je näher die Eröffnung rückte, umso voller wurde es im *Schwarzen Lamm*. Immer häufiger kamen Lieferanten, und das Personal war ebenfalls aufgestockt worden. Für den Eröffnungsabend sollte die volle Restaurantbesetzung antreten, und Fabio war jeden Tag Stunden beschäftigt, mit den Leuten ihren Einsatz zu proben. Harry war der Sommelier, genau wie im ersten *Schwarzen Lamm*, Natascha die Sous-Chefin, beide fest angestellt. Außerdem gab es eine Reihe Teilzeitkräfte: einen Barkeeper, einen Patissier, zwei Hilfsköche, zwei Küchenhilfen, eine Empfangs- und zwei Servicedamen. Sie rückten alle miteinander meist am frühen Abend an, und dann ging es los mit den Besprechungen und dem Erstellen von Einsatzplänen. Isabel hatte gestaunt, was für eine generalstabsmäßige Logistik für die Eröffnung eines Spitzenrestaurants nötig war, und sie konnte kaum aufhören, Fabio dafür zu bewundern, mit welcher Nonchalance – na ja, die Magenverstimmung nicht mitgezählt – er das alles bewältigte. Er hatte die Lage fest im Griff.

Sie selbst war froh, wenigstens bei der Inneneinrichtung für den letzten Schliff und das gewisse Extra sorgen zu können, damit das *Schwarze Lamm* das richtige Flair bekam.

Sie zeigte auf den Sekretär. »Gefällt er dir?«

Fabio musterte ihn. »Er ist perfekt.« Er trat näher. »Sieht echt aus.«

»Das will ich doch meinen. Drüben im Gastraum steht das passende Büfett als Gegenstück. Komm mit, ich zeig's dir. Es ist traumhaft!«

»Woher ... ich meine, wie hast du ...«

Sie warf einen Blick auf die Möbelpacker, die damit beschäftigt waren, die noch fehlenden Stühle hereinzutragen.

»Ist alles von dem Antiquar geliehen«, behauptete sie.

Als sie gemeinsam zum Gastraum gingen, lief ihnen Natascha über den Weg. Sie kam aus dem Wirtschaftstrakt und wankte unter der Last eines vollen Wäschekorbs.

»Schürzen und Servietten«, sagte sie. »Blütenweiß und herrlich rein. Und total knittrig.«

»Ich komme gleich«, sagte Isabel. Mit schlechtem Gewissen schaute sie Natascha hinterher, die den Korb in den Wohnraum hinter der Küche schleppte.

»Ich muss bügeln«, sagte sie seufzend.

»Hör mal, du musst das nicht machen!«, sagte Fabio sofort.

»Doch, natürlich! Es ist mein Job!«

»Aber du musst doch nicht ...«

»Doch.« Sie reckte sich. »Ich habe diese Entscheidung nun einmal getroffen, und dazu stehe ich! Ich kann mich zwar nicht mehr dran erinnern, aber das spielt keine Rolle.« Sie betrachtete ihn und fühlte ihr Herz schmerzhaft schneller schlagen, weil sie sich mit jeder Faser ihres Seins an die eine Nacht letzte Woche erinnerte. An die Nacht aller Nächte, ihr wunderbares Geburtstagsgeschenk.

Sie hatte mit ihm darüber gesprochen. Natürlich hatte sie ihm gesagt, wie grandios es für sie gewesen war, doch er hatte nur gemurmelt, dass es bloß daher käme, weil sie sich an keine anderen Nächte erinnern könne.

Isabel war der Meinung, dass sie aus genau diesem Grund

viel aufzuholen hatten, aber leider schien es schon rein terminlich nicht mehr zu klappen.

Sie gab einem plötzlichen Bedürfnis nach und streckte die Hand aus, um ihn zu berühren, doch er wich einen Schritt zurück, um zwei der Möbelpacker vorbeizulassen, die mit den letzten Stühlen für den Gastraum vorbeikamen.

»Ich geh dann mal bügeln«, sagte sie niedergeschlagen.

Er nickte nur stumm, in Gedanken anscheinend schon wieder längst woanders.

Fabio schaute ihr nach, wie sie mit hängendem Kopf davontrottete, und am liebsten hätte er laut aufgeschrien vor Wut. Oder wenigstens jemanden angebrüllt, um seinen Frust loszuwerden.

»He, Alter, alles senkrecht?« Harry kam aus dem Keller, Staub auf der Nase und die Hände an einem Leinentuch abwischend, mit dem er einen Teil der Weinkisten gereinigt hatte. »Ich habe den Grand Cru umgelagert und die Temperatur noch mal geprüft. Ist alles im grünen Bereich. Was meinst du, soll ich das letzte Regal auch noch aufbauen oder lieber erst mal warten, wie die erste Charge weggeht?«

»Musst du mich jetzt damit nerven?«, fuhr Fabio ihn an. »Wer ist denn hier der Sommelier, he?«

»Aber hallo.« Harry musterte ihn prüfend. »Ist da vielleicht wer mit dem falschen Fuß aufgestanden? Du siehst aus, als würdest du gern jemanden abmurksen.« Er folgte Fabios Blicken zu der Tür, durch die soeben Isabel verschwunden war. »Aha. Na ja. Da steckst du wohl in einer echten Sackgasse, wie? Was musstest du auch unbedingt mit ihr ins Bett? Selbst schuld, würde ich da sagen.«

Das wusste Fabio auch von allein, und es sich von anderen

anhören zu müssen war wie Salz in einer offenen Wunde. Dabei war es keineswegs so, dass er überall herumposaunt hatte, was letzte Woche geschehen war. Natascha und Harry hatten sofort Bescheid gewusst, woher auch immer. Vielleicht hatten sie es an der Art bemerkt, wie er Isabel ansah, wenn sie es nicht wusste.

Es machte ihn fast wahnsinnig, sie anzuschauen. Er konnte kaum die Hände bei sich behalten, wenn sie ihm über den Weg lief, und jedes Mal erinnerte er sich sofort an alle Einzelheiten ihrer gemeinsamen Nacht. Die Nacht, in der er über sie hergefallen war, als hätte er den Verstand verloren. Na ja, was das betraf – er *hatte* den Verstand verloren. Sonst hätte er diesen Schwachsinn natürlich gelassen. Er wäre an dem Abend wie der Blitz in seinem eigenen Zimmer verschwunden. Stattdessen hatte er sich in einen hirnlosen Ochsen verwandelt. Nein, Ochse war Blödsinn. In einen Stier.

In einen Stier, der ihr die Klamotten vom Körper gerissen, sie aufs Bett geworfen und da auf seine Hörner genommen hatte. Mehrmals und ausgiebig und fast die ganze Nacht hindurch. Er hätte schon nach dem ersten Mal sein erbärmliches bisschen Hirn zusammenklauben und aufhören können, aber nein! Er musste es bis zum Exzess mit ihr treiben, bis er so erledigt und ausgelaugt war, dass er keinen Finger mehr heben konnte. Und auch sonst nichts. Eines hatte er in dieser Nacht gelernt: Er wusste jetzt, woher der Ausdruck *sich um Kopf und Kragen vögeln* kam.

Genau das hatte er getan. Und er hätte noch Ewigkeiten so weitermachen können, wenn er nicht zu müde gewesen wäre. Das war ihm noch nie passiert. Überhaupt hatte er das noch nicht erlebt. Nicht so wie mit ihr. Sie war ... anders.

Mit ihr war alles neu und aufregend. Wild und verrückt.

Gefährlich und spannend. Er hatte sich eine Nacht wie am Rande eines Abgrunds gefühlt, in der sicheren Gewissheit, fliegen zu können.

Zu blöd, dass er dann trotzdem abgestürzt war. Es war exakt in dem Augenblick passiert, als sie ihm kurz vorm Einschlafen sagte, dass sie so etwas noch nie erlebt hatte. Da erst hatte er begriffen, dass es ihr nicht nur genauso ging wie ihm, sondern es hatte ihn auch wie ein Keulenschlag die Erkenntnis getroffen, dass es ihr erstes Mal überhaupt war! Alles, was vorher war, hatte die Amnesie ja ausgelöscht! Er hatte sie sozusagen entjungfert! Sie auf die schändlichste nur denkbare Weise für seine Lust missbraucht!

»Was ist, Alter? Willst du mich jetzt umbringen oder mit mir über die Weinregale reden?«

»Ach, lass mich doch in Frieden«, brummte Fabio. Er machte ein paar Schritte vorwärts und tat so, als würde er den Sekretär aus der Nähe betrachten. In Wahrheit wollte er nur vermeiden, Harry anschauen zu müssen. Er ging nicht nur Isabel aus dem Weg, sondern auch seinen Angestellten. Harry und Natascha konnten ziemliche Nervensägen sein, wenn ihnen etwas gegen den Strich ging.

Harry trat neben ihn und fuhr mit dem Finger über die Wand hinter dem antiken Ensemble, mit dem Isabel die kleine Eingangshalle aufgemöbelt hatte. Sie hatte den Putz behandelt, bis er wie die hochwertigste, teuerste Marmortäfelung aussah, die in weitem Umkreis zu haben war. In der Bar hatte sie ebenfalls eine Wand auf diese Weise veredelt, hinter der Theke, kombiniert mit bronzierten Spiegelplatten, die sie irgendwo als billigen Sonderposten aufgetan hatte. Und all das mal eben in acht Tagen.

»Das hat sie toll gemacht, oder? Hm, es sieht so echt aus, dass ich es ständig anfassen muss. Dass es gar kein Marmor ist, merkt man erst, wenn man mit dem Finger drübergeht. Wie heißt das noch mal?«

»Stuckolustro«, sagte Fabio.

»Wie hat sie das bloß so hingekriegt? Es ist einfach irre!«

Das fand Fabio auch, und er konnte es immer noch nicht fassen, dass sie wie ein Profi diese Wand verputzt hatte. Sie hatte ihm erklärt, wie es ging, aber er hatte nur mit halbem Ohr hingehört, weil sie so niedlich ausgesehen hatte, mit Farbklecksen auf der Nase und fast ertrinkend in dem viel zu großen Arbeitskittel, den Natascha ihr gegeben hatte.

»Die Mischung macht's«, wiederholte er geistesabwesend einen ihrer Sätze, den er sich gemerkt hatte. »Es werden mehrere Schichten von Alabastergips aufgetragen, der mit Farbpigmenten versetzt ist. Das wird hinterher geglättet und gewachst und sieht dann aus wie echter Marmor.«

»Hm. Sie hat es toll gemacht, oder?« Harry wandte sich zu ihm um und starrte ihm geradewegs ins Gesicht. »Sie ist überhaupt toll. Sie ist keine Zicke, sondern ein wunderbares, süßes Mädchen. Du solltest den Boden anbeten, über den sie geht. Stattdessen behandelst du sie wie Luft.«

»Ach, halt doch die Klappe!« Fabio wandte sich ab und ging mit schnellen Schritten zur Küche hinüber.

»Wir wären dann fertig«, rief einer der Packer, die gerade aus dem Gastraum kamen. »Alles so weit in Ordnung?«

»Ja«, raunzte Fabio ihn an. »Sonst noch was?«

»Okay, okay, wir gehen schon.« Der Packer verdrehte die Augen zur Decke. Im Weggehen wandte er sich einem seiner Kollegen zu und tippte sich gegen die Stirn.

»Das war gerade mieses Benehmen«, stellte Harry fest. »Und eigentlich bist du sowieso ein ziemlicher Scheißkerl, hab ich dir das schon mal gesagt?«

Fabio war nicht danach, sich gut zu benehmen. Er *wollte*

sich wie ein Scheißkerl benehmen! Warum auch nicht, wenn er sich sowieso schon wie einer fühlte!

Am liebsten hätte er ein paar von diesen hübsch gefältelten Damastdeckchen, die Isabel überall dekoriert hatte, runtergerissen und mit den Füßen darauf herumgetrampelt. Vielleicht hätte es ihm geholfen. Vielleicht ginge es ihm überhaupt besser, wenn hier nicht alles so beschissen klasse geworden wäre, nur weil sie es hingekriegt hatte, aus einem normalen, gehobenen Gastronomiebetrieb etwas zu machen, das schon beim Reinkommen wie ein fürstlicher Gourmettempel aussah.

»Wusstest du, dass sie Klavier spielt und eine super Stimme hat?«

Fabio tat so, als hätte er es nicht gehört, obwohl Harry ihm auf dem Fuße folgte und es ihm förmlich ins Ohr rief.

»Ich hab mir ihren Auftritt letzte Woche angeschaut, Alter. Sie war erste Sahne. Und glaub mir, ich versteh was davon, ich mach schließlich selber Musik, und nicht zu knapp. Aber so gut wie sie würde ich in hundert Jahren nicht werden. Sie müsste hier weder bügeln noch schrubben noch die Wände putzen. Sie könnte jeden Abend, den Gott werden lässt, auf einer Bühne stehen und klotzig Geld verdienen.«

Fabio fuhr zu ihm herum. »Dann sag ihr das doch! Vielleicht geht sie dann ja!« Er hatte seine Stimme gedämpft, denn von nebenan war alles, was in der Küche geredet wurde, ganz gut zu hören.

Natascha und Isabel hatten den Fernseher laufen, aber die Tür zum Aufenthaltsraum war nur angelehnt, und wenn er hier herumbrüllte wie vom Affen gebissen, würde ihnen das kaum entgehen.

»Vielleicht sag ich es ihr ja noch«, meinte Harry leichthin.

Fabio bedachte ihn mit düster drohenden Blicken. »Wenn du meinst, dass sie woanders besser dran ist – tu es doch!«

»He, Alter, lass mich leben, ja? Ich kenne dein Problem. Mach das erst mal mit dir selber klar, dann ist alles ganz easy, glaub mir.«

Auf diese ominöse Bemerkung ging Fabio nicht ein. Mit ärgerlich zusammengepressten Lippen wandte er sich ab und holte eine Stiege Gemüse aus der Vorratskammer. Arbeit hatte ihm immer noch am besten geholfen, mit Stress fertig zu werden.

Je näher der Eröffnungsabend rückte, umso aufwändiger wurden die Probedinner. Die Gänge wurden zahlreicher, die Gerichte raffinierter, die Zutaten teurer. Mittlerweile standen die Gerichte, die fest ins Repertoire aufgenommen werden sollten, weitgehend fest, aber Fabio war dabei, für den ganzen folgenden Monat jeweils unterschiedliche Tagesgerichte auszuarbeiten, durch die sie sich seit einigen Tagen kochten, teilweise bereits mit den neuen Leuten vom Küchenteam.

Harry räusperte sich und deutete auf eines der weit offenen Fenster. »Ich glaube, da kommt hochherrschaftlicher Besuch.«

Fabio folgte Harrys ausgestrecktem Arm mit seinen Blicken und musste blinzeln, um ein zweites Mal hinzuschauen, weil er zuerst seinen Augen nicht trauen wollte.

Doch sie war es tatsächlich. Daphne. Die rothaarige Freundin. Oder genauer, die Frau, die Isabel für ihre Freundin gehalten hatte.

Sie stieg aus demselben angeberischen Schlitten, mit dem sie vor ein paar Wochen schon hergekommen war. In ihrem edel schimmernden, flaschengrünen Kostüm kam sie über den Parkplatz in Richtung Eingangstür gestöckelt. Sie war allein; von diesem blonden Arschloch Erik war weit und breit nichts zu sehen.

Fabio fühlte sein Herz stakkatoartig gegen seine Rippen

hämmern. Alle Eindrücke von außen schienen sich zu belanglosen Randerscheinungen zu verflüchtigen. Harry, der mit dem Messer dastand wie eine Statue und dümmlich nach draußen glotzte. Die Musik, die nebenan dudelte, die leisen Stimmen von Natascha und Isabel.

Isabel...

»Das war's dann wohl«, sagte Harry.

Fabio hatte den vagen Eindruck, dass es bedauernd klang, doch darin täuschte er sich bestimmt. Harry war von ihnen allen doch am meisten daran gelegen, dass Isabel endlich *auf den Trichter kam,* wie er es nannte. Dass sie ihre Vergangenheit wiederfand und erfuhr, wer sie war und woher sie kam. Jedenfalls hatte Fabio das bisher immer angenommen.

»Auch das noch«, fuhr Harry fort.

Auf dem Parkplatz fuhr ein weiterer Wagen vor. Es war Giulios Jaguar. Er bremste scharf vor Daphne ab, und Raphaela stieg aus, mit derselben Grandezza wie die andere unerwünschte Besucherin, die vor ihr eingetroffen war.

»Das ist jetzt wie in einem bescheuerten Film«, sagte Harry. »Nur ein Blödmann von Drehbuchautor kann sich solche Sachen ausdenken. Wie kann so was in echt passieren?«

Fabio hörte nicht zu. Er sah, wie Raphaela die andere Frau kurz und unauffällig taxierte, bevor sie sich hochmütig abwandte und ebenfalls auf den Eingang zuhielt.

»Alter, ich würde sagen, jetzt geht es hier gleich rund. Es sei denn, du machst was.«

Als wäre sein Adrenalinspiegel nicht schon bis zum Anschlag hochgeschossen, öffnete sich just in diesem Moment die Tür zum Nebenraum, und Isabel kam zum Vorschein.

»Ich bin mit Bügeln fertig und wollte fragen, ob ich Pesto

machen soll. Harry, du hast doch zu mir gesagt, Pesto wäre eine Wissenschaft für sich, und ich denke, es wird Zeit, dass ich es lerne ...« Sie hielt inne und schaute aus dem Fenster. Raphaela geriet soeben außer Sicht. Sie erreichte den Eingang schneller als Daphne, die ein paar Schritte vor dem Portal stehen blieb und prüfend an der Fassade hochblickte.

»Was will sie hier?«, fragte Isabel. Ihre Stimme klang ruhig, aber Fabio bemerkte das winzige Zittern.

»Wer?«, fragte er mit angehaltenem Atem.

»Deine Ex.« Diesmal war ihr Ton nicht mehr ruhig, sondern eindeutig aufgebracht.

»Ich ... weiß nicht«, sagte er, obwohl er mehr als eine leise Ahnung hatte, worum es gehen könnte.

»Wer ist die andere?«, fragte Isabel. Ihre Augen verengten sich, während sie Daphne fixierte, die immer noch draußen vor dem Eingang stand.

»Eine Kundin«, hörte Fabio sich sagen. Isabel hatte sie nicht erkannt! Er spürte Harrys anklagende Blicke im Rücken, als er zur Tür eilte. »Ich werde mal rausgehen, um alles Nötige mit ihr zu besprechen.«

»Wirst du auch mit Raphaela sprechen?«

»Äh ... vielleicht nachher.«

Er eilte hinaus und in den Gang, der an den Gast- und Wirtschaftsräumen vorbei zum Eingangsbereich führte.

Raphaela kam ihm auf halber Strecke entgegengestöckelt. Sie strahlte, als sie ihn sah. »Schön, dass du da bist!«

»Keine Zeit, *scusi.*« Er ging hastig an ihr vorbei in Richtung Vestibül, wo soeben das rothaarige, katzenäugige Schreckgespenst erschienen war und sich suchend umschaute.

Isabel starrte auf die langsam zufallende Küchentür. Sie hatte die Hände so fest zu Fäusten geballt, dass ihre Nägel sich schmerzhaft in die Haut bohrten.

»Gib mir bitte ein Messer«, sagte sie zu Harry.

»Ich weiß nicht, ob das die passende Lösung ist«, sagte er.

»Womit soll ich sonst die Kräuter für das Pesto klein schneiden?«

»Äh ... Ach so.« Er reichte ihr ein scharfes Messer und schob ihr das Brett mit den frisch abgezupften Basilikumblättern hin. »Wenn du willst, schneide ich es für dich klein. Ach so, ja, man muss es überhaupt nicht klein schneiden, die Kräuter kommen in den Mixer, jedenfalls, wenn wir Pesto machen. Es gehört sowieso noch Öl dazu, und ein paar andere Zutaten auch.«

Sie hörte nicht auf ihn, sondern hackte auf die Kräuter ein, als gelte es ihr Leben, sie kleinzukriegen.

In ihr brodelte es. Anscheinend brauchte er ständig Weiber, um die er herumscharwenzeln konnte! Nicht nur, dass er sofort losraste, wenn eine blöde Kundin hier auftauchte! Nein, es musste auch schon wieder Raphaela sein! Was wollte die blöde Zicke ständig hier? Sie kam diese Woche schon das zweite Mal her, bloß, um ihre Nase überall reinzustecken und hinternschwingend durch das ganze Haus zu stolzieren! Und die größte Frechheit war, dass sie dabei so tat, als würde sie nur mal eben aus alter Freundschaft vorbeischauen! Isabel hätte ihr am liebsten den Hals umgedreht. Mittlerweile wusste sie, dass es da wohl einen Hochzeitstermin gab, mit diesem komischen Cousin von der Camorra, doch die Art und Weise, wie Raphaela hier auflief und ihren Ex und das neue *Schwarze Lamm* förmlich mit Blicken auffraß, riefen beträchtliche Zweifel in Isabel wach, dass Raphaela wirklich daran interessiert war, besagten Termin auch einzuhalten.

»Du solltest auf deine Finger aufpassen«, sagte Harry besorgt.

»Wozu denn? Auf ein oder zwei Pflaster mehr kommt es doch auch nicht an!«

»Mit Pflastern an den Fingern kannst du nicht so gut Klavier spielen.«

Vorübergehend abgelenkt, ließ sie das Messer sinken. »Kommst du wieder zu meinem Auftritt?«

»Aber hundertpro!« Er strahlte sie an und sah dabei mit seinem kurzen blonden Stoppelhaar und dem schmalen Gesicht so sehr wie ein halbwüchsiger Junge aus, dass Isabel sich fragte, wie so jemand schon in den höchsten Kreisen der Fachgastronomie als erstklassiger Sommelier gehandelt werden konnte. Aber guter Wein war schon seit seiner Jugend ein wichtiges Thema für ihn gewesen. Sein Vater hatte als Küfer in einem renommierten Weinbaubetrieb gearbeitet, und Harry hatte die Leidenschaft für edle Tropfen quasi bereits als Kind vor Ort aus den Fässern genuckelt. Außerdem war er ein guter Koch mit einer speziellen Begabung für Soufflés.

Das hatte Natascha ihr erzählt, so wie auch sonst alles, was sich in diesem Haushalt und dieser seltsamen kleinen Familie, die nicht durch Verwandtschaft, sondern Kollegialität und Freundschaft zusammengeschweißt wurde, im Laufe der letzten Jahre abgespielt hatte.

Harry war seit zwei Jahren Mitglied der Crew, wie Natascha es nannte, und sie selbst war schon doppelt so lange im Team. Ganze vier Monate lang hatte Raphaela es ausgehalten, bevor sie und Fabio sich fürchterlich in die Wolle gekriegt hatten und sie mit fliegenden Fahnen zu Giulio übergelaufen war.

»Was meinst du, warum sie hergekommen ist?«, fragte Isabel beiläufig.

Harry, der sich mit ein paar bleichen Geflügelteilen beschäftigte – sie würde nie lernen, sich an den Anblick roher Fleischstücke zu gewöhnen, schon gar nicht an solche, denen man noch ansah, dass sie zum Fliegen, Stelzen oder Schwimmen benutzt worden waren –, zuckte zusammen. »Wen meinst du?« Er schaute auf, aber er sah sie nicht an, sondern fixierte einen Punkt hinter ihr.

»Na, Raphaela natürlich«, sagte Isabel ungeduldig. »Sie will was von ihm! Ich sehe doch, wie sie ihn ständig anschaut!«

Natascha kam in die Küche. »Da ist was Wahres dran, fürchte ich.«

Isabel ließ das Messer sinken und drehte sich zu ihr um. »Du hast es auch bemerkt.«

»Das kann einem kaum entgehen.«

»Also, was will sie von ihm?«

»Dasselbe, was du auch von ihm willst, Herzchen.«

Isabel fühlte, wie sie errötete. »Ich habe keine Ahnung, wovon du sprichst.«

»Da kann ich dir auf die Sprünge helfen«, sagte Raphaela mit ihrer unverwechselbar rauchigen Stimme. Sie stand in der offenen Küchentür.

Isabel starrte sie an. Raphaela trug ein rotes, eng anliegendes Kleid in derselben Farbe wie ihr Lippenstift. Ihr Haar fiel wie ein glänzender Vorhang halb über ihr Gesicht, aber das Glitzern in ihren Augen war deutlich zu erkennen.

»Vielleicht bereue ich es ja, dass ich mich mit ihm gestritten habe«, sagte sie. »Vielleicht möchte ich mich gern wieder mit ihm vertragen.«

»Hallo«, sagte Fabio. Es kam so kurzatmig heraus, als sei er ein paar hundert Meter gesprintet, und er hörte den Puls in seinen Ohren hämmern wie eine ganze Batterie Pressluftbohrer, als er vor Daphne stehen blieb. »Guten Tag.«

»Tag.« Sie schaute sich um. »Es ist ja wirklich toll hier geworden! Richtig edel!«

»Danke«, sagte er höflich, heldenhaft den Drang unterdrückend, sie an den Haaren zu packen und aus dem Haus zu schleifen, bevor Isabel womöglich aus der Küche kommen und sie sehen – und erkennen! – konnte. »Was führt Sie her?«

»Erinnern Sie sich nicht an mich?«

Fabio tat so, als müsste er überlegen. »Äh ... doch, ja. Sie waren schon mal hier, wegen einer Hochzeit, oder? Sie sagten, Sie würden noch einmal darüber nachdenken und dann *das Schwarze Lamm* vielleicht doch buchen. Haben Sie sich jetzt entschieden?« Der letzte Satz war draußen, bevor er ihn sich verkneifen konnte. Besorgt fragte er sich, ob sie den boshaften Unterton in seiner Stimme wahrgenommen hatte.

Daphne musterte ihn unter halb gesenkten Lidern. »Nein, im Moment sieht es nicht danach aus.«

»Sind Sie hergekommen, um mir das zu sagen?«

Sie schüttelte den Kopf. »Wohl kaum. Ich habe neulich über drei Ecken gehört, dass Isabel noch hier in der Stadt sein soll.«

»Wer?«

»Meine Freundin«, sagte sie ungeduldig. »Isabel van Helsing, Sie erinnern sich?«

»Ja, und?«, gab er betont beiläufig zurück.

»Tun Sie nicht so.« Ihre Stimme wurde scharf. »Ich weiß, dass sie hier ist! Es war nicht bloß ein Gerücht, es stimmt! Hier drin trägt alles ihre Handschrift! Dasselbe Stuckolustro hat sie in meinem Badezimmer gemacht!«

Fabio fühlte sich, als hätte ihm jemand in den Magen geboxt. Er merkte, wie seine Schultern nach vorn sackten. »Sie haben Recht«, sagte er müde. Er wandte sich ab. »Ich gehe sie holen, einen Moment.«

»Sekunde.«

Er blieb stehen und wandte sich wieder zu ihr um. Ihre Augen leuchteten in demselben unwirklichen Grün wie ihr Kostüm. »Stimmt es, was ich außerdem gehört habe? Dass sie ihr Gedächtnis verloren hat?«

Fabio nickte zögernd.

Daphne gab ein ungläubiges, kurzes Lachen von sich und schüttelte den Kopf. »Ich dachte, es wäre ein Witz! Das ist ja ... das ist ... ein Ding!« Ihre Nasenflügel blähten sich, und in ihre Augen trat ein Anflug von Sensationslust. »Wie ist das denn passiert?«

»Sie ist die Treppe runtergefallen.«

Sie nickte langsam. »Ja, das hat er auch gesagt.«

»Wer?«

»Ach, das spielt doch keine Rolle, ein entfernter Bekannter. Arme Isi!«

In seinen Ohren klang ihr Bedauern so künstlich wie ihre Haarfarbe. Seine Stimme vibrierte vor Wut. »Vermutlich ist sie gestürzt, weil sie mitbekommen hat, wie Sie und dieser Erik ... Im Grunde können Sie nur froh sein, dass sie nichts mehr davon weiß!«

»Sekunde mal, bleiben wir doch beim Thema. Sie meinen, sie kann sich an nichts von früher erinnern? An gar nichts? Sie weiß nicht mal, wer sie selber ist?«

»Das sagte ich doch schon. Ich gehe sie jetzt holen.«

»Nein!«, rief Daphne heftig aus. Sie lächelte, als könnte sie diese Gefühlswallung ungeschehen machen, und mit einer gezierten Bewegung strich sie sich das Haar aus der Stirn.

»Warum denn so eilig? Wir können doch vorher noch ein bisschen ... reden.«

Er musterte sie düster. »Worüber denn?«

»Na ja, der Bekannte, von dem ich gehört habe, dass sie hier wohnt, erzählte mir eine absolut unglaubliche Geschichte. Danach sind Sie wohl mit ihr ... zusammen. Stimmt das?«

»Und wenn ja – was wäre dann?«

»Das wäre ... wunderbar!« Daphne lächelte, zuerst zögernd und dann so breit, dass jeder ihrer makellosen Backenzähne zu sehen war.

»Was soll das jetzt?«, fragte Fabio gereizt. »Haben Sie es sich anders überlegt? Wollen Sie Erik lieber für sich selbst haben?«

»Ach, wer will denn schon Erik«, sagte sie wegwerfend. Sie blickte ihn groß an. »Es geht mir nur um Isi. Ich möchte, dass sie glücklich ist. Sie war so lange nur schrecklich unglücklich, wissen Sie.«

»Was soll das heißen?«

»Sie war mit ihrem Leben unzufrieden. Sie hat oft zu mir gesagt, sie würde so gern mal was völlig anderes machen, und manchmal sagte sie auch, sie wäre am liebsten eine ganz andere Person.«

Fabio suchte in ihrer Miene nach Anzeichen von Unaufrichtigkeit, konnte aber zu seiner Überraschung keine entdecken.

»Erklären Sie das bitte mal genauer!«

»Ach, sie mochte einfach ihr ganzes Leben nicht. Sie *hasste* es förmlich und fand es furchtbar öde, das hat sie mir selbst gesagt.«

»Was genau daran?«

»Na, alles. Die ewig gleiche Bussigesellschaft an den ewig

gleichen mondänen Orten. Das dauernde Rumhängen und Geld für irgendwelchen Schwachsinn ausgeben, den sie sowieso nicht brauchte oder schon in mehrfacher Ausführung besaß.« Daphne wedelte unbestimmt mit der Hand. »Außerdem hatte sie ständig Pech mit Männern. Andauernd fiel sie mit ihren Typen rein.«

Bezogen auf Erik war das so klar wie nur was, dachte Fabio ergrimmt. Und bezogen auf ihn selbst erst recht. Wenn jemand in der Reihe ihrer Typen ein wirklich herausragender Reinfall war, dann zweifellos er.

»Schauen Sie, wenn Sie mit Ihnen glücklich ist, dann hat sie doch alles, was sie braucht und was sie wollte!« Daphne zog sich rückwärtsgehend in Richtung Eingangstür zurück. »Warum soll sie in ihr unnützes, frustrierendes, langweiliges Leben zurückkehren? Vor allem, wenn sie sowieso nichts mehr darüber weiß? Warum kann sie nicht ganz einfach bei dem Mann bleiben, der sie liebt?«

Der Presslufthammer in seinen Ohren fing wieder an zu rattern, und während er stumm stehen blieb und tatenlos zusah, wie sie verschwand, hörte er immer wieder ihre letzten Worte. *Der sie liebt. Der sie liebt.*

Erst als sie draußen war, löste sich seine Erstarrung, und er brachte es fertig, ihr zu folgen. Doch sie war bereits wieder in den Wagen gestiegen und hatte den Motor angelassen. Im Vorbeifahren winkte sie ihm fröhlich lächelnd zu.

Er schaute ihr hinterher und fragte sich, wie hirnlos er sich noch aufführen musste, bis irgendwer auf die Idee kam, ihm ganz fürchterlich in den Hintern zu treten.

Dieser Gedanke hatte kaum Gestalt angenommen, als ein weiterer Wagen in die Einfahrt bog. Es war ein Wagen aus

Giulios Fuhrpark, aber nicht sein Cousin fuhr ihn, sondern seine rechte Hand Nero. Von Giulio war nichts zu sehen.

Während Fabio noch überlegte, ob er sich darüber freuen sollte, dass Nero allein gekommen war, stellte dieser sorgsam den Wagen neben dem Schild ab, auf dem die Gastparkplätze ausgewiesen waren. Wie sein Boss würde er nie unbewaffnet zu wichtigen Gesprächen auflaufen, aber es käme ihm niemals in den Sinn, falsch zu parken.

Er stieg aus und kam mit ernster Miene auf Fabio zu. »Sag mir nicht, dass ich dich töten muss.«

»Du musst mich nicht töten«, sagte Fabio.

»Ich tu's aber.«

»Dann mach es sofort und ziel nicht daneben.« Fabio fühlte sich ausgelaugt. Die Begegnung mit Daphne hatte ihn alles an Kraft gekostet, was ihm nach der von Spannungen zerrissenen Woche in Isabels Nähe noch geblieben war.

Nero bleckte seine spitzen Zähne und reckte seine dürre, zu kurz geratene Gestalt. Er wandte sich in Richtung Haus und spähte durch die offenen Küchenfenster ins Innere. »Es ist ein schwerer Fehler von dir, dass du dich noch immer mit ihr triffst.«

Fabio starrte ihn an. Das konnte der Kerl nicht ernsthaft meinen! Aber offensichtlich tat er es.

»Ich treffe mich nicht mit ihr.«

»Sie ist aber hier.«

»Ich habe sie nicht eingeladen.«

»Und zwar nicht zum ersten Mal«, fuhr Nero fort, ohne auf Fabios Protest einzugehen. »Warum sollte sie wohl sonst herkommen, außer, um sich mit dir zu treffen?«

»Herrgott noch mal, ich würde was drum geben, wenn sie es nicht täte!«

»Das glaube ich dir nicht. *Giulio* glaubt es dir nicht.«

Fabio ließ ihn einfach stehen und ging zurück ins Haus. Nero folgte ihm schnell wie ein Wiesel, die Hand unter der Achsel. Ihm war deutlich anzusehen, dass er gern Nägel mit Köpfen gemacht hätte. Möglicherweise hatte Giulio ihm sogar bereits freie Hand gegeben, und er wartete nur noch darauf, dass er es ohne Zeugen tun konnte. Oder darauf, dass Fabio eine grobe Antwort zu viel gab. Wofür die Chancen heute durchaus gut standen.

»Wo ist sie?«, fragte Nero. Sein Kopf ruckte hin und her, als er sich umschaute.

»Nero, jetzt hör mal zu! Ich habe nichts mit ihr! Du tust gerade so, als hättest du uns zusammen im Bett erwischt, aber das ist Einbildung!«

»Wo ist sie?«

Laute Stimmen aus dem Küchentrakt machten weitere Fragen überflüssig.

»Was soll das da werden?« Raphaela deutete mit spitzen Fingern auf das Brett mit den zermatschten Kräutern vor Isabel.

Isabel starrte abwechselnd auf das Messer und auf Raphaela. »Pesto.«

Raphaela warf den Kopf zurück und lachte. »Das ist nicht dein Ernst! Sie will Pesto machen und schneidet dafür die Kräuter mit dem Messer klein!«

Isabel warf Harry einen verwirrten Blick zu. Er hob frustriert die Schultern.

Natascha kam mit dem Korb voll frisch gebügelter Wäsche aus dem Nebenraum und musterte Raphaela abwägend. »Was willst du denn hier?«

»Euch allen *Hallo* sagen. Mir die Fortschritte anschauen, die ihr hier gemacht habt.« Sie schaute sich um und sog die von Kräuterduft geschwängerte Luft ein. »Mhm, das alles fehlt mir doch mehr, als ich dachte!« Beinahe bittend blickte sie Harry und Natascha an. »Wir hatten doch eine gute Zeit, oder?«

Isabel stand reglos da, die Arme um sich geschlungen, weil ihr mit einem Mal kalt war. Das Messer hatte sie weggelegt. Wozu sollte eine Küchenniete wie sie auch Pesto machen? Wahrscheinlich würden alle es hinterher sowieso wieder nur aus Höflichkeit essen, genau wie den anderen Kram, den sie bisher beim Kochen fabriziert hatte. Raphaela beherrschte diese Kunst ohnehin viel besser, und wenn sich alles in ihrem Sinne entwickelte, wäre sie vermutlich in ein paar Wochen wieder hier eingezogen und schwang das Zepter genau wie früher. Welchen vernünftigen Grund sollte sie auch haben, bei Giulio zu bleiben? Die dicken Autos, reichlich Schmuck und eine Platincard zum Einkaufen konnten es wirklich nicht sein. Welche Frau interessierte sich für all das, wenn sie einen Mann wie Fabio haben konnte?

Und welchen Grund sollte Fabio sonst haben, ihr ständig aus dem Weg zu gehen, damit sie bloß nicht in die Verlegenheit kamen, miteinander allein zu sein?

»Ups!«, sagte Raphaela. Sie zupfte eine der Schürzen vom Wäschestapel und hielt sie hoch. »Was soll das sein? Der neue Knitterlook? Wer hat die denn gebügelt? Meine Güte, damit kann Fabio doch nicht rumlaufen am Eröffnungsabend!«

»Natascha sieht nicht mehr so gut«, sagte Harry. »In ihrem Alter fällt das Bügeln immer schwerer.«

Natascha schaute drein, als hätte sie in eine Zitrone gebissen, doch sie sagte kein Wort, sondern riss Raphaela die Schürze aus der Hand, packte sie wieder auf den Korb und trug die ganze Wäscheladung in einen der benachbarten Vorrats- und Abstellräume.

Sie war kaum verschwunden, als die Küchentür aufflog und ein Mann hereinplatzte. Er war mager und von ungesunder Blässe, und es war offenkundig, dass er nicht in freundlicher Absicht kam. Er blickte sich hastig um, und als er Raphaela sah, brachte er es fertig, gleichzeitig wütend und unterwürfig auszusehen.

»Du sollst doch diesen miesen Burschen nicht besuchen!«
»Wo steht das geschrieben?«, fuhr Raphaela ihn an.

Fabio hatte hinter dem blassen Mickerling die Küche betreten und blieb bei der Tür stehen, die Hände in die Taschen seiner ausgefransten Jeans geschoben. »Sie wollte sowieso gerade wieder gehen.«

»Wollte ich das?«, fragte Raphaela lächelnd. »Und wer behauptet, dass du ein mieser Bursche bist, kennt dich nicht so wie ich.«

»Was meinst du damit?«, fragte der bleichgesichtige Hänfling.

»Ach, Nero. Frag doch nicht so dämlich.«

Isabel spürte einen Anflug von Übelkeit, als sie sah, wie besitzergreifend Raphaela Fabio musterte. Es war fast so, als wollte sie sich vergewissern, dass noch alle guten Teile an ihm dran waren.

»Du hast gesagt, du gehst einkaufen«, meinte Nero mit einem panischen Unterton in der Stimme.

»Ich *war* einkaufen.« Wie zum Beweis hob Raphaela den rechten Fuß. »Da, funkelnagelneue Schuhe. Drei Paar. Die anderen sind im Wagen. Aber den ganzen Tag nur einkaufen zu gehen wird mit der Zeit langweilig. Habe ich nicht das Recht, hin und wieder alte Freunde zu treffen? *Gute* alte Freunde?« Bei ihren letzten Worten senkte Raphaela bedeutungsvoll die Stimme und schaute Fabio an. Es war beinahe wie eine Berührung.

Isabels Blicke hatten sich an den neuen Schuhen festgesaugt. Es waren Riemchensandaletten mit zehn Zentimeter hohen Absätzen, ein neues Modell. Das stammte garantiert nicht von H&K, sondern von – Isabel taxierte sie genauer – ja, von Ungaro. Genau wie das Täschchen, das von Raphaelas Schulter baumelte und ebenso neu war wie die Sandaletten.

Vage fragte sie sich, woher es kam, dass sie sich an alle Belange rund um Damenschuhe und Handtaschen sowie Möbel- und Dekor-Arrangements bestens erinnerte, aber mit so primitiven Dingen wie der Zubereitung eines Pestos nicht mal ansatzweise klarkam.

Sie hätte am liebsten laut aufgeschrien. Oder das Messer auf den Boden oder gegen die Wand geworfen. Vorzugsweise in Raphaelas Richtung.

»Was soll das hier werden?«, hörte sie sich zu ihrer eigenen Überraschung selbst sagen. »Fragt *mich* eigentlich jemand, ob es mir passt, dass sie ständig vorbeikommt?«

Sie hob den Kopf und trat an Fabios Seite. »Er ist schließlich mein Lebensgefährte, oder nicht? Da ist es eine ziemliche Zumutung für ihn und mich, wenn seine Ex hier andauernd zu Besuch hereinschneit. Außerdem haben wir genug zu tun, um bis zur Eröffnung alles zu bewältigen, wir können es uns gar nicht leisten, durch unerwünschte Eindringlinge von der Arbeit abgehalten zu werden.«

Wie um Bestätigung heischend blickte sie zu Fabio auf, doch sein Gesicht blieb merkwürdig unbeteiligt. Er stand unter Anspannung, das merkte sie, doch er rührte sich nicht, sondern lehnte gegen die Wand, immer noch die Hände in den Taschen. Harry hatte sich das Brett mit den Kräutern geschnappt und schabte das klein gehackte Grünzeug zusammen mit anderen Zutaten für das Pesto in den Mixer. Natascha rumorte in der Kammer nebenan herum.

Bis auf die von den beiden verursachten Geräusche war es still in der Küche.

»Ich finde, sie hat völlig Recht!«, unterbrach Nero das lastende Schweigen. Er hampelte von einem Fuß auf den anderen, mit einer Hand am Aufschlag seines Sakkos. »Besser, du kommst jetzt mit, Raphaela. Du weißt doch, dass noch viel für die Hochzeit zu tun ist. Und Giulio ...«

»Scheiß auf die Hochzeit!« Raphaela funkelte ihn an. »Hau ab, du Zwerg! Sonst sag ich ihm, dass du mir ständig auf den Hintern glotzt, wenn du glaubst, ich kriege es nicht mit!«

Nero fuhr zusammen. »Das ist nicht wahr!«

»Lüg nicht!«

»Wenn ich es wirklich mal tue, ist es keine Absicht!«, beteuerte er.

»Ich weiß gar nicht, ob ich überhaupt Lust habe, jemanden zu heiraten, um den laufend so ein missratener Hampelmann auf unmöglichen Absatzschuhen herumtanzt!«

»Wo sie Recht hat, hat sie Recht«, warf Natascha ein. Sie kam zurück in die Küche. »Diese Schuhe sind bescheuert. Männer mit Absätzen sind entweder schwul oder nicht ganz dicht.«

Nero stand schlagartig still. »Ich glaube, das war's«, sagte er.

»Das war was?«

»Ich bring sie um«, sagte Nero zu Fabio. »Ich hab's dir gesagt.«

»Sag es doch mir persönlich, wenn du dich traust«, empfahl Natascha ihm höflich.

»Deine Schuhe *sind* bescheuert«, erklärte Raphaela. »Der Anzug ist schon schlimm genug, aber die Schuhe sind das Letzte. Ich werde Giulio sagen, dass du auf keinen Fall zu unserer Hochzeit eingeladen wirst. Falls die Hochzeit überhaupt stattfindet.«

Nero äugte mit flackernden Blicken in die Runde. »Ich würde sagen, wir gehen beide jetzt, *Bellezza*. Bevor es riesengroßen Ärger gibt und du Dinge sagst, die du sicher hinterher sehr bereust.«

Raphaela achtete nicht auf ihn. An Fabio und Isabel gewandt, meinte sie: »Was ihr hier für eine Show abzieht, sieht doch ein Blinder mit Krückstock. Lebensgefährte, haha. Es könnte fast lustig sein, wenn ihr es nicht allein deswegen tätet, um Giulio zu verarschen. *Mich* zu verarschen«, fügte sie kühl hinzu.

»Das sollten wir hier nicht ausdiskutieren«, rief Nero.

»Ja, ja«, sagte sie ungeduldig. »Ich komm ja schon.« Sie warf ihre glänzende brünette Mähne zurück und stolzierte auf ihren hohen Hacken zur Tür.

»Was meinen Sie mit ... verarschen?«, fragte Isabel mit bebender Stimme. Sie fror noch immer. Ihr war so kalt, als hätten sie nicht Ende August, sondern tiefsten Winter.

Als Raphaela an ihr vorbeistöckelte, schnappte sie einen Hauch Parfümduft auf. *Vendetta* von Valentino, von dem ein Teelöffel voll so viel kostete, wie sie an einem ganzen Shoppingtag bei H&K ausgegeben hatte.

Isabel suchte instinktiv nach einem Gegenstand, den sie durch die Küche schleudern konnte. Etwas, das möglichst hart und scharfkantig war.

Doch bevor sie fündig werden konnte, geriet Fabio in Bewegung.

Isabel gab einen quietschenden Laut von sich, als sie sich unversehens von ihm gepackt und in seine Arme gerissen fühlte. Seine Lippen pressten sich auf ihren Mund und öffneten ihn, und seine Zunge bahnte sich den Weg ins Innere. Der

Kuss war grob und leidenschaftlich und wundervoll – und nur zu schnell vorbei.

»Das nur zum Thema *Verarschung*«, sagte er rau.

»Nette Nummer«, gab Raphaela zurück. »Aber nicht gut genug. Ich weiß nämlich mehr als du.« Sie grinste. »Ciao, *Bellezzo*...« Sie schürzte die Lippen und pustete Fabio einen Luftkuss zu. »Auf bald, *Amore mio!*«

Isabel schwankte hin und her, benommen von dem betörenden Kuss und dem köstlichen Gefühl seiner Hände auf ihrem Körper. Leider hatte er sie wieder losgelassen, kaum dass Raphaela und ihr Begleiter – Isabel hielt ihn für eine Art Leibwächter oder Handlanger der Camorra-Fraktion – aus der Küche verschwunden waren. Folglich musste sie sich unauffällig an der Wand abstützen, weil sie sonst völlig aus dem Gleichgewicht geraten wäre. Ihre Knie wackelten, als hätte sie gerade den Eiffelturm bestiegen, und auch ihr rasender Puls passte dazu.

Fabio fluchte halblaut vor sich hin. »*Porca miseria! Maledetta!*«

Natascha stand in der Tür zur Vorratskammer, den leeren Wäschekorb wie einen Schild vor die Brust gedrückt. Sie betrachtete Fabio mit undurchdringlicher Miene. »Damit sprichst du ein wahres Wort gelassen aus.«

Der Kuss hatte nicht nur ihre Knie zum Zittern gebracht, sondern trieb sie auf unerfindliche Weise auch dazu, vor dem Dinner eine halbe Stunde zwischen Kleiderschrank und Spiegel hin und her zu laufen und sich zwischendurch mindestens zehn Mal umzuziehen. Nach insgesamt drei Shopping-Nachmittagen seit ihrer Entlassung aus dem Krankenhaus besaß sie zwar immer noch nicht das, was sie als anständige Garderobe bezeichnen würde, aber es war immerhin so viel, dass man sich darüber Gedanken machen konnte, was man anziehen wollte. Es gab zwei Hosen, zwei Röcke, vier verschiedene Oberteile, drei Paar Schuhe, ihre alten Kleidungsstücke nicht mitgerechnet. Entsprechend vielfältig waren die Kombinationsmöglichkeiten, denn sie hatte beim Kaufen darauf geachtet, dass jedes Teil farblich und vom Stil her zu den anderen Sachen passte. Es war alles in Pastelltönen gehalten, weil das ihren Typ am besten unterstrich.

Sie trug gerade den rosa Spitzenrock mit dem eingearbeiteten Spitzensaum und dazu ein lila Top mit gerüschtem Ausschnitt, als es an der Zimmertür klopfte.

Isabel fuhr sich mit beiden Händen durch die Haare und war erleichtert, dass es bloß Natascha war.

»Ich bin gleich fertig«, sagte sie. »Wie sehe ich aus?«

»Wenn du deine Frisur meinst: wie Frankensteins Braut.«

»Nein, ich kämme mich noch, das kommt nur vom Umziehen. Ich meine das hier.« Sie deutete auf den Rock und das Oberteil. »Ist das in Ordnung so?«

»Nett«, sagte Natascha. »Und wie findest du meins?«

Sie trug einen knallengen Rock und eine Glitzerbluse, die nichts von dem verbarg, was sie im Übermaß vorzuweisen hatte.

»Heiß«, sagte Isabel. »Wer kommt heute?«

»Olaf. Er hat immer noch die beste Arbeit geleistet.«

»Ist das nicht ziemlich schlimm für dich?«, fragte Isabel.

»Was meinst du?«

»Na, die ganzen Handwerker...«

»Handwerker sind die besten aller Männer«, sagte Natascha im Brustton der Überzeugung. Sie runzelte die Stirn. »Warte mal, du denkst... Glaubst du etwa, ich würde das nur für die neuen Toiletten machen? Mich quasi auf dem Altar der Gebäudesanierung aufopfern?«

»Ich war von Anfang an der Meinung, dass du eine sehr loyale Arbeitnehmerin bist«, meinte Isabel höflich.

Natascha warf den Kopf zurück und lachte. Es klang rostig und rau, aber zugleich auch auf unbestimmte Art erotisch. Und es brachte ihren Busen auf eine Art zum Beben, bei der garantiert jeder aufrechte Handwerker augenblicklich den Hammer fallen ließ. Isabel bekam nicht zum ersten Mal einen Eindruck davon, wie Natascha auf Männer wirken musste. Sie wog an die neunzig Kilo und war weit entfernt von allen Idealmaßen, aber sie trug immer noch dieselben Girlie-Klamotten wie vor zwanzig Jahren, nur bei der Kleidergröße machte sie Zugeständnisse, die hatte sich im Laufe der letzten Jahre geändert.

»Du weißt es ja noch gar nicht«, sagte sie. »Aber ich bin hier Teilhaberin. Harry übrigens auch. Deswegen sind wir auch so anhänglich. Wir hoffen beide, dass über die Einnahmen bald das reinkommt, was wir an Gehalt niemals kriegen können. Wovon auch? Der arme Junge war ja komplett abgebrannt, und zwar buchstäblich.«

Isabel fuhr sich mit dem Kamm durch die Haare und betrachtete prüfend das Ergebnis. Sie fand, dass sie immer noch einen leichten Rauschgoldengel-Touch hatte, aber daran konnte sie nichts ändern. Jede Welle ihres Kraushaars war echt – auch eine Tatsache, die sie nach ihrem Gedächtnisverlust gewusst hatte, ohne erst ihren Wahrheitsgehalt überprüfen zu müssen.

»Du siehst wirklich süß aus«, sagte Natascha. »Und weißt du, was ich glaube? Dass du ihm reichlich den Kopf verdreht hast.« Es klang eher besorgt als begeistert.

»Wem?«, fragte Isabel. »Fabio?«

»Logisch, wem sonst? Ach, klar, Harry natürlich auch. Und diesem Typ, der neuerdings dein Agent ist. Wie hieß er gleich?«

»Hubertus Frost.«

»Wenn Olaf nicht auf dicke Titten stehen würde, hätte er sich auch schon in der Reihe deiner Fans angestellt. Der Dachdecker wollte übrigens neulich wissen, ob du noch zu haben bist.«

»Und da hast du ihm gesagt, dass ich mit Fabio verlobt bin?«

»Bist du das?«, fragte Natascha. Sie seufzte. »Ach, Mist. Es entwickelt sich alles so verdammt anders, als ich zuerst angenommen hatte.«

»Was hattest du denn zuerst angenommen?« Isabel fragte sich, woher das ungute Gefühl kam, das sich mit einem Mal in ihr ausbreitete.

»Ich hatte einfach nicht weit genug gedacht. Irgendwie war ich immer der Meinung, dass bloß die Eröffnung anständig über die Bühne gehen müsste, und dann wäre alles im Lack.« Natascha trat zu Isabel vor den Spiegel und nahm ihr den Kamm aus der Hand, um sich damit durch die eigene Mähne zu fahren. Gedankenverloren betrachtete sie ihr Gesicht im Spiegel und fuhr mit dem Zeigefinger der freien Hand über ihre Mundwinkel, um die Konturen der Lippenstiftfarbe zu korrigieren.

»Jetzt taucht diese dumme Gans ständig auf, und schon ist wieder die nächste Katastrophe in Sicht.«

»Was genau meinst du mit Katastrophe?«, fragte Isabel vorsichtig.

Natascha legte den Kamm auf die Frisierkommode und strich sich den Rock glatt. »Natürlich ist sie wieder scharf auf ihn, so weit sind wir uns sicher einig, oder?«

»Sind wir das?« Isabel brachte die Worte nur mühsam heraus. Gleichzeitig dachte sie: Man sieht mir viel zu deutlich an, wie eifersüchtig ich bin!

Sie tat einen Schritt zur Seite, als könnte sie ihren Gesichtsausdruck wegwischen, einfach dadurch, dass sie sich nicht mehr selbst im Spiegel sah.

Natascha folgte ihr mit ihren Blicken und seufzte. »Keine Sorge, er würde sie nicht mehr mit der Kneifzange anfassen.«

»Weil er Angst vor seinem Cousin hat?«

Natascha ließ sich auf einen der beiden Sessel fallen, die vor dem Fenster standen. »Jeder, der halbwegs normal ist, hat Angst vor ihm.«

»Ist er so mächtig?« Isabel schluckte. »Ich meine, ist er so ein großer...« Sie suchte nach dem richtigen Wort. »Boss?«

»Nach meiner Theorie ist er in Neapel die Lachnummer vom Dienst, deshalb ist er nach Deutschland gekommen. Nicht, um die hiesigen Pizzabäcker einzuschüchtern, sondern weil hier jede Menge Russen sind, mit denen er zusammenarbeiten kann.«

»Handelt er mit... Rauschgift?«, fragte Isabel, fasziniert und abgestoßen von den Abgründen, die sich da im Familienumfeld von Fabio auftaten.

»Nein, mit gebrauchten Autos.«

Isabel erschauerte. Entschlossen trat sie wieder vor den Spiegel. Falls man ihr jetzt noch eine Regung ansah, dann ganz sicher keine Eifersucht. Höchstens eine Spur von Sensationslust, gepaart mit leiser Bangigkeit. Immer, wenn sie an solche Arten des Broterwerbs dachte, kam ihr die Frage in den Sinn, auf welche Art sie selbst sich wohl früher ihren Lebensunterhalt verdient haben mochte. Möglicherweise konnte sie froh sein, dass sie alles vergessen hatte! Woher wollte sie wissen, ob sie in ihrem früheren Leben nicht genauso schlimm gewesen war wie Giulio! Sie sah ganze Kolonnen gestohlener Edelkarossen vor sich, die auf einen Wink dieses Italo-Mafiosos unwiederbringlich gen Osten verschwanden und diesem durchgeknallten Wicht genug Geld einbrachten, um eigene Luxusschlitten zu finanzieren. »Das Problem ist nicht das, was er beruflich macht«, erläuterte Natascha, als hätte sie soeben Isabels Gedanken mitgelesen. »Sondern seine Wut auf Fabio.«

»Wegen der Erbschaft von ihrer Oma?«

»Ich weiß nicht. Auch wenn Fabio ihm diese angeblichen Schulden bezahlen würde – es würde aus meiner Sicht nicht viel nützen.«

»Du liebe Zeit, wieso das denn?«, fragte Isabel verwirrt.

»Weil Giulio dann keinen Hebel mehr hat, um Druck auszuüben.«

»Es geht also um Raphaela, oder? Sie ist der eigentliche Grund für Giulios Hass!«

Natascha schüttelte den Kopf. »Das alles hat seine Ursachen in der Vergangenheit. Sie konnten sich schon als Jungs nicht ausstehen. Fabio hatte die schönere Mutter und das bessere Fahrrad. Fabio hatte ein Mountainbike, Giulio nur ein Hollandrad. Ein Damenfahrrad«, setzte Natascha bedeutungsvoll hinzu. »Ohne Gänge!«

Isabel hob verblüfft die Brauen. »Das ist ja kaum zu glauben!«

»Du sagst es.«

»Anscheinend ein Fall von Überkompensation«, sagte Isabel nachdenklich. »Vor allem die Sache mit Raphaela. Ich verstehe nur nicht, was sie dazu brachte, sich ihm zuzuwenden. Nach einem Mann wie Fabio!«

»Du meinst, warum eine Frau wie sie so einen Kotzbrocken nimmt, wenn sie doch ein Sahneschnittchen haben kann?«

Fabio als Sahneschnittchen zu bezeichnen wäre Isabel nicht unbedingt in den Sinn gekommen, aber sie musste zugeben, dass der Vergleich passte. »Dass die Macht des Geldes so stark ist, hätte ich nie gedacht.«

»Das ist die Frage.«

»Welche Frage?«

»Ob es wirklich allein die Macht des Geldes ist.«

»Welche sollte es denn bei Giulio sonst sein? Etwa sein sonniges Wesen? Sein gutes Aussehen? Seine ausgeglichene Art?«

»Manche Männer sehen unter aller Kanone aus und haben ein Rad ab«, philosophierte Natascha. »Aber trotzdem haben sie was an sich...«

»Das ist krank«, protestierte Isabel.

»Eben. Es gibt Frauen, die darauf abfahren. In Vegas kannte ich mal eine, die stand darauf, wenn ein Kerl ihr beim Sex an den Haaren zog. Wir anderen Mädels waren froh, als sie endlich einen fand, der sie heiratete.«

»Wieso, hat sie danach mit ihren alten Vorlieben gebrochen?«

»Nein, sie wurde in den Flitterwochen endgültig kahl und konnte danach nur noch mit Perücke auftreten.« Natascha blickte Isabel forschend an. »Du bist so richtig in ihn verknallt, oder?«

Isabel holte Luft. »Wie kommst du darauf?«

»Nur so.« Natascha stand auf. »Wir sollten essen gehen. Ich hab Hunger.«

Beim Essen war die Stimmung leicht gezwungen, obwohl alles hervorragend schmeckte.

Es gab Hühnersalat nach einem Rezept aus dem siebzehnten Jahrhundert, eine eigenwillige Komposition mit Kräutern, Rosinen und Zitronat und mit frischen gekochten Hühnerbrüstchen, die mit den übrigen Zutaten mariniert und auf einem dekorativen Salatbett angerichtet waren. Als Hauptgang gab es Hechtfilets mit Oliven, Mangold und Tomatenwürfelchen, ein lombardisches Rezept, wie Natascha während des Kochens erläutert hatte. Als Isabel sie fragte, ob sie es schon einmal gemeinsam gekocht hätten, meinte Natascha, sie könne sich nicht daran erinnern.

Zwei Servierkräfte und einer der neuen Hilfsköche, die mit ihnen gegessen hatten, verabschiedeten sich schon vor dem Dessert, weil sie am folgenden Tag früh aufstehen mussten. Sie arbeiteten nebenher für einen großen Caterer und waren für eine Hochzeit eingeteilt. Als eine der jungen Frauen schwärmerisch davon erzählte, wie hübsch die Dekoration in dem bereits aufgebauten Festzelt geraten sei, kam Isabel ins Grübeln, wie immer, wenn jemand die Rede aufs Heiraten brachte.

Fabio starrte die meiste Zeit über schweigend auf seinen Teller und trank dazu reichlich von dem Chianti, den Harry aus den neuen Beständen kredenzte. Eigentlich sollte es davon nur ein Probiergläschen für jeden geben, aber dieser Vorsatz hatte sich nach der dritten, spätestens nach der vierten Flasche verflüchtigt. Harry hatte gemeint, er würde einfach Nachschub bestellen, der Lieferant hätte ihm sowieso für weitere Chargen einen Sonderpreis angeboten und es wäre Blödsinn, das nicht auszunutzen.

Als es Zeit für den Nachtisch wurde, ging Isabel in die Küche, um die gefüllten und überbackenen Pfirsiche aus dem Backofen zu holen. Sie hatte sie eigenhändig abgebrüht und enthäutet und mit einem Makronen-Rum-Gemisch gefüllt, alles nach Nataschas Anweisungen mit Amaretto besprengt und zum Überbacken unter den Grill geschoben, nachdem sie die leeren Teller vom Fischgang abgeräumt hatten.

Behutsam stellte sie eines der dampfenden Förmchen vor Fabio ab. »Bitte sehr. Guten Appetit. *Buon appétito.*«

»Danke«, sagte er, während er zu ihr aufblickte. »*Mille grazie.*«

Anscheinend redete er mehr Italienisch, wenn er Wein getrunken hatte. Isabel mochte den Klang seiner Stimme, wenn er Italienisch sprach. Sogar seine Flüche heute in der Küche hatten sich aufregend angehört. Vor allem in Verbindung mit dem heißen Kuss, den er ihr kurz davor gegeben hatte.

Einträchtig löffelten sie das Dessert.

»Wie heißt das noch gleich?«, fragte Isabel. Sie wusste es natürlich noch, aber sie wollte, dass Fabio es sagte. Wenn ihm auch schon nicht nach weiteren Küssen der Sinn stand, wollte sie wenigstens ein Paar Brocken Italienisch hören.

»*Pesce agli Amaretti*«, sagte er mit seiner leicht angerauten Stimme.

»Und der Fisch?«, fragte sie atemlos.

»*Luccio alle olive e biete con dadolata di pomodori.*«

Isabels Löffel blieb auf halbem Weg zum Dessertschälchen hängen. Fabio schaute nicht länger auf seinen Teller, sondern in ihr Gesicht. Plötzlich schienen sie allein im Raum zu sein. In ihrem Kopf dröhnte und summte es. Natascha hatte Recht, durchzuckte es sie. Mein Gott, ich bin in ihn verknallt! Und ich möchte so sehr mit ihm ins Bett, dass ich schon fast schreien könnte!

»Olaf, lass uns rauf in mein Zimmer gehen und Fußball gucken«, sagte Natascha.

»Ach«, sagte Olaf interessiert. »Kommt heute Fußball?«

»Keine Ahnung. Wir könnten den Fernseher anmachen und nachsehen.«

»Gibt es keinen Espresso mehr?«

»Der ist ausgegangen«, sagte Harry hastig. »Morgen muss ich neuen besorgen.« Er stand auf und streckte sich. »Ich räum rasch ab und verschwinde dann zum ... Harfespielen.«

Isabel überlegte flüchtig, wie merkwürdig es war, dass Harry zum Harfespielen verschwinden wollte, zumal doch die Harfe gleich da drüben in der Ecke stand. Doch das war mit einem Mal von größtmöglicher Bedeutungslosigkeit. Hauptsache, er verschwand.

Sie erwiderte unverwandt Fabios Blick. Die Luft zwischen ihnen erschien ihr mit einem Mal schwerer als vorher, wie aufgeladen, von einer fremdartigen, namenlosen Energie.

Und dann waren sie wirklich allein. Die anderen waren gegangen, verschwunden wie flüchtige Schatten, die sich nur vorübergehend am Rande ihrer Wahrnehmung bewegt hatten. Der Tisch war bis auf die beiden Kerzenhalter abgeräumt, und es war still im Raum.

»Kannst du noch mehr davon sagen?«

Fabio ließ sie nicht aus den Augen. »Was meinst du?«, murmelte er.

»Wörter. Auf Italienisch. Rezepte.«

»Warum?«

»Ich ... ahm, ich bin doch eine Küchenhilfe.« Ihre Stimme klang piepsig und zugleich atemlos, eine seltsame Mischung. »Ich hab zwar vergessen, wie es geht, aber das kann man ja ändern. Und weil ich in einem italienischen Restaurant arbeite, sollte ich wissen, wie die Gerichte ausgesprochen werden, die auf der Speisekarte stehen.«

»Also gut«, sagte Fabio leise. Er räusperte sich. »*Faraona alla moda di Apiro con verdure fritte, pomodoro e cipolla all'agro.«*

Isabel unterdrückte ein Stöhnen.

Fabio stand auf. Im flackernden Licht der Kerzen hatte sein Gesicht einen unirdischen Ausdruck, ein wenig von einem Engel, ein wenig von einem Dämon. »*Alborelle in concia alla Brienese. Costolette di agnello scottadito.*« Er kam langsam um den Tisch herum auf sie zu. »*Sono pazzo per te. Voglio fare l'amore con te.*«

»Das klingt ... lecker. Was heißt das? Ist es eine Vor- oder eine Nachspeise?«

»*Stai zito, Piccina. Per questo Dio mi punirà.*«

Isabel holte tief Luft, oder genauer: Sie versuchte es. Auf merkwürdige Weise schien ihr die Fähigkeit zum Atmen abhandengekommen zu sein. Sie wollte nur noch dem schmelzenden Klang seiner Stimme lauschen. Ihn über Essen reden zu hören brachte sie dazu, sich zu wünschen, die Hühnerbrust in seinem Salatbett zu sein. Oder wenigstens die Makrone auf seinem Pfirsich.

Er streckte die Hand aus und legte sie an ihre Wange. Seine Finger fühlten sich warm und ein wenig schwielig auf ihrer Haut an. Isabel hätte gern ihre eigene Hand gehoben und sie über seine gelegt, um sie dort festzuhalten, wo sie lag. Es fühlte sich so gut an, von ihm berührt zu werden. Doch sie konnte sich nicht bewegen. Sie konnte nur versuchen weiterzuatmen, obwohl diese simple Tätigkeit für sich allein betrachtet schon schwierig genug war.

»Isabel ...« Er stand dicht vor ihr und blickte auf sie herunter. »Soll ich noch mehr sagen? Auf Italienisch?«

»Ahm ... Wäre es sehr unverschämt, wenn ich dich bitte, mich lieber noch mal zu küssen?«

Fabio wusste, dass er schon wieder verbotenes Terrain betreten hatte, doch er war absolut machtlos dagegen. Ganz klar, dass er diese Weichen selbst gestellt hatte. Er hätte Daphne ja nicht wegschicken müssen. Aber er hatte es getan. Vermutlich, weil er genau das hier wollte.

Er musste Isabel einfach küssen, und wenn es das Letzte wäre, was er in seinem Leben tun dürfte. Anscheinend musste er diesen Fehler mehrmals begehen, um zu kapieren, wie falsch es war.

Heute Nachmittag in der Küche hatte er sich noch einreden können, dass er es in ihrer aller Interesse getan hatte. Um Raphaela zu zeigen, dass sie sich irrte, und um zu verhindern, dass Giulio wieder ausrastete.

Doch in diesem Moment war niemand da, dem er irgendwas beweisen musste. Nur er selbst und Isabel. Isabel ... Hatte er wirklich je gedacht, sie wäre eine unterkühlte Zicke? Ein Snob ohne Herz und Seele? Was war er für ein Idiot gewesen!

Was auf keinen Fall heißen sollte, dass er nicht jetzt genauso ein Idiot war. Ein noch viel schlimmerer eigentlich. Ein Obertrottel, sofern das die Steigerung von Idiot war. Er war so bescheuert, dass es im Grunde gar nicht mehr zu überbieten war!

Der einzige Trost war, dass er erst recht verrückt werden würde, wenn er sie jetzt nicht endlich küssen und anfassen konnte!

»Isabel«, flüsterte er. Seine Stimme klang in seinen eigenen Ohren wie ein verrostetes Reibeisen, aber sie schloss die Augen und neigte sich seiner Berührung entgegen wie eine Blume der Sonne.

Er beugte sich über sie und küsste sie, und sie kam ihm sofort mit solchem Hunger entgegen, dass sich der winzige

Rest seiner Beherrschung auflöste wie Rum beim Flambieren: Sie verdampfte und verschwand auf Nimmerwiedersehen unter einer zischenden Stichflamme und ließ nichts zurück außer kochend heißer Begierde.

Sie fingen gleich an Ort und Stelle auf dem Esstisch an, dann machten sie in der Küche weiter. Fabio trug Isabel, und Isabel trug den Kerzenhalter.

»Findest du es da nicht zu unbequem?«, wollte er keuchend wissen, während er sie auf die Arbeitsplatte setzte.

»Nein, ich finde es erotisch.« Isabel stellte die Kerze neben sich ab und schlang ihre Beine um seine Hüften. Sie legte beide Hände auf seine Schultern. »Ich wollte schon immer mal von einem Koch an seinem Arbeitsplatz vernascht werden.«

»Kann es sein, dass du unersättlich bist?« Eigentlich hätte er sagen sollen, dass er selbst unersättlich war, aber jedes Mal, wenn er Sex mit ihr hatte, schien ein lustiger kleiner Teufel in ihm zu erwachen, der Witzchen reißen und sie lachen und kichern hören wollte. Und bei ihr selbst schien es ähnlich zu sein, denn in dem einen Moment konnte sie ihn noch berühren und seinen Körper mit beinahe ehrfürchtigen Blicken betrachten – Himmel, er liebte es, auf welche Art sie ihn anschaute, er kam sich fast wie ein Gott dabei vor! –, während sie ihn bereits im nächsten Augenblick sanft an einer empfindlichen Stelle kneifen und ihn mit einem mutwilligen Funkeln im Blick fragen konnte, ob das etwa alles für sie allein wäre.

Die Lust war zwischen ihnen wie ein dampfender Kessel, bei dem jeden Moment der Deckel hochfliegen konnte, aber auch das Lächeln und die Freude waren immer nur einen kurzen Atemzug entfernt.

Als sie vor ihm auf der Arbeitsplatte saß, hielt er inne, um sie zu betrachten. Wie ein zerzauster Kobold blickte sie zu ihm auf, dass wirre Haar stand wie eine helle Gloriole um ihren Kopf, und ihre Augen schimmerten im Licht der Kerze wie unergründliche Teiche. Sie lächelte ihn an, süß, ein wenig unsicher – und genauso erregt wie er selbst.

Er wollte alles gleichzeitig tun. Fluchen und sie loslassen und ihr die Wahrheit sagen. Sie schütteln, bis sie sich wieder an alles erinnerte und ihn zum Teufel schickte. Sie schütteln, bis ihr alles egal wäre und sie ihre Vergangenheit, was immer es für eine war, in die Tonne steckte.

Und sie küssen und halten. Sie lieben. Ja, mehr als alles andere wollte er sie lieben.

Er war ein Narr. Ein verrückter, hirnverbrannter Narr. Und er war verliebt wie noch nie zuvor in seinem Leben.

»Woran denkst du?«, flüsterte sie, während sie mit beiden Händen über seinen nackten Brustkorb strich und dabei sein offenes Hemd herunterstreifte.

»An nichts«, gab er mit belegter Stimme zurück. »An gar nichts. Nur an das hier.«

Er zog sie in seine Arme und küsste sie. Und nahm diesen Kuss als Startzeichen, alles andere für den Rest der Nacht vollständig auszublenden.

Isabel blieb stehen, als sie den Chefarzt inmitten seines Gefolges auf sich zurauschen sah. Er hatte einen Finger im rechten Ohr stecken und ruckte heftig daran herum, während er mit zuckenden Augenbrauen fachmedizinische Verlautbarungen von sich gab, von denen Isabel kaum ein Wort verstand. Schräg hinter ihm ging Doktor Mozart, der erfreut lächelte, als er Isabel bemerkte.

»Isabel! Wie schön, Sie zu sehen! Möchten Sie zu mir?«

Isabel nickte und wartete, bis der Chefneurologe mit den Schwestern und Assistenzärzten weitergegangen war, dann ergriff sie die Hand, die Doktor Mozart ihr zur Begrüßung hinstreckte. Sie erwiderte das Lächeln des Oberarztes. »Freut mich ebenfalls. Wie geht es Ihnen?«

»Das müsste ich Sie fragen!« Er musterte sie. »Sie sehen fantastisch aus!«

»Danke schön. Das liegt am Kleid. Es ist neu, und es ist auf Figur geschnitten. Macht im Vergleich zu einem Krankenhausnachthemd also definitiv mehr her.«

»Sie sehen auch ohne neues Kleid gut aus!«

Sie kicherte, und er wurde rot, als er merkte, was er von sich gegeben hatte.

»Wollen wir einen Kaffee trinken?«, fragte er.

»Nur, wenn ich Sie nicht von der Arbeit abhalte. Ich kann auch warten.«

»Nein, ich habe sowieso gerade Pause, die Visite ist vorbei. Kommen Sie.«

Er hakte sie unter und ging mit ihr in die Cafeteria. Sie holten sich Cappuccino und setzten sich an einen Fenstertisch.

»Erzählen Sie«, sagte er.

Isabel verrührte den Milchschaum in ihrer Tasse. »Alles läuft so weit gut.«

»Sind Ihre Erinnerungen wieder da?«

Sie schüttelte den Kopf. »Nein, keine Spur.« Nachdenklich blickte sie ihn an. »Nur einmal, da war ... da hatte ich ein komisches Gefühl. So, als würde es irgendwie in mir ... rumoren.«

»Wann war das?«

»Gestern. Ich habe eine Frau gesehen. Eine Kundin vom *Schwarzen Lamm*.«

»Schwarzes Lamm?«

»Fabios Restaurant.« Sie bemerkte seinen fragenden Blick und setzte hinzu: »Mein Verlobter.«

»Ah, der neue Edel-Italiener in dem alten Landhaus. Das ist Ihr Verlobter?«

»Ja«, sagte sie, und sie merkte, wie ihr Herz schneller schlug, weil sie von Stolz erfüllt war und weil sie nach der letzten Nacht immer noch nicht wusste, wohin mit ihren Gefühlen.

»Man spricht schon davon, dass es morgen zur Eröffnung keine freien Plätze mehr gibt«, sagte Doktor Mozart.

»Für Sie würde ich Platz schaffen!«

»Ich habe schon einen Tisch bestellt«, meinte er lächelnd. »Wir gehen mit ein paar Kollegen hin.«

»Wunderbar.« Sie freute sich, doch dann wurde sie wieder ernst. »Ich muss Sie was fragen.«

»Nur zu. Ist es wegen dieser Frau, die Sie gestern gesehen haben?«

»Auch. Ich ... Es ...« Sie druckste herum und suchte nach der passenden Formulierung. Es kam ihr so absurd vor, darüber zu sprechen, doch wenn sie nicht mit ihm darüber reden konnte, mit wem dann?

»Ich hätte ihn nur fragen müssen, wer die Frau war«, sagte sie. »Es wäre weiter kein Problem gewesen. Aber ich ... hab's nicht getan.«

»Warum nicht?«

»Na, zum einen hatte ich mich furchtbar geärgert.«

»Über die Frau oder Ihren Verlobten?«

»Über eine andere Frau«, sagte sie widerstrebend. »Seine Ex. Sie ist eine Nervensäge, und sie kommt mindestens zweimal die Woche vorbei, um uns allen auf den Geist zu gehen.«

»Was will sie dort?«

»Fabio«, sagte sie schlicht.

»Oh.«

»Ja, oh. Das trifft es.«

»Und er? Will er sie auch noch?«

Isabel spürte, wie ihr das Blut in die Wangen stieg. Sie senkte die Augen und schüttelte den Kopf. »Nein, er will sie nicht mehr.« Ganz bestimmt nicht, fügte sie in Gedanken hinzu. Nicht nach der letzten Nacht. Nie wieder!

»Was war das zum anderen?«

Verwirrt hob sie den Kopf. »Was meinen Sie?«

»Na, Sie sagten vorhin: *zum einen*. Fehlt also noch *zum anderen*.«

»Ach so, ja. Also, zum einen ist es so, dass ich dieses komische Gefühl hatte, gestern, als ich die Frau sah. Es war, als ob ich sie kennen würde. Sie hatte irgendwas ... Vertrautes an sich.« Sie hob die Tasse und trank einen Schluck, dann merkte sie, dass ihre Hand zitterte, und die Tasse landete mit einem Klirren wieder auf dem Tisch.

»Ich hätte ihn nur nach ihrem Namen fragen müssen«, flüsterte sie.

»Aber Sie haben es nicht getan.«

»Nein. Sagen Sie mir, warum.«

Er schaute sie an. »Sagen *Sie* es mir.«

»Ich ...« Sie wollte es sagen, brachte es aber nicht heraus. Erneut trank sie einen Schluck Cappuccino, aber er war zu bitter und schmeckte, als hätte er bereits Stunden in der Maschine vor sich hingesiedet. Kein Vergleich zu dem köstlichen, cremigen Kaffeegetränk im *Schwarzen Lamm*.

»Wovor haben Sie Angst, Isabel?«

»Vielleicht davor, mich zu erinnern.«

»Warum denken Sie das?«

Sie lachte gezwungen. »Sie müssen das fragen, oder?«

»Was meinen Sie?«

»Sie stellen immer diese typischen Therapeutenfragen.

Warum meinen Sie das. Warum denken Sie so. Was fühlen Sie dabei.«

»Was fühlen Sie, Isabel?«

Das Lachen verging ihr. »Ich weiß nicht.« Sie zögerte. »Doch, ich weiß es wohl. Oder sagen wir, *eines* weiß ich.«

Sie verstummte und rührte gedankenverloren in ihrer Tasse. »Ich liebe ihn«, fuhr sie unvermittelt fort. »Ich bin total ... verrückt nach ihm. Das ist mir noch nie passiert.« Sie lachte erneut, diesmal mit einem Unterton von Hysterie. »Ich bin bescheuert, oder? Völlig durchgeknallt! Ich behaupte hier einfach, dass mir das noch nie passiert ist, aber ich weiß ja überhaupt nichts von früher! Mir kann vor dem Gedächtnisverlust alles Mögliche passiert sein!«

»Aber Sie wollen es nicht mehr wissen«, sagte er sanft. »Weil Sie sich davor fürchten.«

Sie schüttelte den Kopf, als wollte sie es leugnen, doch dann warf sie wütend den Löffel neben die Untertasse. »Ja, verflixt noch mal! Ich *habe* Angst davor! Ich fürchte mich davor, mich an Dinge zu erinnern, die mich ... die mich von ihm wegbringen!« Besorgt schaute sie ihn an. »Kann ich mich deshalb nicht erinnern? Weil ich es vielleicht in Wahrheit gar nicht will?«

»Ja, das kann gut sein. Sie hatten ein schweres Schädel-Hirn-Trauma mit retrograder Amnesie, aber in den meisten Fällen dieser Art kommt die Erinnerung bald zurück. Es sei denn, der Befund wird durch psychogene Umstände verstärkt.«

»Und was kann man dagegen tun?«

»Zunächst sollten Sie sich fragen, *ob* Sie was dagegen tun möchten.«

»Ich weiß nicht«, sagte sie ehrlich. »Ich weiß es wirklich nicht.«

Er deutete auf ihre Tasse. »Ihr Cappuccino ist kalt geworden. Soll ich Ihnen einen neuen besorgen?«

»Nein, ich glaube, ich gehe jetzt.«

»Wenn ich irgendwas für Sie tun kann ...«

»Oh, das können Sie.« Sie lächelte ihn an, traurig und ein wenig verloren. »Kommen Sie heute Abend in den *Grünen Engel*.«

»Was findet da statt?«

»Wissen Sie noch, wie wir drüber geredet haben, dass ich vielleicht Klavier spielen kann? Heute Abend können Sie rausfinden, ob es stimmt.«

Fabio stand vor dem Haus und versuchte zu verdauen, was er vor sich sah. Natürlich hatte er bereits jede Menge Villen gesehen und selbst schon etliche Prachtgebäude betreten. Das alte Gemäuer, das er für *das Schwarze Lamm* herausgeputzt hatte, war in den letzten Wochen ebenfalls zu einer sehenswerten Attraktivität geworden und gehörte mittlerweile zu jener Reihe von Objekten, die von In-Architekten für erwähnenswert gehalten wurden. Vor ein paar Tagen hatte ihn sogar ein Redakteur von einem dieser Hochglanzmagazine angerufen und ihn gefragt, ob er mit ihm eine Homestory machen wollte, Thema *Perlen zwischen Spätbarock und Biedermeier*.

Doch das war nichts im Vergleich zu dem hier. Nicht etwa, weil es sich sonderlich von den anderen Villen dieses Nobelviertels abhob, sondern weil es Isabels Haus war. Es lag auf einem kunstvoll in japanischem Stil angelegten Grundstück mit einem Zierteich und parkartiger Bepflanzung, der man die Hand des erfahrenen Landschaftsgärtners ansah. Halb hinter akkurat getrimmten Buchsbaumhecken und einer

Natursteinmauer verborgen, kündete es mit jedem seiner sichtbaren Bogenfenster und Erker von solidem Reichtum. Dazu hätte es nicht mal des hochmotorigen Daimlers bedurft, der in der Einfahrt stand.

Fabio runzelte die Stirn, als er den Wagen sah. Es war derselbe, mit dem Daphne gestern zum *Schwarzen Lamm* gekommen war.

Er trat einen Schritt zurück und schaute zum Haus, doch es tat sich nichts. Nirgends war eine Bewegung zu erkennen, und doch war er sicher, dass jemand im Haus war. Er hätte klingeln können, aber er tat es nicht. Und natürlich hätte er einfach hineingehen können, doch auch das ließ er lieber bleiben.

Der Schlüssel schien Löcher in seine Hosentasche zu brennen. Vielleicht war es aber auch das silberne *I*, an dem der Schlüssel immer noch befestigt war, der Buchstabe, der für ihren Namen stand.

Hier war nun das Haus, in dem sie lebte. Ob es wirklich zu ihr passte, konnte er nicht sagen, um das zu beurteilen, hätte er hineingehen müssen. Doch er war sicher, dass er dadurch alles noch viel schlimmer gemacht hätte. Und wer konnte schon sagen, wie es drinnen aussah. Vielleicht war es ganz anders, als er es sich vorstellte. Vielleicht war *sie* ganz anders, wenn sie sich in ihrer gewohnten Umgebung wiederfand. Sie würde sich erinnern, und alles, was sich zwischen ihnen abgespielt hatte, wäre im Nachhinein nichts weiter als eine Episode, und zwar eine mit dem Beigeschmack von Betrug, Ausbeutung und Missbrauch.

Er ballte die Fäuste, bis seine Fingernägel in seine Handflächen schnitten, doch der Schmerz reichte nicht, um ihn von der Wahrheit abzulenken.

Isabel schaute sich suchend um. Sie war das erste Mal in seinem Zimmer, zumindest konnte sie sich an frühere Besuche hier drin nicht erinnern. Die beiden Nächte, die sie mit ihm verbracht hatte, waren sie in ihrem Zimmer gewesen; er hatte gemeint, dort wäre es gemütlicher und geräumiger. Damit hatte er zweifellos Recht. Sein Schlafzimmer war sogar noch kleiner als das von Harry, dem sie vor ein paar Tagen einen Stapel gebügelter Bettwäsche gebracht hatte und daher wusste, wie es bei ihm aussah. Nataschas vier Wände wiederum waren ein wenig größer als die von Harry; zu beiden Zimmern gehörte jeweils ein kleines Duschbad. Sie selbst war mit ihrer Hochzeitssuite vermutlich platzmäßig am besten bedient, nicht nur, weil der Raum gut und gerne so groß war wie Harrys und Nataschas Apartments zusammen, sondern weil er auch über ein in seinen Ausmaßen geradezu fürstlich großes Bad verfügte, mit Dusche, Wanne, Bidet und allem Drum und Dran, wie man es in einem guten Hotel bei einem Doppelzimmer erster Güte erwarten würde.

Fabios Zimmer dagegen war kaum so groß wie ihr Badezimmer und damit geradezu lächerlich winzig, woran auch die winzige Nasszelle nichts änderte. Damit war wohl auch geklärt, warum er unten im Aufenthaltsraum seine Arbeitsecke mit PC und Bücherregal hatte und warum sogar seine Hantelbank da unten stand. In seinem Schlafzimmer war kaum genug Platz für ein Bett, ein Nachttischchen und einen Schrank sowie ein schmales, herausklappbares Wandbord, das von Zetteln und anderem Schriftkram überquoll.

Isabel öffnete zögernd den Schrank und fand darin nichts Außergewöhnliches, nur Schuhe und Kleidung und ein paar Aufbewahrungskisten, nicht gerade perfekt aufgeräumt, aber auch nicht allzu nachlässig. Es war die eher zweckorientierte Ordnung eines viel beschäftigten Junggesellen, der in seinem

Leben andere Prioritäten hatte als einen akkurat aufgeräumten Kleiderschrank.

Sie zog kurz die Kleiderbügel auseinander und war nicht überrascht, einen Smoking und zwei gute Anzüge zu finden. Flüchtig fragte sie sich, wie er wohl damit aussah. Vermutlich ebenso wie in Jeans und schmutzigem Polohemd – nämlich umwerfend. Aber ganz bestimmt nicht so gut wie in der Aufmachung, die ihn wie einen vom Olymp herabgestiegenen Gott aussehen ließ und die ihm die Natur mitgegeben hatte – seine nackte Haut.

Ihr wurde warm, als sie daran dachte. Sie hatten sich gestern Abend im Aufenthaltsraum und in der Küche zuerst alle Kleider vom Leib gerissen und sie hinterher wieder angezogen, nur um sie sich gegenseitig anschließend oben in ihrem Zimmer langsam und genüsslich wieder abzustreifen.

Sie machte den Schrank zu und widmete sich dem Papierkram auf dem Klappbord. Es war private Post dabei, Briefe von ihr unbekannten Personen, die sie nicht lesen konnte, weil sie auf Italienisch geschrieben waren. Außerdem fand sie eine Papiertasche mit Fotos, die sie fasziniert betrachtete. Sie konnten noch nicht alt sein, denn auf manchen von ihnen war auch Fabio zu sehen, und er sah darauf genauso aus, wie sie ihn kannte. Er trug auf zwei oder drei Fotos sogar die abgeschnittenen Jeans, mit denen er tagsüber hier immer herumlief. Meist zeigten ihn die Bilder gemeinsam mit einer Frau in den Fünfzigern, die ihm so stark ähnelte, dass es sich nur um seine Mutter handeln konnte. Sie saßen nebeneinander auf einer Segeljolle und lachten in die Kamera. Im Hintergrund waren auf einem der Fotos das blaue Meer und ein Strandstück zu sehen, auf einem anderen ein Küstenabschnitt mit ansteigendem Felsufer und Zypressen. Offensichtlich hatte er dort, wo immer es war, Urlaub mit seiner Mutter verbracht.

Isabel merkte, wie ein leise ziehender Schmerz in ihre Schläfen stieg, während ihr wieder einmal bewusst wurde, wie kläglich wenig sie über ihn wusste. Ihr Leben war leer, fast völlig befreit von allen Erfahrungen, auf die andere Menschen in ihrem Alter zurückblicken konnten, und die Tatsache, dass sie zu Fabio gehörte, war bisher die einzige Gewissheit und eine Art Anker für sie gewesen, doch gerade diese vermeintliche Gewissheit war in Wirklichkeit so dünn und haltlos wie ein Grashalm im Wind. Im Grunde erging es ihr mit ihm wie mit ihr selbst: Sie hatte keine Ahnung, wer er überhaupt war. Sie wusste nichts von seinem Leben, nichts davon, wie er sich zu dem Mann entwickelt hatte, der er heute war.

Sie wusste nur eins: Sie liebte ihn.

»Immerhin«, sagte sie halblaut.

»Immerhin was?«, kam es von der Tür.

Erschrocken fuhr sie herum und fegte mit dieser unachtsamen Bewegung das halbe Ablagebord leer. Papier segelte in Mengen zu Boden, und ohne zu zögern bückte Isabel sich, um es aufzuheben. Mit glühenden Wangen blickte sie zu Fabio auf, der mit undeutbarer Miene in der Tür stand und sie betrachtete.

»Immer ... Immerhin lohnt es sich, bei dir ein bisschen aufzuräumen«, sagte sie in halb ersticktem Tonfall. Während sie mit einer Hand unbeholfen Blätter zusammenlegte, deutete sie mit der anderen auf den Schrubber, den sie vorhin in weiser Voraussicht neben der Tür abgestellt hatte. Nur Idioten ließen sich beim Schnüffeln erwischen, ohne eine halbwegs glaubhafte Ausrede parat zu haben. Dass sie trotzdem eine Idiotin war, begriff sie erst, als sie einen Stapel Blätter aufhob und dabei merkte, dass das Zimmer mit Teppichboden ausgelegt war. Na klasse, dachte sie sarkastisch, während sie sich aufrichtete.

Ihr Blick fiel auf das obere Blatt des Stapels, den sie in den Händen hielt. Es war eine Krankenhausrechnung über die chefärztliche neurologische Behandlung. Sie musste schlucken, als sie den Endbetrag sah.

»Das ist ... Was ist das?«, fragte sie betreten.

Er nahm ihr die Rechnung aus der Hand und faltete sie zusammen. »Darum kümmere ich mich schon.«

»Ahm... Bin ich nicht krankenversichert?«, fragte sie verunsichert.

»Vermutlich schon, aber ich habe keine Ahnung, wo.«

Sie wich seinen Blicken aus und fragte sich, was sie gegen die rabenschwarze Verzweiflung tun sollte, die mit einem Mal wieder in ihr hochstieg. »Wir wissen wohl nicht wirklich viel voneinander, oder?«

Er nahm ihr den Papierstapel aus der Hand und legte ihn auf das Klappbord. »Wir finden schon heraus, wo du deine Versicherung hast, und dann reichen wir die Rechnungen ein. Es ist kein Problem.«

»Rechnungen?« Betroffen holte sie Luft. »Du meinst – Plural?«

Er legte ihr die Hände auf die Schultern und suchte ihren Blick. »Denk jetzt nicht drüber nach, okay?«

Sie fühlte die vertraute Schwäche, wie immer, wenn er sie berührte. Zögernd hob sie die Hand und legte sie auf seine Brust, dorthin, wo sie seinen Herzschlag spüren konnte. Sie schaute zu ihm auf und suchte in seinem Gesicht einen Ausdruck oder eine Regung, ohne genau zu wissen, wonach sie Ausschau hielt. Sie hoffte trotzdem, es zu finden, auch wenn sie keine Ahnung hatte, was es war.

»Fabio«, sagte sie hilflos.

Sein Blick verdunkelte sich. Verlangen und Lust, Empfindungen, die sie schon bei ihm gesehen hatte, aber dann fand sie auch das andere. Etwas Tieferes, Sanfteres, ein Gefühl, das ihr wärmer und verheißungsvoller erschien als die Begierde, die sie beide seit Wochen zueinander zog.

Er drückte sie an sich und legte seine Hand um ihren Hinterkopf, um ihr Gesicht an seine Brust zu ziehen, dorthin, wo ihre Nase sich genau in die Mulde über seinem Schlüsselbein graben und sie seinen Geruch einatmen konnte, während ihre Stirn die glatte Wärme seines Halses spürte und ihr Kinn den oberen Bogen seiner Rippen berührte. Sie legte die Arme um ihn, um ihm ganz nah zu sein, so nah, dass es ihr wieder leichtfiel, alles andere einfach zu vergessen. Sich vorzustellen, dass es nie anders zwischen ihnen gewesen war.

»Was ist?«, meinte er sanft. »Du wolltest mich doch noch was fragen, oder?«

Ja, das wollte sie. Sie wollte ihn nach dieser Frau fragen, die gestern Nachmittag hier gewesen war, doch sie brachte es nicht fertig.

»Die Fotos«, meinte sie leise. »Wollen wir uns die zusammen ansehen, und du erzählst mir ein bisschen über dich?«

Sie meinte, ein schwaches Seufzen von ihm wahrzunehmen, doch darin konnte sie sich auch geirrt haben, denn nach ein paar Atemzügen schob er sie leicht von sich und lächelte sie bereitwillig an. »Natürlich. Ich habe auch noch andere Fotos, von früher. Wir können sie gern anschauen, und du fragst alles, was du wissen möchtest.«

Sie setzten sich nebeneinander auf sein Bett und betrachteten die Fotos. Bei der Frau handelte es sich tatsächlich um seine Mutter. Sie hieß klassisch und schlicht Maria und war dreiundfünfzig. Auf einigen der Bilder war auch ihr Mann zu sehen, Fabios Stiefvater und Inhaber des Restaurants, in dem er kochen gelernt hatte. Fabio holte weitere Fotos aus dem Nachttisch, auf denen er jünger war und die ihn teilweise mit

Kollegen in Kochmontur zeigten, als lachenden, hoffnungsvollen jungen Künstler der feinen Küche.

Isabel stellte Fragen zu seiner Laufbahn, ließ aber alles aus, was ihr zu privat erschien.

Nur nicht zu tief bohren, dachte sie, denn wer konnte schon voraussehen, was dabei zu Tage trat!

Sie musste daran denken, worüber sie heute mit Doktor Mozart gesprochen hatte. Ja, es ließ sich nicht leugnen. Sie *hatte* Angst, und gleichzeitig wusste sie, dass diese Angst nicht unbegründet war. Tief im Inneren spürte sie, dass ihr einschneidende Veränderungen bevorstanden.

Fabio holte weitere Fotos aus den Tiefen seines Schranks, ein altes Steckalbum mit Kinderbildern.

Er zeigte ihr ein Gruppenbild mit artig aufgestellten Kindern.

»Das war ich bei meiner Einschulung.«

Sie betrachtete das Foto. Augenblicklich verflüchtigte sich ihre melancholische Stimmung und machte ehrlicher Begeisterung Platz. Sie zeigte auf einen breit grinsenden, rettungslos verstrubbelten Jungen in der zweiten Reihe. »Wie niedlich! Bist du das?«

»Klar, erkennt man das nicht?«

»Hm, die Augen und die Ohren ... Doch ja, schon.« Sie kicherte. »Aber so ganz ohne Zähne ...«

Er lachte. »Ja, das war Pech. Sie sind alle innerhalb von ein paar Wochen ausgefallen, und es hat ziemlich lange gedauert, bis die neuen da waren. In der ersten Klasse nannten mich alle Fabio Ohnezahn. Ich war noch jahrelang sauer, weil ich so gegrinst habe, als der Fotograf uns knipste.«

»Die anderen lächeln doch auch.«

»Ja, aber die mit den Zahnlücken waren schlauer und haben den Mund dabei nicht aufgemacht.«

Sie blätterte in dem Album und betrachtete ein anderes Foto. »He, das sieht ja sportlich aus! Ein super Fahrrad hattest du da! Ein echtes Mountainbike, oder?«

»Ah ... Ja.«

»Und der kleine Dicke da neben dir ... der schaut ziemlich unglücklich drein. Was war los mit ihm? Hm, vielleicht lag es am Fahrrad, oder? Sieht aus wie ein Damenrad.« Isabel verengte die Augen. »Kommt mir irgendwie bekannt vor ... Nein, das kann nicht sein, oder? Sag bloß, das ist dein komischer Cousin Giulio?«

»Doch, er ist es«, sagte Fabio.

»Und jetzt ist er immer noch neidisch auf dich. Du hattest das schöne Fahrrad, die Erbschaft von eurer Oma und Raphaela. Das konnte und kann er nicht vertragen. Er schleppt immer noch das Trauma aus seiner Kindheit mit sich.«

»Da ist im weitesten Sinne was dran«, sagte Fabio.

»Was meinst du, worüber er sich mehr ärgert? Das Fahrrad oder Raphaela?«

»Schwer zu sagen. Ich schätze, er hat vielleicht gerade beruflich eine kleine Durststrecke und deswegen besonders schlechte Laune. Wahrscheinlich würde er einfach gern jemanden umbringen, dann würde er sich besser fühlen.«

»Kann man ihn nicht einsperren?«

»Sobald er jemanden umgebracht hat – sicher.«

Isabel wollte nicht über Giulio reden, denn von ihm kam das Thema unweigerlich auf Raphaela, und die könnte, soweit es nach Isabel ging, sofort und für alle Zeiten nach Neapel verschwinden. Am besten auf direktem Wege in den Vesuv.

Isabel blätterte das Album durch und fand weitere Fotos, die Fabio als Lausbub zeigten. Er lachte auf allen Bildern, ein putziger, immer vergnügter Knirps.

Sie klappte das Steckalbum wieder zu und seufzte. »Ach, ich wünschte, von mir gäbe es auch so süße Fotos!«

»Die gibt es sicher.«

»Aber du hast sie noch nicht gesehen, oder?«

Sein Gesicht verschloss sich, und er nahm ihr das Album aus der Hand, um es zusammen mit den anderen Bildern wieder im Schrank zu verstauen. »Nein, leider nicht.« Er machte die Schranktür zu und drehte sich zu ihr um. Sein Blick wurde seltsam eindringlich, und Isabel spürte, dass er ihr etwas sagen wollte, etwas ...

»Ich muss dich noch was fragen«, sagte sie hastig.

Er wirkte verdutzt. »Ja, was denn?«

»Kommst du heute Abend zu meinem Auftritt?«

»Ich weiß nicht ... Morgen ist die Eröffnung, da ist noch viel zu tun ... Isabel ...« Er stockte.

»Bitte«, sagte sie leise. »Nur heute. Und wenn es das letzte Mal ist.«

»Was meinst du mit *das letzte Mal?*«

»Na ja.« Isabel räusperte sich. »Wenn dir mein Klavierspiel nicht gefällt, brauchst du natürlich nicht mehr zu kommen.«

»Natürlich«, sagte er.

»Also kommst du?«

»Natürlich.« Er setzte sich wieder neben sie, die Hände vor den Knien verschränkt.

Sie schaute ihn von der Seite an, und dabei stellte sie fest, dass seine Augen in einem beinahe unwirklichen Blau leuchteten. Er erwiderte ihren Blick so intensiv, dass sie fast meinte, es auf der Haut spüren zu können. Sie saß so dicht neben ihm, dass sie mit dem Bein seinen Schenkel berühren konnte, wenn sie es ein klein wenig nach rechts bewegte.

Sie dachte nicht groß darüber nach, sondern tat es einfach. Wie sie es auch drehte und wendete – sie war verrückt nach ihm, und das, obwohl sie noch heute Morgen geglaubt hatte, nach dieser Wahnsinnsnacht nie wieder Sex zu brauchen. Oder jedenfalls nicht so bald. Mhm, sie hatte sich definitiv geirrt...

»Eigentlich wollte ich ja hier putzen und nicht faul auf dem Bett rumsitzen«, sagte sie atemlos.

Er grinste leicht. »Was für ein Glück, dass man hier mit dem Schrubber nicht viel anfangen kann.«

»Ich könnte auch das Bett beziehen.«

»Wir könnten was anderes mit dem Bett anstellen.« Er schaute kurz auf seine Armbanduhr. »Hast du denn überhaupt noch Zeit bis zu deinem Auftritt?«

»Jede Menge.«

»Das ist gut. Komm her.« Seine Hände schoben sich bereits unter ihre Bluse und zogen sie aus dem Rockbund. Gleich darauf bewegten sich seine Fingerspitzen zielstrebig ihren Rücken entlang und dann nach vorn, wo sie ihre Brüste fanden.

Ihr Herz tat einen Satz und kam dann stolpernd wieder in Gang.

Er ließ sie los, aber nur für die kurze Zeit, die er brauchte, um sich ruckartig das Hemd über den Kopf zu zerren und den Gürtel an seiner Hose zu öffnen. Mit hungrigen Blicken folgte sie der schmalen Linie der schwarzen Haare, die von seinem Nabel abwärts zwischen den beiden offenen Hälften des Reißverschlusses verschwand. Impulsiv zog sie ihm die Hose noch weiter auseinander und beugte sich über ihn. In ihrem Kopf wollten sich Gedanken sammeln und zu Fragen formen, doch sie ließ es nicht zu. Es gab nur noch ihn, seinen Körper, seinen Geruch, seine heißen Hände und seine Arme, in die sie sich verkriechen wollte, als gebe es kein Morgen.

Fabio hatte keine Ahnung, wie das Stück hieß, das sie spielte, aber genau wie alle anderen Zuhörer in der voll besetzten Bar saß er stumm da und hörte zu. Immerhin hatte er den Mund wieder zugeklappt, nachdem Harry ihn freundlicherweise darauf aufmerksam gemacht hatte, dass er aussah wie ein sabbernder Idiot – mit exakt diesen Worten.

Sie saß hinter dem Flügel, als ob sie ihr Leben lang nichts anderes getan hätte, wie verwachsen mit dem Schemel, den Rücken durchgedrückt und doch lässig genug in ihrer Haltung, um den Eindruck von Entspanntheit und Mühelosigkeit zu vermitteln. Sie trug ein enges rotes Kleid und farblich dazu passende Sandaletten, beides günstig in einem Secondhandladen erstanden, wie sie betont hatte. An ihr sah es aus, als hätte sie es gerade eben in der teuersten Boutique an der Fifth Avenue gekauft.

Das Haar fiel ihr in feinen, glänzenden Wellen über die Wange, wenn sie den Kopf schräg nach vorn neigte, die Augen halb geschlossen und den Blick in eine unbestimmte Ferne gerichtet, und es floss wie Seide über ihre Schultern, wenn sie das Gesicht wieder hob und über den Flügel hinweg ins Publikum schaute.

Sie spielte lauter Evergreens, typische Klaviermusik für gemütliche Bars, Lieder, die jeder kannte, sei es aus Filmen oder von alten Schallplatten. Fabio, sonst ein absoluter Musikbanause, der sich höchstens für guten, ehrlichen Rock interessierte, hätte jeden Song mitsummen können. Doch das hatte er natürlich nicht getan, denn dann wäre ihm vielleicht ihre Stimme entgangen, die von ebenso klarer, heller Süße war wie alles an ihr.

Sie sang und spielte gerade *As time goes by* aus Casablanca, als Harry sich zu ihm neigte und ihn aus seiner Versunkenheit riss. »Du hast rausgefunden, wer sie ist, oder?«

Fabio zuckte zusammen. Er hatte mit niemandem darüber gesprochen, wo er gestern gewesen war, doch anscheinend hatte Harry seine eigenen Methoden, Dinge zu durchschauen, die ihn nichts angingen.

»Und wenn es so wäre?«, fragte er zurück, um Zeit zu schinden.

»Dann würde ich meinen, es ginge klar, dass du es ihr erzählst, Alter.«

»Keine Sorge, das mach ich schon noch.« Fabio hatte das Gefühl, sich verteidigen zu müssen. »Ich wollte es eigentlich längst getan haben«, setzte er hinzu. »Eigentlich heute schon.« Er hörte selbst, wie dämlich das klang, und frustriert suchte er nach Argumenten, die sein Verhalten weniger egoistisch erscheinen ließen. »Bis jetzt gab es noch keine richtige Gelegenheit«, schloss er lahm.

Harry hob nur die Brauen.

»Woher weißt du eigentlich, dass ich es weiß?«, erkundigte Fabio sich.

»Ich hab dir beim Telefonieren zugehört.«

»Hat man eigentlich in seinem eigenen Haus kein Privatleben mehr?«

»Kommt drauf an. Wenn man seine weiblichen Angestellten in der Küche vögelt, wohl eher nicht. Die Küche ist ein Raum, der für alle zugänglich ist.« Harry hob die Hände, als Fabio aufbrausen wollte. »Ich hab nicht zugeschaut, Alter, ehrlich nicht. Aber ihr wart ... laut.«

Natascha kam von der Damentoilette zurück und setzte sich wieder zu ihnen an den Tisch. »Dicke Luft oder was?«

»Nein, alles im grünen Bereich«, behauptete Fabio.

»Also, mit anderen Worten, du hast immer noch keinen Plan, wie du es ihr sagen willst, oder?«

»Wie ich ihr *was* sagen soll?«

»Dass du rausgefunden hast, wer sie ist.«

Fabio spießte Harry mit vorwurfsvollen Blicken auf, doch der grinste nur kläglich. »Sie hat gesagt, dass sie morgen Salz in meine Horsd'œuvres kippt, wenn ich es ihr nicht verrate. Und dass sie Olaf den Schlüssel für den Weinkeller gibt.«

»Schön zu wissen, wem deine Loyalitäten gehören«, sagte Fabio.

»Der Kleine konnte noch nie ein Geheimnis für sich behalten«, warf Natascha ein. »Vergiss nicht, dass ich sozusagen Mutterstelle an ihm vertrete.«

Sich Natascha als Harrys Mutter vorzustellen kam Fabio so absurd vor, dass er fast gelacht hätte. Aber nur fast. Viel lieber hätte er sein Glas genommen und es an die Wand geworfen. Rasch trank er es aus – nicht, weil er vermeiden wollte, in einem Akt sinnloser Zerstörung guten Whisky zu vergeuden, sondern einfach nur, um überhaupt etwas zu tun.

Er lauschte ein paar Takte in Richtung Klavier. Isabels Stimme war sanft und scheinbar leise, doch sie füllte jeden Winkel des Raums und zog alle Anwesenden in Bann. *A Kiss is just a kiss, a sigh is just a sigh ... As time goes by ...*

Drüben am anderen Ende der Bar hockten ein paar Typen, von denen er einen schon gesehen hatte. Er war Arzt in dem Krankenhaus und hieß Mozart. Der Bursche starrte Isabel mit einer Hingabe an, die keinen Zweifel daran ließ, dass er gern viel mehr wäre als nur ihr behandelnder Arzt. Isabel hatte Fabio von seinem Angebot erzählt, sie in eine beschützende Wohngemeinschaft aufzunehmen. Logisch, dass der gute Doktor sich dabei selbst als Oberbeschützer im Auge hatte. Fabio hätte dem Kerl gern eins auf die Nase gegeben. Auch diesem silberhaarigen Typ an der Bar, der sich als ihr Agent aufspielte und dummerweise auch noch ziemlich große Ähnlichkeit mit Robert Redford hatte. Wie konnte jemand, der Hubertus Frost hieß, wie Robert Redford aussehen?

»Wie hast du es denn eigentlich rausgekriegt?«, wollte Natascha wissen.

»Was?«, fragte Fabio geistesabwesend zurück.

»Na, wer sie ist.«

»Das war nicht weiter schwer. Ich habe die Versicherung angerufen.«

»Welche Versicherung?«

»Die Autoversicherung. Ich hatte ja das Kennzeichen.«

»Von ihrem Wagen?«

»Nein, es ist der Wagen ihres Verlobten.« Das Wort fühlte sich wie Säure in seinem Mund an, und er hätte am liebsten ordentlich mit Whisky nachgespült. Leider war sein Glas leer, und er winkte dem Ober, der gerade am Nachbartisch bediente. Im nächsten Augenblick ließ er den Arm hastig wieder sinken, bevor die Geste bei irgendwem falsch ankam: Soeben hatte eine Gruppe von Leuten das Lokal betreten, die er lieber nicht so schnell wiedergesehen hätte.

»Der Wagen, mit dem dieses rothaarige Luder diese Woche da war«, sagte Harry. »Ihre Freundin.«

»Ich würde es begrüßen, wenn du die Worte *rothaarig* und *Luder* nicht zusammen benutzt«, erklärte Natascha würdevoll, während sie bezeichnend eine Strähne ihres eigenen Haares um den Finger wickelte. »Wohnt er bei ihr? Dieser blonde Blödmann? Wie hieß er gleich, Erwin oder so?«

Fabio hätte ihr sagen können, dass der blonde Blödmann Erik Blomberg hieß. Doch wen interessierte das jetzt noch. »Nein«, sagte er. »Sie wohnen nicht zusammen.«

»Wie konntest du dann ihr Haus finden? Hast du den Kerl danach gefragt?«

Das hätte er tun können, aber dann hätte er diesen Erik

wahrscheinlich schon an der Haustür zusammengeschlagen. Folglich hatte er einen Weg gewählt, der unpersönlicher war. Nachdem er neulich im Zuge von Raphaelas und Giulios Hochzeitsplänen mitbekommen hatte, wie das mit den Heiratsanmeldungen funktionierte, war er über die öffentlichen Trauungslisten im örtlich zuständigen Rathaus schnell auf Isabels Anschrift gestoßen.

»Du bist wohl nicht besonders gesprächig heute, oder?«, meinte Natascha. Sie folgte seinen Blicken und gab ein missbilligendes Geräusch von sich. »Ach nein. Je später der Abend, desto mieser die Gäste. Mein Lieblingsspruch, wenn ich diese drei sehe.«

Sie schauten zu, wie Giulio, Nero und Raphaela einen Tisch in der Nähe des Klaviers belegten. Sie setzten sich, nachdem zwei Frauen und ein Mann dort ihren Platz geräumt hatten, und der empörte Gesichtsausdruck der drei Gäste sowie Neros impertinentes Grinsen ließen darauf schließen, dass diese Freigabe nicht ganz freiwillig vonstattenging.

Isabel hatte aufgehört zu spielen. Die Leute applaudierten, aber sie schien es nicht zur Kenntnis zu nehmen. Sie starrte die Gruppe der Neuankömmlinge an, dann wechselte ihr Blick zu Fabio. In ihrem Gesicht arbeitete es, und Fabio meinte, in ihren Augen einen Ausdruck von Verzweiflung und Wut zu erkennen.

»Was die wohl hier wollen?«, fragte Harry.

»Ärger machen«, sagte Natascha.

Fabio hatte denselben Eindruck, denn in diesem Moment schaute Raphaela sich um und sah ihn. Mit einem Lächeln, das nichts Gutes verhieß, stand sie auf. Auf ihrem Weg zu seinem Tisch kam sie an der Bühne vorbei, wo sie stehen blieb und mit Isabel ein paar Worte wechselte. Sie gab sich keine Mühe, leise zu sprechen. Fabio konnte zwar ihre Stimme hören, aber wegen des allgemeinen Geräuschpegels und der Musik, die jetzt wieder vom Band kam, verstand er kein einziges Wort.

Beunruhigt sah er, wie Isabels Gesicht einen fassungslosen Ausdruck annahm. Sie schaute ihn mit weit aufgerissenen Augen an, als könnte sie nicht glauben, was sie da eben gehört hatte.

»Was zum Teufel...«, sagte Harry neben ihm.

Raphaela wandte sich lächelnd vom Klavier ab und kam auf Fabio zustolziert, das Haar lässig zurückgeworfen. In ihrem Designerpulli und ihren bestickten Jeans sah sie aus wie die Königin aller Musikbars. Während sie näher kam, schoss es Fabio flüchtig durch den Sinn, dass sie früher, als sie mit ihm zusammen gewesen war, Klamotten von H&K getragen hatte. Jetzt lief sie nur noch in teuren Designeroutfits herum. Bei Isabel war es genau umgekehrt, sie hatte den Designerkram *vor* ihrer Beziehung mit ihm getragen. Das Problem dabei war nur: Eigentlich hatten sie überhaupt keine Beziehung. Das, was sie hatten, war nichts weiter als gestohlene Zeit. Zeit, die *er* sich gestohlen hatte.

Raphaela hatte den Tisch erreicht, an dem er zusammen mit Harry und Natascha saß. Sie blieb dicht neben ihm stehen. »Hallo, Leute«, sagte sie mit ihrer rauchigen Stimme.

Fabio schaute seitlich an ihr vorbei zu Giulio, der auf seinem Stuhl hin und her rutschte und aussah, als würde er im nächsten Moment aufspringen und angerannt kommen.

Isabel saß immer noch konsterniert am Klavier, aber noch während Fabio versuchte, ihren Gesichtsausdruck näher zu ergründen, stand sie langsam auf und schaute ihn an, als hätte er ihr ein Messer in den Rücken gestoßen.

Er stand ebenfalls auf, um zu ihr hinüberzugehen, doch Raphaela trat ihm in den Weg.

»Hi«, sagte sie.

»Was hast du eben zu ihr gesagt?«, fragte er.

»Zu deiner kleinen ... Bügelhilfe? Dass sie hübsch Klavier spielt. Wenn sie ein bisschen übt, könnte sie bestimmt auf der einen oder anderen Weihnachtsfeier auftreten. Obwohl sie das natürlich nicht nötig hat, bei all ihrem Geld.«

Raphaela warf ihm aus den Augenwinkeln einen spöttischen Blick zu, während sie so tat, als sehe sie sich in dem Lokal um. »Netter Laden hier. Es gefällt sogar Giulio, und dabei steht der sonst mehr auf Discos.«

»Was genau hast du zu ihr gesagt?«, herrschte Fabio sie an. Beklommen sah er, wie Isabel sich zwischen den Tischen hindurchbewegte und näher kam. Einmal blieb sie kurz stehen, weil jemand ihr eine Frage stellte. Sie antwortete, ohne ihre Blicke von Fabio abzuwenden. Ihrem Gesichtsausdruck zufolge hätte eben die Welt untergegangen sein können.

Raphaela verzog beleidigt das Gesicht. »Na, die Wahrheit natürlich! Dass du sie bloß als billige Hilfskraft ausnützt! Dass sie dir in dem ganzen Ausbau- und Renovierungsstress im *Schwarzen Lamm* als praktische Zusatzputzfrau gerade recht kam! Und vor allem habe ich ihr gesagt, dass sie vorher überhaupt nichts mit dir zu tun hatte und dass diese so genannte Verlobung nichts weiter war als eine dreiste Lüge!« Sie stach mit dem Finger in seine Brust. »Ich habe nämlich zufällig mitgekriegt, was du zu dieser rothaarigen Ziege im *Schwarzen Lamm* gesagt hast. Ich stand vor der Küchentür und überlegte, ob ich reingehe oder mir noch von draußen eine Weile anhöre, worüber deine Angestellten streiten, als ich zufällig mit halbem Ohr mitkriegte, was du mit dieser *Kundin* im Vestibül zu besprechen hattest.«

Isabel war hinter ihr stehen geblieben. »Stimmt es, was sie sagt?«, fragte sie. Ihre Stimme hörte sich anders an als sonst, ganz klein und zerbrochen. »Dass wir ... dass wir überhaupt nicht zusammen waren? Dass du nur die Situation ausgenutzt hast?«

Fabio machte gar nicht erst den Versuch, sich herauszuwinden. Natürlich hätte er alles auf Giulio schieben können. Oder auf die Umstände. Oder er hätte sagen können, dass er es nur getan hatte, weil er sie liebte. Vielleicht hätte er auch sagen können, dass es eine Mischung aus alledem gewesen war, die ihn dazu verleitet hatte, sich in diese hirnrissige Lage zu manövrieren – schließlich wäre das sogar die reine Wahrheit gewesen. Die ihm natürlich kein Mensch geglaubt hätte, am allerwenigsten Isabel selbst. Na gut, vielleicht noch Natascha und Harry. Schließlich waren sie von Anfang an dabei gewesen und hatten alles ziemlich genau mitgekriegt. Doch was hatten die in diesem Moment schon zu melden?

»Verschwinde«, sagte Fabio.

Im nächsten Augenblick erkannte er bestürzt, dass Isabel diese an Raphaela gerichtete Bemerkung auf sich bezog. Mit einem entsetzten Ausdruck in den Augen wandte sie sich zum Gehen. Geistesgegenwärtig trat er einen Schritt vor und fasste sie beim Arm. »Nicht du!« Er warf Raphaela einen drohenden Blick zu, den sie mit zusammengekniffenen Augen erwiderte.

»Ich geh schon. Aber ich komme wieder.« Brüsk drehte sie sich um und marschierte zu Giulio und Nero zurück an den Tisch. Mit theatralischer Geste ließ sie sich auf den Stuhl fallen und fing gestikulierend an zu reden. Fabio sah, wie Giulios und Neros Mienen vor Ungläubigkeit erstarrten und wie dann beide auf Kommando die Hände unter ihre Sakkos schoben. Giulio sagte irgendwas, und Nero stand langsam auf.

»Ich glaube, du gehst jetzt besser«, sagte Natascha. »Sieh zu, dass du Land gewinnst. Ich halte ihn auf.«

Fabio brauchte keine zweite Aufforderung. Isabels Oberarm immer noch fest im Griff, strebte er in Richtung Ausgang.

»He, was hast du vor?«, rief sie aus. »Ich muss noch spielen! Mein Auftritt...«

»Der ist für heute beendet.«

»Aber ich habe die Gage schon kassiert! Was glaubst du, wovon ich diese blöde Krankenhausrechnung bezahlen wollte?«

»Ich habe dir doch gesagt, dass ich mich darum kümmere, oder?« An der Tür blieb er kurz stehen und schaute ihr in die Augen. Sie wirkte verstört, verletzt und aufgebracht, und an der Art, wie sie die Augen zusammenkniff, erkannte er, dass sich heftige Kopfschmerzen bei ihr anbahnten. »Du kannst sowieso nicht mehr spielen. Nicht heute. Du musst dich hinlegen.«

»Das kannst du prima, oder?«, stieß sie hervor.

»Was kann ich prima?«

»Mein Leben organisieren! Alles, was mich betrifft, an dich reißen! Alle Entscheidungen für mich treffen! Der Herr braucht eine Bügelhilfe? Voilà, da haben wir doch zufällig gerade jemanden, der das Gedächtnis verloren hat. Wie praktisch! Es fehlt eine Putzhilfe? Hm, wieso nicht die Frau ohne Gedächtnis? Ach ja, und weil es sich gerade so anbietet, kann sie auch das Möhrenschrappen übernehmen!« Sie hielt inne. »Deine eigene miese Möhre inklusive!«

»Ich habe nicht...«, hob Fabio an. Aus den Augenwinkeln sah er, wie Natascha sich Nero in den Weg stellte, ihm den Inhalt ihres Cocktailglases ins Gesicht schüttete und ihm eine heftige Ohrfeige verpasste.

»Du mieses Schwein!«, schrie sie ihn an. »Was fällt dir ein, meinen Hintern zu begrapschen!«

»Aber ich hab doch gar nicht ...«

»Das kann jeder behaupten!«

Nero starrte Natascha an, zuerst entgeistert und dann mordlüstern.

»Wir gehen besser«, sagte Fabio.

Beim Verlassen des Lokals hörte er mit halbem Ohr die erregten Wortfetzen, die zwischen Nero und Natascha hin und her flogen. Ein letzter Blick über die Schulter zeigte ihm den Fortgang des inszenierten Dramas – soweit es überhaupt eine Inszenierung war, statt der letzte Akt einer ohnehin schon lange schwelenden Auseinandersetzung zwischen den beiden. Natascha verpasste Nero noch eine Ohrfeige. Gleichzeitig hielt sie ihn am Ärmel fest, damit er nicht einfach verschwinden konnte. Oder besser: damit er Fabio nicht nach draußen folgen konnte.

»Was soll das eigentlich?«, rief Isabel. Sie stemmte sich gegen seinen Griff und versuchte, sich loszumachen. »Willst du vor der Wahrheit weglaufen und mich gleich mitnehmen, oder was?«

Ja, dachte er. Ja, das würde ich gerne!

»Nein«, sagte er. »Ich zeige dir die Wahrheit. Oder sagen wir: einen Teil davon.«

Isabel ließ sich weiterziehen. Sie fühlte sich immer noch wie erschlagen von Raphaelas Worten und versuchte fieberhaft, Ordnung in ihre Gedanken zu bringen. Doch alles kreiste um das, was Raphaela ihr vorhin am Klavier mit zuckersüßer Stimme und leutseligem Lächeln mitgeteilt hatte.

»Du spielst wirklich gut, finde ich. Klappt jedenfalls besser als das Bügeln, wie? Ach übrigens, hat Fabio eigentlich schon erwähnt, dass er gar nicht wirklich mit dir verlobt ist?«

»Was meinst du?« Es hatte mehr wie das erschreckte Krächzen eines Papageis geklungen als nach einer Frage.

»Na ja, in Wahrheit brauchte er wohl ziemlich dringend eine Haushaltshilfe, so kurz vor der Eröffnung. Und da kamst du gerade recht.«

»Du ... du lügst!«

»Na ja, wahrscheinlich hatte er auch ein bisschen Druck in der Hose, und du siehst nicht schlecht aus. Sonst hätte er sich bestimmt jemanden gesucht, der besser bügeln kann. Schau doch nicht so entsetzt! Glaubst du mir nicht? Ist aber so. Du musst nur rübergehen und ihn fragen. He, weißt du was? Ich geh jetzt zu ihm und sage ihm, dass er dir endlich reinen Wein einschenken soll. Das fände ich nur fair, nachdem du armes Ding dir wochenlang für ihn die Finger wund geschrubbt hast!«

»Steig ein.« Fabio drängte sie auf den Beifahrersitz seines Wagens und warf die Tür zu. Isabel presste die Finger gegen ihre Schläfen. Die Schmerzen wurden mit jedem Herzschlag schlimmer, und sie ahnte, dass sie wieder keine Tabletten in ihrem Täschchen hatte. Warum nahm sie eigentlich nie die nötigsten Dinge mit? Wie kam es, dass sie zwar stets Puderdose, Lippenstift und Kamm dabeihatte, aber nie solche nützlichen Dinge wie Tabletten, Geld, Handy und Papiere?

Natürlich wusste sie es. Sie hasste große Handtaschen. Sie mochte es nicht, sperrige Gegenstände mit sich herumzuschleppen. Wenn sie nicht selbst fahren musste und auch nicht vorhatte, etwas einzukaufen, ließ sie alles zu Hause und nahm nur ein bisschen Schminkzeug und ihren Schlüssel mit.

Zu Hause ... In ihrem Kopf begann es zu rumoren, und plötzlich waren die Schmerzen so schlimm, dass sie am liebsten gewimmert hätte. Es fühlte sich an, als würde sie gegen eine Wand laufen, wieder und wieder. So ähnlich war es auch an den anderen Tagen gewesen, wenn die Schmerzen gekommen waren. Doch heute war die Wand anders. Sie schien dünner und dabei zugleich nachgiebiger geworden zu sein. Wenn sie nur noch ein wenig ...

Nein! Isabel stöhnte. Sie wollte es nicht! Nicht um den Preis, den sie dafür bezahlen musste!

Fabio hatte sich hinters Steuer gesetzt und den Wagen gestartet. »Es ist nicht weit«, sagte er. »Eine gute halbe Stunde vielleicht.«

»Fahren wir nach Hause?«, fragte sie, obwohl sie bereits ahnte, wie die Antwort lauten würde.

»Zu dir nach Hause«, bestätigte er.

»Du weißt, wo ich wohne?« Ihre Stimme klang tonlos, und sie suchte in ihrer winzigen Tasche weiter nach den Tabletten, obwohl sie genau wusste, dass sie nicht daran gedacht hatte, die Packung einzustecken.

»Ja«, antwortete er lapidar.

Danach verfiel er in Schweigen, und auch sie sagte kein Wort mehr. Stumm blickte sie geradeaus durch die Windschutzscheibe in die Dunkelheit und gab sich Mühe, an nichts zu denken, was die Schmerzen verschlimmern würde.

Er fuhr auf die Autobahn und gab Vollgas. Isabel schloss die Augen, als könnte sie so die Wirklichkeit ausblenden, doch im Inneren war ihr klar, dass ihre Vergangenheit unaufhaltsam näher kam.

Irgendwann merkte sie, dass er angehalten hatte. Seine Hand berührte sie an der Schulter.

»Isabel, wir sind da.«

Sie öffnete die Augen und sah die Mauer, die das Haus umgab. Weiter vorn war ein schmiedeeisernes Tor.

Die Wand, gegen die sie die ganze Zeit gerannt war, verwandelte sich in einen Vorhang. Er war noch dicht und dunkel, aber sie wusste, dass sie ihn mit einem Ruck zur Seite reißen konnte, wenn sie es wollte. Doch wollte sie es?

Die Frage stellte sich gleich darauf nicht mehr, denn Fabio stieg aus, kam um den Wagen herum und half ihr hinaus. Anschließend ging er die paar Schritte bis zum Gitter der Einfahrt. Er holte einen Schlüssel aus der Hosentasche und öffnete das seitlich angebrachte Tor.

Isabel folgte ihm mit steifen, abgehackten Schritten und kam sich dabei vor wie ein Roboter, den jemand aufgezogen hatte und der weitergehen musste, ohne eigenen Willen und unbeseelt, wie eine Maschine, die nicht mehr anhalten konnte.

Im matten Licht der Außenbeleuchtung schritt sie neben Fabio über den Kiesweg des gepflegten Anwesens, das auf jeden Betrachter vermutlich anheimelnd wirkte. Ihr selbst erschien die breite, geschnitzte Holztür wie das Maul eines bösartigen Riesen, der sie gleich verschlingen würde. Der Wagen, der dort in der Einfahrt stand... Es war nicht ihrer, er gehörte...

Der Vorhang war nur noch ein dünnes, durchsichtiges Gespinst, und niemand würde mehr daran ziehen müssen, um ihn zu entfernen.

Im nächsten Moment öffnete sich die Haustür, und ein Mann erschien. Er war groß, blond und attraktiv. Es war der Mann aus ihrem Traum. Der Mann, den sie hatte heiraten wollen.

»Isabel!«, rief er. »Mein Gott, du bist wieder da!«

»Ja«, sagte sie. »Ja, ich bin wieder da.«

Es klang wie die schlichte Bestätigung einer offensichtlichen Tatsache, aber es war eine Feststellung im doppelten Sinne.

Als würde sie sich auf zwei Ebenen gleichzeitig bewegen, spürte sie, wie ihre Wahrnehmungen in Bewegung gerieten. Es war, als kämen ihre Gedanken und Gefühle mit der Wucht von Hochgeschwindigkeitszügen aus entgegengesetzten Richtungen angerast, um sich an einem vorher bestimmten Punkt zu treffen. Sie erwartete einen schrecklichen Zusammenprall, doch es war kaum mehr als ein mentales Klicken, ein schwaches Ineinandergleiten, als sich Vergangenheit und Gegenwart verbanden und wieder ein nahtloses Ganzes ergaben.

»Ja«, wiederholte sie. »Ich bin wieder da.«

Sie schaute sich zu Fabio um, der abwartend stehen geblieben war. Ihr Kopf schmerzte immer noch, wenn auch nicht so heftig wie vorhin. Doch selbst, wenn das Kopfweh doppelt so schlimm gewesen wäre – es wäre immer noch nichts gegen den schrecklichen Schmerz, der gerade ihr Herz auseinanderriss.

Ihre Erinnerungen waren zurückgekehrt. Und damit auch die Erkenntnis, dass alles eine Lüge war.

»Ich gehe dann wohl besser«, sagte Fabio mit schleppender Stimme. »Du ... weißt ja jetzt alles wieder, oder?« In seinem Gesicht arbeitete es. »Isabel, ich ... Was ich dir noch sagen wollte ... Du und ich ... Wir beide ...«

Sie sparte sich die Antwort. Ein *Wir beide* gab es nicht, hatte nie existiert. Jedes Wort, das sie noch an ihn verschwendet hätte, wäre zu viel gewesen. Ohne ihn noch einmal anzublicken, ging sie an Erik vorbei ins Haus und warf die Tür hinter sich zu.

Sie ging ins Wohnzimmer und war nicht überrascht, Daphne dort vorzufinden. Sie kam Isabel mit ausgestreckten Armen entgegen.

»Liebes! Endlich bist du wieder unter den Lebenden! Wir haben uns solche Sorgen um dich gemacht!«

Isabel wich ihr aus und ließ sich der Länge nach aufs Sofa fallen. Fabio hatte gelogen, dass sich die Balken bogen, aber in einem Punkt hatte er Recht gehabt: Sie musste sich hinlegen. Merkwürdigerweise waren die Kopfschmerzen inzwischen fast völlig verschwunden, aber dafür fühlte sie sich bis in die Knochen erschöpft.

»Was macht ihr beide eigentlich hier?«, wollte sie wissen.

Komisch, dachte sie. Eigentlich sollte es mich interessieren. Aber das tat es nicht. Es war ihr absolut gleichgültig. Alles, was sie im Augenblick wollte, war ihre Ruhe.

»Wir haben nach dem Rechten geschaut«, sagte Daphne. »Schließlich hast du mir mal einen Schlüssel für das Haus gegeben. Irgendwann musste ja die Post reingeholt werden. Und die Blumen waren auch schon ganz vertrocknet. Ich habe mich nur um dein Eigentum gekümmert!«

»Wie lange? Die ganzen vier Wochen? Habt ihr wenigstens mein Bett frisch bezogen?«

»Wofür hältst du mich?«, fragte Daphne beleidigt. »Ich dachte, du bist auf Sylt! Und dann warst du ... nirgends! Du ahnst nicht, was ich rumtelefoniert habe!«

»Aber du hast mich nicht als vermisst gemeldet.«

»Du bist schon mal für ein paar Wochen verschwunden«, sagte Daphne. »Damals, als Erik mit dieser ...«

»Du hast Recht«, fiel Isabel ihr ins Wort. »Also betrachte es einfach als unglückselige Wiederholung früherer Vorkommnisse. Was es im Grunde ja auch war.« Sie legte die Hand über die Augen und wünschte, diese Unterhaltung wäre schon vorbei.

Erik stand in der Wohnzimmertür. »Wie geht es dir?«

»Es würde mir entschieden besser gehen, wenn ihr beide verschwindet und mich in Frieden lasst.«

»Wie kannst du das sagen!« Daphne eilte zu ihr und schaute eindringlich auf sie herab. »Freust du dich denn gar nicht, Erik wiederzusehen?«

»Nein«, sagte Isabel wahrheitsgemäß.

»Das liegt nur daran, dass du dein Gedächtnis verloren hast! Dieser italienische Möchtegern-Starkoch hat mir davon erzählt! Eine unglaubliche Geschichte!«

»Sie stimmt. Oder genauer: Sie hat gestimmt. Ich habe mich inzwischen wieder erinnert. Und zwar an *alles*.«

»Oh«, sagte Daphne. Sie senkte die Lider und trat einen Schritt zurück.

»Sind das Manolos, die du da trägst?«, fragte Isabel. »Hast du dir die gleichen gekauft wie ich?«

»Ahm...«

»Sag es nicht«, sagte Isabel. »Ihr habt fünf Minuten. Oder nein, drei. Drei sind mehr als genug. Holt eure Siebensachen und verschwindet. Aber zieh vorher meine Schuhe aus.«

Daphne rauschte mit verbissener Miene hinaus und zur Treppe.

»Und lass die Schlüssel hier!«, rief Isabel ihr nach.

Erik blieb unbewegt in der Tür stehen.

»Was ist mit dir?«, fragte Isabel. »Willst du nicht dein Zeug packen gehen?«

»Es sind nur ihre Sachen, die geholt werden müssen«, sagte Erik. »Ich bin bloß gekommen, um ihr zu sagen, dass ich dieses Spiel nicht mitmache. Spätestens morgen hätte ich dich da rausgeholt.«

Isabel nahm die Hand von den Augen und schaute ihn an. »Warum?«

Er schüttelte den Kopf. »Nicht, um dich zu heiraten, keine

Sorge. Die Idee mit der Hochzeit war sowieso nicht so berauschend. Das wurde mir schon während der Planung klar. Ich nehme an, dir ging es nicht viel anders.«

»Da muss ich dir zustimmen. Bleibt nur die Frage, warum du mir überhaupt einen Antrag gemacht hast.«

»Ach, keine Ahnung. Du warst immer so nett und süß und kultiviert, und ich hatte mich richtig dran gewöhnt, mit dir auszugehen und in Urlaub zu fahren. Und mein Steuerberater fand die Idee auch ganz ausgezeichnet.«

»Weil du damit Steuern sparen kannst oder weil du dich an der Börse verspekuliert hattest?«

Er wurde rot. »Ich hatte dich wirklich gern!«

»Aber verknallt warst du immer in Daphne.«

Er hob die Schultern. »Was soll ich sagen? Ich kann's nicht ändern. Sie ist ein Biest, aber ich bin verrückt nach ihr.«

»Warum hast du dann nicht sie gefragt, ob sie dich heiraten will?«

»Weil sie zu der Zeit leider noch vergeben war.« Eriks Miene hellte sich auf. »Ich könnte sie *jetzt* fragen!«

»Tu das«, empfahl Isabel ihm. »Aber nicht hier. Ich brauche Ruhe.«

»Natürlich«, sagte Erik. »Und vergiss nicht, auch das Gute daran zu sehen.«

»Was meinst du?«, fragte Isabel erschöpft. Sie konnte nicht verhindern, bei seiner Bemerkung automatisch an Fabio zu denken. Ob er darauf hinauswollte?

Wollte er nicht, wie sich gleich darauf herausstellte.

»Na, jetzt kannst du die ganze Hochzeitsplanung wieder absagen«, meinte Erik, schon im Hinausgehen. »Du hast doch gesagt, wie sehr dich das stresst. Wiedersehen!«

Nachdem die beiden verschwunden waren, sagte Isabel sich, dass sie aufstehen und im Haus nach dem Rechten stehen sollte, doch sie brachte es nicht fertig. Eine seltsame Mattigkeit hielt sie gefangen. Es war fast so, als hätte sie ihre ganze Kraft damit verbraucht, ihr Gedächtnis wiederzufinden. Ein Wort fiel ihr ein, das Doktor Mozart ausgesprochen hatte. *Psychogen.* Ja, das war sicher der Hauptgrund für die verlängerte Amnesie. Sie hatte sich nicht an ihr früheres Leben erinnern wollen, denn das hätte bedeutet, sich Erik und Daphne stellen zu müssen. Und ihrer eigenen Hochzeit. Ob sie ihn wirklich geheiratet hätte, wenn sie die beiden nicht in der Hochzeitssuite belauscht hätte?

Isabel horchte in sich hinein und fürchtete, sich selbst die Antwort auf diese Frage schuldig bleiben zu müssen. Aber nach wenigen Augenblicken sah sie ein, dass es müßig war, noch darüber nachzudenken. Es hatte keinen Sinn, sich über alternative Kausalverläufe den Kopf zu zerbrechen. Nicht, wenn das alles sowieso Schnee von gestern war.

Denn in diesem Fall hätte sie sich auch überlegen müssen, ob es mit Fabio hätte klappen können, wenn sie sich unter anderen Umständen kennengelernt hätten. Oder wenn sie sich nie erinnert hätte und bei ihm geblieben wäre. Nach dem Motto: Und wenn sie nicht gestorben sind ...

Mit solchen Fragen konnte und wollte sie sich nicht beschäftigen! Sie war reingelegt worden, aber jetzt hatte sie ihr Leben wieder! Ihr richtiges Leben! Dieser ganze *Was-wäre-wenn-Kram* war höchstens was für hoffnungslose Romantiker. Oder für Karnickel. Und vor allem für naive Blondchen, die sich nicht mit den Realitäten abfinden konnten und die nicht einsehen wollten, dass es überall nur so wimmelte von Lügnern, Betrügern und Ausbeutern.

Ich bin zwar blond, aber nicht blöd, dachte Isabel, während sie unweigerlich dem Schlaf entgegendriftete. Aber was, verdammt noch mal, war sie dann? Wieso war sie überhaupt erst auf diese blond-blöde *Was-wäre-wenn-Frage* gekommen? Und weshalb, zum Teufel, fing sie auf einmal an, in Gedanken zu fluchen? Das war doch gar nicht ihre Art! Oder?

Zum Glück war sie zu müde, um darüber nachzudenken. Ihr fehlte sogar die Kraft, aufzustehen und das Licht auszumachen. Binnen weniger Sekunden war sie eingeschlafen.

Der Wecker hatte am nächsten Morgen einen anderen Klang als sonst, und es dauerte eine Weile, bis Isabel merkte, dass der Wecker gar kein Wecker war, sondern das Telefon. Es klingelte beharrlich, doch Isabel weigerte sich, auch nur die Augen zu öffnen. Sie hatte einen entsetzlichen Traum gehabt ...

Gleich darauf wurde ihr klar, dass es kein Traum gewesen war. Stöhnend griff sie nach einem Kissen und zog es sich übers Gesicht, während das Telefon klingelte und klingelte.

»Hör auf!«, murmelte sie. Im nächsten Augenblick herrschte Stille, und Isabel nahm verblüfft das Kissen von ihren Augen. Blinzelnd sah sie sich um. Ja, das war ihr Wohnzimmer. Weit und breit keine Blümchentapete. Kein *Schwarzes Lamm*. Kein Kaffeeduft, der von der Restaurantküche im Untergeschoss bis herauf in den zweiten Stock zog und sie nach unten lockte, zu den anderen, die schon mit dem Frühstück auf sie warteten.

Ein wildes Tier mit harten Krallen wollte sich anschicken, ihr Inneres zu zerfetzen, genau wie am Abend zuvor.

Hör auf, befahl sie ihm. Doch es half nichts. Anders als das Telefon ließ sich der Schmerz nicht wegkommandieren. Und den Kaffee musste sie sich auch selbst kochen.

Das Sofa war bequem, doch zum Schlafen eignete es sich

nur eingeschränkt. Ihr Nacken und ihr Rücken taten ihr weh, als sie mit steifen Beinen in die Küche taperte und die Kaffeemaschine in Gang setzte. Nur am Rande fiel ihr auf, dass sie dasselbe Gerät besaß wie Fabio im *Schwarzen Lamm,* bloß eine Nummer kleiner. In Sachen Kaffeekochen waren sie beide Profis, sozusagen. Nur, dass sie meist für sich allein Kaffee machte und Fabio für einen ganzen Raum voller Gäste. Heute Abend zum Beispiel, bei der Neueröffnung. Da würde die Maschine der größten nur denkbaren Belastung standhalten müssen. Meine Güte, was waren sie die ganze Zeit aufgeregt gewesen wegen der Eröffnung!

Isabel trank den Kaffee viel zu heiß und verbrannte sich die Lippen.

»*Maledetto!*«, stieß sie hervor, während sie die Tasse wegstellte.

Erst auf der Treppe nach oben merkte sie, dass sie schon wieder geflucht hatte. Diesmal sogar laut. Und auf Italienisch. Was das wohl zu bedeuten hatte? Auf keinen Fall etwas Gutes! Fluchen zeugte von mangelnder Beherrschung und niedrigem Niveau!

Nun, es konnte nur daran liegen, dass jemand ihre Küche benutzt und hinterher nicht aufgeräumt hatte. In der Spüle und auf der Anrichte stapelten sich schmutzige Teller und Gläser, und zwar garantiert schon länger als seit gestern. Von wegen *nach dem Rechten sehen!*

Auch das Bad war benutzt und konnte eine gründliche Reinigung vertragen. In der Dusche lagen rote Haare, und die Toilette... Daphne, dieses Miststück!

Isabel fielen sofort noch andere, wesentlich aussagekräftigere Ausdrücke ein, ein Teil davon ebenfalls auf Italienisch, und sie zögerte nicht, ein paar der Vokabeln laut auszusprechen, einfach nur, um den Klang zu hören. Es war nicht übel, wie sie zugeben musste. Außerdem tat es überraschend gut, ihre frisch erworbenen Sprachkenntnisse auf diese Weise auszuprobieren.

Vielleicht sollte ich öfter auf Italienisch fluchen, überlegte sie, während sie die Putzutensilien aus der Besenkammer holte.

Sie zögerte nicht, ihren Vorsatz in die Tat umzusetzen. Ausgiebig übte sie das Fluchen, und gleichzeitig machte sie sich entschlossen an die Arbeit. Sie konnte nicht duschen, solange Daphnes Haare noch dort herumlagen!

Normalerweise kam einmal die Woche eine Putzfrau vorbei, doch die hatte während des letzten Monats vermutlich vor verschlossener Tür gestanden.

Statt Daphne einen Ersatzschlüssel auszuhändigen, hätte sie wohl besser der Haushaltshilfe einen überlassen. Dann wäre das Haus wenigstens sauber, und niemand hätte ihre Manolos missbraucht.

Wenigstens hatte Daphne die schmutzigen Handtücher in den Wäschebehälter gestopft. Isabel versagte es sich heroisch, sie zu zählen, doch als sie die ganze Ladung in die Waschmaschine stopfte, konnte sie nicht umhin zu bemerken, dass es sich mindestens um einen ganzen Wochenbedarf handelte.

Nachdem sie das Bad und die Küche gereinigt hatte, machte sie sich über das restliche Haus her. Die Fenster hatten schon beim Aufstehen so ausgesehen, als könnten sie eine gründliche Reinigung vertragen, und dem Aubusson in der Diele konnte ausgiebiges Saugen sicher nicht schaden. Die Täfelung im Treppenhaus glänzte nach einer sorgfältigen Politur mit einem biologisch abbaubaren Wachs wie neu, und auch die Gästetoilette im Erdgeschoss strahlte Stunden später infolge einer Spezialbehandlung mit Entkalker und Edelstahlmittel wie frisch von Olaf installiert.

Das viele Schrubben und Putzen versetzte sie in einen eigenartigen Rausch, und sie fragte sich, warum sie das früher nie selbst gemacht hatte und stattdessen lieber ins Fitnessstudio gegangen war. Statt das Geld für den Personal Trainer rauszuwerfen, hätte sie sich auf diese sinnvolle und befriedigende Weise dieselbe Bewegung kostenlos verschaffen können. Außerdem hatte es den Vorteil, dass hinterher alles wunderbar sauber war. Wieso war sie nicht früher schon auf diesen einleuchtenden Zusammenhang gekommen?

Beim Thema Geld fiel ihr ein, dass sie noch eine dringende Verpflichtung zu erledigen hatte. Sie rief im Krankenhaus an und ließ sich mit Doktor Mozart verbinden.

Er war erfreut, ihre Stimme zu hören, schien aber nicht allzu überrascht, dass sie ihr Gedächtnis wiedergefunden hatte.

»Sie standen dicht davor, das hat man gemerkt«, meinte er. »Übrigens – Sie spielen wundervoll Klavier! Werden wir künftig öfter einen Auftritt erleben können?«

Sie dachte kurz nach. »Darüber habe ich mir noch keine Gedanken gemacht«, sagte sie schließlich ehrlich. »Wissen Sie, ich hab's sogar richtig professionell gelernt. Am Konservatorium. Ich galt als Talent. Dann hatte ich einen Unfall. Komplizierter Trümmerbruch des rechten Handgelenks. Hat lange gedauert, bis das verheilt war. Ich durfte wegen der Verletzung nicht spielen, und weil mir langweilig wurde, hab ich was anderes studiert.«

»Innenarchitektur.«

Sie erinnerte sich, dass sie es ihm in der Cafeteria erzählt hatte. »Richtig«, sagte sie.

»Also sind Sie heute Innenarchitektin?«

»Eigentlich bin ich nichts«, bekannte Isabel, während sie vergeblich versuchte, die Beklommenheit zu unterdrücken, die sich in ihr ausbreiten wollte. »Während des Studiums am Konservatorium habe ich meinen Mann kennengelernt, und dann geschah der Unfall...«

»Bei dem Sie sich die Hand verletzt hatten?«

»Ja. Und bei dem mein Mann ums Leben kam.«

»Das tut mir leid!«

Sie hörte die Betroffenheit in seiner Stimme und lächelte wehmütig. »Das war ebenfalls ein Grund, warum ich nicht mehr spielen wollte.«

»Ist das lange her?«

»Fast acht Jahre. Er war mein Professor, ein Niederländer. Daher der Name. Ein wunderbarer Mann. Etwas älter als ich, aber wir harmonierten perfekt, nicht nur in der Musik.« Sie hielt inne. »Das zweite Studium war dann eher eine Verlegenheitslösung. Eine Art Beschäftigungstherapie. Nach einer Weile habe ich gemerkt, dass es nicht wirklich das ist, was ich wollte, und so ließ ich es wieder sein.«

»Und stattdessen haben Sie sich aufs Schwimmen verlegt?«

Sie musste lachen. »Nein, das ist noch länger her. Ich war früher in einem Schwimmverein. Damals lebten meine Eltern noch, und mein Vater war Schwimmtrainer. Er hatte es sich in den Kopf gesetzt, dass ich bei den Olympischen Spielen mitmache. Ich war sogar im Kader für die Jugendmannschaft.«

»Ein vielseitiges Talent.« Er zögerte, dann fuhr er fort: »Haben Sie noch Familie?«

»Nein.« Isabel spürte den Aufruhr, der durch diese einfache Wahrheit in ihr ausgelöst wurde. Sie hatte tatsächlich niemanden, der ihr wirklich nahe stand. Ihre Eltern waren bei einem Bootsunglück ums Leben gekommen, als sie vierzehn gewesen war, und Jan, ihr Mann, war schon im ersten Jahr ihrer Ehe in einem Straßengraben gestorben, nachdem er auf eisglatter Fahrbahn die Kontrolle über den Wagen verloren hatte. Sie selbst war mit einer kaputten Hand und einem gebrochenen Herzen davongekommen.

Ja, sie wusste, wie weh es tat, geliebte Menschen zu verlieren und plötzlich allein dazustehen, aber sie hatte es schon mehrmals überwunden. Sie würde es auch diesmal schaffen. Auch wenn es so verdammt wehtat, dass sie hätte schreien können.

Nicht wegen Erik, und auch nicht wegen Daphne. Nein, ganz bestimmt nicht wegen Daphne. Sie kannten einander zwar seit dem Beginn des später abgebrochenen Innenarchitekturstudiums, aber ihre Beziehung war eher oberflächlich geblieben.

Fabio kannte sie erst seit vier Wochen, seit dem missglückten Versuch, eine Lokalität für ihre abgeblasene Hochzeit zu buchen. Doch diese vier Wochen hatten ausgereicht, um ...

Nein, hör auf!, schrie sie sich selbst innerlich an.

»... noch etwas fragen?«, meinte Doktor Mozart.

Isabel hätte um ein Haar den Hörer fallen lassen, weil sie ihn vollkommen vergessen hatte.

»Bitte?«, fragte sie verwirrt.

»Sie sagten vorhin, Sie wollten mich noch etwas fragen«, wiederholte er freundlich.

»Ach so, ja. Es geht um die Krankenhausrechung. Könnten Sie bitte veranlassen, dass die Verwaltung Sie mir nochmals schickt? Diesmal an meine richtige Anschrift.«

Am anderen Ende der Leitung herrschte Stille, und Isabel fürchtete bereits, er werde Fragen wegen ihrer angeblichen Verlobung stellen, doch zu ihrer Erleichterung erkundigte er sich lediglich nach ihrer Adresse.

Sie nannte sie ihm und bedankte sich für seine Mühe, und

er versicherte ihr, dass nichts, was er für sie tun könne, ihm Mühe bereite. Zum Abschied versprach sie ihm, gelegentlich zu einer Nachuntersuchung vorbeizukommen, damit er seinen Abschlussbericht verfassen konnte. Fälle von Amnesie, so meinte er, begegneten einem nicht jeden Tag, nicht einmal einem Facharzt für Neurologie. Nachdem sie aufgelegt hatte, stand sie eine Weile verloren im Zimmer, den Hörer des Telefons immer noch zwischen den Händen. Sie beschwor sich, an irgendwelche harmlosen Dinge zu denken. Bloß nicht an Fabio. Auf keinen Fall an Fabio!

Dann schon eher an einen neuen Staubsauger, eines von diesen Geräten, die den Boden vorher nass machten, bevor sie ihn absaugten. Putzen und Saugen in einem also, das war ungeheuer praktisch. Und hatte sie sich nicht schon immer mal ein neues Bügelbrett zulegen wollen? Zugegeben, sonst hatte ihre Zugehfrau sich immer um diese Arbeiten gekümmert, im Grunde hatte sie noch nie selbst gebügelt. Jedenfalls früher nicht, bevor sie Fabio kennengelernt hatte...

Damit war sie schon wieder bei dem Thema, an das sie nicht denken wollte.

Sie beschloss, sich abzulenken, und ging unter die Dusche. Anschließend hatte sie Grund, das Bad nochmals zu putzen, das half für eine weitere Viertelstunde. Danach musste die fertige Wäsche in den Trockner, und dann rief sie den Gärtner an, weil dringend der Rasen gemäht und die Rabatten gedüngt werden mussten.

Dabei fiel ihr ein, dass die neu angelegten Rabatten vor dem *Schwarzen Lamm* auch noch eine ordentliche Ladung Dünger hätten vertragen können, und in die Auffahrt zu den Parkplätzen musste noch Kies gestreut werden, davon hatte Fabio gestern Morgen erst gesprochen... Verflucht, sie dachte schon wieder dran! Wann hörte das endlich auf?

Der Gärtner hatte erst in der nächsten Woche wieder einen Termin frei, und Isabel sagte sich, dass in dieser Zeit die Rabatten vollkommen verwildern würden, wenn sie nichts dagegen unternahm.

Sie hatte das große Hauptbeet vor dem Haus schon zur Hälfte von Unkraut befreit, als sich hinter ihr jemand räusperte. Isabel fuhr herum und ließ um ein Haar den Eimer fallen, in dem sie die ausgerupften Gewächse für die Biotonne sammelte.

»Hallo«, sagte Natascha. Sie stand draußen vor dem Gitter der Einfahrt und schaute zu Isabel in den Vorgarten. »Na, wenn da nicht jemand fleißig ist! Hätte ich jetzt echt nicht gedacht, dass du deine Gärtnerarbeiten selbst machst!«

»Und ich hätte nicht gedacht, dass du *überhaupt* denkst«, gab Isabel zurück, während sie vergeblich versuchte, ihren beschleunigten Herzschlag unter Kontrolle zu bringen. Aus den Augenwinkeln lugte sie seitlich über die Mauer, doch dort war niemand zu sehen. Offenbar war Natascha allein gekommen.

Das Tor war offen. Nachdem Erik und Daphne gestern gegangen waren, hatte niemand sich die Mühe gemacht, es zu verschließen. Natascha kam in den Vorgarten und reichte ihr eine große Plastiktüte.

»Hier, das hast du im *Schwarzen Lamm* vergessen.«

Isabel brauchte nicht in die Tüte zu schauen, um zu wissen, dass es sich um die wenigen Habseligkeiten handelte, die sie im Laufe der letzten Wochen gekauft hatte. Lauter Zeug, das sie normalerweise nie eines zweiten Blickes gewürdigt hätte.

Steck es in die Altkleidersammlung, wollte sie sagen. Doch sie brachte es aus unerklärlichen Gründen nicht über die Lippen. Abrupt warf sie die Tüte hinter sich aufs Beet.

»Danke«, sagte sie kühl. »Ich nehme an, das war's. Tschüss.«

»Ups, da ist jemand sauer auf mich, oder?«

Isabel wandte sich ab und fuhr fort, büschelweise Löwenzahn und Klee aus der Erde zu rupfen und in den Eimer zu werfen.

»Das mit der Putzfrauenlegende war ein bisschen mies von mir«, räumte Natascha ein. »Aber du musst zugeben, dass du eine kleine Lektion vertragen konntest, so zickig, wie du dich vorher benommen hast! Meine Güte, so ein Snob wie du ist uns vorher noch nie über den Weg gelaufen!« Sie sah sich anerkennend um. »Nette Hütte hast du hier. Gekauft oder geerbt?«

»Es ist mein Elternhaus«, sagte Isabel.

Natascha warf einen Blick auf die offene Garage und schnalzte mit der Zunge, als sie den Porsche sah.

»Deine Eltern müssen schwer bei Kasse sein. Ist das ihr Wagen da drüben?«

»Er gehört mir. Meine Eltern sind tot.«

»Oh, tut mir leid. Meine übrigens auch. Ich bin in einem Waisenhaus aufgewachsen.«

Falls sie damit beabsichtigt hatte, bei Isabel auf die Jammertour zu punkten, hatte sie sich verkalkuliert. Isabel schwieg verbissen, während sie den Eimer in die Garage zur Biotonne trug und mit wütendem Schwung das Unkraut hineinkippte. Sie überlegte, ob sie vielleicht bereits heute den Rasen mähen sollte. Zum einen konnte er es dringend vertragen, und zum anderen würde es dabei so laut zugehen, dass Natascha zwangsläufig mit ihrem Gequassel aufhören musste. Doch ihr taten jetzt schon die Schultern und Arme weh. Nicht, weil sie sich beim Unkrautjäten überanstrengt hatte, sondern weil sie nur ein dünnes Top trug und vergessen hatte, sich mit Sunblocker einzureiben. Die Mittagssonne knallte ungehindert auf das große Beet neben der Einfahrt, und vermutlich hatte sie ihr nicht nur die Haut verbrannt, sondern auch das Gehirn ausgedörrt, denn anderenfalls hätte sie Natascha sicherlich zum Teufel geschickt statt zuzulassen, dass sie sich einfach an ihre Fersen klebte und ihr ins Haus folgte.

»Wow«, sagte Natascha, während sie den Eingangsbereich begutachtete und durch den offenen Durchgang ins Wohnzimmer schlenderte. »Edel geht die Welt zu Grunde, was?«

»Ich habe nicht die Absicht, zu Grunde zu gehen.« Isabel marschierte in die Küche und goss sich ein großes Glas Mineralwasser ein.

»Danke.« Natascha, die anscheinend hartnäckiger war als jeder Schatten, nahm ihr das Glas aus der Hand und trank es in einem Zug leer. »Schönes Haus hast du hier. Nur viel zu groß, um allein zu leben.«

Damit berührte sie einen wunden Punkt. Tatsächlich hatte Isabel schon mehrmals kurz davor gestanden, das Haus zu verkaufen. Das erste Mal, als sie volljährig geworden war und das Familiengericht ihr die eigene Verfügungsgewalt über das Vermögen ihrer Mutter übertragen hatte, und dann wieder nach dem Unfall, bei dem Jan gestorben war. Doch bisher hatte sie es nicht fertig gebracht, vielleicht, weil ihr die Energie dafür gefehlt hatte.

Vielleicht war es an der Zeit, das jetzt endlich durchzuziehen und woanders ganz von vorn anzufangen, in einer netten Eigentumswohnung, die nur halb so groß war wie das Haus und für die sie weder Gärtner, Putzfrau noch Videoüberwachung brauchte.

»Du hast Recht«, sagte sie.

Natascha wirkte verblüfft. »Womit?«

»Das Haus ist zu groß, ich werde es verkaufen.«

»Hm, na ja ... Wenn du meinst. Ich wollte dir da aber nichts einreden. Nur, weil ich dich mal zum Bügeln abkommandiert habe, musst du jetzt noch lange nicht das Haus verkaufen.«

»Keine Sorge, ich bin dir nicht hörig. Ich wollte es sowieso verkaufen.«

Natascha sah sich in der Küche um und betrachtete die integrierte Esstheke, hinter der ein großer Durchgang zum Wohnbereich führte. »Das ist Philippe Starck, oder? Und das Sofa da drüben ... Rolf Benz?«

»Beinahe. Koinor.«

»Auch sehr nobel«, meinte Natascha. »Nicht wirklich vergleichbar mit der Ikea-Hochzeitssuite im *Schwarzen Lamm*, wie?«

»Nicht annähernd«, sagte Isabel. Gleichzeitig fragte sie sich, ob das, was sie da gerade fühlte, vielleicht ein schlechtes Gewissen war. Wieso, zum Teufel, sollte sie ein schlechtes Gewissen haben? Sie hatte zufällig eine Menge Geld von ihrer Mutter geerbt und später noch sehr viel mehr von Jan. War das etwa ihre Schuld? Sie hätte sonst was drum gegeben, wenn beide stattdessen heute noch leben würden!

»Jetzt hör mal zu«, fuhr sie hitzig fort. »Meine Mutter hat mir zufällig ihr Vermögen hinterlassen, meine Großeltern hatten eine große Kartonagefabrik. Und später habe ich noch mehr von meinem Mann geerbt, der ebenfalls reiche Eltern hatte. Aber das ist noch lange kein Grund, mich ...«

»Du warst verheiratet?«

»Ja, stell dir vor! Und zwar *glückliche!*« Isabel warf frustriert und wütend die Arme hoch. »Was willst du überhaupt noch hier? Meine Sachen hast du mir gebracht, jetzt kannst du wieder gehen! Oder was liegt sonst noch an?«

»Na, du stellst Fragen! Zufällig ist heute Abend Eröffnung, und da können wir jede Hand brauchen! Wir zählen fest auf dich!«

Isabel starrte sie an. »Das kann nicht dein Ernst sein!«

»Aber was denn!« Natascha wirkte beleidigt. »Bist du wirklich so nachtragend? Nur wegen dieser kleinen Bügelgeschichte...«

»Bügeln?«, schrie Isabel. Sie war so außer sich, dass sich ihre Stimme überschlug.

»Oder lag es am Putzen?«, meinte Natascha nachdenklich. »Ich hatte allerdings den Eindruck, dass du es nicht so schrecklich ungern machst.« Sie deutete auf den Putzeimer und den Schrubber, die beide noch am Fuße der Treppe standen. »Hier hast du auch geputzt, oder? Riecht noch richtig frisch.«

Isabel drehte sich wortlos um und ging zur Haustür, um sie aufzureißen. »Auf Wiedersehen. Oder nein, besser nicht. Sagen wir lieber *Ciao*.«

»Meine Güte, du kannst doch nicht bis ans Ende deiner Tage sauer auf mich sein!«, rief Natascha. »Du hast viel dabei gelernt, und du hattest Spaß daran, wir hatten alle miteinander eine wirklich lustige Zeit und schöne, gemütliche Essensabende. Warum willst du das jetzt abstreiten!«

»Ich streite es gar nicht ab«, hörte Isabel sich zu ihrer eigenen Überraschung sagen.

»Na siehst du! Und wir haben die ganze Zeit nicht gewusst, wo du wohnst, sonst hätten wir es dir garantiert gesagt! Also, womit hast du ein Problem?«

»Bestimmt nicht mit Bügeln oder Putzen«, fauchte Isabel.

»Ja, was war es denn dann? Etwa die Küchenarbeit?«

Isabel spürte, wie sie errötete, doch sie weigerte sich, weitere Kommentare abzugeben.

Nataschas Miene hellte sich auf. »Ich verstehe! Es ist wegen dieser blöden Karnickelsache, stimmt's? Aber nach allem, was ich bisher so mitgekriegt habe, bist du dabei durchaus auch auf deine Kosten gekommen. Also, direkt gelogen habe ich damit eigentlich nicht, oder?«

Isabel merkte, wie aus dem Erröten eine Art Flammenwerfer wurde. Ihr Gesicht brannte vor Wut und Verlegenheit. Sie stieß unwillkürlich ein paar Worte hervor, was Natascha dazu brachte, einen Schritt zurückzutreten und sie überrascht zu mustern. »Alle Achtung! Das war ziemlich krass eben. Weißt du ungefähr, was du da gesagt hast?«

»Es war Italienisch«, sagte Isabel steif.

»Sag bloß!« Natascha grinste.

»Bist du jetzt fertig?« Isabel wollte die Tür zuknallen, doch Natascha stemmte ihre massive Schulter dagegen.

»Nein, ich war noch nicht fertig! Er hat es nicht absichtlich gemacht!«

Isabel wollte die Tür festhalten, doch sie konnte den Zusammenprall zwischen Holz und Fett nicht mehr verhindern.

»Du hast mir wahrscheinlich die Schulter gebrochen«, meinte Natascha. »Aber du kannst Wiedergutmachung leisten.«

Isabel blickte sie ungläubig an. »Was zum Teufel meinst du mit *nicht absichtlich*?«

»Kann es sein, dass du neuerdings ziemlich oft fluchst? Ist diese Veranlagung mit deinem Gedächtnis zurückgekommen?«

Isabel wollte gerade betonen, dass sie niemals fluche, weder früher noch heute, doch nach dem, was sie eben von sich gegeben hatte, hätte sich das ziemlich fadenscheinig angehört.

Natascha räusperte sich. »Es war nur Giulios Schuld.«

»Ja, klar«, sagte Isabel abfällig. »Er ist an allem schuld, was Fabio macht. Zum Beispiel auch daran, dass Fabio unter Vorspiegelung falscher Tatsachen eine Frau ohne Gedächtnis dazu bringt, seine ... Möhren zu schrappen!« Sie hieb sich wütend mit der Faust in die Handfläche. »Wie kannst du behaupten, dass es *nicht absichtlich* war! Oder dass es Giulios Schuld war! Das ist absurd!«

»Wenn du mir drei Minuten Zeit geben würdest, könnte ich es dir erklären.«

»Drei sind zu viel.« Isabel schaute auf die Uhr. »Ich gebe dir eine.«

»Also hör mal...«

»Fünfzig Sekunden. Wenn sie um sind, hole ich den Rasenmäher.«

»Willst du mich damit umnieten?«

»Nein, Rasen mähen. Und ich warne dich, das Ding ist laut. Man versteht kilometerweit kein Wort mehr. Vierzig Sekunden.«

»Na gut. Alles fing an dem Tag an, als Nero mich erschießen wollte...«

Fabio kam sich vor wie ein Automat. Wenn er sich bewegte – und das tat er ständig –, glitt er wie auf Schienen umher. Seine Beine schienen Teil eines gut funktionierenden Mechanismus zu sein, und seine Augen richteten sich immer dorthin, wo es nötig war. Seine Hände fanden wie perfekt programmierte Greifwerkzeuge immer die richtigen Zutaten und Kochutensilien, und er hörte sich wie aus weiter Ferne Anweisungen geben und Bestellungen bestätigen, als käme seine Stimme von einem Sprachcomputer.

Seine innere Stimme, die ihm immer wieder monoton all seine Schandtaten der letzten Wochen aufzählte, verschlimmerte zusätzlich alles. Er hatte längst aufgehört, sich selbst zu beschimpfen, denn es gab keine Flüche, die übel genug waren, um seinen miesen Charakter zu beschreiben.

Hin und wieder merkte er, wie Natascha ihm aus den Augenwinkeln mitleidige Blicke zuwarf, wodurch er sich noch elender fühlte. Er hätte sich am liebsten in seinem Zimmer verkrochen, doch das musste bis später warten. Immerhin war dies der Abend, auf den er monatelang hingearbeitet hatte – der Neubeginn seiner beruflichen Existenz. Dass es gleichzeitig der Tag war, an dem er privat im tiefsten Knick aller Zeiten steckte, durfte heute niemand merken.

Schließlich war er nicht nur der Chef des Hauses, sondern auch *Chef de Cuisine,* und wenn das neue *Schwarze Lamm* künftig in der Gastronomiewelt eine Rolle spielen wollte, musste alles wie am Schnürchen klappen.

Natascha hatte ihm bereits verschwörerisch mitgeteilt, dass sie sicher war, einen namhaften Restaurantkritiker unter den Gästen erkannt zu haben.

Fabio hatte es eigenartig unberührt zur Kenntnis genommen. Umwuselt von Unterköchen und Servierkräften schuf er seine im Laufe der Woche durchkomponierten und einstudierten Kreationen, lauter köstliche italienische Gerichte, angefangen von raffinierten Antipasti über schaumige Süppchen, fantasievolle Salate und exakt *al dente* gekochte Pastavariationen bis hin zu kross gebratener Jungente, zu Fischragout, Lammkoteletts und klassischem Saltimbocca.

Natascha hatte die Oberherrschaft über die Süßspeisen inne. Sie machte ihre Sache souverän wie immer und kommandierte die beiden Jungköche herum, die unter ihren scharfen Blicken Zabaione rührten und Sorbets anrichteten. Zwischendurch zog sie die Schürze aus und ging im feinen kleinen Schwarzen (das bei ihr eher ein großes Schwarzes war) hinüber in den Gastraum, um den Stand der Bestellungen zu überwachen und die Zufriedenheit der Gäste zu eruieren.

Harry gab als Sommelier seine Glanzvorstellung. Im Smoking und mit gegelten Haaren sah er wie ein Hollywood-Jungstar aus, und er komplettierte die Vorstellung mit jenem Hauch von Hochnäsigkeit, die einen echten Meisterkellner ausmachte. Die Gäste, vor allem die Frauen, hingen an seinen Lippen, wenn er mit akzentuierter Upperclass-Aussprache die zum Menü passenden Weine empfahl.

»Die Leute bestellen den neuen Supertoskaner wie verrückt«, flüsterte er Fabio im Vorbeigehen zu. »Wenn das so weitergeht, müssen wir morgen schon nachordern! Getränkemäßig läuft es bombastisch!«

Die beiden Servierdamen in ihren dezenten dunklen Kostümen standen immer unauffällig bereit, den Gästen alle Wünsche von den Augen abzulesen, während die Kochmannschaft in der Küche Hand in Hand arbeitete und ein essbares Kunstwerk nach dem anderen fabrizierte. Im Hintergrund spielte leise klassische Musik, natürlich Verdi, und auf den Tischen funkelten Kristallgläser und Silberbesteck im Kerzenlicht um die Wette.

Das sorgfältig restaurierte Ambiente des alten Landhauses bot mit den dunklen Deckenbalken und den polierten Dielenbrettern einen würdigen Rahmen für dieses besondere kulinarische Event, aber das gewisse luxuriöse Etwas, diese leichte, aber angenehme Dekadenz – das hätte es nie gegeben ohne Isabels gekonnte Dekorationen.

Fabio konnte nicht aufhören, an sie zu denken, obwohl er mit aller Macht versuchte, es zu unterdrücken. Im Normalfall hätte es ihm leicht fallen müssen, alles zu verdrängen, schließlich hatte er genug zu tun. Ständig waren neue Entscheidungen und exakt darauf abgestimmte Aktionen nötig.

Trotzdem kreisten seine Gedanken andauernd um sie. Es reichte schon, von einem der Hilfsköche die geschrappten und klein geschnittenen Möhren für die Suppe in Empfang zu nehmen. Oder eine saubere Schürze aus dem Wäscheregal zu holen, in der noch frisch eingebügelte Falten zu sehen waren.

Immer, wenn er seine Blicke durch die Küche schweifen ließ, um die Koordination im Auge zu behalten, meinte er, sie hinter einem der hier Anwesenden hervortreten und ihn anlächeln zu sehen. Doch es war jedes Mal nur eines der Serviermädchen, die zufälligerweise beide blond waren und ihn zu allem Überfluss auch noch beide ständig anhimmelten, als wäre er Antonio Banderas persönlich. Zusätzlich nervten sie ihn damit, dass sie Janine und Sandra hießen, genau wie die beiden Frauen, mit denen er nach der Trennung von Raphaela hin und wieder ausgegangen war. Natürlich konnten sie nichts dafür, und bei der Auswahl kompetenter Fachkräfte beim Servieren konnte er nicht einfach jemanden wegen seines Vornamens ablehnen, das wäre idiotisch gewesen.

Aber er war ja ohnehin ein Idiot, sonst hätte er nicht bei der einzigen Frau, die ihm jemals wirklich etwas bedeutet hatte, alles vermasselt.

Natascha kam vorbei und riss ihn aus seinen Gedanken. »Zeit für den Chef, sich bei den Gästen blicken zu lassen.«

Er blickte auf die große Uhr, die an der Längsseite des Raumes angebracht war. Bisher hatte er gar nicht auf die Zeit geachtet, aber der Abend war tatsächlich bereits fortgeschritten. Üblicherweise ließ der *Chef de Cuisine* sich mindestens einmal bei seinen Gästen sehen und plauderte kurz mit ihnen. Nahm Anregungen und Lob entgegen, ließ sich ein wenig hofieren. Das gehörte nun mal dazu in der Welt der feinen Küche und der gehobenen Gastronomie.

Normalerweise entledigte er sich dieser Verpflichtung nicht ungern, aber heute war ihm ganz und gar nicht danach. Er hatte den deutlichen Eindruck, jeder müsste ihm ansehen, was für ein Blödmann und Betrüger er war. Ein paar Leute waren unter den Gästen, die es sowieso schon wussten. Besonders dieser Doktor Oberschlau Mozart und der silberhaarige Hubertus Redford Frost. Sie saßen immer noch bei Espresso und Digestif, er hatte die Bestellungen der beiden Tische hervorragend im Kopf. Hoffentlich waren sie an dem Lamm und dem Zanderfilet erstickt und hatten schwer an der Mokkacreme zu schlucken gehabt! Aber vermutlich hatte ihnen alles ebenso vorzüglich gemundet wie den übrigen Gästen, sonst würden sie nicht mehr dort hocken und ihn durch ihre bloße Anwesenheit nerven.

Außerdem war natürlich das Trio Infernal gekommen. Giulio, Raphaela und Nero hatten es sich nicht nehmen lassen, ihn heute wieder heimzusuchen. Als Harry mit der Hiobsbotschaft in die Küche kam, hatte Fabio endgültig die Nase voll. Er ging in den Aufenthaltsraum und rief seine Tante in Neapel an, Giulios Mutter, um sie dafür um Verzeihung zu bitten, dass er höchstwahrscheinlich ihren Sohn in den Knast bringen würde.

»Ich habe lange versucht, es zu umgehen, Tante Amalia«, sagte er. »Die Familie bedeutet mir viel. Aber er benimmt sich allmählich zu schlimm. Er hat damit gedroht, mein Personal zu erschießen, und ich fürchte, er wird es tun. Das kann ich nicht dulden, ich bin ein guter Arbeitgeber. Kann sein, dass er sogar mich erschießt. Das würde Mama ziemlich traurig machen.«

»Erschießen, eh? Dann lass dir mal von mir was erzählen, mein Junge...«

Nun ja. Nach dem Gespräch hatte er sich besser gefühlt,

aber nicht so viel, dass seine Laune sich entscheidend zum Positiven gewandelt hätte.

Sie sank sogar extrem, als plötzlich Raphaela auftauchte. Sie kam in die Küche, als wäre sie nur mal kurz zwischendurch weg gewesen und würde jetzt wieder ihren Stammplatz einnehmen.

Fabio unterdrückte ein Stöhnen und fragte sich, was er je an ihr gefunden hatte. Hm, dieses enge purpurfarbene Kleid, das sie da anhatte, und das glänzende schwarze Haar und die feucht lockenden Augen ...

Nein, es war zu lange her, und außerdem war sie einen Tick zu verrückt für ihn. Fast so verrückt wie Giulio.

»Was willst du denn hier?«, wollte er schlecht gelaunt wissen.

»Na, wenn der Prophet nicht zum Berg kommt ... Ich wollte dir sagen, wie formidabel du heute wieder gekocht hast!«

»Was hattest du, Fisch oder Kalb?«

»Den Zander«, sagte sie schmollend. »Tu doch nicht so, als wüsstest du es nicht ganz genau! Ich weiß, dass du immer alle Tische mit allen Bestellungen im Kopf hast! In dem Punkt ist dein Gedächtnis perfekt. Obwohl du sonst gerne alles schnell vergisst. Zum Beispiel das mit uns ...«

Fabio sah sich stirnrunzelnd um, doch das Küchenpersonal war zu beschäftigt, um von Raphaelas kleiner Ansprache Notiz zu nehmen.

»Raphaela, du solltest wieder zurück zu Giulio gehen. Du weißt, dass er schnell ausrastet, und das würde mir gerade heute Abend noch fehlen.«

»Wir wissen beide, dass er das Feuer nicht gelegt hat, auch wenn er hinterher damit angegeben hat, dass er's war.«

Fabio verdrehte entnervt die Augen. Natürlich wusste er,

dass ein Kabelbrand in der Restaurantküche der Grund gewesen war, immerhin war das von versierten Experten festgestellt worden, die nichts anderes zu tun hatten, als solche Schäden zu untersuchen. Bei Brandstiftung hätte die Versicherung keinen Cent bezahlt.

»Darauf will ich nicht hinaus«, sagte Fabio. »Sondern darauf, dass es dir gefällt, wenn er vor Eifersucht rasend wird und ständig dicht davorsteht, endgültig die Beherrschung zu verlieren. Aber du solltest wissen ...«

»Ich würde es wirklich mal gern erleben«, sagte sie. Ihre Nasenflügel blähten sich leicht, und in ihre Augen trat ein erregtes Funkeln. »Ich finde es irgendwie ... scharf. Vor allem die Pistole. Auch, dass Nero eine trägt. Man fühlt sich in Begleitung der beiden so machtvoll. Und gleichzeitig ausgeliefert ...«

Fabio zuckte unwillkürlich zusammen. Er erinnerte sich an den Tag, als sie ihm den Vorschlag mit der Peitsche und den Handschellen unterbreitet hatte. Diesem Experiment hätte er sich vielleicht noch tapfer gestellt, doch ihr Ansinnen, Harry und Natascha dabei zusehen zu lassen, war zu viel für ihn gewesen. Höchstwahrscheinlich hatten Giulio und Nero in diesen delikaten Fragen weniger Bedenken. Immerhin war nun klar, was sie an diesem Mafiosogehabe fand.

Er überlegte gerade, ob er ihr das Geheimnis verraten sollte, das er heute von Giulios Mutter erfahren hatte, als ein kleiner Tumult vor der Küchentür ihn aufmerken ließ.

Harry blieb wie angewurzelt stehen und ließ ein Tablett fallen – zum Glück ohne Gläser – und Sandra (oder Janine, die beiden waren kaum auseinanderzuhalten) gab einen schrillen Schrei von sich, während Natascha perplex gegen das nächstbeste Hindernis knallte, weil sie ihre Augen auf Giulio heftete, der sich mit entschlossener Miene und gezückter Pistole in der

Tür aufgebaut hatte. Seine Augen flackerten, während er in die Runde schaute. Als er Raphaela sah, trat ein mörderischer Ausdruck auf sein Gesicht.

»Das war einmal zu viel«, zischte er. »Zuerst die Sache mit dem Fahrrad! Dann die Erbschaft von Oma! Und dann auch noch die Lüge über deine Verlobung! Die du nur erfunden hast, um dich ungestört wieder an meine Braut ranmachen zu können! Und heute gibst du mit diesem neuen Laden an, den du von *meinem* Geld aufgezogen hast! Jetzt reicht es endgültig!«

»Mir schon lange«, brummte Fabio.

»Ich will endlich mein Geld!«

»Willst du wirklich schießen?«, fragte Raphaela. Sie befeuchtete sich die Lippen und lächelte Giulio an. »Du bist so ... cool!« Eilig fügte sie hinzu: »Aber du musst ihn wirklich nicht umbringen, weißt du. Ich fänd's nicht gut, mit jemandem verheiratet zu sein, der lebenslänglich im Gefängnis sitzt.«

Giulio knirschte mit den Zähnen und schien sich zu besinnen. »Keine Sorge, damit mach ich mir selbst nicht die Hände schmutzig.« Sein Kopf bewegte sich zur Seite, wo gerade wie auf Kommando Nero auftauchte. »Wozu hat man Personal.«

»Da vorn steht er«, sagte eine kühle Stimme vom Gang her.

Fabios Kopf ruckte hoch. Isabel! Sie war hier!

Und im nächsten Moment trat sie auch schon in sein Blickfeld. Er merkte, wie ihm der Mund aufklappte, genau wie gestern, als er sie am Klavier gesehen hatte. Sie trug ein tief ausgeschnittenes Kleid aus cremefarbener Seide, mit eng geschnittener Taille und glockig schwingendem Saum, und dazu ein paar helle Pumps, die aussahen, als wären sie auf die Haut gemalt. Ihr Haar schien weit stärker zu glänzen als sonst, ein einziger hell schimmernder Wasserfall aus sanften Löckchen.

Sie muss beim Friseur gewesen sein, durchfuhr es Fabio. Und der Schmuck... An ihren Ohrläppchen und ihrem Hals funkelte es nur so!

Doch er stellte sofort fest, dass ihre Augen den ganzen künstlichen Kram um ein Vielfaches überstrahlten.

»Meine Herren, hier ist der Mann, von dem ich Ihnen erzählt habe«, sagte sie zu irgendwelchen Leuten, die offenbar mit ihr hergekommen waren.

Fabio traute seinen Augen nicht, als wie aus dem Nichts zwei Männer vortraten und sich auf Giulio stürzten, der vergeblich versuchte, seine Pistole wieder wegzustecken. Einer der Männer packte seinen Arm und verdrehte ihn, bis ein knackendes Geräusch zu hören war, während ein anderer ihn von hinten in den Schwitzkasten nahm und ihm befahl, bloß nicht rumzuzicken.

»Das ist ein Missverständnis«, brachte Giulio wimmernd hervor. »Die Pistole ist nicht echt!«

»Das kann nicht sein«, meinte Raphaela. »Glauben Sie ihm nicht.«

»Es ist aber so!«, schrie Giulio.

Raphaela musterte ihn ungläubig. »Wenn das stimmt, wäre das ziemlich krank. Das ist für mich definitiv ein Grund, dich nicht zu heiraten.«

»Aber ich liebe dich doch!«, rief Giulio.

»Mit einer unechten Pistole? Mach dich nicht lächerlich!«

»Er hat Recht«, sagte der Mann, der Giulio die Pistole entrissen hatte und anscheinend ein Kriminalbeamter in Zivil war. »Ist so eine Art Faschingsfabrikat. Nicht mal Schreckschuss.«

»Macht nichts«, meinte sein Kollege ungerührt. »Schutzgelderpressung mit Faschingspistole ist genauso strafbar wie mit einer echten Waffe.«

»Es war keine Erpressung!«, schrie Giulio. Er rieb sich den schmerzenden Arm und funkelte wütend in die Runde, während ihm einer der beiden Beamten Handschellen anlegte und ihn vom Boden hochzerrte. »Er schuldet mir das Geld!«

»Das sagen sie alle«, meinte der Beamte.

»Nehmen Sie den Hinterausgang«, empfahl Isabel. »Dann können Sie auch gleich seinen Komplizen verfolgen.« Sie zeigte aus dem Fenster auf den Parkplatz. »Das ist dieser Typ mit dem Frettchengesicht, der eben in den gestohlenen Wagen dort steigt. Er hat auch eine Pistole.«

»Keine Sorge, den schnappen wir schnell, das ist ein auffälliges Fabrikat.«

»Der Wagen ist nicht gestohlen!«, protestierte Giulio. »Er gehört mir! Ich bin ein ehrlicher Kfz-Händler mit einem ordentlich angemeldeten Gewerbe, und Nero Foscarini ist mein persönlicher Assistent. Er ist bei mir als Prokurist angestellt, das können Sie jederzeit überprüfen!«

»Prokurist?«, fragte Raphaela pikiert. »Hoffentlich ist wenigstens seine Pistole echt!« Sie schaute zu, wie die Beamten Giulio durch den Hinterausgang hinaus auf den Parkplatz und zu ihrem Dienstwagen zerrten.

»Was seid ihr bloß alles für Weicheier!«, beschwerte Raphaela sich bei Fabio. »Von wegen Camorra und Russenmafia und so!« Sie hob die Brauen und blickte sich um. »Mhm, aber immerhin hast du ein wirklich nettes neues Restaurant hier, das finde ich irgendwie ... spannend.«

»Hoffentlich nicht so spannend, dass Sie uns ständig mit Ihren unerwünschten und nervtötenden Besuchen belästigen.« Isabel trat an Fabios Seite und nahm seine Hand. Er starrte sie konsterniert an, während sie fortfuhr: »Mein Verlobter hat keine Zeit, sich ständig mit einer aufdringlichen Ex zu befassen.«

»Verlobter?«, meinte Raphaela skeptisch. »Hab ich da was verpasst?«

»Sieht so aus«, sagte Isabel. »Wir lieben uns halt, wissen Sie. Manchmal werden aus Lügen Wahrheiten. Dann sind plötzlich alle Fragen überflüssig.«

»Wie nett«, meinte Raphaela säuerlich. Achselzuckend wandte sie sich zum Gehen.

Fabio schluckte fassungslos, als Isabel lieblich lächelnd zu ihm aufblickte. Doch schon im nächsten Moment wich das Strahlen von ihrem Gesicht, und sie entriss ihm ihre Hand, als hätte sie sich verbrannt. Mit unbewegter Miene trat sie einen Schritt zur Seite und schaute zu, wie Raphaela mit hoch erhobenem Kopf davonstolzierte.

»Die sind wir los«, sagte Natascha. »He, kann es sein, dass die vergessen haben zu bezahlen? Damit haben wir unsere ersten Zechpreller! Und das gleich am Eröffnungsabend!«

»Was für ein Tag«, meinte Harry. »Hat irgendwer was gemerkt, oder ist unser guter Ruf schon ruiniert, bevor er überhaupt entstehen kann?«

»*Ich* hab's gemerkt«, jammerte Sandra oder Janine. »Ich glaube, ich kriege gerade tierisch Durchfall! Mir hat niemand gesagt, dass hier Schutzgelderpresser rumhängen!«

»Er ist nicht ganz dicht, hat aber noch nie jemandem was getan«, sagte Fabio.

Natascha zog zweifelnd die Brauen hoch. »Und warum hast du uns dann ewig in dem Glauben gelassen, er würde uns umlegen?«

»Weil ich nicht wusste, dass es nur Schau war. Seine Mutter hat's mir heute erzählt. Sie sagte, dass er absolut harmlos ist. Er leidet bloß an dem zwanghaften Bedürfnis, sich wichtig zu machen, weil zwei seiner Cousins große Nummern bei der Camorra sind.« Er hob die Hände. »Ich nicht. Ich bin ein

Cousin von der ehrlichen Fraktion. Genau wie Giulio. Nur, dass ich nicht so verrückt bin wie er. Höchstens ein bisschen bescheuert: Ich hätte mehr Familienkontakt halten sollen, dann hätte ich besser Bescheid gewusst.«

»Das, was du an Familienkontakt hattest, war schon zu viel«, wehrte Harry ab.

Fabio hörte nicht mehr zu, denn soeben schickte Isabel sich an zu verschwinden. Er trat ihr eilig in den Weg. »Was hast du vor?«

»Ich gehe.«

»Wohin?«

»Nach Hause.«

»Du würdest dich da nur fürchterlich langweilen!«

»Das kannst du nicht beurteilen.«

»Hier hättest du eine Aufgabe!«

»Als was? Als Bügelmamsell?«

»Isabel ... Ich würde auch ein Klavier anschaffen! Du könntest in der Bar spielen!«

»Vergiss es.« Sie ging um ihn herum und eilte davon.

Er blieb stehen und schaute ihr nach.

»Ein Klavier«, sagte Harry zweifelnd. »Alter, das ist vielleicht nicht gerade das beste Argument in so einer Situation!«

Sie war so wütend wie schon lange nicht mehr, als sie durch den Gang marschierte. Allzu schnell kam sie nicht voran, nicht mit den Schuhen. Sie hatte nicht widerstehen können, ihr neuestes und bestes Paar Manolo Blahniks anzuziehen. Zusammen mit dem Yves-Saint-Laurent-Kleid, das sie vor drei Monaten in Paris gekauft hatte. Nur, um es dieser Ziege Raphaela zu zeigen. Und allen anderen auch.

Schaut her, ich bin wieder ich! Nicht mehr diese naive kleine Küchenfee, die keine Ahnung hatte, wie man Pesto macht, und die sogar zu blöd zum Gemüseputzen war. Und die sich mal eben vom Chef des Hauses auf der Arbeitsplatte vernaschen ließ, nur weil sie irrtümlich der Meinung war, dass sie ein Paar waren.

Verflucht, wieso war sie überhaupt hergekommen? Weshalb tat sie sich das noch an? Die Story über Giulio, den Camorra-Killer, die Natascha ihr da aufgetischt hatte, war ihr zwar heute Nachmittag noch ziemlich bedrohlich vorgekommen, doch vorhin hatte sich schlagartig alles in Wohlgefallen aufgelöst.

Sie kam sich doppelt dämlich vor. Nicht nur, dass sie sich förmlich überschlagen hatte, die Polizei in Marsch zu setzen. Sie musste auch noch selbst hier auftauchen, um sich zu vergewissern, dass die – in Wahrheit nur eingebildete! – Gefahr gebannt war. Und sich dazu auch noch anziehen, als ginge sie zu einer erstklassigen Dinnerparty.

Na schön, genau genommen war es eine Art erstklassige Dinnerparty, alle Leute hatten sich enorm aufgebrezelt, das war nicht zu übersehen. Sie stellte es fest, als sie vor dem Gastraum stehen blieb und hineinschaute. Nur ganz kurz und ausschließlich aus rein professionellem Interesse heraus. Sie wollte lediglich wissen, wie ihre Deko zur Geltung kam, wenn Leute mittendrin saßen und tafelten.

Sie war förmlich erschlagen von dem Anblick. Das strahlende Licht von den Wandlüstern, das schimmernde Kristall auf dem weißen Damast der Tischdecken, der sanft glänzende dunkle Holzboden, die wunderbaren antiken Möbel ... Und über allem die beschwingte Musik von Verdi und der köstliche Duft von Espresso und edlem Wein ...

Sie zuckte zusammen, als jemand sie von hinten beim Ellbogen fasste und vorwärtsschob. Es war Fabio, der sie in die Mitte des Raumes zog und dann stehen blieb. Sie wollte sich losmachen, doch er hielt sie eisern fest.

Sofort hatten sie die Aufmerksamkeit aller Gäste auf sich gezogen. Beifällige Bemerkungen wurden laut.

»Ah, der Chef!«

»Endlich lässt er sich blicken!«

»Wer ist denn die junge Dame, die er da bei sich hat?«

Isabel fühlte sich im Mittelpunkt zahlreicher Blicke und wand sich unbehaglich, doch er machte keine Anstalten, seinen Griff zu lockern. Im Gegenteil, er legte sogar seinen Arm um sie.

»Guten Abend, meine Damen und Herren! Jetzt, nachdem Sie alle gegessen haben, kann ich es wohl wagen, Sie herzlich im neuen *Schwarzen Lamm* willkommen zu heißen. Man sagt ja, mit vollem Magen ist man bereit, so manchen Schnitzer zu verzeihen.«

Gelächter war zu hören, und hier und da wurden launige Bemerkungen laut.

»Von wegen Schnitzer«, sagte jemand. »Das war first class, genau wie in Ihrem alten Laden, Signore!«

»Sogar noch besser!«, rief eine Frau. »Es ist einfach wundervoll hier! Diese Atmosphäre! So einzigartig!«

»Sie kochen genial!«

»Kann man von diesen gefüllten Oliven das Rezept haben, oder ist es geheim?«

Fabio holte Luft, und zu ihrer Bestürzung erkannte Isabel, dass er vor Anspannung zitterte. Sie hätte vorhin schon merken müssen, wie außer sich er war, denn sein italienischer Akzent war stärker hervorgetreten als je zuvor, seit sie ihn kannte. Sein Griff hatte sich gelockert, sie hätte sich ohne weiteres losreißen und weglaufen können, doch ihre Füße schienen am Boden zu kleben. Sie sagte sich, dass sie sich lächerlich machen würde, wenn sie jetzt losrannte, schon deswegen, weil Doktor Mozart und Hubertus Frost hier waren. Die beiden würden erwarten, dass sie ihnen zumindest Guten Abend sagte. Sie fühlte sich merkwürdig erleichtert, weil sie damit eine Erklärung dafür gefunden hatte, dass sie hier stand wie festgenagelt. Es hatte nichts mit Fabio zu tun. Überhaupt nichts!

»Meine Damen und Herren, ich danke Ihnen für die Komplimente und freue mich, dass es Ihnen allen so gut geschmeckt hat!« Sein Akzent war noch deutlicher zu hören, und Isabel spürte, dass seine Anspannung sich steigerte.

»Dass dieses Restaurant heute eröffnet werden konnte, ist aber nicht allein mein Verdienst. Vor allem nicht die Atmosphäre, die Sie vorhin erwähnt haben. Das habe ich einer wunderbaren Frau zu verdanken, die hier neben mir steht. Ihr Name ist Isabel, und eigentlich ist die Arbeit in einem Restaurant gar nicht ihr Ding. Trotzdem hat sie wochenlang ihre ganze Energie in diesen Laden hier gesteckt.«

Die Leute klatschten und lachten.

»Gut gemacht!«

»Das hat sich wirklich gelohnt!«

»Verraten Sie uns auch, wo man so eine Assistentin findet?«

Fabio legte einen Arm um Isabels Schultern. »Assistentin? Oh nein, das ist sie nicht. Sie ist ... Sie ist die Frau, die ich liebe.«

Isabel wäre zu Boden gesunken, wenn er sie nicht gehalten hätte.

»O mein Gott«, stammelte sie. »Das ist ... Das ist ...«

»Die verdammte Wahrheit«, sagte er, so leise, dass nur sie es hören konnte. »Bleib bei mir, oder ich gehe zurück nach Neapel, kaufe mir ein Boot und werde Fischer.«

Sie schaute zu ihm auf und fand es merkwürdig, dass sein Gesicht vor ihren Augen verschwamm. Dass sie angefangen hatte zu weinen, begriff sie erst, als ihr die Tränen in den Ausschnitt tropften. Und dass sie kaum hörbar vor sich hinfluchte, wäre ihr überhaupt nicht aufgefallen, wenn Fabio sie nicht unterbrochen hätte.

»*Principessa*«, sagte er sanft, während er sie vor den Augen aller Anwesenden in die Arme zog. »Ich weiß, dass ich ein verdammter Idiot und ein dämlicher Macho und ein hirnloser Mistkerl bin. Und natürlich ein Montagsmann. Aber könntest du mich vielleicht trotzdem jetzt küssen?«

Sie brauchte keine zweite Aufforderung und tat es, durchdrungen von ihrer Liebe und dem seligen Bewusstsein, dass sie beim Friseur gewesen war und ihre besten Schuhe und ihr schönstes Kleid angezogen hatte. Nicht, weil sie jemanden beeindrucken wollte, wirklich nicht. Aber es konnte nun mal nicht schaden, wenn eine Frau bei ihrem eigenen Happy End richtig gut aussah.

Das schmeckt nicht nur dem Montagsmann ... ☺

Kleine Auswahl italienischer Rezepte

Prataioli marinati su radicchio
Marinierte Pilze auf Radicchio
Vorspeise (leicht, aber pfiffig)

Zutaten für 4 Personen
500 g Champignons,
1 Radicchio,
3 EL Olivenöl,
½ TL Salz,
1 TL brauner Zucker,
50 ml Balsamicoessig,
1 EL gehackter Rosmarin,
2 Knoblauchzehen, Pfeffer

Zubereitung
Champignons putzen und blättrig schneiden. Öl erhitzen, Pilze andünsten. Mit Salz und Zucker bestreuen. Knoblauch pressen und darübergeben. Unter Wenden braten, bis die Pilze goldbraun sind. Mit dem Essig ablöschen und 5 Min. köcheln, mit Salz und Pfeffer abschmecken und abkühlen lassen, bis sie lauwarm sind. Gewaschene und abgetropfte

Radicchioblätter auf Tellern verteilen, Champignons darauf anrichten. Mit warmem Ciabatta oder frischem Bruschetta servieren.

*

Bruschetta
Geröstetes Knoblauchbrot
Vorspeise (schmeckt zum Salat, zur Suppe und auch einfach so zwischendurch)

Zutaten für 4 Personen
4 Scheiben Brot (Weißbrot oder Bauernbrot),
4 Knoblauchzehen,
8 EL natives Olivenöl,
Salz,
Pfeffer

Zubereitung
4 Brotscheiben halbieren und toasten (evtl. auch im Backofen). Danach mit den geschälten und halbierten Knoblauchzehen einreiben, pro Scheibe einen EL Öl darüberträufeln. Salzen und pfeffern.

Variation:
Pro Scheibe 1 Tomate abbrühen und enthäuten, würfeln und auf das Brot streichen und erst danach salzen und pfeffern.

*

Prugne valligiane
Speckpflaumen
Vorspeise (sehr beliebt auch als Fingerfood auf Partys)

Zutaten für 4 Personen
   16 Dörrpflaumen,
   1 großes Glas trockener Weißwein,
   16 geschälte Mandeln,
   16 Scheiben Bacon

Zubereitung
Pflaumen waschen und in Weißwein und etwas Wasser einweichen. Danach abtropfen, entkernen und je eine Mandel hineinstecken. Mit je einer Scheibe Bacon umwickeln, mit Zahnstochern den Bacon feststecken. Die Pflaumen in eine Auflaufform geben und mit einigen EL Weißwein übergießen.
Bei 220° (Umluft 200°) im vorgeheizten Backofen 15 Min. backen, nach der Hälfte der Garzeit einmal wenden. Heiß oder kalt servieren.

*

Spaghetti mit Basilikum-Pesto
Vorspeise
(schlicht und klassisch)

Zutaten für 4 Personen
   500 g Spaghetti,
   1 Bund frisches Basilikum,
   4 Knoblauchzehen,
   1 Prise Salz,

2 EL Pinienkerne,
6 EL geriebener Parmesan,
125 ml natives Olivenöl

Zubereitung
Für das Pesto das Basilikum waschen, die Blättchen abzupfen. Knoblauch schälen und pressen, beides zusammen mit den Pinienkernen zerdrücken, Parmesan und Öl hinzugeben und so lange unterrühren, bis ein dickflüssiges Pesto entsteht. In der Zwischenzeit die Spaghetti in reichlich Salzwasser *al dente* kochen, auf Teller verteilen, das Pesto darübergeben und heiß servieren.

Tipp
Das Pesto lässt sich gut in größeren Mengen zubereiten, da es in einem Schraubglas im Kühlschrank eine Weile haltbar ist. Statt im Mörser kann man es bei größeren Mengen auch mit der Küchenmaschine (Mixer, Pürierstab) zubereiten.

※

Penne all'arrabiata
Penne mit Leidenschaft
Vorspeise oder Hauptgericht (Achtung, scharf!)

Zutaten für 4 Personen
500 g Penne (wahlweise auch Spaghetti),
100 g frisch geriebener Pecorino,
1 Zwiebel,
3 Knoblauchzehen,
2 kleine rote Chilischoten,
2 EL Butter,

400 g geschälte Tomaten (aus der Dose),
etwas Salz,
etwas schwarzer Pfeffer,
1 TK-Päckchen italienische Kräuter,
1 EL natives Olivenöl

Zubereitung
Zwiebel und Knoblauch schälen und fein würfeln. Die Chilischoten waschen, trocken tupfen, der Länge nach halbieren, entkernen und fein würfeln. Die Butter in einem Topf heiß schäumend erhitzen, Zwiebel-, Knoblauch- und Chilischotenwürfel dazugeben und unter ständigem Rühren anbraten. Die Tomaten abtropfen lassen, zerdrücken (evtl. vorher Strünke herausschneiden) und zur Zwiebelmischung geben. Alles verrühren und aufkochen lassen. Auf mittlerer Temperatur ca. 10 Minuten köcheln lassen, salzen und pfeffern.

In der Zwischenzeit die Nudeln in reichlich kochendem Salzwasser nach Packungsanleitung in etwa 10 Minuten *al dente* garen. Den Pecorino fein reiben. Die gegarten Nudeln in einem Sieb abtropfen lassen und mit dem Öl vermengen. Die Nudeln in einer Schüssel locker mit der Sauce vermengen, auf 4 Teller verteilen und mit dem Pecorino bestreuen.

Tipp
Zum leckeren, zünftigen Hauptgericht werden die Penne all'arrabiata, wenn man alle Mengen um ein Drittel erhöht und einen halben Ring Aoste-Salami (klein gewürfelt) 2 Min. in der Zwiebelmischung mitdünsten lässt, bevor die Tomaten hinzukommen. Anschließend alles wie angegeben 10 Min. köcheln. Als Beilage schmeckt gemischter Salat.

Anstelle der frischen Chilischoten können auch gut getrocknete verwendet werden. Hier reichen jedoch winzige Mengen – ein daumennagelgroßes Stückchen macht das Ganze schon schön scharf! Hinweis: Beim Verarbeiten von Chili nicht die Augen berühren.

*

Costolette d'agnello alla calabrese
Lammkoteletts auf kalabrische Art
Hauptgericht (einfach, aber klassisch gut)

Zutaten für 4 Personen
   750 g Lammkoteletts,
   1 Zwiebel,
   2 Paprikaschoten,
   1 Bund krause Petersilie,
   Olivenöl,
   500 g reife Tomaten,
   100 g grüne Oliven,
   Salz, Pfeffer

Zubereitung
Die Koteletts in heißem Öl anbraten. In einer zweiten Pfanne in etwas Öl die gehackte Zwiebel, die gehäuteten und in Scheiben geschnittenen Tomaten, die geputzten und in Streifchen geschnittenen Paprikaschoten, die ganzen Oliven, die Petersilie andünsten, salzen und ca. 10 Min. köcheln lassen. Über die heißen Koteletts geben. Mit Salz und Pfeffer abschmecken. Mit Ciabattabrot servieren.

*

Brasato alla milanese
Schmorbraten in Rotwein
Hauptgericht (deftiges, leckeres Sonntagsessen für Familienfeste)

Zutaten für 6 Personen
   1 kg Rindfleisch vom Bug,
   1 Stange Staudensellerie,
   1 kleiner Kohlrabi,
   1 Karotte,
   1 mittelgroße Dose stückige Tomaten,
   3/8 l Rotwein,
   etwa ¼ l Fleischbrühe (evtl. aus Brühwürfeln),
   3 EL Öl, 50 g Butter,
   1 Zwiebel,
   2 Knoblauchzehen,
   2 Gewürznelken,
   Salz,
   Pfeffer,
   Muskatnuss

Zubereitung
Sellerie, Kohlrabi und Karotte klein schneiden, Zwiebel würfeln, Knoblauchzehen in dünne Scheibchen schneiden.
Das Fleisch in gleichmäßigen Abständen einschneiden, mit den Knoblauchscheibchen spicken. In einer Pfanne das Öl erhitzen, die Butter darin schmelzen lassen. Fleisch von allen Seiten kross anbraten.
Das klein geschnittene Gemüse dazugeben und anbraten. Salzen und pfeffern, Gewürznelken dazugeben.
Rotwein angießen und etwas einkochen lassen. Tomaten dazugeben.

Fleischbrühe nach und nach hinzugeben, den Braten zugedeckt ca. 2,5 Std. bei kleiner bis mittlerer Temperatur schmoren.

Zum Servieren die Sauce durch ein Sieb streichen, mit Salz, Pfeffer und etwas Muskatnuss abschmecken. Dazu passen Gnocchi (gibt es im Kühlregal).

*

Scaloppine al limone
Kalbsschnitzel mit Zitronensauce
Hauptgericht (raffiniert für ein feines Dinner)

Zutaten für 4 Personen
4 dünne Kalbsschnitzel,
2 ungespritzte Zitronen,
6 EL Olivenöl,
1 EL kalte Butter,
Salz,
weißer Pfeffer

Zubereitung
Jedes Schnitzel in zwei gleich große Stücke teilen, 1 Zitrone abreiben und auspressen, die Schale und den Saft mit 4 EL von dem Öl verrühren, pfeffern. Diese Marinade über die Schnitzel geben und diese abgedeckt im Kühlschrank 1 Std. durchziehen lassen. Zwischendurch einmal wenden.

In einer Pfanne 2 EL Olivenöl erhitzen. Schnitzel aus der Marinade nehmen, gut abtropfen lassen. (Die Marinade aufheben!)

Schnitzel in dem heißen Öl von beiden Seiten jeweils etwa 2 Min. braten. Herausnehmen und zugedeckt beiseitestellen.

Marinade in die Pfanne geben. Die andere Zitrone auspressen, den Saft dazugeben und kurz aufkochen lassen. 1 EL kalte Butter in die Sauce rühren und schmelzen lassen, mit Salz und Pfeffer würzen. Schnitzel in die Sauce legen und kurz erhitzen. Auf vorgewärmten Tellern anrichten, mit der Sauce umgießen, nach Belieben mit dünnen Zitronenscheiben und etwas Zitronenmelisse oder Rucola garnieren. Mit warmem Ciabatta oder Fladenbrot servieren.

✳

Brutti ma buoni
»Hässlich, aber gut!«
(Leckere Makronen zum Espresso)

Zutaten
  250 g gehackte Haselnüsse,
  200 g gemahlene Mandeln,
  200 g gehackte Mandeln,
  500 g Puderzucker,
  2 Pk. Vanillinzucker,
  4 Tropfen Bittermandelöl,
  1 TL Zimt,
  1 EL Kakaopulver,
  Eiweiß von 7 Eiern

Zubereitung
Eiweiß steif schlagen, nach und nach gemahlene und gehackte Mandeln, Puderzucker, Vanillinzucker, Bittermandelöl, Zimt, Kakaopulver unterheben, alles in eine Metallschüssel geben und mit einem Holzlöffel gut durchrühren. Im Wasserbad bei niedriger Temperatur unter ständigem

Rühren 10 bis 15 Minuten erwärmen. Die Schüssel aus dem Wasserbad nehmen, die Masse mit dem Holzlöffel so lange rühren, bis sie erkaltet ist. Gehackte Nüsse unterrühren.
Backblech mit Backpapier belegen, mit 2 Teelöffeln Häufchen von der Masse abstechen und auf dem Papier verteilen. Im vorgeheizten Backofen bei 170° (Umluft 150°) 20 Minuten backen.

*

Zabaione auf Vanilleeis
Dessert
(heiß-kalte Köstlichkeit)

Zutaten für 4 Personen
   4 Eigelb,
   50 g Zucker,
   100 ml Marsala,
   4 Kugeln Bourbon-Vanilleeis

Zubereitung
In vier Dessertschälchen je eine Kugel Vanilleeis geben. Eigelb und Zucker im heißen Wasserbad schaumig schlagen, Marsala unterschlagen, geduldig weiterrühren, bis eine cremig dickliche Masse entsteht. Diese über den Eiskugeln verteilen, sofort servieren.

Tipp
Das Wasser muss immer knapp unter dem Siedepunkt gehalten werden, sonst stockt die Masse. Das Rühren geht am schnellsten mit dem Elektromixer. Statt Marsala kann auch ein süßer Likör genommen werden, z. B. Cointreau.

Es empfiehlt sich, ruhig gleich die doppelte Menge von allem zu nehmen, weil meist vehement ein Nachschlag geordert wird.

Hände weg oder wir heiraten

Für den Traummann...☺

Bei der Hochzeit und beim Tod strengt sich der Teufel an.
(Französisches Sprichwort)

Das Unheil in dieser Geschichte trägt den Namen Busenberg. Was das ist? Nun, in dem Fall nicht nur ein Ort, sondern auch eine Person. Zu der Person komme ich später, fangen wir bei dem Ort an. Und bei dem Ereignis, mit dem alles seinen Lauf nahm.

Vor der grandiosen Kulisse der Burgruine sprach der Pfarrer die magischen Worte.

»Willst du, Klaus Wagenbrecht, diese Frau lieben und ehren, in guten wie in schlechten Zeiten, so antworte mit *Ja*.«

»Ja«, sagte Klaus mit fester und weithin hörbarer Stimme. Er sah gut aus in seinem klassischen schwarzen Cut, kein bisschen übergewichtig. Und sein Gesicht leuchtete so glücklich, dass kaum noch auffiel, wie kahl sein Kopf in den letzten paar Jahren geworden war.

»Und willst du, Annabel Wegner, diesen Mann lieben und ehren, in guten wie in schlechten Zeiten, so antworte mit *Ja*.«

Annabel schlug langsam und dramatisch den feinen Organzaschleier zurück, genau wie wir es vorher gemeinsam einstudiert hatten. »Ja, ich will!«

Ich richtete die Kamera auf Annabels verzücktes Gesicht und drückte den Auslöser, genau in dem Augenblick, als sie zärtlich *Ich liebe dich* hervorhauchte. Kein Mensch konnte zu dem Zeitpunkt ahnen, dass sie es sich bis zum Abend anders überlegen sollte.

Die Ringe wurden getauscht, und der Pfarrer beendete die Zeremonie, indem er die beiden zu Mann und Frau erklärte. Dann der Kuss und schließlich der Abstieg von der Ruine zur Sektbar. Zufrieden schaute ich zu, wie die in niedlichen Kleidchen steckenden Blumenengelchen in ihre mit Schleifen verzierten Beutelchen griffen und apricotfarbene Rosenblätter in die Luft warfen, fertig sortierte Streu zu sieben Euro zwanzig die Packung. Es hatte den Vorteil, dass man sie hinterher einsammeln und bei der nächsten Hochzeit wieder verwenden konnte. Echte Rosen waren nicht nur ziemlich teuer, sondern auch nicht besonders haltbar, wenn man die Blüten erst mal in ihre Bestandteile zerlegt hatte.

Die Gäste jubelten, als das Brautpaar in einem wahren Rosenblätter- und Blitzlichtgewitter den Fels herabgeschritten kam. Es sah traumhaft aus. Meine Kamera klickte unaufhörlich.

Als Nächstes trat jemand genau zwischen das Brautpaar und die Linse meiner Kamera, sodass ich notgedrungen mit dem Fotografieren aufhören musste.

»Wohnen Sie in der Störtebekerstraße achtzehn?«

Ich ließ die Kamera sinken. »Ja, warum?«

»Man sagte mir, dass ich Sie hier finden würde«, meinte der Typ, der sich vor mir aufgebaut hatte. »Mein Name ist Bruckner. Sven Bruckner. Können wir kurz reden?«

»Geschäftlich?«

Er nickte und betrachtete mich aus durchdringend blauen Augen. Dieser Mann war bei weitem der bestaussehende potenzielle Kunde, der mir je vor Augen gekommen war. Er war so groß, dass ich den Kopf in den Nacken legen musste, um ihm ins Gesicht schauen zu können. Er sah nicht so aus, als würde er zu dieser Hochzeitsgesellschaft passen, obwohl er, wie ich zugeben musste, in seinen Freizeitklamotten eine gute Figur machte. Er trug ausgewaschene Jeans und darüber ein T-Shirt, das trotz seiner sackartigen Konturen die gut ausgebildeten Muskeln an seinem Oberkörper nicht mal ansatzweise verbergen konnte.

»Wenn Sie eine Beratung möchten, sollten Sie mich während der Geschäftszeit anrufen«, sagte ich höflich. »Oder Sie mailen mir. Ich rufe dann sofort zurück, und wir besprechen all Ihre Wünsche.« Lächelnd schaute ich zu ihm auf. »Was immer Sie möchten, ob klassisch oder Motto – ich mache es möglich.«

Er wirkte ein wenig irritiert. »Hören Sie, ich möchte nur ... Eigentlich war es ausgemacht, dass ich morgen ...«

»Hatten wir schon mal miteinander gesprochen?«, fragte ich verunsichert.

»Nein, nicht wir beide, aber meine Sekretärin hatte meines Wissens bei Ihnen angerufen.«

Ich runzelte die Stirn. »Wie ist ihr Name?«

»Bruckner. Sven Bruckner.«

In dem Fall meinte ich nicht seinen Namen, sondern den seiner Sekretärin. Doch im Augenblick hatte ich sowieso keine Zeit, ich steckte schließlich mitten in der Arbeit.

»Entschuldigen Sie, aber ich muss Sie bitten, alles Weitere in einem Extra-Termin zu klären. Rufen Sie mich an, ja? Im Moment geht es wirklich nicht.« Freundlich lächelnd schob ich mich an seinem massiven Körper vorbei. »Ich bin sozusagen im Dienst.«

Er war ein ziemlich attraktiver Typ, aber im Augenblick interessierte mich das nicht sonderlich. Nicht nur, weil ich schon vergeben war, sondern weil ich wirklich alle Hände voll zu tun hatte.

Es war eine Hochzeit wie im Märchen. Oder sogar noch schöner, nämlich wie im Film. Genau genommen wie in dem

Film *Herz über Kopf,* in dem Salma Hayeck und Matthew Perry während des Abspanns hoch oben auf einem Bergplateau heiraten, im Hintergrund die grenzenlose, majestätische Weite des Grand Canyon. Und das alles zum Sound von *Fools rush in,* vom unsterblichen Elvis persönlich zelebriert. Was für eine Kulisse zum Heiraten!

Die Sache mit dem Grand Canyon hatten wir uns für Annabels Hochzeit natürlich aus dem Kopf schlagen müssen. Ganz davon abgesehen, dass die Flüge für eine Hochzeitsgesellschaft dieser Größenordnung ungefähr einen mittelgroßen Lottogewinn verschlungen hätten, wäre es auch organisatorisch eine zu große Herausforderung gewesen. Heiraten weit draußen in freier Natur ist ja gut und schön und sicher auch ungeheuer romantisch. Aber haben Sie schon mal überlegt, was passiert, wenn jemand mal ein gewisses Örtchen aufsuchen muss? In *Herz über Kopf* hatte die Filmcrew vermutlich ein paar Mobil-Klos mit auf den Berg geflogen, nur für den Fall der Fälle. Oder es gab möglicherweise doch irgendwo eine versteckte Straße, sodass sie mit voll ausgerüsteten Wohnwagen zum Set kommen konnten und beides, Straße und Wohnwagen, später einfach wieder rausschnitten. Falls irgendwer vor Aufregung oder wegen zu vieler *burritos* Verdauungsprobleme hatte, bekam niemand was davon mit.

Annabel gab sich folglich mit einer leicht germanisierten Variante zufrieden, nämlich mit einer Trauung auf dem Drachenfels.

Bevor Sie jetzt glauben, diese unendliche Hochzeitsgeschichte würde ihren Anfang im Siebengebirge nehmen, liegen Sie falsch, denn gemeint ist nicht der Drachenfels bei Königswinter, sondern eine namensgleiche Lokalität in der Südwestpfalz, in unmittelbarer Nachbarschaft jenes bereits erwähnten Örtchens namens Busenberg.

Der Drachenfels bei Busenberg war in mehrfacher Hinsicht eine praktische Auswahl. Zum einen war er die einzige akzeptable bergplateauähnliche Gegend weit und breit und zum anderen wohnten wir in einem Nachbarort von Busenberg, wo später auch das große Fest steigen sollte. Außerdem konnte man mit dem Wagen quasi bis vor Ort fahren, und Klos waren auch vorhanden. Direkt unterhalb der Burgruine gab es ein Ausflugslokal, wo man auch parken konnte. Der Felsen ragte herrlich archaisch inmitten der grünen Pfälzer Landschaft empor, und die Aussicht auf die umliegende Gegend war wirklich fabelhaft. Es war nicht der Grand Canyon, aber der Unterschied war – zumindest für uns – nicht der Rede wert. Die Dekoration war dieselbe wie im Film, und was an Grandezza fehlte, machten wir durch Stimmung wett. Und die war auf jeden Fall so, dass sie alles bisher Dagewesene in den Schatten stellte.

Kein Kunststück, denken Sie? Wenn eine Hochzeit steigt, sind immer alle gut drauf? Irrtum. Einfach bloß heiraten, um in Stimmung zu kommen – das können Sie glatt vergessen. Eine Hochzeit wird nicht von allein zum Traum. Dazu bedarf es monatelanger, harter, konzentrierter Arbeit. Und genau da kam ich ins Spiel.

*

Bestimmt erinnern Sie sich noch an den Film *The Wedding Planner* mit Jennifer Lopez. Mit dieser Vorstellung im Kopf liegen Sie ungefähr richtig. Nicht, dass ich wie J. Lo. mit dem Headset durch die Kulisse flitzte und unsichtbaren Assistenten Anweisungen zugezischt hätte – *Brittas Brautbüro* war bis dato noch eine One-woman-Show. Aber davon abgesehen machte ich im Prinzip genau dasselbe. Es gab sogar

Leute, die behaupteten, ich hätte auch sonst Ähnlichkeit mit J. Lo., vor allem von hinten. Na gut, das war sicher Ansichtssache, vor allem, wenn Männer mir so was sagten, aber es half nicht gerade, wenn sie im selben Atemzug hinzufügten: *Hey, das soll nicht heißen, dass du einen Bratarsch hast, okay?*

Meine Freundin Pauline meinte regelmäßig, es könne meinem Geschäft nicht schaden, wenn ich die Ähnlichkeit mehr kultivierte, doch ich kriegte in engen Kostümen keine Luft. Folglich glänzte ich lieber mit meinen Visitenkärtchen und dezent auf den Einladungs- und Menükarten untergebrachten Hinweisen auf meine Website, denn Werbung ist bekanntlich die halbe Miete. Die Leute heiraten heutzutage mehr denn je, es ist fast wie eine Sucht. Obwohl man schon im Voraus genau weiß, dass irgendwann der Absturz folgt, tut man es trotzdem, frei nach dem Motto: Jede zweite Ehe wird geschieden – wie gut, dass dies unsere erste ist!

Für Annabel und Klaus war es ebenfalls die erste Hochzeit, und diese Ehe würde natürlich ewig halten. Es war ihr sogar von einer Zigeunerin geweissagt worden.

Die Zeremonie auf dem Drachenfels war der Traum einer Trauung, und ich klopfte mir ständig im Geiste auf die Schulter, weil ich es so gut hingekriegt hatte. Mit allen Schikanen, von Anfang an. Kein Mensch, der nicht selbst mindestens einmal geheiratet hat, kann sich vorstellen, wie viel Arbeit so eine Hochzeit macht. Der Typ von vorhin zum Beispiel. Dieser Sven Bruckner. Hätte er auch nur den Hauch einer Vorstellung davon gehabt, welchem Stress ich hier ausgesetzt war, hätte er bestimmt nicht ausgerechnet heute versucht, über seine eigene Hochzeit mit mir zu reden.

Mittlerweile war er verschwunden. Dafür entdeckte ich Pauline. Sie löste sich aus der Menge und kam zu mir herüber.

»Wie findest du es bis jetzt?«, fragte ich sie.

»Ganz okay«, meinte sie. »Da könnte ich direkt auch Lust zum Heiraten kriegen.« Aus Paulines Mund bedeutete das höchstes Lob. Sie war nicht gerade der Typ, der es mit Komplimenten übertrieb. Und vom Heiraten hatte sie bisher eigentlich nie besonders viel gehalten.

Annabel kam herangeschwebt, ein Traum in champagnerfarbener Seide, umgeben von Wolken aus Tüll. »Es ist wundervoll«, rief sie überschwänglich aus. »Die schönste Hochzeit, die ich je erlebt habe!«

Darauf brauchte ich mir nicht viel einzubilden, weil es nachweislich sowieso die erste Hochzeit war, die sie bisher erlebt hatte, zumindest live. Aber ich freute mich über ihr Lob und reichte ihr ein Glas Sekt, um mit ihr auf den frisch geschlossenen Bund fürs Leben anzustoßen, bevor sie weitertänzelte, von Gast zu Gast, jedem eine Kostprobe ihres lieblichen Lächelns gewährend.

Es war eine ganz schöne Plackerei gewesen, den Stand für die kleine Sektbar hier oben aufzubauen, und noch mühseliger war es, die ganzen Zaungäste fernzuhalten. Ohne Pauline hätte es nur halb so gut geklappt. Sie war zwar nicht im Dienst, aber auch privat und ohne Uniform war sie in solchen Dingen unschlagbar. Für alle Fälle hatte sie ihre Dienstmarke in der Tasche, auch wenn wir nicht damit rechneten, dass jemand von der Polizei hier oben aufkreuzte und irgendwelche Genehmigungen für diese Veranstaltung sehen wollte.

»Das ist hier privat«, blaffte sie einen Spaziergänger an, der sich fröhlich vor der Sektbar angestellt hatte, offenbar in der Meinung, hier gebe es Freibier für jeden, der gerade zufällig des Weges kam.

Anschließend scheuchte sie ein paar Leute vom Gelände, die sich bei meinem Vater um eine Statistenrolle beworben hatten, weil sie irrtümlich glaubten, auf einen Filmset geraten zu sein. Mein Vater kam herangeschlendert, ein Glas Sekt in der Hand. »Sehe ich aus wie ein Filmproduzent?«, wollte er wissen.

»Sie sehen besser aus, Herr Paulsen«, sagte Pauline. »Ehrlich. Kompetent. Männlich.«

Mein Vater warf sich geschmeichelt in die Brust und stolzierte von dannen.

»Sag mal«, meinte ich misstrauisch. »Kann es sein, dass du dich in letzter Zeit ziemlich bei meinem Vater einschleimst?«

»Ich sage nur die Wahrheit«, behauptete Pauline ungerührt. »Das tue ich immer.«

»Er ist alt genug, um unser Vater zu sein! Genauer gesagt, er *ist* mein Vater!«

»Aber nicht meiner«, sagte sie.

Thomas trat von hinten an mich heran, ein Bollwerk an verlässlicher, solider Männlichkeit.

»Na, alles in Butter aufm Kutter?«, fragte er.

Ich nickte strahlend. Er sah so gut aus! Im Smoking war er einfach umwerfend, er wirkte viel größer, als er tatsächlich war. Nicht, dass ich je Anstoß daran genommen hatte, dass er drei Zentimeter kleiner war als ich. Dafür kannte ich ihn viel zu lange, ich wusste ja, dass er innere Werte hatte, die seine Körpergröße völlig unwichtig machten. Ich konnte es gar nicht erwarten, dass er das nächste Mal in diesem Outfit erschien. Unsere eigene Hochzeit in drei Monaten würde ein rauschendes Fest der Sinne werden. Die Planung war so gut wie abgeschlossen, alle Termine und Lokalitäten waren unter Dach und Fach. Das Ganze würde unter einem orientalischen Motto steigen. Serailkulisse, Bauch- und Schleiertanz, Wasserpfeifen, Haremsmusik. Die Wahl war mir nicht leichtgefallen, ich hatte lange überlegt, ob ich lieber eine Berg-,

Bauern-, Fluss- oder Haremshochzeit feiern wollte, aber am Ende hatte der Orient gesiegt. Es würde auch vom Wetter her gut passen, weil man im Hochsommer gut bauchfrei gehen konnte. Nicht die Braut natürlich, aber alle anderen, denen es Spaß machte, sich dem Hochzeitsmotto angemessen zu kleiden.

Ich kam wieder in die Gegenwart zurück und bediente die Musikanlage. Aus den zwischen den Felsen verstauten Lautsprechern erklang der Song, der zur Dekoration und zum Motto der ganzen Hochzeitskulisse passte: *Fools rush in ...*

Elvis' schmelzender Tenor lag wie ein Schleier aus Liebe und Harmonie über der grünen Berglandschaft und machte das Herz weit.

Bald, sang es in mir, während ich mich frohlockend zu Thomas umdrehte. Bald sind wir beide dran mit dem ganz großen Glück, dem Tag aller Tage im Leben zweier Liebenden!

»Ach, übrigens«, sagte er, »ich soll dir ausrichten, dass Serena auch zur Feier mitkommt.«

Beim Klang des Namens *Serena* fuhr ich wie von der Tarantel gestochen zusammen. »Welche Serena?«, wollte ich argwöhnisch wissen. Ich war völlig sicher, keine einzige Serena eingeladen zu haben.

»Ich kenne nur eine Serena«, mischte Pauline sich ein.

»Sag, dass das nicht wahr ist!«, rief ich entsetzt aus. »Du kannst nicht Serena Busenberg meinen!«

Thomas zuckte die Achseln. »Soweit ich informiert bin, heißt sie jetzt Serena Busena.«

»Mein Gott, was für ein Name«, sagte Pauline verblüfft. »Als ob Busenberg nicht schon schlimm genug wäre! Erinnert ihr euch, wie wir früher immer gelacht haben, weil sie genauso heißt wie der Ort? Und jetzt *Busena?* Nicht gerade eine Verbesserung, oder was meint ihr dazu?«

»Hat sie geheiratet?«, fragte ich hoffnungsvoll.

Thomas schüttelte den Kopf. »Sie ist geschieden oder verwitwet, soweit ich weiß.« Er wandte sich zum Gehen, die Videokamera auf der Schulter. »Ich muss los, sonst verläuft sich die ganze Meute, bevor ich alle im Kasten habe.«

»Warte!«, rief ich. »Sie kann doch nicht einfach zur Hochzeit kommen!«

Doch Thomas war schon im Gewühl der übrigen Gäste verschwunden.

»Wo ist sie überhaupt?« Ich drehte mich auf der Suche nach einem schwarzhaarigen, grünäugigen Monster in Frauengestalt um.

Pauline zeigte dezent mit dem Finger. »Ich glaube, da drüben.«

Ich peilte an ihrer Fingerspitze entlang und entdeckte eine Wasserstoffbombe auf zwei Beinen. Sie trug einen hautengen Fummel und Stilettos, und in diesem Moment drehte sie den Kopf und sah mich. Ihre Zähne blinkten wie eine lebendige Zahnarztreklame, als sie mich angrinste. *Ich kenne dich noch,* sagten ihre funkelnden Augen. *Und ich bin noch ganz dieselbe, auch wenn ich jetzt blond bin!*

Dann wandte sie sich wieder ihren Gesprächspartnern zu, ein paar Leuten, die mit uns gemeinsam zur Schule gegangen waren. Irgendwer sagte etwas Komisches, denn sie warf in filmreifer Attitüde den Kopf zurück und kicherte. Ihr Lachen war genauso schrill wie früher. Sie war wieder da. Der Teufel in Person. Und in diesem Augenblick ahnte ich, dass der Tag im Unheil enden würde.

»Sie hat ganz schön zugelegt«, befand Pauline. »Vor allem an bestimmten Stellen. Das sind gut und gerne D-Körbchen, was meinst du?«

»Es ist widerlich«, flüsterte ich, in einer Mischung aus Abscheu und Neid.

»Manchen gefällt's«, erklärte Pauline.

»Was macht sie überhaupt jetzt?«, fragte ich.

»Keine Ahnung«, meinte Pauline. »Ich habe sie genauso lange nicht gesehen wie du.«

Der letzte Stand unserer Informationen war der, dass sie ein Jahr nach dem Abi nach Frankreich gegangen war, um ihre Sprachkenntnisse aufzupolieren, weil sie vorhatte, eventuell später in die Haute Couture einzusteigen. Natürlich nicht etwa als popelige Näh- und Zuschneideassistentin, sondern als Topmodel. Danach hatten wir nie wieder etwas von ihr gehört. Nicht, dass sie uns gefehlt hätte, im Gegenteil. Wir hätten nichts dagegen gehabt, wenn Serena Busenberg ans Ende der Welt ausgewandert wäre, möglichst für immer. Doch jetzt war sie wieder da, nach fast acht Jahren. Ausgerechnet zu Annabels Hochzeit.

Die Gäste begannen sich zu zerstreuen und hangwärts zu den Parkplätzen zu wandern. Der Zeitplan war ziemlich eng, denn bei einer Hochzeitsfeier gibt es nur wenige Dinge, die so nervtötend sind wie langweiliger Leerlauf zwischen den einzelnen Stationen.

Unruhig ließ ich meine Blicke schweifen, bis ich endlich die Braut entdeckte. Sie stand mit dem frisch gebackenen Ehemann zusammen im Kreis von ein paar Leuten, die in Klaus' Metzgerei arbeiteten.

Ob sie nun meine beschwörenden Blicke aufgefangen hatte oder doch eher durch Paulines hektisches Winken aufmerksam geworden war, ließ sich nicht sagen. Es spielte auch keine Rolle. Allein entscheidend war, dass sie sich sofort in Bewegung setzte und zu uns herüberkam.

»Was ist los?«

Dezent zeigte ich mit dem Kopf auf den Schrecken aus unserem letzten Schuljahr, in der Erwartung, dass Annabel als Nächstes einen empörten Aufschrei hören lassen würde.

»Wenn du willst, verhafte ich sie«, erbot sich Pauline. »Oder so was Ähnliches.«

»Aber warum denn?« Annabel wirkte erstaunt. »Sie hat doch gar nichts gemacht!«

Ich starrte sie an. »Das ist ja wohl nicht dein Ernst!«

Pauline leistete mir Schützenhilfe. »Soweit ich mich entsinne, hat sie das letzte Mal, als wir sie gesehen haben, mit Klaus in der Besenkammer gehockt. Oder besser: auf ihm drauf.«

»Er auf dem Staubsauger und sie auf ihm drauf«, bestätigte ich. »Das kannst du unmöglich schon verdrängt haben.«

Annabel schluckte, und plötzlich stand in ihren Augen ein feuchtes Glänzen. »Habe ich nicht«, sagte sie leise. »Dafür war es zu schrecklich für mich.«

»Ich schmeiß die Tussi vom Berg.« Pauline setzte sich entschlossen in Bewegung, ein rachsüchtiges Glimmen im Blick.

»Warte!«, rief Annabel. Sie straffte die Schultern und warf ihr sorgfältig onduliertes blondes Lockengeriesel zurück. »Klaus war damals noch gar nicht mit mir verlobt.«

»Ihr wart seit der achten Klasse zusammen!«, rief ich verständnislos aus.

»Ja, aber er war doch erst neunzehn, als das in der Besenkammer passiert ist! Fast noch ein Junge! Er musste sich doch die Hörner abstoßen!«

»Du meinst wohl eher ein bestimmtes Horn«, sagte Pauline abfällig. »Das hätte er auch mit dir machen können.«

Annabel senkte den Kopf. »Ich wollte doch bis zur Verlobung warten.«

Die hatte dann auch tatsächlich ungefähr ein halbes Jahr später stattgefunden. So lange hatte Annabel gebraucht, um Klaus die Nummer in der Besenkammer zu verzeihen. Seitdem waren die beiden unzertrennlich, genau wie schon seit Urzeiten.

»Wusstest du denn, dass sie herkommt?«, wollte Pauline wissen.

Annabel schüttelte den Kopf. »Ich hatte gehört, dass sie wieder in der Gegend ist, aber ich hatte nicht damit gerechnet, dass sie hier aufkreuzt. Jemand muss ihr von der Hochzeit erzählt haben. Vielleicht hat sie's auch aus der Zeitung. Wie auch immer. Meinetwegen kann sie gerne mit uns feiern.«

»Du hattest schon immer ein weiches Herz«, sagte ich. »Aber dass du sie auf deiner Hochzeit duldest – ich finde, das geht irgendwie zu weit.«

Annabel presste die Lippen zusammen. »Tja, vielleicht finde ich gerade das aber einfach passend.«

Pauline wurde wütend. »Seit wann bist du masochistisch veranlagt?«

Ich hob die Hand, um sie am Weiterreden zu hindern. »Lass sie in Ruhe. Ich glaube, sie weiß, was sie will.«

Ein zögerndes Lächeln erhellte Annabels hübsches rundes Gesicht, dann nickte sie langsam. »Ja«, sagte sie leise. »Sie soll sehen, dass ich gewonnen habe. Dass sie mir nichts anhaben konnte.«

Pauline murmelte irgendetwas Unverständliches. Ihr war anzusehen, dass sie Serena Busena oder wie immer dieses Weib jetzt hieß, am liebsten mit einem gewaltigen Tritt über die Klippe des Drachenfelsen befördert hätte. Doch stattdessen trat sie auf Annabel zu und umarmte sie heftig. »Hab ich dir eigentlich schon gesagt, wie supertoll du in diesem Brautkleid aussiehst?«

Annabel lachte unter Tränen und erwiderte die Umarmung. »Ja, gerade eben. Und jetzt los, ihr zwei. Ich will endlich feiern.«

*

Die Hochzeitsfeier fand im *Goldenen Kalb* statt, einer Gaststätte, in der es ungefähr so aussah, wie man dem Namen nach schon vermuten konnte, nämlich vorsintflutlich.

Ich hatte mit meiner Dekoration das Bestmögliche getan, um den ländlich gediegenen Touch mit Hollywoodflair zu überziehen, doch gegen die massive Eichenvertäfelung und die großblumig gepolsterten Bänke und Stühle kamen auch meine liebevoll komponierten Blumenarrangements und die mit selbst gebastelten Tüllrosen verzierten Tischkärtchen kaum an.

Mir wäre natürlich lieber gewesen, wir hätten für die Party ein etwas edleres Ambiente zur Verfügung gehabt, doch in dem Fall musste ich nehmen, was zur Verfügung stand, oder genauer, was Annabel und Klaus zur Verfügung stand. Und das war nun mal das *Goldene Kalb*, das zufällig Klaus' Bruder gehörte und deshalb kostenfrei für die Feierlichkeiten genutzt werden konnte. Mitsamt dem kompletten Mcheninventar, der Musikanlage und dem so genannten Rittersaal, einem ungemütlichen, großen Raum mit grässlichen Bleiglasfenstern. Hier und da standen ein paar blinde Vitrinen mit vergammelten Blechstücken, die angeblich Teile von mindestens siebenhundert Jahre alten Ritterrüstungen waren.

Mein Vorschlag, die Dinger für die Dauer der Feier im Keller zu verstauen, hatte bei Klaus' Vater, dem vormaligen

Inhaber des Restaurants, fast einen Herzinfarkt hervorgerufen, und weil ich nicht für das vorzeitige Ableben des künftigen Schwiegervaters meiner besten Freundin verantwortlich sein wollte, blieben die Rüstungsvitrinen, wo sie waren. Stattdessen begnügte ich mich damit, lange Bahnen aus fröhlicher, heller Seide vor die Fenster zu hängen, was den ganzen Raum in ein geheimnisvolles, mildes Licht tauchte und sogar den Blechvitrinen ein gewisses romantisch-morbides Flair verlieh. Die kleine Bühne für die Band hatte ich ebenfalls mit Seidenbahnen dekoriert. Dafür hatte ich den scheußlichen Kronleuchter als Haltevorrichtung zweckentfremdet und einen luftigen Baldachin aus Seidenstreifen angefertigt, der locker von der Decke fiel und sich glockig bis zu den Holzpfosten wölbte, wo ich die unteren Enden als kunstvolle Schleifen in Arrangements aus Schleierkraut und Buchsbaum integriert hatte.

Die Stimmung war bestens. Die Band, die ich engagiert hatte, war nicht ganz billig gewesen, aber dafür waren die Leute unschlagbar, was Routine und Musikalität anging. Es brachte für eine gelungene Feier überhaupt nichts, wenn man für die Livemusik nur die Hälfte ausgab und dann einen Sound ertragen musste, bei dem einem die Ohren wegflogen. Die vier Burschen spielten fetzige Tanzmusik, sie hatten alles drauf, von A wie *Abba* bis Z wie *ZZ Top*.

Auch das Büfett war erstklassig. Klar, dass wir auch das nicht dem Zufall oder, genauer gesagt, irgendeinem popeligen Caterer überlassen hatten. Die Beköstigung der Hochzeitsgäste hatte natürlich Klaus selbst übernommen, schließlich war er als erfolgreicher Fleischermeister sozusagen vom Fach.

Alles lief bestens an diesem Abend. Die Stimmung war ausgelassen, und der Rittersaal verwandelte sich binnen zweier Stunden in eine Art Hochzeitsdisco. Die Luft schwirrte nur so vor guter Laune. Überall standen Leute in Grüppchen und unterhielten sich. Andere umlagerten die Büfetttische oder saßen im benachbarten Gastraum, um zu essen und zu trinken, und die Tanzfläche wurde niemals leer.

»Es ist einfach toll«, sagte Klaus. Er kam mit deutlicher Schlagseite an mir vorbeigewankt. »Eine super Feier! Das hast du toll hingekriegt!«

»Danke«, sagte ich. »He, warte mal!«

Gehorsam blieb er stehen und drehte sich zu mir um. »Ja, was is'n?«

Er hatte schon ziemlich getankt, was eigentlich nicht Sinn der Sache war, weil er uns morgen beim Umzug helfen sollte.

»Wo ist Annabel?«, fragte ich.

Er gab keine Antwort. Sein Blick fiel über meine rechte Schulter und fixierte jemanden, der hinter mir stand. Sein Gesicht leuchtete plötzlich wie die aufgehende Sonne.

»Da bist du ja«, sagte er.

Ich drehte mich um in der Erwartung, seine frisch gebackene Ehefrau dort stehen zu sehen. Im nächsten Augenblick zuckte ich entsetzt zusammen, denn dort stand niemand anderer als Serena Busenberg alias Busena. Sie strahlte wie ein Honigkuchenpferd, wobei ihre Freundlichkeit keineswegs mir galt, denn sie würdigte mich keines Blickes. Ihre gesamte Aufmerksamkeit richtete sich auf Klaus.

»Hi«, sagte sie mit rauchiger Stimme. »Du hast dich kein bisschen verändert! Du bist noch derselbe charmante Halunke wie früher! Dein Lächeln, deine breiten Schultern... Alles genau wie damals!«

»F-findest du?«, stammelte Klaus. Er warf sich in die Brust, als könnte er so die fünf Kilo Übergewicht, die er seit dem Abi zugelegt hatte, zum Verschwinden bringen. »Du siehst aber auch ganz toll aus!«

Das bildete er sich natürlich nur ein, denn Männer dachten ja bekanntlich ganz anders über solche Dinge wie Stil und Geschmack. Sie kamen für gewöhnlich gar nicht erst auf die Idee, knallenge Minikleidchen mit Ausschnitt bis zum Bauchnabel in irgendeiner Form beanstandenswert zu finden. Serena trug einen Fummel, bei dem bestimmt kein Männerauge trocken blieb. Ihr Kleid verdiente die Bezeichnung gar nicht, es war eher eine Art zu kurz geratener Körperstrumpf. Und zwar nicht nur unten zu kurz, sondern auch oben. Vor allem oben.

Ich sah Klaus' Adamsapfel rauf- und runterhüpfen, während er versuchte, Serenas Vorderfront mit seinen Blicken zu bewältigen. Was äußerst schwierig war, weil sie so unnatürlich viel davon hatte.

»Klaus, hast du Annabel gesehen?«, fragte ich mit erhobener Stimme.

Klaus leckte sich die Lippen und starrte in Serenas Ausschnitt. »Sie ist kurz raus«, murmelte er.

Ich dachte an die Katastrophe von vor acht Jahren und ballte die Fäuste. Damals war Annabel auch nur kurz rausgegangen, und ehe wir uns umschauen konnten, war Klaus zusammen mit Serena in der Besenkammer verschwunden.

Wieso musste dieses Weib ausgerechnet heute hier auftauchen? Es sollte der glücklichste Tag in Annabels Leben werden, und ich würde auf keinen Fall zulassen, dass irgendwer ihr das verdarb! Schon gar nicht Serena! Das fehlte noch!

»Darf der Bräutigam mit einer alten Klassenkameradin tanzen?«, fragte Serena.

»Ich finde nicht, dass das so eine tolle Idee ist.«

Ich sprach so laut, dass man es unmöglich überhören

konnte, doch soweit es Serena und Klaus betraf, hätte ich ebenso gut eine Ameise sein können, die irgendwo auf dem Boden rumkrabbelte.

Serena strich sich mit beiden Händen über ihr verboten enges Kleid und erzeugte dabei ein knisterndes Geräusch. »Habe ich dir schon gesagt, dass du im Smoking einfach toll aussiehst?«

Klaus' ohnehin schon gerötetes Gesicht nahm die Farbe von gekochtem Hummer an. Die Augen wollten ihm schier aus dem Kopf hüpfen, als Serena unvermittelt mit der Grazie eines zustoßenden Pythons auf ihn zuglitt und den Arm um seine Schulter schlang. Klaus ächzte irgendetwas Zustimmendes, und mit einem Mal waren die beiden auf dem Weg zur Tanzfläche, bevor ich auch nur ein einziges Wort hatte sagen können.

Ich starrte ihnen hinterher und versuchte, gegen die unguten Vorahnungen anzukämpfen, die plötzlich mit Macht über mich hereinstürzten. Was sollte ich tun? Ich konnte ihn doch schlecht beim Kragen packen und ihn von Serena wegzerren, oder? Sie war immerhin tatsächlich eine alte Klassenkameradin. Und vielleicht waren sie beide der Meinung, dass das, was sich auf der Abifeier in der Besenkammer abgespielt hatte, längst verjährt war, in jeder Weise. Dass dieser eine Akt in der Hitze des Gefechts und in betrunkenem Zustand es nach all den Jahren nicht mehr rechtfertigte, alten Groll zu schüren. Warum sollten sie es nicht längst vergessen haben und wieder Freunde sein, so wie früher? Klaus hätte ihr bestimmt nicht gestattet, hier zu erscheinen, wenn er auch nur einen Hauch eines zweideutigen Gedankens in Bezug auf die Person gehegt hätte, oder?

Aber wieso hatte er sie dann angestarrt wie das Kaninchen die Schlange? Und wieso musste er unbedingt mit ihr tanzen? Und zwar nicht irgendwas, sondern einen ausgewachsenen Klammerblues!

»Was ist los?« Mein Vater stand hinter mir, in der einen Hand ein Glas Courvoisier, in der anderen ein mit Lachs belegtes Canapé. »Du siehst so durcheinander aus.«

»Wirklich?«, fragte ich geistesabwesend.

Mein Vater folgte meinen Blicken. »Das Kleid steht ihr gut«, befand er anerkennend. »Ich wusste gar nicht, dass sie so tolle Beine hat.« Stirnrunzelnd nahm er einen Schluck von seinem Cognac. »Wieso hat sie auf einmal glatte Haare?«

»Du hast deine Brille nicht auf«, rügte ich ihn verärgert. »Das ist nicht Annabel, sondern Serena.«

»Ach«, sagte er. »War die nicht auch mit euch in der Schule? Ich fand damals schon, dass sie ein sehr nettes Mädel ist.«

Ich hätte ihm sagen können, wie sie wirklich war, aber das hätte im Moment nicht viel geholfen. Etwas musste passieren, und zwar sofort. Sonst passierte noch etwas. Annabel konnte jeden Moment wieder da sein, und dann würde es garantiert Tränen geben. Und zwar bestimmt keine Freudentränen.

Während mein Vater sich angeregt plauschend zu einem Grüppchen von Partygästen gesellte, machte ich mich auf den Weg zur Tanzfläche. Ich würde Klaus schnappen und zu Annabel schleppen, koste es was es wolle.

Nach drei Schritten tauchte Thomas mitten im Getümmel auf und hielt mich fest. »He, du Schöne der Nacht, wohin des Weges?« Er beugte sich zu mir, um mich zu küssen. Ich schmiegte mich kurz an ihn, doch dann machte ich mich entschlossen los. »Keine Zeit. Ich muss Klaus retten.«

»Wovor?«

»Vor dem sicheren Verderben.«

Ich setzte ihn über die neueste Entwicklung in Kenntnis, woraufhin er die Blicke suchend über die Tanzfläche schweifen ließ. »Ich sehe die beiden nirgends«, meinte er nach ein paar Sekunden achselzuckend. »Bist du sicher, dass sie tanzen wollten?«

Meine ungute Vorahnung verdichtete sich schlagartig zu hellem Entsetzen. »Um Gottes willen«, flüsterte ich. »Sie sind rausgegangen!«

»Vielleicht sind sie nur rüber zum Büfett.«

Ich schob mich durchs Gedränge der Gäste, in der Hoffnung, dass Thomas Recht hatte. Doch weder von Klaus noch von Serena war auch nur der kleinste Zipfel zu sehen.

»Um Gottes willen!«, rief ich erschrocken aus. »Sie tun es schon wieder!«

»Bist du nicht vielleicht ein bisschen hysterisch?«

»Wie kannst du das sagen!«, rief ich. »Du warst doch damals auch dabei!«

»Meine Güte, das ist doch ewige Jahre her. Diese dämliche alte Geschichte. Du kannst doch nicht ernsthaft denken, dass die beiden da wieder anfangen, wo sie damals aufgehört haben!«

Ich dachte nicht, ich *wusste*. Und zwar mit unumstößlicher Gewissheit. Ohne großartig nachzudenken, setzte ich mich in Bewegung.

»Wo willst du hin?« Thomas folgte mir. »Was hast du vor?«

»Ich suche die Besenkammer.«

Pauline kreuzte meinen Weg, ein Glas Sekt in der Hand und ein gut gelauntes Grinsen im Gesicht. Als sie mich sah, blieb sie stehen und hörte auf zu lächeln. »Was ist?«

»Serena«, sagte ich knapp.

»Ach du Scheiße«, meinte sie in der ihr eigenen prägnanten Art.

Zu allem Unglück gesellte sich in diesem Moment auch noch die glückliche Braut zu uns. Sie hatte das Brautkleid gegen bequemere Klamotten eingetauscht. Das Restaurant ihres Schwagers verfügte im oberen Stockwerk über ein paar Zimmer für Übernachtungsgäste, wo sie sich umgezogen hatte. Strahlend kam sie die Treppe runter, so fröhlich und hübsch wie schon lange nicht mehr.

Sie warf nur einen einzigen Blick auf Pauline und mich und erstarrte.

»Nein«, flüsterte sie. »Bitte nicht.«

»Aber hallo«, sagte ich mit einem breiten, künstlichen Grinsen. »Diese Jeans stehen dir toll! Da soll noch mal einer sagen, dass die Ananas-Diät nichts taugt!«

»Hey, hast du schon das komische Geschenk von diesem Justus gesehen?«, fragte Pauline. Sie hakte Annabel unter und wollte sie nach nebenan ziehen, wo in einem kleinen Seitenraum die Tische mit den Geschenken aufgebaut waren.

Annabel riss sich los. Ihre blonden Locken flogen, während sie in hektischer Suche den Kopf von einer Seite auf die andere drehte und schließlich wild losstürzte und die Tür ganz am Ende des Ganges aufriss.

Hinter mir murmelte Pauline irgendetwas, es klang wie ein ziemlich obszöner Fluch. Ich selbst hatte so eine Art Stoßgebet auf den Lippen, was vermutlich daran lag, dass sich in Momenten größter psychischer Belastung die streng katholische Erziehung meiner Mutter Bahn bricht, obwohl ich sonst keineswegs zur Frömmigkeit neige.

Was auch immer Pauline und ich von uns gegeben hatten – wir verstummten exakt im selben Augenblick. Das war genau der Moment, in dem Annabel mit einem keuchenden Laut des Entsetzens zurückprallte und wir alle einen hervorragenden Ausblick in den Raum hatten, der hinter der von Annabel aufgerissenen Tür lag. Es war eine Besenkammer, und sie war nicht leer. Außer einem großen Bohnerbesen gab es dort noch einen Staubsauger, mehrere Schrubber und Besen, zahlreiche Flaschen mit Reinigungs- und Desinfektionsmitteln, eine Klappleiter und ein Riesensortiment Lappen und Schwämme. Und einen umgedrehten Putzeimer, auf dem Serena saß. Ihr Kleid war bis zu den Hüften herabgezogen und ihr Silikonvorbau drückte sich heftig gegen Klaus Knie. Ihr Kopf drehte sich in unsere Richtung, als die Tür aufging, sodass Klaus nun in voller Länge zu sehen war. Buchstäblich.

Er stand dicht vor Serena, aufrecht, aber schwankend, und seine Augen waren so weit aufgerissen, dass fast nur noch das Weiße zu sehen war. Sein Mund klappte auf und zu, als hätte er Probleme mit dem Luftholen.

»Ihr habt echt ein Gespür für Timing«, sagte Serena sarkastisch. »Wenn ihr wenigstens eine Minute später gekommen wärt! Jetzt habt ihr ihm das ganze Hochzeitsgeschenk verdorben.«

Annabel gab einen gepressten Schluchzer von sich, dann floh sie mit Riesensätzen in Richtung Ausgang.

Hinter mir hörte ich ein bedrohliches Geräusch: Es war das Knacken von Paulines Fingerknöcheln. So klang es immer, wenn sie ihre Gelenke lockerte, kurz bevor sie zuschlug. Im Normalfall zog sie vorher ihre Boxhandschuhe an – der Sandsack bei uns zu Hause war ziemlich hart –, aber die hatte sie natürlich jetzt nicht dabei.

Serena zog in einer flüssigen Bewegung ihr Kleid nach oben und stand von dem Eimer auf.

»Schönen Dank für die Einladung«, sagte sie zu Klaus. Pauline machte hinter mir einen Ausfallschritt, aber ich trat geistesgegenwärtig einen halben Meter zur Seite, sodass sie gegen meinen Rücken prallte. Zeit genug für Serena, sich mit affenartiger Geschwindigkeit zu verdrücken.

Pauline knirschte mit den Zähnen. »Na gut. Dann kriegt's eben der, der's verdient hat.«

»Tu das nicht!« Ich stellte mich ihr abermals in den Weg. »Denk dran, was der Polizeipräsident dir gesagt hat!«

»Der Polizeipräsident kann mich!«

»Richtig! Und zwar kann er dich *entlassen!*« Was er auch garantiert tun würde, wenn Pauline noch einmal tätlich werden würde, ganz egal, ob der Betreffende die Abreibung verdient hatte oder nicht.

Klaus rupfte mit zitternden Fingern an seinem Reißverschluss. »O Gott«, stöhnte er. »War das gerade Annabel? Hat sie mich gesehen, Britta?«

»Frag *mich* doch mal.« Pauline nahm einen Teppichklopfer von der Wand, ein altmodisches, verschnörkeltes Ding, das ich vorher noch gar nicht gesehen hatte.

»Was hast du vor?«, fragte ich besorgt.

Sie ließ den elastischen Klopfer vor- und zurückschnellen und bewegte sich dabei in Klaus' Richtung. Er war immer noch mit seinem Reißverschluss beschäftigt. Anscheinend klemmte das Ding.

Das mordlüsterne Funkeln in Paulines Augen und das schnalzende Geräusch des Teppichklopfers verhießen nichts Gutes, und ich beeilte mich, die Situation zu entschärfen.

»Pauline, es ist im Grunde nichts passiert! Wir haben sie doch vorher erwischt! Es war noch im ... ahm, Versuchsstadium!«

Sie ließ den Teppichklopfer sinken, aber nur kurz.

»Das hier ist kein Gericht«, sagte sie.

»Aber auch kein Standgericht«, rief ich. »Wenn du ihn vermöbelst, ändert das nichts!«

»Sie soll es tun, ich habe es verdient«, meinte Klaus weinerlich. »Schlag mich! Los, tu es! Ich bin ein Schwein!«

»Was ist denn hier los?« Thomas war neben mir aufgetaucht, einen besorgten Ausdruck im Gesicht. »Hört mal, ihr müsst unbedingt draußen nach dem Rechten schauen. Da herrscht der reinste Volksauflauf. Annabel hat gerade einen Unfall gebaut. Ihr ist nichts passiert, aber ihr Wagen ist Schrott. Und nicht nur ihrer, so wie es aussieht. Pauline, ich glaube, das ist ein Fall für dich.«

Sie warf den Teppichklopfer sofort zur Seite und war schneller draußen, als ich ihr folgen konnte. Klaus machte Anstalten, ihr nachzurennen, doch ich trat ihm in den Weg. »Das lässt du jetzt lieber«, sagte ich beschwörend. Ich deutete nach unten auf seinen immer noch offenen Reißverschluss. »Und das solltest du auch zuerst in Ordnung bringen!«

Auf dem Weg zum Ausgang wandte ich mich kurz um. »Kümmere dich bitte um Klaus«, rief ich Thomas zu. »Und tu bitte alles, damit dieses Busenwunder nicht mehr in seine Nähe kommt, ja?«

Thomas schenkte mir sein unnachahmlich zuverlässiges Lächeln. »Verlass dich auf mich«, rief er mir nach.

*

Pauline und ich klaubten die völlig zusammengebrochene Annabel aus ihrem demolierten Auto und brachten sie nach Hause.

»Du wirst kein Verfahren an den Hals kriegen, und wenn ich persönlich deine Akte vernichten muss«, sagte Pauline während der Fahrt. »Wozu hat der Mensch Freunde?«

»Weshalb sollte sie ein Verfahren an den Hals kriegen?«, wollte ich überrascht wissen. Ich saß neben Annabel auf der

Rückbank, während Pauline den Wagen lenkte. Annabel hatte ihren Kopf gegen meine Schulter gelegt und schluchzte leise.

»Wegen vorsätzlicher Sachbeschädigung«, sagte Pauline.

»Wieso Vorsatz?«, entrüstete ich mich. »Jeder kann mal beim Ausparken gegen einen anderen Wagen knallen, oder nicht?«

»Das schon. Aber nicht fünfmal hintereinander. Mit Vollgas.« Pauline warf mir im Innenspiegel einen Blick zu. »Was normalerweise ja nicht mal so problematisch wäre. Wenn sie es nicht unter den Augen von mindestens zehn Zeugen getan hätte.«

Ich schwieg voller Unbehagen. Serena hatte es natürlich verdient, dass Annabel ihren Wagen zu Schrott gefahren hatte, darüber mussten wir gar nicht erst diskutieren. Andererseits war es nicht gerade irgendein Auto gewesen, sondern ein funkelnagelneuer S-Klasse-Daimler, einer von der Sorte Auto, die mit allem nur denkbaren Schnickschnack ausgestattet war und für gewöhnlich nur von Leuten gefahren wurde, denen das Geld förmlich aus der Tasche hing.

Annabel schniefte und murmelte ein paar Worte an meinem Hals, die sich anhörten wie *Ich will nicht mehr leben* oder etwas in der Art.

Ich wiegte sie begütigend. »Das wird alles nicht so heiß gegessen, wie es gekocht wird«, sagte ich lahm. Das war der Standardspruch, den meine Mutter früher immer auf der Pfanne gehabt hatte, wenn es mir schlecht ging. Sie hatte diesen Satz auch von ihrer Mutter geerbt und die wiederum von ihr, sozusagen ein generationenübergreifendes Lebenskonzept, das heute genauso viel taugte wie damals – nämlich nichts.

Die restliche Fahrt zu unserer gemeinsamen Wohnung legten wir schweigend zurück. Pauline und ich hingen unseren Gedanken nach. Annabel tat vermutlich dasselbe, wenn auch sicherlich nur eingeschränkt. Die meiste Zeit war sie damit beschäftigt, haltlos zu schluchzen. Als wir ankamen, war meine Bluse pitschnass und mein rechtes Ohr fast taub.

Pauline und ich zerrten Annabel mit vereinten Kräften nach oben in ihr Zimmer, wo sie weinend auf ihre Matratze fiel.

Es brach uns fast das Herz. Pauline stand rechts, ich links vom Kopfende. Annabel schluchzte zum Gotterbarmen. Paulines Mund war zu einem grimmigen Strich zusammengepresst, und ich selbst hatte Mühe, die Tränen zurückzuhalten.

»Alles wird gut«, sagte ich hilflos zu Annabel. Sie nahm es überhaupt nicht zur Kenntnis.

Pauline holte die Schachtel mit dem Valium aus dem Bad. Annabel hatte Mühe, die Tablette zu schlucken, weil ihre Nase vom Heulen so zugeschwollen war, dass sie kaum noch Luft bekam, doch schließlich brachte sie das Ding doch runter und legte sich anschließend mit geschlossenen Augen zurück auf ihr Kopfkissen, bleich und niedergeschmettert, das Gesicht nass vor Tränen.

Wir zogen ihr die Schuhe aus und warteten, bis sie eingeschlafen war, rechts und links neben ihr sitzend, jede von uns eine ihrer Hände haltend.

Als sie endlich ruhig atmete, schlichen wir nach unten ins Wohnzimmer. Ich warf mich in einen Sessel, zog mir die Schuhe aus und massierte mir die schmerzenden Füße. Es war fast elf Uhr, und ich war an diesem denkwürdigen Tag sechzehn Stunden auf den Beinen gewesen.

Pauline tigerte im Zimmer auf und ab. »Ich könnte diese Zicke umbringen. Oder ihn. Oder alle beide.«

Dazu fiel mir nicht viel ein. Mir waren schon dieselben Gedanken durch den Kopf gegangen. Dazu kam die Gewissheit, wie schrecklich das alles für Annabel sein musste. Sie war – neben Pauline – meine beste Freundin. Wir hatten schon zu dritt im Sandkasten gespielt und später die Freuden und Leiden unserer Jugend geteilt. Wir waren zusammen aufgewachsen und erwachsen geworden, all das nur ein paar Straßen voneinander entfernt. Während unserer Ausbildung hatten wir uns für ein paar Jahre voneinander entfernt, aber nur räumlich. Pauline war nach Heidelberg gegangen und hatte eine Ausbildung bei der Kripo absolviert, während ich mich für Berlin entschieden hatte, wo ich drei Jahre lang gelebt hatte, bis ich nach zwei Semestern Design, zwei Semestern Innenarchitektur und zwei Semestern BWL die Nase voll hatte vom Studieren und wieder in heimatliche Gefilde gezogen war, wo auch inzwischen Annabel ihre Zelte aufgeschlagen hatte. Sie hatte dort eine Ausbildung als Altenpflegerin gemacht und war, ebenso wie ich, mittlerweile ihre eigene Chefin, nachdem sie im Zentrum einen kleinen privaten Pflegedienst eröffnet hatte. Genau in demselben Haus, in dem sich auch Klaus' Metzgerei befand – und die funkelnagelneue Maisonettewohnung im Obergeschoss. Ein Teil von Annabels Möbeln war schon dort. Sie und Klaus hatten direkt nach den Flitterwochen endgültig dort einziehen wollen. Sie hatten ihre Zukunft so wunderbar geplant. Und jetzt war alles innerhalb weniger Augenblicke in die Binsen gegangen.

»Was passiert jetzt eigentlich?« Pauline blieb einen Moment stehen und starrte mich an. »Ich meine, mit dem Umzug. Wie soll das laufen?«

Ich zuckte mit den Achseln. »Keine Ahnung. Frag mich was Leichteres.«

Pauline verengte die Augen. »Sie wird sich natürlich scheiden lassen.«

Ich ließ den Kopf sinken. Wahrscheinlich würde es tatsächlich darauf hinauslaufen. Welche Frau würde mit der Schmach leben wollen, einen Mann zu behalten, der sich auf der Hochzeitsfeier von der Lieblingsfeindin seiner frisch angetrauten Frau einen blasen ließ? Ganz abgesehen davon, dass es nicht zum ersten Mal passiert war.

Mühsam kämpfte ich mich aus dem Sessel hoch. »Ich muss los.«

»Warum? Was hast du so spät noch vor?«

»Ich muss noch mal zurück, alles fertig abwickeln. Schließlich bin ich für die ganze Organisation verantwortlich.«

Pauline nickte nachdenklich. »Klar. Die vielen Geschenke. Wenn die Leute erst mal mitkriegen, was da abgelaufen ist, kommen sie womöglich auf die Idee, das ganze Zeug wieder wegzuschleppen. Obwohl sie sich für einen Haufen Geld Champagner reingeschüttet und ein Vermögen an Schnittchen gefressen haben.«

An dem, was sie sagte, war was dran. Auf die Idee, dass jemand sein Geschenk wieder mit nach Hause nehmen könnte, war ich gar nicht gekommen. Ich hatte nur wieder zurückfahren wollen, um die Band auszuzahlen. Und natürlich, um ganz allgemein die Lage zu peilen.

»Ich könnte das für dich erledigen«, sagte Pauline.

Der hilfsbereite Tonfall in ihrer Stimme konnte nicht über das ganz und gar nicht gutmütige Glitzern in ihren Augen hinwegtäuschen. Ich erinnerte mich plötzlich daran, dass es in der Gaststätte noch wesentlich gefährlichere Gegenstände gab als diesen blöden Teppichklopfer. Zum Beispiel all die vielen scharfen Messer in der Küche.

»Kommt nicht infrage. Du bleibst hier.« Ich holte meine

Jacke von der Garderobe und klemmte mir die Handtasche unter den Arm. »Was immer da noch zu erledigen ist – ich kriege das ganz allein hin.«

Zu dem Zeitpunkt konnte ich noch nicht wissen, wie sehr ich mich irrte.

*

Als ich in der Gastwirtschaft von Klaus' Bruder ankam, hatte die Feier sich bereits mehr oder weniger in Wohlgefallen aufgelöst. Als Erstes flitzte ich in den Raum, wo die Gäste ihre Geschenke deponiert hatten. Mit raschen Blicken überflog ich die Höhe der Stapel und hatte sofort den Eindruck, dass ein paar Pakete fehlten. Na gut, das würde ich später noch genauer in Augenschein nehmen. Die Band hockte im Rittersaal herum und wartete auf ihr Geld. Ich hatte sie von unterwegs angerufen und ihnen gesagt, dass sie ihr Honorar noch bekämen. Anderenfalls hätten sie so schnell auf keiner von mir organisierten Hochzeit mehr aufgespielt. In dieser Branche galt der Grundsatz *cash auf die Kralle,* und dementsprechend hatte ich mit der Gruppe ausgemacht, die Hälfte vor dem Auftritt zu zahlen und die andere Hälfte in der Pause. Nachdem die Pause jetzt schon ein paar Stunden dauerte, konnte ich ihnen nicht verdenken, dass sie ziemlich miese Laune hatten.

Ich drückte dem Bandleader den fehlenden Teil des Honorars in die Hand, und als er meckerte, dass sie schon seit Stunden dämlich hier rumhockten, machte ich ihn freundlich, aber bestimmt darauf aufmerksam, dass sie sich dadurch mindestens zwei Stunden Arbeit gespart hätten.

Anschließend machte ich mich auf die Suche nach Klaus. Ich fand ihn im Gastraum, wo er mit seinem Bruder an der

Theke saß, zusammengesunken wie ein Häufchen Elend. Ob seine jammervolle Haltung an dem Eklat lag, den er heute fabriziert hatte, oder an den diversen Schnäpsen, die er seitdem konsumiert hatte, war schwer zu sagen. Jedenfalls fing er auf der Stelle an zu heulen, als er mich sah.

»Ich bin so ein Schawa... Schwa... Schwein«, lallte er. »Ich habe sie nicht v-verdient! Sie wird mich b-bestimmt nicht mehr angucken!«

»Das wird alles nicht so heiß gegessen, wie es gekocht wird«, sagte sein Bruder tröstend.

»Manchmal helfen solche Sprüche vielleicht, aber nicht immer«, sagte ich.

»Ich hätte das nicht tun d-dürfen«, greinte Klaus. »Das war echt ein F-Fehler!«

»Da hast du völlig Recht«, meinte ich angewidert. Er hätte ja wenigstens mal fragen können, wie es Annabel ging.

Kühl informierte ich ihn, dass ich die Geschenke mitnehmen würde, für alle Fälle.

Welche Fälle ich damit meinte, ließ ich offen. Wenn Annabel sich tatsächlich scheiden lassen wollte, konnte es nicht schaden, den Zugewinnausgleich auf diese Weise vorträglich positiv zu beeinflussen.

Als ich mit der ersten Ladung Geschenkpakete im Arm zu meinem Wagen marschierte, sah ich meinen Vater. Er stand mit zwei Typen zusammen auf dem Parkplatz und unterhielt sich. Genauer gesagt sah es danach aus, als sei er in einen handfesten Streit verwickelt.

Ich deponierte die Geschenke in meinem Kofferraum und ging anschließend hinüber zu meinem Vater und den beiden Männern.

»Du bist ja noch hier«, sagte ich.

»Ja, ich habe noch ein paar Bekannte getroffen.« Er hüstelte. »Was war denn eigentlich genau los vorhin? Das sind ja tolle Gerüchte, die man da hört!«

Seine Unterhaltung mit den zwei Typen war schlagartig verstummt. Der eine war ziemlich groß und dünn und hatte Ähnlichkeit mit einem Frettchen, der andere war klein und drall und war gebaut wie eine Bowlingkugel. Ich kniff die Augen zusammen und versuchte, das vage Gefühl des Wiedererkennens zu ergründen, welches mich bei ihrem Anblick überkam, und ja, dann hatte ich es: Stan und Olli. Nur dass diese zwei hier nicht nur dick und doof, sondern auch ziemlich bösartig dreinschauten.

»Du weißt Bescheid«, sagte der kleine Fettsack.

Der dürre Große grinste mit gebleckten Zähnen und glotzte mich dabei an, als wäre ich ein seltenes Tier im Zoo. Und dann, ich mochte kaum meinen Augen trauen, zog er ein langes, ungeheuer scharf aussehendes Messer aus seiner Jackentasche und fing an, sich damit die Fingernägel zu reinigen.

»Deine Tochter?«, fragte der kleine Dicke. »Willst du sie nicht mal vorstellen?«

»Ach ja, Britta, das sind Stanislaw und Oleg«, sagte Papa schnell. Er fasste mich unter und zog mich von den beiden Typen weg, zurück zum Restaurant. Über die Schulter sah ich, wie die beiden uns düster nachschauten. Ob Stanislaw das Frettchen war und Oleg die Bowlingkugel? Dann hätte es sogar von den Namen her gepasst. Anscheinend kamen sie aus Osteuropa, obwohl der kleine Dicke ziemlich akzentfrei sprach.

»Was sind das für Kerle?«, wollte ich argwöhnisch wissen. »Hast du dieses Messer gesehen?« Meine Stimme wurde lauter. »Bist du schon wieder in Schwierigkeiten? Hängt es mit dieser Import-Export-Firma zusammen, wegen der du neulich schon mal Ärger hattest?«

»Nicht doch, das entwickelt sich alles bestens.« Papa lachte, aber in meinen Ohren klang es ziemlich blechern. Ich seufzte innerlich, ließ die Sache aber auf sich beruhen. Mein Vater sah vielleicht aus wie ein seriöser Vorruheständler, aber in Wahrheit war er die Leichtfertigkeit in Person. Er hatte einen Hang zu undurchsichtigen Geschäften mit komischen Leuten, und man wusste nie, welchen Blödsinn er als Nächstes verzapfte. Seit meine Mutter tot war, hatte er ständig irgendwelchen Ärger am Hals, meist in Zusammenhang mit todsicheren Geldanlagen, die sich dann regelmäßig als Reinfälle entpuppten. Ich erinnerte mich zum Beispiel mit Schaudern an einen Deal, mit dem er sich in eine Firma eingekauft hatte, die Konservendosen herstellte und vertrieb. Es waren keine normalen Dosen gewesen, sondern solche, die beim Öffnen Musik abspielen sollten, und zwar vorzugsweise irgendwelche Songs, die vom Essen handelten. An sich klang das Konzept erfolgversprechend, es hatte nur den Haken, dass es ein Windei war. Das Geschäft gelangte nie über die Entwicklungsphase hinaus, weil der Erfinder nicht nur per Haftbefehl gesucht wurde, sondern sich auch ziemlich schnell nach Australien absetzte. Mitsamt dem ganzen Geld, das er für das Projekt eingesackt hatte.

Die Leute, mit denen er seine garantiert megaerfolgreichen Joint Ventures aushandelte, besaßen die Seriosität von Klapperschlangen. So ähnlich wie die beiden russisch aussehenden Typen von vorhin. Der Himmel mochte wissen, was da jetzt gerade wieder im Gange war.

Aber im Moment konnte ich mich darum nicht kümmern, ich hatte genug eigene Sorgen. Ich gab meinem Vater einen Kuss auf die Wange, und er trollte sich zu seinem Wagen, um heimzufahren, während ich die letzte Ladung Geschenke aus der Gaststätte holte und sie in mein Auto packte.

Sorgenvoll betrachtete ich anschließend den komplett zerbeulten S-Klasse-Daimler von Serena. Pauline hatte Recht, diese kleine Privatverschrottung würde vermutlich keine Versicherung bezahlen. Für Vorsatz kam die Haftpflicht nicht auf. Hoffentlich konnte Serena den Schaden verschmerzen. Allem Anschein nach war sie schwer bei Kasse, und wenn auch nur ein winziges Fünkchen Anstand in ihr steckte, ließ sie die ganze Sache auf sich beruhen.

Nachdenklich betrachtete ich die zerbeulte Beifahrerseite. Eigentlich sah der Wagen noch fahrtüchtig aus. Wieso hatte sie ihn stehen lassen? Hatte sie was getrunken?

Als Nächstes sah ich erstaunt, dass Thomas' Volvo ebenfalls noch auf dem Parkplatz stand. Eigentlich hatte er schon längst heimfahren wollen, er musste morgen in aller Herrgottsfrühe geschäftlich nach Hamburg fliegen.

Ein Gefühl von Rührung erfüllte mich. Vermutlich hatte er gedacht, für mich hier die Stellung halten zu müssen, bevor das Chaos Überhand nahm.

Eilig ging ich zurück ins Haus, um nach ihm zu suchen. Mittlerweile hatten sich auch die letzten Gäste verabschiedet. Nur Klaus und sein Bruder hingen noch an der Bar. Klaus hatte den Kopf auf beide Arme gelegt und schnarchte volltrunken vor sich hin, während sein Bruder irgendwas lallte, von dem nur ein paar Brocken wie *zickige Weiber* und *bescheuerte Hochzeit* zu verstehen waren.

»Hast du Thomas gesehen?«, fragte ich ihn.

Er musterte mich aus blutunterlaufenen Augen und stützte sich auf der Schulter von Klaus ab. »Serena«, nuschelte er breit grinsend. »Besenkammer. Hätt' gern m-mit ihm getauscht. Fand die Alte schon damals in der Schule so g-geil!« Er kippte den Rest von seinem Whisky und rülpste.

Ich runzelte ärgerlich die Stirn. Der Typ war total zu, aber das war keine Entschuldigung für solche blöden Sprüche. Wahrscheinlich hatte er sogar die Frechheit besessen, Klaus einzureden, dass die ganze Sache nichts weiter gewesen war als eine Art Kavaliersdelikt. Wenn überhaupt.

Schnaubend verließ ich die Bar und suchte weiter nach Thomas, doch die übrigen Galerie waren leer. Er war weder im Rittersaal noch in der Küche, und ich fand ihn auch nicht in der Garderobe oder im Lagerraum. Am Ende überwand ich mich sogar so weit, einen kurzen Blick in die Herrentoilette zu werfen, doch auch hier war er nicht.

Gerade überlegte ich, nach oben zu gehen und in den Gästezimmern nach ihm zu schauen, als ich ein Geräusch hörte, das mir das Blut in den Adern gefrieren ließ. Es kam aus der Besenkammer. Ich zögerte nicht lange, sondern riss sofort die Tür auf. Im nächsten Augenblick lachte ich erleichtert auf. Es war niemand hier. Das Geräusch stammte von dem offenen Fenster, das im Luftzug gegen die Wand schlug.

Sorgfältig schloss ich die Tür und ging nun doch nach oben, schon allein deswegen, weil ich auch das Brautkleid noch mitnehmen wollte. Ich öffnete die Tür zu dem Zimmer, in dem Annabel ihre Sachen deponiert hatte, als sie sich heute Abend umgezogen hatte.

Und stieß einen markerschütternden Schrei aus, als ich die beiden Personen auf dem Bett sah.

Diesmal waren weder Staubsauger noch Putzeimer in Sicht, aber auch ohne diese Requisiten war die Situation mehr als eindeutig. Das Schauspiel war dasselbe wie schon früher am Abend, nur dass die Besetzung eine andere war. Das heißt, sie war nur teilweise anders. Die weibliche Hauptrolle wurde nämlich von derselben Person ausgefüllt, nur dass sie diesmal völlig nackt war.

Den männlichen Part hatte mein Verlobter übernommen.

Anders als Serena war er, wie ich sofort erkannte, nicht ausgezogen. Jedenfalls nicht ganz. Er trug noch seine linke Socke. Als er meiner ansichtig wurde, klappte sein Mund vor Entsetzen weit auf.

»Britta!«, rief Thomas. »Es ist nicht so, wie du denkst!«

»Du kannst wohl nie anklopfen, oder?«, beschwerte sich Serena. Sie hatte mich nicht sofort gesehen, weil sie noch beschäftigt gewesen war, als ich die Tür aufgemacht hatte.

Sie sagte noch etwas, aber das konnte ich nicht mehr hören, weil ich schon auf der Treppe nach unten war.

*

»Ich kann nicht fassen, dass er ausgerechnet *das* gesagt hat«, meinte Pauline am darauf folgenden Abend. Sie saß mit untergeschlagenen Beinen auf der Matratze und nippte von ihrem Punsch. »Ich meine, er hat wirklich die Stirn, das zu sagen, und zwar haargenau in demselben Augenblick, während sie ihm ...« Sie sah mein Gesicht und führte den Satz nicht zu Ende.

»Männer sagen immer diese Worte, sobald man sie in flagranti erwischt«, behauptete Annabel. »Wenn ihr euch erinnert: Klaus hat auch so was Ähnliches gesagt. Ich frage mich allerdings, warum.«

»Warum was?«, wollte Pauline wissen. »Warum er das getan hat oder warum er das gesagt hat?«

»Ich weiß nicht.« Annabel starrte in die Dampfschwaden, die von dem Topf mit dem Punsch aufstiegen. Er stand auf dem Boden, weil der Tisch abgeschlagen draußen in der Diele lag. Als ich heute Morgen nach längerer Irrfahrt und drei Stunden Heulkrampf im Auto gegen sieben Uhr früh nach Hause gekommen war, hatte ich die Möbelpacker trotz meines Schockzustandes gerade noch daran hindern können, unseren Hausrat zu verladen. Unter diesen Umständen konnte ich unmöglich umziehen, schon gar nicht zu Thomas.

»Sag doch auch mal was«, verlangte Pauline von mir.

Ich zuckte nur die Achseln. Was hätte ich auch sagen sollen? Mit meiner Stimme stand es nicht zum Besten. Sie klang eigentümlich krächzend, sobald ich etwas von mir gab. Vielleicht lag es daran, dass ich so lange und so laut geheult hatte. Abgesehen davon ging es mir so schlecht wie noch nie in meinem Leben. Seit vor fünfzehn Jahren meine Mutter gestorben war, hatte ich mich nicht mehr so mies gefühlt. Jeder Knochen im Leib tat mir weh, und dabei hatte ich den ganzen Tag über kaum mehr getan, als auf der Matratze zu liegen und aus dem Fenster in den Garten zu starren. Mir war, als wäre ich von einem Fünfundzwanzigtonner überrollt worden – ein Vergleich, der mir sofort neue Tränen in die Augen trieb, weil er mich an einen Spruch erinnerte, demzufolge eine Frau ab vierzig größere Chancen hat, von einem Laster überfahren zu werden als zu heiraten.

Ich war zwar noch nicht vierzig, aber welche Rolle spielte das momentan schon? Ich fühlte mich wie hundert, wenn nicht noch älter.

Pauline hatte mir bei meiner Heimkehr spontan angeboten, Thomas unter einem Vorwand einzubuchten – *Ein Tütchen Koks im Handschuhfach, und du siehst ihn die nächsten drei Jahre nicht wieder!* – oder ihn wenigstens windelweich zu schlagen, aber selbst dazu war mir nichts eingefallen außer einem müden Achselzucken.

»Ich überlege mir immer, ob es was mit Technik zu tun hat«, murmelte Annabel. Sie lag neben mir auf der Matratze und starrte an die Decke.

»Welche Technik?«

»Wie sie es bei ihm gemacht hat. Ich meine, vielleicht hat sie eine spezielle Methode, um Männer von sich abhängig zu machen.«

»Männer sind nur von einer Sache abhängig, und die tragen sie ständig mit sich in ihrer Hose herum«, verkündete Pauline. »Und damit meine ich nicht die Brieftasche.«

Ich öffnete den Mund, um Einwände zu erheben. Zumindest soweit es Thomas betraf, stimmte das ganz und gar nicht. Von Sexsucht war er so weit entfernt wie Pluto von der Sonne. Doch bevor ich *Das stimmt überhaupt nicht* oder etwas in der Art sagen konnte, meldete sich Annabel wieder zu Wort.

»Was soll jetzt bloß werden?«, flüsterte sie trostlos.

»Ich wüsste ja was, aber ihr wollt ja nicht auf mich hören«, sagte Pauline.

»Gewalt ist keine Lösung«, meinte Annabel.

»Das meinte ich ausnahmsweise nicht«, erklärte Pauline. Sie sah mich auffordernd an. »Dein Vater hat ein großes Haus!«

»Schlag dir das aus dem Kopf«, sagte ich sofort.

»Wieso? Er hätte bestimmt nichts dagegen, wenn wir für eine Weile bei ihm einziehen! Ich weiß gar nicht, was du immer hast! Er ist so ein super netter Mensch!«

»Ich will aber nicht da wohnen! Was glaubst du, was er macht, wenn er gleich mehrere Frauen um sich hat?«

»Dein Vater ist nicht so einer!«, sagte Pauline empört. »Nicht alle Männer wollen eine Frau in die Besenkammer schleppen!«

Annabel schluchzte kurz und erstickt auf, und ich warf Pauline einen strafenden Blick zu. »Ich rede nicht von Besenkammern. Oder sagen wir, nicht in diesem Sinne. Höchstens im ursprünglichen. Das heißt, rein putz- und haushaltstechnisch. Mein Vater, liebe Pauline, ist ein Mensch, der jede Frau in seiner unmittelbaren Reichweite als Köchin, Putzfrau und Bügelhilfe betrachtet.« Ich wollte noch hinzufügen, dass er auch ein Ass darin war, andere Leute anzupumpen und hinterher tausend Ausreden zu erfinden, warum es mit der Rückzahlung noch eine Weile dauerte, doch das verkniff ich mir lieber.

Vorsichtshalber erwähnte ich gar nicht erst, dass das Haus, in dem mein Vater wohnte, in Wahrheit sogar ganz allein mir gehörte, denn dann hätte Pauline erst recht darauf bestanden, dass wir auf der Stelle alle drei bei ihm einzogen. Es war das Elternhaus meiner Mutter und in ihrem Testament hatte sie es in weiser Voraussicht mir vermacht. Aus gutem Grund, wie ich mittlerweile wusste. Vermutlich hätte mein Vater keine drei Monate gebraucht, um seine einzige Bleibe zur Ankurbelung seiner dubiosen Geschäfte zu verscherbeln. Es gab immer irgendwelche Aktionen, für die er eine frische Finanzspritze brauchte.

»Zu ihm ziehe ich auf keinen Fall«, bekräftigte ich meinen Entschluss.

»Es ist aber eine Tatsache, dass wir hier rausmüssen«, sagte Pauline erbarmungslos.

»Wo sollen wir denn bloß hin?«, jammerte Annabel. »Ich will nicht zu meinen Eltern! Ich will bei *euch* bleiben!« Mit waidwundem, leicht valiumverschleiertem Blick schaute sie mich an. »Du verstehst mich besser als meine eigene Mutter!«

In dem Punkt hatte sie auf jeden Fall Recht. Annabels Mutter hatte im Laufe des Tages schon dreimal angerufen und mit schriller Stimme darauf bestanden, dass Annabel aus einer Mücke keinen Elefanten machen solle. Klaus wäre ein solider, grundanständiger junger Mann, der nur zufällig ein

Glas zu viel intus gehabt hatte, und Annabel solle sich doch bitte nicht so anstellen.

»Ich möchte hier nicht weg«, wiederholte Annabel.

»Noch hat uns niemand rausgeschmissen, oder?« Ich kippte mir entschlossen mit der Schöpfkelle eine ordentliche Ladung Punsch in meine Tasse.

»Dazu kann es aber schnell kommen«, sagte Pauline. »Zuerst die Räumungsklage, dann der Rausschmiss per Gerichtsvollzieher.«

»Bis dahin finden wir was anderes. Was viel Besseres sogar.« Ein anständiger Schluck Punsch, und schon glaubte ich selbst an das, was ich gesagt hatte. Eigentlich lag die richtige Jahreszeit für eine Feuerzangenbowle noch einige Monate in der Zukunft – oder in der Vergangenheit, je nach Betrachtungsweise –, aber das focht mich im Moment nicht an. Nichts eignet sich so gut zum Verschleiern knallharter Realitäten wie gut erhitzter, reichlich gezuckerter Alkohol.

Fakt war, dass all unsere Pläne über den Haufen geworfen waren. Nichts von dem, was wir uns vorgenommen hatten, würde jetzt noch funktionieren. Ein großer Teil unseres Mobiliars stand verpackt und abgebaut entweder in der Diele, in der Garage oder auf dem Vorplatz des Hauses herum. Abgesehen von den Matratzen, die wir ins Wohnzimmer gezerrt und vor die Heizung gelegt hatten. Jetzt hockten wir im Halbkreis vor dem dampfenden Punschtopf und überlegten, wie es weitergehen sollte.

Ursprünglich war vorgesehen gewesen, dass wir an diesem Tag alle hier auszogen. Das Haus hatte ursprünglich Paulines Oma gehört. Die war seit Jahren im Altenheim und ein extremer Pflegefall, und nach Aufzehrung aller Barmittel hatte sich das Sozialamt gezwungen gesehen, das Haus zu verkaufen. Sie hätten es auch vermieten können, zum Beispiel an uns drei, aber die Summe, die uns als Quadratmeterpreis genannt worden war, hätten wir selbst bei rosigsten finanziellen Zukunftsaussichten auch zu dritt nicht stemmen können. Geschweige denn zu zweit, denn Annabel wäre so oder so ausgezogen, da sie mit Klaus zusammenleben wollte. Also wurde die Villa verkauft. Praktischerweise an eine Anwaltskanzlei, die keine Minute gezögert hatte, Eigenbedarf zur gewerblichen Nutzung anzumelden und auf die Räumung zu drängen. Bei Ausschöpfung aller juristischen Mittel hätten wir noch eine Weile hier wohnen bleiben können, aber im Gegenzug einen Haufen Nutzungsentschädigung zahlen müssen.

Für uns drei stellte sich diese Frage dann aber gar nicht erst, und zwar schon deswegen nicht, weil Annabel sowieso Klaus heiraten und gleich darauf zu ihm ziehen wollte. Vom Timing her passte alles wunderbar zusammen. Das große Geschäfts- und Wohnhaus in der Innenstadt war rechtzeitig fertig geworden. Klaus hatte seinen Metzgerladen im Erdgeschoss vor sechs Wochen neu eröffnet, und vor genau drei Wochen hatte ich mit einer tollen Party ebenfalls Geschäftseröffnung gefeiert, und zwar im ersten Stock desselben Gebäudes, wo ich mir ein wirklich schönes Büro eingerichtet hatte. Und seit letzter Woche waren auch die übrigen Wohnungen bezugsfertig. Eine tolle Maisonettewohnung für Klaus und Annabel und ein geräumiges Apartment für Pauline. Ursprünglich hatte der Umzug erst nach der Hochzeitsreise stattfinden sollen, doch die Anwaltskanzlei hatte Druck gemacht, weil man vor der Geschäftseröffnung noch renovieren wollte.

Wäre nur alles wie geplant verlaufen, hätte es nicht das geringste Problem gegeben. Wir drei hätten das Haus von Paulines Oma rechtzeitig räumen können.

Ich selbst hatte vorgehabt, mich kurzfristig bei Thomas

einzuquartieren, von daher hätte alles wirklich prima gepasst. Seine Wohnung war zwar nicht besonders groß, aber für eine Weile wäre es gegangen. Nach der Hochzeit hätten wir uns natürlich was Größeres gesucht. Spätestens dann, wenn feststand, wo er beruflich mal landen würde. Oder sobald wir eine richtige Familie waren, mit Kindern und allem Drum und Dran.

Bei diesen Gedanken kamen mir wieder die Tränen. Laut aufschluchzend stellte ich meine Punschtasse auf dem Parkettboden ab und warf mich rücklings auf die Matratze.

»Was ist denn jetzt schon wieder los?«, rief Pauline bestürzt aus.

»Das fragst du noch?«, rief Annabel.

»Ich dachte, sie wäre nach all den Stunden endlich fertig mit dem Geflenne! Du hast doch auch wieder damit aufgehört, oder etwa nicht?«

»Du hast ja keine Ahnung! Die Trauer kommt in Wellen!« Wie zum Beweis fing Annabel ebenfalls an zu weinen.

»Mein Gott«, sagte Pauline entnervt. »Seid doch froh, dass ihr die Typen los seid! Weg mit Schaden, sage ich da nur!«

Die Hand über die Augen gelegt, stieß ich schluchzend hervor: »Es wäre eine Wahnsinnshochzeit geworden! Sie hätten bestimmt einen Artikel darüber in *Bräute heute* gebracht!«

Annabel kam zu mir herübergekrochen und legte mir die Hand auf die Schulter. »Vielleicht hätten sie sogar was im Fernsehen gesendet. Ich verstehe dich! Du ahnst nicht, *wie gut* ich dich verstehe!«

Während wir beide um die Wette schluchzten, klingelte das Telefon.

»Ich bin nicht da«, sagten Annabel und ich einstimmig. Seit wir unsere Handys abgeschaltet hatten, versuchte Klaus mindestens einmal stündlich auf unserem Festnetzanschluss anzurufen. Thomas hatte sich einmal gemeldet, aber danach war er verstummt, und zwar seit heute Vormittag, als Pauline mit ihrer Dienstpistole den Rückspiegel und den rechten Hinterreifen seines Wagens zerschossen hatte.

Pauline hob ab, meldete sich und lauschte, dann sagte sie mit schleimig freundlicher Stimme: »Aber nein, Chef, das war ein Missverständnis! Das hat sich schon aufgeklärt! Natürlich dachten wir, es wäre ein Einbrecher!« Ihr Gesicht zeigte keine Regung, während sie abermals zuhörte. »Ja, selbstverständlich werde ich noch einen Bericht darüber abfassen, das versteht sich doch von selbst!«

Sie legte auf und bediente sich großzügig von dem vor sich hinsiedenden Punsch. »Mein Dienststellenleiter. Jemand hat ihm gesteckt, dass es hier eine Schießerei gegeben hat.«

»Meinst du, das waren die Habermanns?«, fragte ich.

»Die doch nicht. Wenn die nur das Wort *Polizei* hören, verschwinden sie wie Ratten in ihren Löchern. Die gehen ja schon stiften, wenn sie mich in Uniform sehen. Freiwillig würden die niemals da anrufen.«

»Vielleicht war es Thomas«, gab Annabel zu bedenken. »Schließlich war es ja sein Auto.«

Ich überlegte stirnrunzelnd, ob es zu Thomas' Charakter passte, wegen Paulines Übereifer zur Polizei zu rennen und sie anzuschwärzen. Schließlich war sie eine gute alte Freundin, und zwar nicht nur meine, sondern auch seine. Wir hatten alle eine Ewigkeit zusammen die Schulbank gedrückt und so viel als Clique unternommen, dass man all die gemeinsamen Ausflüge und Abendessen gar nicht mehr zählen konnte.

Während ich noch darüber nachdachte, wer Pauline in die Pfanne gehauen hatte, sagte sie abfällig: »Das war bestimmt dieser Arsch mit Ohren von der Anwaltskanzlei, der kam nämlich zeitgleich mit Thomas hier vorbei. Wollte wahrscheinlich nachgucken, wie wir mit dem Auszug vorankommen.«

»Davon hast du gar nichts erzählt«, sagte Annabel.

Pauline zuckte die Schultern. »Wozu auch? Er ist ja sofort wieder abgehauen, als ihm die Kugeln um die Ohren geflogen sind.«

»Hat der Typ was gesagt?«, erkundigte ich mich mit vagem Interesse.

»Ich komme wieder«, sagte Pauline.

»Wieso das denn? Gehst du weg?« Annabels Stimme klang ziemlich undeutlich. Ich überlegte, wie viele Valiumtabletten wir uns im Laufe des Tages geteilt hatten. Waren es zwei oder doch eher drei gewesen? Vielleicht vertrug sich das Zeug doch nicht so gut mit der Feuerzangenbowle, wie ich gedacht hatte. Oder sie verkraftete den Alkohol nicht.

»Nein, ich gehe nicht weg«, sagte Pauline. »Der Typ sagte: *Ich komme wieder.*«

»Wie der Terminator«, meinte ich. Ein albernes Hicksen hatte sich in meine Stimme geschlichen.

»Sagt der nicht *Hasta la vista, Baby?*«, fragte Annabel.

»Er sagt beides«, erklärte ich.

»Wirklich?«

»Verlass dich drauf«, sagte ich im Brustton der Überzeugung. Dann schaute ich Annabel an. »Ich wünschte, so ein Typ käme jetzt hier reinmarschiert.«

»Ein Terminator?« Annabel hickste und suchte nach den passenden Worten. »Ein Retter? Ein großer, starker, toller Mann?«

Ich nickte heftig und hatte für einen Moment den Eindruck, zwei Annabels vor mir zu sehen.

»Ihr habt beide genug.« Pauline stand auf und machte Anstalten, den Punschtopf in die Küche zu entführen. Annabel und ich meldeten sofort Protest an und bestanden darauf, dass sie noch einen mit uns trank, bevor wir uns aufs Ohr legten.

Dabei lagen wir beide genau genommen schon längst. Pauline hatte uns sogar von irgendwoher eine Decke besorgt, damit wir es wärmer hatten. Es ging doch nichts über richtige, echte Freundschaft. Anscheinend gab es die nur unter Frauen.

Draußen heulte der Wind ums Haus. Im Laufe des Abends war ein Sturm aufgekommen. Genau wie in dem Film, von dem wir eben gesprochen hatten. Es hatte gestürmt wie verrückt, und im nächsten Moment hatte sich Arnold materialisiert, und zwar splitternackt.

Ich dachte über gewisse Ungerechtigkeiten des Lebens nach, zum Beispiel darüber, dass zu meiner Rettung garantiert kein nackter, muskulöser, zu allem entschlossener Retter aus dem Nichts auftauchen würde. Da konnte es draußen noch so windig sein. Arnold würde sich ganz bestimmt nicht in die Störtebekerstraße verlaufen.

Doch dann sagte ich mir tröstend, dass wir immerhin Pauline hatten. Sie war gut bewaffnet, und im Nahkampf machte ihr keiner so schnell was vor.

Ich war gerade dabei, in angenehme Träume abzudriften, als Annabels entschlossene Stimme mich wieder zurück in die Wirklichkeit riss.

»Lasst uns einen Geist beschwören«, sagte sie.

Mühsam setzte ich mich auf. Draußen heulte der Wind, und die teuflische Mischung aus heißem Rotwein mit Rum und Kandis und noch ein paar anderen Kleinigkeiten zauberte bei mir unversehens eine Vision herbei, in der Arnold hereinspaziert kam, sich vor uns aufbaute und in steiermarkigem Ton *Pfüat'di* oder etwas ähnlich Cooles sagte.

»Was meinst du genau mit *Geist*?«, wollte ich wissen.

»Na, einen Mann. Den gewissen einen.«

Pauline ließ sich neben mir auf die Matratze plumpsen. »Eins muss man dir lassen. Du verlierst niemals deinen Optimismus.«

»Es gibt ihn!«, sagte Annabel mit leidenschaftlicher Stimme. Sie redete noch nuscheliger als vorhin, und dem Pegel ihrer Tasse nach zu urteilen hatte sie allen Grund dazu.

»Wen gibt es?«, fragte Pauline.

»Den einen, der alles wiedergutmacht! Derjenige, welcher! Einer wie keiner!«

Ihr Enthusiasmus war seltsam ansteckend.

»Der Traummann für eine Traumhochzeit«, sagte ich.

Annabel straffte sich. »Genau! Der Richtige, der alles wieder gutmacht! Den Mann zum Heiraten! Wir müssen nur dran glauben!«

Abermals heulte der Wind, und irgendwo klapperte eine Tür. »He, hört ihr ihn kommen?«, meinte Pauline spöttisch grinsend.

Annabel setzte sich kerzengerade auf. Dampf stieg aus dem Punschtopf auf und vernebelte ihr Gesicht. Einen Augenblick lang sah sie aus wie eine Fremde, seltsam erhaben und schön. Sie hob die Arme, und ihr blondes Haar, das ihr in traurigen Zipfeln aus der gestern mühsam fabrizierten Hochzeitsfrisur herabhing, wehte unter einem plötzlichen Windstoß über ihren Rücken.

»Hier zieht's«, stellte Pauline fest. Sie stemmte sich auf die Füße. »Ich gehe mal nachsehen, ob irgendwo ein Fenster offen ist. Das ist ein Mordssturm da draußen.«

»Nein, bleib hier!«, befahl ihr Annabel. »Jetzt ist Zauberzeit!«

Pauline seufzte entnervt, setzte sich aber wieder hin. Ihr

Gesichtsausdruck ließ keinen Zweifel, was sie von Annabels alkoholbedingten Anwandlungen hielt, doch anscheinend war sie der Ansicht, ein bisschen Gutmütigkeit könne in Anbetracht so viel geballter psychischer Angeschlagenheit nicht schaden. »Dann zaubert mal schön«, meinte sie spöttisch.

»Wir zaubern alle«, verbesserte Annabel sie. »Wir zaubern uns einen Traummann. Jemand, der mich für die erlittene Schmach entschädigt. Jemand, der dafür sorgt, dass Brittas Traumhochzeit in drei Monaten doch noch stattfindet. Und ... ahm, ja auch noch jemanden, der *dich* heiratet.«

»He, will ich das überhaupt?«, beschwerte Pauline sich.

»Ja, du willst. Und wenn der Richtige da ist, wirst du sehen, dass es gar nicht wehtut!«

Annabel ergriff Paulines und meine Hand und bestand darauf, dass Pauline und ich uns ebenfalls bei der Hand hielten, damit wir alle drei einen geschlossenen Kreis bildeten.

Mit einem Mal wurde der Wind stärker. Pauline blickte besorgt auf. »Meine Güte, das zieht aber jetzt wirklich! Kommt das aus der Küche? Da ist garantiert sperrangelweit das Fenster offen!«

Annabel ließ es nicht zu, dass Pauline aufstand. Sie hielt unsere Hände umklammert, warf den Kopf zurück und gab eine Art Hexen-Singsang von sich. Einmal glaubte ich ein paar Worte zu verstehen, es klang wie *Ene-Mene-Muh,* und ein anderes Mal sagte sie sehr deutlich *Abrakadabra,* aber davon abgesehen war der Rest absolutes Kauderwelsch.

Dann ließ sie sich abrupt auf die Matratze zurückfallen. »Das war's«, murmelte sie.

Pauline hob den Kopf. »Jetzt hat es aufgehört. Hört ihr das? Völlig ruhig! Komisch. Kein Lüftchen mehr.«

»Der Zauber hat gewirkt«, sagte ich grinsend. »Morgen kommt der Traummann, wetten?« Ich streckte mich ebenfalls auf der Matratze aus, zog die Decke über mich und Annabel und schlief auf der Stelle ein.

*

Ich hatte die ganze Nacht über die wüstesten Träume. Mindestens zehnmal erwischte ich Serena Busena abwechselnd mit Thomas und Klaus in der Besenkammer oder im Bett, und immer taten sie Dinge, die so unanständig waren, dass sie von Rechts wegen höchstens in einem Pornofilm vorkommen durften. Unterbrochen wurden diese Szenarien durch Intervalle, in denen ich durch eisige Polargebiete irrte und nach einem Wärmequell suchte. Einmal fand ich nach einer langen Wanderung endlich eine Art Iglu, das sich dann bei näherem Hinsehen zu meinem Entsetzen als Besenkammer entpuppte. Darin, wen wundert's, hielten sich die üblichen Verdächtigen auf. Diesmal allerdings zu dritt, und das, was sie da taten, hätte jeden Eskimo vor lauter Scham im nächstbesten Eisloch versinken lassen.

Serena schaute blinzelnd zu mir hoch. »Ich weiß, ein gut erzogenes Mädchen redet nicht mit vollem Mund«, meinte sie geziert. Dann fuhr sie fort: »Aber die Sache ist die: Ich bin ja gar nicht gut erzogen!«

Als ich schluchzend von diesem Ort des Grauens floh, rannte ich in unseren Nachbarn Hermann Habermann hinein, der gerade den Gerichtsvollzieher daran hindern wollte, seinen Wagen zu pfänden. »Wissen Sie, der Porsche gehört überhaupt nicht mir, Sie können da keinen Kuckuck draufkleben!«

»Jetzt sagen Sie nur, es ist der Wagen Ihrer Frau«, versetzte der Gerichtsvollzieher süffisant, während er auf Hermanns bessere Hälfte deutete, die auf dem Kotflügel hockte und an einer Wodkaflasche nuckelte.

»Nein, Dorothee musste letztes Jahr ihren Führerschein abgeben. Der Wagen hier – er ist geklaut. Deswegen können Sie ihn nicht pfänden. Logisch, oder?«

In meinem Traum wechselte die Szenerie. Hermann und Dorothee verschwanden, während mein Vater ins Bild kam, zusammen mit dem frettchenartigen Russen und dessen Kumpan mit dem Bowlingkugelbauch.

»Wir können über alles reden«, sagte mein Vater beschwichtigend zu den beiden.

»Über alles. Außer über Geld.« Das Frettchen hatte ein Messer gezogen und reinigte sich mit der Spitze die Fingernägel. Mein Vater starrte auf die blinkende Schneide. »Nächsten Monat bin ich wieder flüssig. Es ist nur ein vorübergehender finanzieller Engpass. Ich werde mit meiner Tochter reden. Sie ist eine Karrierefrau mit besten Geschäftsaussichten und stetig wachsendem Einkommen. Sie wird mir aus der Klemme helfen, wenn ich sie darum bitte.«

Das Frettchen hob das Messer. Es blitzte so stark, dass es mich völlig blendete – und es kam näher!

»Nein!«, schrie ich. Keuchend und mit wilden Blicken schaute ich mich um, doch weit und breit war kein Messer zu sehen. Trotzdem war ich geblendet, was in dem Fall allerdings daran lag, dass mir die Sonne direkt ins Gesicht schien und mit einer Heftigkeit in die Augen stach, die mich stumm jenen Menschen verfluchen ließ, der die Feuerzangenbowle erfunden hatte. Gestern war es so nett und heimelig gewesen, zusammen mit Pauline und Annabel vor dem heißen Topf zu hocken. Es war auf unbestimmte Art tröstlich, den Zuckerkegel mithilfe von Rum und Feuer zum Schmelzen zu bringen und ihn als Flammenregen in den siedenden Wein tropfen zu sehen. Und hinterher alles bis auf den letzten Tropfen wegzubechern. Aber heute …

Stöhnend ließ ich mich zurücksinken und schloss die Augen. Annabel lag neben mir und schnarchte. Sie hatte es gut. Sie musste nicht diese unmenschlichen Kopfschmerzen und dieses grässliche helle Licht ertragen, das einem schier die Augäpfel wegbrannte. Klar, wenn sie erst wach war, würde es ihr vielleicht ähnlich schlecht gehen, das wollte ich ja nicht abstreiten. Aber im Moment hatte sie eindeutig den besseren Part von uns beiden.

Die entsetzliche, schockartige Erinnerung an den gestrigen Abend überfiel mich mit aller Macht. Ein weiterer Fünfundzwanzigtonner rollte über mich hinweg. Der Mann, mit dem ich Kinder hatte haben und alt werden wollen – er hatte es mit der schlimmsten Zicke der ganzen Schule getrieben! Und das, nachdem besagte Zicke gerade erst den Hochzeitstag meiner liebsten und besten Freundin versaut hatte!

Ich schluckte heftig, doch der Riesenkloß, der in meinem Hals steckte, ließ sich trotz aller Bemühungen nicht zum Verschwinden bringen. Hinter mir lag der schwärzeste Tag meines Lebens, und ich hatte nicht die geringste Ahnung, wie es weitergehen sollte.

Ein Geräusch zwang mich, wieder die Augen zu öffnen, wobei ich sorgsam darauf achtete, nicht in Richtung Fenster zu schauen. Der Nachteil dabei war allerdings, dass ich nichts sehen konnte, abgesehen von Annabels röchelndem, weit aufgerissenem Mund. Sie lag mit dem Gesicht zu mir, zusammengerollt wie ein Embryo. Die Decke hatte sie mir im Laufe der Nacht mehrfach entwendet, bis ich es schließlich aufgegeben hatte. Kein Wunder, dass ich ständig von Eis und Kälte geträumt hatte.

Das nervtötende Geräusch war erneut zu hören. Diesmal identifizierte ich es sofort als das, was es war, nämlich als befehlsgewohnte Männerstimme, die mir vage bekannt vorkam.

»Den großen Karton hier rüber. Nein, nicht kippen. Es könnte Glas oder so was drin sein.«

Als Nächstes ertönte ein lautes Klirren, gefolgt von einem saftigen Fluch. Jemand war dabei, unseren Hausrat wegzuschleppen! Wie von der Tarantel gestochen fuhr ich von dem Matratzenlager hoch. Anschließend verplemperte ich ein paar wertvolle Sekunden damit, mit beiden Händen meinen schmerzenden Schädel zu halten und tief durchzuatmen. Danach brachte ich endlich genug Energie auf, ins Freie zu stürmen, um die Eindringlinge, wer immer sie auch waren, von unserem Grund und Boden zu vertreiben.

Draußen stand ein Umzugswagen, und ein paar Möbelpacker waren damit beschäftigt, Kisten einzuladen. Als ich schlitternd und auf nackten Füßen bei der Haustür zum Stehen kam, um die Lage zu peilen, kamen zwei weitere Packer an mir vorbei. Sie schleppten einen Gegenstand zum Wagen, der verdächtig nach meinem Schminktischchen aussah.

»Was soll das hier werden?«, stieß ich krächzend hervor, mit einer Hand meine Augen beschattend.

»Frau Knettenberg?« Eine große Gestalt löste sich aus dem Schatten des Umzugslasters und kam näher. Ich konnte unmöglich erkennen, wer es war, weil das Licht Dinge mit meinen Augen anstellte, über die ich nicht genauer nachdenken wollte. Stattdessen ließ ich sie lieber bis auf einen winzigen Spalt geschlossen.

»Nein, ich bin nicht Pauline. Ich meine, ich bin ich. Britta. Ahm, ich bin Britta Paulsen.«

Ich ahnte dumpf, wie dämlich sich das für einen halbwegs normalen Menschen anhören musste. Nicht nur wegen der Namensähnlichkeit zwischen Paulines Vor- und meinem

Nachnamen, sondern wegen meines zusammenhanglosen Gestammels. Von meinem übrigen Auftreten ganz zu schweigen. Wenn ich nur halb so daneben aussah, wie ich mich fühlte – gute Nacht.

Von irgendwoher kam ein anerkennendes Pfeifen, und ich musste wohl oder übel dem Gedanken näher treten, dass es mit meinem Aufzug zusammenhing. Ich trug nichts außer einem stramm sitzenden Bustier und einem Slip. Die Socken konnte ich unmöglich mitzählen.

»Was machen Sie hier mit unseren Sachen?«, fauchte ich die große Gestalt an, die vor der Haustür stehen geblieben war. Zwinkernd versuchte ich, mehr zu erkennen, doch im nächsten Moment gab ich es ächzend auf, denn der Typ vor mir trat einen Schritt zur Seite und nahm mir damit auch noch das letzte bisschen Schatten. Die Morgensonne (oder vielleicht schon die Mittagssonne?) traf mich wie ein Keulenschlag und brachte mich zum Wanken.

»Sind Sie krank?«, fragte die Stimme, die mir sehr bekannt vorkam. Großer Mann, lässiger Tonfall, Freizeitkluft… Streng dein Gehirn an, Paulsen!

»Ich bin kerngesund«, log ich, während ich mir mit einer Hand die Augen zuhielt und mit der anderen ziellos herumwedelte. »Warten Sie, sagen Sie es nicht, ich komme gleich drauf. Sie sind es. Sven … Sven …«

»Bruckner.«

Ich atmete erleichtert aus. In meinem Beruf war ein gutes Gedächtnis ein absolutes Muss. Riesige Brautgesellschaften wollten personenmäßig auseinandergehalten und jeder einzelne Gast mit korrektem Namen angeredet werden. Das erforderte hartes mentales Training. Offenbar war ich besser, als ich gedacht hatte!

»Wir können ein anderes Mal reden«, sagte ich mit matter

Stimme, während ich mich unauffällig ins Innere des Hauses zurückzog. »Rufen Sie mich an. Wir treffen uns in meinem Büro.«

Ich hatte keine Ahnung, wo mein Büro sich ab demnächst befinden würde, aber darüber würde ich später nachdenken. Sicher war nur, dass ich unmöglich länger in dem Haus arbeiten konnte, das Klaus gebaut hatte. Mit dem Kerl wollte ich auf keinen Fall länger zu tun haben. Er hatte Annabel das Herz gebrochen, und das gleich zweimal.

Ich hatte kaum an sie gedacht, als sie auch schon aus dem Wohnzimmer getapert kam. Sie sah genauso mitgenommen und verkatert aus, wie ich mich fühlte, eine Genugtuung, die indessen nur eine Sekunde lang dauerte, denn im nächsten Augenblick war sie so strahlend schön wie eh und je. Während ich noch verblüfft überlegte, worauf dieser Effekt zurückzuführen war, kam sie näher und grinste von einem Ohr bis zum anderen.

»Er ist schon da«, hauchte sie.

»Wer?«, fragte ich töricht, während meine Blicke zwischen ihr und dem ungebetenen Besucher hin- und herwanderten. Er war in der offenen Haustür stehen geblieben und machte nicht den Eindruck, sofort wieder verschwinden zu wollen.

Anstelle einer Antwort grinste Annabel nur verschämt. »Ich mache mich rasch frisch. Bitte wartet, bis ich wieder da bin.« Sie ging rückwärts in Richtung Treppe und dann langsam nach oben, ohne Sven Bruckner aus den Augen zu lassen. Nach ein paar Stufen blieb sie kurz stehen. »Biete unserem Besucher doch eine Tasse Kaffee an! Sei so lieb, ja?«

Ihr Blick hatte etwas eigenartig Beschwörendes. Befremdet sah ich zu, wie sie die restlichen Stufen hinaufhuschte und im Obergeschoss verschwand.

Anscheinend kannte Annabel den Typ. Hatte sie ihn bestellt? Oder war er auf Paulines Veranlassung hin gekommen? Falls dem so war, hatten sie beide vergessen, mir davon zu erzählen. Aber da ich gestern den ganzen Tag über andere Sorgen gehabt hatte, war das nicht allzu verwunderlich.

Wie auch immer, Annabel schien höchsten Wert darauf zu legen, dass ich ihn beschäftigte, bis sie wieder da war. Es schien ihr sehr wichtig zu sein, später noch mit ihm zu sprechen, worüber auch immer.

»Das muss aufhören.« Mit einer entschiedenen Geste deutete ich auf die Möbelpacker, die sich gerade abmühten, unser Sofa in den Laster zu wuchten.

»Das Aufladen?«, vergewisserte sich Sven Bruckner.

Ich nickte und bereute es sofort. Die unbedachte Bewegung brachte in meinem Gehirn bestimmte Relais zum Klicken, die offenbar direkt an mein Schmerzzentrum angeschlossen waren.

»Dafür bin ich nicht verantwortlich«, sagte Sven.

»Wie bitte?« Ich wagte es, die Augen ein Stück weiter zu öffnen. Im Hausflur war es schattig genug, um einen genaueren Blick riskieren zu können. »Sie ... Sie haben doch die Möbelpacker mitgebracht, oder nicht?«

»Nun, ich fürchte, hier liegt ein Missverständnis vor.« Er wies mit dem Daumen über die Schulter. »Es war ... ahm, es war der Bräutigam.«

Ich folgte seinen Blicken, sah aber außer den Möbelpackern niemanden. Vage erinnerte ich mich daran, dass die Stimme, die vorhin die Kommandos zum Aufladen erteilt hatte, nicht die von Sven gewesen war, sondern sich eher nach Klaus angehört hatte. Der hatte offenbar das Weite gesucht, als ich aufgetaucht war. Verständnislos blinzelnd wandte ich mich wieder zu Sven um. »Und was wollen Sie dann hier? Ich meine, wer sind Sie eigentlich?«

»Ich bin ... Na ja, ich bin der Rechtsanwalt, wissen Sie.«

Er war der Rechtsanwalt und nicht der Bräutigam. In meinem Hirn klapperten die Synapsen, aber so sehr ich auch versuchte, sie zum Denken anzuspornen – es passte hinten und vorne nichts zusammen. Das Einzige, was mir in den Sinn kam, war ein Satz. Er lautete: *Es war die Nachtigall und nicht die Lerche.*

»Romeo und Julia«, murmelte ich.

»Wie bitte?«

Meine Güte, dieser Hangover hatte es wahrlich in sich!

»Schon gut. Kommen Sie, wir gehen in die Küche. Die ist nämlich als Einziges noch da, weil sie fest eingebaut ist.« Ich hielt inne, weil ich merkte, welchen Blödsinn ich von mir gab. »Ach, zum Teufel. Setzen Sie sich da rein und warten Sie einen Augenblick.« Ich zeigte auf die Küchentür und ließ ihm den Vortritt. »Ich bin gleich wieder bei Ihnen. Dann reden wir. Geschäftlich oder privat, ganz wie Sie wollen.«

Vermutlich hörte sich mein Gerede ziemlich skurril an. Sven Bruckners Miene blieb unverändert verbindlich, aber der höfliche Ausdruck seines Gesichts wurde von einem Hauch Skepsis getrübt. Mir war klar, dass er mich für hochgradig bescheuert halten musste. Ich konnte es ihm nicht verdenken. So wie ich an diesem Morgen (Mittag?) daherkam, benahm sich einfach kein normaler Mensch. Himmel, was für ein Durcheinander!

Ich wartete, bis er die Küche betreten hatte, dann knallte ich die Tür hinter ihm zu, rannte ins Wohnzimmer und streifte mir hastig Jeans und Bluse über. Noch während ich den Reißverschluss der Hose zuzerrte, raste ich weiter nach draußen und umrundete den Möbelwagen. Ich scheute auch nicht davor zurück, trotz der grellen Sonne die Augen weit aufzureißen, damit mir auch ja nichts entging. Doch von

Klaus war weit und breit keine Spur mehr zu sehen. Er musste sich beim ersten Anzeichen von Aufruhr verdrückt haben, der Feigling. Entweder, weil er Angst vor Pauline hatte, oder weil plötzlich Annabels Anwalt hier aufgetaucht war. Nun, Pauline war heute im Dienst, sie würde nicht wieder mit Prügeln drohen – jedenfalls nicht im Augenblick –, aber der Anwalt war real. Er saß in der Küche und wartete nur auf seinen Einsatz.

»Sie können das jetzt sofort alles wieder ausladen«, sagte ich zu dem Möbelpacker, den ich für den Chef der Truppe hielt. Er war der Größte und Stärkste von den vier Typen, die hier zugange waren.

Er erwiderte mit gutturaler Stimme einen Satz in einer mir unbekannten Sprache und zeigte auf einen seiner Kollegen. Der war um einiges kleiner und schmächtiger als der andere, konnte mich aber problemlos verstehen. »Wenn Sie es sagen«, meinte er, als ich ihm erklärte, dass der Auftrag storniert war. Dann musterte er mich zweifelnd. »Sind Sie denn überhaupt zuständig?«

»Drinnen sitzt unser Anwalt«, sagte ich, eine Spur von Triumph in der Stimme. »Wir können ihn ja fragen, wie lange er braucht, um eine Anzeige wegen Hausfriedensbruchs einzureichen.«

Das schien ihn zu überzeugen. Während die Möbelpacker in aller Gemütsruhe die Kisten und Möbel wieder ausluden und zurück ins Haus schleppten, überlegte ich befriedigt, wie passend doch manche Irrtümer das Leben verändern konnten. Ich war so naiv gewesen, mir einzubilden, dieser Sven Bruckner wäre ein neuer Kunde, der sich wegen der Vorbereitung seiner Hochzeit mit mir zusammensetzen wollte. In Wahrheit war er Annabels Rechtsanwalt! Sie hatte wirklich schnell geschaltet, das musste man ihr lassen. So viel Entschlossenheit hatte ich ihr gar nicht zugetraut, schon gar nicht innerhalb dieser kurzen Zeit! Ich spürte, dass Annabels rasches und entschiedenes Vorgehen einen positiven Einfluss auf mich ausübte. Wenn sie in diesem Tempo über Klaus hinwegkam – was sollte mich daran hindern, in null Komma nichts Thomas zu vergessen?

Doch allein der Gedanke an Thomas ließ meine Laune sofort in bodenlose Tiefen stürzen. Niedergeschlagen und immer noch auf nackten Füßen schlich ich zurück ins Haus. Am liebsten hätte ich mich noch für eine Runde Schlaf auf die Matratze begeben, doch daran war im Moment auf keinen Fall zu denken. Nicht, solange der Anwalt in der Küche saß.

Mit gesenktem Kopf öffnete ich die Küchentür und überlegte dabei krampfhaft, worüber ich mit dem Typ reden sollte, bis Annabel auftauchte. Von oben war das Rauschen der Dusche zu hören, es würde also mindestens noch zwanzig Minuten dauern, bis sie fertig war. Fünfundzwanzig, wenn sie sich schminkte.

Zu meiner Überraschung empfing mich der Duft von frisch aufgebrühtem Kaffee.

Sven Bruckner stand vor der Anrichte und deutete auf die Kaffeemaschine. »Ich dachte mir, Sie könnten einen vertragen, also habe ich mir erlaubt...«

»Sicher«, sagte ich hastig und seltsam verlegen.

Während das Kaffeewasser gurgelnd durchlief, holte ich zwei Tassen aus dem Schrank. Von dem Küchenkram war das meiste noch hier, wir hatten das alles erst gestern einpacken wollen.

»Alles in Ordnung?«, fragte Sven.

»Klar«, sagte ich großspurig, während ich Kaffee in die beiden Tassen goss. Ich dachte gar nicht daran, ihm meine private Tragödie auf die Nase zu binden. Er war Annabels

Anwalt, nicht meiner. Sie musste geschieden werden, ich nicht. An mir war dieser Kelch gerade noch vorübergegangen. Knapp, aber rechtzeitig.

Während ich mich zu unserem Besucher an den Küchentisch setzte, versuchte ich, jeden Gedanken an mein Aussehen zu ignorieren. Mein Kopf brummte so laut, dass ich das Rumoren der Möbelpacker im Gang nur mit halber Lautstärke hören konnte, und meine Augen fühlten sich an wie zwei zu lange gekochte Frühstückseier.

Diesen Vergleich, so befand ich im nächsten Augenblick selbstkritisch, hätte ich mir besser gespart. Allein der Gedanke an Essen drehte mir den Magen um.

Ich hielt mich an meiner Kaffeetasse fest und versuchte, Konversation zu machen.

»Wissen Sie, dass ich zuerst wirklich gedacht habe, dass Sie einfach nur nett heiraten wollen? Und jetzt stellt sich raus, dass Sie als Anwalt hier sind! Die Welt ist manchmal echt klein, oder?«

»Äh – ja.«

Er nahm einen Schluck von seinem Kaffee, und widerwillig bewunderte ich die Art, wie er sich dabei bewegte. Er machte nichts weiter als Kaffeetrinken, aber er tat es auf eine Weise, die einem den Eindruck von Zielstrebigkeit und Effizienz vermittelte. Er wirkte dabei wie ein Mann, der wusste, was er wollte. Seine Hände waren groß und kräftig, seine Finger lang und schlank. Mein professionelles Auge erkannte sofort, dass er keinen Ehering trug. Ob er schon mal irgendwann ans Heiraten gedacht hatte? Ich schätzte ihn auf Anfang dreißig. In dem Alter hatten die meisten Männer schon mindestens eine längere feste Beziehung hinter sich, und ein hoher Prozentsatz war entweder verheiratet oder stand kurz davor. Das war ein Erfahrungsgrundsatz. Vielleicht war er ja doch ein potenzieller Kunde. Ich musste an meine Zukunft denken. Dass bei mir privat alles mehr oder weniger in die Binsen gegangen war, stellte noch lange keinen Grund dar, auch beruflich die Segel zu streichen, oder? Von irgendetwas musste ich schließlich leben.

»Wenn Sie dann vielleicht doch mal irgendwann heiraten möchten – ich stehe jederzeit zur Verfügung.«

Er verschluckte sich an seinem Kaffee und stellte die Tasse ab.

»Soll ich Ihnen auf den Rücken klopfen?«, fragte ich besorgt.

Hustend schüttelte er den Kopf. »Es geht schon wieder.«

Für mich war das Thema noch nicht erledigt. »Eine Hochzeit bedarf langwieriger Vorarbeiten. Am besten fängt man schon sechs Monate vorher mit der Planung an, wenn man keine unangenehmen Überraschungen erleben möchte. Haben Sie vor, in nächster Zeit zu heiraten?«

»Nun, ahm, nicht wirklich.« Zwischen seinen Brauen bildete sich eine steile Falte, die seinem ansonsten heiteren und offenen Gesicht einen grüblerischen Ausdruck verlieh.

»Manche Leute heiraten ganz spontan«, sagte ich.

»Sie meinen, Las Vegas und so?«

Ich zuckte die Achseln. »Zum Beispiel.«

»Für mich besteht das eigentliche Problem an der ganzen Heirataerei darin, dass es ein Spiel auf Zeit ist. Schnell gefreit, lang bereut.«

Ich hatte das Sprichwort anders in Erinnerung, aber bevor ich den Mund öffnen konnte, um ihn zu verbessern, fuhr er nachdenklich fort: »Wissen Sie, dass beinahe die Hälfte aller Ehen hier zu Lande geschieden wird?«

»Ja, also ... das ist irgendwie relativ, finde ich. Wenn man heiratet, macht man sich doch keine Gedanken über eine

Scheidung! Dann könnte man es doch gleich ganz lassen!«

»Damit haben Sie vollkommen Recht«, meinte Sven schlicht. »Obwohl ich das als Anwalt natürlich völlig anders sehe.«

»Ich wusste gar nicht, dass Anwälte so romantisch sind.«

Er musterte mich überrascht, dann lachte er mit blitzenden Zähnen. »Guter Witz.«

Gegen meinen Willen betrachtete ich ihn fasziniert. Wenn er lachte, sah er plötzlich aus wie ein verschmitzter Junge. Verwegen, übermütig und verwirrend attraktiv.

Ich merkte, dass sich allmählich ein fragendes Schweigen zwischen uns ausbreitete, und beeilte mich, etwas Geistreiches und gleichzeitig Nettes von mir zu geben.

»Es ist toll, dass Sie so schnell hergekommen sind. Ich hatte keine Ahnung, dass Anwälte so kurzfristig Termine freihaben. Und, ahm, dass Sie Hausbesuche machen, finde ich auch irgendwie schön. So ... menschlich.«

»Na ja, ich wollte schon längst mal hier vorbeischauen, aber es hatte sich bisher nicht ergeben. Dann habe ich Sie vorgestern zufällig auf dieser Feier getroffen, und da dachte ich, dass ich endlich Nägel mit Köpfen mache. Wird ja auch Zeit, dass ich mich selbst drum kümmere. Die ganzen Arbeiten sollen ja auch nachher schon losgehen, und es versteht sich von selbst, dass ich dann an Ort und Stelle sein möchte.«

Irgendetwas klang komisch an seiner Antwort, und während ich noch überlegte, was es war, ging die Tür auf, und Annabel kam in die Küche spaziert. Ich schaute unwillkürlich auf Svens Armbanduhr – es war die einzige, die in der Nähe war – und stellte dabei zweierlei fest. Erstens war Annabel zehn Minuten früher als erwartet fertig geworden und zweitens war es fast halb eins. Mittags.

Der Chef-Möbelpacker lugte um die Ecke. »Wir wären dann fertig. Alles wieder so hingestellt, wie es war. Oder jedenfalls so ungefähr.« Er bedachte Sven mit schrägen Blicken und verkrümelte sich eilig in Richtung Haustür.

»Wieso haben Sie den Umzug so kurzfristig gestoppt, wenn ich fragen darf?«, fragte mich Sven. Mit einem Mal wirkte er ziemlich beunruhigt. »Meinen Sie, dass Sie auf die Schnelle noch jemand anderen finden, der das erledigt? Ich meine – heute noch? Waren Sie mit der Firma nicht zufrieden?«

Das klang in meinen Ohren erst recht komisch, und das merkwürdige Gefühl, dass hier irgendetwas nicht stimmte, gewann allmählich die Oberhand.

Annabel gab ein hohl klingendes Lachen von sich. »Wir waren mit der Firma nicht zufrieden«, echote sie. »Mit der Firma. So könnte man sagen. Er hat ja tatsächlich eine Firma, nicht wahr? Fleischereifacherzeugnisse vom Allerfeinsten. Aber wenn es wirklich um die Wurst geht, wird er zum Würstchen.« Sie legte den Kopf schräg. »Das meine ich jetzt ganz buchstäblich. Sozusagen im wahrsten Sinne des Wortes. Nein, wir waren nicht zufrieden mit *der Firma*.«

»Ich fürchte, ich kann Ihnen da nicht ganz folgen.«

»Das macht nichts«, sagte Annabel lächelnd. »Hauptsache ist, dass Sie gekommen sind.«

»Warte mal«, sagte ich zu Annabel. »Du weißt doch, dass er Anwalt ist, oder? Ich meine, *dein* Anwalt. Ist er doch, oder nicht?«

»Oh, er ist Anwalt?«, fragte sie interessiert. »Das finde ich toll. Und irgendwie passend. Schon deswegen, weil ich mich nämlich vielleicht scheiden lassen muss. Sie machen doch auch Scheidungen, oder?«

»Sekunde«, mischte ich mich ein. »Hast du ihn denn nicht herbestellt?«

»Doch, klar habe ich das. Zusammen mit dir und Pauline.«

Ich presste mir beide Handballen gegen meine schmerzenden Schläfen. »Ich kapiere gar nichts mehr.«

»Ich auch nicht«, sagte Sven.

Annabel wandte sich strahlend zu mir um. »Es ist doch alles ganz einfach, Britta. Der Zauber hat gewirkt!«

*

»Erzähl mir das noch mal«, verlangte Pauline.

»Wenn du mir gleich beim ersten Mal richtig zugehört hättest, müsste ich dir nicht immer alles dreimal sagen«, beschwerte ich mich.

»Also hör mal! Kannst du dir vielleicht vorstellen, dass ich arbeiten muss? Und zwar richtig? In einem Fulltime-Job, der meine ganze Kraft kostet? Bei dem ich denken muss, bis mir die Ohren qualmen?«

Ich starrte sie an. »Soll das etwa heißen, dass *ich* nicht richtig arbeite? Dass ich *nicht* denken muss bei dem, was ich tue?«

Pauline warf den Stift hin, mit dem sie gerade in irgendwelchen Verbrecherprofilen herumgekritzelt hatte. Normalerweise arbeitete sie lieber am PC, doch der funktionierte heute nicht richtig. Überhaupt war die meiste Zeit in ihrer Abteilung beziehungsweise in allen Büros immer irgendetwas kaputt. Das war das schwere Los, das die Polizei bundesweit zu tragen hatte. Zumindest behauptete Pauline das immer. Schlechte und veraltete Technik, miese Bezahlung, unmögliche Arbeitszeiten und dazu noch das Risiko, praktisch jederzeit im Dienst erschossen zu werden – das war ihr Job bei der Kripo. Wobei sich natürlich sofort die Frage erhob, warum sie überhaupt zur Polizei gegangen war. Sie hatte von uns dreien das beste Abi gemacht und hätte problemlos studieren können. Niemand hatte sie gezwungen, sich auf Ganovenjagd zu begeben.

»Also, wenn du hergekommen bist, um mit mir zu streiten, vertagen wir die Unterhaltung lieber auf heute Abend.«

»Ich will aber *jetzt* mit dir reden«, sagte ich patzig.

»Dann sei so gut und erkläre mir bitte noch einmal genau, was dieser Typ von Annabel will.«

»Nicht *er* will was von ihr, sondern sie von ihm!«

»Ja, aber das ist doch toll! Sei doch froh, dass sie so schnell über Klaus wegkommt!«

»Das dachte ich ja zuerst auch!«, rief ich entnervt aus. »Aber sie geht von völlig falschen Voraussetzungen aus! Er ist Anwalt! Und er ist nicht gekommen, um sie zu scheiden, sondern um sich das Haus unter den Nagel zu reißen! Weil er es nämlich gekauft hat! Er dachte die ganze Zeit, ich wäre du, beziehungsweise du wärst ich, und deswegen wollte er mit mir über die Räumung reden. Oder eigentlich mit dir. Aber du warst ja nicht da, und er hielt mich für dich.«

»Ich kann dir irgendwie nicht richtig folgen.«

»Er will uns rausschmeißen! Verstehst du? Uns! Aus dem Haus!«

Von den umliegenden Schreibtischen trafen mich neugierige Blicke. Das war ein weiterer Stressfaktor in ihrem Beruf – sie musste sich mit zwei Männern ein Büro teilen, und ständig wuselten irgendwelche Leute durch den Raum. Sekretärinnen, Querulanten, Straftäter, Praktikanten – hier war immer was los.

»Na gut. Ich habe es verstanden. Du brauchst nicht so zu schreien.«

»Ich schreie nicht«, rief ich wütend.

»Du bist im Stress. Das legt sich wieder.«

Ich ballte die Fäuste und zählte im Geiste bis drei. Normalerweise war Pauline diejenige, die aus der Haut fuhr, wenn ihr etwas gegen den Strich ging, und dann mussten Annabel und ich mäßigend auf sie einwirken. Vielleicht war an dem, was sie sagte, was dran. Ich war völlig durch den Wind. Am liebsten hätte ich mir Paulines Pistole ausgeliehen und damit Serena Busena ein paar herausragende Körperteile weggeschossen. Ich hatte sogar mit dem Gedanken gespielt, Pauline doch noch zu bitten, Thomas zu verhaften. Und ihn nackt in eine Zelle zu sperren. Für mindestens eine Woche.

»Was schlägst du also vor?«, wollte ich frustriert wissen.

»Ich meine, wie sollen wir das jetzt mit dem Haus regeln?«

Sie nahm ihren Stift und klopfte auf der Schreibtischplatte herum. »Seine Sekretärin hat mich zwei-, dreimal angerufen, ich habe ihr gesagt, dass wir heute Morgen draußen sind.«

»Das dachte er auch. Er war ziemlich platt, dass dem nicht so war.«

»Wie seid ihr denn verblieben?«

»Wir sind überhaupt nicht verblieben. Er hat das Missverständnis aufgeklärt. Annabel hat mit ihm Kaffee getrunken, und ich habe mich beeilt herzufahren. Damit du dir was einfallen lässt.« Ich beugte mich vor und schaute sie eindringlich an. »Es geht ja nicht nur um das Haus! Wir müssen Annabel irgendwie beibringen, dass sie im Begriff ist, sich total lächerlich zu machen! Sie ist allen Ernstes davon überzeugt, dass sie den Typ hergezaubert hat! Dass er die Lösung all ihrer Probleme darstellt! Kapier doch, das sind noch die Nachwirkungen des Traumas wegen der Besenkammer! Sie ist dabei, mehr oder weniger verrückt zu werden!«

Pauline seufzte und strich sich mit beiden Händen über ihre erbsengrüne Uniformbluse. Zugegeben, sie machte in dem Ding eine sehr gute Figur, und wenn sie die Mütze aufsetzte und die Pistole umschnallte, waren ihr alle männlichen Blicke in weitem Umkreis sicher. Pauline war fast einsachtzig groß und gebaut wie ein Bond-Girl, und anscheinend war es der Traum aller Männer zwischen achtzehn und achtzig, eine Frau wie sie in Uniform auflaufen zu sehen.

»Du hast Recht«, gab sie zu. »Wir müssen was machen.«

»Endlich siehst du es ein. Also bist du damit einverstanden, wenn ich mich umschaue? Ich habe da schon was in der Zeitung gesehen. Es wäre zwar nicht so groß wie das Haus von deiner Oma, und Geld würde es auch kosten. Aber andere Leute zahlen ja auch Miete. Ich meine, wir hätten ja alle ab demnächst sowieso Miete zahlen müssen. Du zumindest, weil du ja alleine gewohnt hättest.«

Sie runzelte die Stirn. »Die Wohnung in Klaus' Haus ist nicht schlecht.«

Entsetzt starrte ich sie an. »Du spielst doch nicht ernsthaft mit dem Gedanken, da einzuziehen, nach allem, was dieser Mistkerl sich geleistet hat?«

Sie seufzte abermals. »Nein, natürlich nicht. Ich weiß, wem meine Loyalität gehört. Aber es ist trotzdem ein Jammer.«

»Was soll *ich* denn sagen? Ich muss ein traumhaftes Büro aufgeben! Und im Gegensatz zu dir arbeite ich da schon seit ein paar Wochen drin und hatte Zeit, mich an diesen Luxus zu gewöhnen!«

»Wie willst du das eigentlich abwickeln?«, wollte Pauline wissen. »Schickst du Klaus eine Kündigung?«

»Meinst du, ich will mir wegen dem Kerl noch Extra-

Arbeit machen? Der wird schon von alleine merken, dass ich gekündigt habe. Ich fahre nachher hin, weil ich noch einen Besprechungstermin habe. Gleich danach packe ich alles zusammen und verlege das Geschäft.«

»Wohin?«

»Keine Ahnung. Im Zweifel mache ich erst mal da weiter, wo ich wohne.«

»Und wo wohnst du?«

»Na, wo wir alle wohnen. Wir wollen doch weiter zusammenleben, oder?«

»Logisch. Jetzt habt ihr beide ja niemanden mehr außer mir zum Zusammenwohnen. Und ich fände es echt schade, wenn ich niemanden mehr hätte, über den ich mich aufregen kann.«

Ich war erleichtert, weil sie in diesem Punkt genauso dachte wie ich. Wenigstens eine Sache in meinem Leben würde in Ordnung sein. Meine WG mit Pauline und Annabel war eine Art Anker in meinem Leben, auf den ich momentan nicht gut verzichten konnte.

»Irgendeine passende Behausung werden wir schon finden«, sagte ich mit neu erwachter Zuversicht.

Sie verschränkte die Hände und ließ beide Daumen umeinander kreisen. »Ich kenne ein ziemlich großes Haus ganz in der Nähe. Da stehen jede Menge Zimmer leer, und es ist bestens in Schuss. Bezahlen müssten wir auch nichts, oder wenn, dann jedenfalls nicht viel.«

Ich musste gar nicht erst dieses eigentümliche kleine Glitzern in ihren Augen sehen, um zu wissen, worauf sie hinauswollte.

»Wenn du unbedingt zu meinem Vater ziehen willst – wieso fragst du ihn nicht einfach?«

»Vielleicht mache ich das ja irgendwann.«

Empört stand ich auf und ging zur Tür. Hier war jeder Kommentar überflüssig.

*

Die Fahrt vom Polizeirevier bis zu meinem Büro dauerte nur fünf Minuten, doch die kurze Zeit reichte völlig, um mich in tiefe Niedergeschlagenheit zu stürzen. Ich hatte mich schon vorher denkbar mies gefühlt, doch sobald ich anfing, genauer über mein ganzes Elend nachzudenken, war es vorbei.

Die Szenen von vorgestern hatten sich unauslöschlich in mein Gedächtnis eingebrannt, und ich konnte einfach nicht aufhören, mich haargenau an jedes einzelne schmähliche Detail zu erinnern. Zuerst Serena mit Klaus, dann Serena mit Thomas. Und dann alle drei. Na gut, das Letzte hatte ich nur geträumt. Aber es hätte genauso gut tatsächlich passiert sein können. Dieser Person traute ich alles zu. Und Klaus und Thomas mittlerweile auch.

Komisch, früher hatte ich mir immer eingebildet, die beiden wären ganz normale, nette Männer. Fleißig, fröhlich, ein bisschen schüchtern im Umgang mit Frauen. Einfach das, was man gemeinhin unter einem lieben Kerl verstand. Und dann ließen sich beide an ein und demselben Abend von ein und derselben Schlange in Versuchung führen – und brachten damit kurzerhand zwei komplette Lebensplanungen zum Einsturz. Annabel war völlig vernichtet, so schlimm, dass ihr Verstand bereits litt, weil sie glaubte, sich einen Ersatzmann herbeigezaubert zu haben.

Ich war nicht ganz so daneben, aber viel fehlte nicht. Wenn Annabel auf der nach oben offenen Unglücksskala eine Zehn hatte, war es bei mir mindestens eine Sieben.

Ich war mit Thomas zusammen, seit ich denken konnte.

Nun ja, vielleicht nicht ganz so lange. Aber fast. Immerhin seit meinem achtzehnten Lebensjahr. Während der Schulzeit war er ein ziemlicher Spätzünder gewesen und hatte sich noch bis zum Abi mehr für mittelalterliche Baukultur als für Mädchen interessiert. Aber auf dem Abiball hatte es dann endgültig zwischen uns gefunkt, und seitdem gehörten wir beide zusammen. Na gut, es hatte ein paar Pausen in unserer Beziehung gegeben, einmal eine von zwei, einmal eine von drei Jahren. Und dann die letzte, die am längsten gedauert hatte, nämlich vier Jahre. Aber unterm Strich waren wir mindestens seit knapp zwei Jahren ein Paar. Das war wesentlich länger als all die anderen Geschichten, die ich zwischendurch so gehabt hatte.

Thomas war ganz anders als all die anderen Typen. Er war ehrlich, korrekt, ordnungsliebend und gründlich, und er setzte sich zum Pinkeln hin. Es machte mir nichts aus, dass er beim Sex nicht immer so konnte, wie er wollte, und dass er beim Zeitunglesen manchmal dieses komische Augenzucken hatte. Folglich musste es Liebe sein. Er war zwar nicht mein erster Mann gewesen, aber mein treuester. Und, was absolut entscheidend war: Wir hatten *heiraten* wollen! Es hätte die Hochzeit des Jahres werden sollen. Meine Planung war bereits so weit gediehen, dass ich mich dem Endstadium näherte. Ich hatte sozusagen alles komplett auf einer Art mentalem Reißbrett entworfen, jedes einzelne liebevolle Detail, und ich hatte dicht davorgestanden, die Theorie in die Praxis umzusetzen. Die Blumendekoration war so gut wie ausgewählt, dem Brautkleid hatte ich mich immerhin so weit angenähert, dass ich mich für eine bestimmte Kollektion entschieden hatte, und das Frackdesign stand sogar schon fest. In der kommenden Woche hatte ich die ersten Einladungskarten fertigen wollen. Ich hatte Thomas einen Stapel Broschüren mit einer Auswahl zauberhafter Eheringe ausgehändigt, schließlich hatte er in dem Punkt ein Mitspracherecht. Zumindest hatte er es gehabt – bis vorgestern.

Dieser Widerling! Er hatte mir mit der abartigen Nummer von vorgestern Abend viel mehr verdorben, als er sich überhaupt vorstellen konnte! Ich rieb mir wütend über das Gesicht und wischte die Tränen weg. Wieso konnte ich nicht aufhören mit der blöden Heulerei? Wem brachte das noch etwas?

Die Bremsen an meinem Wagen quietschten misstönend, als ich vor der Metzgerei anhielt. Eigentlich wäre dieses Jahr ein neueres Auto fällig gewesen, aber nachdem ich einen Teil meiner Ersparnisse für die Einrichtung meines neuen Büros aufgebraucht hatte, musste ich weiter mit meinem alten Polo durch die Gegend fahren. Der andere – größere – Teil meines Geldes war für eine Investition draufgegangen, über die ich nicht mehr nachdenken wollte. Mein Vater behauptete immer noch, dass die Rendite uns eines Tages zu Millionären machen würde, aber bis es so weit war, musste die arme Prinzessin zuerst einen Haufen Stroh zu Gold spinnen. Oder Rumpelstilzchen auf andere Weise überlisten. Doch dazu würde es natürlich niemals kommen. Wie auch immer, ich hatte zum Glück endlich aufgehört, an Märchen zu glauben. In jeder Beziehung.

Trotzdem liefen mir immer noch die Tränen, als ich aus dem Wagen stieg und zum Seiteneingang des Gebäudes ging. Aus den Augenwinkeln spähte ich im Vorbeihuschen durch die große Schaufensterscheibe in den Laden, konnte aber auf die Schnelle nicht erkennen, ob Klaus hinter der Theke stand. Tränen trübten mir den Blick, ich sah nur verwaschene blau-weiß gestreifte Gestalten, alle im einheitlichen Wagenbrecht-Look.

Die Metzgerei Wagenbrecht war wirklich ein Laden erster Güte, und Klaus hatte sich mit der Eröffnung einen Lebenstraum erfüllt. Alles war genau so geworden, wie er es sich vorgestellt hatte. Wie oft hatten wir in den letzten Jahren zu viert (in den Phasen, während ich mit Thomas zusammen gewesen war, auch zu fünft) zusammen gesessen und davon gesponnen, wie toll dieser Laden werden würde! Und wie wir die Wohnungen und die Büros aufteilen wollten!

Klaus hatte wie verrückt im väterlichen Betrieb im Nachbarort geschuftet, um die finanziellen Möglichkeiten für diesen Neustart zu schaffen, und es war ihm tatsächlich gelungen. Sogar viel früher, als alle gedacht hatten.

Na gut, der letzte Kick war gewesen, dass er eine nette Stange Geld von einer Großtante geerbt hatte, nämlich genau die Summe, die das Haus hier gekostet hatte. Aber darauf war es nicht angekommen. Entscheidend war, dass er seine Vision wahr gemacht hatte. Gemeinsam mit Annabel, die ihm über Jahre hinweg den Rücken abwechselnd gestärkt und frei gehalten hatte, je nachdem, was gerade bei ihm anstand.

Als ich die Tür aufschließen wollte, konnte ich das Schlüsselloch nicht finden, weil ich derartig flennte, dass ich nur noch Wasser sah.

»Warte, ich helfe dir«, sagte Klaus' Stimme hinter mir.

Ich fuhr herum. Er war in Arbeitskleidung. Weißes Hemd, blau-weiß gestreifte Metzgerschürze. Davon abgesehen sah er anders aus als sonst. Seine übliche gesundrosige Gesichtsfarbe war zu einem kreidigen Grau verblichen, und unter seinen Augen lagen fingerbreite dunkle Ringe. Kein Wunder, dachte ich gehässig. Wer mit gewissen Leuten rumsumpft, sieht halt aus wie der wandelnde Tod.

Stumm trat ich zur Seite und ließ zu, dass er mir die Haustür aufschloss. Ich hatte nicht vor, mich auf irgendwelche Diskussionen mit ihm einzulassen. Genau genommen wollte ich kein einziges Wort mit ihm reden.

Doch das stellte sich in der Folgezeit als schwierig heraus.

»Das von heute Mittag tut mir leid«, sagte er. »Ich hätte das nicht tun sollen. Außerdem dachte ich, ihr wärt gar nicht da.«

Ich sagte keinen Ton. Klaus druckste herum und fuhr mühsam fort: »Es war eine Kurzschlussreaktion. Ich war verzweifelt und konnte nicht richtig denken. Ich glaubte, wenn erst all ihre Möbel hier sind, muss sie ja kommen. Dann hätten wir reden können.«

Ich drückte mich an ihm vorbei und ging zur Treppe. Doch Klaus ließ sich nicht so leicht abhängen. Er folgte mir nach oben in den ersten Stock und wartete, bis ich meine Bürotür aufgeschlossen hatte.

Das Schild mit der Aufschrift *Brittas Brautbüro* erschien mir an diesem Nachmittag wie der blanke Hohn. Genau wie die liebevoll mit Brautbildern und diversen Hochzeitsdekorationen aufgemöbelte Einrichtung. Der Laden bestand nur aus einem mittelgroßen Büroraum, einer kleinen Kaffeeküche und einem winzigen Bad. Aber er war mein ganzer Stolz gewesen, und jetzt war er bloß noch Müll.

Ich ging um meinen hübschen, mit frischen Blumen geschmückten Schreibtisch herum und ließ mich schluchzend auf den Drehstuhl fallen. Es war mir völlig egal, dass Klaus mir in den Raum gefolgt war.

»Es tut mir so wahnsinnig leid«, sagte er verzweifelt. Wenn irgend möglich, war er noch blasser als zuvor. »Ich habe alles kaputtgemacht, oder?«

Er schluckte und zerknüllte seine Schürze zwischen seinen breiten Metzgerhänden, und unwillkürlich erinnerte ich mich daran, wie Annabel und ich mit ihm zusammen die Prüfungsfragen für die Fachverkäufer im Fleischerhandwerk gepaukt hatten. Als Metzgermeister musste er natürlich auch Azubis beschäftigen und ihnen das A und O von Wurst & Co. beibringen. Wie hatten wir das alles mit ihm einstudiert! Tausend Dinge, die ein guter Metzger wissen musste. Zum Beispiel die existenzielle Frage, wie es zum Verblassen von Fleischwaren kommt: Durch Licht und unter Einfluss der Lagertemperatur wird aus Nitrosomyoglobin durch Umbau der Fe-Komponente Metmyoglobin.

Oder die eher praktische Frage, welche Brühwürste als Dauerbrühwürste beziehungsweise Halbdauerware zum Verkauf kommen: Bierwurst, Göttinger, Krakauer, geräucherte Schinkenwurst, Tiroler, Kochsalami. Oder dass für die Lyoner Nitritpökelsalz, für die Gelbwurst dagegen Kochsalz verwendet wird. Oder dass man als Schmorstücke Hochrippe, Hüfte, Kugel, Bürgermeisterstück, Tafelspitz, dicken Henkel, abgedeckte Fehlrippe, abgedeckten Kamm, dickes Bugstück, Schaufelstück, falsches Filet und Schaufeldeckel verwenden konnte.

»Ich habe gleich drei Leben zerstört«, sagte Klaus niedergeschmettert. »Annabels, deins und meins.«

»Und was ist mit Pauline?«, entfuhr es mir. Ich ärgerte mich, kaum, dass ich es ausgesprochen hatte. Wozu redete ich überhaupt mit dem Typ? Und was hatte er eigentlich hier in meinem Büro verloren? Gab es nicht so was wie eine Privatsphäre? Reichte es nicht, was er heute Mittag versucht hatte?

»Pauline?« Er wirkte bestürzt. »Mein Gott, ja! Sie wird jetzt bestimmt auch nicht hier wohnen wollen! Herr im Himmel, was habe ich getan!« Er sah aus, als wollte er anfangen zu weinen, und zu meiner Bestürzung tat er genau das, und zwar in der nächsten Sekunde. Er sackte auf meinem Besucherstuhl zusammen und zerrte die Schürze hoch vor sein Gesicht, um die trockenen Schluchzer zu dämpfen, die lautstark aus seiner Brust stiegen. Der Anblick war so ungewohnt und peinlich, dass ich automatisch sofort aufhörte zu heulen. Pikiert betrachtete ich seine zuckenden Schultern, seine verkrampften Hände und die kleine kahle Stelle auf seinem Hinterkopf. Er sah aus wie das, was er jeden Tag zu Wurst verarbeitete: ein armes Schwein.

Am liebsten wäre ich ins Bad gerannt, um ein Handtuch für seine geschwollenen Augen anzufeuchten. Oder in die Küche, um ihm einen Cognac zu holen.

Doch ich blieb sitzen und widerstand heldenhaft allen Anwandlungen, ihm Trost zu spenden. Wenn jemand meinen Beistand nötig hatte, dann Annabel. Auf keinen Fall dieser Verräter! Sollte er doch heulen. Er hatte es verdient zu leiden.

Er murmelte irgendwas Unverständliches.

»Was hast du gesagt?«, fragte ich ungnädig.

Er lupfte kurz die Schürze, und sein fleckig gerötetes Gesicht kam zum Vorschein. »Es ist so schrecklich, dass euer Leben auch noch verpfuscht ist!«

»Das hättest du dir früher überlegen sollen. Jetzt ist es zu spät.«

Er schaute verzweifelt drein. »Nach alledem willst du bestimmt auch für deine Hochzeit einen anderen Caterer engagieren, oder?«

Verständnislos runzelte ich die Stirn. »Für welche Hochzeit?«

»Na, für deine und Thomas'.«

Das verschlug mir die Sprache. Mit offenem Mund starrte ich ihn an.

»Was ist?«, fragte er betreten. »Sehe ich irgendwie komisch aus?«

»Ja«, sagte ich wahrheitsgemäß. »Du weißt es noch gar nicht, oder?«

»Was denn?«

Ich schluckte hart. Er schien tatsächlich keine Ahnung davon zu haben, dass sich in seiner Hochzeitsnacht noch eine bemerkenswerte Duplizität der Ereignisse ergeben hatte. Falls sein Bruder was davon mitgekriegt hatte, war er wohl zu betrunken gewesen, um sich daran zu erinnern und es Klaus zu erzählen. Und die direkt Beteiligten hatten es vermutlich vorgezogen, den Mantel des Vergessens darüber auszubreiten. Nun, was mich betraf, so galt dasselbe.

»Ich will nicht darüber reden.«

»Wieso? Was meinst du? Was ist passiert?« Er sprang auf. »Hat es was mit Annabel zu tun? Ich habe ein Recht, es zu erfahren!«

»Du hast überhaupt keine Rechte mehr. Schon gar nicht, was Annabel betrifft.« Ich stand ebenfalls auf und beugte mich wütend vor. »Zu deiner Kenntnis wiederhole ich es noch einmal: Du hast in Bezug auf Annabel sämtliche Rechte verwirkt. Wenn du es genau wissen willst: In Zukunft wird sich jemand anders um ihre Rechte kümmern. Jemand, der viel mehr davon versteht als du.«

Klaus zuckte heftig zusammen und glotzte mich an wie ein Kalb auf der Schlachtbank. Befriedigt über den Effekt, den meine Worte auf ihn hatten, ließ ich mich wieder auf den Stuhl sinken.

»Was willst du damit sagen?«, brachte er mühsam hervor.

»Was wohl?«, fragte ich süffisant zurück.

Er schüttelte den Kopf, als müsse er ein lästiges Insekt vertreiben. »Sie kann unmöglich jemand anderen haben!«

»Hat sie aber. Einen echten Traummann. Sie hat ihn mir heute vorgestellt.«

Klaus' schockierter Gesichtsausdruck war Balsam für meine wunde Seele.

»Aber wie denn?«, rief er voller Entsetzen aus. »In dieser kurzen Zeit!«

»Wieso nicht? Es gibt Dinge, die gehen echt schnell. Das müsstest du doch am besten wissen.«

Er wankte wie nach einem Schlag. Sein Gesicht war jetzt nicht mehr rot, sondern so weiß wie sein Hemd. Einen Augenblick lang tat er mir leid, und am liebsten hätte ich ihm gesagt, wie es wirklich war. Doch dann dachte ich an die arme Annabel und an das, was der Abstecher in die Besenkammer mit ihrer Psyche angerichtet hatte, und ich verkniff mir jeden weiteren Kommentar. Sollte Klaus doch sehen, wie er mit dieser neuen Situation fertig wurde. Manchen Leuten tat es ganz gut, wenn sie mal eine Portion von eben jener bitteren Medizin zu schlucken kriegten, die sie vorher bedenkenlos ihren Mitmenschen verpasst hatten.

Dass in diesem Moment die Türklingel ging, war für mich ein willkommener Anlass, Klaus loszuwerden. »Das ist Kundschaft. Wenn ich dann bitten darf...«

Er nickte ruckartig und ging mit steifen Schritten wie ein aufgezogener Roboter zur Tür. Als er sie öffnete, kam die Kundin herein, mit der ich vor ein paar Tagen einen Termin vereinbart hatte.

Sie betrachtete Klaus mit hochgezogenen Brauen. »Bin ich zu früh? Haben Sie noch eine Personalbesprechung?«

»Nein, wir waren gerade fertig. Bitte kommen Sie herein, gnädige Frau. Wiedersehen, Klaus.«

Während Klaus sich mit glasigem Blick und mechanischen Bewegungen in Richtung Treppe entfernte, betrat die Kundin mein Büro und schloss die Tür hinter sich.

Bis jetzt wusste ich nicht viel von ihr. Sie hieß Marie-Luise von Fleydensteyn (*»Nein, nicht van, sondern von. Und Fleydensteyn bitte mit zwei Ypsilon, genau wie das Schloss Fleydensteyn«*). Ich hatte keine Ahnung, wo Schloss Fleydensteyn lag, aber das spielte im Augenblick auch keine Rolle. Allein entscheidend war die magische Zahl, die sie mir gleich bei unserem ersten Telefonat ins Ohr gesäuselt hatte. Sie lautete: *eine Viertelmillion*. Das waren eine Zwei und eine Fünf mit vier hübschen fetten Nullen dran. Zweihundertfünfzigtausend. Euro, wohlgemerkt. Mehr Geld, als ich mir auf einem Haufen vorstellen konnte. Für dieses Geld kauften andere Leute sich ein Reihenhaus. Noch andere Leute legten sich dafür vielleicht einen Rolls-Royce zu. Und wieder andere Leute gaben es für eine einzige Hochzeit aus. Wie zum Beispiel Marie-Luise von Fleydensteyn. Nicht für ihre eigene, sondern für die ihrer Tochter. Die heiratete erst zum zweiten Mal, und da sollte es doch wirklich eine nette Feier sein, schon wegen der Leute. Die sollten schließlich sehen, dass man sich nicht verschlechterte. Es war wichtig, alles in diesem Bereich Vorangegangene zu toppen.

Sie selbst, also Marie-Luise, hatte schon viermal geheiratet und wusste, wovon sie redete. Vier Hochzeiten und kein Abnutzungseffekt, denn sie fand es immer noch toll.

»Es hat so was herrlich Romantisches«, hatte sie am Telefon geschwärmt. »Und außerdem macht es solchen Spaß! Allein das Aussuchen der Garderobe – ich könnte mich wochenlang da reinknien! Ich beneide Sie um Ihren wunderbaren Beruf! Wenn ich nicht so viel im Rotary-Club und mit der Dekoration meines Heims zu tun hätte – ich wäre Hochzeitsplanerin geworden!«

Mit fünf Hochzeiten im Rücken – vier eigenen und einer von ihrer Tochter – war sie sozusagen vom Fach, ein Handicap, das es mir nicht gerade einfach machen würde. Doch ich traute mir zu, auch gehobenen Ansprüchen gerecht zu werden. In dem Fall hieß die Devise eben nicht wie sonst *viel Show für wenig Kohle,* sondern *klotzen statt kleckern.* Es war das erste Mal, dass ich nicht auf jeden Euro schauen musste, und ich war entschlossen, meine Sache gut zu machen. Noch hatte ich den Auftrag nicht, das war der Haken an der Geschichte. Ich sollte zuerst einen Entwurf vorlegen, eine Art Exposé für alle Vorbereitungen, die Zeremonie und die anschließende Feier, das ganze Paket eben. Nach Ablieferung meiner Planungsmappe würde sich dann entscheiden, ob ich die Ausführung übernehmen würde.

Ich hatte Marie-Luise darauf hingewiesen, dass ich bei einer Hochzeit dieser Größenordnung die Grobplanung nur gegen Erhebung eines Unkostenbeitrages von fünf Prozent des anfallenden Gesamthonorars würde erstellen können – es war schließlich eine Menge Kreativität und Zeit erforderlich, sich all diese Dinge auszudenken –, doch Marie-Luise hatte nur lässig gemeint, dass das ja wohl selbstverständlich sei. Von dieser Meinung war sie auch nicht abgewichen, als ich ihr erklärt hatte, dass sich das Gesamthonorar an dem Gesamtkostenaufwand für die Hochzeit orientierte und ebenfalls fünf Prozent betrug – in diesem speziellen Fall also schlappe zwölffünf.

Mit anderen Worten, ich würde bei der Übernahme der kompletten Organisation zwölftausendfünfhundert verdienen, und der Entwurf allein brachte mir einen Tausender. Allein die letzte Summe war mehr, als ich in den meisten

Monaten seit der Eröffnung von *Brittas Brautbüro* verdient hatte.

Die Zahlen lagen durchaus im Bereich des Üblichen. Es gab größere, etablierte Firmen, die mehr verlangten, und Newcomer wie ich, die sich mit weniger zufrieden gaben. Mit meinen Sätzen bewegte ich mich bei Marie-Luise im Rahmen dessen, was ich sonst an Prozenten berechnete, aber natürlich deutlich über den Beträgen, die ich bei geringerem Kostenaufwand als Pauschale aushandelte. Doch schließlich nagte sie nicht gerade am Hungertuch. Allein das, was sie am Körper trug, war ein kleines Vermögen wert, und dabei rechnete ich ihren Schmuck nicht mal mit. Ein weiteres, etwas größeres Vermögen hatte sie für ihren Schönheitschirurgen und ihren Zahnarzt ausgegeben. Jeder Quadratmillimeter ihres faltenfreien Gesichts und ihrer porzellanweißen Zähne zeugte von teuerster Maßarbeit. Leute wie sie nahmen meist den Standpunkt ein: *Was nichts kostet, taugt auch nichts.*

Ich fragte mich gerade, was sie überhaupt zu einer eher unbekannten Hochzeitsplanerin wie mich verschlagen hatte, als sie sich vorbeugte und mich intensiv musterte. »Wissen Sie, eigentlich wollte ich zu einer bekannteren Firma gehen. Aber meine Tochter hat darauf bestanden, dass wir Sie in die Ausschreibung einbeziehen. Genau genommen ist sie sogar zu neunundneunzig Prozent sicher, dass Sie den Auftrag bekommen. Sie hat Sie nämlich in Aktion gesehen und besteht darauf, dass Sie sich um das Fest kümmern. Das hat sie mir erst heute Morgen wieder gesagt, in aller Deutlichkeit.«

Perplex erwiderte ich Marie-Luises Blick. »Ach, wirklich? Kenne ich Ihre Tochter?«

»Das sollte man meinen«, erwiderte Marie-Luise leicht amüsiert.

Ich kniff die Augen zusammen. Irgendwie kam mir dieses berechnende Lächeln bekannt vor. Und auch dieser diabolische Ausdruck in den Augen. Wo, um alles in der Welt, hatte ich das schon gesehen?

»Darf ich fragen, wie Ihre Tochter heißt?«

»Sicher. Sie erinnern sich bestimmt an sie. Wenn ich es richtig in Erinnerung habe, sind Sie mal in derselben Klasse gewesen. Ich glaube, für ein Jahr. Serena musste ja einmal wiederholen.«

»Zweimal«, sagte ich ohne nachzudenken.

Dann erst, mit einer Verzögerung von ein paar Augenblicken, ging mir auf, welche Ungeheuerlichkeit ich da eben gehört hatte.

»Na ja«, sagte Marie-Luise. »Sie fand die Schule langweilig. Aber wer braucht das heute schon. Heiraten, das ist alles, was für eine Frau in ihrem Alter wirklich zählt. Deshalb bin ich hier. Sie sagte, Sie wären für diesen Job die Beste.«

»Das hat dir der Teufel gesagt«, stieß ich hervor.

Serena, hämmerte es in mir. Serena, Serena. *Sie* war es! Sie wollte heiraten! Und sie hatte ihre Mutter vorgeschickt, damit die sicherstellte, dass ich die Hochzeit organisierte!

»Wie bitte?«, fragte Marie-Luise befremdet.

»Ahm ... Das ist aus einem Märchen. Rumpelstilzchen. Fiel mir gerade so ein.«

»Warum?«

»Als ... Motto«, stieß ich hervor. »Als Ansatz für ein Ideen-Brainstorming. Ich sehe ... eine Märchenhochzeit. Gebrüder Grimm. Rotkäppchen. Schneeweißchen und Rosenrot. Frau Holle ...«

»Genial!« Marie-Luise strahlte. »Ich sehe, was Serena meinte! Sie haben es drauf! Da steckt ein wahres Feuerwerk an Esprit und Einfallsreichtum dahinter! Mädel, Sie haben eine große Zukunft vor sich! Soweit es mich betrifft, ist diese Vorplanung eine bloße Formalität, und Serenas Segen haben Sie ja schon! Meinen Sie, dass Sie bis nächste Woche was zum Gucken für uns fertig machen können?«

Ich nickte wie ein dümmliches Schaf und brachte es irgendwie fertig, den Rest der Unterhaltung zu überstehen, ohne in Schreikrämpfe auszubrechen. Anschließend komplimentierte ich Marie-Luise hinaus und versprach, sie anzurufen. Nachdem sie verschwunden war, blieb ich noch eine Stunde hinter meinem Schreibtisch sitzen und gab mich düsteren Gedanken über meine Zukunft hin.

Sollte ich Marie-Luise sagen, wohin sie sich Serenas Hochzeit stecken konnte, oder sollte ich darauf hinarbeiten, den Auftrag an Land zu ziehen? So oder so, ich würde Federn lassen müssen. Wenn ich meinem Stolz und meinem Empfinden für Gerechtigkeit folgte und den Job kurzerhand zurückwies, konnte das meinen geschäftlichen Ruin bedeuten. Wer in dieser Branche erfolgreich sein wollte, war auf hervorragende Mund-zu-Mund-Propaganda angewiesen. Fing jemand von Marie-Luises Kaliber erst an, schlecht über mich und meine Fähigkeiten zu reden, konnte ich beruflich einpacken.

Die Alternative war, die Zähne zusammenzubeißen, mein Rachebedürfnis zu vertagen, die Hochzeit aufs Vortrefflichste zu organisieren und einen Riesenhaufen Geld dafür zu kassieren. Und meine Trümpfe später auszuspielen. Irgendwann, wenn es passte. Man traf sich bekanntlich immer zweimal im Leben, und ich war davon überzeugt, dass das auch auf Serena und mich zutraf.

In gewisser Weise hatte ich sie in der Hand. Ich wusste etwas von ihr, das sie vermutlich gern unter der Decke halten würde. Vor allem gegenüber ihrem Zukünftigen. Ob sie deswegen so darauf drängte, dass ich diesen fetten Auftrag bekam? Um mich zu beschwichtigen und mit einem Haufen Geld ruhig zu stellen?

Aus schlechtem Gewissen mir gegenüber tat sie es bestimmt nicht. Wenn, dann höchstens aus Berechnung.

Ich merkte, wie viele Unwägbarkeiten die ganze Sache mit sich brachte. Unmöglich, zur Weiterentwicklung der Angelegenheit irgendwelche zuverlässigen Prognosen abzugeben. Also gab ich es fürs Erste auf, mir darüber den Kopf zu zerbrechen. Stattdessen packte ich meine Siebensachen inklusive Aktenmaterial, Blumen und Laptop zusammen und trug alles nacheinander die Treppe runter zu meinem Wagen. Das Mobiliar würde ich irgendwann im Laufe der Woche noch zusammen mit Pauline oder mit meinem Vater abholen.

Damit war mein Gastspiel als Hochzeitsplanerin im eigenen Büro fürs Erste beendet, und ich würde notgedrungen da weitermachen, wo ich auch vorher gearbeitet hatte – zu Hause. Jedenfalls so lange, wie es noch mein Zuhause war.

*

Als ich den Wagen vor unserem Haus abstellte, hatte ich bereits ein ungutes Gefühl. Vielleicht lag es an dem angeberisch großen BMW, der die Zufahrt blockierte. Vielleicht auch an dem dicken roten Gesetzeswälzer und dem schwarzen Aktenkoffer, den ich im Vorbeigehen auf dem Beifahrersitz sah. Das Ganze wirkte wie eine Art bedrohliches Stillleben. Jedes Detail signalisierte Unheil.

»Schönes Auto«, sagte Hermann Habermann. Er stand in seiner eigenen Einfahrt neben unserem Grundstück und warf dem Luxusschlitten begehrliche Blicke zu. »Gehört dem neuen Besitzer, habe ich gehört.«

Ich wandte mich zu ihm um. Wir hatten vielleicht zweiundzwanzig oder dreiundzwanzig Grad, aber wie immer schwitzte Hermann, als wäre er eben in voller Montur aus der Sauna gekommen. Und dabei bestand seine volle Montur aus nichts weiter als einem labberigen, löcherigen Unterhemd, ölverschmierten Shorts und Gummisandalen. Das war seine übliche Freizeitkluft, die er immer trug, wenn er den lieben langen Tag in seiner mit dubiosen Gerätschaften voll gepfropften Garage herumwerkelte. Oder wenn er mit Dorothee in der Küche hockte und Bohneneintopf aß.

Und das alles in einer prachtvollen alten Gründerzeitvilla, ähnlich dem Jugendstiljuwel, das Pauline, Annabel und ich bewohnten. Absurderweise ähnelten sich unsere Verhältnisse just in diesem Punkt auf frappierende Weise: Nicht unser Nachbar Hermann Habermann war Eigentümer des Hauses – in dem Fall hätte man es ihm schon längst unterm Hintern weggepfändet –, sondern seine Oma. Die wohnte genau wie Paulines Oma im Altenheim, aber sie erfreute sich trotz ihrer fünfundneunzig Jahre guter Gesundheit. Hermann würde anders als wir drei sicher noch lange mit seiner Dorothee kostenlos hier in der Störtebekerstraße wohnen können, ohne dass das Sozialamt ihm mit Forderungsüberleitungen das Leben schwermachte. Es sei denn, er würde vorher ausziehen müssen, weil er zufällig in den Knast musste. Pauline hatte mal erwähnt, dass er schon mehrmals eingesessen hatte, hauptsächlich wegen Eigentumsdelikten, aber auch einmal wegen bewaffneten Raubüberfalls. Seitdem ging ich ihm erst recht aus dem Weg und achtete vor allem darauf, immer sorgfältig mein Auto abzuschließen.

»Der neue Besitzer ist schon eingezogen, habe ich gehört«,

fuhr Hermann fort. Der letzte Satz kam als zischendes Nuscheln heraus, weil er mit einem Schraubenzieher zwischen seinen Vorderzähnen herumpolkte, während er sprach. Hermann war ein Mensch, der bis auf seine extremen O-Beine ziemlich gewöhnlich aussah, aber trotzdem prägte sich sein Äußeres sofort jedem Menschen ein: Zwischen seinen oberen Schneidezähnen klaffte eine Lücke, die fast so breit war wie ein Eisenbahntunnel.

»Man hört viel, wenn der Tag lang ist«, erwiderte ich betont lässig. Es fehlte noch, dass ich mir vor diesem verschlagenen Schlitzohr die Blöße gab, beunruhigt zu wirken. »Ahm... Wo genau haben Sie das denn gehört?«

Er zuckte die Achseln und schob den Schraubenzieher tiefer in den Mund. »Kann übrigens sein, dass bald noch jemand hier einzieht«, sagte er schmatzend und zischend um den Schraubenzieher herum. »Jemand, den Sie kennen.«

Ich hatte keine Lust mehr, ihm zuzuhören. Wenn er meinte, einen auf Pseudo-Orakel machen zu müssen – bitte sehr. Dann aber ohne mich.

Ich hob den Kopf und lauschte. Vom Haus her waren unverkennbar hämmernde Geräusche zu hören. Irgendetwas stimmte da nicht.

Mit einem gemurmelten Gruß ließ ich Hermann stehen und ging ins Haus. Als ich aufschloss, schlug meine Unruhe in Panik um, die sich beim Betreten der Halle zum absoluten Schock auswuchs. Wenn ich es richtig sah, war eine Horde Handwerker gerade dabei, das Wohnzimmer auseinanderzunehmen. Ein halbes Dutzend von ihnen war damit beschäftigt, die Wandpaneele abzumontieren und die Rollladenkästen aufzuschrauben. Einer hockte auf dem Fußboden und hieb mit gewaltigen Hammerschlägen die Fußleisten von der Wand, zwei andere hängten die Flügeltüren aus, die zum Esszimmer führten.

»Was ist denn hier los?«, brüllte ich. Niemand nahm von mir Notiz. Ich ging nach oben in den ersten Stock, wo ich endlich auf einen Menschen traf, den ich kannte und der mir sicher unverzüglich erklären würde, was hier im Gange war.

Annabel trug Kopfhörer und lauschte mit verklärter Miene und geschlossenen Augen ihrer Yoga-Musik. Sie hockte im Schneidersitz auf ihrer Matratze, die auf wundersame Weise wieder den Weg in ihr Bett gefunden hatte, das heute Morgen noch abgeschlagen unten in der Diele gestanden hatte, jetzt aber wieder komplett zusammengebaut in ihrem Zimmer war. Ich warf einen schnellen Blick hinüber in mein eigenes Zimmer auf der gegenüberliegenden Seite des Flurs. Nach allem, was ich auf die Schnelle beurteilen konnte, sah es ganz danach aus, als wären auch meine Möbel alle wieder an den angestammten Plätzen. Fast kam es mir so vor, als hätten wir nie umziehen wollen. Das Einzige, was nicht so ganz dazu passen wollte, war die Tatsache, dass ein paar Männer im Erdgeschoss damit beschäftigt waren, das Haus abzureißen.

»Was zum Teufel läuft hier eigentlich?«, rief ich.

Annabel hörte mich nicht. Ich trat zu ihr, nahm ihr die Kopfhörer ab und wiederholte meine Frage.

»Sven ist eingezogen«, sagte sie bereitwillig, als wäre das die einzig passende Erklärung.

»Was heißt das, er ist eingezogen? Wir sind doch noch gar nicht ausgezogen!«

»Im Normalfall wären wir aber schon ausgezogen. Dann wäre das Haus für ihn frei gewesen. So war es ausgemacht. Wir raus, er rein.«

Das ließ ich nicht gelten. Es gab schließlich so etwas wie höhere Gewalt!

Wütend stemmte ich die Hände in die Hüften. »Ein paar

Tage hätte uns dieser Geier von Anwalt doch noch lassen können, oder nicht?«

»Aber das geht nicht. Es ist alles genau abgestimmt. Sven will bald die Kanzlei eröffnen. Er hat schon Anzeigen geschaltet und Leute zur Eröffnungsparty eingeladen.«

»Wieso Kanzlei? Eben noch hast du gesagt, er ist hier eingezogen. Was denn nun?«

»Beides«, sagte Annabel mit leuchtenden Augen. »Er wohnt natürlich auch hier.«

»Natürlich«, wiederholte ich konsterniert.

Annabel nickte. »Er hat gesagt, für ihn wäre das alles überhaupt kein Problem. Das Haus ist groß genug für uns alle. Er braucht nur das Wohnzimmer und das Esszimmer und die Gästetoilette. Und die Besenkammer als Kopierraum. Und einen Kellerraum für die Akten. Und eventuell noch ein Stück von der Diele, als Wartebereich für die Mandanten.«

»Mandanten«, echote ich dümmlich.

Annabel lächelte vergnügt. »Die Küche wäre dann ein Gemeinschaftsraum, so wie bisher. Ich meine, das ist doch wunderbar, oder? Wir haben das Wohnzimmer und das Esszimmer sowieso kaum benutzt. Sven hätte also ein superschönes großes Büro und ein Vorzimmer für die Sekretärin. Und hier oben wäre es dann rein privat, es hätte jeder von uns sein Zimmer, wie gehabt.«

»Wie gehabt«, wiederholte ich. Es klang wie ein kaputtes Grammofon.

Annabel nahm gar nicht zur Kenntnis, dass meine Gesprächsbeiträge sich darin erschöpften, ihre Sätze nachzuleiern. Sie wirkte seltsam euphorisch. »Sven richtet sich die beiden Räume im Dachgeschoss zum Wohnen ein. Das Bad müssten wir vier uns halt teilen, aber das wäre möglicherweise nur vorübergehend. Sven meinte, er könnte sich problemlos auch oben noch ein kleines Duschbad einbauen lassen. Er hat gesagt, das Haus hätte so viele große Zimmer, und er findet, die sollten nicht alle ungenutzt leer stehen. Also hat er uns angeboten, erst mal hierzubleiben, bis wir uns wieder gefangen haben. Er besteht sogar darauf. Wir sollen nicht mal Miete zahlen. Nur die Energiekosten, so wie bisher. Und er hat seine Handwerker unsere Sachen alle wieder nach oben schleppen lassen, damit wir keine Arbeit damit haben. Ich habe ihnen gesagt, wo sie alles hinstellen sollen. Und Sven hat ihnen dann sogar beim Aufbauen der Möbel geholfen. Ist er nicht süß?«

»Süß«, sagte ich blechern.

»Gell, du findest das auch! Ich wusste es! Wie gut, dass er plötzlich hier aufgetaucht ist! Alles wird gut, wetten?« Sie strahlte wie von innen heraus erleuchtet. »Meine Güte, ich hätte es nie gedacht, aber es stimmt! Ich bin eine Hexe! Und du auch! Meine Idee und deine Inspiration – das war echte Magie, Britta!«

Ich schüttelte mich, um die bleierne Erstarrung loszuwerden, die mein Denkvermögen lahmlegte.

»Was meint er mit: *Bis wir uns wieder gefangen haben?* Wie kommt er darauf, dass wir uns fangen müssen?«

»Ich habe ihm natürlich die Geschichte erzählt.«

»Welche Geschichte?«

»Na, deine und meine.«

»Alles?«, fragte ich entsetzt.

Annabel nickte, als wäre es das Selbstverständlichste von der Welt, einem wildfremden Anwalt unser beider geheimste Schmach zu offenbaren.

»Keine Sorge. Er hat gesagt, er erzählt es auch bestimmt nicht weiter, weil es sowieso unter die anwaltliche Schweigepflicht fällt, wenn er mein Scheidungsanwalt wird.«

»Und was sagt Pauline zu diesem ganzen Arrangement?«, bohrte ich. »Weiß sie überhaupt schon, was hier gerade abgeht?«

»Klar. Ich habe sie vorhin angerufen. Sie sagt, es wäre in Ordnung. Wir tun alles, was gut für mich ist. Und für dich natürlich. Ist sie nicht ein Schatz?«

Ich nickte zerstreut und wandte mich ab. »Entschuldige mich. Ich muss nachdenken.«

»Warst du im Büro?«

Ich blieb abrupt im Türrahmen stehen, drehte mich aber nicht zu ihr um. Hatte ihre Stimme nicht gerade eigenartig schrill geklungen?

»Bist du mit deiner Firma da ausgezogen? Hast du deine Sachen rausgeräumt?«

Ich brummte etwas Zustimmendes und wollte in mein Zimmer gehen.

»Warte«, rief sie. »Bist du ihm begegnet?«

»Äh... wem? Klaus?«

»Wem sonst!«, versetzte sie schroff.

»Nur ganz kurz. Praktisch nur zwischen Tür und Angel.«

»Was hat er gesagt?« *Jetzt* klang ihre Stimme eindeutig schrill!

»Nicht viel«, sagte ich vorsichtig und immer noch zu feige, sie anzusehen. »Er hat geheult.«

Das schien ihr nachhaltig die Sprache zu verschlagen, denn sie stellte keine weiteren Fragen mehr. Ich beeilte mich, aus ihrem Zimmer zu verschwinden und rasch die Tür hinter mir zuzuziehen.

Das Gehämmer kam jetzt nicht nur von unten, sondern auch von oben. Anscheinend machte dieser Anwalt gleich Nägel mit Köpfen. Eine Mischung aus Neugier und Argwohn erfüllte mich, doch die Neugier siegte. Zuerst zögernd, dann immer entschlossener ging ich die Treppe hoch ins Dachgeschoss. Das Haus war am Anfang des vergangenen Jahrhunderts erbaut worden und hatte das für die damalige Zeit übliche Walmdach. Vor dreißig oder vierzig Jahren war alles saniert worden, und im Zuge dieser Arbeiten hatte man auch das Dach ausgebaut, weil die ursprüngliche Planung vorgesehen hatte, dass Paulines Eltern hier einzogen. Es gab zwei etwa gleich große Zimmer von jeweils zwanzig Quadratmetern sowie zwei kleinere Kammern, die sich als Bad beziehungsweise Küche eigneten. Sämtliche Anschlüsse waren vorhanden. Allerdings hatte hier oben nie jemand gewohnt, es war nicht tapeziert, und das alte Linoleum sah auch nicht gerade einladend aus.

Sven stand unter der Dachschräge neben dem Fenster und stemmte mit Hammer und Meißel den Putz von der Wand. Er trug nichts außer einer abgeschabten alten Jeans und seiner Armbanduhr. Die Muskeln an seinem nackten Rücken bewegten sich im Takt der Hammerschläge. Mein Mund fühlte sich plötzlich ziemlich trocken an. Das musste an dem Mörtelstaub liegen, der durch die Luft flog. Ich leckte mir die Lippen und überlegte, ob ich mich lieber bemerkbar machen oder besser ganz schnell wieder nach unten gehen sollte, als er plötzlich den Hammer sinken ließ und sich zu mir umdrehte.

»Dachte ich doch, dass ich was gehört habe«, meinte er.
»Hallo«, sagte ich lahm.
Er musste meine fragenden Blicke wohl richtig interpretiert haben, denn er deutete mit dem Meißel auf die Wand.

»Hier müssen ein paar Sachen neu gemacht werden. Die Leitungen sind ein bisschen veraltet, und wenn ich schon dabei bin, verlege ich lieber alles unter Putz.«

Er verlegte unter Putz. Mal eben so. Ich blinzelte erstaunt. »Sie sind doch Anwalt«, platzte ich heraus.

Er grinste ein bisschen schief. »Sie meinen, ein Anwalt eignet sich nicht zum Heimwerker?«

Ich schluckte abermals. Die Luft war wirklich sehr staubig. Ich musste dringend runtergehen, was trinken. Es brachte überhaupt nichts, hier rumzustehen und dem Typ beim Arbeiten zuzuschauen. Nicht, dass es langweilig gewesen wäre. Aber mir kamen dabei lauter komische Gedanken, von denen ich nicht genau wusste, in welche Richtung sie sich bewegten. Ob es nun seine blauen Augen, die weißen Zähne oder die verstrubbelten blonden Haare waren – irgendetwas an ihm machte mich nervös. Vielleicht in Kombination mit diesem nackten, muskulösen Oberkörper, dem man deutlich ansah, dass er ziemlich viel Sport trieb. Was er wohl machte? Fußball? Handball? Boxen? Squash?

»Basketball«, sagte er.

»Äh – was?«

»Ich spiele Basketball.«

»Ach so.«

Mit glutheißen Wangen überlegte ich, ob ich laut gedacht oder ob er meine Gedanken gelesen hatte. Beides war ungefähr gleich unangenehm.

Basketball war natürlich eine passende Sportart für einen so großen Typ wie ihn. Er war sicher einsneunzig.

»Einsundneunzig«, sagte er.

»Ich will Sie nicht vom Arbeiten abhalten«, stammelte ich, meinen Rückzug zur Treppe einleitend.

»Wollen wir nicht *du* sagen? Schließlich wohnen wir ja

jetzt zusammen. Jedenfalls so gut wie.« Er lächelte und zeigte auf einen Stapel von Kisten und zerlegter, teilweise abgedeckter Möbel, die entlang der Wand aufgereiht standen.

»Also, ich weiß nicht ... uh, ja, wieso nicht ...«

»Ich bin Sven. Und du bist Britta, oder?«

Ich Tarzan, du Jane, schoss es mir unwillkürlich durch den Kopf. Ich war schon auf halber Treppe, aber er hatte so laut gesprochen, dass ich unmöglich so tun konnte, als hätte ich nichts gehört. »Bis dann mal«, rief ich, nur um etwas von mir zu geben.

Der Typ war wirklich ungewöhnlich. Kein Wunder, dass Annabel derart von der Rolle war und sich einbildete, es hätte mit Magie zu tun. Nun, was immer sie glaubte – ich wusste es besser. Sie hielt es vielleicht für Zauberei, aber soweit ich es beurteilen konnte, war es einzig und allein sein Knackarsch.

Aber wieso auch nicht, wenn es ihr half, sich Klaus aus dem Kopf zu schlagen.

Ich hatte es plötzlich sehr eilig, in meinem Zimmer zu verschwinden.

*

Dort wollte ich als Erstes aus alter Gewohnheit meinen Anrufbeantworter abhören, aber dann fiel mir ein, dass ich ihn gestern Nacht noch abgestellt hatte, genau wie mein Handy. Ich dachte kurz nach und schaltete es dann wieder ein, halb und halb in der Erwartung, dass der Speicher unter der Last der eintrudelnden SMS zusammenbrechen würde. Doch zu meiner Überraschung kamen nur zwei Nachrichten, und die stammten nicht von Thomas, sondern von Klaus. Die eine lautete: *Bitte, ich möchte mit Annabel reden! Um unserer alten Freundschaft willen, hilf mir, dass sie mir zuhört! Ich liebe sie!* Die zweite las sich ähnlich. *Ich bin so ein Mistkerl und verdiene sie nicht. Aber ohne sie kann ich nicht weiterleben. Wie geht es ihr?*

Keine einzige Message von Thomas. Er hatte nicht mal *versucht*, mich anzurufen! Nur, weil Pauline auf sein blödes Auto geschossen hatte, meldete er sich nicht bei mir?

Nachdenklich und verstört wählte ich die Nummer von Paulines Handy.

»Annabel hat gesagt, du bist damit einverstanden, dass er hier einzieht.«

»Meine Güte, es ist *sein* Haus!«, erwiderte sie. Ihre Stimme klang ärgerlich.

»Das kann nicht dein Ernst sein! Wer hat dich denn wegen unbefugten Dienstwaffengebrauchs bei deinem Chef angeschwärzt?«

»Es können genauso gut die Habermanns gewesen sein.«

Ich wollte sie daran erinnern, dass sie selbst eher auf Sven als Denunzianten getippt hatte, verkniff es mir aber. Es gab wichtigere Probleme.

»Hör zu, wir müssen uns darauf konzentrieren, warum er das macht, Pauline.«

»Was macht? Bei uns einzieht? Vielleicht weil er seine eigene Wohnung gekündigt hat und sonst auf der Straße pennen müsste. Ganz zu schweigen davon, dass er nächste Woche die Kanzleieröffnung hat.«

»Das meine ich nicht«, sagte ich ungeduldig. »Sondern diese komische menschenfreundliche Tour, uns weiter hier wohnen zu lassen. Einfach so, ohne Bedingungen.«

Schweigen am anderen Ende der Leitung.

»Das ist äußerst ungewöhnlich für einen Anwalt«, räumte Pauline schließlich zögernd ein. »Und ich kenne einige von denen, so viel ist sicher.« Sie hielt inne. »Wahrscheinlich steht er auf Annabel. Du hast doch gesagt, wie hin und weg sie von ihm ist. Männer finden es klasse, wenn man so auf sie abfährt.«

»Das würde ich als Grund akzeptieren, wenn es nur um Annabel ginge. Sie ist hübsch und blond und eine richtige Traumfrau. Aber gleich wir alle drei? Und sogar ohne Miete? Das ist ein bisschen viel Altruismus, findest du nicht?«

»Doch«, sagte Pauline kleinlaut. Dann meinte sie eifrig: »Vielleicht ist er so in sie verknallt, dass er uns beide billigend in Kauf nimmt.«

»Das glaubst du doch selber nicht.«

»Warum nicht? Sie kann super kochen und will niemals die Fernbedienung nur für sich alleine haben.«

»Das weiß dieser Typ doch gar nicht.«

»Stimmt auch wieder.« Pauline verfiel in nachdenkliches Schweigen. »Ob er pervers ist? Ich meine, ein Mann und drei Frauen ... Vielleicht hält er das für die Gelegenheit seines Lebens. Es gibt solche Typen.«

Das konnte ich mir schon eher als Begründung vorstellen. Während ich noch überlegte, ob Sven irgendwie sexsüchtig oder sonst wie besonders triebhaft auf mich gewirkt hatte, meinte Pauline triumphierend: »Ich hab's!«

»Ich auch«, sagte ich eifrig. Im selben Moment war mir ein guter Grund eingefallen. »Der Typ hat Schiss vor dir.«

»Warum?«, fragte sie erstaunt.

»Na, da fragst du noch? Er hat doch mitgekriegt, wie du draußen rumgeballert hast!«

»Ach das. Das habe ich geklärt, ich habe bei ihm im Büro angerufen und ihm ausrichten lassen, dass es ein Versehen war.«

»Dann muss er andere Gründe haben, uns nicht sofort rauszuschmeißen.«

»Ich würde sie dir ja erzählen, wenn du mir nicht immer reinquatschen würdest«, sagte Pauline.

»Ich höre.«

»Er kann es sich in Anbetracht seiner bevorstehenden Kanzleieröffnung nicht erlauben, einen Skandal zu provozieren.« Diesmal sprach sie sachlich, als würde sie den Tatbestand einer Strafakte vorlesen. »Stell dir nur vor, welche Wellen es in der Öffentlichkeit schlagen würde, wenn er drei junge, vom Schicksal so schwer gebeutelte Frauen aus dem Haus schmeißt. Dem Haus, das sie von Rechts wegen von ihrer Oma geerbt hätten, wenn die Behörden es zwecks Abdeckung von Heimpflegekosten ihnen nicht unter dem Hintern weg verkauft hätten – an einen Hai von Anwalt, der nichts Eiligeres zu tun hat, als aus dem Missgeschick der armen Waisen Profit zu schlagen.«

»Annabels Eltern leben noch, und mein Vater auch. Und es ist nicht unsere Oma, sondern deine. Und du bist auch nicht vom Schicksal gebeutelt.«

»Das finde ich aber wohl«, sagte Pauline beleidigt. »Ich wollte eigentlich nie von der Störtebekerstraße wegziehen. Ich liebe das Haus, und ich habe meiner Oma versprochen, es in Ordnung zu halten und mich darum zu kümmern. Hätte ich genug Kohle gehabt, hätte ich es gekauft. Oder nach ihrem Schlaganfall die Pflegekosten bezahlt, damit es in der Familie bleiben kann. Aber da hätte ich schon im Lotto gewinnen müssen, und das weißt du.«

Sofort hatte ich ein schlechtes Gewissen. Mir war nie so richtig klar geworden, dass es für Pauline schwer war, das Haus aufzugeben. Immerhin war sie darin groß geworden. Ihre Oma hatte sie aufgezogen, nachdem Paulines Eltern bei einem Autounfall ums Leben gekommen waren.

»Tut mir leid«, sagte ich kleinlaut. »Vielleicht bin ich einfach zu kritisch. Ich traue den Männern irgendwie nicht mehr so richtig.«

»Womit du völlig Recht hast«, sagte Pauline. »Aber manchmal muss man pragmatisch denken. Was das Haus betrifft, so ist Svens Auftauchen wirklich für uns alle *die* Lösung. Oder sagen wir, es ist die zweitbeste. Im Grunde ist es gehupft wie gesprungen. Ob wir jetzt mit diesem Anwalt in einem Haus wohnen oder mit deinem Vater – wo ist der Unterschied?«

Irgendwie hatte sie es geschafft, wieder auf ihr Lieblingsthema umzuschwenken. Mittlerweile fragte ich mich ernsthaft, was sie an meinem Vater fand. Er musste etwas an sich haben, was mir bisher völlig entgangen war. Allerdings war ich nicht in der Stimmung, dieser Frage auf den Grund zu gehen. Weit mehr beschäftigte mich nämlich das Traummann-Syndrom, dem Annabel so offensichtlich anheimgefallen war. Sie hatte sich da in eine wirklich verrückte und wahrscheinlich sogar gefährliche Fantasie hineingesteigert, und wir würden etwas unternehmen müssen, um dieser Entwicklung Einhalt zu gebieten. Doch das war kein Thema, das ich mit Pauline am Telefon auswalzen wollte, zumal sie bereits wieder ungeduldig wurde. »War noch was?«, wollte sie wissen. »Ich habe hier noch ein paar dringende Fälle.«

Eigentlich hatte ich ihr noch von meinem merkwürdigen neuen Auftrag erzählen wollen, aber auch das hatte Zeit, bis sie nach Hause kam. Ich verabschiedete mich von ihr und trennte die Verbindung, dann legte ich das Handy zur Seite und wanderte im Zimmer umher, um meine Habseligkeiten zu sichten. Alles schien noch da zu sein. Bett, Schrank, Schreibtisch, Regale, Schminktisch – jedes Teil stand an seinem angestammten Platz. Die Handwerker hatten ganze Arbeit geleistet. Kleidung und Bücher waren noch in den

Kisten, ich musste einfach nur wieder alles auspacken und einräumen.

Aus einem der Kartons blitzte zwischen Lagen von Papier der Zipfel von etwas Weißem hervor. Ich zog daran und hatte plötzlich mein Hochzeits-Negligé in der Hand. Es war aus kostbarer, perlenbestickter Seide, eine wunderschöne, antike Rarität aus den Zwanzigerjahren. Meine Uroma hatte es in ihrer Hochzeitsnacht getragen. Nur ein einziges Mal. Dann hatte sie es sorgfältig in Reispapier eingeschlagen und auf dem Dachboden verstaut. Bis meine Oma heiratete, die es dann ebenfalls in ihrer Hochzeitsnacht trug – auch nur dieses eine Mal. Danach hatte es dann meine Mutter bekommen, die es ebenfalls nur ein einziges Mal getragen hatte, und jetzt war ich an der Reihe. Eigentlich hatte ich es in drei Monaten anziehen wollen, damit Thomas es mir in unserer Hochzeitsnacht zärtlich hätte abstreifen können. Anschließend hätte ich es dann für unsere Tochter aufgehoben.

Ach, es war ein solches Trauerspiel! Es wäre so wunderbar traditionell gewesen! Ich hatte es sogar schon reinigen lassen, damit es einsatzbereit war! *Something old, something new, something borrowed, something blue...*

Das Negligé war natürlich etwas Altes. Es war ein herrlich sündhaftes, weich fließendes Hemd, weit ausgeschnitten, mit zarten geflochtenen Trägern und cremefarbener Elfenbeinspitze verziert. Es schrie förmlich nach einer weiteren Hochzeitsnacht. Die es nun wahrscheinlich nie mehr erleben würde, weil die Kette unterbrochen war. Und das in der vierten Generation! Ich war einfach unfähig zum Heiraten, so sah es aus. Andere Frauen waren im Alter von siebenundzwanzig schon lange verheiratet, manche sogar schon zum zweiten Mal. Oder sie hatten wenigstens eine feste Beziehung, die jederzeit in eine Ehe münden konnte, wenn sie nur

Wert darauf legten. Sie waren quasi fast-verheiratet, der Gang zum Standesamt war nur noch eine Formsache. Bei mir war es keine Formsache, sondern Utopie. Ich hatte nicht mal eine Beziehung, sondern nur einen Ex, dessen letzter Anblick mich wahrscheinlich bis ins Grab verfolgen würde.

Ich drückte mir die duftige Seide vor die Augen. Als Taschentuch taugte das Negligé nicht viel, aber mir war alles recht, um mein eigenes Elend nicht mehr sehen zu müssen. Niedergeschmettert sank ich auf mein Bett und versuchte, an nichts mehr zu denken.

*

Als ich zu mir kam, fühlte ich mich völlig zerschlagen und hatte keine Ahnung, ob es morgens oder abends war. Jedenfalls war es stockfinster. Vom ersten Eindruck her tippte ich eher auf abends, denn besonders ausgeschlafen kam ich mir nicht vor. Am liebsten hätte ich mich nur gemütlich um die eigene Achse gedreht und wäre wieder eingeschlafen. Doch dagegen sprach zum einen, dass ich in total verschwitzten, unbequemen Klamotten steckte, und zum anderen, dass ich einen Wahnsinnshunger hatte. Das Abendessen hatte ich ausfallen lassen, und zu Mittag hatte es auch nichts gegeben. Normalerweise hätte ich mir in der Metzgerei Wagenbrecht irgendwas Leckeres zum Futtern besorgt, so wie ich es sonst immer gehalten hatte, wenn ich mittags ins Büro ging. Doch das war heute aus nahe liegenden Gründen nicht in Betracht gekommen. Danach hatte ich vor lauter Frust und Stress überhaupt nicht daran gedacht, etwas zu essen. Das musste ich jetzt unbedingt nachholen, daran ließ mein wütend knurrender Magen keinen Zweifel.

Ich tastete nach dem Nachttischlämpchen und erinnerte

mich erst nach einigem ungeschickten Gefummel daran, dass ich es zusammen mit dem anderen Kram in den Kisten verstaut hatte. Auf dem Weg zur Tür stolperte ich ein paar Mal über diverse Gegenstände, und als ich endlich den Lichtschalter fand, war ich hellwach. Es war neun Uhr abends. Mühsam schälte ich mich aus meinen klammen Sachen und ging ins Bad.

Ich stellte mich vor den Spiegel und betrachtete mein erschöpftes, vom Schlaf zerknautschtes Gesicht. Bei dem Anblick überkam mich unwillkürlich ein heftiger Gähnzwang, und ich riss den Mund so weit auf, dass ich im Spiegel mein Gaumensegel schwingen sehen konnte.

Das Geräusch meines Gähnens – es war irgendetwas zwischen *Uaah* und *Ooorggg* – ging nahtlos in ein entsetztes Kreischen über, als sich hinter mir platschend ein Monster aus den Tiefen der Badewanne erhob.

Ich fuhr herum und erkannte, dass das, was eben noch im Spiegel wie ein Meeresungeheuer ausgesehen hatte, bei näherem Hinsehen nur ein ziemlich großer und ziemlich nasser Mann war, der sich ein triefendes Badehandtuch vor die Lenden hielt. Anscheinend hatte er es sich schon vor den Körper gezogen, bevor er noch richtig hatte aufstehen können.

»Es tut mir leid«, sagte Sven. »Ich wollte abschließen, aber es war kein Schlüssel da.« Er machte Anstalten, aus der Wanne zu steigen. Ich wich entsetzt zurück und knallte mit dem Hintern gegen das Waschbecken. Erst die Berührung des kalten Emails auf meiner Haut brachte mir zu Bewusstsein, dass ich keinen einzigen Faden am Leib hatte. Hektisch hielt ich nach einem weiteren Handtuch Ausschau, mit dem ich mich bedecken konnte, doch Svens überdimensionierter Körper versperrte mir die Sicht.

Er war aus der Wanne geklettert und wollte sich an mir

vorbeischieben. »Ich kann auch später fertig baden. Eigentlich bin ich jetzt auch schon sauber genug. Du brauchst dich nicht zu beeilen!«

Wasser tropfte aus seinem völlig unbrauchbaren Handtuch auf meine Füße. Ich wollte noch ein Stück zurücktreten und den Sicherheitsabstand zwischen ihm und mir vergrößern, doch das war unmöglich, es sei denn, ich hätte mich ins Waschbecken gesetzt.

Im nächsten Augenblick war er verschwunden und ließ nichts zurück außer einer riesigen Pfütze und einem kalten Luftzug, der vom Flur hereinwehte, bevor die Tür ins schlüssellose Schloss fiel.

Der vermaledeite Schlüssel. Klar, es gab keinen. Das hatte ich natürlich gewusst, genau wie Pauline und Annabel. Irgendwann hatten wir ihn in die tiefsten Tiefen einer Schublade verbannt, weil es ständig Stress wegen der Benutzung des Badezimmers gab. Seit wir nicht mehr abschließen konnten, hatte sich das wunderbar schnell geregelt. Allein die Gewissheit, jederzeit das Bad betreten zu können, förderte die Friedensbereitschaft, was die Dauer aller Wasch- und Schmink- und Föhnaktionen betraf, erheblich. Niemand hatte den Schlüssel seither vermisst. Aber wir hatten natürlich nicht dran gedacht, es Sven zu sagen, schließlich gab es weit wichtigere Dinge.

Geistesabwesend zog ich den Stöpsel aus der Badewanne und ließ das Wasser ablaufen. Während ich in den rotierenden Strudel starrte, der sich über dem Abfluss bildete, pikste ich probehalber mit dem spitzen Zeigefinger in meine Hüften und Hinterbacken. Sven hatte mich von hinten und unten gesehen, wie Gott mich geschaffen hatte, also quasi aus Badewannenhöhe. Ob ich aus dieser Perspektive fetter als sonst wirkte? Die Frage ließ mir keine Ruhe. Bis jetzt hatte noch kein Mensch von mir behauptet, dass ich zu dick war. Aber es hatte auch noch niemand gesagt, ich wäre zu dünn. Schon allein deshalb nicht, weil ich dafür zu viel Hintern hatte. Seit ich denselben Job machte wie Jennifer Lopez in *The Wedding Planner*, war dieser Aspekt meiner Persönlichkeit sozusagen noch mehr in den Vordergrund getreten. Es gab sogar Leute, die in betrunkenem Zustand versuchten, ein Glas darauf abzustellen, weil mal in irgendeiner Zeitung gestanden hatte, dass das bei J. Lo's Hintern klappte. Ein Witzbold aus Paulines Revier hatte mir vorgeschlagen, meinen Arsch doch für eine Milliarde bei der Allianz zu versichern, genau wie J. Lo. es mit ihrem auch gemacht hatte.

Es war natürlich Unfug, dass sie ihren Hintern bei der Allianz versichert hatte. Wenn überhaupt, dann hatte sie ihre Police bei Lloyd's, die versicherten bekanntlich alles Mögliche. Davon abgesehen hatte sie mal in einer bekannten Fernsehshow gesagt, ihr Hintern wäre natürlich nicht versichert, was ihr dann allerdings kaum noch jemand geglaubt hatte.

Für mich waren all diese Vergleiche eher peinlich als schmeichelhaft, und allein die Vorstellung, die Leute könnten meinen Hintern auf eine versicherungstechnisch relevante Prallheit hin taxieren, ließ mir die Schamröte ins Gesicht steigen.

Nachdem ich eilig geduscht und mich abgetrocknet hatte, drapierte ich mir ein Handtuch um den Körper und marschierte quer über den Gang zu Paulines Zimmer. Sie hatte genau das, was ich im Augenblick brauchte, nämlich einen Schminktisch mit einem herausnehmbaren, ausreichend großen Spiegel.

Drinnen dröhnte Musik, es war das Stück, das sie am liebsten hörte, wenn sie ihren Sandsack verdrosch. Ich klopfte kurz, aber wider Erwarten war sie nicht da. Folglich montierte ich selbst rasch den Spiegel ab und suchte nach einem Gegenstand, der die passende Höhe hatte. Ich entschied mich für das Bett, das musste ungefähr hinkommen. Ich knuffte das Kopfkissen zurecht und lehnte den Spiegel schräg dagegen, dann ließ ich das Handtuch fallen und ging langsam ein paar Schritte zurück, bis die Entfernung stimmte.

Ich schaute über die Schulter nach hinten, bis ich meinen Hintern im Blick hatte, von hinten und von schräg unten gleichzeitig, wie aus einer Badewanne heraus.

»O nein!«, rief ich schockiert aus. War ich das da im Spiegel? Hatte die Welt je einen gewaltigeren Hintern gesehen? Du lieber Himmel, mein Arsch war so riesig wie die Wüste Gobi! Mein Jammerlaut ging in dem Crescendo unter, mit dem die CD endete, im selben Moment, als mir auffiel, dass die Tür offen war.

»Ich hatte geklopft«, sagte Sven heiser. »Jemand hat *herein* gesagt.«

Mir klappte die Kinnlade herunter, während er mit hüpfendem Adamsapfel versuchte, nicht auf meine Kehrseite zu starren.

Ich machte eine Art Hechtsprung zu dem Handtuch, das immer noch vor dem Bett auf dem Fußboden lag, doch bevor ich es aufheben konnte, war Sven bereits verschwunden.

Ich schloss die Augen und versuchte mir vorzustellen, dass ich alles nur geträumt hatte, aber als ich sie wieder öffnete, war der blöde Spiegel immer noch auf dem Kopfkissen. Daneben stand Pauline und warf mir einen undeutbaren Blick zu.

»Du hättest einfach nur mich fragen müssen, weißt du. Ich hätte dir gesagt, wie er wirklich ist.«

»Wie wer ist?«, fragte ich krächzend.

»Dein Arsch.«

Ich klaubte das Handtuch vom Boden und hielt es vor mich wie einen Schild. »Wer sagt, dass ich mit meinem Arsch Probleme habe?«

Sie deutete auf den Spiegel. »Ich bin bei der Kripo und kann kombinieren. Außerdem tust du es andauernd.«

»Was tue ich?«

»Deinen Hintern im Spiegel anglotzen, weil du Angst hast, er wäre zu fett. Jetzt denkst du wahrscheinlich, er wäre noch fetter als sonst, weil du ihn dir aus halber Froschperspektive angeguckt hast, stimmt's? Warum hast du das gemacht? Hat ihn jemand versehentlich von unten gesehen? Wer? Sven?«

Ich ließ mich vernichtet aufs Bett sinken. Pauline setzte sich neben mich und schaute mich mitfühlend von der Seite an. »Dein Hintern ist nicht zu dick.«

»Davon hast du überhaupt keine Ahnung«, fuhr ich sie an.

»Wer hat denn mehr Ahnung davon?«, fragte sie provozierend. »Etwa ein Mann?«

»Ach, lass mich«, meinte ich schlecht gelaunt. Ich stand auf und ging zur Tür.

»Was hast du vor?«

»Essen.«

Da ich schon so fett war, konnte ich mich auch endlich anziehen und nach unten gehen, um mich vollzustopfen. Jetzt kam es auf ein paar tausend Kalorien mehr oder weniger auch nicht mehr an. Hoffentlich hatte jemand im Laufe des Tages daran gedacht, unsere Vorräte wieder aufzufüllen.

»Was hältst du eigentlich von ihm?«, fragte Pauline.

Ich blieb stehen, die Hand schon an der Klinke. »Von wem?«

»Nicht von deinem Hintern, das Thema haben wir hoffentlich abgehandelt. Ich meine unseren Wohltäter, den neuen Eigentümer dieses Hauses.«

»Keine Ahnung, ich kenne ihn doch praktisch überhaupt nicht. Ich weiß gar nichts über ihn.« Außer, dass er aussah wie ein römischer Krieger, wenn er nackt aus der Badewanne stieg. Und dass er Leitungen unter Putz verlegen konnte. Ach ja, und leckeren Kaffee machte er auch, und er betrieb Konversation wie ein echter Gentleman. Gentlemanlike war auch sein Verhalten vorhin gewesen, sowohl im Bad als auch eben hier im Zimmer. Die einzige Person, die sich selten bescheuert aufgeführt hatte, war ich.

»Er ist irgendwie nett, findest du nicht?«, sagte Pauline. »Ich meine, Annabel hätte es mit ihrem Traummann schlechter treffen können.«

»Darüber kann man doch noch gar nichts sagen«, meinte ich abwehrend. »Sie kennen sich nicht wirklich.«

»Manche Dinge weiß man auf den ersten Blick.«

»Aus dir spricht wohl die Erfahrung«, bemerkte ich spitz.

»Irgendwie bist du aggressiv. Du solltest wirklich was essen. Sie kochen sich unten was Leckeres. Wenn ich nicht schon auf dem Heimweg vom Büro diesen Riesendöner verputzt hätte, könnte ich davon auch was vertragen. Dir täte was zu essen auf jeden Fall gut, so wie du drauf bist.«

Das brachte mich in Rage. »Hast du vergessen, dass ich allen Grund habe, so drauf zu sein?«

Sie wirkte bestürzt. »Mein Gott, ja. Ich habe wirklich gar nicht mehr dran gedacht. Es tut mir leid!« Eilig stand sie vom Bett auf und kam auf mich zu. »Mein armer Schatz.« Sie umarmte mich tröstend. »Es tut mir so weh, wenn ich nur dran denke! Was Thomas dir angetan hat, muss dich furchtbar belasten! Du bist bestimmt halb wahnsinnig vor Kummer!« Ich hielt mit einer Hand das Badetuch fest und ließ zu, dass sie mich an ihren voluminösen Busen drückte. Die Umarmung tat mir wirklich gut, ich fühlte mich sofort besser.

Ich musste einfach versuchen, nicht mehr an geplatzte Hochzeiten zu denken. Zusammen mit Annabel wies ich eine beklagenswerte Bilanz auf. Eine durchgeführte und eine geplante Hochzeit – beides Totalausfälle. Blieb nur zu hoffen, dass es nicht ansteckend war. Da fiel mir ein...

Zögernd drehte ich mich zu Pauline um. »Demnächst findet übrigens eine weitere Hochzeit statt. Du wirst es nicht glauben, wenn ich dir erzähle, wer heiraten will...«

*

Zuerst konnte sie es wirklich nicht glauben, also musste ich erst alles haarklein berichten, bevor ich endlich dazu kam, mich anzuziehen und runter in die Küche zu gehen. Es roch köstlich nach gebratenem Fleisch. Mir lief das Wasser im Mund zusammen. Jemand *hatte* an unsere Vorräte gedacht! Beziehungsweise daran, dass ich heute noch nichts Anständiges zu mir genommen hatte. Tiefe Dankbarkeit erfüllte mich, dass ich heute noch was Gutes zwischen die Kiemen kriegen würde.

Durch die angelehnte Tür hörte ich Annabels Stimme. Da sie sonst nicht zu Selbstgesprächen neigte, zog ich den nahe liegenden Schluss, dass sie mit Sven redete.

Es war ganz und gar nicht meine Art, fremde Gespräche zu belauschen, aber die Bemerkung, die Annabel just in diesem Moment von sich gab, ließ mich ruckartig innehalten und mäuschenstill vor der Tür verharren.

Sie sagte: »Findest du Britta eigentlich attraktiv?«

»Ich... also, nun ja...«

Meine Ohrmuscheln gerieten irgendwie in Bewegung. Sicher halten Sie das für kompletten Blödsinn, aber ich schwöre Ihnen, sie spannten sich auf wie zwei Segel, als ich dieses Gestammel hörte. Kriegte der Kerl keine richtige Antwort zu Stande? War die Frage denn so kompliziert oder was?

»Manche Männer stehen ja ausschließlich auf Blondinen«, sagte Annabel. »Bist du so jemand? Ich meine, bist du ein Mann, der auf Blondinen fixiert ist?«

»Uh ... Nein, nicht wirklich.«

»Das heißt, du magst keine Blondinen?«

»Das habe ich nicht gesagt.«

»Wen magst du denn nun lieber, brünette oder blonde Frauen? Oder rothaarige?«

»Eigentlich richte ich mich nicht nach der Haarfarbe«, sagte Sven.

»Manche meinen, Britta hätte Ähnlichkeit mit Jennifer Lopez.«

»Jennifer ...? Tut mir leid, ich glaube, die kenne ich nicht. Oder?« Es klang nachdenklich. »Den Namen habe ich vielleicht mal irgendwo gelesen. Ist das eine Sängerin?«

»Ja, sie singt auch. Ganz toll sogar. Aber in erster Linie ist sie eine weltbekannte Hollywoodschauspielerin. Jennifer Lopez spielt in vielen Liebesfilmen mit. Sie stammt aus Mexiko und sieht auch so aus. Olivfarbene Haut, ganz weiße Zähne, lange dunkle Haare, dunkle Augen. Ein bisschen wie Britta halt.«

»Tatsächlich«, sagte Sven mit eher höflichem als enthusiastischem Interesse.

»Es heißt, sie hätte ihren Hintern für eine Milliarde Dollar versichert.«

»Wirklich? Warum das denn?«

Das klang deutlich interessierter. Ich unterdrückte mühsam ein Zähneknirschen und ballte die Fäuste.

»Na ja, sie hat halt so einen Hintern wie Britta. Und sie legt Wert darauf, dass er so bleibt. Also hat sie ihn versichert.«

»Das ist verständlich«, sagte Sven.

»Dann findest du, dass sie einen tollen Hintern hat? Oder bist du der Meinung, er ist zu dick?«

Das war die Frage aller Fragen! Ich hielt die Luft an und trat einen Schritt näher, um auch ja die Antwort nicht zu verpassen. Und knallte prompt mit dem Kopf gegen die Tür, die sich daraufhin mit leisem Knarren öffnete – und mich in der nächsten Sekunde dastehen ließ wie die letzte Idiotin. Mit flammendem Gesicht starrte ich direkt auf die breite Brust von Sven, und als meine Blicke höher wanderten, sah ich das undeutbare Funkeln in seinen Augen.

»Also ich ... ich habe das Essen gerochen«, stieß ich stammelnd hervor, »und da hatte ich ... da hatte ich plötzlich einen tierischen Hunger.« Hastig ging ich an Sven vorbei zum Herd, wo ein paar Steaks in der Pfanne vor sich hin brutzelten. Ich tat so, als würde ich mich nur für das Essen interessieren. Was dazu führte, dass ich mich augenblicklich tatsächlich nur dafür interessierte. Mir wurde ganz schwummerig von dem herrlichen Duft, der mir in die Nase stieg.

»Sven hat sich ein paar Steaks gebraten, und da ist mir eingefallen, dass ich heute auch noch nichts Richtiges gegessen hatte«, sagte Annabel. Sie trat neben mich und machte sich daran, die Steaks mit einer Gabel zu wenden.

Meine Blicke wanderten zum Tisch, der für zwei Personen gedeckt war. Auf einem Brett lag aufgeschnittenes Weißbrot, daneben stand eine Flasche mit Steaksauce. Und, welch Wunder, eine Flasche Rotwein.

Sven musste ihn besorgt haben. Bei uns gab es sonst nie Rotwein zum Abendessen. Wir tranken Wasser oder Apfelsaftschorle, aber keinen Rotwein. Pauline mochte keinen,

Annabel wurde betrunken davon, und ich verzichtete darauf, weil er fett machte. Ein Glas Wein hat, was die wenigsten Leute wissen, so viele Kalorien wie ein Brötchen. Und wenn ich die Wahl zwischen einem Brötchen und einem Glas Wein hatte, war mir das Brötchen allemal lieber. Schon deshalb, weil es satt machte, während man von Wein bloß noch mehr Hunger kriegte.

Mit großen Augen starrte ich auf die Pfanne. Wenn ich nicht aufpasste, würde mir gleich der Speichel aus dem Mund tropfen.

Anscheinend war mir meine Gier beschämend deutlich anzusehen, denn Sven sagte: »Du kannst gerne auch was abhaben. Es ist genug für uns alle da. Ich habe auch Salat mitgebracht.« Er wies zur Spüle, wo zerpflückter Eisbergsalat auf einem Küchentuch abtropfte.

»Das ist toll«, sagte ich mit echter Inbrunst, viel zu ausgehungert, um höflich abzulehnen. »Ich mache schnell ein bisschen Dressing für den Salat zurecht.«

»Ach du, lass mich das lieber machen«, sagte Annabel eilig. »Du weißt doch, die Spezialsauce nach deinem Rezept, die immer allen so gut schmeckt. Nimm dir einen Teller und dann setzt ihr euch einfach schon mal hin. Das Fleisch ist auch gleich so weit.«

Ich warf ihr einen irritierten Blick zu, doch sie war bereits dabei, die Zutaten für die Salatsauce aus den Schränken zu holen. Achselzuckend nahm ich mir einen Teller, Besteck und ein Glas aus dem Schrank und stellte dabei fest, dass Annabel im Laufe des Tages das ganze Kücheninventar wieder eingeräumt hatte. Überhaupt sah es mittlerweile im Haus so aus wie immer, ließ man das Handwerkerchaos im Wohn- und Esszimmer einmal außen vor. Die meisten Kartons waren aus dem Flur verschwunden, die Möbel wieder aufgestellt, fast alle Sachen wieder an ihren Plätzen verstaut.

Ich setzte mich an den Tisch und nahm mir ein Stück Brot. Sven ließ sich mir gegenüber nieder und schenkte Wein ein. Ich bedankte mich höflich und prostete ihm kurz zu. Da das Mittagessen ausgefallen war, hatte ich mir ein Ersatzbrötchen verdient. Ich trank den Wein und aß mein Brot und überlegte, wie schnell manche Dinge passieren konnten. Vorgestern hatten wir alle drei buchstäblich auf gepackten Koffern gesessen, bereit zum Aufbruch in unser neues Leben. Wir hatten alles genau durchgeplant, am Ende hatte es beinahe etwas Symbolhaftes gehabt, passend zu dem Sprichwort: *Nur wer alte Ufer verlässt, kann zu neuen vorstoßen.* Auflösung des Hausstandes, Hochzeit, Umzug – alles sollte praktisch und Zeit sparend innerhalb von zwei Tagen stattfinden.

Nicht, dass wir uns darum gerissen hatten, so Knall auf Fall und unter diesem Termindruck auszuziehen, aber es hätte nicht anders funktioniert. Als das Sozialamt uns vom Verkauf des Hauses informiert hatte, stand der Hochzeitstermin schon längst fest. Und die Wohnungen im Obergeschoss von Klaus' Geschäftshaus waren nun mal nicht früher fertigzustellen. Aber wo ein Wille ist, ist bekanntlich auch ein Weg, also kriegten wir es irgendwie hin. Oder besser gesagt: Wir *hätten* es hingekriegt, wenn nicht Klaus und Thomas die ganze Organisation mit einem Riesenknall zum Platzen gebracht und ein fürchterliches Tohuwabohu hinterlassen hätten.

Merkwürdigerweise ging trotzdem heute alles wieder seinen gewohnten Gang, als wäre nichts passiert. Bis auf den nicht zu vernachlässigenden Umstand, dass wir quasi auf Gedeih und Verderb diesem großen blonden Anwalt ausgeliefert waren, dem neuerdings das Haus gehörte. Er gewährte uns gewissermaßen die Gnade, hier wohnen zu dürfen – so lange es ihm gefiel. Oder genauer, bis wir uns *gefangen* hatten, was ebenso gut morgen wie erst nächstes Jahr sein konnte. Wie auch immer, er wäre derjenige, der diesen Zeitpunkt zu bestimmen hatte, ganz bestimmt nicht wir selbst. Ich hatte zwar zur Kenntnis genommen, dass wir nicht sofort rausgeschmissen wurden, aber ich war wild entschlossen, auf der Hut zu bleiben.

Zerstreut nahm ich mir ein weiteres Stückchen Brot und knabberte daran herum. Es schmeckte wirklich ausgezeichnet, vor allem in Verbindung mit diesem köstlichen Roten.

Wir sollten vielleicht öfter welchen zum Abendbrot trinken, überlegte ich. Man konnte dafür ja einfach die Frühstücksbrötchen weglassen.

Dann wandte ich mich in Gedanken wieder aktuelleren Fragen zu. Solange ich die genauen Motive dieses Burschen nicht kannte, war Vorsicht besser als Nachsicht, so viel stand fest. Vielleicht war er tatsächlich ein sexsüchtiger Freak, der sich vorstellte, dass wir ihm zu dritt seine wildesten Träume erfüllten. Wenn ich mich nicht sehr täuschte, waren ihm fast die Augen aus dem Kopf gefallen, als er meinen nackten Hintern gesehen hatte, nicht nur beim ersten, sondern auch beim zweiten Mal. Und das war vielleicht nur der Anfang dessen, was ihm so an Zerstreuung in diesem Haus vorschwebte.

»Das Brot ist ja schon weg«, sagte Annabel besorgt, während sie die Schüssel mit dem fertig angerichteten Salat auf den Tisch stellte.

»Ich habe auch was davon gegessen.« Sven deutete auf die drei bis vier Krümelchen, die auf seinem Teller lagen.

»Ja, aber es waren mindestens acht Scheiben!« Hastig fügte sie an Sven gewandt hinzu: »Britta isst sonst nicht so viel. Eigentlich isst sie wie ein Spatz.«

Betreten musterte ich die Berge von Krümel, die auf meinem Teller und darum herum verstreut waren. Und wenn mich nicht alles täuschte, hatte ich mein Rotweinglas auch schon zum zweiten Mal leer getrunken.

»In der Vorratskammer liegt noch ein ganzes Baguette«, meinte Sven. »Und es gibt ja genug Salat und Fleisch.«

Ich schluckte. Meine Güte, wofür musste er mich jetzt halten? Nach dem, was er bisher von mir zu Gesicht bekommen und von Annabel über mich gehört hatte, höchstwahrscheinlich für eine vorzugsweise nackt herumrennende, gefräßige *Chica* mit dem breitesten Hintern in der Störtebekerstraße. Britta *the butt*.

Annabel servierte die Platte mit den fertig gebratenen Steaks und holte eilig das Reservebrot aus der Speisekammer. Ich erbot mich sofort, es aufzuschneiden, aber nicht mal das wollte sie mir überlassen. Sie schnitt das Brot und verteilte dann, ganz die fürsorgliche Bedienung, auch gleich die Essensportionen. Mir tat sie ein winziges Stückchen Fleisch und ein klitzekleines Löffelchen Salat auf, als könnte ich im nächsten Moment auf die Idee kommen, mir alle Steaks und den Löwenanteil aus der Salatschüssel unter den Nagel zu reißen. Dann schenkte sie für sich einen Fingerbreit und Sven ein randvolles Glas Rotwein ein und stellte anschließend die Flasche auf das Wandbord über dem Tisch, weit außerhalb meiner Reichweite. Ich hätte gern noch ein Glas getrunken, aber lieber hätte ich mir die Zunge abgebissen, als irgendwas zu sagen. Stattdessen erwiderte ich murmelnd Annabels fröhliches *Guten Appetit* und fing gemeinsam mit meinen beiden Tischgenossen an zu essen.

Das Fleisch war genau richtig, außen kross, innen zart und rosa. Sven hatte nicht gespart, als er die Steaks gekauft hatte.

Annabel spießte ein Stückchen auf ihre Gabel und betrachtete es sinnend, dann schob sie es rasch in den Mund, als könnte es plötzlich lebendig werden und ihr ins Gesicht springen.

Sven hob sein Glas. »Ich möchte auf eine gute Hausgemeinschaft anstoßen.«

Er sah, dass ich nichts mehr zu trinken hatte, und streckte seinen langen Arm aus. Mit einer eleganten Bewegung pflückte er die Flasche vom Bord, als wöge sie nicht mehr als eine Feder. Großzügig goss er mir erneut das Glas voll und schenkte auch Annabel nach, dann prostete er uns erneut zu. »Auf ein gedeihliches Zusammenleben. Annabel, Britta – zum Wohl.«

Mein *Zum Wohl* fiel noch ein bisschen leiser aus als mein *Guten Appetit*, doch Annabel tat sich keinen Zwang an. Sie lächelte schüchtern. »Ich find's wahnsinnig toll, dass du hier bei uns bist.« Dann wandte sie sich mir zu. »Du doch auch, oder?«

»Äh – ja«, sagte ich überrumpelt und nicht ganz der Wahrheit entsprechend. Langsam aß ich einen Bissen von meinem Fleisch und anschließend von dem Salat. Es war wirklich das perfekte Essen. Annabel war eine super Köchin.

»Britta ist eine super Köchin«, meinte Annabel eifrig, während sie an ihrem Fleisch herumsäbelte. »Sie kann zum Beispiel unheimlich gut ...« Sie hielt inne und starrte auf das Stück Steak, das sie mit ihrer Gabel aufgespießt hatte. »Sie kann toll Fleisch braten.«

Das war schamlos übertrieben. Ich konnte nicht besser und nicht schlechter braten als andere Frauen auch. Wahrscheinlich eher schlechter. Ganz einfach deswegen, weil ich nur selten dazu kam. Möglicherweise war ich auf dem Gebiet eine Idee besser als Pauline, die in der Küche eine totale Niete war. Aber ganz sicher nicht so gut wie Annabel, die im Vergleich zu uns beiden geradezu formidabel kochte.

»Sie weiß praktisch alles darüber. Stimmt's, Britta? Ich habe zum Beispiel keine Ahnung, was das hier ist.«

»Rindfleisch«, sagte Sven hilfsbereit.

»Natürlich.« Annabel lächelte ihn sonnig an, aber die winzige Falte zwischen ihren Brauen zeigte mir, was sie dachte, nämlich etwas in der Art wie: *Wie kann man nur so blöd sein.*

»Bei Rindersteak gibt es viele Möglichkeiten. Aber Britta kann das mit geübten Blicken unterscheiden.« Sie pikste mit der Gabel in ihr Steak. »Ich wüsste beispielsweise nicht, ob das hier Beefsteak, Tenderloin-Steak, Chateaubriand, Porterhouse-Steak, Entrecôte, Sirloinsteak, Clubsteak oder Kluftsteak ist. Aber Britta – die sieht so was immer, auch wenn's gebraten ist.« Sie schob das Fleischstück mit der Gabel in den Mund und zerkaute es, als gelte es, einen Dämon zu bezwingen.

»Es ist ein Clubsteak, und zwar ein Fleischstück aus einer Scheibe vom hinteren Teil der Hochrippe«, hörte ich mich zu meinem eigenen Ärger sagen. Wieso, zum Teufel, stieg ich auf dieses dämliche Spielchen von Annabel ein? Was bezweckte sie mit ihrer *Britta-beste-Hausfrau* und *Annabel-blödes-Blondchen-Nummer?* Sie wusste genauso gut wie ich, welche Sorte Steak wir gerade aßen.

Sven wirkte tatsächlich beeindruckt. »Ich hätte jetzt echt gedacht, es wäre bloß ein stinknormales Rumpsteak.«

»Ein Rumpsteak oder Sirloinsteak ist ein drei Zentimeter dickes Stück vom flachen Roastbeef«, sagte ich automatisch. Auch das war eine von den *Fachverkäufer-im-Fleischhandwerk-Fragen,* die wir zusammen mit Klaus durchgegangen waren. Ihm war immer sehr daran gelegen, seinen bisher insgesamt drei Azubis der beste Ausbilder zu sein, den sie sich wünschen konnten. Und so hatten wir mit ihm geübt und er mit ihnen.

Beunruhigt schaute ich zu, wie Annabel abermals mit der Gabel in ihr Steak stach und es in einem Stück hochhob und es sich vor das Gesicht hielt. Aus höchstens zehn Zentimetern Entfernung starrte sie es an, als ob es sich um ein Alien handelte. Plötzlich gab sie ein ersticktes Wimmern von sich, warf die Gabel mitsamt dem Fleisch auf ihren Teller und sprang auf. Im nächsten Moment war sie aus der Küche gestürzt, und gleich darauf war zu hören, wie sie die Treppe hochpolterte und dabei laut schluchzte.

Hastig legte ich mein Besteck weg. Der Appetit war mir vergangen. Immerhin hatte ich vorher alles aufgegessen und geschmeckt hatte es auch. Wenigstens etwas.

»Annabel ist immer noch furchtbar im Stress wegen ihrer geplatzten Hochzeit.« Ich schob meinen Stuhl zurück und stand auf. »Ich schaue mal, was ich für sie tun kann.«

»Und ich kümmere mich um den Abwasch.« Sven stand ebenfalls auf, und da ich der Meinung war, dass es auf eine Minute mehr oder weniger nicht ankam, half ich ihm rasch beim Abräumen des Geschirrs.

»Bitte sagt mir, wenn ich sonst noch etwas für euch tun kann. Mir liegt wirklich daran, dass ihr euch alle hier wohlfühlt.«

Das nahm ich mit leisem Argwohn zur Kenntnis. Ich würde schon noch dahinterkommen, was ihn umtrieb, hier auf gutherzig zu machen. »Vielen Dank für den Wein und das leckere Fleisch«, sagte ich. »Und für das Brötchen. Ahm, für das Brot.«

»Keine Ursache, gern geschehen.« Für einen Sekundenbruchteil kam es mir so vor, als hätte er bei dem Wort *Bröt-*

chen auf meinen Hintern geguckt, aber vielleicht war es auch nur eine Art Reflexbewegung seiner Augen, weil er im selben Moment, als ich mich abwandte, den Kopf in meine Richtung drehte.

»Also, gute Nacht«, sagte ich. An der Tür warf ich aus den Augenwinkeln einen kurzen Blick zurück, und diesmal gab es kein Vertun: Er *guckte* auf meinen Hintern.

*

Der Wein und das Essen hatten mich müde gemacht, aber der Schlaf wollte sich nicht einstellen. Ob es nun daran lag, dass ich vor dem Essen geschlafen hatte, oder daran, dass in meinem Kopf so viele ungute Gedanken rotierten – ich kam einfach nicht zur Ruhe. Nachdem ich Ewigkeiten in alten Hochzeitsmagazinen geblättert hatte, machte ich das Licht aus und zog mir die Decke bis zum Kinn. Immer noch meilenweit vom Einschlafen entfernt, lag ich auf dem Rücken und starrte aus dem Fenster in den nächtlichen Garten hinaus. Dort war nichts zu sehen außer pechschwarzer Dunkelheit, doch wenn ich meine Augen lange genug auf einen bestimmten Bereich fokussierte, konnte ich die schwache Bewegung von Ästen ausmachen, die sich dort im Wind wiegten. Direkt vor meinem Fenster wuchs eine ausladende Birke, ein schöner Anblick, wenn ich morgens wach wurde und in sonnenflimmerndes Grün schauen konnte.

Ich dachte an Thomas. Was er wohl jetzt machte? Lag er genau wie ich in seiner Wohnung im Bett und dachte nach? Machte er sich Vorwürfe, weil er mich auf so scheußliche Art betrogen hatte?

Ich malte mir aus, dass er sich mit heftigen Magenschmerzen und Tränen der Reue in den Augen schlaflos von einer

Seite auf die andere wälzte und den Tag verfluchte, an dem Serena das Licht der Welt erblickt hatte.

So schön der Gedanke auch war, er blieb von seltsamer Formlosigkeit. Die Vorstellung, dass er sich mit Selbstvorwürfen zerfleischte, war zwar nett, aber besonders realistisch erschien sie mir nicht.

Dafür wuchs allmählich meine Wut. Was dachte sich dieser Mistkerl eigentlich, mich nicht ein einziges Mal anzurufen? Klaus hatte bestimmt hundert Mal angerufen! Von den vielen SMS ganz zu schweigen! Und bestimmt hatte er Annabel inzwischen mehr E-Mails geschrieben, als ihr Account verkraftete.

Von Thomas war den ganzen Tag über kein einziges Lebenszeichen gekommen. Es sei denn, er hätte mir ebenfalls eine Mail geschrieben! Ich hatte es kaum gedacht, als ich auch schon aus dem Bett sprang und in der Dunkelheit quer durchs Zimmer zu meinem Schreibtisch tappte, um meinen Laptop anzuwerfen. Ich hatte seit Tagen meine Mails nicht abgerufen.

Während ich mich ins Internet einwählte, musste ich wieder daran denken, mit welcher Inbrunst Klaus versuchte, Kontakt zu Annabel aufzunehmen. Warum, zum Teufel, gab Thomas sich nicht die geringste Mühe, bei mir dasselbe zu machen?

Die Erkenntnis kam so plötzlich, dass ich für ein paar Augenblicke aufhörte zu atmen.

Er tat es nicht, weil er es nicht wollte. Weil er kein Bedürfnis danach hatte. Weil es für ihn vorbei war.

Im selben Moment klickte mein elektronisches Postfach auf, und ich sah sofort, dass er mir tatsächlich eine Mail geschrieben hatte. Mit zitternden Fingern rief ich sie auf.

Hallo Britta,

Ich wollte es dir gestern gern persönlich sagen, aber diese schießwütige Verrückte hat es verhindert. Ein paar Mal habe ich auch angerufen, aber entweder hebt niemand ab oder es wird sofort aufgelegt, wenn ich mich melde. Oder es geht nur der Anrufbeantworter dran. Anscheinend hältst du es nicht für nötig, dass wir uns persönlich auseinandersetzen oder voneinander verabschieden. Also sage ich dir auf diesem Wege, dass ich dir für deinen weiteren Lebensweg alles Gute wünsche. Entschuldige die Unannehmlichkeiten, aber wir passen einfach nicht zueinander. In meinem ganzen Leben hatte ich noch nicht solchen Sex wie mit Serena. Sie ist die Erfüllung all meiner Träume. Ich liebe sie und will sie heiraten.

Es kam noch ein Absatz mit irgendwelchem Grußgefasel, aber den las ich nicht mehr, weil irgendetwas in meinem Kopf explodierte.

Roter Nebel waberte vor meinen Augen, und plötzlich krachte die Tür auf. Ein riesiger, dunkler Schatten kam hereingestürmt, gefolgt von zwei weiteren, kleineren Schatten. Dann ging das Licht an, und die Schatten verwandelten sich in Sven, Pauline und Annabel, die mitten in meinem Zimmer standen und mich fassungslos anstarrten.

Sven schaute zwanghaft auf einen Punkt in der Luft über meinem Kopf, aber erst, nachdem er mitgekriegt hatte, dass ich wieder mal so gut wie nackt war.

»Wo ist der Kerl?«, fragte Pauline in grimmigem Tonfall. Mit geschultem Kriposblick schaute sie in alle Ecken des Raums, wo es natürlich nichts zu sehen gab, außer ein paar Staubflocken zu viel.

Annabel stand mit großen Augen hinter ihr, und sogar in meinem Ausnahmezustand bemerkte ich noch, was für einen dekorativen Anblick sie bot, mit ihren Wasserfall-Löckchen und dem kurzen Schlafhemdchen.

Immerhin war sie weit züchtiger bekleidet als ich selbst, da ich nur einen Slip anhatte und vor der Wahl stand, mir irgendwas vor den Busen zu halten oder mich umzudrehen und die zwei Schritte zu dem Stuhl zu gehen, über dessen Lehne das rettende Handtuch hing.

»Hier ist niemand außer mir«, sagte ich, während ich so tat, als wäre es das Selbstverständlichste von der Welt, die Arme vor der Brust zu verschränken, zwei Schritte rückwärts zu gehen, mit nach hinten ausgestrecktem Arm nach dem Handtuch zu hangeln und es mir ruckartig vor den Körper zu raffen.

»Warum hast du dann gebrüllt, als ob dich einer ermorden will?«, fragte Pauline. »Meine Güte, das ganze Haus hat gewackelt! Ich glaube, so laut habe ich noch nie jemand kreischen hören! Und glaub mir, ich habe viele Schreie gehört!«

»Ich ... hatte einen Albtraum.« Mit einem Auge schielte ich zu meinem offenen Laptop, auf dessen Bildschirm immer noch Thomas' schockierende Mail vor sich hinflimmerte.

»Du Ärmste«, sagte Annabel. »Du bist ja wirklich kreidebleich!«

Sven zog sich wortlos auf den Gang in Richtung Treppe zurück, und ich konnte nicht umhin, den guten Sitz seiner Boxershorts zu registrieren. Ich kannte den Typ so gut wie überhaupt nicht, aber in den letzten vierundzwanzig Stunden sah ich ihn ständig nackt oder halb nackt herumlaufen. Und er mich auch. Normal war das nicht, auf keinen Fall. Dass dennoch ständig solche Dinge passierten, war der beste Beweis dafür, dass ich in einem Ausnahmezustand lebte.

Pauline hatte mal wieder irgendwie mitgekriegt, was los war. Sie erlegte sich gar nicht erst irgendwelche Zwänge auf, sondern stellte sich vor meinen Laptop, um die Mail zu lesen.

»Schießwütige Verrückte!«, sagte sie entrüstet. »Dieser Heini! Dem werde ich noch zeigen, wer hier verrückt ist!« Dann erstarrte sie. Hoch aufgerichtet fuhr sie zu mir herum. »Das ist der Hammer!«, rief sie. »Der Erbsenzähler und das Tittenweib!«

»Was?« Annabel trat näher und lugte über Paulines Schulter. »Lass mich auch mal gucken!«

Ich zog mir derweil ein Nachthemd an und beschloss, mich in der nächsten Zeit nicht mehr in unbekleidetem Zustand in diesem Haus aufzuhalten, ob ich mich nun allein wähnte oder nicht.

»Heiraten?«, sagte Annabel mit vor Empörung zitternder Stimme. »Er will sie *heiraten*?«

»Das wirklich Krasse daran hast du ja noch gar nicht gehört«, sagte Pauline.

Annabel schaute mich fragend an, während Pauline mich mit aufmunternden Blicken bedachte. Da ich für ihren Geschmack offenbar nicht schnell genug mit der Sprache herausrückte, tat sie es für mich. »Britta soll im Auftrage der Schwiegermutter in spe die Hochzeit organisieren. Das ist der Knaller, oder?«

»Nein!«, rief Annabel entsetzt aus. »Wie können die das tun?«

Ja, wie? Ich setzte mich vollkommen erschlagen auf mein Bett und versuchte, die Zusammenhänge zu rekonstruieren. Anscheinend hatte den beiden eine Nacht gereicht, um zu wissen, dass sie für den Rest ihres Lebens zusammenbleiben wollten. Oder wenigstens bis zur nächsten Scheidung. Sonst hätte sich nicht gleich am übernächsten Tag Marie-Luise in Marsch gesetzt, um die Hochzeit in Auftrag zu geben.

Thomas und ich hatten beinahe unser halbes Leben für diesen Entscheidungsprozess benötigt, doch bei ihm und Serena hatte es offenbar binnen Minuten gefunkt.

Annabel schien meine Gedanken zu lesen. »Ich sage ja, es muss was mit Technik zu tun haben.« Sie setzte sich neben mich aufs Bett und legte mir den Arm um die Schultern. »Vergiss ihn einfach, das ist das Beste.«

Darauf ging ich nicht ein, weil mich etwas anderes viel mehr interessierte. »Wie kommst du eigentlich auf *Erbsenzähler*?«, wollte ich von Pauline wissen.

»Äh... Keine Ahnung.«

»Das stimmt nicht, Pauline«, sagte Annabel ärgerlich. »Du weißt genau, dass das nicht wahr ist!«

»Was soll das heißen?«, wollte ich wissen.

Pauline zuckte die Achseln. »Na, wenn's sein muss, meinetwegen. Wir haben ihn schon immer so genannt, wenn wir unter uns waren.«

»Wer ist *wir*?«

»Annabel und ich.«

Während ich noch versuchte, das zu verdauen, rückte Annabel ein Stück von mir ab und meinte verteidigend: »Du musst zugeben, dass er total pingelig ist. Ich fand es schon immer übertrieben, dass er zweimal die Woche sein Auto wäscht.«

»Von Hand«, fügte Pauline hinzu.

»Und er gibt seine Steuererklärung immer schon Anfang des Jahres ab«, sagte Annabel.

»Und pinkelt im Sitzen«, meinte Pauline.

Annabel nickte eifrig. »Und er putzt im Restaurant immer sein Besteck vor dem Essen mit der Serviette und zählt das Trinkgeld genau ab.«

»Er zählt es *vor dem* Essen ab«, hob Pauline hervor.

Annabel wusste noch mehr. »Und er wischt sich die Finger an der Hosennaht ab, wenn er jemandem die Hand gedrückt hat.«

»Und er mag keinen Oralsex«, entfuhr es mir.

»*Waaas?*«, riefen Annabel und Pauline unisono aus.

Ich merkte, wie ich rot wurde. »Na ja, jedenfalls nicht die eine Sorte. Die andere anscheinend schon eher.« Ich hätte noch hinzufügen können, dass auch *das* manchmal nicht viel bei ihm ausrichtete, verkniff es mir aber. Zum Glück hatte ich in diesem Punkt nicht allzu viel von Einseitigkeit gehalten, sonst hätte ich mich speziell darüber vermutlich noch für den Rest meines Lebens geärgert. Wenn ich überhaupt wegen irgendetwas froh sein konnte, dann darüber, dass sich seit gut drei Monaten sowieso kaum noch was abgespielt hatte, weil sein neuer Job bei der Sparkasse so stressig war.

»Du wirst diese Hochzeit natürlich auf keinen Fall organisieren«, sagte Pauline.

»Warum eigentlich nicht?«, widersprach Annabel.

»Spinnst du? Das wäre doch für Britta der Gipfel der Demütigung! Egal, wie viel Kohle diese neureiche Tussi dafür bezahlen würde – es wäre niemals genug!«

»Das käme ganz drauf an.« Annabel stand vom Bett auf und ließ ihre Blicke von mir zu Pauline wandern. In ihren Augen stand ein berechnendes kleines Glitzern. »Ich denke schon, dass sie wesentlich mehr bezahlen können. Serena und Thomas können noch eine Menge drauflegen, vielleicht stimmt es ja dann unterm Strich für Britta doch noch.«

»Mehr, als ich der Fleydensteyn gesagt habe, kann ich unmöglich verlangen«, wehrte ich ab. »Das ist wirklich schon der absolute Höchstpreis.«

»Ich meine nicht, dass sie mit Geld bezahlen sollen«, sagte Annabel sanft.«Jedenfalls nicht nur. Dieser Hochzeitstag – warum sollte er nicht zugleich ein ganz besonderer Zahltag werden?«

Pauline pfiff durch die Zähne und schaute Annabel bewundernd an. »Du kannst manchmal ein richtiges Biest sein. Hast du schon eine gute Idee, wie dieser Zahltag ablaufen sollte?«

»Noch nicht, aber ich habe ja auch noch nicht richtig darüber nachgedacht.«

»Also, ich weiß nicht«, hob ich an, doch Annabel brachte mich mit einer gebieterischen Geste zum Schweigen. »Du lässt diesen Auftrag auf keinen Fall einfach sausen. Diese Chance musst du nutzen. Uns wird schon was Geniales einfallen, verlass dich drauf!«

*

Wider Erwarten schaffte ich es, doch noch einzuschlafen, nachdem der ganze Aufruhr sich gelegt hatte und alle Hausbewohner sich in ihre Betten verzogen hatten. Den Rest dieser viel zu kurzen Nacht wurde ich von wirren Albträumen geplagt, an die ich mich zum Glück nicht erinnern konnte.

Am nächsten Morgen wurde ich vom Lärm der Handwerker wach, die in aller Herrgottsfrühe mit Bohrern und Schleifmaschinen über Diele, Wohnzimmer und Esszimmer herfielen. Als ich kurz nach neun mit trüben Augen, aber immerhin frisch geduscht und vollständig angezogen die Treppe heruntergewankt kam, hatte ich Gelegenheit, die Fortschritte zu begutachten. Die Zimmer sahen merkwürdig kahl aus ohne die dunklen Wandpaneele, aber es war bereits zu erkennen, dass später alles größer und geräumiger wirken würde als bisher. Im Wohnzimmer hatten die Handwerker bereits mehrere Tapeziertische aufgestellt, und im Esszimmer waren zwei der Männer damit beschäftigt, unter ohrenbetäubendem Radau das Parkett abzuschleifen. Ständig kamen und gingen Arbeiter mit Werkzeugen und Baumaterial, und ich musste ein paar Mal zur Seite springen, damit ich nicht von irgendwelchen scharfkantigen Gegenständen im Kreuz getroffen wurde.

In der Diele standen große Kisten, von denen einige geöffnet waren. Ich sah ein paar unangenehm dicke juristische Wälzer und stapelweise Akten und beeilte mich, in die Küche zu kommen, um meine Betäubung mit einem ordentlichen Schluck Kaffee zu bekämpfen.

Der Anblick von Sven traf mich unvorbereitet, und ich widerstand nur mit Mühe dem Drang, noch mal schnell nach oben ins Bad zu laufen und mein Make-up zu überprüfen. Dann fiel mir ein, dass ich sowieso nicht geschminkt war, und ergab mich dem Unvermeidlichen.

»Hallo«, sagte ich.

Er saß am Küchentisch, vor sich eine riesige überregionale Zeitung und eine Tasse Kaffee. Als er mich sah, sprang er sofort vom Tisch auf und rückte mir höflich den Stuhl zurecht.

»Guten Morgen«, sagte er lächelnd. »Hast du gut geschlafen?«

»Geht so«, antwortete ich mit deutlich hörbarem Krächzen in der Stimme.

Ich wusste nicht, ob ich dankbar oder peinlich berührt sein sollte, als er mir Kaffee einschenkte. Schließlich beschloss ich, es einfach mit Fatalismus zu versuchen. Mit einem gemurmelten Dankeschön nahm ich die Tasse, stürzte den heißen Kaffee hinunter und wartete darauf, dass es mir besser ging.

»Hast du etwas dagegen, wenn ich Zeitung lese?«, fragte er.

»Nein«, sagte ich überrumpelt.

Diese Frage hatte mir noch nie jemand gestellt, geschweige denn ein Mann.

Verstohlen beobachtete ich ihn, während er in der Zeitung blätterte. Heute war er nicht in Freizeitkluft, sondern im Anzug. Mit raschen Blicken taxierte ich sein Outfit und registrierte die Edelmarken. Feiner dunkelblauer Zwirn aus einer teuren Woll-Seide-Mischung, natürlich Armani. Krawatte von derselben Firma. Dazu blütenweißes Hemd mit gestärktem Kragen, altmodische goldene Manschettenknöpfe, Einstecktuch, Krawattennadel. Ein Anwalt wie aus dem Bilderbuch.

Davon abgesehen war er glatt rasiert und roch gut, kein bisschen aufdringlich. Nicht nach Aftershave und nicht nach Deo oder sonst was. Einfach nur wie ein frisch gewaschener und frisch angezogener Mann.

Ich räusperte mich. »Du siehst aus, als würdest du gleich zur Arbeit gehen.«

Er blickte überrascht auf. »Stimmt. Genau das habe ich vor.«

»Zu einem Gerichtstermin?«

»Später, ja. Zuerst gehe ich ins Büro.«

Er bemerkte meinen verständnislosen Blick und lächelte leicht. »Ich arbeite in einer Sozietät in Heidelberg. Das hier wird mein Versuch, flügge zu werden. Mein eigenes Ding zu machen.«

Meine Neugier war geweckt. »Was hat dich dazu gebracht, dich selbstständig zu machen?«

Er legte die Zeitung zur Seite. »Das Geld sicher nicht. Ich verdiene gut und hatte konkrete Aussichten, Teilhaber zu werden. Aber irgendwie war es nicht das, was ich wollte.« Er runzelte die Stirn und schaute mich direkt an. Ich konnte sehen, dass das klare Blau seiner Iris von winzigen, silbrigen Fünkchen gesprenkelt war, was den Farbton seiner Augen noch intensivierte und seinem Blick etwas eigentümlich Magisches verlieh.

»Mein Vater war auch Anwalt«, fuhr er zögernd fort. »Er hatte eine typische Kleinstadtkanzlei, ein paar Käffer von hier entfernt. Im selben Haus, in dem wir wohnten.« Er machte eine ausholende Geste. »Es war ganz ähnlich wie dieses hier. Groß, verwinkelt, alt. Derselbe spezielle Jugendstilcharme, elegant und dabei doch gemütlich. Wir hatten eine Art Salon, den nannten wir immer das *Sonntagszimmer.* Da setzten wir uns nur rein, wenn besonderer Besuch kam – eben an den Sonntagen. Ansonsten war er für die Mandanten meines Vaters reserviert, zusammen mit zwei anderen Räumen im Erdgeschoss. In einem saß die Sekretärin, in dem anderen wurden die Besprechungen durchgeführt.« Sven lächelte versonnen. »Ich durfte nie was in der Diele liegen lassen, darauf hat meine Mutter immer geachtet. Schuhe, Sportklamotten, Schultasche – alles musste ich sofort in mein Zimmer mitnehmen, damit die Mandanten nicht drüber fallen konnten. Aber natürlich ließ ich oft was liegen, ich glaube, Jungs sind einfach so. Meine Mutter hat immer geschimpft, aber mein Vater hat gesagt, lass ihn doch, die Leute mögen das.« Er hielt inne. »Und so war es auch, glaube ich. Die Leute kamen gern. Sie fühlten sich angenommen und verstanden. Wer einmal meinen Vater als Rechtsbeistand gewählt hatte, blieb ihm sein Leben lang treu.«

»Was ist aus der Kanzlei geworden?«

Svens Blick verdunkelte sich. »Er ist vor zehn Jahren gestorben.«

»Das tut mir leid«, sagte ich betroffen.

»Unser Haus ist abgebrannt. Ein Verrückter hat es angesteckt, aus Rache. Mein Vater hatte die Ehefrau des Kerls bei der Scheidung vertreten.«

»Mein Gott«, sagte ich entsetzt. »Ist er bei dem Brand ums Leben gekommen?«

»Nein, aber es hätte keinen großen Unterschied gemacht. Er hatte am nächsten Tag einen Schlaganfall.«

Ich betrachtete ihn erschüttert. Er musste noch jung gewesen sein, als das passiert war, höchstens Anfang zwanzig.

»Ich hatte zu der Zeit schon angefangen zu studieren«, fuhr er fort. »Wir waren gut versichert, finanzielle Sorgen hatte ich nicht. Meine Großeltern haben mir auch einiges hinterlassen, von daher musste ich mir nach dem Tod meines Vaters um meine Zukunft nie Gedanken machen.« Er dachte kurz nach, er schien nach einer passenden Formulierung für seine nächsten Äußerungen zu suchen. »Wichtiger war für mich rauszufinden, was ich überhaupt vom Leben wollte.«

»Und, hast du es rausgefunden?«, fragte ich gespannt.

Er lächelte erneut, doch diesmal ohne Wehmut. »Ja«, sagte er mit fester Stimme. »Ich wollte so ein Anwalt sein wie mein Vater.«

Und wie es aussah, war er auf dem besten Wege dazu. Er stand sozusagen in den Startlöchern. Das Haus dazu hatte er schon, die Kanzlei würde er nächste Woche aufmachen.

Einziger Schönheitsfehler waren drei mehr oder weniger hysterische Frauen, die völlig unerwartet dieses viel versprechende Zukunftsszenario verunstalteten. Ich schluckte vor Rührung, weil er angesichts dieses wirklich ziemlich krassen Handicaps so höflich, freundlich und zuvorkommend reagierte. Mich durchzuckte der Gedanke, ob an meinem und Annabels Zauber vielleicht doch was dran war, und einen irrwitzigen Moment meinte ich mir vorstellen zu können, dass er tatsächlich ein mit magischen Kräften erschaffener Traummann war.

Aber dann gab ich mir innerlich selbst einen Tritt in den Hintern. Wenn ich erst anfing, an so einen Blödsinn zu glauben, wäre ich bald reif für den Neurologen. Psychosen fingen bekanntlich schon mit geringeren Ausfallerscheinungen an.

Anstatt Sven unbesehen zu unterstellen, dass er von bedingungslosem Gutmenschentum beseelt war, sollte ich besser seine wahren Absichten hinterfragen. Klar, es konnte durchaus sein, dass diese ganze rührselige Geschichte zutraf und er tatsächlich nur ein braver, tüchtiger Landanwalt werden wollte.

Aber mit drei Zicken im Haus, und das ohne den Hauch einer Gegenwehr? Nie und nimmer! Da steckte mehr dahinter!

Geistesabwesend stand ich auf. »Ich muss dann arbeiten.«

Er schob ebenfalls seinen Stuhl zurück, um sich zu erheben, eine höfliche Geste, die für ihn nichts Besonderes zu sein schien, sondern von absoluter, schon fast instinktiver Selbstverständlichkeit.

»Was machst du denn so?«, fragte er.

»Du meinst, beruflich?« Schon auf halbem Wege zur Tür blieb ich stehen und drehte mich zu ihm um. »Hochzeitsplanungen.«

»Das weiß ich inzwischen«, sagte er mit leicht schiefem Grinsen. »Ich meinte eigentlich nicht, was du im Allgemeinen machst, sondern im Besonderen. Beispielsweise heute.«

»Oh, nichts weiter. Fotografieren.«

»Eine Hochzeit?«

»Nein, Motive für ein Exposé. Für eine Hochzeit, die ich vorbereiten soll.«

»Hochzeitsmotive?«

Ich lachte. »Nicht wirklich. Nur ein paar Kleinigkeiten. Ein Gedeckarrangement zum Beispiel. Mit Details wie einer bestimmten Serviettenfaltung. Oder Tafelsilber. Kerzenhalter. Ein Muster für eine Einladung. Ein Blumenarrangement. Vielleicht eine Schmuckauswahl. Eine kleine Dekoration für eine Kulisse. Solche Dinge eben. Ich stelle einfach ein paar Anregungen zusammen.«

»Klingt ziemlich aufwändig.«

»Es geht. Ich habe eine Digitalkamera und bearbeite alles am PC. Ich betexte es und drucke es aus, und hinterher wird es laminiert und zu einer Mappe zusammengestellt.«

»Hört sich interessant an.« Er sagte es so, als würde es ihn tatsächlich interessieren.

»Wenn du willst, kann ich dir die Mappe zeigen, wenn ich fertig bin«, schlug ich impulsiv vor.

»Gerne«, sagte er. »Wird es eine große Hochzeit?«

Ich schluckte und suchte nach Worten. »Ich weiß noch gar nicht, ob ich den Auftrag überhaupt übernehme«, stieß ich schließlich hervor. »Es ist nämlich mein Ex, der heiraten will.«

Die Verblüffung stand ihm ins Gesicht geschrieben. »Wirklich? So schnell? Das ist allerdings ein ziemlicher Hammer.« Aus seinem Blick sprach echtes Mitgefühl und noch eine Spur von etwas anderem, das schwer einzuordnen war, als er hinzufügte: »Ist es sehr schlimm für dich?«

»Ich weiß nicht«, hörte ich mich zu meiner eigenen Überraschung sagen. Verdutzt hielt ich inne und ließ die Worte, die ich eben geäußert hatte, in mir nachklingen. Und dann merkte ich, dass ich wirklich nicht wusste, ob ich es so schlimm fand, wie alle Welt es anzunehmen schien.

»Am schlimmsten ist für mich, dass meine Hochzeit geplatzt ist«, sagte ich dann langsam. »Ich habe mich darauf gefreut, seit ich zwölf bin.«

»So lange hast du ihn schon geliebt?«

»Wie bitte?«, fragte ich. Mein Erstaunen über die scheinbar blöde Frage dauerte nur einen Sekundenbruchteil, dann schüttelte ich lachend den Kopf. »Das könnte man glatt denken, wenn man mich so reden hört, oder? Mein Fehler, tut mir leid. Nein, ich hatte mich generell auf meine Hochzeit gefreut. Nicht speziell auf die Hochzeit mit Thomas, das hat sich erst später ergeben.« Ich schwieg für einen Moment und setzte dann mit fester Stimme hinzu: »Sehr viel später. Eigentlich haben wir uns erst vor ein paar Monaten dazu entschlossen.«

»Wie lief das denn ab?« In Svens Miene spiegelte sich eine Spur von Verlegenheit, ihm war anzusehen, dass es ihm nicht leichtfiel, die Frage zu stellen. Aber seine Neugier überwog offenbar sein Unbehagen. »Wie macht man das, wenn man heiraten möchte? Wie kommt man dahin? Macht man das immer noch auf die klassische Weise? Ich meine, hat er dir einen förmlichen Heiratsantrag gemacht, oder wie war es?«

Damit hatte er einen wunden Punkt bei mir berührt.

»Nicht direkt.« Meine Stimme klang eine Idee schroffer als beabsichtigt, doch ich konnte es nicht ändern. »Es hat sich einfach so ergeben.«

»Aha.« Er schaute nachdenklich drein, dann meinte er zögernd. »Und diese neue Hochzeit? Ist es nicht … ahm, ziemlich geschmacklos, ausgerechnet dich mit der Planung zu beauftragen?«

Von irgendwoher ertönte ein Knirschen, und ich merkte erst ein paar Augenblicke später, dass es meine Zähne waren. »Dieses aufgepumpte Luder hatte noch nie einen besonderen Sinn für Geschmack«, sagte ich mit schneidender Stimme.

Eine Sekunde später stand ich in der Diele und hatte die Tür hinter mir zugeknallt.

Gleich darauf tat es mir leid. Sven konnte nun wirklich nichts dafür, dass Serenas kompletter Verstand in ihren Busen gerutscht war. Wenn ich jemandem die Tür vor der Nase hätte zuknallen sollen, dann ihr. Oder Thomas.

Doch da gab es zum einen das Problem, dass sie beide nicht hier waren, und zum anderen war es dringend nötig, dass ich meiner Wut durch sofortiges körperliches Ausagieren Luft machte, sonst kriegte ich am Ende Magengeschwüre wie meine Mutter. Wohin das führte, wusste ich: zu einem frühen Ende. Meine Mutter war zwar bei einem Unfall ums Leben gekommen, aber bestimmt hätte sie beim Fahren besser aufgepasst, wenn sie nicht ständig vor lauter unterdrücktem Ärger über meinen Vater Magenschmerzen gehabt hätte.

»Aber das ist doch überhaupt kein Problem, Herr Paulsen«, hörte ich in diesem Moment Paulines Stimme. »Wir haben genug Platz. Britta kann ohne weiteres eine Zeit lang bei Annabel im Zimmer schlafen. Soll ich Ihnen helfen, die Koffer raufzutragen?«

Ich fuhr auf dem Absatz herum, von blankem Entsetzen erfüllt.

*

Mein Vater war nirgends zu sehen, nur Paulines Rücken. Sie stand in der Zwischentür zum Windfang und unterhielt sich mit einem Besucher, der mir bestens bekannt war. Einen Moment später trat sie zur Seite, und er kam forsch in die Diele marschiert, in jeder Hand einen Koffer. Pauline machte Anstalten, ihm wie ein Hotelpage das Gepäck abzunehmen, doch er wehrte ab.

»Nicht doch, Pauline, das bisschen schaffe ich auch noch selbst. Ich darf Sie doch noch Pauline nennen, so wie früher, oder?«

»Ich bestehe sogar darauf, dass Sie mich duzen. Das haben Sie ja früher auch gemacht.«

»Gut. Aber nur, wenn du auch *du* zu mir sagst. Ich bin der Rudolf. Manche Leute nennen mich auch Rudi oder Rolfi.«

Rudi oder Rolfi sah mich vor der Küchentür stehen und blieb wie angewurzelt stehen.

»Guten Morgen, meine Taube.«

»Hallo.« Ich zeigte mit spitzem Finger auf die Koffer. »Was soll das werden?«

Er wand sich. »Ja, weißt du, das Haus muss unbedingt mal von oben bis unten renoviert werden, und da dachte ich, ich bleibe lieber so lange woanders.«

Aus dem Wohnzimmer kreischte die Säge, und durch die offenen Flügeltüren war zu sehen, dass die Handwerker neue Blenden für die Rollladenkästen zuschnitten.

Im Grunde war jeder Kommentar überflüssig, doch ich wollte sichergehen. »Hier wird auch renoviert. Und kein Mensch kann sagen, wie lange es dauert.«

»Doch, das können wir«, sagte Pauline. »Nächste Woche ist alles fertig.«

Ich bedachte sie mit vernichtenden Blicken, dann wandte ich mich wieder an meinen Vater. »Wieso lässt du das Haus nicht etagenweise machen? Wenn ich mich nicht sehr täusche, haben wir zu Hause schlappe fünf Schlafzimmer. Wäre da nicht eins für dich frei, während du die anderen tapezieren lässt?«

Er stellte die Koffer ab und rieb sich die vom Tragen beanspruchten Finger. »Kann ich kurz mit dir allein sprechen?« Er warf Pauline einen entschuldigenden Blick zu. »Eine kleine Vater-Tochter-Besprechung. Dauert nicht lange.«

»Kein Problem. Ich muss sowieso zum Dienst. Bin heute spät dran.« Während sie ihre Handtasche vom Dielenschränkchen nahm, traf mich ein drohender Blick aus ihren dunkelgrünen Augen. *Wehe du schickst ihn weg*, schien er zu besagen. Ihre nächsten Worte machten mir klar, dass ich mich nicht getäuscht hatte.

»Bis später, Rolfi«, sagte sie.

Ich wartete, bis die Haustür hinter ihr ins Schloss gefallen war. »Und?«, schnappte ich.

Mein Vater betrachtete nervös die überall herumwuselnden Handwerker. »Was hältst du davon, deinem alten Vater in der Küche eine Tasse Kaffee anzubieten? Da können wir in Ruhe reden.«

»Wohl kaum. In der Küche sitzt der neue Hauseigentümer. Der wird dir was husten.« Ich starrte meinen Vater mit unverhohlenem Misstrauen an. »Warum bist du wirklich hier? Hat es mit diesen beiden Russen zu tun?«

»Es ist nur vorübergehend«, antwortete er ausweichend. »Höchstens zwei Wochen oder so, dann bin ich aus dem Schneider. Ich habe mir nämlich zufällig das Alleinvertriebsrecht für eine ganz neuartige Sache gesichert, das wird ...«

»Garantiert wieder ein Riesenerfolg«, ergänzte ich sarkastisch.

»Du traust mir nichts zu«, sagte mein Vater beleidigt.

»Ich traue dir *alles* zu«, widersprach ich, ohne mir die Mühe zu machen, dieses *alles* näher einzugrenzen. Ich holte Luft und schaute ihm direkt in die Augen. »Sehe ich das richtig, dass die beiden Typen von dir verlangt haben auszuziehen?«

»Keineswegs«, sagte er würdevoll. »Ich habe es Ihnen angeboten. Als Sicherheit. Ich bin schließlich ein Ehrenmann, der zu seinem Wort steht.«

Ich schlitzte die Augen. »Verbessere mich, wenn ich etwas Falsches sage: Du hast den Russen eine Sicherheit angeboten, bis du ihnen das Geld geben kannst, das du ihnen schuldest. Und diese Sicherheit ist das Haus? *Mein* Haus? Du hast ihnen mein Haus gegeben?«

Er schüttelte grinsend den Kopf. »Sie wohnen ja nur drin. Auch wenn sie sich einbilden, dass sie jetzt die Eigentümer sind – rechtlich gesehen gehört es natürlich dir. Sie können rein gar nichts damit anstellen. Nicht verkaufen und nicht belasten. Überhaupt nichts. Du weißt doch, dass man zum Notar muss, wenn man ein Haus überschreibt.« Er hob beide Hände, als ich auffahren wollte. »Das kann nur der Eigentümer persönlich tun, ich schwöre es dir! Selbst wenn ich es wollte – es ginge gar nicht! Ich könnte nicht mal eine klitzekleine Hypothek drauf aufnehmen ohne deine Einwilligung!«

Die Sicherheit, mit der er das vorbrachte, ließ keinen Zweifel daran, dass er es schon versucht hatte.

»Nimm es doch nicht so tragisch«, sagte er. »Du hast doch sowieso nicht drin gewohnt.«

»Aber es gehört mir! Hättest du ihnen nicht was anderes als Pfand andrehen können? Zum Beispiel deinen Wagen? Der ist funkelnagelneu und unter Brüdern bestimmt seine vierzigtausend wert!«

»Du weißt doch, dass der nur geleast ist. So blöd sind die nicht, einen Wagen ohne Kfz-Brief zu nehmen. Und der liegt beim Leasing nun mal bei der Bank.«

»Sie hätten den Wagen ja mit nach Polen oder sonst wohin nehmen können, dann hättest du ihn als gestohlen melden können. Ich dachte, das machen die immer so.«

»Willst du dich über mich lustig machen?«, fragte er stirnrunzelnd. »Dann hätte ich ja kein Auto mehr. Außerdem –

das, was du da vorschlägst, ist zufällig illegal. Traust du mir so was etwa zu?«

»Du wiederholst dich.« Ich legte die Fingerspitzen gegen die Schläfen, weil ich nicht mehr ganz mitkam. »Wie viel ist es diesmal?«, wollte ich dann wissen. »Wie viel kriegen die Typen von dir?«

»Ach, nicht so viel, wie du denkst.«

»Wie viel?«

»Weniger, als das Haus wert ist«, sagte er schnell.

»Du lieber Gott.« Ich starrte ihn hilflos an. »Sooo viel?«

»Ich habe gar nicht gesagt, wie viel es ist«, verteidigte er sich.

»Nicht nötig«, erwiderte ich mit Grabesstimme.

Hinter mir öffnete sich die Küchentür, und Sven trat in die Diele.

Mein Vater setzte sofort sein breitestes, unwiderstehlichstes Lächeln auf. »Guten Morgen! Sie müssen der neue Hausbesitzer sein! Ich bin Rudolph Paulsen, Brittas Vater!« Zackig streckte er Sven die Hand hin. »Erfreut, Sie endlich kennenzulernen! Britta hat mir schon viel Gutes über Sie erzählt!«

Mit einem Ausdruck der Verblüffung auf dem Gesicht nahm Sven die dargebotene Hand.

»Sven Bruckner«, sagte er.

»Ich weiß«, behauptete mein Vater strahlend.

Er ignorierte meine mörderischen Blicke und deutete launig ins Wohnzimmer, wo die Handwerker soeben mit dröhnenden Hammerschlägen Dübel in die Wand trieben. »Da geht es ganz schön rund, wie?«

Sven nickte. »Kaum vorstellbar, dass hier nächste Woche eine Anwaltskanzlei rein soll, nicht wahr?«

Mein Vater kriegte einen Hustenanfall.

»Hast du dich verschluckt?« Ich trat neben ihn und klopfte ihm auf den Rücken, so hart ich konnte. »Er ist ein Organ der Rechtspflege. Vielleicht gehst du lieber wieder«, zischte ich ihm unauffällig ins Ohr, während ich Sven mit lammfrommem Lächeln bedachte.

»Kommt nicht infrage«, flüsterte mein Vater, ebenso leise und mit demselben falschen Grinsen wie ich. »Ich bin in Lebensgefahr, wenn ich das tue.«

Gegen meinen Willen erschrak ich. Mein Vater war immer schon der größte Angeber vor dem Herrn gewesen, er neigte zu maßlosen Übertreibungen. Aber immer nur, was die positiven Aspekte seiner Geschäfte betraf, niemals in der anderen Richtung. Sein letzter Satz kündete folglich eindeutig vom Ernst seiner Situation.

Unterdessen hatte Sven die Koffer bemerkt. Sein Gesicht war eine einzige Frage, was meinem Vater nicht entging.

»Ich hoffe, ich komme nicht ungelegen«, sagte er. »Pauline sagte, es ginge klar, sonst hätte ich mich woanders einquartiert.«

Da Sven immer noch ziemlich verständnislos dreinschaute, setzte mein Vater eilig hinzu: »Mein Haus wird saniert, also wollte ich das Angenehme mit dem Nützlichen verbinden und Britta ein paar Tage besuchen. Ich habe sonst so furchtbar wenig von meiner Tochter.«

»Das ist Ansichtssache«, sagte ich. Bevor ich erläutern konnte, was ich damit meinte – zum Beispiel hätte ich erwähnen können, dass ich mindestens einmal die Woche bei ihm vorbeischaute –, brach mein Vater in Gelächter aus, ganz so, als hätte ich einen hervorragenden Witz gemacht.

Sven schaute auf seine Armbanduhr. »Ich fürchte, ich muss los. Termine.«

»Du hast nichts dagegen?«, fragte ich irritiert.

Er musterte mich erstaunt. »Was meinst du?«

»Na das hier.« Ich deutete auf die Koffer.

Sven runzelte die Stirn. »Ich bitte dich. Er ist dein Vater.«

Fehlte noch, dass er hinzufügte *Mi casa es su casa* oder Ähnliches, das mein Vater problemlos zu seinen Gunsten hätte auslegen können.

Mein Vater verfolgte mit hochgezogenen Brauen, wie Sven seinen Aktenkoffer nahm und zur Haustür ging.

Sven lächelte mich an. »Bis später dann. Essen wir wieder zusammen zu Abend?«

»Gerne«, sagte ich überrumpelt und seltsam atemlos.

Er nickte meinem Vater freundlich zu, dann war er draußen.

»Ein bemerkenswert gut aussehender junger Mann. Er hat das Haus hier gekauft? Muss ein wirklich hervorragend situierter Typ sein.«

»Wenn du versuchst, ihn anzupumpen, lernst du mich von einer anderen Seite kennen!«

Mein Vater lachte und kniff mich in die Wange. »Meine kleine Kratzbürste! So warst du schon als Kind! Immer heftig gefaucht, wenn dir was gegen den Strich ging, aber wenn man dich gestreichelt hat, warst du sanft wie ein Lämmchen!« Als ich einen Schritt zurückwich, wurde er ernst. »Was ist eigentlich passiert?«, fragte er.

»Ich habe keine Ahnung, was du meinst.«

»Lüg deinen alten Vater nicht an!«

»Vielleicht sollte mein alter Vater erst mal aufhören, *mich* anzulügen!«

»*Touché.* Ich verspreche es.« Er sagte es in einem Ton, den man um ein Haar für reuevoll hätte halten können, wenn da nicht dieses unverbesserliche Funkeln in seinen Augen gestanden hätte. »Und jetzt erzähl mir endlich, was los ist.

Wieso bist du noch hier? Ich war bei Thomas, weil ich dachte, dass du zu ihm gezogen bist. Wieso hast du deine Pläne geändert?«

»War er zu Hause?«, fragte ich anstelle einer Antwort unbehaglich.

Mein Vater nickte abfällig. »Ja, er sagte, ihr hättet euch getrennt, aber er wolle nicht drüber reden. Wenn ich es genauer wissen wolle, müsse ich dich selber fragen.« Er zuckte mit den Schultern. »Hier bin ich. Und frage dich.«

»Ich möchte nicht drüber reden.«

Er seufzte. »Das respektiere ich. Wohin soll ich meine Koffer bringen?«

Ich war versucht, ihn mit seinem Kram in den Keller zu verbannen, aber dann sah ich den Ausdruck in seinen Augen, und ich erkannte hinter seiner zur Schau getragenen Zuversicht, wie kläglich er sich tatsächlich fühlte. Einen Moment lang verspürte ich das Bedürfnis, ihn in den Arm zu nehmen und ihm zu versichern, dass alles gut werden würde, fast so, als wäre er das Kind und ich die Mutter. Aber dann dachte ich an Stan und Olli, die jetzt in meinem Elternhaus hockten und womöglich sonst was damit anstellten. Vielleicht soffen sie Wodka aus Flaschen, so wie Dorothee, nur dass sie nach altrussischer Sitte die leeren Buddeln über die Schulter schmissen, und zwar mangels Kamin direkt gegen die Wand.

Während ich mit meinem Vater nach oben ging, überlegte ich, Pauline von dem ganzen Vorfall zu informieren. Wozu war sie bei der Polizei? Doch dann schlug ich mir diese Idee gleich wieder aus dem Kopf. Kein Mensch wusste wirklich, wie gefährlich diese Burschen waren. Mein Vater, der normalerweise nicht gerade ein furchtsamer Mensch war, schien ziemlich Manschetten vor den beiden zu haben. Wenn ich

Pauline da mit reinzog, konnte das ungeahnte Konsequenzen haben. Womöglich würde sie versuchen, die beiden kurzerhand dort rauszuschmeißen, schon allein meinem Vater zuliebe. Ich hatte nicht das Recht, sie in Gefahr zu bringen. Ganz zu schweigen davon, dass irgendetwas in mir sich dagegen sträubte, meinen Vater auf diese Weise vor ihr zu entlarven. Bei näherem Hinsehen war es verrückt, ihn in diesem Punkt schonen zu wollen. Es wäre nur angebracht gewesen, Pauline reinen Wein einzuschenken, was seine Machenschaften betraf. Aber im Moment wollte ich es nicht. Der Himmel mochte wissen, warum.

Stattdessen beschloss ich, meine Zelte in ihrem Zimmer aufzuschlagen, solange mein Vater hier logierte. Wenn sie ihm schon so großzügig ein Bleiberecht gewährte, musste sie auch die Konsequenzen mittragen. Irgendwo musste ich ja schlafen. Im Erdgeschoss war das nicht möglich, weil da gebaut wurde und ab nächste Woche Mandanten ein- und ausgehen würden, und im Dachgeschoss war Sven dabei, sich häuslich einzurichten. Blieben also nur entweder Paulines oder Annabels Zimmer.

Ich war bereits mit einem Arm voll Klamotten auf dem Weg in Paulines Zimmer, aber als ich vor ihrer Tür ankam, disponierte ich um, machte auf dem Absatz kehrt und brachte mein Zeug stattdessen bei Annabel unter. Es wäre Pauline recht geschehen, ihr Zimmer mit mir teilen zu müssen, aber ihre Dienstzeiten waren dermaßen unmöglich, dass ich keine Lust hatte, diesen Nachteil auch noch in Kauf zu nehmen. Sie hatte Nachtschichten, Frühschichten und Nachmittagsschichten und entsprechend unregelmäßige Schlafgewohnheiten, ganz abgesehen davon, dass sie manchmal mitten in der Nacht zu einem Einsatz gerufen wurde, wenn sie Bereitschaftsdienst hatte. Davon wurde ich sogar manchmal wach, auch ohne mit ihr in einem Zimmer zu schlafen.

Nein danke. Meine Nächte waren momentan auch so schon unruhig genug, also würde ich bis auf weiteres bei Annabel Unterschlupf finden. Sie hatte ein Sofa, das man zum Bett ausklappen konnte, viel mehr brauchte ich nicht an Komfort. Ich befürchtete nicht, dass sie etwas gegen dieses Arrangement einwenden könnte, im Gegenteil. Annabel hatte es schon von jeher toll gefunden, wenn Leute mit ihr im selben Zimmer übernachteten. Schon während unserer Schulzeit hatten wir unzählige Pyjamapartys bei ihr gefeiert, viel mehr als woanders.

»Übrigens, im Badezimmer gibt es keinen Schlüssel«, sagte ich, während ich einen Wäschekorb mit Handtüchern, Nachthemden, Jeans und Socken an meinem Vater vorbeischleppte. »Du musst also anklopfen, bevor du reingehst.«

»Kein Problem, mein Schatz.«

Auch das war Ansichtssache. Auf lange Sicht war das Ganze natürlich keine Lösung. Ich dachte gar nicht daran, das mehr als eine oder zwei Wochen mitzumachen. Bis dahin musste ich zwei Dinge erledigen: erstens, eine neue Bleibe für mich, Pauline und Annabel suchen, und zweitens, irgendwie dafür sorgen, dass die Russen aus meinem Haus verschwanden, damit mein Vater wieder reinkonnte.

Den ersten Punkt sah ich nicht als grundsätzliches Problem an. Jetzt, da wir nicht mehr so unter Zeitdruck standen und in Ruhe Ausschau halten konnten, müsste es schon mit dem Teufel zugehen, wenn wir nicht innerhalb kürzester Zeit etwas Passendes fanden. Pauline und Annabel konnten sich unmöglich ernsthaft einbilden, bis in alle Ewigkeit kostenlos hier im Haus dieses Juristen wohnen zu können, dessen Motive als Gastgeber nach wie vor absolut im Dunkeln lagen.

Die Ideallösung wäre, so überlegte ich mir als Nächstes, wenn wir drei in mein Haus ziehen könnten. Nachdem mein Vater nun schon mal draußen war, drängte sich diese Idee geradezu auf. Er konnte ebenso gut in ein Apartment ziehen, wozu brauchte er als Alleinstehender noch ein Haus, zumal er keinerlei Skrupel hatte, eben jenes Haus – das ihm nicht mal gehörte – bereitwillig an irgendwelche wildfremden Leute abzutreten?

Dieser Gedanke führte mich nahtlos zum zweiten Punkt, der mich allerdings vor ungeahnte Schwierigkeiten stellte, die mein ohnehin schon durcheinandergewirbeltes Leben komplett auf den Kopf stellten. Stan und Olli hatten auf mich nicht gerade den Eindruck gemacht, als sei mit ihnen gut Kirschen essen. Ganz im Gegenteil, sie schienen von echtem Gaunerkaliber zu sein.

Ich versuchte gar nicht erst, die Wut zu unterdrücken, die sich bei dem Gedanken in mir zusammenballte, dass diese Typen womöglich in meinem alten Zimmer pennten. Wie hatte mein Vater mir das nur antun können! Wieso ließ er sich immer auf solche blöden, gefährlichen Spielchen ein, mit Leuten, die ihm dreist das Geld aus der Tasche zogen und dann auf Nimmerwiedersehen verschwanden!

Während ich meine Habseligkeiten in Annabels Zimmer verstaute, besichtigte mein Vater das Haus. Er hatte sich nicht damit aufgehalten, seine Sachen auszupacken, sondern hatte einfach die Koffer neben meinem Bett abgestellt und sich dann angeschickt, den Fortgang der Arbeiten im Erdgeschoss und unterm Dach zu begutachten.

Ich schnappte mir meine Digitalkamera und packte in meinem Zimmer ein paar Sachen in eine Kiste, die ich in den Garten schleppte, um dort Fotos zu machen.

Die alte Birke, die unter meinem Schlafzimmer stand, bildete mit ihrem schön gemaserten Stamm und dem Polster aus Moos und Gras rund um das Wurzelwerk eine zauberhaft natürliche Kulisse für ein paar Detailaufnahmen. Auf einem zartgelben Stoffviereck aus Samt arrangierte ich zunächst eine Idee für *Brautkranz und Schleier,* ein Gebinde aus Efeu und Teerosen – natürlich beides künstlich –, kombiniert mit einer Wolke aus duftigem Tüll und Klöppelspitze. Als Alternative dazu breitete ich als Nächstes auf rosa Samt und bauschiger weißer Seide meinen zweiten Modellentwurf aus, bestehend aus unterschiedlich großen lachsfarbenen Landrosen in einem Geflecht aus Schleierkraut.

Die Fotos verfolgten keineswegs den Zweck, eine verbindliche Auswahl festzulegen. Zum einen hatte die Hexe Serena sicherlich eigene Vorstellungen und vermutlich einen Coiffeur, der mit seinen Kreationen sicher die kühnsten Erwartungen übertraf. Zum anderen hatte ich selbst nicht die geringste Lust, dieser Ziege auch noch den Brautkranz zu binden. Darum sollten sich gefälligst andere kümmern.

Die Fotos, die ich in das Exposé aufnehmen wollte, dienten einzig und allein dazu, das Ganze aufzumöbeln und meinen Listen einen professionellen, stimmungsvollen Anstrich zu verleihen. Davon abgesehen, wusste ich immer noch nicht, ob ich überhaupt Lust hatte, *irgendetwas* für diese Hochzeit zu planen. Was das betraf, war ich immer noch im Zwiespalt. Annabel hatte ich heute noch nicht gesehen, sie war schon ziemlich früh zur Arbeit gegangen. Wenn sie nicht mit sehr überzeugenden Argumenten für ihr angedachtes Rachekomplott nach Hause kam, würde ich Marie-Luises Auftrag mit Sicherheit ablehnen. Oder wenigstens höchstwahrscheinlich, schränkte ich sofort in Gedanken ein. Nicht etwa, weil ich übertrieben geldgeil war, das nicht. Aber zwölftausendfünfhundert Euro waren nicht gerade wenig, und tausend Euro waren fürs Erste auch nicht schlecht. Deshalb würde ich das Exposé schon mal auf jeden Fall machen. Mein Kopf quoll über vor Ideen, und warum sollte ich für zwei Tage Arbeit nicht mal eben die Kohle mitnehmen?

Ich suchte mir eine andere Stelle im Garten, wo ich eine Auswahl von Ringen knipste, ebenfalls auf Samt. Der Juwelier, mit dem ich zusammenarbeitete, hatte mir dankenswerterweise ein paar hübsche Stücke aus seiner Kollektion als Leihgabe überlassen, genau wie das piekfeine Haushaltsfachgeschäft, bei dem ich ein paar sündhaft teure Porzellangedecke, eine kleine Besteckauswahl und diverses edles Tafeldekor nebst Servietten abgestaubt hatte. Alles zweite Wahl, aber das sah auf den Fotos ja keiner.

Nachdem ich mit den Ringen fertig war, packte ich alles wieder zusammen, um ins Haus zurückzumarschieren und in der Küche oder einem anderen ungestörten Fleckchen ein Modell für eine Tischeindeckung zu knipsen. Danach würde ich mich daranmachen, ein paar Märchenmotive ins Bild zu setzen, wofür ich mir jedoch zuerst in der Stadt neues Material besorgen musste.

»Einen schönen guten Tag«, sagte eine nuschelige Stimme schräg hinter mir.

Hermann Habermann stand am Gartenzaun, einen Bunsenbrenner in den Händen. Zum Schutz seiner Augen hatte er sich eine Taucherbrille über den schwitzenden Kopf gezerrt, die momentan hoch oben auf seiner Stirn klebte. Er trug Shorts von undefinierbarer Farbe und Badelatschen, die so aussahen, als würden sie im nächsten Augenblick der totalen Verrottung anheimfallen.

Vor ihm stand auf einer Art Arbeitstisch eine Reihe dubioser Gefäße, von denen manche wie Reagenzgläser, andere wie Vorratsbehältnisse aus dem Chemielabor aussahen. Ein schwefeliger Gestank wehte zu mir herüber, eine Art Atemhauch aus der Hölle.

»Guten Morgen«, erwiderte ich seinen Gruß.

In ein paar Metern Entfernung lag Dorothee im Liegestuhl. Sie war fünfundvierzig und mit ihren knapp einsfünfzig etwa so breit wie hoch. Wie immer trug sie einen Sarong, der ihre Schultern und ihre fetten Arme frei ließ, obwohl wir kaum zwanzig Grad hatten. Genau wie Hermann war sie absolut kälteresistent. Sie legte sich in die Sonne, wenn andere Leute noch im Auto die Heizung anmachten.

Mit der Grazie eines Elefanten wuchtete sie ihre schätzungsweise hundert Kilo aus dem Liegestuhl hoch und strich sich die feuerroten Haare aus dem Gesicht. Sie sah genauso ölig aus wie Hermann, nur dass es bei ihr von der Sonnenlotion kam und sie daher etwas sauberer wirkte als ihr Mann. Dafür war sie vermutlich bereits um diese Tageszeit abgefüllt bis zur Krempe ihres Sonnenhuts, den sie gerade aus dem Gras klaubte und sich aufs Haupt drückte.

»Hi, Britta.«

Anders als Hermann hatte sie mich von Anfang an geduzt, mit der Begründung, dass wir ja ungefähr im selben Alter wären und überhaupt.

»Hi, Dorothee. Wie geht's?«

»Gut«, sagte sie und rülpste. »Ich muss nur etwas aufpassen, wenn ich hier draußen sitze. Rothaarige kriegen schnell Sonnenbrand.«

Ihre Stimme klang ganz normal, obwohl die Wodkaflasche, die unterm Liegestuhl lag, nur noch halb voll war. Pauline hatte mal erzählt, dass richtig eingefleischte Alkoholiker nicht wirklich betrunken werden könnten, jedenfalls nicht in dem Sinne, dass sie zwangsläufig anfingen zu lallen oder zu torkeln.

»Die saufen einfach, bis sie ihren Pegel haben«, hatte sie zu dem Thema gemeint, »dann sind sie normal. Dann saufen sie weiter, bis sie zu sind, dann verlieren sie das Bewusstsein.«

Ich hatte keine Ahnung, ob das zutraf, aber was Dorothee Habermann anging, schien es zu stimmen. Egal, wie voll oder wie leer die Flasche war, die sie mit sich herumtrug – man merkte ihr nie etwas an.

»Wie war die Hochzeit?«, wollte sie wissen.

»Toll«, sagte ich wahrheitsgemäß.

»Und die Feier hinterher?«

»Die war im *Goldenen Kalb*.«

»Wieso ist Annabel nicht zu ihrem Schnucki gezogen? Hab sie heute früh aus dem Haus kommen sehen, genau wie immer. Und wolltest du nicht auch zu deinem Schnucki ziehen? Wolltet ihr nicht *überhaupt* alle ausziehen?«

»Ach, das verschiebt sich noch ein bisschen.« Stirnrunzelnd betrachtete ich die Wodkaflasche. Anscheinend brachte das Zeug Dorothees Verstand eher auf Touren als ihn zu benebeln.

»Süßer Typ, dem jetzt das Haus hier gehört«, meinte Dorothee.

»Ich muss dann los.« Ich setzte mich in Bewegung.

»Nette Ballerei hier vor ein paar Tagen«, sagte Dorothee. »Hätte um ein Haar direkt eins auf die Mütze gekriegt. Und der neue Eigentümer auch.«

Widerwillig blieb ich stehen.

»Einer von den Querschlägern steckt noch vorne im Zaunpfosten«, bestätigte Hermann. »Hätte fast Ihrem Schnucki den Kopf weggepustet. Den Reifen hat's weggesprengt wie bei 'ner Rohrbombe, sah stark aus.« Bei den letzten drei Worten spritzte mit jedem *S* eine Fontäne von Spucke aus seiner Zahnlücke hervor. »Der Anwalt ist sofort wieder abgehauen, als er das mitgekriegt hat.« Hermann grinste mich fröhlich an. »Und Rudi ist auch da, gell?«

Ich starrte ihn an. »Kennen Sie meinen Vater? Wussten Sie das schon vorher?« Mir war seine komische Andeutung von gestern wieder eingefallen.

»Rudi? Woher kennen wir Rudi eigentlich?« »Oleg hat ihn mitgebracht. Er ist echt nett.« »Welcher Oleg?«, fragte ich, obwohl ich es natürlich längst wusste.

»Na, dieser nette Russe. Geschäftspartner von uns.« Hermann gestikulierte mit einem Reagenzglas. »Dieser kleine Fettwanst? Den findest du *nett?*« Er war außer sich. »Was, bitte schön, ist an dem nett?« Ich war schon auf dem Weg ins Haus.

*

Ich überlegte gerade, ob ich mir in der Küche noch schnell frischen Kaffee kochen sollte, bevor ich in die Stadt fuhr. Heute Morgen hatte ich noch nichts gegessen, und langsam meldete sich bei mir der Hunger. Doch die Aussicht, mich dann zum Frühstücken mit meinem Vater zusammenzusetzen und mich möglicherweise seinen Fragen zum Hergang der Hochzeitsnacht stellen zu müssen, hielt mich davon ab. Ich konnte genauso gut in der Stadt frühstücken. Oder sogar besser. Eindeutig besser.

Seit einiger Zeit hatte sich nämlich im Erdgeschoss ein stechender Gestank ausgebreitet, der rasch stärker wurde. Im Wohnzimmer war unter den zupackenden Händen der Arbeiter alles verschwunden, was an Material und Werkzeug herumgelegen hatte, und nun waren ein paar von den Männern dabei, das Parkett zu versiegeln. Der Lack roch so durchdringend, dass es mir die Tränen in die Augen trieb.

»Sie dürfen dann zwei Tage nicht drauf rumlaufen«, sagte der Chef der Truppe zu meinem Vater.

»Ich dachte immer, es wären drei Tage«, sagte mein Vater.

»Der Lack ist von einer schnell trocknenden Sorte.«

»Wunderbar. Ich habe ein Auge drauf. Sie haben gut gearbeitet. Schnell und effektiv.«

»Danke.«

Mein Vater verstrickte den Mann von der Parkettfirma in ein Gespräch über Holz und Kleber und Lacke, während ich meine Handtasche holte und dabei hoffte, dass er nicht versuchte, mit dem armen Kerl irgendwelche Geschäfte zu machen.

Als es klingelte, glaubte ich, es seien weitere Handwerker. Ich riss die Haustür auf und trat vorsichtshalber einen Schritt zur Seite. Meist kamen die Arbeiter mit riesigen Koffern voller Werkzeug oder schweren Holz- und Metallteilen ins Haus gestürmt, da tat man gut daran, nicht im Weg zu stehen.

Der Mann, der mit einer schweren Kiste in den Armen vor mir stand, war ebenfalls ein Handwerker, wenn auch nicht vom Bau.

»Hallo«, sagte Klaus mit hochrotem Gesicht. Schweiß perlte auf seiner Stirn, und in seinen Augen stand ein ängstliches Flehen, das es mir unmöglich machte, ihm die Tür vor der Nase zuzudonnern.

»Was willst du hier?«, fragte ich abweisend.

»Ich bringe was zu essen«, sagte er demütig. »Ich dachte, jetzt, wo so viele Leute hier im Haus sind, könnt ihr es brauchen.«

»Woher weißt du, dass so viele Leute hier im Haus sind?«

»Ach, ahm...« Sein Blick irrte ab, in Richtung Nachbargrundstück. Klar, Hermann und Dorothee. Die beiden waren immer für eine kleine Zusatzinformation gut.

Hungrig starrte ich auf die große Pappkiste, die Klaus an seine Brust gedrückt hielt. Ich sah frisch abgepackten Truthahnaufschnitt, meine Lieblingssorte. Daneben und gut sichtbar lagen Bündner Fleisch, Seranoschinken, Leberpastete mit Preiselbeeren, hauchzart geschnittenes Roastbeef. Das war nur die obere Schicht. Darunter lugte, gut eingeschweißt, eine Lage feinster Fleischwaren hervor. Steaks über Steaks. Was in der Kiste lag, war unter Brüdern mindestens dreihundert Euro wert. Bei guter Kühlung würde es sich einige Zeit halten. Wir würden Tag für Tag schlemmen können wie die Könige. Ohne dafür auch nur einen müden Euro auszugeben. Vielleicht nicht das Schlechteste, in Anbetracht der Tatsache, dass ich möglicherweise noch viel Geld brauchte, um meinem Vater ein grausiges Schicksal zu ersparen. Wenn es zum Schlimmsten kam, waren vielleicht nicht mal die Zwölffünf als Lösegeld für mein Haus ausreichend.

»Annabel ist nicht da«, sagte ich widerstrebend.

»Ich weiß«, flüsterte Klaus mit gesenktem Kopf. »Sonst hätte ich mich nicht hergetraut.«

»Und jetzt denkst du, dass du mal eben als Zeichen deines guten Willens ein paar Würste vorbeibringst, und dann ist wieder alles in Ordnung?«

»Nein.« Er sah aus, als wäre jemand gestorben, der ihm sehr nahestand. »Ich erwarte nicht, dass alles wieder in Ordnung ist. Ich verstehe es voll und ganz, wenn sie mir das nie verzeihen kann. Ich habe damals schon nicht verdient, dass sie mir verziehen hat. Ich bin das letzte Schwein.«

»Komm rein«, sagte ich, bevor er mit dem Karton wieder abziehen konnte. Was schadete es, wenn er die vielen guten Sachen hierließ? Manche Dinge musste man eben trennen können. Die guten von den schlechten. »Stell's einfach in die Küche.«

Er tat es und sah dabei so mitleiderregend aus, dass ich es nicht schaffte, ihn einfach so wieder rauszuschmeißen. Wem tat es weh, wenn ich ein paar Takte mit ihm redete? Mir bestimmt nicht, und Annabel war nicht da. Sie musste es gar nicht erfahren.

Und Klaus konnte, nachdem er schon hier war, vielleicht das eine oder andere erzählen. Über Serena zum Beispiel. Möglicherweise wusste er Genaueres über sie und Thomas.

»Setz dich«, sagte ich. »Ich wollte sowieso gerade Kaffee kochen.«

Sein Gesicht leuchtete förmlich vor Dankbarkeit. »Ich packe lieber das Fleisch in den Kühlschrank.«

Er schaffte es, alles auf zwei Etagen zu verstauen, dafür war der Kühlschrank hinterher so voll, dass die Tür kaum noch zuging. »Wenn du willst, kann ich euch gleich was fürs Mittagessen machen.«

»Das ist vielleicht keine so gute Idee«, sagte ich. »Bei all den Handwerkern, die hier im Haus sind. Es wäre nicht nett, denen die Zähne lang zu machen und leckere Steaks zu futtern, während sie arbeiten.«

In Wahrheit dachte ich eher an meinen Vater. Wenn es hier im Haus nach gebratenem Fleisch roch, würde er binnen dreißig Sekunden auf der Matte stehen, egal in welchem Winkel er sich gerade befand. Und wenn er erst hier war, würde ich Klaus nicht mehr über Thomas und Serena ausfragen können.

Ich setzte Kaffee auf und stellte zwei Tassen auf den Tisch. Während die Kaffeemaschine vor sich hingurgelte, überlegte ich, dass ein leckeres Frühstücksbaguette, zum Beispiel mit Truthahnaufschnitt, kaum Geruch entfaltete. Außerdem war ja da noch das stinkende Parkett, das überdeckte jedes Essensaroma zuverlässig.

»Magst du auch was?«, fragte ich Klaus, während ich in der Speisekammer nach den Brotresten von gestern Abend fahndete.

»Nein, danke. Ich kann in den letzten Tagen nichts runterkriegen.«

Ich wurde fündig und legte das halbe Baguette, das vom Abendessen noch übrig geblieben war, auf die Anrichte. Während ich Wurst und Butter aus dem Kühlschrank holte, warf ich Klaus einen prüfenden Blick von der Seite zu. Tatsächlich schien er einiges abgenommen zu haben. Ausgemergelt sah er nicht gerade aus, aber auch nicht mehr so füllig wie noch vor ein paar Tagen. Es stand ihm nicht schlecht, wenn er etwas schlanker war, obwohl Annabel immer betont hatte, ihn genau so zu mögen, wie er eben war – mit ein paar Pfündchen zu viel. Es hatte ihr nichts ausgemacht, dass er in den letzten Jahren um die Mitte herum kontinuierlich zugelegt hatte.

»Sonst wäre er doch kein richtiger Metzger«, hatte sie häufig gesagt.

Lieber Himmel, warum hatte das alles passieren müssen? Die beiden waren einfach füreinander bestimmt gewesen. Die süße, mädchenhafte Annabel und der kernige, bodenständige Klaus. Ein echtes Traumpaar. Schon als Teenies hatten sie ständig zusammengegluckt, nichts und niemand hatte sie trennen können, diese erste, wunderbare, große Liebe. Bis Serena kam, sah und siegte. Mit ihren Monstertitten und ihren unschlagbaren Fellatiotechniken.

Ich klatschte mir eine Scheibe Truthahnwurst auf das aufgeschnittene Baguette und legte es auf einen Teller. Mit einem Mal fand ich es nicht mehr besonders appetitanregend.

Der Kaffee war fertig. Ich goss die Tassen voll, stellte Milch und Zucker dazu und setzte mich zu Klaus an den Tisch.

Nachdem ich einmal in das Sandwich gebissen hatte, legte ich es wieder weg. Der Hunger war mir vergangen. Ich trank von meinem Kaffee und stellte die Tasse ab, während ich Klaus offen ins Gesicht sah. »Was ist dran an dieser Frau?«

Er fuhr kaum merklich zusammen, aber er versuchte nicht, meinen Blicken auszuweichen.

»Ich habe lange darüber nachgedacht«, sagte er mit schleppender Stimme. »Aber mir ist nicht viel eingefallen.«

»Du hast sie seit damals nie wirklich vergessen, oder?«

Er dachte kurz nach, dann nickte er. »Das stimmt wohl. In gewisser Weise ist sie jahrelang durch meine Träume geistert. Es war schon so, als sie damals in der Zwölften zu uns in die Klasse kam. An ihr war so etwas wie... Sie bewegte sich immer so eindeutig, und ihre Blicke... Es war wie eine einzige Aufforderung. Eine Versuchung. Und dann dieser Abend, beim Abiball... Ich weiß nicht, wie ich es ausdrücken soll, aber sie hat mir irgendwie im Blut gesteckt. Wie ein Virus. Ein böser, nicht auszurottender Virus.«

Ja, das traf es, dachte ich sofort. Ihr Name war Programm. Sie war eine Sirene, eine schöne, Verderben bringende Sirene, besonders in der tödlichen Kombination mit zu viel Alkohol. Und wen sie in ihren Bann gezogen hatte, den hielt sie auf unheilvolle Weise weiterhin gefangen, auch wenn sie längst wieder ihrer Wege gegangen war.

»Es gab nie eine andere Frau für mich als Annabel«, gestand Klaus.

»Du meinst, du hast immer nur sie geliebt?«

»Natürlich. Aber das ist es nicht allein. Ich meine, sie war die Einzige. Immer.«

»Du hast außer ihr nie mit einer anderen...?«

»Nie. Kein einziges Mal. Nur die beiden Male mit Serena. Aber das war... Na ja...«

Ich sah ihm an, was er dachte. Nichts Richtiges. Nur ein untauglicher Versuch, im Ansatz erstickt von unerwartet hereinplatzenden Besenkammerbesuchern. Nur zwei Minuten erfolgloser Sex ohne richtigen Vollzug.

Aber ausreichend, um Annabel zweimal das Herz zu brechen.

Klaus räusperte sich. »Dieser Neue...« Er rang nach Worten. »Hat sie... Sind sie...«

Jetzt hätte ich ihm mit Leichtigkeit den ultimativen Gnadenstoß versetzen können, doch natürlich brachte ich es nicht fertig.

»Nein«, sagte ich ehrlich.

Er stieß erleichtert die Luft aus und trank einen Schluck von seinem Kaffee.

»Aber sie findet ihn total klasse«, fuhr ich schonungslos fort.

Er spie eine Ladung Kaffee quer über den Tisch, und ich hatte Glück, dass nichts davon auf mein T-Shirt spritzte.

Er sah aus, als hätte ihm soeben jemand verkündet, dass er sich zum Kastrieren ruhig schon mal ganz vorne anstellen sollte.

Klar, ich hätte es ihm nicht erzählen müssen. Aber es war nun mal die Wahrheit, da gab es kein Vertun. Sollte ich vielleicht zusehen, wie er übermütig wurde, nur weil Annabel und Sven noch nichts miteinander laufen hatten? Am Ende bildete Klaus sich noch ein, er könnte da weitermachen, wo er und Annabel aufgehört hatten. Da hatte er sich geschnitten. Die Flitterwochen waren vorbei.

»Hast du eigentlich noch Kontakt zu ihr?«, fragte ich angelegentlich.

Er schaute mich mit waidwundem Gesichtsausdruck an. »Sie will doch nicht mit mir reden.«

»Ich meinte jetzt eigentlich nicht Annabel.«

»Oh.«

»Ja, oh. Hast du nun oder hast du nicht?«

Er schüttelte trostlos den Kopf.

»Was ist?«, wollte ich wissen. »Macht es dich fertig, dass sie sich nicht bei dir meldet, oder was?«

»Ja!«, rief Klaus wütend und gekränkt aus. »Natürlich macht es mich fertig. Wieso musst du noch Salz in meine Wunden streuen? Du weißt doch, dass ich sie bis zum Wahnsinn liebe!«

»Mensch, ich rede nicht von Annabel, muss ich das denn zehnmal sagen!?«

»Ach so.« Er wirkte verblüfft. »Ach so«, wiederholte er dann, diesmal leiser. Dann schüttelte er den Kopf. »Glaubst du etwa, ich will sie noch mal wiedersehen? Lieber würde ich sterben!«

»Du meinst also, du bist endgültig von ihr kuriert?«

Er nickte nicht und sagte auch nichts, sondern schaute mich nur an. »Zweifelst du daran?«

»Na ja«, sagte ich. »Vor acht Jahren hast du auch gesagt, es wäre nur ein einmaliger Ausrutscher gewesen.«

»Damals war ich ein Junge.«

»Und heute bist du ein Mann. Letzte Woche warst du auch schon einer. Sogar ein frisch verheirateter. Aber es ist trotzdem wieder passiert.«

»Der Vorteil, dass ich jetzt älter bin, besteht darin, dass ich die Konsequenzen meines Handelns besser überschaue«, sagte Klaus würdevoll.

Ich betrachtete ihn zweifelnd. »Ach? Und warum konntest du es letzte Woche nicht?«

»Ich meine das Ganze eher auf die Zukunft bezogen.« Er wirkte jetzt wieder ziemlich verzweifelt. »Ich weiß auch nicht, wie ich es dir begreiflich machen soll! Ich spüre es einfach bis in mein tiefstes Inneres, dass es nie, nie, *nie* wieder vorkommen wird!«

Die Art, wie manche Männer über ihr tiefstes Inneres redeten, stürzte mich nicht gerade in einen Taumel der Begeisterung, auch diesmal nicht. Überhaupt – für ihn war es leicht, Stein und Bein zu schwören, nie wieder fremdzugehen. Aber bekanntlich machten ja die Gelegenheiten erst Diebe, folglich konnte ich nicht viel auf seine Versprechungen geben. Außerdem gingen sie mich nichts an. Wenn er sie jemandem vorbeten sollte, dann höchstens Annabel. Und die hatte daran vermutlich genauso viel Interesse wie ich – nämlich gar keines.

»Kommen wir auf Serena zurück«, sagte ich.

»Ich will nicht mehr über diese Person reden. Ich möchte was über diesen Kerl erfahren.«

»Erst, wenn wir die Sachen geklärt haben, die ich wissen will.«

Klaus seufzte ergeben. Anscheinend wagte er nicht, sich etwaige Sympathien zu verscherzen, mithilfe derer er sich möglicherweise einen besseren Stand bei Annabel verschaffen konnte, und sei die Chance auch noch so mager.

»Also gut. Frag halt, was du wissen willst.«

Ich nahm mein Truthahnsandwich und biss davon ab.

Eigentlich schmeckte es doch ganz gut, auch wenn es mittlerweile sogar hier in der Küche trotz geschlossener Tür nach Parkettlack stank wie die Hölle.

»Weißt du«, begann ich nachdenklich. »Eigentlich habe ich im Moment nur eine Frage...«

※

In der Stadt besorgte ich nach einigem Herumstöbern in der Kurzwarenabteilung des örtlichen Kaufhauses eine Reihe von Artikeln, die ich für mein Märchendekor benötigte. Glitterstoff, ein Reststück roten Samt, etwas weißen Plüsch. Viel Geld gab ich nicht dafür aus, ich wollte ja nur ein paar Teaser-Fotos machen, keine fertige Hochzeitskulisse erstellen.

Anschließend holte ich mir in einer Bäckerei eine Puddingbrezel, die ich im Weitergehen verzehrte, während ich mal hier, mal da stehen blieb und die Schaufensterauslagen betrachtete. Ich schlenderte mit meiner Tüte die Hauptstraße entlang, vorbei an den Schuhgeschäften und Boutiquen, in denen ich mich schon in meiner Jugend mit Outfit eingedeckt hatte. Seit damals hatte sich hier nicht viel verändert. Drüben an der Ecke gab es noch dasselbe Café, gegenüber dieselbe Apotheke, daneben das Ärztehaus und zwei Gebäude weiter die Buchhandlung. Keine zwanzig Meter entfernt, auf der anderen Seite des Marktplatzes, befanden sich die Metzgerei Wagenbrecht und das ehemalige Büro von *Brittas Brautbüro*, doch ich weigerte mich, auch nur einen einzigen Blick in diese Richtung zu werfen. Klaus hatte mir heute Vormittag mehr als einmal inbrünstig ans Herz gelegt, doch meinen Betrieb weiter in seinem Haus zu führen, er würde sogar noch mit der Miete runtergehen.

Einen Moment war ich ernsthaft in Versuchung gekommen, zumal die Miete sowieso schon lächerlich niedrig gewesen war, doch in dem Punkt war meine Solidarität mit Annabel stärker. Nie würde ich ihr auf diese Art in den Rücken fallen. Es war schon schlimm genug, wenn sie heute Abend seine Mitbringsel im Kühlschrank fand.

Ich hatte mir bereits eine kleine Notlüge zurechtgelegt, etwas in der Art wie *Und plötzlich war er da und hat es mir in die Hand gedrückt. Was sollte ich tun, das ganze gute Zeug in die Mülltonne werfen?*

Dagegen konnte sie nicht viel einwenden. Sie mochte ein gutes Steak und leckere Wurst genauso gern wie wir alle. Und vielleicht hatte sie Spaß daran, für Sven noch mal was in die Pfanne zu hauen, anscheinend hatte es ihr gestern einige Befriedigung verschafft, ihn zu bekochen. Möglicherweise entwickelte sich auf diesem Wege noch was zwischen den beiden, vielleicht war er ein Mann, bei dem Liebe durch den Magen ging.

Im nächsten Moment verdrängte ich entschieden alle Gedanken ans Essen und überquerte die Straße, um schließlich vor der Buchhandlung stehen zu bleiben.

Zögernd starrte ich in die Auslagen, und tatsächlich, dort lag es. Es war nicht anders zu erwarten gewesen. Ein Buch wie dieses lag immer und überall an vorderster Stelle. Wahrscheinlich war ich sogar schon hunderte von Malen irgendwo dran vorbeigelaufen, ohne es richtig zur Kenntnis zu nehmen. Na ja, beim Lesen des Feuilletons war mir der Titel selbstverständlich schon mehrfach aufgefallen, schließlich hatte er monatelang ganz oben auf der Sachbuch-Bestsellerliste gestanden und stand dort immer noch. Was für mich selbstverständlich kein Grund gewesen war, das Buch zu kaufen.

Aber frau konnte ihre Meinung ja hin und wieder auch ändern, das war nicht verboten.

Kurz entschlossen ging ich in den Laden und steuerte den Tisch mit den Top-Ten-Ratgebern an, wo das von mir angepeilte Werk ebenfalls zu großen Stapeln aufgehäuft herumlag.

Zögernd streckte ich die Hand aus, um mir eines der Bücher zu nehmen. Es trug den aussagekräftigen Titel *Die perfekte Liebhaberin,* Untertitel: *Sextechniken, die ihn verrückt machen.* Die Illustration sprach ebenfalls Bände, sie zeigte eine ekstatisch lächelnde Frau, die den Kopf von einem Typ umklammert hielt, der ihren Hals abknutschte.

An der Kasse stand eine Schlange. Ich stellte mich hinter einem Typ an, und als ich ihm über die Schulter schaute, konnte ich sehen, dass er ein ganz ähnliches Buch wie ich kaufen wollte. Es stammte von derselben Autorin und hieß *Der perfekte Liebhaber,* Untertitel *Sextechniken, die sie verrückt machen.*

Ein gutes Gefühl, nicht ganz allein auf der Welt zu sein. Anscheinend hatten auch andere das Bedürfnis, ihre Technik zu verbessern.

Dann sah ich den Typ vor mir im Profil und ließ das Buch fallen. Es knallte dem Typ auf die Füße, und er bückte sich, um es aufzuheben. Als er sah, wer hinter ihm stand, klappte ihm die Kinnlade runter.

»Hallo«, sagte Thomas.

»Hallo.« Zu meinem Verdruss klang meine Stimme nicht halb so schneidend und kalt, wie ich es mir gewünscht hätte, sondern eher piepsig von dem Schreck, ihn hier so unverhofft wiederzusehen.

Er sah, welches Buch ich in der Hand hielt, und wurde tatsächlich glühend rot. Sein eigenes Exemplar ließ er schamhaft zwischen den Handflächen verschwinden.

Ich besaß immerhin die Lässigkeit, mein Buch hochzuhalten. »Ein Geschenk für eine Hochzeit«, sagte ich cool.

»Für welche?«

»Nicht für deine. Dafür hätte ich dir eher *das* Buch da geschenkt.« Ich deutete auf seine um das Buch verschränkten Hände.

Er lachte misstönend. »Siehst du, ich wusste es! Du denkst,

ich bin beschissen im Bett! Das hast du immer gedacht! Nie hast du dir Mühe gegeben, mich vom Gegenteil zu überzeugen! Das war auch der Grund, warum ich oft nicht konnte!«

Die Frau an der Kasse hörte auf, Preise einzutippen, und als ich mich peinlich berührt umschaute, stellte ich fest, dass sich alle möglichen Hälse mitsamt Köpfen entlang der Regalwände wie bewegliche Blumenstängel in unsere Richtung gedreht hatten.

»Ich hatte seit Monaten bei dir keine richtige Erektion mehr!«, rief Thomas aus. In seine Augen war ein fiebriger Glanz getreten, er starrte mich an wie ein hypnotisiertes Karnickel. »Ich habe gespürt, dass du ihn zu klein und zu schlapp fandest und auch geschmacklich nicht mit ihm einverstanden warst!«

»Also Thomas...«

»Gib es doch zu! Gib doch einmal im Leben was zu!«

»Na gut«, sagte ich, die Blicke der Umstehenden mittlerweile wie Flammenwerfer in meinem Rücken. »Wenn du meinst.«

»Siehst du!«, rief er erregt aus. »Du fandest ihn zu klein! Ich wusste es doch! Aber ich sage dir, er ist *nicht zu* klein! Du hast mir immer diesen Eindruck vermittelt, und ich Blödmann habe es mir einfach gefallen lassen! Aber das stimmt gar nicht! Mir sind die Augen geöffnet worden, zum ersten Mal in meinem Leben! Für andere ist er gigantisch! Verstehst du? Gigantisch! Nicht ich war schlecht im Bett – du warst es!«

Die Frau an der Kasse kicherte schrill und verstummte wieder, während sie sich mit teils furchtsamen, teils sensationslüstern funkelnden Blicken im ganzen Geschäft umschaute.

Thomas kriegte es gar nicht mit, er war total von der Rolle. So außer sich hatte ich ihn noch nie gesehen, er benahm sich auf einmal wie ein völlig fremder Mensch. Oder genauer: wie jemand, der eine Art Offenbarung erlebt hatte, ein mythisches Wunder, wie einer dieser religiösen Derwische, die am Ende einer Wallfahrt ihr letztes bisschen kontrollierten Verstand verlieren. Ein beinahe irrer Ausdruck stand in seinen Augen.

»Ist ja gut«, sagte ich. »Ich glaube es dir. Für Serena bist du der Mann ihrer Träume. Sie heiratet dich. Was willst du mehr.«

Er richtete sich auf und schaute mich herablassend an. »Ich werde daran arbeiten, ihr ein adäquater Partner zu sein. Damit sie mich jede Nacht genauso will, wie ich sie will.«

Aha. Daher also das Buch.

»Ich will sie heiraten«, sagte er noch einmal, diesmal mit fanatisch glitzernden Augen.

»Meinen Segen hast du«, versicherte ich ihm hastig und ohne recht zu wissen, was ich da von mir gab.

»Danke. Ich hoffe, du nimmst es nicht persönlich.« Er drehte sich abrupt weg und wandte sich wieder zur Kasse um. Ich starrte seinen Rücken an und kämpfte das heftige Bedürfnis nieder, ihm meine Neuerwerbung über den Schädel zu ziehen. Hatte ich diesen Mann tatsächlich ernsthaft heiraten wollen? Hatte ich wirklich geglaubt, ihn genug zu lieben, um bis ans Ende meines Lebens mit ihm zusammenbleiben zu wollen?

Der Augenblick brannte sich mit größtmöglicher Klarheit in mein Hirn. Die Erkenntnis tropfte mit der Schärfe von Schwefelsäure in mir herab, *pok, pok, pok,* bis sie den Rhythmus meines Herzschlags annahm. Eine kalte Starre hatte sich meiner bemächtigt, und ich spürte, wie plötzlich alle möglichen Fäden aus meinem bisherigen Leben, die an dieser Stelle zusammenliefen, Stück für Stück entwirrt wurden und sich schließlich völlig auflösten.

Mit einem Mal schaute ich der nackten Wahrheit ins Gesicht. Das Bild von mir selbst, das ich über all die Jahre mit mir herumgetragen hatte, zerfiel in Fetzen von weißem Tüll und landete in derselben Ecke, in der schon das ungetragene Negligé vor sich hingammelte. Mein Hochzeitstraum, so begriff ich erst in diesem Moment wirklich, war die ganze Zeit ein Albtraum gewesen. Ein Kleinmädchen-Irrtum von Liebe, heiler Welt, goldenen Ringen und immerwährender Harmonie.

Und jetzt war er endgültig ausgeträumt, in jeder Beziehung. Nicht nur, was Thomas betraf – das hatte ich schon vorher kapiert –, sondern ganz allgemein. Was ich mir seit meinem zwölften Lebensjahr als die Erfüllung all meiner Wünsche ausgemalt hatte, war nichts weiter als schiere Verblendung gewesen. Die dämliche Illusion eines Kindes.

Heiraten, was bedeutete das schon. Eine Show, die Geld kostete. Mehr Schein als Sein und so überflüssig wie ein Kropf.

Stumm schaute ich zu, wie mein heiratswütiger Ex sein Buch bezahlte und ohne einen weiteren Blick zurück mit steifen Schritten den Laden verließ. Als ich selbst ebenfalls mit Bezahlen an der Reihe war, wich ich hartnäckig den neugierigen Blicken der Verkäuferin und der übrigen Kunden aus, anschließend verschwand ich mit größtmöglichem Tempo nach draußen und legte eine angemessene Entfernung zwischen mich und den Buchladen. Von Thomas war weit und breit nichts mehr zu sehen, er musste ebenso schnell das Weite gesucht haben wie ich.

An der übernächsten Ecke schnaufte ich erst mal kräftig durch und versuchte, den Vorfall zu verdauen. Meine innere Erstarrung legte sich allmählich, und ich begann, mir Gedanken über das zu machen, was Thomas, abgesehen von dem

Gelaber übers Heiraten, sonst noch gesagt hatte. Hatte er unsere Beziehung wirklich so empfunden? Hatte ich ihm tatsächlich das Gefühl gegeben, sexuell unzureichend zu sein? Hatte er *das* die ganze Zeit mit sich herumgeschleppt?

Warum, zum Teufel, hatte er dann zugestimmt, als ich ihn vor vier Monaten gefragt hatte, ob wir nicht heiraten könnten? Meine Güte, er hätte doch auch einfach Nein sagen können, oder?

Doch als ich diesen Gedankengang näher sezierte, kam ich darauf, dass es gar nicht so einfach war, Nein zu sagen. Wir hatten uns ja sonst in allen Punkten immer recht gut verstanden. Wir hatten nicht gestritten, uns nicht gegenseitig angeödet und mochten dieselbe Musik und dasselbe Essen. Das war viel mehr, als die meisten Paare für sich in Anspruch nehmen konnten. Im Grunde hätten wir ganz gut zusammengepasst. Nur eben nicht in diesem einen Punkt. Allerdings hätte ich mir nie träumen lassen, dass Thomas je so eine Riesensache daraus machen würde. Er hatte es eben ja beinahe so dargestellt, als hätte ich seinen Schniedel öffentlich verleumdet!

Wie auch immer, ich konnte wohl aus alledem den Schluss ziehen, dass er mit Serena im Bett so eine Art Urknall erlebt hatte. Sie hatte ihm offenbar genau das gegeben, was er bei mir so schmerzlich vermisst hatte – nämlich, ein ganzer Kerl zu sein, vor allem unterhalb der Gürtellinie. Und ihr musste im Gegenzug wohl die gleiche Erkenntnis zuteilgeworden sein, denn sonst hätte sie nicht von heute auf morgen beschlossen, ihn zu heiraten.

Ich reckte stur das Kinn nach vorn und marschierte weiter zu dem Parkplatz, wo ich meinen Wagen abgestellt hatte. Sollten sie doch glücklich werden und einander den tollsten Sex aller Zeiten verschaffen! Ich hatte es bestimmt nicht nötig, mich deswegen mit Selbstvorwürfen oder Minderwertigkeitskomplexen zu zerfleischen, schließlich war ich gut im Bett! Wenn Thomas das Gegenteil behauptete, log er ganz einfach! Oder er hatte keine Ahnung!

Nachdem ich meine Tragetaschen auf den Rücksitz geschmissen hatte, ließ ich mich hinters Steuer fallen und blieb reglos sitzen. Plötzlich fühlte ich mich wie ein Luftballon, der an irgendeiner Stelle undicht war und aus dem nun langsam, aber unaufhörlich die Luft entwich.

Wem wollte ich eigentlich länger was vormachen? Der Beweis steckte ja in meiner Handtasche. Hätte ich mir etwa das Buch gekauft, wenn ich es nicht nötig gehabt hätte? Hatte ich denn überhaupt schon mal richtig tollen Sex gehabt, und wenn ja, mit wem? Mir fiel trotz heftigen Nachdenkens niemand ein. Ich war im Bett eine Null. Mein Leben war im Prinzip schon seit Jahren gelaufen, ich hatte es nur die ganze Zeit nicht gemerkt. Kein Mann würde mich je heiraten wollen. Vernichtet hob ich den Kopf und schaute in den Innenspiegel. Direkt ins Gesicht einer Niete.

*

Ich war mit den Nerven runter, aber nicht so schlimm wie letzten Samstag. Immerhin das konnte ich mir zugutehalten: Ich war nicht mehr in Trauer versunken. Das, was ich fühlte, war eher eine Mischung aus Wut, Bedauern und schlechtem Gewissen, wobei ich unmöglich sagen konnte, auf welche Person sich mehr von diesen Gefühlen konzentrierte – auf Thomas oder auf mich selbst.

Immerhin war ich nicht so neben der Spur, dass ich es nicht fertiggebracht hätte, meine restlichen Besorgungen zu erledigen. Ich fuhr bei einem Bauernhof vorbei und ergatterte dort einen Sack Stroh. Den bekam ich sogar umsonst, indem ich der Frau des Bauern versprach, sie auf meiner Website in die Liste meiner offiziellen Firmensponsoren aufzunehmen.

Als ich anschließend nach Hause kam, hatte ich das dringende Bedürfnis nach einer Tasse stärkenden Kaffees und nach ein bisschen Ruhe. Doch schon in der Diele herrschte das blanke Chaos. Da momentan niemand das Wohnzimmer mit dem angrenzenden Esszimmer betreten konnte, schien sich die gesamte Handwerkermeute im Flur, in der Gästetoilette und der Besenkammer zusammenzuballen. Überall wurde mit infernalischem Lärm gebohrt, geschliffen, gesägt und gehämmert. Auf der Treppe arbeiteten ebenfalls ein paar Leute. Einer schliff das Geländer ab, ein weiterer riss den alten Teppichbelag von den Stufen, und ein Dritter schmirgelte an den Fußleisten herum.

Ich quetschte mich höflich grüßend zwischen zwei Männern hindurch und ging in die Küche. Was sich gleich darauf als schwerer Fehler herausstellte, denn dort saßen mein Vater und die beiden Russen.

»Hallo, meine Taube«, sagte mein Vater. »Das sind Stanislaw und Oleg.«

Bei *Oleg* deutete er auf den Dicken, bei *Stanislaw* auf das Frettchen.

»Du hast uns schon vorgestellt«, sagte ich. Als ich die Küche wieder verlassen wollte, wurde ich von Stan aufgehalten. Wie der Blitz war er plötzlich zwischen mir und der Tür. Er grinste mich frettchenmäßig an und zeigte dabei alle seine Goldzähne.

»Ich würde Wert darauf legen, dass meine Tochter jederzeit gehen kann, wenn sie es wünscht«, sagte mein Vater ärgerlich.

»Kann sie doch.« Olli, der mit übergeschlagenen Beinen

am Tisch saß, lachte fröhlich. »Wohin sie will. Ich habe nichts dagegen«

Aber Stan schon, wenn ich den Ausdruck in dessen spitznasigem Gesicht richtig deutete.

»Um wie viel Geld geht es eigentlich genau?«, wollte ich wissen.

»Eine kleine Hypothek könnte die ganze Sache regeln«, sagte Olli. »Aber da muss natürlich der Eigentümer zustimmen. Allein kann ich nicht zum Notar gehen.« Wie es aussah, hatte er inzwischen rausgekriegt, dass ein Grundstück ohne Eintragung im Grundbuch als Pfand nicht viel taugte.

»Wie viel?«, wollte ich wissen.

»Fünfundzwanzigtausend«, sagte Olli. »Und das ist nur der Rest. Wir haben vorher schon ein Vermögen investiert, und wenn wir die fehlende Summe nicht kriegen, platzt das ganze Geschäft. Was noch offen ist, ist der Rest von Rudis Anteil.«

»Wofür brauchst du das Geld?«, wollte ich von meinem Vater wissen.

»Ach, das sind lauter langweilige Einzelheiten«, behauptete er.

»Ist es was Illegales?«, wollte ich wissen.

Stan grinste mich breit an und fummelte mit der rechten Hand in der Hosentasche herum, und ich fragte mich, ob er gleich sein Messer ziehen würde. Wieso hatte ich eigentlich überhaupt so eine überflüssige Frage gestellt? Den Kerlen sah man doch an, dass sie höchstens einen Schritt vom Knast entfernt waren.

Olli schien das anders zu sehen. Er richtete sich entrüstet auf. »Was denken Sie denn von uns? Wir wollen ein ehrliches Geschäft mit einem ehrlichen Investor machen! Mit einer Gewinnausschüttung von dreihundert Prozent! Und das wäre nur der Anfang!«

Na toll. Zu dämlich, dass dreihundert Prozent von Null immer noch Null waren.

»Pacta sunt servanda«, sagte Olli. Ob er irgendwo eine juristische Vorbildung genossen hatte? Nein, unmöglich, denn dann hätte er gewusst, dass Erpressung strafbar war.

»So ist das nun mal im Geschäftsleben«, fuhr er fort. »Wir können es nicht leiden, wenn unsere Partner uns hängen lassen. Da werden wir echt sauer.« Er stand auf, verschränkte die Hände und ließ dabei bedrohlich die Fingerknöchel knacken. »Zu blöd, dass es so lange dauert, bis eine Hypothek ausgezahlt wird. Unter ein paar Wochen ist da nichts zu wollen, habe ich mir sagen lassen. Das ist ... sehr schade.« Er drehte sich langsam zu meinem Vater um.

Ich holte Luft. »Vielleicht kann ich das Geld schneller auftreiben«, sagte ich rasch. »Aber nur einen Teil. Fünfzehntausend. Mehr geht nicht.«

»Wann?« Oleg stierte mich an, und ich sah, dass er an seinem linken Auge einen nervösen Tick hatte. Das Lid zuckte heftig, was ihn plötzlich wie einen fetten Bruder von Norman Bates aussehen ließ.

Ich dachte kurz, aber heftig nach. »Ungefähr in einer Woche. Aber es ist noch nicht ganz sicher. Es hängt davon ab, dass ich einen bestimmten Auftrag bekomme.« Davon abgesehen würde ich noch meinen Wagen verkaufen und einen Kleinkredit aufnehmen müssen, aber diese Kleinigkeiten interessierten die Geschäftspartner meines Vaters sicher nicht.

Olli wirkte interessiert. »Was für ein Auftrag?«

»Das ist meine Sache.«

»Vielleicht können wir helfen. Dass Sie den Auftrag kriegen.«

»Auf keinen Fall«, sagte ich.

»War nur ein Angebot«, grinste Olli. »Also dann nächste Woche. Ich komme wieder.«

Während er zusammen mit dem schweigsamen Stan abzog, überlegte ich düster, dass der Terminator nur in Teil zwei und drei der Trilogie den Guten gegeben hatte. In Teil eins war er der Fiesling gewesen, der Oberbösewicht, der immer nur dann wiederkam, wenn er terminieren wollte.

»Wie konntest du dich bloß mit diesen Typen zusammentun!«, fuhr ich meinen Vater an.

»Weil es wirklich ein super Geschäft ist!« Trübsinnig schüttelte er den Kopf. »Ich hatte fest mit dem Geld aus dem Dosengeschäft gerechnet, dann hätte es überhaupt keine Probleme gegeben mit meiner Beteiligung. Hätte ich gewusst, dass dieser Kerl ein Betrüger war ...«

Entnervt warf ich die Arme hoch. Hier war jedes weitere Wort sinnlos.

»Ich find's toll, dass du mir aus der Klemme helfen willst«, sagte mein Vater. Seine Laune schien sich zusehends zu bessern. Beim nächsten Satz strahlte er sogar wieder von einem Ohr bis zum anderen. »Ich sorge dafür, dass du das Doppelte von deinem Einsatz zurückkriegst!«

»Ich bin schon froh, wenn die Typen aus dem Haus verschwinden und hinterher dort noch ein Stein auf dem anderen ist.«

»Wenn Oleg das Geld kriegt, ist alles in Ordnung«, beteuerte mein Vater. »Dann ist er der liebste Mensch. In dem Punkt ist er mit Leib und Seele Russe. Erwähnte ich schon, dass seine Eltern aus Russland stammen? Er selbst ist schon seit zwanzig Jahren hier.« Vergnügt summend machte er den Kühlschrank auf. »Da sind ziemlich viele leckere Sachen drin. Warst du einkaufen? Wollen wir uns was braten? Oder einen Kaffee kochen?«

»Nein danke, ich muss arbeiten.«

Die Lust auf Kaffee war mir gründlich vergangen. Außerdem meinte mein Vater natürlich, dass *ich* uns was braten könnte, wenn er *wir* sagte. In dem Punkt hatte er manchmal Schwierigkeiten, sich deutlich auszudrücken, aber ich kannte ihn ja schon mein ganzes Leben lang.

Ich schnappte meine Tüten, die ich vorhin im Windfang abgestellt hatte, und ging nach oben, um weitere Fotos zu machen. Ich wand mich slalomartig an den Bauarbeitern vorbei und dachte dabei, wie schnell sich manche Zukunftspläne ändern konnten. Am Wochenende hatte ich mir nicht vorstellen können, Thomas' und Serenas Hochzeit zu arrangieren, heute war es lebensnotwendig, dass ich es tat. Niedergeschlagen schleppte ich meine Tüten ins Obergeschoss.

Annabel war schon von der Arbeit zurück. Sie saß im Schneidersitz auf ihrem Bett und pustete auf ihre frisch lackierten Fingernägel. Als ich ins Zimmer kam, schaute sie auf, und ich erschrak, als ich sah, dass sie geheult hatte.

»Störe ich dich?«, fragte ich.

Sie schüttelte den Kopf. »Nein, es geht natürlich klar, dass du bei mir pennst. Pauline hat mir schon Bescheid gesagt.«

Ich stellte die Tüten ab und setzte mich zu ihr aufs Bett. »Du bist ganz schön fertig, oder?«

Sie nickte, und bestürzt sah ich, wie ihre Unterlippe zitterte. »Ich kriege einfach das Bild nicht aus dem Kopf«, flüsterte sie. »Wie sie ... wie sie an seinem ...«

»Du musst versuchen, es zu vergessen!«, beschwor ich sie.

Sie schaute erstaunt drein. »Bist du verrückt? Ich muss mich an jede Einzelheit erinnern! Was glaubst du denn, wie ich sonst hinter die richtige Technik kommen soll?«

»Du bist wohl nicht von dieser Meinung abzubringen, oder?«

»Von welcher Meinung?«

»Dass es was mit Technik zu tun hat.«

»Womit denn sonst?«

»Was macht dich da so sicher?«

»Weil was anderes nicht infrage kommt«, sagte sie würdevoll. »Ich weiß genau, dass es keine Liebe war. Also womit soll sie mich sonst geschlagen haben?«

Nachdenklich stand ich wieder vom Bett auf und machte mich daran, in meinen Kisten nach meiner Kamera zu suchen. Im Grunde tendierte ich mittlerweile auch dahin, dass es Technik sein könnte. Welche bei korrekter Anwendung durch den weiblichen Part sogar geeignet war, spontane Heiratslust beim Mann hervorzurufen. Ich war viele Monate mit Thomas zusammen gewesen, und er hatte es nie für nötig befunden, mich um meine Hand zu bitten. Serena hatte ihm nur einmal einen blasen müssen, und prompt wollte er sie vor den Altar schleifen.

»Du siehst auch ziemlich erledigt aus«, sagte Annabel.

Ich nickte mit gesenkten Augen. »Ich fühle mich auch so.«

»Du Arme. Ich jammere dir hier die Ohren voll und vergesse ganz, dass du ja dasselbe erlebt hast.«

Es war nicht ganz dasselbe, weil es nicht mein Hochzeitstag gewesen war und Thomas sich im Nachhinein als Sex-Neurotiker entpuppt hatte, aber das besserte meine Stimmung auch nicht auf. Schon gar nicht, wenn ich an das viele Geld dachte, das mein Vater brauchte.

»Wahrscheinlich übernehme ich jetzt doch die Hochzeit.« Ich hatte die Kamera gefunden und begann, die Sachen auszupacken, die ich heute besorgt hatte.

»Die von Serena und Thomas?« Annabels Niedergeschlagenheit wich triumphierendem Zorn. »Gut so. Ich hatte es gehofft. Mir sind auch schon ein paar sehr gute Sachen eingefallen, mit denen wir es ihnen nach Strich und Faden vermasseln können.«

»Wenn es dazu führt, dass sie mich nicht bezahlen – vergiss es.«

»Aber du kriegst das Geld doch vorher, oder?«

In diesem Falle würde ich sogar darauf bestehen müssen, aber das war nicht ungewöhnlich. Meist ließ ich mir für die Organisation die vereinbarte Summe entweder ganz oder in bestimmten Raten vorab überweisen, weil ja bereits im Anfangsstadium Kosten anfielen, die sich bis zur Hochzeit sukzessive steigerten. Das Honorar wurde dann mit der Schlussabrechnung aufgelistet, so war es üblich. Dass ich vorhatte, es in diesem Fall umgekehrt zu machen, musste Marie-Luise ja nicht wissen. Ich würde einfach die Anfangszahlung entsprechend hoch veranschlagen, damit ich das Geld für Oleg davon abzweigen konnte. Am Ende glich es sich dann wieder aus, weil dafür mein Honorar wegfiel, worüber die Rechnung dann natürlich hinwegtäuschen würde.

»Welche Ideen hattest du denn so?«, fragte ich.

»Der Standesbeamte könnte ein Schauspieler sein, den wir engagieren. Dann wären sie hinterher gar nicht verheiratet, weil er ja kein richtiger Beamter ist.«

Ich nickte bewundernd. Das war wirklich eine geniale Idee. Die ganze Feier wäre umsonst gewesen, eine Viertelmillion Euro in den Sand gesetzt. Serena und Thomas würden kochen vor Wut! Vielleicht würde Serena es sich in Anbetracht dieses Reinfalls sogar überlegen, ob sie Thomas tatsächlich heiraten wollte. Zumindest würden sie Zeit brauchen, bis sie einen neuen Termin festlegen konnten, und möglicherweise war er bis dahin schon längst wieder impotent!

Doch leider war das Risiko zu hoch.

»Sie könnten rauskriegen, dass wir dahinterstecken«, gab ich zu bedenken. »Dann verlangen sie das Geld zurück und wollen vielleicht sogar Schadensersatz für ihre ganzen Auslagen.«

Annabel runzelte die Stirn. »Du hast Recht. Schade. Ich fand den Einfall so klasse.« Ihr Gesicht hellte sich auf. »Aber ich habe noch eine spitzenmäßige Idee. Wir könnten Serena Abführtropfen in ihre Getränke tun. Die sind geruchs- und geschmacksneutral.«

Ich war begeistert. »Wenn wir es hinkriegen würden, dass sie es am Abend vorher trinkt, hätte sie bei der Zeremonie totalen Durchfall! Alle würden natürlich denken, dass es die Aufregung ist! Oder ein Virus!«

»Ja, und sie wird für den Rest ihres Lebens denken, was das doch für ein Scheißtag war!«

»Buchstäblich«, sagte ich.

Wir kicherten beide aus vollem Hals. Es tat gut, sie wieder lachen zu sehen.

Ich nutzte ihre wiedererwachte gute Laune, um sie von meinen weiteren Absichten zu informieren. »Ich habe vor, diese Woche noch nach einem Haus oder einer großen Wohnung zu schauen.«

»Warum denn?«, fragte sie erstaunt.

»Na, für uns drei. Wir können doch nicht ewig hierbleiben!«

»Wir müssen aber auch nicht sofort raus.«

»Wieso sollen wir es aufschieben?«

»Es kostet nichts«, sagte Annabel. »Hast du dich schon mal erkundigt, wie viel Miete die Leute heutzutage für ein Haus oder eine große Wohnung wollen? Mindestens einen Tausender, kalt. Und da ist noch nicht mal die Courtage dabei, wenn es über Makler geht. Und Kaution muss auch gezahlt werden. Meist muss auch was übernommen oder renoviert werden. Das geht gleich tierisch ins Geld.«

»Aber irgendwann müssen wir doch sowieso hier raus!«

»Klar. Aber nicht sofort. Je länger wir hierbleiben, umso mehr Geld sparen wir. Einen Monat hier zu wohnen spart uns einen Tausender, mindestens. Zwei Monate sind zwei, drei sind drei. Überleg mal, was man sich dafür alles kaufen kann! Das ist doch ein ganz einfaches Rechenexempel. Hat Pauline auch gesagt.«

»Das kann ich mir lebhaft vorstellen«, sagte ich ärgerlich. Paulines Interesse am Fortbestand unserer derzeitigen Wohnsituation hatte mit Rechnen ungefähr so viel zu tun wie Wurst mit Käse. Natürlich fand sie es toll, dass mein Vater auf einmal hier wohnte, nur durch eine Wand von ihr getrennt. Wahrscheinlich arbeitete sie schon eifrig an Plänen, mehr daraus zu machen.

Meine Güte, der Mann war ein notorischer Traumtänzer und zu allem Überfluss fast dreiundzwanzig Jahre älter als sie! Und er hatte nicht mal die übliche Sugardaddy-Rechtfertigung, reich und erfolgreich zu sein!

Na schön, für einen Mann von knapp fünfzig Jahren war er gut in Schuss. Er hielt sich durch Joggen und Tennisspielen in Form, achtete auf seine Linie und hatte noch alle Haare und die meisten seiner Zähne. Aber er war mein *Vater!*

»Außerdem ist Sven einfach toll«, sagte Annabel trotzig. »Wenn einem das Schicksal schon so einen Reserve-Traummann ins Haus schickt, sollte man ihn nicht einfach links liegen lassen!«

Ich schluckte. Diesen Aspekt der ganzen Angelegenheit hatte ich völlig aus den Augen verloren. Klar, dass ich angesichts dessen nicht einfach von ihr verlangen konnte, Knall auf Fall auszuziehen, wo sie doch hier an Ort und Stelle die beste Gelegenheit hatte, dem Traummann näherzukommen. Im Grunde war es ähnlich wie bei Pauline.

Fazit: In diesem Haus gab es zwei Männer, die meine besten Freundinnen toll fanden. Also war's wohl erst mal Essig mit dem Auszug.

Die finanzielle Seite kam noch erschwerend hinzu. Annabel hatte Recht, eine neue Wohnung zu mieten würde wesentlich mehr kosten, als ich mir in Anbetracht meiner neuesten Ost-West-Verpflichtung leisten konnte.

»Was hast du da für Kram gekauft?«, wollte Annabel wissen.

»Ach, Sachen für ein paar Fotos. Kannst dir ruhig alles anschauen, wahrscheinlich brauche ich noch deine Hilfe.«

»Beim Arrangieren?«, fragte sie eifrig.

»Eigentlich wollte ich dich als Model. Du siehst mit deinen Locken und deinem niedlichen Gesicht genauso aus, wie man sich eine junge Königin vorstellt. Das Motto für die Hochzeit sollen nämlich Märchen sein. Eins davon nehme ich als Aufmacher für mein Exposé. Du verkleidest dich, und ich fotografiere dich in der passenden Kulisse.«

Annabel betrachtete die Utensilien, die ich auf dem Boden ausgebreitet hatte. »Welches Märchen soll das denn sein?«

»Rumpelstilzchen.«

»Ach, ist das nicht die Geschichte, in der die Tochter vom Müller Stroh zu Gold spinnen soll?«

Ich seufzte zustimmend und versuchte daran zu glauben, dass etwaige Ähnlichkeiten zwischen lebenden Personen und frei erfundenen Märchenfiguren rein zufällig und nicht beabsichtigt waren.

*

Weil der Krach im Haus kein Ende nahm, beschlossen wir, die Fotosession auf den nächsten Tag zu verschieben und stattdessen etwas für unsere Schönheit zu tun. Das hatte sich in Phasen tiefer Niedergeschlagenheit schon immer als besonders effektives Trostpflaster erwiesen. Eine Gesichtsmaske, hübsch lackierte Fingernägel, ein gekonntes Make-up und frisch gestyltes Haar waren fast so gut wie ein Gang zum Therapeuten und nicht annähernd so teuer. Und man hatte dabei den Vorteil, dass man sich hinterher nicht nur besser fühlte, sondern auch viel besser aussah.

Ich zog mich bis auf die Unterwäsche aus, epilierte meine Beine und lackierte mir die Fußnägel. Der Sommer rückte näher und damit die strumpflose Zeit, in der frau auch gern mal mit Rock und Flip-Flops loszog. Es konnte praktisch jeden Tag schon richtig warm werden, und es schadete nichts, auf diese Eventualität vorbereitet zu sein. Anschließend drehten Annabel und ich uns gegenseitig Papilloten ins Haar. Wenn man nur die Ansätze damit aufwickelte und sie zwanzig Minuten drinließ – genauso lange, wie die Gesichtsmaske einwirken musste –, gab das hinterher ein schönes Haarvolumen.

Während die Arbeiten im Erdgeschoss und auf der Treppe in vollem Gange waren und auch im Dachgeschoss noch rumort wurde, legten Annabel und ich entspannende Tiefenreinigungsmasken mit Thermoeffekt auf und hörten Musik über Kopfhörer, Annabel auf ihrem Bett und ich auf dem Sofa.

Als ich wieder zu mir kam, krabbelten eine Million Ameisen über mein Gesicht. Ich zerrte mir die Kopfhörer runter und lauschte. Im Haus herrschte Stille. Die Arbeiter hatten wohl für heute Feierabend gemacht.

Mein Gesicht juckte und brannte erbarmungswürdig. Ein

Blick auf die Uhr zeigte mir, dass ich die Einwirkzeit der Maske um reichlich eine Stunde überschritten hatte. Der Thermoeffekt hatte sich in einen Terminatoreffekt verwandelt. Ich raste ins Bad und hielt mein Gesicht unter den Wasserhahn, beide Hähne gleichzeitig aufdrehend. Mit den Händen rieb ich fieberhaft die klebstoffartige Masse weg, die unter dem Wasserstrahl aufschäumte und mir in die Augen biss.

»Du hättest mich ruhig wecken können«, sagte ich über die Schulter zu Annabel, die in der Wanne herumplätscherte.

»Tut mir leid«, sagte Sven.

Ich fuhr zu ihm herum. Er stand wie ein Ausrufezeichen in der Wanne, ein nasses Handtuch vor den Lenden, genau wie beim letzten Mal. Herrgott, wieso passierte mir das eigentlich dauernd?

»Mein Fehler.« Hastig schnappte ich mir ein Handtuch, drückte es vor mein vor Verlegenheit und Thermokleister glühendes Gesicht und stürmte aus dem Bad zurück in Annabels Zimmer.

Sie traf gleichzeitig mit mir dort ein, einen wütenden Ausdruck im Gesicht.

»Wieso hast du mich nicht wach gemacht?«, sagte ich ärgerlich.

»Und wieso hast du mir nicht gesagt, dass Klaus hier war?«, fauchte sie zurück.

Aha. Daher wehte also der Wind. Sie war sauer, weil sie die Wagenbrecht-Vorräte im Kühlschrank entdeckt hatte, und dafür hatte sie mich büßen lassen.

»Ich gehe nichts ahnend an den Kühlschrank, um mir einen Joghurt rauszunehmen, und was sehe ich?«

Gerade wollte ich mein Sprüchlein loswerden, das ich mir für diesen Fall zurechtgelegt hatte, doch dann fiel mein Blick in Annabels Spiegel. Es war ein zwei Meter hoher, schöner, altmodischer Drehspiegel, wie sie vor hundert Jahren in Mode gewesen waren. Aber auch ein kleinerer Spiegel hätte ausgereicht, um mir das Drama deutlich vor Augen zu führen.

Ich sah aus wie Rumpelstilzchen. Die Papilloten steckten noch in meinen Haaren, lauter rosa, mit meinen Haaransätzen verwurstelte Röllchen, von denen die ungewickelten Strähnen als zerrupfte Fransen wüst in alle Richtungen standen. Mein Gesicht war eine einzige Katastrophe, ein rot geschecktes Zombie-Antlitz, von dem hier und da noch ein paar tropfende Fetzen der zähen grünlichen Maske herabhingen. O Gott, und Sven hatte mich so gesehen! Da half mir die Tatsache, dass ich diesmal wenigstens meine Unterwäsche angehabt hatte, auch nicht mehr viel!

»Lieber Himmel.« Stöhnend rubbelte ich mit dem Handtuch das Zeug von meiner Haut und eilte zum Spiegel, um den Schaden näher zu betrachten.

»Du hättest mir sagen müssen, dass er hier war!«, rief Annabel zornig aus. »Wieso hast du ihn überhaupt reingelassen?«

»Woher willst du wissen, dass ich es war?«, fragte ich zurück, wie erschlagen vor Entsetzen beim Anblick meines verunstalteten Gesichts.

Annabel ließ sich verdattert auf ihren Schreibtischstuhl fallen. »Ach so.« Beklommen und reumütig sah sie mich an. »Du hast Recht. Es sind ja den ganzen Tag hier zig Leute im Haus. Und die Haustür steht sowieso die meiste Zeit offen. Tut mir leid, dass ich dir das unterstellt habe.«

Das schlechte Gewissen zwang mich zu einer sofortigen Kehrtwendung. »Nein, du hast ganz Recht. Ich war's tatsächlich. Ich habe ihm aufgemacht und auch mit ihm geredet.« Ich hob die Hand, als ich das wütende Aufblitzen in ihren Augen sah. »Zuerst wollte ich es nicht, Ehrenwort! Doch dann dachte ich weiter und habe überlegt, dass es auch in deinem Interesse sein könnte.«

Jetzt war sie in ihrem Zorn nicht mehr zu bremsen. »In meinem Interesse?« Sie lachte bitter auf. »Klar, es war in meinem Interesse, dass er hier aufläuft und Männchen macht. Nachdem er ja nichts Schlimmeres getan hat, als zufällig mal eben mein Leben kaputtzumachen.«

»Es ging dabei auch um mich«, verteidigte ich mich. »Es ist mein gutes Recht, bestimmte Dinge rauszufinden.«

»Welche Dinge?«, wollte Annabel misstrauisch wissen.

»Über Serena.«

Annabel sah mich an, zuerst verblüfft, dann nachdenklich. Schließlich nickte sie langsam. »Ich verstehe. Du hast vollkommen Recht. Es geht dabei genau um die Sache, über die ich mir auch ständig den Kopf zerbreche. Stimmt's?«

Ich stritt es nicht ab, denn sie hatte völlig Recht.

Annabel beugte sich vor. »Was hat er gesagt? Worauf ist er so bei dieser Tussi abgefahren?« Ihre Miene spiegelte eine Mischung aus Schmerz, Angst und Neugier wider.

Ich erzählte es ihr in kurzen Worten, und nach kurzem Zögern berichtete ich auch, was Thomas mir in dem Buchladen alles an Nettigkeiten an den Kopf geworfen hatte.

Annabel war völlig baff. Mit großen Augen schaute sie mich an. »Mein Gott, das tut mir so leid!« Sie sprang auf, kam auf mich zugesegelt und warf die Arme um mich. »Mein armes Mädchen! Wie konnte er nur! Vor so vielen Leuten!« Dann schüttelte sie betroffen den Kopf und schaute uns beide im Spiegel an. Rumpelstilzchen und die schöne Königin.

Annabel schien ein anderes Bild vor Augen zu haben.

»Zwei Frauen mit demselben Schicksal«, flüsterte sie. »Wie grausam das Leben sein kann!«

Gleich darauf war die schöne Königin im Spiegel verschwunden, zur Seite geschoben von Rumpelstilzchen, das entnervt vorgetreten war, um sich die Papilloten aus den verfilzten Haaren zu klauben und dabei tausend lästerliche Flüche auszustoßen.

*

Zum Abendessen war ich dann glücklicherweise so weit restauriert, dass ich schon fast wieder normal aussah. Mit Abdeckstift und Puder ähnelte ich zwar nicht hundertprozentig der schönen Müllerin, aber als Rumpelstilzchen ging ich auch nicht mehr durch. Außerdem lenkte meine bauschige Mähne ziemlich gut von den restlichen Flecken im Gesicht ab.

»Wenn du blond wärst, würdest du aussehen wie diese Frau von Charlie's Angels«, sagte Pauline, als ich in die Küche kam. »Nicht wie Drew Barrymore in dem Remake, sondern wie die eine, die damals in der Fernsehserie mitgespielt hat, wie hieß die gleich?«

»Farrah Fawcett-Majors«, sagte Annabel. Sie stand am Herd und kümmerte sich um das Abendessen. »Ich finde, diese Frisur steht Britta sehr gut.«

»Na ja, ist wohl Ansichtssache«, meinte Pauline unbarmherzig. Sie schenkte meinem Vater ein zuckersüßes Lächeln und setzte sich zu ihm an den Tisch. Wenn Sven nachher auch noch runterkam, waren wir zu fünft. Es würde also ganz schön eng werden, denn der Tisch war eigentlich nur groß genug für vier Personen. Doch Pauline hatte gemeint, gerade das wäre doch total gemütlich und familiär, und es gebe doch nichts Heimeligeres, als gemeinsam um einen Tisch zu sitzen und zu quatschen und zu essen.

Da sie sich normalerweise abends nach Dienstschluss lieber in einer Stehpizzeria oder einem Dönerimbiss verköstigte oder bei irgendeinem Burger-Drive-in vorbeifuhr, statt mit Annabel und mir gemeinsam zu essen, musste sie wohl im Laufe des heutigen Tages einen tief gehenden Sinneswandel durchgemacht haben. Geändert hatte sich auch ihr ganzer Look, denn sie trug keine ihrer abends üblichen Jeans oder Jogginghosen, sondern einen schwingenden Rock aus einem dünnen, seidigen Material und ein grünes Top, das nicht nur farblich zu ihren Augen passte, sondern auch bis zum Gehtnichtmehr ausgeschnitten war. Die Haare hatte sie hochgesteckt, sodass man ihren schwanengleichen Hals und die neuen Kreolen sehen konnte, die sie wahrscheinlich ebenso wie den Rest ihres Outfits heute erst erstanden hatte.

Annabel hatte sich ebenfalls mehr aufgebrezelt als sonst, sie hatte ihre neuen Miss-Sixty-Jeans an und ein Oberteil von derselben Marke, mit einem traumhaften rosa Blumenmuster. Mit ihrem Lockenkopf und ihrem Grübchenlächeln sah sie aus wie der sprichwörtliche Engel, und ihr ganzes Äußeres spiegelte auf so unverkennbare Weise ihr Wesen wider, dass einem richtig warm ums Herz wurde, wenn man sie nur anschaute. Klaus war wirklich ein Riesenidiot, so viel war sicher. Wenn er es nicht schon selbst gewusst hätte – ich hätte es ihm gerne stundenlang in seinen dämlichen Metzgerschädel gehämmert, und zwar lieber mit dem Fleisch- als mit dem Teppichklopfer.

Mein Vater sah heute Abend auch ziemlich ansehnlich aus, das musste sogar ich bei objektiver Betrachtungsweise zugeben. Er trug Jeans, die ihm bestens standen, und ein dunkelgrünes Polohemd, das vom Farbton her wie bestellt zu dem

Top von Pauline passte. Außerdem war es funkelnagelneu. Jedenfalls war es keines von denen, die ich ihm sonst immer bügelte, also hatte er es vermutlich auch erst heute gekauft.

Griesgrämig setzte ich mich ihm gegenüber an den fertig gedeckten Tisch. Wie schön, dass er für solche Kleinigkeiten wie neue Hemden und BMW-Leasing noch genug Geld übrig hatte. Aber warum auch nicht, schließlich hatte der Müller ja praktischerweise eine fleißige Tochter, deren Haus und künftige Honorare er an russische Gangster verpfänden konnte. Bloß, dass die mich nach Abschluss des Deals nicht heiraten, sondern auf Nimmerwiedersehen gen Osten verschwinden würden.

Annabel stellte das aufgeschnittene Brot auf den Tisch und warf mir einen strengen Blick zu. Ich zog meine Hand, die ich nach dem Brotkorb ausgestreckt hatte, wieder zurück und schenkte stattdessen reihum Wein und Mineralwasser ein, in jeweils verschiedene Gläser. Annabel hatte sich selbst übertroffen in ihrem hausfraulichen Eifer. Dass es Wasser- *und* Weingläser zu einer Mahlzeit gab, kam bei uns zum ersten Mal vor.

Es war beinahe so, als würden wir eine Party veranstalten und als wäre der Ehrengast des Abends noch nicht da.

Im nächsten Moment klopfte es an der Tür – meine Güte, er klopfte in seinem eigenen Haus an! –, und dann erschien er auf der Bildfläche.

Ich hielt unwillkürlich die Luft an, als ich ihn sah. Nicht nur, weil er mal wieder einen besonderen Anblick bot, sondern weil etwas Magnetisches von ihm auszugehen schien, das die Luft in der Küche auf besondere Art auflud und alle möglichen Schwingungen auslöste. Vor allem in meinem Magen.

»Guten Abend. Es riecht ja toll hier.« Er schnupperte. »Irgendwie ... italienisch.«

Annabel strahlte ihn an. Ihre Wangen leuchteten so rosig wie die einer Puppe. »Toskanischer Lendentopf.« Sie zeigte auf das Fenster des Backofens, aus dem der verführerische Duft drang.

»Klingt ja wunderbar. Ich habe schon einen Riesenhunger! Kann ich helfen?«

»Nicht doch, setz dich. Britta und ich haben alles im Griff. Sie ist wirklich die reinste Küchenfee.«

Das war für mich völlig neu, und davon abgesehen hatte ich keine Ahnung, wie sie dazu kam, solche Gerüchte zu verbreiten.

»Britta kann auch hervorragend bügeln«, betonte mein Vater. »Gekocht hat sie noch nicht für mich, aber sie kommt einmal die Woche vorbei und schaut nach dem Rechten. Und sie bügelt mir meist rasch die Hemden, wenn sie schon mal da ist. Ich wüsste nicht, was ich ohne sie täte.«

»Wahrscheinlich bügelfreie Hemden tragen«, sagte Pauline grinsend.

Mein Vater schaute sie angenehm überrascht an. »Gibt es so was auch? Britta, davon hast du mir nie was gesagt!« Er hob nachdenklich die Brauen. »Na ja, die meisten Frauen bügeln wahrscheinlich viel zu gerne, um so was für ihre Männer einzuführen.«

Ich hätte am liebsten meinen Kopf auf die Tischplatte gedonnert. Was sollte das hier werden? Eine einstimmige Wahl zur Hausfrau des Jahres, mit Britta Paulsen als preisgekrönter Siegerin? Fragte sich nur, was es dabei zu gewinnen gab.

Dass Annabel solchen Stuss erzählte, konnte ich ja irgendwie noch nachvollziehen. Sie wollte natürlich vermeiden, vor Sven als Heimchen am Herde dazustehen, nachdem sie kapiert hatte, dass frau den Traummann nicht bei Tisch, sondern ausschließlich im Bett einfing. Folglich trachtete sie danach, mich als Koch- und Hausmuttchen zu etablieren.

Mein Vater dachte vermutlich wie immer nur an eins, wenn er solche Sprüche wie eben abließ: nämlich nichts. Oder vielleicht doch? Falls ja, dann jedenfalls nicht ans Bügeln, sondern höchstens daran, wie er möglichst viel Eindruck schinden konnte, und zwar auf Pauline, die es ihm ganz offensichtlich angetan hatte. Allerdings ließ sie auch nichts unversucht, ihn auf sich aufmerksam zu machen. Die Art, wie sie ständig mit den Fingerspitzen über ihren nackten Hals strich, war an körpersprachlicher Eindeutigkeit kaum zu überbieten.

Sven stand immer noch wie bestellt und nicht abgeholt in der Küche herum, und nicht zum ersten Mal wurde mir die Unangemessenheit der Situation bewusst. Das hier war *sein* Haus, und hier in seiner Küche saßen vier Schmarotzer an *seinem* Tisch und wollten *sein* Essen in sich reinschaufeln.

Na gut, der Tisch gehörte eigentlich uns Frauen, und das Fleisch wohl streng genommen Annabel. Aber dafür hatte Sven mal wieder den Wein organisiert, einen spanischen 83er-Perelada, wie ich mit weit aufgerissenen Augen festgestellt hatte. Solche Tropfen wurden in der Regel höchstens auf Hochzeiten ausgeschenkt, aber bei weitem nicht auf jeder Feld-Wald-Wiesen-Feier, sondern eher auf solchen Festivitäten, wie Marie-Luise eine im Auge hatte. In jedem Fall hatte allein diese eine Flasche – in der Speisekammer stand noch eine davon – weit mehr gekostet als das Fleisch, das im Ofen vor sich hinschmorte.

Sven hatte sich ebenfalls umgezogen. Anstelle des Anzugs trug er heute Abend Jeans und ein kurzärmeliges Polohemd wie mein Vater, mit dem entscheidenden Unterschied, dass Sven darin aussah wie Brad Pitt, allerdings um einiges jünger, größer und attraktiver.

»Setz dich doch«, sagte ich zu Sven, nur um etwas von mir zu geben.

»Wenn du gestattest.« Er setzte sich neben mich und kam mir dabei wegen der beengten Platzverhältnisse sehr nahe. Sein Arm berührte den meinen von der Schulter bis zum Ellbogen, und schockiert stellte ich fest, wie mich ein heftiges Erschauern durchlief, das in mir sofort das Verlangen wach werden ließ, er möge dasselbe noch einmal tun. Doch er war bereits mit einem gemurmelten *Sorry* ein kleines Stück von mir abgerückt, damit wir beide bessere Armfreiheit hatten.

Wieso hatte er *Sorry* gesagt? War es ihm etwa unangenehm gewesen, meine nackte Haut auf seiner zu spüren? Heute Abend hatten anscheinend alle Bewohner dieses Hauses einen Hang, sich ärmellos zu präsentieren, ich machte in dem Punkt keine Ausnahme. Um genau zu sein, ich hatte vermutlich von allen hier Anwesenden am wenigsten an, nämlich einen ultrakurzen Rock und ein Hemd mit Spaghettiträgern. Wozu hatte ich mir die Beine epiliert und die Achselhöhlen rasiert? Und was nützte die teure neue Körperlotion, die ich mir heute nebst Rock und Top in der Stadt gekauft hatte, wenn sie nicht auf möglichst viel unbedeckter Haut ihren unverwechselbaren Duft entfalten konnte?

»Dieser Duft...«, sagte Sven. »Was ist das?«

»Toskanischer Lendentopf«, antwortete Annabel leicht irritiert. Sie hatte den Backofen aufgemacht und die Auflaufform herausgeholt.

»Äh... Wunderbar«, sagte Sven.

Annabel stellte die Form auf den Tisch und zauberte eine weitere Schüssel aus dem Backofen hervor. »Das ist Brittas Spezialgratin«, sagte sie. »Aus lauter frischen Sachen. Auberginen, Zucchini, Kartoffeln, Champignons...«

»Britta, du verwöhnst uns ja richtig«, sagte mein Vater begeistert. »Wann hast du das eigentlich alles gemacht? Einfach so zwischendurch? Ich habe dich heute Abend noch gar nicht hier unten in der Küche gesehen!«

Ich hatte schon den Mund geöffnet, um einiges richtig zu stellen, doch Annabels Blicke brachten mich zum Schweigen. Untersteh dich, sagten ihre Augen.

»Alles, was es heute gibt, lässt sich toll vorbereiten«, erklärte sie den anderen. »Das hat Britta einfach drauf.«

Als weitere Beilage tischte sie noch einen bunten Salat auf, ebenfalls nach einem Spezialrezept von mir, von dem ich, nebenbei bemerkt, noch nie etwas gehört hatte.

Der Tisch krachte fast zusammen unter all den Köstlichkeiten, die Annabel uns servierte, und irgendwie schaffte sie es dabei, allen den Eindruck zu vermitteln, als wäre ich ein kulinarisches Genie. Das Gemüse und der Salat schmeckten wie in einem Fünf-Sterne-Restaurant und das Fleisch stand dem in nichts nach. Es entlockte uns allen Seufzer des Entzückens, so zart war es. Das Rezept war denkbar einfach, ich hatte es mal bei einem Hochzeitsessen abgestaubt und mit heimgebracht, aber nie selbst ausprobiert, obwohl es kaum Arbeit machte und vor allem gut vorbereitet werden konnte. Die Medaillons wurden dabei in dünne Baconscheiben gewickelt und dicht an dicht in die Form geschichtet, anschließend mit einer vorher aufgekochten und reichlich mit frischem Rosmarin und Thymian gewürzten Sahne-Tomaten-Sauce übergossen, mit Butterflöckchen bestreut und dann einfach vierzig Minuten im Ofen gebacken. Dazu konnte man wahlweise Gemüse oder Salat reichen, oder, wenn man es unbedingt übertreiben musste, auch beides. Und natürlich Ciabatta, das rundete dieses Essen perfekt ab.

Ich hätte mich am liebsten bis zum Umfallen vollgestopft,

so lecker war alles, aber mein neuer Rock war Größe sechsunddreißig und passte nur knapp, folglich konnte ich mich nicht einfach innerhalb einer Stunde auf Größe vierzig hochfressen, das wäre spätestens dann aufgefallen, wenn ich aufstand und mit lautem Krachen mein Reißverschluss barst. Also übte ich Verzicht und aß manierlich nur geringe Mengen von allem. Dafür hielt ich mich an dem Wein schadlos, quasi als Ersatzbrötchen für das entgangene Essen.

Und ich half beim Abräumen des Tisches, obwohl Annabel meinte, Pauline könnte das ruhig auch mal machen. Die zog es allerdings vor, mit meinem Vater in der Diele ein Pläuschchen zu halten, weil sie uns nicht bei der Arbeit im Weg stehen wollte.

Da die Tür offen blieb, konnte ich nicht umhin, ein paar Fetzen der Unterhaltung aufzuschnappen.

»Habe ich dir eigentlich schon gesagt, dass Frauen, die eine Waffe tragen, auf mich eine ganz besondere Wirkung ausüben?«

»Nein, aber es klingt interessant. Kannst du das genauer eingrenzen?«

Würg.

Ich konzentrierte mich lieber auf Sven, der sich trotz Annabels Einwänden nicht davon abhalten ließ, zusammen mit mir und Annabel das gebrauchte Geschirr und die Gläser in die Spülmaschine zu räumen und anschließend auch dabei zu helfen, den Tisch mit Dessertschälchen und Espressotassen neu zu decken. Dabei war ich mir jeder seiner Bewegungen auf eigenartige Weise bewusst, und ich spürte beinahe körperlich seine Blicke auf meinen nackten Beinen und dem Rest von mir, der unter dem Rock steckte. Ich hatte gehofft, dass meine Beine, die sich durchaus sehen lassen konnten, ein bisschen von meinem Hintern ablenkten, aber das war anscheinend naiv von mir gewesen. Ich merkte genau, dass Sven keine Gelegenheit ausließ hinzuschauen, und allmählich wurde mir wirklich heiß dabei.

»Hast du etwa noch einen Nachtisch zubereitet?«, wollte er von mir wissen, ein Dessertschälchen in der Hand.

Die Art, wie er *Nachtisch* aussprach, ließ ein trockenes Gefühl in meinem Hals entstehen.

»Äh – nein«, sagte ich.

»Aber Britta«, lachte Annabel. »Hast du das Tiramisú vergessen?«

»Uh ... Ach so. Hab ich nicht mehr dran gedacht.«

Nach dem Tischdecken ging Sven doch mal für ein paar Minuten raus, und ich zischte Annabel an: »Was, zum Teufel, soll das eigentlich?«

»Was meinst du?«

»Wieso tust du ständig so, als hätte ich das alles gekocht?«

»Weil ich denke, dass es so am besten rüberkommt.«

»Was meinst du damit?«

»Na, ich denke, es liegt auf der Hand, oder nicht? Sven soll auf keinen Fall einen falschen Eindruck kriegen! Kapierst du nicht, wie wichtig das ist? Entweder, man macht alles von Anfang an richtig, oder man lässt es.«

»Ich verstehe«, sagte ich frustriert. Also hatte ich Recht gehabt mit meiner Vermutung. Ich musste die Köchin geben, damit sie den Hausfrauentouch los war. Allerdings hätte sie das auch einfacher haben können, indem sie nämlich gar nicht erst gekocht hätte, dann wäre es noch glaubhafter gewesen. Leider hätten wir dann auch nichts Anständiges zu essen auf den Tisch gekriegt, und natürlich hätte es dann auch keinen Grund gegeben, stundenlang mit Sven an einem Tisch zu sitzen und seine Blicke auf ihr gut sitzendes, geblümtes Oberteil, ihre goldenen Locken und ihr liebliches, rotwangiges

Prinzessinnengesicht zu lenken. Wie auch immer, das, was sie hier abzog, machte unterm Strich durchaus Sinn. Bloß eben nicht für mich. Sven kam zurück, als das Wasser für den Espresso schon kochte und die Schüssel mit dem Tiramisú schon auf dem Tisch stand, und Annabel hob sofort hervor, wie super mein Tiramisu schmeckte.

Ich hatte das Gefühl, dass mein Gesicht allmählich immer fleckiger wurde, zum einen von den drei Gläsern Wein, die ich mir während des Essens einverleibt hatte, zum anderen bedingt durch Svens eindringliche Seitenblicke. Wahrscheinlich hatte er inzwischen regelrecht Angst vor mir und meinen überragenden hausfraulichen Fähigkeiten, während Annabel ganz als liebreizendes und damit erotisch wesentlich interessanteres Geschöpf brillieren konnte, völlig unbefleckt von Bratfett und Saucenspritzern.

Ich verzog mich nach oben ins Bad und stellte dort erleichtert fest, dass ich trotz aller Befürchtungen gar nicht übel aussah. Mein Haar war eine Idee zu aufgeplustert, und meine Wangen waren etwas zu rot, aber dafür stand in meinen Augen ein besonders intensives Leuchten. Zusammen mit dem fortwährenden Prickeln in meinem Magen bildete es eine ganz bestimmte Kombination, die mich in höchste Unruhe versetzte. Ich versuchte gar nicht erst, mir in dem Punkt etwas vorzumachen. So, wie es aussah, gab es dafür nur eine Erklärung. Ich war scharf auf Annabels neuen Traummann.

*

Einigermaßen bestürzt über diese Erkenntnis ging ich zurück nach unten, um in der Küche zusammen mit den anderen schweigend den Nachtisch zu essen. Das heißt, ich war schweigsam, und Sven redete auch nicht allzu viel. Die anderen, vor allem Pauline und mein Vater, schnatterten unentwegt, wobei ich mich hinterher nicht erinnern konnte, worüber sie sich unterhalten hatten. Das, was sie sagten, rauschte als endloser Strom von Worten an mir vorbei, ohne dass ich auch nur den geringsten Sinn dahinter erkennen konnte.

Ich merkte, wie Sven mich immer wieder von der Seite anschaute. Von vorn wurde ich – noch eindringlicher – von Annabel gemustert. Ich kam mir vor wie ein besonders auffallendes Exemplar einer neuen Spezies, das jemand unter einem Mikroskop festgenagelt hatte. Um mich abzulenken, trank ich von dem leckeren Grappa ein paar Gläser mehr als die anderen. Das schien zu helfen. Am Ende hatte ich den deutlichen Eindruck, dass ich dem Rest des Tages völlig entspannt entgegensehen konnte, egal wer mich alles anstarrte.

Nach dem Essen blieben alle gemütlich zusammen in der Küche sitzen, aber ich hatte ein Bedürfnis nach frischer Luft. Ich schnappte mir mein Grappaglas und entschuldigte mich bei den anderen. Da das Parkett noch nicht trocken war, ging ich durch die Haustür nach draußen. Als ich hinterm Haus ankam, merkte ich, dass ich vergessen hatte, meine Jacke überzuziehen. Doch das war nicht weiter schlimm, denn es war überraschend warm. Entweder war der Sommer tatsächlich im Anzug, oder meine innere Hitze brach sich Bahn. Mir war den ganzen Abend schon unmenschlich heiß gewesen, trotz meines leichten Aufzugs.

Vom Garten aus sah man die Fensterfront von Wohnzimmer und Esszimmer, wo ab der kommenden Woche Sven seine Mandanten betreuen würde. Es war ein komisches Gefühl, sich das vorzustellen, aber nicht unangenehm, sondern eher respekteinflößend. Ob er dazu seine Anwaltsrobe anzog? Dieser Gedanke verstärkte sofort wieder das Kribbeln, das mir schon die ganze Zeit zu schaffen gemacht hatte. Während ich überlegte, was zum Teufel daran erotisch war, wenn Sven seine Robe trug, hörte ich Schritte hinter mir auf dem Kiesweg.

Ich drehte mich um und sah Sven durch die Dunkelheit auf mich zukommen. Er hatte wie ich ein Grappaglas in der Hand und war ohne Jacke.

Das Kribbeln entwickelte sich zu einem wahren Schmetterlingssturm.

»Ziehst du eigentlich deine Robe an, wenn du die Leute berätst?«, platzte ich heraus.

Trotz der Dunkelheit sah ich, dass er lächelte. »Nein, die brauche ich nur vor Gericht. Warum?«

»Nur so. Weil doch Ärzte ihren weißen Kittel anhaben, wenn Patienten kommen. Und Apotheker in der Apotheke auch.« Ich kam mir selten dämlich vor und merkte außerdem, dass ich leichte Schlagseite hatte, als ich auf die Veranda zusteuerte und mich auf die lange Holzbank setzte, die vor dem Fenster stand.

Sven folgte mir und blieb vor mir stehen. Er stellte einen Fuß neben mir auf die Bank und stützte die Hand mit dem Glas auf einem Knie ab. Seine Haltung wirkte auf den ersten Blick locker und entspannt, doch ich spürte hinter seinen gelassenen Gesten einen Hauch von Nervosität.

»Es ist übrigens nicht so, als würde ich ständig nur deswegen ins Bad rennen, um dich nackt zu sehen«, erklärte ich würdevoll. »Nicht, dass du nackt nicht gut aussiehst«, fügte ich hinzu. »Im Gegenteil. Du siehst sehr, sehr gut aus.« Im selben Moment merkte ich, wie mein Gesicht anfing zu glühen. Du liebe Zeit, was redete ich da eigentlich die ganze Zeit für einen hirnverbrannten Quatsch?

»Du auch«, sagte er mit belegter Stimme. »Wahnsinnig gut.«

Mir wurde noch heißer, nicht nur im Gesicht, sondern überall, auch an Stellen, die ich schon lange nicht mehr bewusst wahrgenommen hatte.

»Äh ... Findest du nicht, dass ich ... ahm, dass ich ...« Ich stockte und überlegte, wie ich die folgende Frage möglichst dezent formulieren konnte, doch mir fiel nichts ein, also brachte ich es auf den Punkt. »Findest du nicht, dass ich einen dicken Hintern habe?«

So, jetzt war es draußen. Die Frage aller Fragen. Die Stunde der Wahrheit war gekommen, jetzt musste er Farbe bekennen. Ich wappnete mich, es zu tragen wie eine Frau.

Seine Stimme war wie rauer Samt. »Du hast den schönsten, erotischsten Körper, den ich je gesehen habe.«

Mir entfuhr ein ersticktes Seufzen, als er mir das Glas wegnahm und es zusammen mit seinem auf der Bank abstellte. Fassungslos schaute ich die beiden kleinen Gläser an, wie sie in stummer Eintracht Wölbung an Wölbung dicht nebeneinander auf der Bank standen. War es möglich, dass allein der Anblick von zwei unschuldigen Likörgläsern unvorstellbare sexuelle Gelüste auslösen konnte? Oder hing es eher mit dem Grappa zusammen?

Im nächsten Moment war diese Frage nur noch akademisch, denn Sven nahm meine Hand und zog mich von der Bank hoch.

»Dieser Duft«, flüsterte er. »Wie heißt er?«

»*Sensi*«, flüsterte ich zurück.

»Klingt italienisch.«

»Passend zum Grappa und den Toskana-Lendchen«, sagte ich dämlicherweise. Ich überlegte, was *Sensi* wohl auf Deutsch bedeutete. *Fühl mal?*

Anscheinend konnte er Gedanken lesen. Oder meine Bemerkung über die Lendchen hatte ihn auf die passende Idee gebracht.

Er zog mich in seine Arme und presste mich gegen seinen Körper, und kaum konnte ich diesen Mann von Kopf bis Fuß spüren, verging ich fast vor Begierde. Er tat nichts weiter, als mich einfach festzuhalten, mich an sich zu drücken und sein Kinn auf meinen Scheitel zu legen, aber ich hätte schwören können, dass allein dadurch meine Slipeinlage soeben einer harten Belastungsprobe unterzogen wurde.

»Das dürfen wir eigentlich nicht«, sagte ich halbherzig.

»Wieso nicht?«

Ich legte beide Arme um ihn. Er fühlte sich einfach wunderbar an. Es war fast zu gut, um wahr zu sein. Und sein Geruch stellte etwas mit meinen Sinnen an, das ich in der Form auch noch nicht erlebt hatte: Meine Hände zitterten förmlich von dem Drang, unter sein Hemd zu kriechen und seinen nackten Rücken betasten zu wollen.

»Schon wegen Annabel wäre es mies«, sagte ich. »Wir haben dich ja für sie hergezaubert.«

Er vergrub sein Gesicht in meinen Haaren und stöhnte, während er mich fester an sich zog. Ich keuchte und gab dem Verlangen nach, meine Hände unter sein Hemd zu schieben und mit den Fingerspitzen über seine Rippen und harten Muskeln zu fahren.

»Ich verstehe kein Wort, aber sprich ruhig weiter«, murmelte Sven. »Deine Stimme ist einfach wunderbar!«

Ich war hin- und hergerissen. Zwischen meiner Freundschaft für Annabel und diesem herrlichen, glatten, warmen Rücken. Von der Vorderseite mit allem Drum und Dran ganz zu schweigen. »Was wird sie denn sagen, wenn sie es erfährt?«, jammerte ich.

»Sie ist doch jetzt nicht hier, oder?«

Das kam mir sehr vernünftig vor. Beinahe genial in dieser bestechenden Logik. Annabel war nicht hier und kriegte es gar nicht mit. Folglich konnten wir ganz so tun, als wären wir unter uns. Oder besser, wir konnten endlich damit anfangen, es zu tun.

»Sie darf es aber nicht erfahren«, sagte ich mit schwankender Stimme. »Sie ist noch so traumatisiert von der Hochzeit, es wäre der Horror für sie, wenn sie erfährt, dass ich ... dass wir ...«

»Alles, was du willst.« Er umfasste mein Kinn mit einer Hand und hob es an, und dann neigte er den Kopf. »Das will ich schon tun, seit ich dich zum ersten Mal gesehen habe«, sagte er. Und dann küsste er mich endlich. Einen Moment lang versuchte ich mich daran zu erinnern, was ich übers Küssen wusste, doch das ging im nächsten Augenblick völlig unter, weil ich mich in ein wachsweiches, willenloses Etwas verwandelte. Ich bekam nur noch am Rande mit, dass er laut stöhnte, als er seine Hände auf meinen Hintern legte und irgendwie versuchte, ihn in den Griff zu kriegen. Meine Befürchtung, er könnte womöglich seine Ansicht über meinen Körper bei so viel ungehöriger Masse ändern, wurde sofort zerstreut, denn er flüsterte mir etwas ziemlich Unanständiges, aber sehr Begeistertes ins Ohr. Das erregte mich dermaßen, dass ich exakt ab dem Moment zu denken aufhörte.

*

Als ich wieder zu mir kam, wackelten meine Knie derartig, dass ich hingefallen wäre, wenn Sven mich nicht an den Schultern festgehalten hätte.

»Da kommt jemand«, flüsterte er.

Ja, ich. Um ein Haar. Es hatte wirklich nicht viel gefehlt, ich hatte ungefähr drei Atemzüge davorgestanden. Vielleicht sogar nur zwei. Keuchend holte ich Luft, doch es passierte nichts mehr.

»Nebenan. Pst, hörst du?«

Ich hörte nichts, nur das Rauschen in meinen Ohren und das rasende Pochen meines eigenen Herzschlags.

Dann wurde meine Umgebung wieder deutlicher, es war, als würde ein Schleier aus Gerüchen, Gefühlen und Geräuschen zerreißen und dahinter die Realität zum Vorschein kommen.

»Ich sage dir, das gibt Mord und Totschlag.« Das kam von drüben hinter der Hecke, es war Dorothees Stimme, recht nüchtern klingend, obwohl sie mit Sicherheit sternhagelvoll war.

»Und ich sage, es klappt hundertpro.« Das war Hermann, sein nuscheliges Zischeln, mit dem er jedes *S* zum *Ssss* machte, war unverkennbar. »Wenn Rudi die Kohle rüberschiebt, ist alles paletti. Dann ziehen wir das Ding durch und fertig.«

Die beiden unterhielten sich weiter, aber sie entfernten sich dabei in Richtung Haus, sodass wir nicht mehr verstehen konnten, was sie sagten.

»Komische Nachbarn, diese Habermanns«, sagte Sven.

»Ja«, stieß ich zittrig hervor. »Total komisch.«

Ich wusste nicht, was ich denken sollte. Zum einen, weil mir der Kopf nur so schwirrte von dieser unglaublichen Knutscherei und mein Blut immer noch hochkochte wie Lava in einem Vulkan, und zum anderen, weil ich gar nicht erst wagte, mir vorzustellen, was Dorothee und Hermann mit meinem Vater zu tun hatten. Oder mit dem Geld, das er rüberschieben sollte. Beziehungsweise seine arme, hart für ihren Lebensunterhalt arbeitende Tochter.

Zu allem Überfluss kam jetzt noch jemand aus dem Haus, die Schritte auf dem Kies waren meterweit zu hören, zum Glück schon ein paar Sekunden, bevor der Betreffende um die Ecke des Hauses bog. Ich hatte gerade noch Zeit, mit flatternden Fingern mein Top, das sich irgendwie in Form einer rettungslos verdrehten Schlange um meine Hüften gewickelt hatte, mitsamt meinem ebenfalls da unten befindlichen trägerlosen BH über meinen nackten Busen hochzuzerren. Und den Rock, der ebenfalls in der Zwirbelschlange steckte, zurück über meinen Hintern zu rollen. Sven, bei dem alle Kleidungsstücke noch an Ort und Stelle waren, knöpfte hastig seine Jeans zu (hatte ich die etwa aufgemacht?) und strich mir hastig mit beiden Händen über die Haare, eine halb zärtliche, halb energische Geste. Seine Berührung ließ ein warmes Gefühl von Rührung und Zuneigung in mir aufsteigen. Es fühlte sich ganz anders an als die heiße, erotische Spannung von vorhin, aber nicht minder angenehm.

Leider brachte sein Versuch, mein zerwühltes, zuckerwatteartig abstehendes Haar zu ordnen, nicht viel ein. Blieb nur die Hoffnung, dass es zu dunkel hier hinterm Haus war, um Genaueres zu sehen.

»Na so was«, sagte mein Vater fröhlich. »Da hat sich ja jemand vorm Abwasch gedrückt!«

»Wir wollten gerade reingehen und helfen«, behauptete ich. Im nächsten Moment war ich mit Blitzgeschwindigkeit an ihm vorbei und ins Haus gerannt. Aus den Augenwinkeln erkannte ich gerade noch seinen verdutzten Gesichtsausdruck, dann war ich auch schon im Vorgarten und eine Sekunde später auf der Treppe zur Haustür.

Sven tat mir ein bisschen leid, es war ziemlich unfair von mir, ihn da einfach so mit meinem Vater stehen zu lassen. Aber erstens sah er weit weniger mitgenommen aus als ich, und zweitens war er Anwalt und konnte sich folglich viel besser rausreden.

Vorsichtshalber ging ich gar nicht erst in die Küche, sondern schlich sofort nach oben. Bevor ich ins Bad ging, klopfte ich kurz und artig, aber es kam kein Laut.

Doch natürlich hatte ich wieder mal Pech. Als ich die Tür aufmachte, stand Pauline in einer Art Marlene-Dietrich-Pose vor der Wanne, einen Fuß hochgestellt, den Rock bis zur Hüfte hochgeschoben und den halterlosen, spitzenbesetzten Strumpf halb heruntergerollt. Das nackte Bein mit dem Oberschenkelhalfter und der gut geölten Pistole war ein richtiger Hingucker. »Komm rein«, flötete sie, als würde ich nicht schon mitten im Raum stehen. »Ich bin gleich fertig! Es ist leider eine Laufmasche!«

Dann wandte sie den Kopf zu mir um. »Ach, du bist es«, sagte sie missmutig.

Ich sparte mir die Mühe, danach zu fragen, wen sie denn erwartet hatte. Im Gegenzug ritt sie nicht auf meinem derangierten Aussehen herum, sondern schaute schweigend zu, wie ich die schlimmsten Spuren von Svens zügellosen Küssen beseitigte, indem ich großzügig Abdeckstift zum Einsatz brachte und anschließend unter etlichen Schmerzenslauten meine Haare mit der Bürste entwirrte.

Pauline betrachtete mich mit verschränkten Armen und undeutbarer Miene.

»Sag kein Wort«, warnte ich sie.

»Ich sag doch nichts.«

»Ich meine gegenüber Annabel.«

»Ach so.« Sie rollte den völlig laufmaschenfreien Strumpf wieder an Ort und Stelle und nahm den Fuß vom Wannenrand, sodass auch der Rock wieder runterfiel. »Wieso denn nicht?«

»Das fragst du noch? Du weißt doch, in was sie sich verrannt hat!«

»Nicht wirklich. Aber vielleicht erklärst du es mir.«

Ich hob den Kopf. »Annabel kommt hoch. Halt ja die Klappe.«

Pauline zuckte die Achseln. Im nächsten Moment klopfte es an der Tür, und Annabel kam rein. »Ich muss mal. Unten ist besetzt.«

»Kein Problem«, sagte Pauline. »Tu dir keinen Zwang an.«

»Bin schon weg«, sagte ich. Während ich mich mit einem gespielt fröhlichen *Bis dann* an Annabel vorbeiquetschte und mich eilig wieder nach unten verkrümelte, beschloss ich, morgen als Erstes in allen nur erreichbaren Schubladen nach dem Badezimmerschlüssel zu suchen.

Von der Treppe aus sah ich durch die offene Küchentür, dass Sven die Spülmaschine ausräumte. Er war allein, folglich war mein Vater auf dem Gästeklo. Es war frisch gestrichen, hoffentlich dachte er dran, dass er die Wände nicht anfassen durfte.

Mein Herz klopfte heftig, als ich in die Küche ging und vor Sven stehen blieb. Er schaute mich an, dann ging er an mir vorbei und machte die Tür zu. Anschließend war er mit zwei großen Schritten wieder bei mir und riss mich mit einem hungrigen Knurren in seine Arme.

Wir hatten gerade noch Zeit für einen kurzen, aber leidenschaftlichen Kuss und etwas Gefummel, als auch schon das Zuklappen der Klotür zu hören war.

»Heute Nacht?«, flüsterte Sven. »Kommst du rauf zu mir, wenn alle schlafen?«

Ich schluckte und starrte ihn an, unfähig, etwas anderes zu tun, als stumm zu nicken.

Die Tür ging auf, und mein Vater kam in die Küche. Er sah

die offene Spülmaschine und Sven und mich mit Händen voller Geschirr.

Er grinste uns an. »Sieht ganz so aus, als wolltet ihr doch noch den Abwasch erledigen.«

*

Ich konnte mich nicht erinnern, dass Annabel früher jemals so lange gebraucht hatte, um einzuschlafen. Wir lagen beide im Bett, und mir schwirrte der Kopf vor Grappa und Vorfreude, doch das Problem war, dass Annabel nicht aufhören wollte zu reden.

Und zu allem Überfluss anscheinend nur über Sven.

»Ist er nicht toll? Ein wirklich absolut geiler Typ? Ich meine, nicht nur, wie er aussieht. Sondern auch wie er redet und sich bewegt. Und seine Manieren ... Das ist doch Wahnsinn, oder? Britta? Hast du gehört, was ich sage? Bist du noch wach?«

»Ja«, sagte ich verdrossen.

»Ja, was? Findest du ihn etwa nicht klasse?«

»Doch, irgendwie schon.«

»Er ist doch total erotisch, oder? Ich meine, so als Mann.«
Pause.

»Findest du ihn nicht erotisch?«, insistierte sie.

»Ahm ... doch, ja.«

»Ich finde, sein Hintern sieht in diesen engen Jeans sagenhaft knackig aus.«

»Echt? Habe ich gar nicht so drauf geachtet.«

»Musst du mal.« Annabel kicherte. »Vor allem, wenn er sich bückt, zum Beispiel über die Spülmaschine.«

Ich knirschte lautlos mit den Zähnen und atmete erleichtert auf, weil sie gleich darauf das Thema wechselte.

»Weißt du eigentlich, warum ich Altenpflegerin geworden bin? Ich meine, ich hätte dafür ja nicht unbedingt Abi gebraucht.«

»Abi kann nie schaden«, sagte ich. »Wenn du den Job blöd gefunden hättest, hättest du es leichter gehabt, was anderes anzufangen.«

»Stimmt. Aber darum habe ich kein Abi gemacht. Da wusste ich ja schon, dass ich Altenpflegerin werden wollte.«

»Warum hast du dann Abi gemacht?«

»Wegen Klaus«, sagte sie. »Ich fand es so toll, mit ihm in einer Klasse zu sein. Das ganze letzte Jahr auf der Schule habe ich nur davon geträumt, mit ihm auf dem Abschlussball zu tanzen.«

Ich schluckte. Sie hatten tatsächlich getanzt, die beiden. Aber hinterher, ganz am Ende des Balls, hatte Klaus seinen eigenen Tanz veranstaltet, mit Serena in der Besenkammer am Ende des Ganges hinter der Aula. Und dabei hatte dieses Weibsstück nicht mal das Abi gepackt, sie hatte das letzte Jahr wiederholen müssen, von Rechts wegen hätte sie also gar nicht zu dem Ball auflaufen dürfen. Na ja, diesem Thema würden Annabel und ich uns noch auf unsere spezielle Art widmen. Zu den wichtigsten Utensilien, die ich für die Märchenhochzeit besorgen würde, gehörte ein Fläschchen Laxoflott forte.

»Der Ball war so schön«, sagte Annabel. «Jedenfalls, bis dann das andere passierte. Genau wie meine Hochzeit. Die war auch toll. Bis zu ...« Ihre Stimme erstarb in einem Seufzer.

»Warum bist du denn nun Altenpflegerin geworden?«, fragte ich, um sie abzulenken.

»Weil ich meine Uromi so gerne gepflegt habe«, sagte Annabel verträumt. »Sie war so eine liebe alte Frau. So dankbar für alles. Und wie sie mich immer mit großen Augen angesehen hat, wenn ich sie gefüttert und gewaschen habe. Und beim Kämmen hat sie sich immer geduckt wie ein kleines Kind, wenn die Bürste geziept hat.« Sie hielt kurz inne. »Überhaupt – alte Menschen sind wirklich fast wie kleine Kinder. Sie sind so dankbar und offen und vertrauen einem völlig.«

»Sie sind auf deine Hilfe angewiesen«, stellte ich fest. »Vielleicht ist es das, was dich an dem Beruf so befriedigt. Du kannst ihnen pausenlos helfen, sie sind dir ja quasi ausgeliefert, ob sie es wollen oder nicht. Sie liegen hilflos da rum oder sitzen in ihrem Rollstuhl, und du kommst rein und machst alles für sie. Du findest es toll, und sie finden es toll.«

»Willst du damit sagen, ich hätte ein Helfersyndrom?«, kam Annabels verärgerte Stimme aus dem Dunkeln.

»Äh – nein. Wollen wir nicht schlafen? Ich bin total müde.«

»Ich auch«, sagte Annabel. Kurze Pause. »Was denkst du, wenn du Pauline und deinen Vater zusammen siehst?«

»Dass sie, wenn sie Pech hat, in zwanzig Jahren auch als Altenpflegerin arbeiten könnte.«

»Es war eine ernsthafte Frage«, sagte Annabel beleidigt.

»Und ich habe eine ernsthafte Antwort gegeben.«

»Also stört es dich?«

»Meine Güte, soll ich es toll finden? Die beiden passen überhaupt nicht zusammen! Mein Vater sucht doch nur jemanden, den er ausbeuten kann.«

»Hältst du Pauline für einen Menschen, der sich ausbeuten lässt?«, fragte Annabel.

Ich dachte kurz nach. »Nein«, sagte ich dann wahrheitsgemäß.

»Na siehst du. Wie kannst du dann so voreilig behaupten, dass die zwei nicht zusammenpassen?«

»Er ist fast fünfzig und sie gerade mal siebenundzwanzig.«

»Ja und? Guck dir Dieter Bohlen an. Oder Joschka Fischer. Flavio Briatore. Donald Trump.«

Ich lachte. »Das willst du doch nicht ernsthaft vergleichen, oder? Das sind Promis. Glaubst du etwa, die würden bei jüngeren Frauen eine Schnitte kriegen, wenn sie nicht entweder jede Menge Macht oder einen Haufen Geld hätten? Hast du dir die Typen schon mal genauer angeguckt, ich meine rein optisch? Welche normale junge Frau würde sich denn mit denen befassen, wenn die arbeitslos wären, beim Aldi um die Ecke einkaufen oder einen Fiat Panda fahren würden? Oder würdest du es etwa prickelnd finden, wenn du irgendwann in zehn Jahren mit so einem Veteran ins Kino gehst, und der holt an der Kasse seinen Seniorenausweis raus?«

»Dein Vater ist ein Geschäftsmann und fährt einen BMW. Und er sieht *wirklich* gut aus.«

Ich gähnte, so laut ich konnte. »Jetzt bin ich aber echt müde.«

Endlich gab sie Ruhe. Ich wartete ein paar Minuten, bis ihre ruhigen Atemzüge verrieten, dass sie eingeschlafen war, dann rollte ich mich vorsichtig vom Sofa und schlich wie ein Mäuschen zur Tür.

»Wo gehst du hin?«

Ich zuckte zusammen. »Aufs Klo.«

Sie war wieder still. Vorsichtshalber ging ich tatsächlich ins Bad, was ich ohnehin vorgehabt hätte. Ich sprang unter die Dusche, brauste mich kurz ab und rieb mich anschließend großzügig und von oben bis unten mit *Sensi* ein. Es bedeutete so viel wie *Empfindungen, Sinnesorgane,* ich hatte vor dem

Zubettgehen noch rasch im Internet nachgeschaut. Als ich fertig war, horchte ich kurz an der Tür von Annabels Zimmer, aber es war nichts zu hören. Aus Paulines Zimmer dagegen waren leise, kaum verständliche Worte zu hören. Entweder sie telefonierte mit jemandem oder... Nun ja.

Ich hätte nur in meinem Zimmer nachsehen müssen, ob mein Vater dort war, aber diese Art von Kontrolle widerstrebte mir im Augenblick. Wenn er wirklich da war, würde ich ihn vielleicht aufwecken und ihm dann erst lang und breit erklären müssen, warum ich ihn überhaupt störte. Und davon würde Annabel womöglich auch gleich wieder wach werden. War er nicht da, dann...

Ich wollte es gar nicht wissen, jedenfalls nicht jetzt. Ich wollte nur eins, nämlich endlich nach oben gehen und herausfinden, ob Svens Körper sich überall so gut anfühlte wie am Rücken.

Die Treppe knarrte erbärmlich, als ich auf Zehenspitzen ins Dachgeschoss hinaufschlich. Ich achtete darauf, weder das Geländer noch die Fußleisten zu berühren, weil die ebenfalls am Nachmittag frisch gestrichen worden waren. Überall im Haus roch es mittlerweile nach Farbe und frischem Holz. Dank zahlreicher zupackender Hände war innerhalb kürzester Zeit fast alles renoviert worden, was Sven sich vorgenommen hatte. Das Dachgeschoss war mit Teppichboden ausgelegt und mit Holz vertäfelt worden, im Erdgeschoss war der künftige Kanzleibereich so gut wie fertig. Am Wochenende sollte noch tapeziert werden, und Sven wollte sich unterm Dach noch das geplante zweite Bad einbauen und auch die Außenanlagen herrichten lassen.

Annabel, Pauline und ich hatten uns nie sonderlich viel aus Gartenarbeit gemacht. Den Rasen hatten wir zwar regelmäßig gemäht, im Herbst das Laub weggerecht und sogar hin und wieder die Hecke geschnitten, aber bei solchen gärtnerischen Feinheiten wie Büsche stutzen oder gar neuen Anpflanzungen hatten wir uns stark zurückgehalten. Die Habermanns beklagten sich nicht, wenn die Äste von unserem Grundstück über ihre Hecke hingen oder der Quittenbaum, der an der Grenze wuchs, seine verfaulte Last drüben bei ihnen ablud. Es kratzte sie überhaupt nicht, zumal ihr eigener Garten aussah wie eine Kreuzung aus Dschungel, Chemielabor und Autofriedhof.

Ich war oben angekommen und wollte gerade vorsichtig klopfen, als die Tür unvermittelt aufgerissen und ich bei der Hand gepackt und ins Zimmer gezerrt wurde.

»Endlich«, flüsterte Sven. »Ich dachte schon, du kommst nicht mehr!«

»Annabel wollte nicht einschlafen.«

»Und du hast noch geduscht. Komm her!« Er riss mich an seine breite Brust und begann, all die Dinge mit mir anzustellen, von denen ich bisher immer geglaubt hatte, sie kämen nur in Romanen vor.

Er hatte für stimmungsvolle Beleuchtung und passende Musik gesorgt. Auf dem Regal brannte eine große Kerze in einem Windlicht, und die Stereoanlage spielte leisen Kuschelrock. Das Bett musste heute erst aufgebaut worden sein, gestern hatte nur eine Isomatte hier gelegen. Es war überlang und überbreit und mit seidig glänzender Wäsche bezogen.

Svens Hände glitten über meinen Rücken nach unten und unter den Bund meines Höschens.

»Aaah«, stöhnte er. »Du bist so griffig!«

Ich war glücklich, dass es ihm gefiel. Während ich mich an seinem männlichen Geruch berauschte und seine Umarmung inbrünstig erwiderte, fand ich gerade noch ein bisschen restlichen Verstand in einer Ecke meines benebelten Gehirns, um ihm was Wichtiges mitzuteilen. »Wir müssen es erst mal vor Annabel geheim halten.«

»Meinetwegen«, keuchte er.

Ich fuhr zusammen, als er mit seinen langen Fingern eine besonders empfindsame Stelle in meinen unteren Körperregionen ertastete.

»Es wäre also nur reiner Sex?«, vergewisserte ich mich.

»*Nur?*« Er packte mich und küsste mich, bis mir Hören und Sehen verging. »Nennst du das nur?«

»Also irgendwie – unverbindlich?«, fasste ich nach, während wachsende Wollust mir allmählich die Sinne schwinden ließ.

»Genau«, sagte er schwer atmend. »Unverbindlicher und heimlicher Sex. Und zwar jetzt sofort.«

Ich hatte irgendwie den Eindruck, dass ich das mit der Unverbindlichkeit vielleicht noch genauer hinterfragen sollte, aber ich konnte nicht mehr richtig denken. Ich stöhnte laut auf, während ich mit beiden Händen über seinen nackten Oberkörper fuhr und die harte Muskulatur spürte. Er war nackt bis auf schwarze Boxershorts, die trotz ihres legeren Schnitts kaum die zusätzliche Beanspruchung verkrafteten, der sie gerade im Bereich des Vorderteils unterworfen waren. Ich ließ meine Hand tiefer gleiten und riss die Augen auf. Wow, dachte ich ehrfürchtig. Das gab es also tatsächlich auch in echt! Vielleicht lag es daran, dass er insgesamt so groß war. Möglicherweise hatte die Natur einfach die korrekten Relationen einhalten wollen.

Wie auch immer, es war alles da, was ich nach monatelanger Entbehrung brauchte, und noch eine ganze Menge mehr.

Als ich später – viel später – wieder nach unten in Annabels Zimmer schlich und mich auf dem Sofa zusammenrollte, befand ich mich immer noch im totalen Ausnahmezustand. Ich wollte gar nicht erst anfangen, über das nachzudenken, was mir da vorhin oben in Svens Bett widerfahren war, es war viel zu aufregend und verstörend. Davon abgesehen war es fast drei Uhr nachts und höchste Zeit, noch eine Mütze voll Schlaf mitzunehmen, bevor es wieder hell wurde. Der letzte Gedanke, den ich mit in meine Träume nahm, war der an Sven, wie er mich hinterher in den Armen gehalten und leise mit mir gesprochen hatte. Über seine Jugend als Anwaltssohn, über seine Eltern, sein Studium. Dann war er praktisch von einem Atemzug auf den nächsten eingeschlafen, wirklich mitten im Satz. Ich war versucht gewesen, ihn wieder wachzumachen, damit er weitersprach, aber das wäre wohl doch eine Spur zu unsensibel gewesen. Immerhin hatte er einen langen, harten Tag gehabt, von der noch viel härteren Nacht ganz zu schweigen. Also hatte ich ihn sanft auf die Stirn geküsst, mich in Gedanken für dieses unglaubliche, aufwühlende Erlebnis bei ihm bedankt und war zurück in mein eigenes Bett gegangen, oder genauer auf Annabels Bettsofa. Nachdem in meinem Kopf noch ein paar Minuten die wildesten Gedankenstürme getobt hatten, schlief ich wider Erwarten doch ziemlich schnell ein.

Als ich am nächsten Morgen wach wurde, waren alle schon ausgeflogen. Dafür waren wieder kolonnenweise Handwerker angerückt, die im Treppenhaus Teppich und in der Besenkammer elektrische Anschlüsse für Fax, Kopierer und die neue Telefonanlage verlegen wollten. Ich schlich stumm und tranig zwischen ihnen umher und kam mir vor wie Falschgeld, das jemand irgendwo liegen gelassen hatte. Von Sven hatte ich kein Lebenszeichen entdeckt. Annabel hatte mir

Brötchen und Kaffee hingestellt und dazu einen Zettel: *Habe dich nicht geweckt, du hast so schön geschlafen.*

Es zog mir das Herz zusammen, und ich fühlte mich schrecklich. Eigentlich hatten wir zusammen frühstücken wollen. Hinterher hätte ich dann mit ihr die Märchenfotos gemacht. Sie hätte noch eine oder zwei Stunden Zeit gehabt, denn ihr Dienst fing heute später an, weil gleich zwei ihrer Dauerpatienten momentan im Krankenhaus waren. Doch mittlerweile war es schon nach zehn, da war sie natürlich längst bei der Arbeit, unterwegs mit ihrem fliederfarbenen Smart mit der Aufschrift *Annabel Wegner – private Pflege.*

Kurz entschlossen fuhr ich in die Stadt, weil ich es zu Hause nicht länger aushielt. Doch mein schlechtes Gewissen fuhr mit, es ließ sich nicht so einfach abschütteln. Wie konnte ich ihr das nur antun? Sie war meine beste Freundin, wir waren fast wie Schwestern! Wir hatten schon im Kindergarten unsere Jäckchen immer auf denselben Haken gehängt, und sie hatte mir jedes Mal was von ihrem Frühstücksbrot abgegeben, wenn sie zufällig Nutella draufhatte. Meine Mutter hatte mir nie Nutella aufs Frühstücksbrot geschmiert, was ich damals unbegreiflich fand. Doch Annabel hatte diesen Mangel ohne zu geizen immer mit der größten Selbstverständlichkeit ausgeglichen.

Und was tat ich? Schnappte ihr zum Dank den Traummann weg, den sie sich mühsam hergezaubert hatte!

Im Grunde war ich keinen Deut besser als Serena.

»Der Teufel«, murmelte ich im nächsten Augenblick erschrocken. Das war doch nicht möglich! Kaum dachte ich an diese Person, und schon tauchte sie wie aus dem Nichts vor meinen Augen auf! Konnte das noch Zufall sein?

Sie kam direkt vor mir auf die Straße gestöckelt, als ich vor einer roten Ampel halten musste.

Ich hätte am liebsten so getan, als hätte ich sie nicht gesehen, doch darauf würde sie nicht reinfallen, weil sie genau mitgekriegt hatte, wie mein Mund bei ihrem Anblick aufgeklappt war. Sie trat neben meinen Wagen, klopfte an die Scheibe und winkte mich an den Straßenrand. Was blieb mir übrig? Schließlich ging es um eine Menge Geld, und da ich mich nun schon dazu entschieden hatte, ihre Hochzeit zu organisieren, sollte ich auch schauen, dass mir der Auftrag nicht wegen Unbotmäßigkeit entzogen wurde, bevor er überhaupt unterschrieben war.

»Hi, Britta«, sagte sie strahlend, nachdem ich ausgestiegen war. »Wie schön, dich hier zu treffen!«

»Hallo, Serena.« Ich überwand meinen inneren Schweinehund und gab ihr artig die Hand. Es gelang mir sogar, ein Lächeln zu produzieren, das genauso falsch war wie ihre Titten.

Doch komischerweise stachen die heute gar nicht mal so ins Auge, denn ihre Aufmachung war bei weitem nicht so *shocking* wie letzte Woche auf der Hochzeit. Sie trug ein unaufdringlich elegantes Kostüm, zierliche Pumps und eine dazu passende Handtasche, alles in sanftem Taubenblau und alles von Escada. Ihr Haar war eine Spur zu blond, aber selbst das merkte man kaum, weil sie es zurückgesteckt in einer schlichten Nackenrolle trug. Ihr Make-up war so dezent, dass man zweimal hinschauen musste, um es überhaupt zu bemerken. Sie sah aus wie eine nette, hübsche Geschäftsfrau vor einem wichtigen Besprechungstermin.

»Wie schön, dich hier zu treffen«, sagte sie. »Ich wollte dich sowieso heute mal anrufen. Wir haben ja noch einiges zu besprechen. Hast du einen Moment Zeit? Komm, wir gehen Kaffee trinken.«

Obwohl ich mich grässlich dabei fühlte, versuchte ich,

möglichst geschäftsmäßig und konziliant dreinzuschauen, während ich mich von ihr unterhaken und zum nächsten Café schleifen ließ. Was ich hier machte, war im Grunde doppelter Verrat. Ich schlief mit Annabels neuem Traummann und organisierte die Hochzeit ausgerechnet jener Frau, die Annabels eigene Hochzeit in einen Albtraum aus den schlimmsten Abgründen der Hölle verwandelt hatte.

Immerhin, so tröstete ich mich, wenigstens für die Organisation der Hochzeit hatte ich Annabels *Okay*. Und dann waren da ja noch unsere Abführ-Pläne. Vielleicht sollte ich doch lieber zwei Fläschchen kaufen, eins für Serena und eins für Thomas. Schließlich war es die Hochzeit von beiden, und wenn sie schon den Rest ihres Lebens gemeinsam verbringen konnten, sollten sie auch ruhig gleichzeitig Durchfall haben.

»Ich nehme nur ein Wasser«, sagte Serena zu der Bedienung.

Ich bestellte mir Kakao mit Sahne und dazu zwei Croissants, schließlich hatte ich noch nicht gefrühstückt. Außerdem hatte ich gestern Abend nur wenig gegessen, dafür aber letzte Nacht ungeheuer viele Kalorien verbrannt, folglich durfte es mal etwas mehr als ein Brötchen sein.

»Reden wir über die Hochzeit«, sagte Serena. »Meine Mutter hat mir erzählt, was dir so vorschwebt. Ich bin sehr damit einverstanden, aber es darf nicht ins Lächerliche oder Komische abgleiten. Es muss den Sinn der Leute für Romantik und Nostalgie ansprechen, ein bisschen die gute Stimmung aus ihnen rauskitzeln. Aber es darf nicht wie Disneyland rüberkommen.«

Ich starrte sie überrascht an. Dass sie sich so gewählt ausdrücken konnte, hatte ich gar nicht erwartet. Klar, sie hatte am Ende doch noch ihr Abi gemacht, aber die beiden Jahre, die wir gemeinsam in eine Klasse gegangen waren, war es mir immer so vorgekommen, als könnte sie keine fünf zusammenhängende Sätze hintereinander rausbringen. Und auch ihr wandelbares Äußere irritierte mich. Mit einem Mal wusste ich nicht mehr so recht, was ich wirklich von ihr halten sollte. Sie war so schlecht zu packen wie ein Fisch im Wasser, und was noch ärger war: Es war nicht zu erkennen, ob sie ein Hai oder eine Forelle war. Oder vielleicht beides, je nachdem, wie sie gerade sein wollte? Mir fiel unvermittelt wieder ein, wie Marie-Luise davon gesprochen hatte, dass Serena Schauspielerin geworden war. Ob sie sich deswegen einen Künstlernamen zugelegt hatte? Der war allerdings an Affigkeit nicht zu überbieten, wie ich fand.

»Sag mal, wieso hast du dir eigentlich einen so komischen Nachnamen ausgedacht?«, platzte ich undiplomatisch heraus.

Serena lächelte dünn. »Du meinst Busena? Mein erster Mann war aus Tschechien. Er hat Wert darauf gelegt, dass ich seinen Namen annehme. Und du musst zugeben, er klingt immerhin besser als mein Mädchenname.«

Damit hatte sie durchaus recht. Busenberg war nicht gerade der Knaller. Die halbe Schule hatte sich darüber totgelacht.

»Aber du bist doch Schauspielerin, oder?«

»In der Tat«, sagte Serena mit schmalen Lippen. Plötzlich sah sie aus, als würde sie über ein unangenehmes Thema reden. »Mein Mann war Filmproduzent, da hat es sich so ergeben. Aber manchmal ändern sich die Dinge im Leben auch wieder. Als verheiratete Frau eines in der Öffentlichkeit stehenden Mannes hat man schließlich gewisse Verpflichtungen.«

Ich rührte nachdenklich meinen Kakao um. Klar, Thomas hatte jetzt die neue Stelle bei der Sparkasse, aber hinterm

Schalter musste er ja nun nicht mehr gerade Dienst schieben, sondern hatte als Leiter der Kreditabteilung sogar ein eigenes Büro. Andererseits musste er natürlich Leute empfangen, die sich Geld leihen wollten, von daher war es vermutlich richtig mit der Öffentlichkeit.

»Gibst du dann deinen Job auf?«, erkundigte ich mich.

»Das habe ich schon getan.« Sie nahm einen kleinen Schluck von ihrem Wasser.

Ich aß voller Heißhunger meine Croissants, und weil sie so gut schmeckten, bestellte ich mir gleich noch zwei. Erstens musste ich seit letzter Nacht keine Angst mehr haben, dass ich irgendwo zu dick war, und zweitens würde sich vielleicht schon bald wieder eine Gelegenheit zum verstärkten Kalorienverbrauch ergeben, man konnte ja nie wissen.

»Am Wochenende habe ich meinen Entwurf fertig«, sagte ich.

»Darauf bin ich gespannt, aber auf die Vergabe des Auftrags an dich hat das keinen Einfluss. Der ist dir sicher.«

Ich strengte mich an, mir meine Erleichterung nicht allzu deutlich anmerken zu lassen.

»Lass uns über Thomas reden«, sagte Serena unvermittelt.

Ich verschluckte mich an meinem Kakao und musste ein paar Takte in die Serviette husten, bevor ich wieder Luft bekam.

»Geht es wieder? Soll ich dir auf den Rücken klopfen?«

»Nein, danke«, röchelte ich. »Und meinetwegen müssen wir auch nicht über Thomas reden. Für mich ist das Thema absolut erledigt.«

»Siehst du das so?« Sie wirkte erstaunt. »Das finde ich aber bemerkenswert!« Mit gerunzelter Stirn fügte sie hinzu: »Er war sowieso nichts für dich. Im Grunde habe ich dir einen Gefallen getan. Ihr wärt nie miteinander glücklich geworden.«

Der Meinung war ich inzwischen auch, aber allein die Tatsache, dass sie sich die Frechheit herausgenommen hatte, eigenmächtig darüber zu entscheiden, genügte, um mich vor Wut erstarren zu lassen. Noch schlimmer wurde es dadurch, dass sie auch bei Annabel und Klaus die bösartige Schicksalsgöttin gespielt hatte. Das war einfach unverzeihlich, und ich wünschte mir sehnlich, sie möge dafür büßen, und zwar auf eine Weise, die sie noch lange daran denken ließ.

»Das mit Thomas mag ja stimmen«, sagte ich kalt. »Er sei dir gegönnt bis ans Ende deiner Tage.«

Sie wollte etwas einwenden, aber ich hob die Hand, um sie zum Schweigen zu bringen. »Nur die Sache mit Klaus, die sieht ganz anders aus. Annabel hat das ganz sicher nicht verdient, und er auch nicht. Nicht ein zweites Mal.« Ich holte Luft. »Es war ihr Hochzeitstag.«

Zu meiner Überraschung war sie blass geworden und sah plötzlich auch sonst ziemlich elend aus. »Es ist nun mal passiert«, sagte sie schroff. »Und ich habe keine Lust, mich jetzt vor dir deswegen zu rechtfertigen.« Sie trommelte mit spitzen Fingern gegen ihr Wasserglas. »Vielleicht sollten wir stattdessen lieber darüber reden, dass die Mercedeswerkstatt den Schaden an meinem Wagen auf achtundfünfzigtausend Euro taxiert hat. Der Meldebogen für die Versicherung liegt noch bei mir zu Hause. Bei vorsätzlicher Beschädigung nehmen sie Regress beim Verursacher.« Ich erschrak, doch bei ihren Worten klang ihre Stimme wieder resigniert. »Ich hab's nicht abgeschickt und werde es auch nicht tun. Und du kriegst den Auftrag für die Hochzeit. Damit du siehst, wie großzügig ich bin – ich setze dein Honorar auf fünfundzwanzigtausend fest. Es wird dir diese Woche noch überwiesen, für den Fall, dass du mir nicht glaubst.«

Ich schluckte, im ersten Moment überwältigt von so viel

Großzügigkeit. Doch dann gewann meine Vernunft wieder die Oberhand, und ich erkannte, welche Berechnung dahintersteckte. Annabel musste nichts für den kaputten Daimler bezahlen, und ich kriegte den fettesten Auftrag meiner bisherigen und vermutlich auch künftigen Karriere als Brautplaner. Und Serena ging bei alledem ganz offensichtlich davon aus, dass wir dadurch alle miteinander quitt wären.

Sollte sie sich das doch ruhig einbilden. Soweit es Annabel und mich betraf, war darüber allerdings das letzte Wort noch lange nicht gesprochen.

»Wann soll eigentlich der Hochzeitstermin sein?«, fragte ich widerstrebend.

»Angedacht ist der fünfzehnte August.«

Mir wären um ein Haar die Croissants wieder hochgekommen. Das war exakt der Termin, den ich für mich ins Auge gefasst hatte, genauer, für meine orientalische Hochzeit!

»Ich muss das allerdings erst noch mit dem Bräutigam abklären«, ergänzte Serena mit einem leicht schrägen Lächeln.

»Wieso sollte er was gegen den Termin haben?« Meine Stimme klang patzig. Immerhin hatte er für diese Zeit sogar schon bei der Sparkasse seinen Urlaub eingereicht, weil wir geplant hatten, gleich nach der Feier in die Flitterwochen aufzubrechen!

»Du weißt doch – Männer. Die überlegen sich manche Dinge noch auf den letzten Drücker anders.«

Es kam mir fast so vor, als ob sie meinen Blicken auswich. Ob sie jetzt doch eine Spur von schlechtem Gewissen mir gegenüber verspürte?

»Zum Andersüberlegen ist aber nicht mehr viel Zeit«, sagte ich sachlich. »Wenn die Planung steht, gehen die Einladungen raus. Die ganze Veranstaltung muss ja auch gebucht werden. Die Lokalität, die Musik, die Wagen, das Catering ...«

»Keine Sorge. Wenn das erst mal alles fix ist, wird er sich bestimmt nicht länger zieren.«

»Du meinst, er könnte noch irgendwelche Einwände haben?«, wollte ich irritiert wissen. »Soll ich vielleicht lieber erst mal mit ihm reden, bevor ich alles in Angriff nehme?«

»Nein.« Serena machte einen entschlossenen Eindruck. »Ich werde ihn mit der Planung vor vollendete Tatsachen stellen.«

Mir kam ein unguter Gedanke. »Meinst du, er könnte vielleicht was dagegen haben, dass ich die Hochzeit organisiere?«

»Darauf werde ich keine Rücksicht nehmen«, erklärte sie herablassend.

Ich schluckte. Sie war bereit, ein Vermögen auszugeben, ohne den Bräutigam vorher über die Einzelheiten der Hochzeitsplanung zu informieren!

Dann machte ich mir klar, dass sie im Grunde wirklich einigermaßen unbesorgt an die Sache herangehen konnte. Erstens war Thomas ganz versessen darauf, sie zu heiraten, und er würde sich auch bestimmt nicht großartig daran stören, dass ich die Planungshoheit hatte. Und zweitens war es ja nicht Serenas Geld, sondern das ihrer Mutter, die offenbar genug davon hatte.

»Deine Mutter scheint ziemlich reich zu sein«, sagte ich beiläufig.

Serena nickte nur, zerrte einen Geldschein aus ihrem teuren Täschchen und stand auf. »Ich muss weiter. Ruf mich an, wenn dein Entwurf fertig ist. Dann besprechen wir den Rest.«

*

Das ganze Gespräch kam mir im Nachhinein reichlich eigenartig vor, aber ich wusste nicht, woran genau ich es festmachen sollte. Vielleicht lag es einfach daran, dass sie schon immer einen an der Waffel gehabt hatte.

Nach dieser unersprießlichen Unterhaltung ging ich zurück zu meinem Wagen, ohne recht zu wissen, wohin ich eigentlich fahren wollte. Normalerweise hätte ich um diese Tageszeit in meinem schnuckeligen kleinen Büro gesessen und am PC meine Hochzeitsplanungen in Angriff genommen. Oder neue Werbekonzepte entworfen, die ich ins Internet stellen konnte. Inzwischen kriegte ich online fast so viele Kontakte für neue Aufträge wie über persönliche Anfragen.

Während ich meinen Wagen anließ, überlegte ich trübsinnig, dass ich nun immerhin künftig nicht würde zu Fuß laufen müssen. Um das Geld für meinen Vater zusammenkratzen zu können, hätte ich meinen Wagen vermutlich verkaufen müssen, wenn Serena nicht von sich aus auf die Idee einer Honorarerhöhung gekommen wäre. Im Grunde durfte ich ihr wohl dankbar sein.

Mir kam in den Sinn, ob sie sich damit womöglich von der Laxoflott-Behandlung freigekauft haben könnte.

Ich überlegte hin und her und kam zu dem Entschluss, dass noch nichts entschieden war. Außerdem hatte Annabel auch noch ein Wort mitzureden.

Gerade, als ich losfahren wollte, piepste mein Handy. Es war Pauline.

»Stell dir vor, was ich über diese saubere Person rausgefunden habe!«, sagte sie.

»Über wen? Serena?«

»Die auch. Aber in erster Linie meine ich ihre Mutter, Marie-Luise von Fleydensteyn.«

»Sie ist doch nicht pleite?«, fragte ich ängstlich.

»Nein, das nicht. Aber es hängt mit ihrem Geld zusammen. Genauer mit der Art, wie sie drangekommen ist.«

»Soweit ich weiß, hat sie mehrmals reich geheiratet«, sagte ich.

»Richtig. Und alle ihre Männer sind gestorben!«

»Du lieber Himmel«, sagte ich. »Waren die alle schon so alt?«

»Nein, nur der Letzte. Die anderen nicht. Und sie sind alle vier keines natürlichen Todes gestorben. Nummer eins hatte einen Autounfall, Nummer zwei einen Infarkt, Nummer drei einen Flugzeugabsturz mit seiner Privatmaschine, und Nummer vier hat einen tödlichen Stromschlag in der Badewanne erlitten. Mit einem Heizöfchen«

»Was willst du damit zum Ausdruck bringen?«, fragte ich. »Etwa, dass Serenas Mutter...?« Ich brachte es nicht raus, weil es einfach zu ungeheuerlich war.

»Man hat das natürlich untersucht«, sagte Pauline. »Zuerst beim vierten, und dann in der Folge auch nachträglich bei den drei Vorgängern.«

»Warum denn? Ich meine, wieso kam man darauf, dass da was nicht stimmen könnte?«

»Weil das Gesetz der Wahrscheinlichkeit zwingend darauf schließen lässt«, sagte Pauline. »Allerdings konnte man ihr nichts nachweisen, weil sie beim letzten Mal im Ausland war. Es wurden aber Gerüchte laut, dass sie Kontakt zu irgendwelchen Typen aufgenommen hatte, die eventuell die schmutzige Arbeit für sie erledigten, auch schon in den vorangegangenen Fällen. Doch die Untersuchungen führten zu nichts, also hat man den Fall irgendwann zu den Akten gelegt. Jetzt hat sie Geld wie Heu.«

»Klar, wenn die alle so reich waren«, sagte ich, vollkommen erschüttert von diesen Neuigkeiten.

»Nein, der Erste war nicht so reich, er hatte nur eine super Lebensversicherung.«

»Das war sicher Serenas Vater«, sagte ich.

»Nein, der war schon vorher gestorben. Mit dem war ihre Mutter überhaupt nicht verheiratet.«

Was offenbar keine Garantie für ein längeres Leben des Armen gewesen war.

»Was war mit dem Zweiten?«

»Der war ein betuchter Fabrikant, und er hat Marie-Luise alles hinterlassen.«

»Der Dritte war dann wahrscheinlich noch reicher«, spekulierte ich.

»Nein, das war ein Gigolo, er hat versucht, sie finanziell auszubooten.«

Was ihm offenbar nicht gut bekommen war.

»Und der Letzte muss dann dieser von Fleydensteyn gewesen sein«, schlussfolgerte ich.

»Richtig, ein Baron mit endlos viel Landbesitz und Geld. Der war allerdings schon über achtzig.«

»Warum erzählst du mir das alles?«, fragte ich. »Ich meine, wenn nichts gegen sie vorliegt, ist das Geld doch sauber, oder? Ich kann es mir auf keinen Fall leisten, das Honorar später irgendwann wieder zurückzuzahlen.«

»Das ist nicht der Grund meines Anrufs.«

Ich ahnte, dass gleich etwas ziemlich Übles kommen würde, doch ich war nicht darauf vorbereitet, wie schlimm es wirklich war.

»Der erste Ehemann von Serena...«

»Er war Tscheche«, sagte ich beunruhigt.

»Richtig. Ein Filmproduzent.«

»Davon hat sie erzählt.«

»Hat sie dir auch gesagt, was er so gefilmt hat?«

»Nein«, sagte ich mit wachsender Nervosität. »Jetzt komm schon zur Sache!«

»Er war ein Pornoproduzent. Und zwar richtig, mit Hardcore-Produktionen der Extraklasse.«

Ich war schockiert. »Du meinst, Serena ...«

»Hat da in einer tragenden Rolle mitgespielt? Weiß ich nicht, würde mich aber nicht wundern. Werde ich noch rausfinden. Wozu sitze ich hier an der Quelle für alle möglichen Infos? Aber darum geht es jetzt nicht. Sondern darum, wie ihr Mann ums Leben gekommen ist.« Pauline machte eine bedeutungsvolle Pause. »Er hat sich aus Versehen mit seiner Jagdflinte erschossen.«

*

In meinem Kopf wirbelten die Gedanken durcheinander, während ich losfuhr. An der nächsten Ecke nietete ich um ein Haar einen Fahrradfahrer um, und zwei Straßen weiter überfuhr ich eine rote Ampel. Bremsen kreischten, und rechts und links von mir kamen mit knapper Not ein paar Autos zum Stillstand. Wenn ich ab sofort nicht sehr gut aufpasste, würde ich am Ende doch noch ohne Wagen dastehen.

Fieberhaft überlegte ich beim Weiterfahren, was denn nun die Konsequenz der ungenießbaren Einzelheiten war, die Pauline mir da vorhin so brandheiß aufgetischt hatte, doch ich kam immer wieder nur darauf, dass Thomas möglicherweise nicht viel Spaß an der Ehe mit Serena haben würde. Jedenfalls nicht langfristig.

Ich versuchte, mich mit dem Gedanken zu trösten, dass er nicht gerade ein Krösus war. Es brachte überhaupt nichts, ihn abzumurksen. Auch wenn man sein dreizehntes Monatsgehalt und die Lose fürs Prämiensparen mitrechnete – eine wirklich gute Partie war er nicht. Doch gleich darauf musste ich mich korrigieren. Seine Oma lebte noch, und die hatte in Heidelberg ein großes Mietshaus und zusätzlich mindestens zwei Millionen auf der hohen Kante. Klar, zuerst musste noch sein Vater sterben, und der war kerngesund und gerade mal sechsundfünfzig. Aber man wusste ja nie … Und hatte Thomas nicht neulich erst erzählt, dass er statt Riester-Rente lieber eine fette Lebensversicherung auf Kapitalbasis abschließen wollte?

Mich schauderte bei den gedanklichen Möglichkeiten, die sich daraus ergaben, und ich beschloss, bei nächster Gelegenheit mit Pauline und Annabel eine Krisensitzung abzuhalten. Abführmittel waren eine Sache, aber jemanden in sein sicheres Verderben rennen zu lassen eine andere. Wobei natürlich zu bedenken war, dass es möglicherweise früh genug war, ihm am Hochzeitstag reinen Wein einzuschenken. Vielleicht, während Serena auf dem Klo saß? Ja, das wäre im Prinzip eine gute Idee, schon aus finanztaktischen Gründen.

Als ich zu Hause ankam, war ich immer noch verstört, aber wenigstens hatte sich meine entsetzte Hektik ein wenig gelegt.

Die Arbeiten im Haus waren inzwischen noch weiter fortgeschritten. In der Diele wurde gerade eine Schrankwand montiert, und zwei Männer schleppten eine Duschwanne die Treppe rauf. Das Bad in der Dachetage würde also eher fertig werden, als ich erwartet hatte, folglich würde ich Sven vermutlich nicht mehr unvorbereitet in der Wanne erwischen. Eigentlich schade.

Doch dann überlegte ich, dass ich ja stattdessen genauso gut ganz geplant zu ihm unter seine neue Dusche steigen konnte, wenn mir danach war. Zum Beispiel heute Nacht …

Das wäre genau die passende Entschädigung für den ganzen Stress, den ich gehabt hatte.

Ich ging in die Küche, um mir etwas zu trinken zu holen.

Mein Vater saß am Küchentisch und schaute trübselig in eine leere Tasse. Seine Niedergeschlagenheit konnte allerdings nicht daran liegen, dass der Kaffee alle war, denn in der Maschine dampfte noch eine volle Kanne vor sich hin.

»Was ist los?«, fragte ich, von leiser Panik erfüllt, dass Oleg vielleicht lieber doch mein Haus wollte als mein Hochzeitshonorar.

»Ich fühle mich so alt«, sagte mein Vater niedergeschlagen.

»Das ist normal bei Leuten in deinem Alter«, erwiderte ich tröstend.

Er blickte argwöhnisch auf. »Was meinst du mit: in meinem Alter?«

»Na, du bist doch alt, oder?«

Er schaute drein wie ein waidwund getroffener Hirsch, und ich beeilte mich, meine Aussage wenigstens leicht zu modifizieren. »Du bist nicht wirklich alt. Also nicht im Sinne von total alt. Nicht so wie ein Greis. Oder wie alte Leute im Altersheim.«

Mein Vater zuckte zusammen. »Altersheim? Bei mir funktioniert alles tadellos! Ich bin ein Mann in den besten Jahren!«

»Wenn das so ist – weshalb veranstaltest du dann hier so ein Gejammer?«

Er wurde rot, und ich ließ mich seufzend ihm gegenüber auf einen Stuhl fallen. »Du warst letzte Nacht mit Pauline zusammen, oder?«

»Sie ist zu mir ins Zimmer gekommen«, verteidigte er sich, während sein Gesicht sich noch dunkler färbte. »Sie hat ...«

Er schluckte, dann fuhr er mühsam fort: »Sie hat gesagt, sie hätte was gehört, vielleicht einen Einbrecher. Und ob ich ... ob ich mit ihr kommen und nachsehen würde.«

»Und, habt ihr einen Einbrecher gefunden?«, fragte ich ironisch.

»Nein, es stellte sich raus, dass du es warst. Du und Sven. Ihr wart ... nun ja.«

»Wir waren *was*?«, erkundigte ich mich in einer Mischung aus Ärger und Verlegenheit.

»Laut.«

Ich merkte, wie ich errötete, beschloss aber, nicht auf seine Äußerung einzugehen. Wozu auch, nachdem alle Tatsachen so offen auf dem Tisch lagen.

Ich erinnerte mich, dass ich ein- oder zweimal ein paar sehr enthemmte Geräusche von mir gegeben hatte. Vielleicht auch öfter.

Klar, dass Pauline und mein Vater schnell auf den Trichter gekommen waren, wer für den Krach verantwortlich war, und vermutlich hatten sie gleich danach beschlossen, den restlichen Abend mit einem gemütlichen Pläuschchen in ihrem Zimmer ausklingen zu lassen. Worauf dann eins zum anderen geführt hatte.

Fragte sich nur, warum mein Vater aussah wie sieben Tage Regenwetter, wenn doch bei ihm alles noch angeblich so super in Schuss war.

Ich holte mir eine Tasse Kaffee, setzte mich wieder zu ihm an den Tisch und wartete.

Er druckste herum und drehte seine leere Tasse in den Händen. »Pauline ist ... Sie ist eine wunderbare Person. Ich ... mag sie.«

»Dann ist doch alles bestens«, sagte ich, obwohl sich mein ganzes Inneres dagegen sträubte.

Er blickte auf. »Das meinst du nicht wirklich, und ich merke es.«

»Ich kann nichts dran ändern«, sagte ich in abweisendem Ton. »Sie ist meine Freundin, und du bist mein Vater. Über den Altersunterschied will ich gar nicht erst reden, auch nicht über solche Kleinigkeiten wie deine Geschäfte beziehungsweise wie du das alles finanzierst.«

Er nickte, als hätte er nichts anderes erwartet. »Das habe ich wohl verdient. Willst du mit Pauline darüber sprechen? Über die Sache mit den Geschäften?«

»Ich hatte es nicht vor«, sagte ich wahrheitsgemäß. »Allerdings wird es sich vielleicht nicht umgehen lassen, wenn Oleg auf die Idee kommt, Stanislaw sein Messer noch mal rausholen zu lassen. Vielleicht, weil er gerne Zinsen möchte oder so was.«

»Ach, die sind gar nicht so hart, wie sie immer tun. Das ist ihr russisches Temperament, weiter nichts.«

»Dein Wort in Gottes Ohr.« Ich trank einen Schluck von meinem Kaffee. »Warum erzählst du mir das mit Pauline eigentlich? Willst du meinen Segen oder so was in der Art?« Ein hoffnungsvoller Gedanke durchzuckte mich. »Oder willst du ein neues Leben anfangen? Eins mit einer geregelten Arbeit und ohne Import-Export-Geschäfte?«

Er hob nur kurz die Brauen, also lag ich mit dieser Idee wohl leider daneben.

»Wieso bist du dann so mies drauf? Findet Pauline dich auch zu alt?«

Er schüttelte den Kopf und wirkte plötzlich richtiggehend deprimiert. »Britta, ich habe mich total in sie verliebt. Wie ein junger Kerl. Wenn ich sie nur ansehe, könnte ich abheben.«

Ich merkte, wie meine ablehnende Haltung bröckelte.

Plötzlich konnte ich sogar Mitleid für ihn empfinden. »Ach Papa, das tut mir so leid. Das muss echt schlimm für dich sein!«

Er war erstaunt. »Wieso?«

»Na, weil sie deine Gefühle nicht erwidert.«

Mein Vater straffte sich. »Wer sagt das? Selbstverständlich erwidert sie meine Gefühle!«

Ich verdrehte die Augen und stand auf. »Dann verstehe ich ehrlich gesagt nicht, warum du so ein Getue veranstaltest.«

Er ließ den Kopf hängen. »Ich könnte ihr Vater sein.«

»Da waren wir doch schon. Du hast selbst gesagt, du bist ein Mann in den besten Jahren.«

»Ja, schon. Aber sie ist siebenundzwanzig, und wenn wir heiraten, wird sie eine Familie haben wollen!« Mein Vater bot ein Bild des Jammers. »Ich weiß nicht, ob ich es verkrafte, in meinem Alter noch ein Baby auszuhalten! Die sind so unberechenbar! Sie krabbeln herum und stecken alles, was sie finden, sofort in den Mund! Sie klettern auf Stühle und fallen runter! Man muss sie praktisch rund um die Uhr bewachen! Und später, wenn sie anfangen zu reden, sagen sie immer nur ein Wort: *nein!* Ich erinnere mich noch so gut an den Stress, wenn du deine Trotzanfälle hattest! Du konntest eine Stunde lang nonstop brüllen! Du bist dabei blau angelaufen, aber das hat dich nicht gehindert, die ganze Straße zusammenzukreischen!« Er starrte mich anklagend an. »Und du wolltest partout nicht aufs Töpfchen!«

Ich prallte zurück. Von dem ganzen Blödsinn, den er gerade von sich gegeben hatte, war eine einzige Aussage bei mir hängen geblieben. »Hast du gerade was von *heiraten* gesagt?«

Mein Vater hob die Schultern. »Ja, und?«

»Wieso heiraten? Wer sagt, dass ihr heiraten müsst? Wozu muss man denn überhaupt heutzutage gleich heiraten?«

»Das sagst ausgerechnet du?« Er schien schlagartig seinen Humor wiedergewonnen zu haben, denn er grinste mich breit an. »Die Hochzeitsplanerin, die selbst so versessen aufs Heiraten ist und es schon immer war? Deine unzähligen Braut-Barbies sitzen ja mitsamt ihren Kens heute noch in deinem Zimmer!«

»Du kennst Pauline doch gar nicht richtig«, hielt ich ihm vor.

»Ich kenne sie seit eurer Schulzeit und fand sie damals schon unglaublich attraktiv. Hast du vergessen, wie oft du sie mit zu uns nach Hause gebracht hast oder wie oft sie dich zu irgendwelchen Feten oder Ausflügen abgeholt hat? Insgesamt habe ich sie hundertmal gesehen, hundertmal gesprochen und fand sie jedes Mal zauberhafter.«

Diese Vorstellung hatte für mich etwas derart Absurdes, dass ich auflachte. Doch als ich den Gesichtsausdruck meines Vaters sah, kehrte auf der Stelle mein Ernst zurück. »Wenn du dir einbildest, Knall auf Fall zu heiraten wäre eine tolle Sache, ist das deine Angelegenheit«, beschied ich ihn kühl. »Aber wenn du ernsthaft glaubst, dass Pauline solchen hirnverbrannten Mist auch nur ansatzweise in Erwägung zieht, bist du leider total falsch gewickelt. Am besten, du schlägst es dir gleich aus dem Kopf und machst dich gar nicht erst damit lächerlich, sie mit so was zu belämmern.«

»Es war ja *ihr* Vorschlag.«

Das haute mich um. Entgeistert starrte ich meinen Vater an. »Das ist nicht dein Ernst.«

»Mein voller. Sie hat mich gefragt. Ich habe *Ja* gesagt.«

Ich schüttelte den Kopf, als könnte ich so einen bösen Spuk vertreiben, doch als ich anschließend hinschaute, saß er immer noch am Küchentisch und lächelte mich wohlwollend an. »Aber die gute Nachricht kommt jetzt erst, meine Taube. Wir möchten, dass du die Hochzeit organisierst.«

※

Pauline hatte meinem Vater (meinem Vater!!!) einen Heiratsantrag gemacht! Ich konnte es einfach nicht fassen. Wie hatte er es bloß hingekriegt, sie so für sich einzunehmen? Sie war doch eine Frau, die mit beiden Beinen fest im Leben stand!

Gut, an dem einen Bein trug sie manchmal eine Pistole und hatte auch sonst ein paar komische Angewohnheiten, aber das war noch lange kein Grund, sich mit einem Menschen wie meinem Vater zusammenzutun! Es gab zig andere Männer in ihrem näheren Umfeld, die mindestens genauso interessant waren, die ganzen Knackis und Dealer, die sie jeden Tag verhackstückte, nicht mal mitgerechnet.

Im Flur stolperte ich über Berge von Tapetenresten. Einer der Arbeiter war dabei, sie in eine Mülltüte zu stopfen. Geistesabwesend bückte ich mich, um ihm zu helfen.

»Das ist nett von Ihnen«, sagte er. »Ich hätt's ja schon raus in die Tonne gebracht, aber da hockt dieser komische Typ.«

Zerstreut blickte ich auf. »Welcher Typ?«

»Na, der Russe. Der ständig mit dem Messer um sich schmeißt.«

Ich schaute ihn genauer an. Er war ungefähr so alt wie mein Vater, Ende vierzig, Anfang fünfzig. Ein bisschen knittrig im Gesicht, aber sonst ganz gut erhalten.

»Hätten Sie ein Problem damit, eine jüngere Frau zu heiraten?«

»Ich bin schon verheiratet.«

»Angenommen, Sie wären es nicht.«

»Klar, dann würde ich mir eine Jüngere suchen.« Er musterte mich mit gewissem Interesse.

»Ich meine das rein theoretisch. Und zwar bezogen aufs Heiraten. So richtig mit Trauschein und allen Verbindlichkeiten.«

Er runzelte die Stirn. »Eigentlich hat man das ja mit dem Heiraten heute nicht mehr so. Aber es wäre schon irgendwie praktisch. Na ja, wenn ich es wirklich noch mal täte, müsste sie jünger sein.«

»Weil Sie Kinder wollen?«

»Du liebe Zeit, nein! Ich habe ja schon drei! Was die an Windeln vollgeschissen haben, reicht für mehr als ein Leben!«

»Und warum muss es dann eine jüngere Frau sein?«

Er hob die Schultern und grinste schräg. »Ist doch logisch, oder?«

Ich musterte ihn angewidert. Alle Männer waren gleich!

Doch mit seinen nächsten Worten überraschte er mich. »Sie würde noch Geld verdienen, wenn ich schon in Rente bin. Die kürzen doch heutzutage alles, und man muss sehen, wo man bleibt. Ich wäre dann wenigstens auch im Alter noch gut versorgt.«

Das war ein weiterer Aspekt, den ich noch gar nicht berücksichtigt hatte. Pauline war im öffentlichen Dienst. Mehr noch, sie war sogar auf Lebenszeit verbeamtet, mit konkreten Aussichten, in den höheren Dienst aufzusteigen. Ich überlegte, ob das für meinen Vater eine Rolle spielte, kam aber zu keinem klaren Ergebnis.

Immer noch in Gedanken woanders, schnappte ich mir den bis zum Platzen vollen Müllbeutel und ging durch die Vordertür nach draußen und hinters Haus zu den Mülltonnen.

Als Nächstes zischte an meinem Ohr ein blitzender Gegenstand vorbei. Ich fuhr zusammen und blieb wie angenagelt stehen.

Stanislaw hockte auf einem Gartenstuhl auf der Terrasse und grinste mich frettchenzähnig an.

Ich wandte den Kopf. Fünf Zentimeter neben meinem rechten Auge steckte in der Birke ein langes, scharfes Messer, das von der Wucht des Aufpralls noch schwach vor sich hinzitterte.

Ich packte das Heft und riss die Klinge aus dem Stamm, viel zu wütend, um verängstigt zu sein.

Ohne nachzudenken warf ich das Messer zusammen mit dem Tapetenmüll in die Tonne. Stan gab keinen Ton von sich, sondern grinste nur stoisch, dann machte er sich daran, in der Tonne nach seinem Messer zu wühlen. Es lag ganz unten, zwischen den Essensresten von gestern Abend, doch das war sein Problem.

Als ich mich abwandte, um zurück ins Haus zu gehen, fiel mein Blick durch ein Loch in der Hecke aufs Nachbargrundstück, wo zu meinem Erstaunen Oleg und Dorothee in trauter Eintracht die Köpfe zusammenstecken. Dorothee saß im Liegestuhl, und Oleg hockte vor ihr auf dem Rasen. Von Hermann war weit und breit nichts zu sehen.

Argwöhnisch ging ich näher zur Hecke, lugte durch das Loch nach drüben und spitzte die Ohren. Stan machte hinter mir ein missbilligendes Geräusch, doch daran störte ich mich nicht.

»Wie stellst du es an, so viel Wodka zu saufen und dabei immer nüchtern zu bleiben?«, wollte Olli von Dorothee wissen.

Ah ja. Dieselbe Frage, die ich mir auch schon oft gestellt hatte.

»Die pure Gewohnheit. Außerdem saufe ich in Wirklichkeit gar nicht so viel. Meine Mutter, *die* hat gesoffen. So viel, dass sie echt krank davon geworden ist.«

»Meine Mutter auch.«

Ein gemeinsames Schicksal, das die beiden offenbar einander näherbrachte.

»Sie hat weiße Mäuse gesehen«, sagte Olli. »Überall.«

»Meine auch. Ich sag ja, sie war krank.«

»*Du* siehst nicht krank aus.«

Ich konnte es kaum glauben, aber aus Ollis Stimme war deutliche Bewunderung zu hören.

»Ist diese wunderbare Haarfarbe eigentlich echt?«, fragte er.

»Aber klar«, kicherte Dorothee. Ihre Oberarme schwabbelten in alle Richtungen, als sie die Hände hob, um sich neckisch über die krause rote Wolle auf ihrem Kopf zu streichen. Dann wurde sie unvermittelt ernst. »Hermann ist nervös wegen dem Geld.«

»Das Geld schaffen wir ran, so wahr ich Oleg Protopov heiße. Sonst...« Er hob die Hand und zog sie sich in einer blitzschnellen, schneidenden Bewegung dicht an der Kehle vorbei. »... lernt er mich kennen. Ohne Vorwarnung, eiskalt und blitzschnell.«

Ich hatte plötzlich akute Schluckbeschwerden und hörte auf zu atmen.

»Und du meinst, wenn wir erst von Rudi die Kohle haben, geht alles glatt über die Bühne?«, wollte Dorothee wissen.

»Das merken wir dann, wenn die erste große Lieferung mit unserem Stoff über die Grenze rollt. Spätestens dann sind wir alle ganz groß im Geschäft.«

»Ich muss mal ins Haus. Möchtest du mitkommen?« Dorothee stemmte sich ächzend aus dem Liegestuhl hoch, dann äugte sie mit lieblichem Lächeln zu Olli hinunter, der seine kugelige Gestalt ebenfalls in die Senkrechte quälte und sich dann beeilte, ihren Arm zu nehmen und mit ihr in Richtung Haus davonzuspazieren. Dorothees rosa *Pareo* flatterte im Wind, und ihre Sandalen gaben ein lustig platschendes Geräusch von sich. Sie und Olli waren ein saukomisches Paar, doch mein Amüsement über ihren Anblick hielt sich stark in Grenzen.

Ich schaute den beiden mit wachsender Furcht hinterher und fragte mich, wo das alles wohl enden mochte. Am besten wäre es natürlich, ich wüsste es nicht zu genau, sonst wäre ich am Ende noch wegen Mittäterschaft dran, bei was auch immer. Trotzdem konnte ich das, was ich gerade aufgeschnappt hatte, natürlich nicht einfach so stehen lassen. Ich beschloss, bei nächster Gelegenheit meinen Vater zu löchern, welcher Deal da mit meinem Geld durchgezogen werden sollte. Allein die Reizworte *Stoff* und *Grenze* ließen die grässlichsten Assoziationen in mir aufkeimen.

Das Frettchen hatte sein Messer aus der Mülltonne gegraben und schüttelte sich Salat- und Toskanatopfreste vom Ärmel seiner Jeansjacke.

Der Anblick der Fleischfetzen rief mir etwas in Erinnerung, das ich ebenfalls gern verdrängt hätte, aber manchen Dingen schaute man lieber gleich ins Gesicht, bevor sie sich verselbstständigten. Ein weiteres, dringendes Gespräch stand an. Fragte sich nur, welches ich zuerst führte.

»Tschüs«, sagte ich höflich zu Stanislaw, während ich überlegte, ob ich zuerst mit meinem Vater oder lieber vorher mit Klaus sprechen sollte. Oder doch lieber erst noch einmal mit Annabel?

Das Frettchen schabte mit der rasiermesserscharfen Schneide seines Dolches die Überbleibsel vom gestrigen Abendessen von seiner Kleidung. Ich ließ ihn stehen und marschierte zurück ins Haus, entschlossen, sofort zu Klaus zu fahren und eine Klärung der Verhältnisse herbeizuführen. Doch bevor ich meinen Vorsatz in die Tat umsetzen konnte, traf Sven ein.

*

In einer Mischung aus Besorgnis und Unruhe merkte ich, wie sein Anblick bei mir weiche Knie verursachte. Und mein Herz schlug definitiv schneller. Es hatte nicht mal so rasend geklopft, als mir vorhin fast das Messer ins Auge geflogen war.

»Hallo«, sagte ich.

»Hallo.« Er blieb im Flur dicht vor mir stehen, und es kam mir so vor, als hätte er mich gern geküsst. Doch um uns herum wuselten die Handwerker mit ihren Tapetenrollen und Kleisterbürsten, und auf der Treppe stand mein Vater, vertieft ins Gespräch mit dem Chef der Malertruppe. Als er Sven sah, hob er kurz die Hand und winkte. Sven nickte grüßend zurück, dann wandte er sich mir wieder zu.

»Ich habe mir den Nachmittag freigenommen«, sagte er.

»Weil du hier im Haus helfen willst?«

Er schüttelte den Kopf. »Ich dachte, wir fahren ein bisschen raus, spazieren. Uns unterhalten.«

Ich nickte nur stumm und überwältigt und fragte mich, was zum Teufel eigentlich mit mir los war, dass ich dermaßen überreagierte. Ob es vielleicht eine Art zeitverzögerter, posttraumatischer Schock war, nach der Messerwurfaktion vorhin im Garten?

»Ich gehe mich nur rasch umziehen«, sagte Sven. Er lächelte mir kurz und bedeutungsvoll zu, bevor er die Treppe hochging. Ich wartete ein paar Sekunden, bis ich oben seine Zimmertür zufallen hörte, dann raste ich ebenfalls nach oben.

Mein Vater wich zur Seite, als ich an ihm vorbeikam. »Übrigens«, sagte ich. »Was hat eigentlich dieser Oleg mit Dorothee zu bequatschen?«

»Ach, das«, meinte er ausweichend und mit angelegentlichem Seitenblick auf den Malermeister. »Das bereden wir später unter vier Augen, wenn du wieder da bist. Viel Spaß auch beim Spaziergang.«

»Worauf du dich verlassen kannst.« Mein drohender Tonfall ließ keinen Zweifel, dass ich damit nicht meinen bevorstehenden Ausflug meinte, sondern die angekündigte Aussprache.

Ich flitzte ins Bad und machte mich im Eiltempo frisch, einschließlich einer Extraladung *Sensi* auf Hals und Armen. Anschließend stürzte ich in Annabels Zimmer, wo ich mit Lichtgeschwindigkeit Wonderbra und Mini-Tanga aus meinem Wäschekorb riss und dann das Kunststück fertigbrachte, mir beides überzustreifen, ohne Rock und Bluse auszuziehen. Danach hörte ich auch schon Svens Schritte auf der Treppe und beeilte mich, wieder nach unten zu gehen. Er wartete an der Haustür, und wieder wackelten mir die Knie bei seinem Lächeln. Diesmal war mir klar, dass es nichts mit Stans Messer zu tun hatte.

Ich ging mit ihm zu seinem Wagen und ließ mir von ihm die Beifahrertür aufhalten. Welcher Mann hatte das eigentlich das letzte Mal für mich gemacht? Ich musste lange überlegen, dann fiel es mir ein. Der Fahrer von dem Taxi, der mich vor fünf Jahren vom Krankenhaus abgeholt hatte, direkt nach dem Sikunfall, als mein Arm von der Schulter bis zu den Fingerspitzen in Gips gesteckt hatte.

In Svens Wagen roch es nach Leder und Akten, vor allem

aber nach Sven. Nicht, dass er besonders aufdringlich gerochen hätte, im Gegenteil. Es war ganz einfach dasselbe wie letzte Nacht. Allein der Anblick seiner gebräunten Unterarme und die paar nackten Zentimeter zwischen seinem Haaransatz und dem Kragen seines T-Shirts ließen den Wunsch in mir wach werden, meine Nase an seiner Haut zu reiben und an ihm zu schnüffeln wie ein Hündchen an der Wurst.

Bei dem Gedanken an Wurst fiel mir vage ein, worüber ich mit Klaus sprechen wollte, doch das hatte Zeit. Zumindest bis heute Abend. Wichtig war nur, dass ich es überhaupt tat.

Ich kam mir ganz kurz wie ein Schwein vor, aber wirklich nur für einen Moment. Dann sagte ich mir, dass ich für Annabel nur das Beste wollte.

Na schön, für mich auch. Aber wieso sollte ich nicht zwei Fliegen mit einer Klappe schlagen? Es war sowieso höchste Zeit, ein paar Komplikationen in meinem Leben zu beseitigen.

Zum Beispiel ...

»Darf ich dich mal was Juristisches fragen?« Zögernd wandte ich mich zu Sven um, entschlossen, ausnahmsweise mal nicht die bestrickend männliche Seite an ihm wahrzunehmen, sondern stattdessen die fachliche.

»Klar«, sagte er, während er vor einer roten Ampel bremste und die rechte Hand auf mein Knie legte. Und es leicht massierte. Gerade mit so viel Druck, um akute Atembeschwerden bei mir auszulösen.

Ich starrte auf die Hand und versuchte, regelmäßig Luft zu holen. Es fiel ziemlich schwer, klappte aber schließlich einigermaßen, jedenfalls ab dem Moment, als die Ampel wieder auf Grün umsprang und Sven beide Hände zum Fahren brauchte.

»Frag doch«, sagte er.

Ich nickte heftig, wie eine Art Wackeldackel, was mir half, mich besser auf die echten Probleme zu konzentrieren.

»Eigentlich sind es *zwei* juristische Fragen«, sagte ich. »Nehmen wir mal an, da ist ein Typ, der soll eine Frau heiraten. Nicht aus echter Liebe, sondern weil er ... na ja, weil die Umstände irgendwie danach sind. Und vor allem, weil die Frau dem Typ schöne Augen gemacht hat und ihn quasi dazu verleiten möchte. Jetzt nehmen wir zusätzlich an, der Typ hätte Geld beziehungsweise würde irgendwann mal welches erben, und die Frau wäre nur auf die Kohle aus.«

»Das ist nicht verboten«, sagte Sven.

»Ja, das weiß ich selbst. Aber was wäre, wenn die Frau das Geld für sich alleine will?«

»Eine Scheidung nützt ihr nicht viel. Geerbtes Geld fällt nicht in den Zugewinnausgleich.«

Ich nickte, denn als Hochzeitsplanerin war ich über derartige Grundzüge des ehelichen Güterrechts natürlich im Bilde. »Deswegen will sie sich ja auch nicht scheiden lassen, sondern ... ahm, na ja, vielleicht will sie ihn um die Ecke bringen, um alles selber zu erben.«

»Das ist allerdings strafbar«, sagte Sven trocken.

»Schon die Absicht?«, fragte ich hoffnungsvoll.

»Nein. Dann säße die halbe Republik im Knast. Jemanden umzubringen ist strafbar, aber nicht der Wunsch, es zu tun. Die Gedanken sind frei.«

Damit kamen wir der Sache schon näher. »Jetzt unterstellen wir mal, eine dritte Person wüsste von der Absicht dieser Frau. Weil diese dritte Person nämlich zufällig erfahren hat, dass die Frau es möglicherweise schon einmal gemacht hat. Ich meine, ihren Mann um die Ecke gebracht.«

»Also war sie schon mal verheiratet?«

»Genau. Und sie will vielleicht auch den Neuen loswerden, weil es beim ersten Mal so gut geklappt hat. Reicht es, wenn die dritte Person nun den Typ unter vier Augen warnt? Oder muss sie es bei der Polizei anzeigen? Ich meine, nur um sicherzugehen?«

»Du meinst, damit man sie nach dem Mord nicht als Mitwisserin strafrechtlich belangen kann?« In Svens Augen tanzte ein amüsiertes Funkeln. Klar, er begriff natürlich den Ernst der Lage nicht mal ansatzweise. Wie sollte er auch. Ich überlegte gerade, ob es sinnvoll wäre, ihm vielleicht lieber den ganzen Fall in aller Deutlichkeit darzulegen, als er wieder mit der Hand mein Bein umfasste. Diesmal ein gutes Stück höher, denn sein kleiner Finger glitt dabei wie unbeabsichtigt unter den Saum meines Rocks.

»Die dritte Person kann es wahlweise den Behörden oder dem Bedrohten sagen. Tut sie es nicht, kann sie zu bis zu fünf Jahren Freiheitsstrafe verurteilt werden.«

»Oh«, sagte ich einigermaßen erschüttert. Dass es eine derartig schwere Straftat war, hätte die arme, dumme dritte Person nicht gedacht.

Svens Hand schob sich vollends unter meinen Rock, und seine Fingerspitzen fanden zielsicher eine Stelle, die in direkter Verbindung zu meinem Gehirn stand und eine Art Knopf zum Abschalten sein musste, weil im nächsten Augenblick mein Denkvermögen aussetzte.

»Was war die andere Frage?«

»*Gaaah?*«

»Du hattest noch eine zweite Frage.« Er nahm die Hand weg, weil er in einen anderen Gang schalten musste, und ich rang keuchend nach Luft. Was war noch gleich die zweite Frage gewesen? Richtig...

»Nehmen wir mal an, die dritte Person muss jemandem

Geld leihen, weil sie ... na ja, sie wird mehr oder weniger erpresst.«

»Was meinst du mit *mehr oder weniger?*«

»Eher mehr«, sagte ich. »Eigentlich sogar ziemlich. Jetzt kommt der Knackpunkt: Die dritte Person erfährt, dass mit dem Geld möglicherweise eine Straftat verübt werden soll.«

»Der Mord an dem zweiten Mann?«

»Nein«, sagte ich schnell. »Ich ... Die dritte Person weiß noch gar nicht genau, ob es überhaupt eine Straftat ist. Jedenfalls nicht hundertprozentig. Und wenn, dann ist es höchstens so was wie ...« Ich dachte nach. »Rauschgiftschmuggel oder so.«

»Und jetzt willst du wissen, ob die dritte Person sich strafbar macht, wenn sie ihre Kenntnisse verschweigt beziehungsweise trotz dieser Kenntnisse dem Erpresser das Geld aushändigt?«

Ich nickte erwartungsvoll.

»Nein«, sagte Sven. »In dem Fall kann die dritte Person unbesorgt sein.«

Die dritte Person atmete geräuschvoll aus und gab gleich darauf ein erregtes Stöhnen von sich, als der Wagen erneut vor einer Ampel zum Stillstand kam.

»Du machst mich wahnsinnig«, sagte Sven leise. »Britta ... Ich muss dir was sagen.«

»Okay«, sagte ich mit zittriger Stimme. »Sag's.«

Die Hand unter meinem Rock brachte mich um das letzte bisschen Verstand, sofern bis dato überhaupt noch welcher vorhanden gewesen war.

Er beugte sich zu mir und knabberte an meinem Ohrläppchen. »Ich will gar nicht spazieren gehen.«

Ich wurde beinahe bewusstlos vor Erregung. »Warum denn nicht?«

»Ich bin nur aus einem Grund mit dir weggefahren. Ich möchte mit dir ins Hotel. Findest du das schlimm?«

Ich packte seine Hand und schob sie dahin, wo ich sie haben wollte. »Wahnsinnig schlimm.«

*

»Es wird wirklich Zeit, dass die Renovierungsarbeiten abgeschlossen werden und alle Handwerker verschwinden«, sagte Sven. »Ich halte nicht viel davon, in Hotels zu gehen.«

»Mmh«, machte ich verträumt.

Ich lag neben ihm, den Kopf in seine Halsbeuge gebettet und ein Bein um seine Knie geschlungen. Unter meinem Ohr hörte ich das kräftige, regelmäßige Schlagen seines Herzens. Es war ein unglaublich schönes Geräusch.

Wenn ich ausatmete, bewegten sich die Haare auf seiner Brust. Viele hatte er nicht davon, ich kam jedes Mal auf exakt zwölf, wenn ich nachzählte. Vielleicht waren es ja mehr, doch um genauer zu zählen, brauchte ich besseres Licht. Momentan war es ziemlich dämmerig, weil wir die Vorhänge zugezogen hatten. Von den rund sechs Stunden, die wir jetzt hier waren, hatten wir ungefähr drei geschlafen. Immer zwischendurch.

Ich hätte ewig hier neben ihm liegen bleiben können, doch allmählich trieb mich der Hunger auf die Barrikaden. Seit den Croissants heute Vormittag hatte ich nichts zwischen die Kiemen gekriegt. Na ja, jedenfalls nichts zum Essen.

»Du bist eine besondere Frau«, sagte Sven. »Habe ich dir das schon gesagt?«

Ungefähr ein dutzend Mal in den letzten paar Stunden, doch ich konnte es gar nicht oft genug hören.

»Weißt du, was ich so toll an dir finde?«, fragte er.

Ich erwartete eine nette Bemerkung über meinen Hintern oder meine berückenden Fähigkeiten im Bett – wer hatte da neulich erst behauptet, ich hätte keine Ahnung, wie frau einen Mann befriedigt? –, doch sein nächster Satz ging in eine völlig andere Richtung.

»Du willst immer nur das Beste für alle«, sagte er.

»Wie kommst du darauf?«, wollte ich verdutzt wissen. Dann versteifte ich mich. »Hör zu, wenn es wegen der Kocherei ist, solltest du wissen, dass ...«

»Nein, das Kochen finde ich ehrlich gesagt völlig uninteressant. Es ist ja gut und schön, wenn du lecker kochen kannst, aber das hat mit deinem Charakter eigentlich nichts zu tun.«

»Was ist denn mit meinem Charakter?«, fragte ich mit unguten Gefühlen.

»Na, nehmen wir nur deinen Vater«, sagte Sven. »Du bist so ... lieb zu ihm.«

»Inwiefern?«, fragte ich begriffsstutzig.

»Na, die verständnisvolle Art, wie du ihn aufgenommen hast. Ich glaube nämlich keine Sekunde, dass bei ihm zu Hause renoviert wird. Ich weiß genau, warum er bei uns einziehen wollte.«

Ich erschrak. »Hat er es dir erzählt?«

»Das war gar nicht nötig. Ich habe die beiden heute Morgen beim Frühstück gesehen. Da war mir sofort alles klar.«

Ich versteifte mich. Diese verdammten Russen litten wirklich unter chronischer Distanzlosigkeit! Konnten die nicht einfach noch eine Woche warten, bis sie ihr Geld kriegten?

»Sie waren schon zum Frühstück da?«, fragte ich mühsam beherrscht. »Haben sie irgendwas gesagt?«

»Nicht viel. Aber immer, wenn ich nicht hinguckte, haben sie rumgeknutscht.«

Ich blinzelte kurz, weil ich auf der Leitung stand, dann stellte ich die richtigen Zusammenhänge her und begriff, dass wir aneinander vorbeigeredet hatten.

»Ja, es stimmt, er ist total in Pauline verknallt«, sagte ich. »Alte Hütte brennt lichterloh.«

Sven lachte. »Ach, er ist doch gar nicht so alt.«

»Er ist mein Vater. Väter sind immer irgendwie ... na ja, eben Väter. Man macht sich keine Gedanken darüber, ob sie alt oder jung sind. Sie sind sozusagen zeitlos.«

»Da hast du Recht.« Er hielt inne, und ich spürte fast körperlich die Trauer, die ihn erfasste, vage, fast nur ein Hauch, aber ich merkte es und umarmte ihn fester. Er vermisste seinen Vater immer noch.

»Meinst du, das wird was zwischen den beiden?«, wollte er wissen.

»Sie wollen heiraten«, sagte ich düster.

»Wirklich?«, fragte Sven perplex. »Warum das denn?«

»Das habe ich auch noch nicht so ganz durchschaut.«

»Du bist wohl nicht so sehr dafür, oder?«

»Nicht wirklich.«

Er strich mir sanft übers Haar. »Verzeih mir.«

Jetzt war es an mir, verblüfft zu sein. »Wofür?«

»Dass ich das Thema überhaupt angeschnitten habe.«

Genau genommen hatte *ich* das Thema angeschnitten, aber im Moment interessierte mich nur, warum er mich um Verzeihung gebeten hatte. Ich wollte ihn danach fragen, doch er hob von sich aus an, es mir zu erklären.

»Nach dem Schlag, den du erlitten hast, willst du von dem Thema *Heiraten* natürlich nichts mehr wissen.«

»Na ja, es ist immerhin mein Job«, gab ich zu bedenken. »Ich lebe schließlich davon, dass möglichst viele Leute heiraten.«

»Ja, sicher. Ich meinte es auch eher in privater Hinsicht. Bezogen auf deinen Vater, aber vor allem auf dich selbst. Es wird wahrscheinlich für lange, lange Zeit ein sehr neuralgischer Punkt bei dir sein. Eine Art Tabu. Ich verstehe das. Mir ist klar, dass du jetzt nur noch deiner Lust frönen willst, ohne den Hintergedanken einer festen Bindung, geschweige denn einer Ehe. Es ist eine ganz logische Reaktion von dir, jeden Gedanken daran weit von dir zu weisen. Es würde mich nicht wundern, wenn du niemals heiratest.«

»Ach«, sagte ich lahm.

»Was du neulich erlebt hast, muss jedem Menschen ein für alle Mal die Lust am Heiraten verderben.«

»Also, ich könnte vielleicht eines Tages ...«

»Ich kann das nachvollziehen«, fiel er mir ins Wort. »Wir hatten uns ja schon mal drüber unterhalten. Ich empfand es aus meiner Sicht ebenfalls immer als höchstes Prinzip menschlicher Vernunft, einer Ehe aus dem Weg zu gehen.«

Eilig unterbrach ich ihn, bevor er weiterreden konnte. »Können wir über was anderes sprechen?« Ich musste schlucken, weil mein Hals auf einmal so trocken war.

»Gerne. Worüber?«

»Ich glaube, ich habe einen Wahnsinnshunger.«

Das war gelogen. Der Appetit war mir vergangen, und ich wusste nicht mal, wieso.

※

Wir gingen auf die Schnelle einen Hamburger essen, dann fuhr er mich nach Hause. Es war fast sieben, als er mich in der Störtebekerstraße absetzte. Er musste noch mal nach Heidelberg, ein paar Akten aus der Kanzlei holen, in der er arbeitete. Morgen hatte er wieder Gerichtstermine und musste noch ein paar wichtige Schriftsätze überfliegen, doch er versprach, spätestens bis neun Uhr wieder zu Hause zu sein, um dann richtig mit mir zu Abend zu essen.

Ich nickte nur und duldete es stumm, dass er mich kurz auf die Wange küsste, bevor ich ausstieg. Als Sven losfuhr, schaute ich dem Wagen nach, bis er um die nächste Straßenecke verschwunden war.

Ich fühlte mich ziemlich mies, konnte aber nicht den Finger auf den Grund meiner gedrückten Stimmung legen. Der Sex mit Sven war einfach genial gewesen, daran konnte es nicht liegen. In dem Punkt waren wir wirklich wie Yin und Yang. Bis vor ein paar Tagen hätte ich mir im Traum nicht vorstellen können, dass ich jemals in die Verlegenheit käme, mich komplett um den Verstand zu vögeln. Nun, heute hatte ich es getan. Genau wie letzte Nacht. Es war einfach gigantisch gewesen! Warum war ich dann bloß so fertig mit den Nerven?

Niedergeschlagen ging ich ins Haus.

In der Küche stieß ich prompt auf Pauline und meinen Vater, die gemeinsam am Herd standen und in einträchtiger Romantik ihre in der Pfanne brutzelnden Steaks betrachteten, als hätten sie das achte Weltwunder vor sich. Was in etwa sogar stimmte, denn noch nie hatte ich Pauline oder meinen Vater bei derlei profaner Verrichtung wie dem eigenhändigen Braten eines Stücks Fleisch erlebt. Entweder gingen sie essen oder ließen sich bekochen.

»Hallo«, sagte ich schlecht gelaunt.

»Hallo«, sagten beide einstimmig und geradezu ekelhaft fröhlich.

»Willst du mitessen?«, fragte Pauline. Ihre Augen taten mir deutlich kund, dass nur eine Antwort die richtige war.

»Nein, danke.« Ich verdrückte mich wieder und überließ die beiden ihrer Love-und-Koch-Story.

Die Handwerker waren für heute abgezogen, und es war deutlich zu sehen, dass die Renovierung dem Ende zustrebte. Der Kanzleibereich war so gut wie fertig. Im Wohnzimmer waren Regalwände eingebaut worden, und es stand sogar schon Svens Schreibtisch dort, ein ausladendes Riesenmöbel aus Mahagoni mit einem angebauten, halbrunden Konferenztisch, um den ein paar sehr edel aussehende Lederstühle gruppiert waren. Der Chefsessel war ein hochlehniges Ungetüm, ebenfalls mit Leder bespannt. An der gegenüberliegenden Wand hingen zwei professionell angebrachte, expressionistische Gemälde, die nicht nur von einigem Kunstverstand kündeten, sondern vermutlich auch jedes Jahr Unsummen an Versicherungsbeiträgen kosteten.

Vor dem Fenster stand eine gepflegte, fast zwei Meter hohe Palme, und mitten im Raum prangte ein drei mal drei Meter großer Perserteppich in leuchtenden Rottönen, der neu und sehr teuer aussah.

Gemütlich wirkte der Raum nicht gerade, aber der Gesamteindruck war gediegen und harmonisch, eine Mischung aus Stilsicherheit, Souveränität und fachlicher Kompetenz. Qualitativ hochwertig und dem Zweck angemessen, dabei aber kein bisschen überkandidelt, vermittelte die Ausstattung dieses Arbeits- und Besprechungszimmers dem Betrachter durchaus das Gefühl, hier bestens beraten zu sein. Ich verstand zwar nicht viel von Anwaltskanzleien, aber diese hier fand ich einfach toll.

Das angrenzende Esszimmer, das als Empfangs- und Sekretariatsraum dienen sollte, war noch nicht ganz fertig. Die Schreibtische waren schon aufgebaut, aber auf dem Boden lagen die Teile für die Regale und Aktenschränke noch stapelweise herum, und die Lampen waren noch nicht ausgepackt. Hier würde der Rest vermutlich morgen erledigt werden.

Die ehemalige Besenkammer war mit allerlei technischen Geräten vollgestellt und sah aus, als könnte der Kanzleibetrieb jederzeit losgehen. Das Gästeklo war funkelnagelneu ausgestattet, aber dafür fehlten in der Diele noch ein paar Kleinigkeiten, zum Beispiel die Garderobe, die ebenfalls noch in sämtliche Einzelteile zerlegt auf dem Fußboden lag.

Ich ging nach oben und begutachtete dabei die Fortschritte im Treppenhaus. Das Geländer glänzte frisch lackiert, und die im Laufe des Tages fertig tapezierten Wände ließen alles wie neu aussehen. Es war schon erstaunlich, was eine fleißige Kolonne von Handwerkern alles in weniger als einer Woche erledigen konnte.

Als ich die Tür zu Annabels Zimmer öffnete, dachte ich eine Sekunde lang absurderweise, die Arbeiter hätten mit dem Raum ebenfalls irgendwas angestellt, doch dann wurde mir klar, dass Annabel diejenige gewesen war, die ihrem Dekorationstrieb hier freien Lauf gelassen hatte. Mit dem Krimskrams, den ich aus der Stadt und vom Bauernhof mitgebracht hatte, war in einer Ecke des Zimmers eine fantastische Märchenkulisse entstanden, fast wie die geheime Kammer, in der Rumpelstilzchen für die Müllerstochter Stroh zu Gold gesponnen hatte.

Annabel passte in die Szenerie wie hineingemalt. Sie hatte sich ein veritables Prinzessinnengewand in einem traumhaften Blau in der Farbe ihrer Augen übergestreift. Es hatte eine Schleppe und war über und über mit Spitzen besetzt. Davon abgesehen kam es mir vage bekannt vor, doch ich wusste nicht, woher.

Ihr Haar hatte sie mit Papilloten zu aberhunderten feiner Löckchen gedreht und hie und da einen schimmernden Goldfaden hineingewebt. Weitere Bündel der glitzernden Fäden lagen überall verteilt auf dem Boden herum, drapiert über dem Stroh.

»Das mit dem Lametta ist eine gute Idee«, sagte ich anerkennend. »Ich wusste gar nicht, dass wir noch welches hatten!«

Sie blickte von dem Buch auf, das sie gerade las. Es war *Die perfekte Liebhaberin*.

»Hallo, Britta«, sagte sie. »Ich befasse mich gerade mit der Korbflechterei.«

Ich deutete auf die Spindel zu ihren Füßen. »Sieht eher aus wie Spinnerei.«

»Oh, die Spindel. Die habe ich günstig in einem Wollgeschäft abgestaubt, sie hatten sie da als Deko-Stück stehen. Aber sie funktioniert natürlich nicht mehr. Sie ist zwar steinalt, doch es fehlen lauter Teile. Man kann nicht mehr damit spinnen, und schon gar kein Gold.«

»Sieht aber cool aus.« Ich musterte sie bewundernd. »Genau wie du. Wie eine richtige Prinzessin! Wo hast du das Kleid her?«

»Erkennst du es nicht?«, fragte sie erstaunt.

Ich betrachtete irritiert die blaue Seide, dann schluckte ich. »Es ist dein Hochzeitskleid.«

»Heute Nachmittag eingefärbt. In der Waschmaschine. Es war kinderleicht. Ist zwar etwas eingelaufen, aber wen stört das schon. Hinterher hab ich's in den Garten gehängt, es war in null Komma nichts trocken. Sieht doch gut aus, oder?«

Als ich beklommen nickte, fuhr sie fröhlich fort: »Die Korbflechterei ist eine Technik, zu der die Autorin von einer Frau mit multipler Sklerose angeregt wurde, da deren Handgelenke leicht ermüdeten. Die Korbflechterei ist sehr praktisch, weil man dafür beide Hände benutzt. Eine unterstützt dabei sozusagen die andere.«

Ich verstand nicht im Entferntesten, worum es ging, hatte aber im Moment auch kein Interesse dafür. »Es war nett von dir, alles herzurichten«, sagte ich zerstreut, während ich zum Telefonhörer griff. »Ich mache gleich die Fotos, aber vorher muss ich mit Thomas telefonieren. Und dich brauche ich dafür als Zeugin.«

Annabel ließ entgeistert das Buch sinken. »Du willst mit Thomas telefonieren? Mit diesem ... diesem ... Luderlover? Warum um alles in der Welt willst du das tun?«

»Um nicht bis zu fünf Jahre in den Knast zu gehen.« Während ich seine Nummer wählte, überlegte ich, dass *Luderlover* eine wunderbar treffende Bezeichnung für ihn war. Wieso kamen eigentlich immer nur andere Leute auf so was Originelles?

Ich war erleichtert, als Thomas sich meldete. Nachdem ich einmal den Entschluss gefasst hatte, ihm reinen Wein einzuschenken, wollte ich es auch schnell hinter mich bringen. Ich stellte den Lautsprecher auf Maximalstärke, damit Annabel mithören konnte.

»Hallo, Thomas«, sagte ich. »Tut mir leid, wenn ich störe, aber ich muss dir etwas Wichtiges mitteilen. Es geht sozusagen um Leben und Tod.« Ich räusperte mich, um meine Stimme für den Ernst der Lage angemessen zu stärken. »Wie du sicher weißt, hat Serena mich beauftragt, eure Hochzeit zu organisieren. Sie sagte, sie will noch dies und das mit dir klären, wegen des Termins und was weiß ich. Aber ...«

»Was?«, stieß er hervor. »Du ... du organisierst *unsere* Hochzeit?«

»Thomas, ich verstehe durchaus, wenn es dir unangenehm ist, dass ausgerechnet ich den Auftrag für die Hochzeitsplanung bekommen habe, aber Serena fand, das wäre mehr oder weniger der kleine Ausgleich, den ich vielleicht dafür verdient hätte, dass du mit ihr ... Na ja. Falls du generell dagegen bist, dass ich das mache, musst du das mit Serena abklären.«

»Nein, nein!«, rief er aufgeregt aus. »Ich finde das toll! Ich meine, warum auch nicht? Wenn es irgendwas gibt, wovon du etwas verstehst, dann sind das Hochzeitsplanungen!«

Annabel steckte sich einen Finger in den Mund und symbolisierte heftiges Erbrechen.

Thomas wollte mir irgendwas erzählen, aber ich fiel ihm ins Wort.

»Warte«, sagte ich mit fester Stimme. »Jetzt kommt der Grund meines Anrufs. Ich möchte dir folgende Tatsachen mitteilen. Erstens. Serenas Mutter hatte vier Männer. Eigentlich fünf, wenn man Serenas Vater mitrechnet, aber der war ja schon vorher tot. Die anderen sind auch gestorben. Alle vier. Einer nach dem anderen.«

»Ja, und? Was soll mir das sagen?«

»Ich teile dir nur die Fakten mit. Deine Schlüsse musst du selber daraus ziehen.« Ich holte Luft. »Zweitens. Serena war schon mal verheiratet.«

»Das weiß ich. Mit einem Tschechen, der Kerl hieß Busena. Ist aber schon tot, der Typ.«

Aha, davon hatte sie ihm also erzählt. Na ja, er hätte es sowieso rausgekriegt, es stand ja in den Unterlagen, die sie noch beim Standesamt einreichen mussten.

»Es heißt, er hat sich aus Versehen mit seiner Jagdflinte erschossen«, sagte ich bedeutungsschwer.

Annabels Augen waren kugelrund aufgerissen, und ihr Mund stand weit offen.

Thomas reagierte eher desinteressiert. »Na und? Selber schuld, wenn er so unvorsichtig war!«

»Das heißt, es macht dir gar nichts aus? Du würdest sie trotzdem heiraten?«

»Natürlich!« Er schrie es beinahe. »Hat sie dir denn gesagt, dass sie ...«

»Ich habe keine Zeit mehr«, sagte ich eilig, während ich entnervt mein Ohr massierte. »Jedenfalls weißt du jetzt Bescheid. Ciao.«

Ich legte auf. Genug war genug. Ich musste es ja nicht übertreiben. Jetzt konnte mir kein Gericht der Welt was anhaben, wenn er irgendwann eines unnatürlichen Todes starb. Davon abgesehen war ich natürlich ungeheuer erleichtert, dass ihn meine Mitteilungen nicht weiter beeindruckt hatten. Der Hochzeit stand trotz meiner Warnungen nichts mehr im Wege, ich konnte mich also daranmachen, mein Honorar zu verdienen.

»Mein Gott«, hauchte Annabel. Sie hatte das Buch zur Seite gelegt und beugte sich sensationslüstern vor. »Das hatte ich ja gar nicht gewusst! Serena und ihre Mutter – die schwarzen Witwen vom Dienst!«

Ich zuckte die Achseln. »Es könnte ja auch Zufall sein, aber Pauline meinte, mit den Zufällen wäre das immer so eine Sache.«

»Es gibt keine Zufälle im Leben«, behauptete Annabel zutiefst überzeugt. Ihre Wangen hatten sich vor lauter Aufregung gerötet, was ihr hervorragend stand. Ich nutzte das sofort aus und machte ein paar Fotos mit der Digitalkamera, während Annabel so tat, als würde sie die Spindel benutzen. Auf der einen Seite schob sie Strohhalme in die Vorrichtung, auf der anderen kam das Goldlametta wieder raus.

»Das sieht Klasse aus«, sagte ich. »Schade, dass wir kein Rumpelstilzchen haben.«

In diesem Moment klingelte es an der Haustür. Und wieder einmal ahnte ich, dass Unheil im Anzug war.

Mein Gefühl hatte mich nicht getrogen. Von unten rief Paulines zuckersüße Stimme: »Britta, es ist für dich! Komm doch mal eben runter!«

Ich legte die Kamera weg und ging nach unten. Schon auf halber Treppe sah ich, wer uns da mit seinem unangemeldeten Besuch beehrte: Serena und Marie-Luise.

»Die Killerbrigade«, flüsterte Annabel mir ins Ohr. Sie war mir gefolgt und blieb mit raschelndem Kleid dicht hinter mir stehen.

»Hallo«, rief mir Serena entgegen. »Wir wollten nur mal kurz wegen der Hochzeit mit dir sprechen! Ich hoffe, wir stören nicht!«

»Ich habe gerade Fotos gemacht«, sagte ich verdattert.

Pauline und mein Vater standen unten in der Diele und taten so, als wäre es das Normalste der Welt, dass die beiden gekommen waren. Pauline grinste von einem Ohr bis zum anderen, und ich hatte sofort eine Vermutung, warum sie den Besuch so schleimig-freundlich empfangen hatte, anstatt Serena niederzumachen, weil sie mir meinen Ex ausgespannt hatte. Wahrscheinlich hoffte sie, dass Thomas etwas Ähnliches widerfuhr wie dem armen Herrn Busena.

Mein Vater schaute ein wenig sauertöpfisch drein, woraus ich messerscharf schloss, dass Pauline ihn inzwischen über die näheren Umstände meiner Trennung von Thomas informiert hatte. Doch da er derjenige war, der überlebensnotwendig das Geld brauchte, das ich von Serena beziehungsweise deren Mutter zu kriegen hatte, würde er wohl kaum wagen Serena wegen ihrer Besenkammermethoden anzumeckern.

Ich gab zuerst Marie-Luise und dann Serena die Hand.

Beide waren taufrisch und hübsch und sahen nicht wie Mutter und Tochter, sondern eher wie Schwestern aus, was vielleicht auch daran lag, dass sie beide im gleichen Versace-Kostümchen steckten und ähnliche Brillis spazieren trugen.

Serena sah sich interessiert um. »Das ist ja richtig nett hier.«

Marie-Luise hob die Brauen. »Er sollte jetzt aber wirklich schauen, dass das Haus endlich geräumt wird.«

Ich starrte sie befremdet an und konnte nicht fassen, was sie da eben gesagt hatte.

Serena schaute uns der Reihe nach an, zuerst Pauline, dann Annabel und zuletzt mich. In ihren Augen stand ein undefinierbares Glitzern. »Mama, das haben wir doch zur Genüge diskutiert. Er hat uns seine Gründe dargelegt, und die müssen wir akzeptieren.«

»Sekunde mal«, mischte sich Pauline mit argwöhnischer Miene ein. »Welche Gründe wären das denn genau?«

Marie-Luise bedachte sie mit einem schmallippigen Lächeln. »Nun, es ist natürlich die Sache mit Ihrer bedauernswerten Frau Großmutter und der unglücklichen Tatsache, dass Sven das Haus quasi zu Ihren Lasten erworben hat. Sie müssen zugeben, dass es ein sehr schlechtes Licht auf seinen beruflichen Start werfen würde, wenn er Sie drei Knall auf Fall hier rausschmeißt.«

»Sie meinen doch wohl eher, wenn rauskommt, warum wir drei überhaupt gezwungen waren hierzubleiben.« Annabels Stimme klang so weich wie die Seide ihres eingefärbten Brautkleids, hatte aber einen stählernen Unterton, der mich an ein frisch geschärftes Messer erinnerte. Während sie sprach, schaute sie nicht Marie-Luise, sondern Serena an. Doch die machte keine Anstalten, ihren Blick zu erwidern, sondern betrachtete gelangweilt ihre Fingernägel. »Schaut mal, die Sachlage ist nun mal so, wie sie ist. Welchen Sinn macht es, sich ständig in die Vergangenheit zu verbeißen? Mama hat Recht, ihr solltet wirklich ausziehen. Wie würde es denn sonst aussehen, wenn...« Sie hielt inne und sah mich an, als könnte ich den Satz viel besser zu Ende bringen als sie.

»Wenn was?«, fragte ich. Meine Stimme klang merkwürdig schrill und hörte sich in meinen eigenen Ohren so an, als wäre es gar nicht ich selbst, die da sprach, sondern eine Person, die neben mir stand. »Was soll dieses ganze Gelaber überhaupt? Was geht es dich an, ob wir hier ausziehen oder nicht?« Ich holte Luft, weil ich plötzlich das Gefühl hatte, ersticken zu müssen. Eine bedrohliche, furchtbare Wahrheit kam auf mich zu, ich konnte sie fast sehen. Ich musste nur noch die Augen aufmachen.

Doch noch nie war mir etwas so schwergefallen wie meine nächste Frage. Ich würgte beinahe, um die Worte herauszubringen, die nötig waren, um mir Klarheit zu verschaffen.

»Was hast du überhaupt mit Sven zu tun?« »Aber das ist doch ganz einfach.« Serena hob den Kopf, und ihre blondierten Locken wippten lasziv auf ihren Schultern. »Ich dachte, du wüsstest es. Schließlich organisierst du doch unsere Hochzeit.«

*

Hinterher wusste ich nicht, wie ich diese Zusammenkunft ohne Mord und Totschlag überstanden hatte, doch irgendwie musste ich es hingekriegt haben, denn kurz darauf gingen Serena und Marie-Luise wieder, und beide erfreuten sich beim Verlassen des Hauses bester Gesundheit.

Pauline schüttelte den Kopf. »Ich kann nicht fassen, wie

wahnsinnig gut du dich beherrscht hast«, sagte sie bewundernd zu mir. »Dass du sogar noch mit ihnen über diese komische Märchendekoration für die Hochzeit reden konntest!«

»Geschäft ist Geschäft«, sagte ich tonlos, während ich geradeaus auf die Haustür starrte.

»Es ist toll, dass du das so professionell sehen kannst«, pflichtete mein Vater mir bei. Aus seiner Stimme klang deutliche Erleichterung, dass ich nicht in meinem ersten Schock diese für ihn unverzichtbare Geldquelle hochkant rausgeworfen hatte. Ich wich seinen dankbaren Blicken aus und versuchte vergeblich, meine Gedanken zu sortieren. Die Heiratskomödie war soeben in den dritten Akt übergegangen, aber ich konnte nichts Erheiterndes daran entdecken. Das bevorstehende Finale sollte wie geplant stattfinden, nur die Darsteller waren mal wieder ausgewechselt worden.

Annabel hatte die Schleppe ihres Brautkleides um sich gerafft und sah aus, als ob sie sterben wollte. Ihre Augen schwammen in Tränen, und sie zitterte am ganzen Körper.

»Sie will ihn heiraten!«, flüsterte sie. »Jetzt will sie ihn *auch noch* heiraten!«

»Sie wollte ihn die ganze Zeit heiraten«, verbesserte Pauline sie. »Das mit Thomas war nur ein Missverständnis. Stimmt's, Britta? Du hast Serena da bestimmt falsch verstanden. Oder hat sie irgendwann mal ausdrücklich gesagt, dass sie Thomas heiraten will?«

Ich schüttelte mechanisch den Kopf, ohne mir erst die Mühe zu machen, über Paulines Frage nachzudenken. Vielleicht hatte Serena es gesagt, vielleicht auch nicht. Alles war möglich bei Serena Busena, geborene Busenberg, Rumpelstilzchen und Teufel in einer Person.

»Also war es zwischen Serena und Thomas im Prinzip genau wie mit Klaus«, sinnierte Pauline. »Von den beiden wollte sie eigentlich nur ...« Sie wandte sich Hilfe suchend an meinen Vater. »Was wollte sie von denen, Rolfi? Was meinst du?«

»Nichts«, sagte mein Vater höflich.

»So kann man es auch nennen«, räumte Pauline ein.

Ich wusste nicht, was ich schlimmer fand, dass sie meinen Vater *Rolfi* nannte oder dass Annabel kurz vorm Zusammenbruch stand.

Ich fasste Annabel kurzerhand unter und schleifte sie die Treppe rauf, zurück in ihr Zimmer. Vernichtet sank sie auf den Stuhl hinter ihrem Schreibtisch und stützte den Kopf in beide Hände, und dann, von einem Augenblick auf den nächsten, sprang sie wieder auf und begann, sich das Kleid vom Körper zu zerren.

»Ich kann das keine Sekunde länger anhaben«, sagte sie gepresst. »Wenn ich daran denke, dass ich es getragen habe, als sie und Klaus ... Und vorhin auch schon wieder. Ich trage *mein* Hochzeitskleid für *ihre* Fotos, damit sie einen Eindruck hat, wie sie mit Sven ... Nein!« Unterdrückt aufschluchzend schleuderte sie das Kleid in die Ecke.

Meine Beine fühlten sich merkwürdig taub an. Ich setzte mich aufs Bett und versuchte immer noch, die ganze Ungeheuerlichkeit in Gedanken nachzuvollziehen. Sven ... Der wunderbare, einfühlsame, liebenswürdige Sven ... Ich hatte gedacht, er wäre etwas Besonderes. Hatte mir eingebildet, das mit uns wäre einmalig, weltbewegend, unvergleichlich – kurz gesagt, der helle Wahnsinn. Das war es wohl auch, aber mit umgekehrten Vorzeichen. Es war ein Wahnsinn, der Methode hatte und in regelmäßigen Abständen über uns hereinbrach, in Gestalt der männermordenden Serena.

Sven wollte Serena heiraten, aber das hielt ihn nicht davon ab, mal eben mit mir ins Bett zu steigen. Warum auch nicht. Er stand tierisch auf runde Hintern, das hatte er selbst gesagt, genau mit diesen Worten, und ich hatte nun mal weit und breit den dicksten. Und praktischerweise wohnte ich auch noch hier. Da hatte es sich förmlich angeboten, mal eben über die Stränge zu schlagen. Männer dachten sich nicht viel dabei. Für sie fiel es schlicht unter *Hörner abstoßen*. Besonders gern taten sie es, wenn es nichts kostete, wenn sie dafür nicht großartig jemanden suchen mussten und wenn sie hinterher deswegen nicht emotional in die Zange genommen wurden, von wegen feste Bindung und so. Im Prinzip hatte ich alle diese Kriterien wunderbar erfüllt. Es war ja mehr oder weniger ausdrücklich zwischen uns ausgemacht, dass es nichts wirklich Festes wäre, genauer gesagt, *er* hatte das ausgemacht.

Wie hatte er es noch gleich formuliert? Ach ja. *Ich empfand es aus meiner Sicht immer als höchstes Prinzip menschlicher Vernunft, einer Ehe aus dem Weg zu gehen.*

Er hatte noch etwas gesagt, als er das erste Mal hergekommen war und sich mit mir unten in der Küche unterhalten hatte.

Für mich besteht das eigentliche Problem an der ganzen Heiraterei darin, dass es ein Spiel auf Zeit ist. Schnell gefreit, lang bereut.

Am liebsten hätte ich einen markerschütternden Schrei ausgestoßen. Mir hatte er vorgemacht, quasi gegen das Heiraten allergisch zu sein, und in Wirklichkeit war er sozusagen schon auf dem Sprung zum Traualtar!

Annabel weinte leise vor sich hin. »Ich würde sie gern umbringen«, sagte sie. »Meinst du, wenn ich es sofort tue, wäre es im Affekt?«

Ich hob die Schultern. »Da müssten wir einen Juristen fragen, am besten einen Anwalt.«

Es war keine gute Idee gewesen, das zu sagen. Ihr Gesichtsausdruck sprach Bände. Sie sah aus wie das personifizierte Elend.

Wenigstens, so tröstete ich mich, musste ich jetzt ihretwegen kein schlechtes Gewissen mehr haben. Wir würden schnellstens hier ausziehen, und sie würde sich diesen verlogenen Kerl in null Komma nichts aus dem Kopf schlagen. Am besten, indem sie einen anderen ins Auge fasste. Das hatte ja bei Klaus ebenfalls hervorragend funktioniert.

Und ich würde ganz einfach dasselbe machen, und wir würden alle glücklich und zufrieden sein.

Wem wollte ich eigentlich hier was vormachen? Was immer ich mir da eben an guten Plänen zurechtgelegt hatte – nichts davon würde klappen. Es tat scheißweh, und es war eine Million mal so schlimm wie der Anblick von Serena mit Thomas im Bett.

Tränen liefen aus den Innenwinkeln meiner Augen und tropften mir von der Nasenspitze in den Schoß. Ich saß mit gesenktem Kopf auf dem Bett und wollte auch jemanden töten, vorzugsweise Sven. Oder am besten gleich alle beide, ihn und seine Braut. Das Problem war nur, dass ich bis zur Hochzeit warten musste, damit mir das Geld sicher war, weil sonst die Russen meinen Vater umbrachten.

Annabel zog sich andere Klamotten über und ging aus dem Zimmer. Wenig später kam sie mit einem Tablett zurück, auf dem ein Teller mit Schnittchen stand sowie sämtliches Zubehör für die Zubereitung einer Feuerzangenbowle.

»Hier«, sagte sie, »iss erst mal was. Damit du eine richtige Grundlage hast.«

Ich betrachtete die Schnittchen, die sie mir vor die Nase

hielt. Lauter köstliche Brote mit Truthahnaufschnitt, Bündner Fleisch, Seranoschinken, Leberpastete mit Preiselbeeren. Annabel wusste genau, welche Sorten mir am besten schmeckten.

»Das Zeug muss sowieso weg«, sagte Annabel, während sie das Rechaud für die Bowle aufstellte. »Der Wein ist auch gleich heiß, ich hole ihn eben.«

Als sie kurz darauf mit dem dampfenden Topf zurückkehrte, hatte ich das dumpfe Gefühl, dass sich gewisse Ereignisse wiederholten. Und richtig, während Annabel die Feuerzange mit dem Zuckerhut auf den Topf legte und ihn mit Rum tränkte, sagte sie mit vor Entschlossenheit vibrierender Stimme: »Wir werden einen Zauber aussprechen.«

»Oh, bitte nicht noch einen Traummann!«

»Nein, wir brauchen keinen Traummann. Wir müssen über uns selbst einen Zauber verhängen.«

Ich dachte sofort an den Stress, den die arme Müllerstochter wegen ein bisschen Gold mit dem blöden Rumpelstilzchen gehabt hatte. »Ich will nicht verzaubert sein«, sagte ich und verdrückte ein Schnittchen mit Truthahnaufschnitt. Danach gönnte ich mir eins mit Leberpastete und dann eins mit Bündner Fleisch. Es schmeckte herrlich, und automatisch musste ich an Klaus denken. Eigentlich hatte ich so bald wie möglich mit ihm sprechen wollen, um mit ihm gemeinsam die Möglichkeiten zu sondieren, wie er Annabel vielleicht hätte zurückerobern können. Nur so, damit sie diese fixe Idee loswurde, dass Sven ihr Traummann wäre.

Doch das hatte sich ja jetzt erledigt, denn Sven war natürlich jetzt bei ihr unten durch. Genau wie bei mir.

Es roch nach heißem Rotwein, Zimt, Gewürznelken und Orangen. Annabel goss weiteren Rum in eine Kelle und zündete ihn mit einem langen Streichholz an, bevor sie die brennende Flüssigkeit über den Zucker goss. Mit grimmig zusammengepressten Lippen schaute sie zu, wie die feurigen Tropfen in den Topf fielen. Es sah fast so aus, als hätte sie Zucker in Gold verwandelt, und einen absurden Augenblick lang bildete ich mir tatsächlich ein, sie wäre eine Art Hexe.

»Man muss nur dran glauben«, sagte sie.

»Woran?«

»An den Zauber. Wir brauchen einen Zauber, der uns unwiderstehlich macht. Der die Männer zu unseren hilflosen Opfern macht. Der sie willenlos zu unseren Füßen niedersinken lässt.«

Dieser Gedanke hatte etwas für sich. Er gefiel mir immer besser, je länger ich mich damit befasste. Mehr noch, ich stellte fest, dass er mich uneingeschränkt begeisterte. Er entwickelte eine so bestechende Folgerichtigkeit, dass ich gar nicht anders konnte, als Annabel zuzustimmen. Ein paar großzügige Schlucke von der Feuerzangenbowle unterstrichen die Logik der Idee noch.

Höhnisch malte ich mir aus, wie Sven vor mir auf die Knie fiel und mir einen Heiratsantrag machte. Und wie ich daraufhin eine angemessene Erwiderung von mir gab, zum Beispiel *Fick dich ins Knie*.

Annabel reicherte die Bowle mit noch mehr brennendem Rum an und füllte anschließend mit der Kelle meine Henkeltasse. Dann stand sie auf, zündete ein paar Kerzen an und knipste das Licht aus. Das Zimmer lag im Dunkeln, nur schwach erhellt vom flackernden Licht der Kerzen und den glühenden Zuckertropfen, die leise zischend in das heiße Gebräu im Topf platschten.

»Meinst du, der Zauber wirkt überhaupt, wenn Pauline nicht mitmacht?«, fragte ich.

»Oh, sie macht mit. Sie *muss*, ob es ihr gefällt oder nicht. Ich gehe sie eben holen.«

Sie verschwand und kam ein paar Minuten später mit einer mürrisch dreinblickenden Pauline zurück. Ihr Make-up war verschmiert, und unter ihrem Rock – in letzter Zeit trug sie anscheinend nur noch Röcke – zeichnete sich deutlich sichtbar der Umriss ihrer Pistole ab.

»Ihr seid echt verrückt«, sagte sie. »Es ist schlimm genug, dass ihr überhaupt daran glaubt. Aber dazu kommt ja noch, dass das Ergebnis total beknackt ist. Als letzten Traummann habt ihr euch einen triebgesteuerten Anwalt an den Hals gehext, und was wollt ihr als Nächstes?«

»Jemand, der gegen Serena allergisch ist«, sagte ich aufs Geratewohl.

»Dann werdet doch am besten lesbisch«, schlug Pauline vor.

»Wenn du nicht dran glaubst – wie erklärst du es dir dann, dass Rudolf hier aufgekreuzt ist?«, fragte Annabel triumphierend. »Gib zu, du hast ihn dir gewünscht! Er ist dein Traummann, und wir haben ihn gemeinsam hergezaubert!«

Pauline verdrehte nur entnervt die Augen. »Diesen Scheiß meinst du doch nicht ernst, oder?«

In dem Punkt musste ich ihr insgeheim beipflichten, mein Vater war Äonen von dem entfernt, was auch nur ansatzweise in die Kategorie *Traummann* passte, und es wurde auch dadurch nicht besser, dass man ihn *Rolfi* nannte.

Annabel kippte ihren Bowlenbecher auf ex und stellte ihn zur Seite. »Wir machen es diesmal ganz anders.« Sie erklärte Pauline in leicht verwaschen, aber sehr blumig klingenden Sätzen, worauf es bei dem neuen Zauber ankam, nämlich auf die feste innere Überzeugung, dass wir so was Ähnliches wie Liebesgöttinnen wären, überirdische Wesen voller Sex und magischer Anziehungskraft, und wenn wir dank des Zaubers erst innerlich zu solchen Geschöpfen mutiert wären, würden wir das zwangsläufig auch ausstrahlen – mit der bereits erwähnten Wirkung, dass sämtliche Männer willenlos vor uns in den Staub fallen und uns bis ans Ende unserer Tage verehren und begehren und vor allen Dingen niemals und unter gar keinen Umständen mit anderen Weibern rummachen würden.

Der Rest lief dann so wie gehabt, wir hatten es ja schon mal getan. Nachdem wir uns alle noch einen bis drei Becher von der Bowle einverleibt hatten, stieß Annabel mit zurückgeworfenem Kopf kehlig klingende und absolut unverständliche Zaubersprüche hervor, und ich schwöre, während der ganzen Zeremonie zog es im Zimmer wie Hechtsuppe, obwohl Tür und Fenster fest geschlossen waren.

Danach vernichteten wir den Rest von der Feuerzangenbowle, und nachdem ich mich vergewissert hatte, dass von den guten Schnittchen keins mehr umkommen konnte – vorsichtshalber futterte ich die letzten beiden auch noch –, schleppte ich mich auf Annabels Bettsofa und fiel in betrunkenen Tiefschlaf.

Irgendwann wurde ich wach, weil es an der Tür klopfte. »Britta?«, rief es leise von draußen. »Es ist später geworden, ich hatte noch Mandantschaft. Schläfst du schon?« Das war unverkennbar Svens Stimme. Anscheinend hatte der Zauber schon gewirkt. Er war gekommen, um vor mir in den Staub zu sinken und meine Füße zu küssen. Vielleicht sogar meine Knie oder meine Oberschenkel?

Ein paar ziemlich lüsterne Vorstellungen durchzuckten mein umnebeltes Hirn, doch dann fiel mir ein, dass er ja Serena heiraten wollte. Es klopfte noch mal kurz, doch ich reagierte nicht. Er war kein Traummann, sondern ein Albtraum.

Aus Annabels Bett tönte rasselndes Schnarchen, sie kriegte nie richtig Luft, wenn sie zu viel Punsch trank. Ich ließ mich vom geräuschvollen Rhythmus ihres Atems einlullen und versank wieder ins Reich der Träume.

*

Ich kam zu mir, als Annabel jammernd im Zimmer herumsprang und ihre Klamotten zusammensuchte. »Ich habe verschlafen«, fuhr sie mich an, als wäre es meine Schuld.

Ich setzte mich auf und umklammerte mit beiden Händen meinen Kopf, der mir definitiv sonst von den Schultern gefallen wäre.

»Zwei«, sagte Annabel hektisch.

»Zwei was?«

»Es sind zwei Patienten, die jetzt in ihren Betten liegen und warten, dass ich ihnen eine frische Windel anziehe und ihnen Frühstück mache!«

Sie war völlig verzweifelt. Ich dachte an Schnittchen und Punsch und Zauberei und daran, was sie sonst noch alles für mich getan hatte. Energisch schwang ich die Beine aus dem Bett und ignorierte die Schwindelgefühle, die mich beim Aufstehen erfassten. »Ich komme mit und helfe dir.«

»Das würdest du echt für mich tun?«

»Ja«, sagte ich heldenmütig.

Dann ging ich erst mal ins Bad, um mich zu übergeben. Die letzten beiden Schnittchen waren wohl zu viel gewesen.

Ohne Dusche, ohne Kaffee zum Wachwerden und vor allem, ohne Sven über den Weg zu laufen, fuhren wir mit Annabels lila Smart zu ihrem ersten Patienten, einem Herrn Weberknecht. Ich hatte einen komatös vor sich hindämmernden Uropa erwartet, aber der alte Mann grinste uns rüstig, wenn auch zahnlos an, als wir ins Zimmer kamen.

»Heute gleich ffwei fföhne Frauen«, sagte er erfreut.

Ich hatte den Eindruck, dass er sich noch mehr freute, als wir ihn anschließend in Gemeinschaftsarbeit auszogen und wuschen.

»Er hatte eine Erektion«, zischte ich Annabel zu, als sie in die Küche ging, um Kaffee zu machen. »Meinst du, das ist der Zauber von gestern Abend?«

Sie kicherte. »Nein, das ist eine Morgenlatte, das hat er noch manchmal.«

Ich staubte eine Tasse von Herrn Weberknechts Kaffee ab, während Annabel ihn kämmte und das Gebiss aus dem Kukidentbecher holte. Danach räumte sie die schmutzige Wäsche zusammen, machte im Wohnzimmer den Fernseher an und drückte Herrn Weberknecht die Fernbedienung in die Hand, bevor wir uns von ihm verabschiedeten.

»Bleibt er jetzt alleine?«, fragte ich.

»Nachher kommt seine Schwester, die kocht ihm Mittagessen und kümmert sich bis heute Abend um ihn. Und morgen früh bin ich wieder dran. Drei Tage die Woche. Den Mittwoch und den Wochenenddienst machen die Zivis, aber er mag es lieber, wenn ich ihn pflege.«

Ich schaute sie von der Seite an, während wir zu ihrem Wagen gingen. »Du bist toll, Annabel.« Ich sagte es aus tief empfundener, ehrlicher Bewunderung.

Sie schüttelte den Kopf. »Ich bin schwach«, sagte sie mit gepresster Stimme. »Schwach und dumm und naiv. Ich liebe einen Mann, der mir furchtbar wehgetan hat, und ich kann ihn nicht vergessen.«

Ich war bestürzt. »Mein Gott, nimm es dir doch nicht so zu Herzen!«

»Das tue ich aber und kann es nicht ändern.«
»Liebst du ihn denn wirklich so sehr?«
Sie nickte stumm und schloss die Fahrertür von dem Smart auf. »So sehr, dass es mich fast umbringt. Ich weiß nicht warum, aber manchmal denke ich, es ist sogar noch stärker geworden seit ... seit dem Zwischenfall. Ich träume jede Nacht von ihm.«
Mein schlechtes Gewissen stellte irgendwas Unangenehmes mit meinen Eingeweiden an, es rumorte und gluckerte in meinem Magen, und ich überlegte ernsthaft, noch schnell bei Herrn Weberknecht aufs Klo zu gehen. Doch Annabel hatte bereits den Wagen angelassen, sodass ich notgedrungen einsteigen und mir alles Weitere verkneifen musste.
»Bist du sicher, dass du dich da nicht total in was reingesteigert hast?«, fragte ich. Wenn sie jemals rauskriegte, dass ihr Traummann und ich fröhlich hinter ihrem Rücken den tollsten Sex aller Zeiten gehabt hatten, würde sie vielleicht doch noch eine Affekttat begehen. »Du hast doch nie eine wirkliche Beziehung zu ihm aufbauen können. Es war doch mehr so eine Art ... Einbildung.«
»Wie kommst du auf die Idee?«, fragte sie ärgerlich. »Was hat das mit *Einbildung* zu tun?« Sie schnaufte, ein sicheres Zeichen dafür, dass ihre Wut eher zu- als abnahm. »Er ist immerhin mein Mann!«
»Ahm ... Moment, er ist ... uh ... dein *Mann?*«
Ich stand auf der Leitung, oder besser, meine Leitungen waren noch reichlich mit Restalkohol gefüllt. Doch ein böser Blick aus Annabels eisblauen Augen verdampfte blitzartig meine letzten Promille, und die Erkenntnis traf mich wie ein Schlag.
Sie hatte gar nicht von Sven gesprochen, sondern von Klaus! Er war es, nach dem sie sich sehnte!

Ich holte Luft, um meinem armen, überstrapazierten Hirn ein bisschen zusätzlichen Sauerstoff zuzuführen.

»Was ist los mit dir?«, wollte sie wissen. »Ist dir übel? Kotz mir bitte nicht ins Auto!«

»Sekunde mal«, sagte ich langsam. »Du willst dich überhaupt nicht scheiden lassen?«

»Ich weiß selber, dass ich es tun sollte, weil er nichts anderes verdient hat. Aber ich kann es nicht.« In ihren Augen standen Tränen, und ich sah mit Bestürzung, dass ihre Unterlippe zitterte. Behutsam griff ich nach ihrer Hand. »Schlimm?«

Sie nickte stumm.

»Aber was sollte dann dieser ganze Unfug mit Sven?«, fragte ich.

Annabel zuckte die Achseln. »Ich dachte eine Zeit lang, ich könnte es.«

»Mit ihm ins Bett gehen?«

Sie runzelte befremdet die Stirn. »Häh? Wieso ins Bett? Du liebe Zeit, nein. Ich meinte, ihn als Scheidungsanwalt beauftragen.«

»Und sonst wolltest du gar nichts von ihm?«

»Nein«, sagte sie lapidar.

Ich konnte es immer noch nicht glauben. »Wieso hast du mich dann ständig gefragt, ob ich ihn erotisch finde? Und weshalb hast du andauernd so getan, als könnte ich kochen?«

Sie musterte mich erstaunt. »Na, *deinetwegen* natürlich! Wenn du ihn nicht toll gefunden hättest, wäre das Ganze doch witzlos gewesen. Und umgekehrt finden Männer es klasse, wenn eine Frau gut kocht, deshalb habe ich dich in dem Punkt ein bisschen aufpoliert. Hat ja auch geholfen, oder?«

Ich massierte meine schmerzenden Schläfen. »Du hast ... Wieso eigentlich?«

»Leidest du an Gedächtnisschwund oder was? Wir haben ihn doch für dich hergezaubert!«

*

Das verschlug mir nachhaltig die Sprache. Dafür redete Annabel umso mehr. Während wir ihren zweiten Patienten versorgten, erzählte sie mir unablässig, wie prima doch alles hätte klappen können, wenn nicht Serena, die Sirene, mal wieder dazwischengefunkt hätte.

Der alte Mann bestand darauf, dass ich ihn Ottmar nannte und *du* zu ihm sagte. Er lag im Bett und hörte interessiert zu, als Annabel mir ihre Motive in Bezug auf Sven offenlegte. Vom Aussehen her hätte der alte Mann ein Bruder von Herrn Weberknecht sein können, mit dem Unterschied, dass er völlig kahl war und daher nicht gekämmt werden musste. Außerdem hatte er keine Erektion, weil er einen Blasenkatheter trug.

»Ich gebe zu, ich hatte mich vielleicht ein bisschen auf die sexuelle Komponente fixiert«, sagte Annabel, während sie dem alten Herrn energisch den Rücken mit Franzbranntwein einrieb. »Ich dachte, das wäre erst mal das Wichtigste. Dass du mit ihm ins Bett gehst.«

»Fester«, sagte Ottmar.

Annabel half ihm beim Umdrehen und rieb ihm die Beine ein. »Außerdem hat es mich wunderbar von meiner eigenen Misere abgelenkt. Kann sein, dass ich es deshalb übertrieben habe. Aber das ist jetzt anders. Wozu brauchen wir noch *Die Korbflechterei!*«

»Was ist das überhaupt?«

»Fester«, sagte Ottmar, als Annabel mit der Franzbranntweinflasche in die Nähe des Katheters kam.

»Eine spezielle Technik zur manuellen Stimulation am männlichen Penis«, sagte Annabel. Ottmar griff schützend nach seinem Urinbeutel, und ich beeilte mich, ins Bad zu verschwinden, um frische Handtücher zu holen.

»Es gibt da auch noch eine Technik, die nennt sich *Die Bildhauerin*«, fuhr Annabel fort, als ich zurückkam. »Ebenfalls beidhändig. Eignet sich sehr gut für den weichen oder den halb erigierten Penis.«

»Das wäre eher was für Thomas gewesen«, sagte ich.

»Ach ja. Wo du davon sprichst ... Er wäre ja jetzt wieder zu haben. Wie denkst du darüber?«

»Nicht für Geld«, sagte ich entschieden. »Was stand noch in dem Buch? Was gibt es sonst noch für Methoden?«

Annabel zuckte die Achseln. »Lies es am besten selber. Oder auch nicht. Diese ganzen Techniken kannst du jetzt sowieso vergessen.«

»Warum? Weil ich nie wieder einen abkriege, an dem ich es ausprobieren könnte?«

»Nein. Du musst nur darauf vertrauen, dass unser neuer Zauber wirkt. Der Rest kommt dann von alleine. Denk dran, sie werden dir zu Füßen liegen.«

Ich warf einen trübsinnigen Blick auf Ottmar, der aus der Bauchlage glücklich zu mir hochschaute. Ob ich das als Zeichen nehmen sollte, es vielleicht einmal mit einem etwas älteren Mann zu versuchen? So wie Pauline?

Nachdenklich schaute ich zu, wie Annabel mit routinierten Bewegungen ihr restliches Pflegeprogramm abspulte. Ein Lächeln lag auf ihrem Gesicht, und sie erklärte dem alten Mann freundlich und liebevoll jeden einzelnen Handgriff, während seine Blicke mit dankbarer Aufmerksamkeit an ihr hingen.

Sie hatte es gut, ihr Beruf machte ihr Spaß. Davon konnte bei mir überhaupt keine Rede mehr sein. Hochzeitsplanungen waren mittlerweile der reinste Albtraum für mich. Es ging ja doch immer nur in die Binsen. Ob vorher, mittendrin, hinterher – ich konnte mir was aussuchen.

Nach dem Besuch bei Ottmar ließ ich mich von Annabel in der Stadt absetzen. Sie hatte noch mehr Patienten, aber bei denen würde sie auf jeden Fall rechtzeitig eintreffen, sodass meine Hilfe nicht mehr nötig war. Außerdem war mein Bedarf an Helfersyndrom für heute gedeckt. Davon abgesehen hatte ich noch nicht gefrühstückt, und mein Magen bäumte sich allmählich in mir auf wie ein wütendes Tier. Annabel hatte ebenfalls Hunger, sagte aber, sie wolle sich was beim Bäcker holen. Anschließend brauste sie in ihrem Smart davon.

Ich ging ins nächste Bistro und vertilgte drei schöne fettige Buttercroissants. Dazu gönnte ich mir den Wahnsinn von drei Tassen Kakao mit doppelt Sahne obendrauf. Zusammen mit den Schnittchen von gestern und den ganzen Kalorien aus der Feuerzangenbowle war es brötchentechnisch das Äquivalent von dem, was ich sonst im Laufe einer ganzen Woche zu mir nahm. Ernährungsmäßig betrachtet die reine Katastrophe, doch wen scherte das schon. Mich nicht. Es gab niemanden mehr, auf den ich Rücksicht nehmen musste. Ich konnte bis ans Ende meiner Tage Brötchen essen, so viel ich wollte, und mir dabei einen Hintern zulegen, der von hier bis nach Busenberg reichte. Wenn ich dann noch Lust zum Heiraten hatte, musste ich mir einen Typ suchen, der doppelt so alt war wie ich und der nicht so viel Wert auf Äußerlichkeiten legte.

Trotzig holte ich mir beim Bezahlen an der Kasse noch ein Croissant für unterwegs. Wer wusste schon, wann ich das nächste Mal eine anständige Mahlzeit kriegte. Jetzt, nachdem Sven sich als aalglatter, widerlicher Doppelspieler und Lügner entpuppt hatte, würde Annabel bestimmt nicht mehr kochen. Nicht, solange er da war und vielleicht mitessen wollte. Was im Prinzip sein gutes Recht war, schließlich war es seine Küche.

Himmel, war das alles verzwickt. Am besten schaute ich auf der Stelle nach einer anderen Wohnung, noch bevor ich irgendwas anderes tat. Es brachte niemandem was, wenn ich es länger hinauszögerte. Ich wollte keine Sekunde länger mit dem Typ unter einem Dach wohnen. Eine andere Wohnung musste her, ganz egal, was es kostete.

Das brachte mich auf einen Gedanken. Ich ging zur Bank und schaute nach meinem Kontostand. Und war fassungslos. Serena war ein unvorstellbar heimtückisches Biest, aber sie hatte Wort gehalten! Sie musste gleich gestern Morgen noch zur Bank marschiert sein! Als ich die gigantische Summe auf meinem Auszug sah, hielt ich die Luft an, dann ließ ich ein unterdrücktes Stöhnen hören.

Hinter mir stand ein Typ, der mich fürsorglich am Ellbogen fasste. »Ist Ihnen nicht gut? Wollen Sie sich hinlegen?«

Er war Brillenträger, nicht allzu kahl und mindestens zwanzig Jahre älter als ich. Außerdem machte er ganz den Eindruck, ehrlich von mir hingerissen zu sein.

Lag das an dem Zauber? War er im Begriff, mir zu Füßen zu sinken? Nein, wahrscheinlich war er bloß erstaunt, dass ich so viel Geld auf dem Konto hatte. Serena hatte mir nicht nur das Honorar überwiesen, sondern auch weitere Dreißigtausend. In der Betreffzeile stand *Honorar und Anfangsauslagen*.

»Mir geht's gut.« Ich stopfte den Auszug in meine Handtasche. »Alles in Ordnung.«

Das war noch untertrieben. Die erste Hürde war genommen, das Geld war da. Jetzt musste ich meinem Vater nur noch die vereinbarte Summe überweisen, und er wäre aus dem Gröbsten raus. Ich ging in die Schalterhalle, um es sofort zu erledigen, doch als ich schon dabei war, den Überweisungsträger auszufüllen, besann ich mich. Meinem Vater war alles zuzutrauen. Unter anderem, dass er in der Zwischenzeit längst ein anderes Geschäft aufgetan hatte, das weit förderungswürdiger war. Vielleicht meinte er, es könne nichts schaden, mit dem Geld eine kleine Zwischenfinanzierung zu veranstalten, in der irrigen Ansicht, doppelt verdienen zu können. Allein bei dem Gedanken überlief mich ein eiskalter Schauer.

Da gab es nur eins: Ich würde das Geld abheben und es Oleg in bar aushändigen. Gegen Quittung natürlich.

Allerdings war ich nicht so leichtfertig, mutterseelenallein so viel Bargeld in der Handtasche herumzuschleppen. Ich beschloss, Pauline als Begleitung einzuspannen. Sie musste ja nicht wissen, wie viel es war und wofür ich es brauchte, ich wollte sie einfach nur in meiner Nähe haben.

Bis zur Polizeidirektion waren es nur zehn Minuten zu Fuß, vielleicht hatte sie ja kurz Zeit für mich. Wenn nicht, würde ich notgedrungen wieder heimgehen, von dort war es sowieso nicht mehr weit bis nach Hause.

Bis in die Störtebekerstraße, verbesserte ich mich sogleich in Gedanken. Mit *Zuhause* hatte diese Verräterhochburg nicht mehr viel zu tun.

Pauline war da, aber sie saß nicht wie eine harmlose Polizeibedienstete an ihrem Schreibtisch, um Akten zu studieren, sondern sie war dabei, einen Typ zu Boden zu ringen, der einen Kopf größer und mindestens fünfzig Kilo schwerer war als sie. Er sah aus wie eine lebendige Dampframme in

Leder. Auf dem Fußboden lag ein Motorradhelm, der wahrscheinlich bei dem Gerangel runtergefallen war.

»Ich mach dich fertig«, sagte er. Es klang ziemlich betrunken, aber das ließ ihn nicht weniger gefährlich wirken. Im Gegenteil. Er legte beide Hände um Paulines Hals und drückte ihren Kopf nach hinten. Die Haare lösten sich aus ihrem Zopf und wirbelten herum, als der Kerl anfing, sie zu schütteln. Sie ächzte und stöhnte, und die Augen drohten ihr aus dem Kopf zu treten.

In panischem Entsetzen blickte ich mich um. Waren wir hier nicht bei der Polizei? Wo waren die anderen? Die Leute mit Uniformen und Pistolen, die Hüter von Recht und Ordnung?

Sie standen locker nebeneinander an der Wand, zwei große, kräftige, kompetent wirkende Burschen in Erbsengrün. Sie grinsten breit und schlossen Wetten ab.

»Ich erhöhe auf Fünfzig«, sagte der eine.

»Das halte ich«, sagte der andere.

Pauline war unterdessen blau angelaufen. Dem Motorradrocker, der sie würgte, schien das zu gefallen. »Gleich bist du alle«, verkündete er.

Ich blickte mich nach einem Gegenstand um, den ich als Waffe benutzen konnte, doch es gab nur PC's, Stühle und Aktenregale. Alles viel zu schwer.

Doch dann sah ich einen Brieföffner auf einem der Schreibtische liegen. Ich griff danach, riss ihn hoch und starrte auf den Rücken des Lederkillers.

»Halt«, sagte ich. »Ich habe einen Brieföffner! Hören Sie auf, oder ich werde ihn verwenden!«

Der Typ reagierte nicht mal. Er würgte Pauline jetzt einhändig und holte mit der Faust aus, um ihr den Rest zu geben. Pauline bewegte sich so schnell, dass ich überhaupt nicht mitbekam, was sie getan hatte. Erst, als sie ihren rechten Fuß wieder auf den Boden stellte und sich das Knie rieb, war mir klar, wie sie es angestellt hatte, ihn sich buchstäblich vom Hals zu schaffen.

Der Kerl drehte sich von ihr weg, taumelte ein paar Schritte auf mich zu und sackte dann in die Knie. Direkt vor mir umklammerte er mit einer Hand die Schreibtischkante, die andere presste er in seinen Schritt. Er gab eine Abfolge asthmatischer Fieptöne von sich, es klang, als ob jemand mit einer kaputten Luftpumpe versuchte, eine ebenfalls kaputte Luftmatratze aufzupumpen.

»Fünfzig an mich«, sagte der eine Erbsengrüne.

Der andere machte ein langes Gesicht, holte aber widerspruchslos einen Fünfziger aus seinem Portemonnaie. »Ey«, meinte er dann erfreut. »Das ist die mit dem Allianz-Hintern! Hallo, wie geht's?«

Ich reagierte nicht auf diese plumpe Anmache, sondern starrte den Typ an, der sich mit leidvoller Miene die Kronjuwelen massierte.

»Ich kann das nicht glauben«, sagte ich fassungslos zu Pauline. »Spinnt ihr hier alle, oder was?«

Der Typ schaute zu mir noch. »Echt geiler Arsch«, sagte er. »Hast du heute schon was vor?«

»Halt die Klappe.« Pauline glättete sich das Haar und rieb probeweise über ihren Kehlkopf. Er schien nicht allzu sehr gelitten zu haben, denn ihre Stimme klang genau wie immer. Gelassen, ein bisschen überheblich und durch und durch cool. »Hallo, Britta. Was führt dich her?«

»Ich brauche deine Hilfe.«

»Wo ist der Kerl?« Sie berührte ihre Pistole, die sie zur Abwechslung heute nicht unterm Rock trug, sondern in ihrem altgewohnten Schulterhalfter.

»Äh ... Ich dachte, du hättest eventuell Zeit, mich heimzufahren. Ich war mit Annabel in der Stadt, aber die muss noch arbeiten. Und ... ahm, vorher muss ich noch kurz zur Bank.«

»Kein Problem, ich wollte mir sowieso einen Döner holen.«

Sie überließ es ihren Kollegen, dem immer noch auf dem Boden hockenden Typ Handschellen anzulegen und ihn abzuführen.

»Du hast wirklich einen aufregenden Beruf«, sagte ich neidisch.

»Nicht so aufregend wie deiner«, behauptete sie.

Während wir zusammen zu ihrem Wagen gingen, überlegte ich, dass sie nicht ganz Unrecht hatte. Was mir im Zuge meiner letzten Hochzeitsplanungen widerfahren war, hatte mir einiges an filmreifer Dramatik beschert. Fehlte zwar noch, dass ich mich prügeln musste, aber vielleicht kam das ja auch noch. Spätestens in ein paar Tagen würde ich mich mit Serena zusammensetzen müssen, um nähere Einzelheiten der Hochzeit zu besprechen. Vorausgesetzt, ich schaffte es, Nerven zu bewahren.

Pauline musterte mich von der Seite, während wir zur Bank fuhren.

»Für dich ist das nicht so einfach, oder?« Sie runzelte nachdenklich die Stirn. »Weißt du, ich habe mich ernsthaft gefragt, wieso du diesen ganzen Mist nicht sofort hinschmeißt. *Geschäft ist Geschäft* - also wirklich!« Sie schüttelte den Kopf, als sie meine Worte von gestern Abend wiederholte. »Dann kam ich darauf, warum du diese beknackte Hochzeitsplanung trotzdem noch durchziehen willst. Es ist wegen deiner Schulden.«

»Meine ... Meine *Schulden*?«

Sie zuckte nicht mal mit der Wimper, obwohl ich den Satz so laut gebrüllt hatte, dass mir meine eigenen Ohren wehtaten.

»Du musst dich nicht dafür schämen! Mein Gott, jeder kann mal einen finanziellen Engpass haben!«

Ich hörte ein komisches Geräusch, es klang wie das Mahlen von Kies. Erst, als ich merkte, dass es von meinen knirschenden Zähnen stammte, hörte es auf.

»Was hat mein Vater dir erzählt?«

»Dass du dich übernommen hast mit deinen Ausgaben für deine Firma und das Büro und dass ein paar Rechnungen von dir geplatzt sind. Warum hast du eigentlich nie was davon erzählt?«

Weil es nicht stimmt!, hätte ich um ein Haar geschrien. *Weil dein kostbarer Rolfi das Geld für seine krummen Geschäfte braucht!*

Doch ich verkniff es mir heldenhaft. Nicht, weil ich die junge Liebe zwischen ihr und meinem Vater nicht belasten wollte, sondern aus ganz anderen Motiven heraus. Die Wahrheit würde jetzt auch nichts mehr ändern. Im Gegenteil. Pauline würde sich als gesetzestreue Kripobeamtin womöglich veranlasst sehen, Oleg und Stanislaw aufzumischen, um den Deal zu verhindern. Sie konnte gut kämpfen und schießen, aber diese beiden waren eventuell eine Nummer zu groß für sie. Am Ende war ich noch schuld, wenn ihr etwas Schlimmes zustieß.

»Ich würde dir ja gern aushelfen«, fuhr sie bedauernd fort. »Aber leider bin ich selber momentan völlig blank.«

Blank? Ich wusste genau, dass sie mindestens fünfzehntausend Euro gespart hatte! Ein entsetzlicher Verdacht keimte in mir auf. »Bitte sag jetzt nicht, du hast meinem Vater Geld geborgt!«

Sie hob erstaunt die Brauen. »Na hör mal! Wie kannst du so was denken!«

Ich atmete erleichtert auf.

»Von *Borgen* kann gar keine Rede sein. Wir werden heiraten. Wenn ich mit einem Mann den Rest meines Lebens verbringen will, gibt es kein *Mein und Dein!*« Sie lächelte mich an. »Es ist ja auch nur bis nächste Woche, da gibt er es mir eh zurück.«

Ich gab ein leises Wimmern von mir, was jedoch bei ihren nächsten Worten unterging.«Außerdem hat er ja noch eine super Sicherheit – sein Haus.«

Ich schloss die Augen und donnerte meinen Kopf gegen den Türholm.

*

Der Schädel brummte mir immer noch, als wir wenig später vor der Bank anhielten. Pauline meinte, wir könnten von Glück sagen, dass durch meine unbeherrschte Reaktion nicht der Seitenairbag ausgelöst worden sei, das hätte sie nur wieder einen ellenlangen Bericht gekostet, und ich sollte mir die ganze Sache mit diesem blöden Anwalt doch bloß nicht so zu Herzen nehmen. Andere Mütter hätten auch schöne Söhne. »Oder andere Töchter schöne Väter«, fügte sie grinsend hinzu. Und dann meinte sie noch, dass sie sich als Heiratsevent sehr gut eine *adventure-Hochzeit* vorstellen könne, irgendwas mit Bungee-Jumping oder unter Wasser, und ich solle ruhig bald schon anfangen, mir darüber Gedanken zu machen.

Sie wartete im Wagen, während ich meine Abhebung erledigte, und anschließend durfte ich ihr noch in der Dönerbude Gesellschaft leisten. Hunger hatte ich keinen mehr, nicht nur wegen der vielen Croissants, die mir nach all dem Stress wie Blei im Magen lagen, sondern weil mich das viele Geld in meiner Handtasche nervös machte.

»Übrigens«, sagte Pauline, als wir wieder im Auto saßen, »ich wollte dir noch was Wichtiges erzählen. Ich habe was rausgefunden, über Sven.« »Interessiert mich überhaupt nicht.« »Okay.« Sie schnallte sich an und fuhr los. Ich räusperte mich und tat ganz beiläufig. »Was denn?« Pauline grinste. »Du errätst es nicht: Er ist der Anwalt von Marie-Luise Fleydensteyn. Auf dem Wege dürfte er wohl auch Serena kennengelernt haben.«

»Ich sag doch, das interessiert mich nicht die Spur.«

»Okay.« Sie musste an einer roten Ampel halten und fing an, irgendein dämliches Liedchen zu summen.

»Jetzt erzähl mir schon alles«, fuhr ich sie an.

»Sven hat Marie-Luises Vertretung in der Ermittlung wegen des Todes ihrer Ehemänner übernommen.«

Ich kochte vor Neugier. »Darfst du mir das überhaupt erzählen? Ist das nicht ein Dienstgeheimnis?«

Sie zuckte die Achseln. »Geheimnisse sind nur halb so interessant, wenn man sie niemandem verraten kann.«

»Wie weit sind denn die Ermittlungen?«, wollte ich begierig wissen.

»Man wird der alten Scharteke nichts nachweisen können, wenn du mich fragst. Sven hat ein paar ziemlich schlaue Schriftsätze eingereicht. Es wird so gut wie unmöglich sein, stichhaltige Beweise dafür zu finden, dass sie ihre Verflossenen kaltgemacht hat. Aber man soll auch nie *nie* sagen.«

Ich dachte kurz nach. Zugegeben, es hätte mich gefreut, wenn die Justiz dieser snobistischen schwarzen Witwe ordentlich eins übergebraten hätte, aber falls man sie wirklich wegen Mordverdachts drankriegte, würde vermutlich die

Hochzeit abgesagt. Serena konnte ja schlecht heiraten, wenn ihre Mutter im Knast saß.

Wir waren in der Störtebekerstraße angekommen. Pauline setzte mich vor dem Haus ab und fuhr wieder zum Dienst, während ich zögernd hineinging. Beim Anblick des Wagens, der in der Einfahrt stand, überlegte ich kurz, Pauline auf ihrem Handy anzurufen und sie zu bitten, wieder zurückzukommen und mich irgendwo anders hinzubringen.

Ich ging an dem Volvo mit dem kaputten Rückspiegel vorbei und betrat mit mulmigen Gefühlen das Haus, wo ich nacheinander in die Küche, in die neuen Kanzleiräume und sogar in die Gästetoilette schaute. Auf dem Klo saß ein Elektriker und schaute mich böse an. »Besetzt!«

Zwei seiner Kollegen waren damit beschäftigt, in der ehemaligen Besenkammer eine futuristisch aussehende Telefonanlage mit einem PC zu verkabeln, der vermutlich ab nächste Woche als zentraler Server für die übrigen Rechner dienen sollte.

Von einer unguten Vorahnung erfüllt, ging ich nach oben. Thomas saß in Annabels Zimmer am Schreibtisch und begutachtete die Probeabzüge, die ich von den Märchenfotos und den anderen Aufnahmen hergestellt hatte.

Als er mich hörte, drehte er sich um. »Hallo, Britta. Schöne Bilder. Wirklich ganz toll.«

»Wie bist du hier reingekommen?«

»Die Handwerker haben mir aufgemacht.«

»Ich werde gleich mal ein ernstes Wort mit ihnen reden. Würdest du bitte wieder gehen?«

»Na hör mal, behandelt man so einen guten Kunden?« Er hob die Bilder an. »Ich will mit dir über meine Hochzeit reden! Da kann ich ja wohl ein bisschen Freundlichkeit erwarten!«

»Verschwinde, Thomas. Ich bin nicht in der Stimmung, mit dir zu reden. Ganz ehrlich nicht.«

Er lächelte berechnend. »Das wirst du wohl müssen. Es sei denn, du willst diesen Auftrag verlieren.«

»Du hast über diesen Auftrag nicht zu befinden.«

»Da ich der Bräutigam sein soll, sehe ich das ein bisschen anders!«

Erschöpft ging ich zum Sofa und ließ mich drauffallen. »Du bist nicht der Bräutigam. Das war ein Irrtum. Eine blöde Verwechslung. Ich dachte, sie würde dich heiraten, aber in Wahrheit heiratet sie Sven.«

Sein Mund klappte sperrangelweit auf, und allein dieser Anblick entschädigte mich für vieles. Erregt sprang er vom Stuhl und kam auf mich zu. »Sag das noch mal!«

»Sie heiratet dich nicht.«

»Woher willst du das wissen?«, schrie er.

»Weil sie es mir selbst gesagt hat. Gestern Abend.«

»Du lügst!« Plötzlich hatte er wieder dieses irre Funkeln im Blick, das mir schon in der Bücherei aufgefallen war. Ich stand auf und zog mich unauffällig in Richtung Tür zurück.

Thomas trat mir in den Weg. »Du willst mich nur fertigmachen! Du gönnst mir diese Hochzeit nicht! Bloß, weil du mich nicht heiraten kannst, willst du mir das mit Serena vermiesen!«

»Du hast Recht. Es tut mir leid. Das war ... ein blödes Rachegefühl, ganz plötzlich. Eine unbedachte Aufwallung. Aber schon vorbei.« Ich hob mit lieblichem Lächeln die Hand. »Alles wieder im grünen Bereich. Kommt nicht wieder vor. Könntest du mich jetzt vorbeilassen? Ich muss ... kochen. Ja, ich muss was kochen. Dringend.«

»Wer ist Sven?«

»Niemand«, behauptete ich. »Ich kenne den Kerl überhaupt nicht.«

»Na, das hatte ich doch anders in Erinnerung«, kam es launig von der Tür her.

Ich fuhr zeitgleich mit Thomas herum und fand mich Auge in Auge mit dem Hauseigentümer wieder.

Mein Herz schlug sofort ein paar Takte schneller. Außerdem fingen meine Knie an zu zittern, und das Luftholen fiel mir ebenfalls wesentlich schwerer als vorher. Ich hasste mich dafür, doch anscheinend konnte ich nichts daran ändern, dass allein sein bloßer Anblick ausreichte, meinen ganzen Organismus durcheinanderzuwirbeln.

»Hallo, Britta.« Er sagte es mit seiner dunklen, ein wenig rauchigen Stimme, was mir augenblicklich einen weiteren Schauer über den Rücken laufen ließ. Und das Schlimmste war: Er lächelte mich dabei an, als wäre alles völlig normal. Als wäre er nicht im Begriff, die schlimmste Schlampe auf Erden zu heiraten.

»Hallo«, sagte Thomas argwöhnisch. »Wer sind Sie denn?«

»Sven Bruckner«, sagte Sven, offenbar in der Erwartung, dass Thomas sich jetzt ebenfalls vorstellte.

Doch der machte dazu nicht die geringsten Anstalten. »Sie sind der Kerl, der sie heiraten will, was?«, stieß er hervor.

Sven hob befremdet die Brauen, seine Blicke wechselten von Thomas zu mir und wieder zurück. »Wenn ich es tatsächlich wollte – hätten Sie etwa Einwände?«

»Ich habe ältere Rechte!« Thomas war schon wieder dabei, sich in Rage zu reden. Er grabschte sich die Fotos von meinem Schreibtisch und hielt sie anklagend in die Höhe. »Das ist meine Hochzeit, klar? Meine! Nur dafür gibt sie ihr gutes Geld aus! Sie will ganz allein mich, *capito*?«

»Thomas, bitte«, sagte ich peinlich berührt. Mittlerweile

war ich ernsthaft davon überzeugt, dass er unter einer schweren Nervenkrise litt. Ob Fellatio zu einem derart akuten Nachlassen logischen Denkvermögens führen konnte? Vielleicht ja, bei richtiger Technik – vorausgesetzt, ein Profi wie Serena wandte sie an.

Resigniert überlegte ich, dass sie ihm vermutlich ganz einfach das Hirn aus dem Kopf geblasen hatte.

Sven warf Thomas einen indignierten Blick zu. »Vielleicht sind Sie da ein bisschen voreilig. Ich denke, hier hat die Braut da auch noch ein Wörtchen mitzureden.« Er schaute mich an. »Oder, Britta?«

»Dann fragt die Braut doch einfach, wen sie lieber will!«, rief ich mit wütender Stimme. Die ganze Situation war zu grotesk, als dass ich noch länger hier rumstehen und mir diesen Quatsch anhören würde. Ohne weitere Kommentare begab ich mich nach unten, stieg über mehrere lose herumliegende Elektrokabel und ging nach draußen zu meinem Wagen. Das heißt, eigentlich wollte ich zu meinem Wagen gehen, doch dann sah ich etwas, das mich mitten im Schritt erstarren ließ. Mein Vater stand drüben bei den Habermanns vor der Haustür, die im nächsten Augenblick geöffnet wurde. Für einen Moment sah ich Hermanns zahnlückiges Grinsen, dann verschwand mein Vater im Haus. Ich pirschte mich seitlich an den Vorgarten heran und blieb hinter einer dicken Kastanie stehen. Von dort aus versuchte ich, durch die Fenster ins Wohnzimmer der Habermanns zu spähen, aber die Scheiben waren seit Jahren mit keinem Wasser außer Regen in Berührung gekommen und daher absolut blickdicht.

Doch im nächsten Moment traten sie aus der Terrassentür in den Garten, alle fünf. Mein Vater, Dorothee, Hermann und die beiden Russen. Ich stand starr, um mich auch nicht mit der kleinsten Bewegung zu verraten.

Hermann stellte eine mittelgroße Holzkiste auf einen der Reifenstapel und öffnete sie, und dann tat er etwas absolut Merkwürdiges: Er bot seinen Gästen Zigaretten an. Genauer, er reichte jedem eine ganze Schachtel, den beiden Russen, seiner Frau und meinem Vater. Jeder nahm brav sein Päckchen in Empfang, riss es auf und fing dann an, wie wild am Inhalt herumzuschnüffeln. Anschließend steckten sie sich alle einen Glimmstängel zwischen die Lippen. Das Frettchen gab mit ganz ungewohnter Höflichkeit reihum Feuer, und dann fingen sie alle miteinander an, einträchtig vor sich hinzupaffen. Olli holte sich sogar noch eine zweite Zigarette aus der Packung und zog freudestrahlend an allen beiden. Rauch stieg auf und nebelte die ganze Truppe ein, doch das hielt sie nicht davon ab, munter weiterzuqualmen und irgendwelche anerkennenden Bemerkungen von sich zu geben, die ich allerdings wegen der Entfernung nicht verstehen konnte.

»Komisch«, sagte Sven hinter mir. Er war unbemerkt aus dem Haus gekommen und hinter mich getreten. »Ich wusste gar nicht, dass dein Vater raucht.«

»Ich auch nicht«, murmelte ich, wehrlos gegen das wohlige Gefühl, das mich beim Klang seiner Stimme durchrieselte. Dann, mit einem Sekundenbruchteil Verspätung, zuckte ich zusammen, weil mir prompt wieder eingefallen war, was für ein mieses, doppeltes Spiel er mit mir gespielt hatte.

»Wie war das doch gleich mit dem Nicht-heiraten-Wollen?«, fauchte ich ihn an. »Gibt es nicht bei den Juristen einen Fachausdruck dafür? Ich glaube, es nennt sich *Vorspiegeln falscher Tatsachen!*«

Er besaß tatsächlich die Frechheit, rot zu werden. »Hör zu, Britta, ich weiß nicht, wie ich es ausdrücken soll ... Ich gebe zu, zuerst dachte ich ... Also, es ist so ... Ich meine, jeder Mann kommt in seinem Leben doch an einen Punkt, wo er denkt, dass ... Na ja, da sind solche verlockenden Dinge, wie man sich sein Leben als Mann vorstellt ... Dinge wie Freiheit und Abenteuer ...«

»Dann geh doch rüber und lass dir von denen eine Marlboro geben«, schrie ich erzürnt.

Doch unsere Nachbarn waren mitsamt ihren Besuchern nebst Kiste und Zigaretten urplötzlich wieder im Haus verschwunden, offenbar aufgeschreckt durch mein Gebrüll.

Mir war es egal. Ich stapfte zu meinem Wagen und stieg ein. Sven wollte mir offenbar noch etwas sagen, doch ich hatte keine Lust, mir auch nur eine einzige seiner himmelschreiend dreisten Ausreden anzuhören.

Der Motor heulte auf, als ich den Wagen aus der Einfahrt zurücksetzte. Es war Thomas' Glück, dass er mir genug Platz zum Rausfahren gelassen hatte, sonst hätte er jetzt noch ein paar Beulen mehr an seinem Wagen.

Freiheit und Abenteuer, dachte ich wutschnaubend. Das war ich also für Sven gewesen! Serena, die war das Echte und Wahre, die Frau fürs Leben. Und ich, ich war gerade richtig für den kleinen Hunger zwischendurch!

Ich hatte keine Ahnung, wohin ich fahren sollte, doch wie von allein führte mich mein Weg zu dem Gebäude, in dem ich bis letzte Woche noch ein traumhaftes Büro gehabt hatte.

In der Metzgerei Wagenbrecht im Erdgeschoss herrschte ziemlicher Betrieb, wie ich durch die große Schaufensterscheibe auf den ersten Blick erkennen konnte.

Ohne recht zu wissen, was ich überhaupt hier verloren hatte, ging ich in den Laden und blieb mit gesenktem Kopf hinter der Schlange vor der Theke stehen. Irgendwann war ich an der Reihe, denn eine Frau in blauweiß-gestreifter Schürze fragte mich, was es sein dürfe.

»Keine Ahnung«, sagte ich düster.

»Britta!« Klaus kam soeben durch eine Seitentür aus den Kühlräumen, ein blinkendes scharfes Messer in der Hand. Es war ein Ausbeinmesser, wie mein fachmännisch vorgebildetes Auge sofort erkannte. Im Gegensatz zum Wurstmesser, welches eine lange, schmale Klinge besaß – rund oder spitz –, und zum Fleischmesser, das breit und lang war, hatte das Ausbeinmesser eine kurze Klinge, die auf Spitze geschliffen war.

Klaus hatte ein Tuch in der anderen Hand, mit dem er das Messer abrieb. Natürlich war es sauber und feuchtwarm, so wie es sich für die korrekte Reinigung gehörte. Das Messer gehörte nicht ins Wasser, das würde nur das Heft ruinieren.

»Was ist passiert?«, wollte er wissen. Seine Miene spiegelte seine Bestürzung wider. Mein unverhofftes Auftauchen und mein depressiver Gesichtsausdruck ließen ihn offenbar das Schlimmste befürchten.

»Es ist alles in Ordnung«, sagte ich. Und dann fing ich vor versammelter Kundschaft an zu heulen.

*

Er brachte mich nach oben in seine Wohnung. Streng genommen war es Klaus' und Annabels gemeinsame Wohnung, in der sie jetzt von Rechts wegen ihr junges Eheglück hätten genießen sollen, doch das Schicksal hatte es anders entschieden.

Schon beim Betreten der Wohnung sah ich, dass alles genauso geworden war, wie Annabel es sich vorgestellt hatte. Die ganze Einrichtung, angefangen von dem gemütlichen Mobiliar über die blank gewienerten Holzböden bis hin zu den zarten, hellen Gardinen war genau ihr Geschmack. Sogar die Pflanzen, die in Kübeln auf der Fensterbank und dem

Fußboden standen, waren ihre Lieblingssorten. Dort drüben in der Ecke hätte jetzt Annabels hübscher antiker Sekretär stehen sollen, den sie von ihrer Oma geerbt hatte, und da vorn wäre noch Platz für ihren Schreibtisch. Die ganze Umgebung schrie förmlich danach, von Annabel in Besitz genommen zu werden.

Klaus nötigte mich auf einen neu riechenden Ledersessel und setzte sich mir gegenüber aufs Sofa. Er hatte immer noch das Messer in der Hand, die schlapp und reglos zwischen seinen Knien hing.

Auf dem Weg nach oben hatte ich ihm bereits versichert, dass mit Annabel alles in Ordnung war, denn das war das Einzige gewesen, was ihn wirklich interessierte. Als er es mir endlich glaubte, wäre er vor Erleichterung fast in Ohnmacht gefallen.

»Was kann ich nur tun, um es wiedergutzumachen?«, wollte er verzweifelt wissen.

Unwillkürlich folgte er meinem Blick auf das Messer, das sich ziemlich dicht neben gewissen männlichen Körperteilen befand.

»Das meinst du nicht wirklich!«, stammelte er mit entsetzten Blicken.

Ich runzelte irritiert die Stirn, bis mir klar wurde, was er dachte.

»Nein, du musst dir nicht die Eier abschneiden«, sagte ich. »Auch wenn's in manchen Momenten sicher eine gute Idee gewesen wäre.

»Erinnere mich nicht dran«, antwortete er niedergeschlagen.

»Du musst versuchen, sie zurückzugewinnen. Sie hält es ohne dich nicht gut aus.«

Er legte das Messer auf die Glasplatte des Couchtisches

und rieb sich fahrig die noch vom Ausbeinen geröteten Finger. »Frag mich mal, wie ich es aushalte. Es vergeht kein Tag, an dem ich es nicht bereue, Serena überhaupt zu kennen!«

Da ging es ihm genau wie mir. Anscheinend merkte er jetzt endlich, dass ich ebenfalls ziemlich mies drauf war.

»Hängt dir das mit Thomas auch noch immer so nach?«

Ich schüttelte den Kopf. »Ich mag nicht drüber reden.«

»Ich bin dein Freund«, sagte er ernst.

Das war er wirklich. Ich schaute ihn an, diesen gutmütigen, grundehrlichen, fleißigen Metzger, mit dem man schon immer Pferde hatte stehlen können. Der seinen Freunden auch noch den allerletzten Wurstzipfel schenken und sie auch sonst nie im Regen stehen lassen würde.

Klaus, der in seinem ganzen soliden, biederen Leben nur einen einzigen Fehler begangen hatte – den allerdings gleich zweimal. Ich wusste genau, dass es ihm nie wieder passieren würde, egal wie betrunken er war. Und ich wusste, er würde Annabel für den Rest ihres Lebens auf Händen tragen – wenn sie es nur zuließ.

»Du kannst mit mir über alles sprechen«, bekräftigte er. »Sag mir ruhig, was dich so bedrückt!«

»Es ist zu kompliziert«, sagte ich. »Ich komme drüber weg, mehr ist nicht wichtig.«

Doch noch während ich das sagte, wurde mir klar, dass es nicht so einfach war. Ich hatte mit Sven etwas erlebt, das sich nicht beliebig mit einem anderen wiederholen ließ. Er war kein Mann, den man einfach gegen den nächsten austauschen konnte. Zwischen uns war etwas Besonderes geschehen. Es war pure Magie, und die war nun mal einmalig.

»Soll ich dir vielleicht ein Brötchen machen? Mit frischem Zwiebelmett?«

»Nein, danke.«

»Übrigens«, sagte er zögernd. »Ich sollte es dir wohl sagen... Wegen dieses Anwalts, dem jetzt das Haus gehört...«

Ich hielt die Luft an. »Ja?«

Er hob verlegen die Schultern. »Die Metzgerei hat für die Kanzleieröffnung das Catering übernommen. Ich habe keinen Anlass gesehen, es abzulehnen, weil...« Er stockte.

»Weil du dann einen Grund hast, da wieder hinzukommen.«

Er nickte schweigend.

»Na dann«, sagte ich. »Warum auch nicht. Vielleicht klappt ja wenigstens eine einzige Sache in diesem ganzen blöden Durcheinander.«

»Hast du nicht einen Tipp für mich, was ich anstellen könnte, um sie wiederzukriegen?«, wollte er hoffnungsvoll wissen.

Ich dachte kurz nach, dann nickte ich langsam. »Doch, ich hätte da vielleicht eine Idee.«

*

Mein Vorhaben, an diesem Nachmittag noch einen Makler aufzusuchen, ließ ich während der Rückfahrt in die Störtebekerstraße fallen. Wie mir nach dem Besuch bei Klaus siedend heiß wieder zu Bewusstsein gekommen war, befand sich in meiner Handtasche nach wie vor ein Riesenbatzen Geld, und ich hatte nicht vor, auch nur einen weiteren Schritt zu tun, bevor ich das nicht losgeworden war.

Kurz entschlossen klingelte ich bei den Habermanns, um es endlich hinter mich zu bringen. Dorothee öffnete mir die Tür, eine Zigarette in der einen Hand und ein leeres Schnapsglas in der anderen. Qualmwolken waberten durch den Flur und mischten sich mit den Alkoholdünsten, die Dorothee verströmte. Sie trug einen feschen orangeroten Sari, der unter ihrem Dreifachkinn von einer riesigen Emailbrosche zusammengehalten wurde. Mitten auf ihrer Stirn prangte eine Tikka. Sie sah aus wie ein gigantischer, aus Indien importierter Kürbis.

»Hallo, Britta«, sagte sie strahlend. »Trinkst du einen mit, auf den großen Erfolg?«

»Kommen Sie rein«, schrie Olli in bester Laune aus dem Wohnzimmer. »Wir haben noch Wodka!«

»Britta, bist du das?«, rief mein Vater. Er schien ebenfalls hervorragend aufgelegt zu sein. Klar, ich hatte ihn ja auch vorhin von unterwegs auf seinem Handy angerufen, um ihm mitzuteilen, dass ich das Geld vorbeibringen wollte.

»Ich muss noch arbeiten«, rief ich zurück, dann wartete ich, bis er sich aus dem verräucherten Wohnzimmer zu mir in die Diele bequemte, gefolgt von Olli, der so breit grinste, dass ich förmlich geblendet war von seinen vielen Goldzähnen.

Ich nahm das Geldbündel aus der Handtasche und drückte es ihm in die Hand. »Ich will eine Quittung«, sagte ich. »Und eine Bescheinigung, dass ich es zurückkriege.«

»Klar.« Olli lachte keckernd und zählte flink die Scheine. »Das erledigst du, Rudi.«

Mein Vater nickte großmütig. »Gleich nachher.«

»Ich muss dann los«, sagte ich, schon wieder auf dem Weg zur Haustür.

»Willst du denn gar nicht wissen, wofür das Geld sein soll?«, fragte Dorothee.

»Ich weiß schon, wofür es ist«, sagte ich. »Für Zigarettenhandel.«

Die Klotür ging auf, und Hermann kam raus. »Nicht einfach bloß Zigaretten«, verbesserte er mich. Sein Unterhemd hing unter dem T-Shirt hervor, aber das passte vom Stil her gut zu den Flecken, die seine Shorts zierten. »Es sind ganz besondere Zigaretten. Mit einem speziellen Zusatz.« Das letzte Wort klang wie *Sssusssatsss* und kam mit einer doppelten Speichelfontäne heraus.

»Den Hermann selbst entwickelt hat«, sagte Dorothee stolz. »Er ist nämlich gelernter Chemiker! Das glaubt kein Mensch, wie begabt er ist!«

Olli betrachtete Hermann angewidert, dann warf er einen bezeichnenden Blick auf die von der Wand abblätternden Tapeten, den miefenden, mottenzerfressenen Läufer und die abgeschabten Türen. »Er sollte seine Begabung dazu einsetzen, dir einen würdigen Rahmen zu bereiten, mein Goldstück.«

Hermann fuhr zu ihm herum. »Hast du *Goldstück* zu meiner Frau gesagt?«

Olli hob beschwichtigend die Hand. »Rein freundschaftlich, mein Guter.«

Stan kam aus dem Wohnzimmer, und er tat genau dasselbe wie vor einer Stunde Klaus: Er reinigte sein Messer. Ob die Verwendung eines Hemdzipfels dafür fachmännisch war, konnte ich nicht beurteilen, weil ich nicht wusste, wofür er es im Normalfall benutzte, wenn er es nicht gerade in der Gegend herumwarf oder sich die Nägel damit sauber machte.

Hermann gab ein schnaubendes Geräusch der Verachtung von sich und verschwand nach oben, nicht ohne Olli von der Treppe aus noch einen drohenden Blick zuzuwerfen, den dieser mit unschuldiger Miene erwiderte.

Stan war unterdessen die ganze Zeit damit beschäftigt, mich anzustarren wie die Schlange das Karnickel. Oder das Frettchen die Maus.

»Jetzt muss ich aber wirklich«, sagte ich.

Dorothee begleitete mich zur Tür, und als sie den Rauch von ihrer Zigarette ausstieß, pustete sie ihn an meinem Gesicht vorbei gezielt über meine Schulter, ganz die höfliche Gastgeberin.

»Wie geht es deinem neuen Schnucki?«, fragte sie. »Oder ist der auch nur ein Zwischenschnucki?«

»Ich weiß nicht, was du meinst«, behauptete ich, mich unbehaglich unter Stans stechenden Blicken windend.

Dorothee zwinkerte mir zu, dann warf sie über die Schulter einen koketten Blick zu Olli hinüber. »Jede Frau sollte sich ab und zu mal ein Zwischenschnucki gönnen.«

Olli bedachte sie mit einem Luftküsschen.

Ich wandte mich schaudernd ab.

»Das Geld kriegst du spätestens nächste Woche wieder«, rief mein Vater mir hinterher.

Ja, logisch, dachte ich. Bis nächste Woche würde er sich von Rumpelstilzchen beibringen lassen, wie man aus Stroh Gold machte, und dann würde er seine Schulden bei mir und Pauline begleichen.

Eilig verzog ich mich nach nebenan. Das Haus war leer. Die Elektriker waren fertig, desgleichen die Maler und Tapezierer, die Sanitärfachleute, die Parkettleger und die Schreiner. Jeder hatte sein Scherflein dazu beigetragen, dass das Innere der Villa in neuem Glanz erstrahlte. Das Erdgeschoss mit den integrierten Geschäftsräumen wirkte gediegen und zugleich wohnlich. Wer immer hierherkam, um sich von Sven beraten zu lassen – er würde sich gut aufgehoben fühlen in dieser Vertrauen fördernden Umgebung.

Ob Marie-Luise ihn häufig wegen Beratung aufgesucht hatte? Oder ob er bei dieser steinreichen Klientin sogar Hausbesuche gemacht hatte?

Plötzlich kam ich mir selten dämlich vor, weil ich bei seinem ersten Auftauchen hier allen Ernstes angenommen hatte, dass er wegen Annabels Scheidungssache hergekommen war.

Bei Marie-Luise galt natürlich etwas anderes. Sie war Multimillionärin und Schlossbesitzerin, da gehörte es sicher zum guten Ton, den Leib- und Magenanwalt in den eigenen vier Wänden zu empfangen. Vielleicht hatte man vor dem Dinner am Kamin ein Gläschen Sherry miteinander genommen, und Serena war zufällig dazugestoßen, das blonde Haar in malerischer Unordnung, die Wangen vom Spaziergang mit den beiden großen Dobermännern auf kleidsame Weise erhitzt. Und Sven saß dort im Lehnstuhl, in seinem schicken dunklen Anzug, die Krawatte leicht gelockert, die Augen im Licht des Kaminfeuers geheimnisvoll dunkel schimmernd ...

Mit heroischer Entschlusskraft unterdrückte ich das Aufsteigen weiterer, ähnlicher Schreckensvisionen und ging nach oben. Ich überlegte kurz, meine Siebensachen zusammenzupacken und gleich mit allem, was ich besaß, kurzerhand in mein eigenes, momentan noch von den Russen besetztes Haus zu ziehen, doch die bloße Möglichkeit, dass Olli und Stan dort noch einmal auflaufen konnten, ließ mich von dieser Umzugsvariante sofort wieder Abstand nehmen. Ein oder zwei Tage konnte ich jetzt auch noch warten, das würde mich nicht umbringen. Die Russen hatten jetzt ihr Geld und daher keinen Grund mehr, sich länger dort einzunisten. Wahrscheinlich waren sie morgen schon mit allem, was nicht niet- und nagelfest war, in Richtung Osten verschwunden. Das war in diesen Fällen bisher immer die übliche Vorgehensweise der Geschäftspartner meines Vaters gewesen. Ob sie sich von dem Geld einfach eine schöne Zeit machten oder tatsächlich vorhatten, irgendwelche Spezial-Zigaretten zu verticken, war mir herzlich egal.

Lustlos machte ich mich daran, eine meiner standardisierten Hochzeitslisten auszudrucken und die einzelnen Punkte abzuhaken.

Die Braut: Kleid, Ringe, Frisur, Kranz, Schuhe, Schmuck, Dessous, Bukett.

Ich würde Serena fragen müssen, was sie von diesen Dingen selbst regeln wollte oder ob sie Vorschlägen von meiner Seite offen gegenüberstand. Nun, bei der Höhe des Honorars durfte sie wohl selbstverständlich davon ausgehen, dass ich ihr von allem, was gut, edel und teuer war, eine befriedigend lange Auswahlliste und Muster erstklassiger Designerprodukte vorlegte und mit ihr zu mindestens zehn Anproben marschierte.

Der bloße Gedanke, sie und Sven könnten die Ringe tragen, die ich ausgesucht hatte, schnitt mir ins Herz. Und dass er ihr in der Hochzeitsnacht womöglich die Spitzenunterwäsche auszog, die ich eigenhändig besorgt hatte, stürzte mich in helle Panik.

Nein, schrie eine entsetzte Stimme in mir, ich kann es nicht! Nicht in hundert Jahren!

Dann zahl ihr doch das Geld zurück!, sagte eine andere, sehr boshaft klingende Stimme in meinem Hinterkopf. Und denk bei der Gelegenheit auch gleich daran, dass sie ihn so oder so heiratet, ob nun du die Hochzeit organisierst oder jemand anders!

Checkliste Heiratspapiere: Abstammungsurkunde, Personalausweis, Meldebescheinigung, Nachweis über den ausgeübten und erlernten Beruf, Nachweis über den akademischen Grad, falls geführt.

Ich seufzte und griff zum Telefon. Wozu sollte ich es aufschieben?

Es klingelte ein paar Mal, und ich machte mich bereits darauf gefasst, mein Sprüchlein einem Anrufbeantworter anzuvertrauen, aber dann hob sie doch ab.

»Hallo Serena«, sagte ich frustriert.

»Hallo«, sagte sie. Ihre Stimme klang hohl und bedrückt. Nicht gerade wie die einer fröhlichen Braut.

Ich wählte einen formellen Einstieg. »Danke zunächst für das Geld. Es ist heute auf meinem Konto eingegangen.«

»Ja ja, schon gut, was willst du?«

Der ungeduldige Tonfall brachte mich um ein Haar aus dem Konzept, und ich hätte am liebsten aufgelegt.

Doch ich riss mich zusammen und klärte mit ihr die Ausstattungsfragen. Zu meinem Leidwesen wollte sie alles mir überlassen, bis hin zur Unterwäsche. Sie wollte unter dem Brautkleid einen Push-up-BH und einen String-Tanga tragen. Und natürlich ein blaues Strumpfband. Als geborgtes Teil wollte sie Brillanten von Tiffany, die verliehen Fünf-Millionen-Diademe zu schlappen Zehntausend pro Tag, inklusive Steuer, Versicherung und Schmuckleibwächter. Das war mir neu, aber sie musste es ja wissen. Ich erhob keine Einwände, weil damit gleichzeitig die Frage des Kopfputzes geklärt war, mit dem sie zweifelsohne wie eine echte Märchenprinzessin aussehen würde.

»Davon abgesehen sind auch noch ein paar wichtige Formalitäten zu erledigen«, fuhr ich niedergeschlagen fort. »Es gibt zwar kein klassisches Aufgebot mehr, aber die Eheschließung muss immer noch mit allen nötigen Unterlagen beim Standesamt angemeldet werden.« Ich zählte ihr auf, was sie brauchte. »Außerdem natürlich eine Sterbeurkunde deines ersten Mannes.«

»Ich glaube nicht, dass ich eine habe«, sagte sie abweisend. »Wir waren in Afrika auf der Jagd, als es passiert ist.«

Heftige Erleichterung durchströmte mich. Es gab keine Sterbeurkunde von Herrn Busena! Sie konnte Sven nicht heiraten!

Dann ließ ich den Hörer sinken. Wenn sie Sven nicht heiraten konnte, musste ich ihr das Geld zurückgeben. Das ich nicht hatte, weil es mein Vater in einen Zigarettendeal mit den Russen gesteckt hatte. Allerdings – ich besaß ein Haus, oder nicht? Als Alleineigentümerin könnte ich es mit einer kleinen Hypothek belasten und wäre schlagartig wieder flüssig!

»Ohne Sterbeurkunde muss die Hochzeit ausfallen«, hörte ich mich mit freudig erregter Stimme sagen.

»Warte, vielleicht habe ich doch noch irgendwo so ein Ding rumliegen. Doch, ich glaube sogar, ich hab mal in den ganzen Aktenbergen eine gesehen. Mama hat das damals alles abgeheftet, die kennt sich mit solchen Sachen sowieso viel besser aus.«

»Du bist dabei aufzuholen«, sagte ich deprimiert.

»Was willst du denn damit zum Ausdruck bringen?«

»Nichts.« Ich überlegte, ob ich Sven noch vom Hinscheiden Herrn Busenas informieren musste, um mir bis zu fünf Jahren Knast zu ersparen. Nein, er kannte ja die Vorgeschichte der Witwen-Mutter, das musste reichen.

»Es muss übrigens auch ein Nachweis über den Doktortitel geführt werden«, sagte ich geistesabwesend.

»Welcher Doktortitel?«

»Der von Sven natürlich.«

»Ach so«, sagte sie lustlos.

Meine Gedanken wanderten wieder zurück zu der Hypothek. Eine bestechend gute Möglichkeit, wie ich fand. Nur für den Fall der Fälle. Genau genommen für den Fall, dass ich lieber Riesenschulden am Hals hatte, als die Hochzeit von

Sven und Serena zu organisieren. Und das alles nur für meinen Stolz. War er mir das wert?

»Was ist los?«, fragte Serena verärgert. »Hast du noch Fragen, oder willst du weiter vor dich hinschweigen?«

»Äh ... doch, ja. Habt ihr eigentlich Dobermänner?«

*

Nach diesem unersprießlichen Gespräch hatte ich keine Lust mehr, mich mit Hochzeitsplanungen zu befassen. Eine potenzielle Kundin, die mich telefonisch zwecks Organisation ihrer anstehenden Heirat buchen wollte, vertröstete ich auf die nächste Woche. Bis dahin würde es mir ja vielleicht gelingen, den Beruf zu wechseln. Anderenfalls würde ich sicher bald endlosen Depressionen anheimfallen. Zumindest aber sollte ich grundsätzlich damit aufhören, Hochzeiten im Bekannten- und Verwandtenkreis zu organisieren. Was dabei rauskam, konnte man nur unter die Rubrik *Versagen auf der ganzen Linie* zählen. Offensichtlich war es mir nicht gegeben, Menschen aus meinem eigenen Umfeld unter die Haube zu bringen.

Andererseits – wenn es sich jeder der ursprünglich heiratswilligen Kandidaten schon im Vorfeld anders überlegte, würde es das Gesetz der Serie vielleicht mit sich bringen, dass auch Svens und Serenas Hochzeit platzte. Je später, desto besser, dann müsste ich nicht mal das Geld zurückzahlen. Während ich ziellos im Zimmer herumpusselte, überlegte ich, was alles noch dazwischenkommen konnte.

Zum Beispiel könnte eines von Serenas Brustimplantaten platzen. Oder sie könnte vom Hund ihrer Mutter gebissen werden. Die hatte zwar keine Dobermänner, sondern nur einen Pinscher, aber wenn man den entsprechend reizte ...

Mir fielen noch etliche andere Ehehindernisse ein, und alle hatten damit zu tun, dass Serena etwas ebenso Unvorhergesehenes wie Unangenehmes widerfuhr.

Natürlich hätte auch Sven irgendetwas Blödes passieren können, zum Beispiel akute Anfälle von Impotenz, die ihn immer dann überkamen, sobald er mit Serena irgendwo allein war. Anderes Ungemach, wie etwa Dauerdurchfall oder chronische Zahnschmerzen, fand ich komischerweise für ihn nicht so passend.

Gleich darauf kam ich zu dem Schluss, dass ich mir darüber keine Gedanken mehr machen wollte. An diesem Tag hatte ich schon mehr als genug Stress gehabt, es konnte sicher nicht schaden, wenn ich kurz die Füße hochlegte.

Folglich machte ich es mir auf dem Bettsofa bequem und schaltete den Fernseher an. Auf einem der Privatsender lief eine Kurzreportage über Jennifer Lopez und ihre beiden gescheiterten Ehen sowie ihre unglückliche Beziehung mit P. Diddy. Natürlich wurde auch ausführlich über ihren missglückten Versuch berichtet, ihren Dauerverlobten, den Oscarpreisträger Ben Affleck, zu heiraten. Nachdem ein Hochzeitstermin nach dem anderen wegen Fremdknutschens von Ben und anderer Querelen geplatzt war, hatte es wohl einfach nicht sollen sein. Anscheinend hatte sie beim Dreh von *The Wedding Planner* privat nichts dazugelernt. Fast hätte man glauben können, sie wäre sogar noch ärmer dran als ich. Immerhin war ich nicht zweimal geschieden, bloß einmal entlobt. Aber dafür, so musste ich mir in aller Trostlosigkeit eingestehen, hatte J. Lo. nicht nur genug auf dem Konto, um ihren Hintern zu versichern, sondern auch sonst keine Geldprobleme. Fünfundzwanzigtausend Euro respektive Dollar reichten im Laufe des Jahres vermutlich nicht mal für ihren Fitnesstrainer und ihren Friseur. Und falls sie noch einen Vater hatte, machte der bestimmt keine illegalen Geschäfte mit Zigarettenschmugglern und Messerwerfern.

Irgendwann muss ich wohl eingedöst sein, denn ich hatte einen wundersamen, köstlichen Traum. Sven beugte sich über mich, eine Hand auf meiner Brust, die andere in Höhe meines Knies. Mein ganzer Körper kribbelte vor Verlangen, als er an meinem Ohrläppchen knabberte. »Du machst mich rasend«, raunte er mir zu. »Ich konnte schon wieder den ganzen Tag an nichts anderes denken! Ich kann verstehen, dass du sauer auf mich bist, weil ich gestern so spät heimgekommen bin. Und weil ich letztens diese ganzen blöden Sprüche übers Heiraten abgelassen habe, von *wegen früh gefreit, stets bereut.*« Sein Mund bewegte sich von meinem Ohr über mein Kinn, hinab zu meinem Hals, und seine Hand arbeitete sich langsam unter mein Hemd vor, bis sie nackte Haut erreicht hatte.

»Schnell gefreit, lang bereut«, murmelte ich, in den Tiefen dieses sinnlichen Traums gefangen.

»Was?«

»Du hattest gesagt: *schnell gefreit, lang bereut.*«

»Richtig. Oder vielmehr: falsch! Ich habe meine Meinung geändert!«

Seine Lippen glitten mit erregender Sanftheit über meinen Hals, aber erst, als er sacht in meine Schulter biss, merkte ich, dass ich überhaupt nicht träumte, sondern mitten in der empörenden Realität steckte. Ich stieß ihn von mir und setzte mich auf. Er hockte neben mir auf dem Bettsofa. Die Krawatte baumelte lose von seinem Hals, und die ersten Hemdknöpfe waren offen, sodass ein Stück von seiner glatten bronzefarbenen Brust zu sehen war. Sein helles Haar war zerzaust, und in seinen Augen stand ein unmissverständliches Funkeln.

»Was soll das eigentlich?«, fuhr ich ihn an.

»Was soll was?«

»Das fragst du noch? Wie stellst du dir das eigentlich vor? Wie soll das laufen? Heiraten oder heimliche Affäre?«

»Wenn du dich erinnerst: Es war deine Idee, es geheim zu halten, weil du der Meinung warst, Annabel könnte es nicht verkraften. Was ich, ehrlich gesagt, immer noch sehr bezweifle.«

»Das lassen wir jetzt mal beiseite«, sagte ich aufgebracht. »Du warst derjenige, der es unverbindlich haben wollte!«

»Das habe ich anders in Erinnerung.«

Ich stand kurz vorm Siedepunkt. »Vielleicht sagst du mir jetzt einfach mal, was du vorhast! Willst du nun heiraten oder nicht?«

Er zuckte die Achseln und lächelte mich strahlend an. »Geht denn nicht einfach beides? Heiraten und Liebe? Wäre das denn nicht auch in deinem Sinne?«

»Dann sei doch einmal in deinem Leben wirklich ehrlich und erzähl das deiner zukünftigen Frau!« Ich sprang zitternd vom Bettsofa hoch und rannte stolpernd zur Tür.

Sven blieb mit verblüfftem Gesicht sitzen und starrte mich an. »Wie meinst du das jetzt?«, wollte er wissen.

»Wie ich es gesagt habe!«, schrie ich.

Er runzelte die Stirn. »Du meinst – ganz offiziell? Mit richtiger Ankündigung? Vielleicht sogar, wenn Leute dabei sind? Stellst du es dir so vor, auf die altmodische Art?«

Mir war ganz und gar nicht klar, was daran altmodisch sein sollte, im Gegenteil.

Sven nickte nachdenklich. »Die Kanzleieröffnung wäre vielleicht eine gute Gelegenheit, es *coram publico* zu verkünden.«

Ich fuhr zu ihm herum und glotzte ihn an wie ein Wesen

von einem anderen Stern. Es sollte ja Leute geben, die beziehungsmäßig wirklich unglaublich freizügig und fortschrittlich lebten, und sicher gehörte Serena auch dazu. Aber ich zweifelte sehr ernsthaft daran, dass sie sich das einfach so bieten lassen würde. Schon gar nicht *coram publico,* wenn es das war, was ich mir mit meinem mir noch erinnerlichen, rudimentären Latein zusammenreimte. Sven hatte sie nicht mehr alle, so sah es aus.

Es sei denn ... Womöglich hatten sie eine Vereinbarung. Sehr wahrscheinlich sogar, denn sonst hätte Serena sich solche Eskapaden wie kürzlich auf Annabels Hochzeit nicht erlauben dürfen. Tja, und Sven tat ganz einfach zum Ausgleich dasselbe. Und schon waren alle zufrieden. Eine offene Beziehung fanden heutzutage viele Leute toll. Bloß ich nicht. Nicht in hundert Jahren. Sollte Serena ihn doch haben. Aber wenn, dann ganz und ohne mich. Erschöpft wandte ich mich ab.

»Hast du schlechte Laune?« Er stand auf und folgte mir auf den Gang hinaus. »Oder Migräne?« Mit zwei Schritten überholte er mich und trat mir in den Weg. »Ich sehe dir an, dass du einen harten Tag hattest. Und ich Idiot mache dich auch noch wach! Es tut mir leid!«

Ich schaute entschlossen zu ihm auf. »Ich bin nicht so veranlagt, Sven. Ob mit oder ohne Heirat – ich kann dich nicht mit einer anderen teilen.«

Er wirkte ehrlich bestürzt. »Mein armer Liebling! Ich verstehe! Dieses Trauma auf der Hochzeitsfeier neulich, und dann deine eigene geplatzte Lebensplanung – es hängt dir immer noch nach! Was kann ich tun, um es dich vergessen zu lassen? Sag es mir einfach, und ich mache es!«

»Schieß sie in den Wind«, schrie ich. »Schieß dieses Weibsstück Serena in den Wind! Wie kannst du überhaupt noch was mit ihr zu tun haben wollen, nachdem sie auf Annabels

Hochzeit mit Klaus und Thomas ...« Ich schluckte und hielt inne, weil ich das Ungeheuerliche einfach nicht herausbrachte. »Vergiss sie doch einfach!«, rief ich völlig außer mir. »Sie und ihre mörderische Mutter!«

Sven schaute mich mit weit aufgerissenen Augen an. Er war plötzlich sehr blass.

In dem Moment war es mir völlig egal, dass ich mir mit diesen Worten vielleicht das Einkommen von mindestens zwei Jahren verscherzte und mir womöglich annähernd dasselbe noch mal an Hypothekenzinsen aufhalste. Ich wusste ganz plötzlich, dass ich es nicht konnte. Niemals würde ich diese Schreckenshochzeit inszenieren! Nicht für alles Geld der Welt! Und mit einem Mal wusste ich auch, warum ich es nicht fertigbrachte. Ich liebte diesen Mann! Ich liebte ihn so sehr, dass es richtig wehtat! So sehr, dass ich verrückt werden würde, wenn er eine andere heiratete!

»Streich sie bitte aus deinem Leben«, wiederholte ich, diesmal sehr leise.

Sven schaute mich traurig an. »Ich fürchte, das kann ich nicht.«

Ohne ein weiteres Wort wandte ich mich ab und beeilte mich, aus seiner Nähe zu verschwinden.

*

»Also, das ist in meinen Augen ganz klar«, sagte Annabel. »Sie hat ihn natürlich irgendwie unter Kontrolle.«

Pauline schnaubte verächtlich. »Womit denn? Mit Geld? Davon hat er bestimmt selbst genug!«

»Ich meine das, womit sie alle Männer kontrolliert!« Annabel war ziemlich betrunken, aber das hinderte sie nicht daran, ihr Lieblingsthema erneut vor uns auszuwalzen, nämlich die unerforschlichen Abgründe von Serenas fantastischen Sexualpraktiken. »Mit *Siegel und Ring*. Und wahrscheinlich mit *Fräulein Staubsauger*. Oder mit dem *Summer*. Oder mit einer Kombination aus allen drei Techniken.«

»Nein«, sagte ich entschieden. Ich war ebenfalls betrunken, doch ich hatte noch genug Durchblick, um es besser zu wissen. Was immer Serena auf diesem Feld zu bieten hatte – soweit es Sven betraf, war ich erotisch nicht zu übertrumpfen. Der Sex zwischen ihm und mir war einmalig, gigantisch, universell, unvergleichlich – und ich brauchte dazu noch nicht mal das Buch zu lesen!

»Es wäre eine gute Rache, wenn er sie heiratet und sie ihn dann kaltmacht«, sagte Pauline. »Und Britta organisiert die Hochzeit und kassiert dafür die Kohle. Im Grunde kriegen dann alle, was sie verdienen.« Sie hatte ebenfalls ein paar über den Durst getrunken, aber in puncto Stehvermögen war sie mir und Annabel deutlich überlegen, weshalb sie vermutlich auch besser denken konnte. Trotzdem wollte mir das, was sie da sagte, nicht recht einleuchten, obwohl es auf den ersten Blick logisch war.

Annabel schien meine Meinung zu teilen. »Wie kannst du das sagen?«, fragte sie empört. »Britta liebt ihn doch!« Sie hatte heute Abend aus unerfindlichen Gründen wieder ihr blau gefärbtes Hochzeitskleid angezogen und Lametta in ihr Haar geflochten.

Pauline nahm ungerührt einen Schluck von ihrer *Bloody Mary*. «Dann müssen wir eben eine Möglichkeit finden, diese Schlampe aus dem Weg zu räumen.«

»Der Alkohol lässt dich immer gewalttätig werden«, rügte Annabel.

»Und dich bringt er dazu, irgendwelche blödsinnigen Zaubersprüche aufzusagen«, konterte Pauline.

»Bis jetzt hat es immer gewirkt!«, rief Annabel. »In jeder Beziehung! Der von neulich und der von gestern auch!«

»Ach ja? Und wann kommt der Typ, der Britta zu Füßen sinkt?«

»Aber es gibt ihn doch schon längst!« Annabel gestikulierte so heftig, dass sie etwas von ihrem *Golden Elephant* verschüttete. »Sven ist sogar bereit, ein Doppelleben zu führen, so sehr liebt er Britta!«

»Aber nicht genug, um Serena abzuservieren! Weil der Zauber nämlich Scheiße ist!«

»Das ist nicht wahr!«, widersprach Annabel böse.

Zwischen den beiden schien sich ein handfester Krach zu entwickeln. Ob es am Alkohol lag? Nachdenklich nippte ich an meiner *Pink Lady*. Wir hatten zwar schon gestern Abend zu viel getrunken, aber verzweifelte Situationen erforderten nun mal verzweifelte Maßnahmen, also hatten wir kurzfristig eine weitere Krisensitzung anberaumt, zur Abwechslung in Paulines Zimmer. Diesmal gab es allerdings keinen Punsch, sondern schöne bunte Cocktails. Wir hatten von der letzten Geburtstagsparty noch genug Alkohol übrig, um etliche leckere, Vergessen schenkende Drinks zu mixen. Morgen konnten wir alle ausschlafen. Sven war zu einem Wochenendseminar weggefahren, ohne dass ich ihn noch einmal gesehen hatte. Er hatte mehrfach versucht, mich auf meinem Handy anzurufen, aber ich war nicht drangegangen. Stattdessen hatte ich mich in der Stadt rumgetrieben und gewartet, dass Pauline Feierabend hatte, weil ich ihm nicht mehr allein begegnen wollte. Als ich anschließend mit Pauline zusammen in die Störtebekerstraße zurückkehrte, war er schon weg gewesen, wofür ich unendlich dankbar war.

Mein Vater war ebenfalls verschwunden, mit Sack und Pack, als wäre er nie hier gewesen. Ich hatte starke Zweifel, dass er sich jemals wieder blicken lassen würde, doch Pauline behauptete steif und fest, er würde heute nur ein paar Leuten beim Umzug helfen und morgen die restlichen Renovierungsarbeiten in seinem (!) Haus überwachen. Im Klartext besagte das wohl, dass er die Russen vor die Tür setzte und hinterher anständig aufräumte und sauber machte. Hoffentlich hatten die Wurfübungen des Frettchens keine bleibenden Schäden hinterlassen. Und falls der Kerl auch nur eine einzige von meinen Braut-Barbies oder Bräutigam-Kens angefasst hatte, würde er sehen, wozu ich notfalls imstande war!

Ja, wozu war ich eigentlich imstande? Ständig passierten mir furchtbare Dinge, und ich schaffte es nicht, den Übeltätern zu zeigen, wo der Hammer hing. Wahrscheinlich litt ich an einer ausgeprägten Charakterschwäche. Pauline würde so was nie mit sich machen lassen. Oder? Ich bedachte diese Frage von allen Seiten. Sie hatte eine Pistole und war in der Lage, sie zu benutzen. Und wenn ein Kerl ihr an die Gurgel ging, trat sie ihm in die Eier, ich hatte es selbst gesehen. Aber was nützten ihr diese wundervollen Fertigkeiten, wenn sie gar nicht wusste, dass sie verarscht wurde, so wie in diesem speziellen Fall von einem ganz speziellen Mann, nämlich meinem Vater?! Das war hier eindeutig der *casus beknacktus!*

Ich machte meiner *Pink Lady* den Garaus und mixte mir einen *Tequila Sunrise*. Nach vier Drinks und endlosen frustrierenden Grübeleien war ich schon hart an der Kante zum Nirwana, aber das glückselige Vergessen wollte sich nicht einstellen. Im Gegenteil. Ich konnte pausenlos nur an Sven denken, und der Streit zwischen meinen besten Freundinnen war auch nicht gerade geeignet, meinen Seelenfrieden zu fördern.

»Und ich sage dir, der Zauber ist Scheiße«, wiederholte Pauline besserwisserisch. »Ich sehe weit und breit keinen Traummann, der dir zu Füßen fällt!«

»Der wird schon noch auftauchen«, sagte Annabel tapfer. »Und zwar bestimmt schon sehr bald, verlass dich drauf.«

»Tut er nicht!«

»Tut er doch!«

Dass es in diesem Moment an der Haustür klingelte, war natürlich nur Zufall, obwohl Annabel später felsenfest behauptete, es sei Hexenkraft gewesen.

Pauline stand auf, um zu öffnen. »Das ist bestimmt Rolfi, er hat gesagt, er schaut vielleicht noch vorbei.«

Ich rülpste dezent. »Wer's glaubt.«

Dreißig Sekunden später kam der größte Blumenstrauß ins Zimmer marschiert, den ich je gesehen hatte. Er bestand aus ungefähr hundert roten Rosen und ebenso vielen roten Leuchtherzen, die blinkend in der ganzen Blumenpracht verteilt waren. Es war bei weitem das kitschigste Bukett, das ich je gesehen hatte, und es war nicht gerade das, was ich bei meinem Versöhnungstipp für Klaus im Sinn gehabt hatte. Aber in diesem Moment war das völlig zweitrangig.

Er kam ins Zimmer gestolpert, den Blumenstrauß mit beiden Händen vor sich hertragend wie den heiligen Gral.

»Annabel!«, sagte er mit bebender Stimme, während er sie über das rote Blinken hinweg anstarrte wie eine überirdische Erscheinung. »Du bist ... Du bist so wunderschön!« Dann sank er vor seiner Frau mit demütig gesenktem Kopf auf die Knie. »Ich ... also ich ... Ich habe hier ... Ich bin hergekommen, um ...« Er stammelte sinnlose Satzfetzen vor sich hin und rang dabei vergeblich nach den richtigen Worten. Jeder Idiot konnte sehen, warum er hergekommen war, aber er war nicht in der Lage, es zu artikulieren.

»Ich brauche dich«, stieß er hervor. »Komm nach Hause. Zu mir.« Dann verstummte er.

Es war nicht ganz das, was wir heute Nachmittag einstudiert hatten, aber es sagte alles aus. Er kniete in seinem Hochzeitsanzug vor ihr auf dem Fußboden, die Rosen mit den blinkenden Herzen umklammernd, das Gesicht schweißüberströmt und die Augen voller Verzweiflung. Ich sah ihn plötzlich wieder vor mir sitzen, zweite Reihe von vorn schräg links, im Physikunterricht, zwölfte Klasse. Wie er Annabel die richtige Lösung für eine knifflige Aufgabe zuschob, in einer wichtigen Klausur, die sie auf keinen Fall versieben durfte, weil sie sonst die nötigen Punkte fürs Abi nicht zusammengebracht hätte. Und die Art, wie sie ihn daraufhin angeschaut hatte. Alle Liebe hatte in ihrem Blick gelegen.

Und jetzt schaute sie ihn wieder so an. Genau wie damals. Ihre Lippen bewegten sich, sie wollte etwas sagen, aber auch sie brachte nichts heraus.

Pauline griff nach meiner Hand und zerrte mich zur Tür.

»Was ist?«, fragte ich benommen, als wir draußen auf dem Gang waren und sie vorsichtig die Tür von außen zudrückte.

Sie zuckte die Achseln. »Die beiden sollten jetzt allein sein, findest du nicht? War aber auch höchste Zeit, dass sie wieder zusammenkommen!«

Ich starrte fasziniert auf die geschlossene Tür. »Es hat gewirkt. Es hat echt gewirkt. Jetzt bin ich ja wirklich gespannt, ob der Rest auch noch funktioniert!«

Pauline verdrehte die Augen. »Erzähl du bloß nicht auch noch diesen Mist!«

»Ich meine ja gar nicht den Zauberspruch«, sagte ich.

»Was denn dann?«

Ich zuckte die Achseln. »Ist nicht so wichtig.« Ich schaute auf die Uhr. »Gleich kommt im Spätprogramm *Die Braut, die sich nicht traut,* wollen wir den noch zusammen angucken?«

*

Es war eine gute Entscheidung gewesen, den Film noch zu sehen, denn er beförderte mich schlagartig ins Reich der Träume. Ich bekam zwar nicht mehr mit, wie Julia Roberts und Richard Gere sich am Ende kriegten, weil ich schon nach der zweiten geplatzten Hochzeit in tiefste Bewusstlosigkeit sank, aber ich nahm immerhin noch die filmische Botschaft mit, dass auch andere Leute es nicht schafften zu heiraten.

Den Sonntag verbrachten wir in stiller Eintracht, genauer gesagt, Zweisamkeit. Annabel war nicht mehr da, als wir am nächsten Morgen aufstanden. In der Küche lag ein Zettel, und darauf stand *Bin daheim. Ich liebe euch.*

Ich weinte vor Freude Rotz und Wasser. Als Pauline ein paar Minuten später ebenfalls zum Kaffeetrinken runterkam, behauptete ich, mir wäre eine Mücke ins Auge geflogen.

Sie ergriff meine Hand, machte sie auf und nahm den zerknüllten Zettel heraus.

»Du alte Romantik-Tante.« Ihre Stimme klang grob, mit einem deutlichen Unterton von Zärtlichkeit. Sie legte zwei Brötchen auf den Toaster, womit ihre hausfrauliche Aufwallung sich erschöpft hatte, denn anschließend schaute sie mir zufrieden beim Eierkochen und Tischdecken zu. Falls sie sich wirklich je mit meinem Vater zusammentun wollte, würde einer von den beiden sehr gründlich umdenken müssen.

Allerdings sah ich es immer noch als fraglich an, dass er so bald wieder auftauchte. Noch gestern Nacht hatte er zeitgleich an mich und Pauline je eine SMS geschickt, mit dem Inhalt, dass er kurzfristig geschäftlich nach Osteuropa verreisen müsse, aber in ein paar Tagen wieder mit aufregenden, neuen Plänen zurück sei.

Im Geiste stellte ich bereits Überlegungen an, ihn entweder unter amtliche Vermögenspflegschaft stellen zu lassen oder selbst auszuwandern. Letzteres war vielleicht sogar eine wirklich gute Idee. Ich würde meinem Vater kein Geld mehr für seine halsbrecherischen Investitionen borgen müssen, und Sven würde ich so schnell auch nicht mehr über den Weg laufen. Das Haus würde ich natürlich verkaufen müssen, schon deswegen, damit ich Serena beziehungsweise Marie-Luise das Geld zurückzahlen konnte. Danach hätte ich immer noch eine hübsche Summe für einen Neuanfang, weit weg von hier.

Ab sofort musste ich mir sowieso über eine berufliche Neuorientierung Gedanken machen, denn die Hochzeitsplanung war ein erfolgloses Gewerbe, aus dem ich gestern mit sofortiger Wirkung ausgestiegen war. Entweder platzte die Hochzeit schon vorher, oder die Leute ließen sich anschließend irgendwann scheiden. Niemand hatte was davon, außer vielleicht ein ganzes Heer von Anwälten, und wer das Gegenteil behauptete, log sich in die Tasche.

Ob ich vielleicht eine Ausbildung zur Fleschereifachverkäuferin anstreben sollte? Ich kannte das Lehrbuch in- und auswendig und hatte auch in praktischer Hinsicht ziemlich viel Ahnung von der Materie. Vielleicht sollte ich mal mit Klaus reden. Er war mir einen Gefallen schuldig, und als Ausbilder war er ein Ass.

Das Gute an diesem Job war, dass man die Menschen damit wirklich glücklich machen konnte. Sie gingen mit einem schönen Kotelett heim, hauten es in die Pfanne und aßen es auf. Es schmeckte gut und machte satt. Und am nächsten Tag kauften sie sich ein Pfund Rinderhack und aßen Spaghetti Bolognese. Und wieder waren alle zufrieden und mit sich und der Welt im Einklang. Der Metzger hatte nichts weiter zu tun, als primäre menschliche Bedürfnisse zu erfüllen. Wurst aufschneiden, Fleisch zerteilen, alles nett und gut gekühlt anrichten, und *voilà*, guten Appetit!

Das war genau die Art von Dienstleistung, die im Leben wirklich Sinn machte. Heiraten, das war doch heutzutage keine echte Notwendigkeit mehr, sondern ein unkalkulierbares Lebensrisiko! Eine Art russisches Roulette, das in mehr als dreißig Prozent aller Fälle unausweichlich zu einem Showdown namens *Trennung* führte, und dann lautete das Motto nicht mehr *Bis dass der Tod euch scheidet,* sondern *Aus Ex mach hopp.* Wenn ich mich recht erinnerte, gab es sogar ein Buch, das so hieß. Ein Ratgeber, der ein echtes Bedürfnis bediente, nämlich die Folgen der Heirat möglichst schnell wieder zu beseitigen.

Außerdem begriff ich, wie ich all die Jahre auf die Leute gewirkt haben musste mit meinem naiven Barbie-Kindheitstraum, mich unbedingt zu vermählen. Vielleicht war das ja überhaupt der einzige Grund, warum Thomas so neurotisch geworden war. Er hatte nicht genug Mumm besessen, sich meinem unerbittlichen Heiratsverlangen zu widersetzen. Der arme Kerl war sozusagen mein wehrloses Opfer geworden. Wahrscheinlich war er sich die ganze Zeit über vorgekommen wie in einem Beziehungsthriller mit dem Titel *Hände hoch oder wir heiraten.* Oder so ähnlich. Das ganze Hochzeitsbrimborium mit mir hatte sich dann sozusagen in sein Nervenkostüm eingefräst, mit der Folge, dass es jetzt zu einer fixen Idee für ihn geworden war, die Frau seiner Träume tatsächlich zu heiraten. Nur eben nicht mich, sondern Serena.

Zufrieden mit dem Ergebnis meiner Schlussfolgerungen, spann ich meine Überlegungen weiter und fand, dass ich mich nicht nur im Fleisch- und Wurstwesen gut machte, sondern möglicherweise auch eine passable Psychologin abgab.

»Woran denkst du?«, fragte Pauline.

Ich packte mir zwei Scheiben Truthahnwurst auf eine Brötchenhälfte. »Ich überlege, einen neuen Beruf zu ergreifen.«

Sie schaute mich erstaunt an. »Ach, du auch?«

»Wieso auch?«

»Na, ich denke schon seit ein paar Tagen drüber nach, bei der Kripo aufzuhören und irgendwie bei den Geschäften deines Vaters mitzumischen. Es klingt alles sehr spannend, was er so erzählt.«

Ich bekam einen Hustenanfall – echt, nicht vorgetäuscht –, womit unsere Unterhaltung beendet war. Den Rest des Tages gammelte ich mehr oder weniger herum, hockte zeitweilig mit Pauline im Garten auf der Terrasse oder lesend in meinem Zimmer und gab zwischendurch immer wieder dem Drang nach, durch die frisch renovierte Kanzlei zu stromern und mir alles genau anzusehen. Und mir vorzustellen, wie Sven sich hier drin als Anwalt machen würde. Die Erkenntnis, dass er bestimmt wunderbar hier reinpassen und wirklich toll an diesem Schreibtisch aussehen würde, stürzte mich zusätzlich in Depressionen. Irgendwann hielt ich es nicht mehr aus und fuhr zu meinem Elternhaus. Die Russen waren ausgeflogen – sehr beruhigend –, und ich fand auch nirgendwo Zeichen von Vandalismus. Meine Barbies und Kens saßen ebenfalls unberührt in meinem alten Zimmer. Ich streifte durch die Räume und stellte mir vor, dieses Haus, in dem ich eine glückliche Kindheit verbracht hatte, verkaufen zu müssen. Das hätte ich besser gelassen. Ich fiel in ein so tiefes Stimmungsloch, dass ich mich reif für eine pharmazeutische Behandlung fühlte. Wie hieß das Zeug gleich, das die hysterischen Hollywoodfilmstars in solchen Krisen immer einwarfen – Xanax? Auf der Rückfahrt in die Störtebekerstraße hielt ich an einer offenen Apotheke und fragte danach. Der Apotheker gab mir Baldrianperlen mit und behauptete, die wären schon sehr gut für den depressiven Anfänger, und außerdem hätten sie den Vorteil, dass ich sie praktisch in unbegrenzter Menge einnehmen könnte. Ich kaufte sie, führte mir eine ordentliche Dosis zu Gemüte und ging früh schlafen.

*

Bis zum Tag der Kanzleieröffnung gab es keine besonderen Vorkommnisse. Mein ursprüngliches Vorhaben, mit meinen Siebensachen in mein Elternhaus überzusiedeln, hatte ich schnell wieder fallen gelassen, weil ich keine Lust hatte, von morgens bis abends Baldrian zu schlucken, zumal das Zeug sowieso nicht wirkte, es sei denn, man zählte die Verstopfung mit. Wenn ich das Haus schon verkaufen musste, wollte ich mir bis dahin wenigstens die Dauerdepression ersparen.

In der Störtebekerstraße fühlte ich mich ein kleines bisschen besser, komischerweise hauptsächlich immer dann, wenn ich mich in den Kanzleiräumen aufhielt. Ich hatte eigenmächtig die Kartons mit den juristischen Sammelbänden und den Kommentaren und Gesetzestexten ausgepackt und alles schön nach Farben und Größen sortiert in die Regale geräumt. Jetzt sah es schon nach einer richtigen Anwaltskanzlei aus, es fehlten nur noch die Sekretärin und die ersten Mandanten.

Erstere erschien zwei Stunden vor der offiziellen Eröffnung, um nach dem Rechten zu sehen. Sie war klein, leicht übergewichtig, um die vierzig und machte einen kompetenten Eindruck. Freundlich stellte sie sich als Gesine Bildhauer vor, was bei mir zu einem unkontrollierten Lachanfall führte. Damit war ich bei ihr vermutlich für alle Zeiten unten durch, doch wen scherte das schon. Morgen wäre ich sowieso hier weg. Ich wollte nur noch der Höflichkeit Genüge tun und mich von Sven verabschieden. Danach würde ich in meine improvisierte Behausung ziehen, wo ich mich problemlos aufhalten konnte, bis ich meinen Überseesack für Australien oder Neuseeland packte. Das Schild an der Eingangstür würde ich natürlich noch abschrauben müssen, aber davon abgesehen war *Brittas Brautbüro* die perfekte vorläufige Bleibe. Klaus hatte beinahe geweint vor Dankbarkeit, als ich ihn fragte, ob ich vielleicht vorübergehend da pennen dürfte, und heute Morgen hatte Annabel angerufen und erzählt, dass er schon ein Bett, ein Sofa und einen Schrank in das Apartment geschleppt hatte, damit ich mich auch ganz zu Hause fühlte. Ihren eigenen Kram würde sie morgen hier abholen lassen, nachdem die Eröffnungsfeier über die Bühne gegangen war. Sie war, wie nicht anders zu erwarten, ausgesprochen guter Dinge, als sie und Klaus kurz nach Gesine Bildhauer in der Störtebekerstraße eintrafen, um das Büfett vorzubereiten. Sie umarmte mich heftig und gab sich keine Mühe, ihre Tränen zu unterdrücken.

»Alles wird gut«, flüsterte sie mir ins Ohr.

Ich wusste nicht recht, ob sie ihr künftiges Leben oder das Büfett meinte, aber wahrscheinlich traf es auf beides zu. Sven hatte ein komplettes Catering geordert, mitsamt Geschirr, Besteck, Gläsern, Tischwäsche und -dekoration. Die Speisen- und Getränkeauswahl hatte er vollständig Klaus überlassen, womit er gut beraten war. Die Firma Wagenbrecht war nicht nur eine erstklassige Metzgerei, sondern außerdem ein stadtbekanntes, gut eingeführtes, vor allem aber wirklich hervorragendes Catering-Unternehmen, für das ich jederzeit bei allen Hochzeiten, die ich bisher betreut hatte, die Hand ins Feuer hatte legen können.

Klaus und Annabel werkelten in der Küche und richteten noch ein paar Garnituren für die kalten Platten her, und ich machte mich zusammen mit Pauline daran, die Sektbar mit Gläsern zu bestücken und die Alkoholbestände zu sichten und zu sortieren. Es war Kommissionsware; Klaus arbeitete mit einem sehr guten Weinhändler zusammen, und die übrigen Getränke hatte er beim örtlichen Großhändler besorgt, mit dem er ebenfalls in Geschäftsbeziehung stand.

Pauline hatte sich den halben Tag freigenommen, weil sie auf keinen Fall etwas verpassen wollte. »Ich habe so ein komisches Gefühl, als würde heute noch was Verrücktes passieren«, meinte sie. »Als würden hier noch fürchterlich die Fetzen fliegen.«

Auch sie war bestens drauf, vor allem, nachdem sie von meinem Vater heute Vormittag eine SMS bekommen hatte. *Bin bald wieder bei dir, meine Liebste. Habe wunderbare Neuigkeiten im Gepäck. Dicker Kuss. Dein Rolfi.*

Ich wollte ihr die Illusionen nicht nehmen, vor allem aber wollte ich gar nicht erst wissen, welche wunderbaren Neuigkeiten er mitbrachte.

Pauline schenkte uns beiden und Gesine an der frisch eröffneten Sektbar im ehemaligen Wohnzimmer ein Gläschen Schampus aus, und dann bauten wir zu dritt meine Stereoanlage auf, denn ein vernünftiger Empfang taugte ohne nette Musik nicht viel. Natürlich würde sie nur ganz unaufdringlich im Hintergrund laufen, wofür sich mein Hochzeitsempfang-CD-Sortiment bestens eignete.

»Sind das etwa die CD's, die du heimlich selbst gebrannt

hast?«, fragte Pauline streng, als ich mit meiner Sammlung zurückkam.

»Wieso fragst du so blöd?«, wollte ich irritiert wissen, während ich mich vorsorglich nach Gesine umschaute. Doch die hielt sich woanders auf.

»Weil es verboten ist, sich kostenlose Musik aus dem Internet runterzuladen«, sagte Pauline kripomäßig. »Das gibt bis zu fünf Jahren Knast!« Anschließend brach sie in haltloses Kichern aus, weil sie es offenbar wahnsinnig komisch fand, mir diese Schwarte immer und immer wieder unter die Nase zu reiben. Ich hatte ihr gestern Nacht in einem Anfall von Mitteilungsbedürfnis alles Mögliche erzählt, unter anderem auch, dass ich Thomas vom Hinscheiden aller bisherigen Ehemänner der Familie informiert hatte.

»Im Grunde kannst du dich nicht beschweren«, sagte sie. »Sei froh, dass du den nicht heiraten musst. Serena hat dir im Prinzip einen Riesengefallen getan. Eigentlich musst du dich bei ihr bedanken.« Sie dachte kurz nach. »Nein, das reicht nicht mal. Du müsstest ihr die Füße küssen dafür, dass sie das Schlimmste verhindert hat. Der Typ hat nämlich echt ein Rad ab.«

»Äh, Pauline«, sagte ich peinlich berührt.

»Er hat eine Blasneurose.«

Ich wand mich und hätte mich am liebsten hinterm Schreibtisch versteckt.

Sie folgte meinen Blicken und drehte sich zur Tür um. Dort stand Thomas und schaute sie mit geschlitzten Augen an.

»Nichts für ungut, alter Schwede«, sagte Pauline lässig, dann spazierte sie einfach an ihm vorbei in Richtung Küche.

»Hallo«, sagte ich betreten. »Was machst du denn hier? Ich wusste gar nicht, dass du auch eingeladen bist.«

Er kam näher, einen gehetzten Ausdruck im Gesicht. »Bin ich auch nicht, aber das tut nichts zur Sache. Ich muss mit dir reden.«

»Wie bist du überhaupt reingekommen?«

»Jemand kam gerade aus dem Haus, als ich klingeln wollte.«

Wahrscheinlich Gesine. Aus den Augenwinkeln sah ich, dass Pauline in der Diele stehen geblieben war, dicht bei der Tür, die Ohren gespitzt und die Hand in der Nähe ihrer Pistole – falls sie eine trug, was ich im Stillen hoffte. Thomas sah aus, als stünde er kurz vorm Platzen. Sein Gesicht war rot wie eine überreife Tomate, und die Augen traten ihm aus den Höhlen.

»Du musst was unternehmen!« Fieberhaft sah er sich nach allen Seiten um. »Was soll das hier werden, ihre Verlobung?«

»Nein, die Kanzleieröffnung.«

»Du musst es verhindern!«

»Warum? Er ist Anwalt, und er möchte eine eigene Kanzlei. Das ist berufsspezifisch, weißt du.«

»Verarsch mich nicht«, zischte er. »Du weißt genau, was ich meine!«

Er trat dicht an mich heran. Ich wich unwillkürlich zurück, doch er folgte mir.

Plötzlich sank er zu meiner grenzenlosen Überraschung vor mir auf die Knie und umklammerte meine Beine. »Bitte, tu was! Sie darf ihn nicht heiraten!«

Ich war ganz seiner Meinung. Beinahe hätte ich Mitleid mit ihm haben können, wenn ich mir nicht schon selber so leidgetan hätte.

»Wenn's dich interessiert: Ich habe ihn gebeten, sie nicht zu heiraten«, sagte ich.

Thomas sackte noch mehr zusammen. Wie das sprichwörtliche Häufchen Elend hockte er auf dem roten Perser und stierte hoffnungslos vor sich hin. Jetzt wurde ich doch von Mitgefühl übermannt. Am liebsten hätte ich mich neben ihn gesetzt und eine Strophe mit ihm zusammen gejammert. Was nützte mir dieser blöde Zauber, wenn es immer bloß die verkehrten Männer waren, die vor mir auf die Knie fielen?

»Vielleicht hätten wir doch Stühle besorgen sollen«, sagte eine Stimme von der Tür her.

Ich fuhr herum, und sofort raste mein Herz zum Zerspringen. Er war wieder da! Mit einiger Verspätung, aber rechtzeitig genug zur Einweihungsfeier seiner Kanzlei.

Ich konnte kaum atmen, als ich ihn dort in der Tür stehen sah. Er trug einen dunkelblauen Zweireiher und eine purpurfarbene Krawatte, die wunderbar zum Teppich passte. Ich hätte genau dieselbe ausgesucht, wenn er mich gefragt hätte. Der Knoten saß eine Winzigkeit schief, und meine Finger zuckten in dem Bedürfnis, ihn geradezurücken. Und anschließend sein Gesicht zu berühren, sein Kinn, seinen Mund...

Er hatte ein paar Mal angerufen, aber jedes Mal waren entweder Annabel oder Pauline drangegangen, mir zuliebe. Ich hätte es nicht fertiggebracht, mit ihm zu reden. Wahrscheinlich hätte ich schon angefangen zu heulen, wenn ich bloß seine Stimme gehört hätte.

Hinterher hatte ich die beiden natürlich bestürmt mit meinen Fragen, weil ich unbedingt wissen wollte, was er gesagt hatte. Nichts, lautete jedes Mal die Auskunft. Er hätte sich bloß erkundigt, wie die Vorbereitungen für die Eröffnungsparty liefen.

Thomas hatte sich vom Boden hochgerappelt und bediente

sich wortlos an der Sektbar, während er Sven lauernde Seitenblicke zuwarf.

Doch der beachtete ihn überhaupt nicht, sondern hatte nur Augen für mich. Es zog mir den Boden unter den Füßen weg, als er sagte: »Kommst du mal kurz mit? Ich muss dir was zeigen.«

In diesem Augenblick interessierte mich nichts anderes auf der Welt, als wie von Fäden gezogen auf ihn zuzuschweben, die Füße zehn Zentimeter überm Parkett, als wäre ich plötzlich von einem besonderen Element erfüllt, das leichter war als Luft. Es war mir völlig egal, dass in wenigen Minuten die geladenen Gäste eintreffen würden, unter ihnen natürlich auch seine Verlobte und seine künftige Schwiegermutter. Es war mir gleichgültig, dass er vorhatte, eine andere zu heiraten. Mich kratzte auch nicht im Geringsten, dass mein Ex mit wütend hochgezogenen Schultern und Mordlust im Blick schon das zweite Glas Champagner kippte und undeutliche Worte vor sich hin murmelte. Ferner tangierte mich nicht im Mindesten, dass in eben diesem Moment weiterer unangemeldeter Besuch auftauchte, nämlich mein Vater mitsamt den beiden Russen und unserer Nachbarin Dorothee. Klaus, Annabel, Gesine und Pauline hatten sich ebenfalls zu ihnen gesellt, und nun schoben sie sich alle miteinander als schnatternder und lachender Pulk von der Diele in die Kanzleiräume.

Ich hörte ihr vergnügtes Geplauder wie durch Watte und grüßte im Stil einer mechanischen Aufziehpuppe nach rechts und links. Auch optisch nahm ich sie nur am Rande wahr, wie durch einen dichten Gazeschleier. Gestochen scharf sah ich nur Sven, der mir seine Hand entgegenstreckte, sacht meinen Ellbogen umfasste und mich die Treppe hinaufführte, bis ganz nach oben ins Dachgeschoss, in seine neue Wohnung.

Die beiden Räume waren ebenfalls mittlerweile komplett fertig renoviert. Es gab sogar eine kleine Einbauküche und ein hübsches funkelnagelneues Bad. Natürlich hatte ich es mir schon angeschaut, die Handwerker ließen ja ständig die Tür hier oben offenstehen.

Doch die machte Sven jetzt vorsichtig hinter sich zu, nachdem er mich in die kleine Diele gezogen hatte. Ich zitterte vor Aufregung, was er mir zeigen wollte, und ich musste nicht lange warten. Er packte mich und schob mich mit einem tiefen Aufstöhnen gegen die Wand. »Tut mir leid, ich weiß, dass es sich nicht gehört und dass es ein mieser Trick ist, aber ich konnte es einfach nicht mehr länger aushalten!«

Im nächsten Moment küsste er mich hart und verlangend, und mein Verstand klinkte sich vollständig aus.

*

Als ich wieder zu mir kam, war es eine Stunde später. Wir lagen in Svens Bett, ineinander verkeilt und völlig nackt, und den Geräuschen nach, die von unten heraufhallten, war die Party in vollem Gange.

»Deine Eröffnungsfeier«, sagte ich. In Wahrheit meinte ich *deine Verlobte.*

Anscheinend war ich dabei, Mitglied einer von mir bisher nie akzeptierten menschlichen Spezies zu werden: eine heimliche Geliebte. Ich würde mir Lebenshilfebücher kaufen müssen, die den Titel *Sonntags nie* oder *Die Kirschen in Nachbars Garten* trugen, und ich würde mich den lieben langen Tag nur in Internetforen rumtreiben, wo sich Menschen dieser unterdrückten Bevölkerungsgruppe zum Rumjammern und Mutmachen trafen.

Es sei denn, ich schaffte vorher den Absprung. Oder sorgte

für klare Verhältnisse. Entschlossen machte ich mich von meinem heimlichen Lover los und sprang aus dem Bett.

»Was hast du vor?«, fragte Sven schläfrig.

Ich zog mich eilig an. »Ich werde jetzt runtergehen und Serena ein paar Wahrheiten an den Kopf schmeißen.«

Er richtete sich alarmiert auf. »Tu das nicht!«

»Doch!«, schrie ich. »Ich will nicht länger nur ein Zwischenschnucki sein!«

»Britta, warte!«

Doch ich war schon auf dem Weg nach unten. Auf der Treppe ordnete ich rasch meine Haare und prüfte, ob meine Klamotten richtig saßen. Mein Outfit war dasselbe wie auf der letzten Hochzeit, ein formelles, aber dafür gewagt knapp sitzendes Kostüm. Knapp deshalb, weil ich in der letzten Zeit zu viele Brötchen verdrückt hatte. Doch das interessierte mich im Moment nicht die Bohne. Je breiter ich war, desto mehr Front konnte ich gegen Serena bilden.

Meine Ahnung hatte mich nicht getrogen. Sie war da, draußen auf der Terrasse, wo sie wie die glitzernde Königin eines Bienenvolks inmitten der übrigen Gästeschar Hof hielt, diesmal jedoch weder nuttig wie auf Annabels Hochzeit noch elegant wie neulich in der Stadt, sondern eindeutig eine Mischung aus beidem. Sie trug ein knielanges, knallenges, hochgeschlossenes Seidenkleid von Gaultier, das jeden Zentimeter ihrer künstlich aufgepeppten Silhouette betonte. Das Haar hatte sie zu einem verspielten Chignon aufgesteckt, und sie hatte Make-up aufgelegt wie für eine Operngala. Als biedere Geschäftsfrau hatte sie mir eindeutig besser gefallen, aber vermutlich war gerade ihre extreme Wandlungsfähigkeit eine Eigenschaft, die sie für die Männerwelt interessant machte.

Unwillkürlich hielt ich nach Annabel Ausschau. Wie

würde sie es aufnehmen, dass ihre Busenfeindin hier aufgelaufen war? Hoffentlich geriet dadurch nicht ihre gerade erst wiedergewonnene eheliche Harmonie in Gefahr! Doch meine Sorge war unbegründet. Die beiden standen verliebt turtelnd am reichhaltig bestückten Büfett und strahlten förmlich um die Wette.

»Hallo!« Mein Vater winkte mir zu. Er stand mit Pauline an der Sektbar und unterhielt sich mit ein paar Leuten, die ich nicht kannte. Er hatte schon immer einen guten Draht zu Fremden gehabt, vor allem auf Partys. Entweder hielt man ihn für einen Filmproduzenten oder für einen erfolgreichen Geschäftsmann. »Ich muss mit dir sprechen! Ich habe gute Neuigkeiten!«

Ich erschauerte und tat kurzerhand so, als hätte ich ihn nicht gehört. Unbeirrt hielt ich auf Serena zu, bis mir zwei massive, kugelige Gestalten den Weg versperrten. Olli trat in mein Blickfeld, fesch gewandet in einem angeberisch feinen Seidenanzug mit einer monströsen Brillantnadel auf der Krawatte. Er hatte Dorothee untergehakt, die ein randvolles Wasserglas mit Wodka spazieren trug. Sie hatte sich wieder in einen ihrer Sarongs gewickelt, diesmal ganz in Flaschengrün. Ihr rotes Haar hatte sie zu neckischen Löckchen eingedreht und dabei vergessen, Wickler rauszunehmen. Am Hinterkopf hingen noch zwei der borstigen Dinger, doch das schien weder sie noch Olli zu stören.

»Wollen Sie uns nicht gratulieren?«, fragte Olli strahlend.

»Äh ... ja. Herzlichen Glückwunsch.« Ich wusste zwar nicht, wozu, aber es konnte nichts Gutes sein. Suchend schaute ich mich um. »Wo ist denn Hermann?«

»Drüben in seinem Labor. Er arbeitet an einer neuen Formel.« Dorothee ließ mit zwei Schlucken drei Viertel vom hochprozentigen Inhalt ihres Glases verschwinden und sprach dann weiter, ohne Luft zu holen. »Ist schon echt klasse, dass er im Knast diese Fortbildung belegen konnte.«

»Ich muss wegen Stanislaw mit Ihnen sprechen«, sagte Olli. Mit seinen Blicken deutete er kurz in eine Ecke des Raums, wo das Frettchen stand und mich wie von Sinnen angrinste.

»Er liebt Sie«, sagte Olli.

»Wen?«

»Sie.«

»Mich?«, vergewisserte ich mich bestürzt.

Olli nickte. »Er hat sich in Sie verliebt, aber er traut sich nicht, es Ihnen zu sagen.«

»Er kann doch überhaupt nicht reden«, warf Dorothee ein. Sie beugte sich vertraulich vor. »Er hat nämlich gar keine Zunge.«

»Du lieber Gott!« Ich war ehrlich entsetzt. Deswegen hatte ich ihn nie etwas sagen hören! Dann erst drang richtig zu mir vor, was Olli eben gesagt hatte.

»Ich ... ahm, ja also ... Ich bin geschmeichelt, aber ...« Ich stockte, von morbider Neugier übermannt. »Wie ist das denn mit der Zunge passiert? Hat es mit ... einem Messer zu tun?«

Ich fand, das würde sehr gut passen. Das ständige sinnlose Hantieren mit dem Messer wäre dann neurotischen Ursprungs. Eine Zwangshandlung aufgrund eines Verstümmelungstraumas. Ob ich vielleicht, sozusagen im zweiten Bildungsweg, doch noch Psychologie studieren sollte?

»Eine Frau hat sie ihm beim Sex aus Versehen abgebissen«, sagte Olli.

»Oh.« Ich vermied krampfhaft, auch nur ansatzweise in die Richtung zu schauen, wo Stan sich aufhielt. »Das ist echt ... schade.«

»Er ist nach wie vor ein guter Liebhaber«, versicherte Olli.

»Woher willst du das wissen?«, erkundigte sich Dorothee.

Olli zuckte verlegen die Achseln, dann sagte er drohend. »Ich bin *nicht* schwul, klar?«

»Das weiß ich doch, mein Lieber. Aber bist du sicher, dass du das mit dem guten Liebhaber nicht nur gesagt hast, um Stan für Britta interessanter zu machen?«

»Ob er's jetzt ist oder nicht, ich denke, es ist sein gutes Recht, sich eine Braut zuzulegen, oder? Jetzt, wo wir alle reich sind...«

Dorothee wiegte nachdenklich den Kopf, bis ihr Dreifachkinn in wogende Bewegung geriet. »Ich weiß nicht, ob Stan sie überhaupt heiraten kann, er könnte doch vor dem Traualtar nicht mal *Ja* sagen!«

»Also, hört mal«, sagte ich beunruhigt. »Bevor hier ein falscher Eindruck aufkommt...«

Ich hielt bestürzt inne. Sven war soeben im Türrahmen aufgetaucht und suchte mit seinen Blicken den Raum ab, und ich hatte immer noch kein einziges Wort mit Serena gesprochen!

»Ich sagte doch, der Anwalt ist ihr Schnucki«, erklärte Dorothee in beleidigtem Tonfall. »Aber mir glaubt ja keiner!«

Hastig schob ich sie zur Seite und kämpfte mich durch den überfüllten Raum durch die weit offene Terrassentür nach draußen bis zu Serena vor. Sie stand neben einem großen, elegant angezogenen Typ mit grauen Schläfen.

»Hallo, Serena«, sagte ich.

Sie drehte sich zu mir um und verzog keine Miene. »Hallo, Britta. Geht es dir gut?«

Marie-Luise erschien, ein frisch gefülltes Champagnerglas in der einen und ein Tatar-Canapé in der anderen Hand.

»Guten Tag, Britta. Ich hörte, Sie und Ihre Freundinnen sind hier immer noch nicht ausgezogen. Ich hoffe, dass wenigstens die Hochzeitsplanung Fortschritte macht.«

»Darüber wollte ich mit Ihnen reden. Und mit Serena natürlich.« Ich hob den Kopf und reckte das Kinn vor. Niemand würde mich jetzt noch zurückhalten! Auch Sven nicht, der mich just in diesem Moment erspäht hatte und mit undurchdringlicher Miene näher kam.

»Ich lege den Auftrag nieder. Ich werde diese Hochzeit nicht organisieren.«

Marie-Luise ließ empört das Canapé sinken, von dem sie gerade abbeißen wollte. »Junge Frau, Sie haben eine Menge Geld dafür genommen!«

»Das kriegen Sie natürlich zurück«, sagte ich. »So schnell wie möglich.« Das war der einzige wunde Punkt in meiner Argumentationskette, und ich konnte nur hoffen, dass sie es nicht gleich bemerkten. Doch dem war leider nicht so.

»Wann genau?«, wollte Marie-Luise mit schneidender Stimme wissen.

»Jetzt«, mischte sich Pauline kühl ein. Sie reichte Marie-Luise einen dicken Briefumschlag. »Da ist exakt die Summe drin, die Britta bekommen hat. Unter Zeugen abgezählt und anwaltlich bestätigt.« Sie warf Sven einen Blick zu. Er hatte mich erreicht und blieb abwartend dicht hinter mir stehen.

Ich fühlte, wie sich in meinem Nacken winzige Härchen aufrichteten. Was lief hier eigentlich ab?

Auch Annabel war näher gekommen, zusammen mit Klaus. Sie hielt seine Hand umfasst und nickte mir aufmunternd zu. Serena blickte von einem zum anderen, und es trat das ein, was ich nie für möglich gehalten hätte: Sie wirkte tatsächlich verunsichert.

»Warum willst du die Hochzeit nicht organisieren?«, wollte Serena verärgert wissen.

»Weil...« *Weil ich ihn selber heiraten will!*, wollte ich schreien, aber ich schaffte es nicht. Ich brachte es nicht fertig, Sven vor all diesen Leuten so zu brüskieren.

»Weil ich es nicht kann«, schloss ich leise.

»Und warum nicht?«, fragte Serena. Sie bekam wieder sichtlich Oberwasser, um ihre Lippen spielte das übliche maliziöse Lächeln.

»Weil sie vollauf damit beschäftigt sein wird, *unsere* Hochzeit zu organisieren«, sagte Sven. Er trat neben mich und legte einen Arm um meine Schultern. »Meine und ihre.« Er drückte mich fest und küsste mich sanft auf die Schläfe. »Ich habe zur Feier des Tages eine kleine Begrüßungsrede vorbereitet, aber bevor ich sie halte, möchte ich etwas sehr Wichtiges bekannt geben: Hier neben mir steht Britta Paulsen, die Frau, die ich liebe. Die Frau, auf die ich mein Leben lang gewartet habe.« Er machte eine kleine, aber wirkungsvolle Pause. »Die Frau, die ich heiraten werde.«

Man hätte eine Stecknadel fallen hören können, so still war es. Dann fingen alle an, wie wild zu applaudieren, bis auf Serena und ihre Mutter, die ziemlich konsterniert dreinschauten.

Ich wäre zu Boden gesunken, wenn Sven mich nicht festgehalten hätte, doch auch so konnte ich nicht verhindern, dass meine Beine weich wurden wie zu lange gekochte Spaghetti. Sven drückte mich noch fester an sich und neigte sich dicht an mein Ohr. »Hey, alles in Ordnung? Habe ich es richtig gemacht?« Ich spürte kurz seine Lippen auf meiner Haut, dann flüsterte er: »Du bist wundervoll, weißt du das?«

Ich war kurz davor, in Tränen auszubrechen.

Marie-Luise versuchte, den Geldumschlag in ihr Täschchen zu stopfen, doch das Ding war zu klein beziehungsweise der Umschlag zu sperrig. Also knüllte sie ihn einfach zu einem knittrigen, Prada-kompatiblen Ball zusammen. »Ich wollte sowieso eine bekanntere Firma beauftragen«, meinte sie mit verkniffener Miene. An Sven gewandt, fuhr sie fort: »Übrigens kündige ich mit sofortiger Wirkung alle Ihre Mandate.«

Sven deutete eine kurze Verbeugung an und enthielt sich jeden Kommentars. Er wirkte deutlich erleichtert.

»Ich möchte aber eine Märchenhochzeit«, sagte Serena schmollend.

»Liebes, ich wusste gar nicht, dass du überhaupt heiraten willst«, mischte sich ihr Begleiter ein.

Sie strahlte ihn an. »Es sollte doch eine Überraschung für dich werden, Schatzi!« Sie hakte ihn unter und schlenderte davon in Richtung Büfett, gefolgt von Marie-Luise, die mich keines weiteren Blickes mehr würdigte.

Wahrscheinlich sah ich ähnlich schräg aus wie Annabel, deren Mund auf- und zuklappte wie bei einer erstickenden Kaulquappe. Ich konnte auch genau den Moment erkennen, in dem ihre Verblüffung rasender Wut wich. Sie ließ Klaus' Hand los, straffte sich und marschierte hinter Serena her, und ich wusste sofort, dass es eine Tragödie geben würde, wenn nicht jemand einschritt.

Dann passierte alles Mögliche auf einmal beziehungsweise so schnell hintereinander, dass ich kaum zwischendurch Luft holen konnte. Im Garten kam ein Mann hinter einem Baum hervorgestürzt und warf sich auf Serena. Erst beim zweiten Hinschauen erkannte ich, dass es niemand anderer war als mein Verflossener, Thomas. Er packte Serena bei den Schultern und drehte sie zu sich herum. »Du heiratest *mich*!«, brüllte er sie an. »Du hast *gesagt,* dass du mich heiratest!«

Serena versuchte, ihn von sich zu stoßen. »Das ist nicht wahr!«

»Du hast es Britta gesagt und sie hat die Hochzeit vorbereitet!«

»Das war ein Irrtum«, warf ich ein. »Und ich habe es dir sogar lang und breit erklärt.«

Doch mein Einwand verhallte ungehört.

»Du bist für mich bestimmt«, schrie Thomas mit flackernden Augen. »Ich habe mich informiert und kann jetzt alles! Den Froschkönig! Die Auster! Den abwärts gerichteten Hund!«

»Liebes, was will der Kerl?«, fragte Serenas Schatzi irritiert.

»Oralsex mit Ihrer Braut«, antwortete Pauline hilfreich.

»Er ist verrückt geworden«, sagte Annabel halblaut.

»Nein, er hat dasselbe Buch gelesen, das du mir zum Üben geschenkt hast«, widersprach Klaus.

Thomas hielt Serena immer noch bei den Schultern gepackt und fing an, sie ernstlich durchzuschütteln. »Sieh doch ein, dass wir füreinander bestimmt sind! Das war schon in der Schule so, wir haben es nur nicht gewusst! Neulich auf der Hochzeit, wir beide im Bett – das war so toll, das kannst du immer haben! Jederzeit!«

»Lass meine Tochter los«, kreischte Marie-Luise. »Sonst lernst du mich kennen!« Sie fummelte in ihrem vollgestopften Prada-Täschchen herum und brachte in einem Schauer von herumflatternden Geldscheinen plötzlich eine winzige Pistole zum Vorschein.

»Das ist nur eine Zweiundzwanziger«, sagte Pauline verächtlich. Sie griff sich unter den Rock und holte ihr eigenes Schießeisen heraus, das mindestens fünfmal so groß war wie Marie-Luises Miniknarre. Marie-Luise machte gar nicht erst den Versuch, es auf ein Wettschießen ankommen zu lassen, sondern sammelte hastig ihr Geld ein.

»Das ist eine echt coole Housewarming-Party«, befand Dorothee. »Gibt es hier noch irgendwo Wodka, Olli?«

Im nächsten Augenblick ertönte in unmittelbarer Nähe eine donnernde Explosion, und nur einen Sekundenbruchteil darauf kam eine kohlrabenschwarze Gestalt über die Hecke vom Nachbargrundstück zu uns herübergeflogen und erwischte mich frontal und knallhart. Das Letzte, was ich sah, war eine riesige Zahnlücke, dann wurde alles um mich herum stockfinster.

*

Als ich zu mir kam, schwebte ich auf einer weißen Wolke, die sich nach ein paar Sekunden in ein Bett verwandelte. Mit der Erkenntnis, dass ich in einem Krankenhaus lag, stellten sich auch stechende Kopfschmerzen ein.

»Sie wird wach«, sagte Pauline. Sie saß an meinem Bett und hielt meine Hand.

»Muss ich sterben?«, krächzte ich.

»Nein, du hast nur eine Gehirnerschütterung, wahrscheinlich darfst du morgen schon wieder nach Hause.« Das war mein Vater. Er saß auf dem Stuhl an der anderen Seite des Bettes.

»Was ist passiert?«

»Hermann hat bei einem Experiment ein bisschen übertrieben«, sagte mein Vater kleinlaut.

Ich warf ihm einen dumpfen Blick zu. »Manche *Geschäfte* zahlen sich nun mal nicht aus.«

»Oh doch!« Er reckte sich, ganz der strahlende Sieger. »Es hat alles vorzüglich geklappt. Jedenfalls bis zu der Explosion. Doch Hermann bleibt am Ball.«

»Also kommt er durch?«

»Er ist schon wieder an der Arbeit«, sagte mein Vater stolz. »Er entwickelt einen neuen, noch besseren Stoff!«

»Ihr wollt noch mehr solcher Geschäfte machen?«, fragte ich entsetzt.

»Aber klar. Es ist doch glänzend gelaufen. Was glaubst du, woher heute das viele Geld kam?«

»Ich will's gar nicht wissen.«

»Wir sind ganz dick mit einem namhaften Tabakproduzenten im Geschäft«, sagte mein Vater. »Der Wirkstoff ist weltweit zum Patent angemeldet, und jetzt wird der Rubel bald global rollen. Dafür haben wir auch so kurzfristig das Geld gebraucht. Patente sind unverschämt teuer. Hätten wir es nicht innerhalb der Frist auf den Tisch geblättert, wäre der Antrag verfallen, und jemand anders hätte mit dem Wirkstoff abgesahnt.«

»Du meinst – es ist was Legales?«, fragte ich perplex.

»Aber was glaubst du denn!«, entrüstete sich mein Vater. »Habe ich jemals was Illegales getan?«

»Keine Ahnung«, sagte ich erschöpft, woraufhin er mich beleidigt davon in Kenntnis setzte, dass Olli sein Kontaktmann zum russischen Zoll war, wo man schon lange nach einer Methode suchte, den milliardenschweren Schmuggel von Zigaretten zu unterbinden. Und hier kamen Hermann und Dorothee ins Spiel, die schon seit Jahren ihren Wodka immer gern direkt beim Erzeuger kauften, nämlich bei Stan, mit dem wiederum Olli gut befreundet war. So kam dann eins zum anderen, und Hermann entwickelte in der Folgezeit einen geruchs- und geschmacksneutralen Zusatzstoff für das Zigarettenpapier. Beim Rauchen wäre dieser völlig unschädlich, erzählte mein Vater mit leuchtenden Augen, aber ein Schnüffelhund könne ihn noch drei Kilometer gegen den

Wind riechen, selbst wenn die Schmuggelware noch so gut verpackt war. Für den Wirkstoff hatte sich dann auch alsbald ein Großkonzern interessiert, was dann die Notwendigkeit der umfassenden Patentierung nach sich zog, sonst wäre die Rendite weit geringer gewesen. Das Meiste hatten sie irgendwie zusammengekratzt, aber am Ende fehlten schlicht und ergreifend fünfundzwanzigtausend, die beim besten Willen bis kurz vor Schluss nicht aufzutreiben waren. Dann hatte aber alles noch bestens geklappt, das Patent war durchgegangen, und der Konzern hatte aus dem Stand einen Vorschuss auf das Nutzungsrecht gezahlt.

»Ich fand es eine gute Idee, dass Rolfi zuerst seine Schulden bei dir und mir ausgleicht«, sagte Pauline. »Sonst hätte er es sofort ins nächste Geschäft gesteckt. Ich werde in Zukunft ein Auge drauf haben, damit da eine vernünftige Linie reinkommt.«

Mein Vater warf mir einen vorwurfsvollen Blick zu. Damit war wohl klar, wer von den beiden künftig umdenken musste. Rolfi würde sich noch sehr wundern.

Ich tat so, als ob ich müde wäre, und schloss die Augen. Als ich sie wieder aufmachte, war es nahezu dunkel im Zimmer. Mein Vater und Pauline waren gegangen.

Ich schluckte hart, weil ich so einen wunderbaren Traum gehabt hatte. Sven hatte mir vor versammelter Mannschaft während der Kanzleieröffnung einen Heiratsantrag gemacht. Genauer gesagt, er hatte allseits verkündet, dass er mich heiraten wolle. Danach war der Traum ein bisschen komisch geworden, weil Thomas mit Serena herumgerangelt hatte, aber bis zu dem Zeitpunkt war wirklich alles wunderbar und einmalig gewesen. Der schönste Traum meines Lebens. Tränen liefen mir übers Gesicht, und ich merkte kaum, wie die Tür aufging und jemand an mein Bett trat.

»Tut mir leid, dass es so lange gedauert hat«, sagte Sven. Er nahm meine Hand. »Ich habe die Aufnahmeformalitäten erledigt, und hinterher hast du geschlafen. Wie geht es dir?«

»Bist du echt oder ein Traum?«, wollte ich wissen.

»Annabel hat gesagt, ich wäre dein Traummann, zählt das als echt oder als Traum?«

Ich drückte seine Hand, und sie fühlte sich beruhigend fest und real an. »Was hast du am Telefon mit ihr und Pauline ausgeheckt, was sie mir nicht verraten wollten? Du *hast* doch heute am Telefon mit ihnen gesprochen, oder?«

»Ja, und es war zuerst ein hartes Stück Arbeit, sie zum Reden zu bewegen.« Er zog sich einen Stuhl neben das Bett und setzte sich zu mir. »Sie haben mir endlich mal zur Abwechslung die Wahrheit erzählt. All die Missverständnisse und den ganzen haarsträubenden Unsinn, den du dir zurechtgelegt hast. Den ich schon viel früher hätte *ad acta* legen können, wenn du auch nur ein einziges Mal drüber geredet hättest!« Er beugte sich über mich und küsste mich sacht auf die Stirn. »Du hast eine Riesenbeule, weißt du das? Aber keine Sorge, bis zu unserer Hochzeit ist sie weg.«

Also hatte ich den Heiratsantrag nicht geträumt. Mein Kopfweh war mit einem Mal verschwunden. Ich fing wieder an zu heulen, diesmal vor Erleichterung.

»Britta, was ist?«

»Ich bin bloß glücklich.«

Er küsste mich abermals, diesmal auf den Mund.

»Es wäre alles nicht passiert, wenn Serena nicht ... Sie ist so ...«

»Sie ist ziemlich krank, Britta. Zum einen hängt es mit den vielen Todesfällen in ihrer Familie zusammen, zum anderen mit ihrer gestörten Einstellung zu ihrer eigenen Sexualität.«

»Was weißt du über ihre Sexualität?«, fragte ich.

»Nur das, was Annabel und Pauline mir erzählt haben. Man muss nur aufmerksam zuhören, dann ergibt sich ein ziemlich schlüssiges Bild einer gestörten, zwanghaft promisken Persönlichkeit. Wusstest du, dass sie in Pornoproduktionen ihres ersten Mannes mitgespielt hat?« Ohne meine Antwort abzuwarten, fuhr er fort: »Höchstwahrscheinlich hängen ihr auch noch jede Menge alter Kränkungen aus eurer gemeinsamen Schulzeit nach. Sie war nicht nur die Sitzenbleiberin, sondern auch das Mädchen für die schnelle Nummer, und ihr anderen wart die Guten, Soliden mit den festen Freunden, eine verschworene Gemeinschaft, bei der sie immer außen vor blieb. Den Rest – also die Sache mit den vielen toten Stiefvätern – kenne ich natürlich aus der Akte.«

Stumm und betroffen war ich seinen Worten gefolgt. Natürlich hatte ich all diese Dinge selbst gewusst, aber richtig darüber nachgedacht hatte ich bisher noch nie. Dafür hatte dieser Mann hier es getan, der sie so gut wie gar nicht kannte.

»Nebenbei, ich bin froh, das Mandat los zu sein. Man hatte bereits weitere Untersuchungen eingeleitet, diesmal zum Tod von Serenas Mann. Diesen Fall sollte ich ebenfalls übernehmen.« Er rieb sacht über meinen Handrücken. »Mein Mandat war natürlich auch der Grund, warum ich sie und ihre Mutter nicht einfach aus meinem Leben streichen konnte, wie du es von mir verlangt hast. Ein Anwalt darf nur unter sehr engen Voraussetzungen ein Mandat niederlegen, sonst gefährdet er seine Zulassung.«

Ein kurzes Schweigen entstand, das ich mit meiner nächsten Frage brach. »Meinst du, sie sind ... sie haben ...«

»Ihre Männer umgebracht? Keine Ahnung, und ich will es

auch jetzt gar nicht mehr wissen. Manche Dinge bleiben besser auch für uns Anwälte auf ewig im Dunkel.«

Ich holte tief Luft. »Warum wolltest du nach deinem Einzug, dass wir im Haus bleiben?«

Im matten Dämmerlicht des Zimmers konnte ich sehen, wie er grinste. »Weil ich wissen wollte, wie dein Hintern unter all diesen Klamotten aussieht. Und da es im Badezimmer keinen Schlüssel gab, hatte ich mir dafür sehr gute Chancen ausgerechnet.«

»Ich will den wirklichen Grund hören!«

Er überlegte kurz. »Weil ich unbedingt die *Korbflechterei* und den *abwärts gerichteten Hund* mit dir ausprobieren wollte.«

Ich holte mit der Faust aus, und Sven fing sie ein und hielt sie zärtlich fest.

»Weil ich mich total in dich verknallt hatte, du verrücktes Huhn.«

Ich streckte die Hand aus und berührte mit den Fingerspitzen sein Gesicht.

»Hast du schon mal überlegt, wie es wäre, unter Wasser zu heiraten?«

*

Damit ist das Wichtigste schon erzählt, eigentlich könnten Sie hier aufhören zu lesen. Doch den einen oder anderen interessiert vielleicht nach dem üblichen *Und wenn sie nicht gestorben sind,* wie sie heute noch leben, die Menschen in dieser Geschichte.

Wir haben jetzt Februar, also ist die ganze Sache fast acht Monate her, ein guter Zeitpunkt also, um gelassen zurückzuschauen. Daher hier noch der Rest in aller Kürze.

Fangen wir mit Serena an. Sie ist so schnell aus unser aller Leben verschwunden, wie sie seinerzeit auf Annabels Hochzeit aufgetaucht war. Das Letzte, was wir von ihr gehört haben, war das Gerücht, dass sie in Südamerika einen ziemlich alten, dafür aber märchenhaft reichen Großgrundbesitzer geheiratet haben soll, der noch in den Flitterwochen einem Schlaganfall erlag. Ich weiß, Mehrfach-Witwentum kann nichts Erbliches sein, aber was ist es dann? Zum Glück denke ich so gut wie nie darüber nach.

Kommen wir zu Annabel und Klaus, über die ich ständig und gern nachdenke. Der Vorfall in ihrer Hochzeitsnacht gehört der Vergangenheit an, und zwar endgültig. In ihrem Paradies gibt es keine Schatten mehr, sie haben ihr Leben zu zweit angepackt und meistern es. Im Moment fragen sie sich, ob sie noch vor der Geburt von Wagenbrecht junior die neue Filiale eröffnen sollen oder lieber bis zum Sommer warten. Manchmal sehe ich in Annabels Haaren etwas leuchten, ich glaube, es ist goldenes Lametta.

Pauline und mein Vater haben tatsächlich geheiratet, letzten August in Las Vegas. Sie wohnen jetzt zusammen in meinem Haus, doch das wird sich ab demnächst ändern – mein Vater will es mir offiziell abkaufen. Womit sich wohl auch die Frage nach seinen geschäftlichen Erfolgen erübrigt haben dürfte. Wer es trotzdem wissen möchte: Die Zigarettengeschichten laufen glänzend. Aber ich gebe zu, es hat lange gedauert, bis ich es geglaubt habe.

Thomas arbeitet nach wie vor bei der Sparkasse, aber er hat sich in eine Filiale nach München versetzen lassen. Von einer Bekannten habe ich kürzlich erfahren, dass er ein paar Monate lang in Therapie war, aber in der letzten Zeit wieder recht gut drauf sein soll. Über drei Ecken will besagte Bekannte auch gehört haben, dass er eine Männer-Selbsthilfegruppe mit Namen Geschlecht Erleben gegründet haben soll (man beachte die besondere Schreibweise).

Das Frettchen habe ich nicht wiedergesehen. Olli hat mir irgendwann erzählt, dass Stan sich ziemlich schnell mit einer anderen getröstet hat, passenderweise eine Zirkusartistin, die daran gewöhnt ist, dass Männer mit Messern nach ihr werfen.

Olli, Hermann und Dorothee sind ein Kapitel für sich. Genau genommen sind sie alle drei unsere Nachbarn in der Störtebekerstraße. Das Haus nebenan ist mittlerweile renoviert und verfügt über ein voll eingerichtetes Labor, aber Hermann fuhrwerkt immer noch mit seinen alten Reagenzgläsern und seinem stinkenden Bunsenbrenner im Garten oder in der Garage herum, und Dorothee trifft man zu jeder Jahreszeit mit Sarong und Wodka an. Welche Rolle Olli in dieser merkwürdigen Konstellation spielt, habe ich noch nicht durchschaut. Sven behauptet, dass er einfach auf seine Chance wartet, weil das nun mal besser funktioniert, wenn man mit dem Objekt der Begierde unter einem Dach lebt. Ich widerspreche ihm nicht, denn er muss es ja wissen.

Hatte ich schon erwähnt, dass ich bei ihm eine Ausbildung zur Rechtsanwaltsgehilfin absolviere? Es macht einen Riesenspaß, mir alles von ihm erklären zu lassen, vor allem, wenn Gesine Feierabend hat und wir die ganze Kanzlei mitsamt all den darüber befindlichen Schlafzimmern für uns allein haben. Mit ihm zusammenzuleben und zu arbeiten ist ein richtiger Glücksrausch, der bis in alle Ewigkeit dauern kann, wenn es nach mir geht.

Damit kommen wir zum einzigen unaufgelösten Teil der Geschichte, nämlich meiner Hochzeit.

Natürlich gab es keine Unterwasserhochzeit. Und auch keine Hochzeit am Bungee-Seil oder im Korb eines Heißluftballons. Selbstverständlich heirateten wir auch nicht am Busenberg und auch nicht in Las Vegas. Um es auf den Punkt zu bringen: Wir sind immer noch nicht verheiratet. Nicht dass wir es nicht beide gern möchten, im Gegenteil. Und das ist auch das eigentliche Problem – ich kann mich nicht entscheiden, was für eine Hochzeit ich will. Im Moment schwanke ich zwischen einer Südseehochzeit und einer Afrikahochzeit, aber auch der Gedanke an eine Polarhochzeit könnte mich reizen. Eine Weile werde ich wohl noch brauchen, um mich zu entscheiden, doch Sven trägt es zum Glück mit Fassung.

Das Gute ist, dass das Leben auch ohne Hochzeit wirklich wunderbar ist. Liebe braucht im Grunde kein weißes Kleid und keinen Traualtar, das ist die Lehre, die ich aus der ganzen Geschichte gezogen habe. Es gehören nur zwei Leute dazu, die sich jeden Tag anschauen und immer wieder wissen, dass sie zusammengehören.

So wie gestern Abend zum Beispiel. Da habe ich mal wieder mein wunderschönes altes Hochzeitsnegligé aus dem Karton geholt und es angezogen, einfach so. Und auf Svens Kommentar gewartet.

»Süße, du bist und bleibst einfach die geilste Braut weit und breit!« Mit diesen Worten packte er mich und schleppte mich zum Bett.

Verstehen Sie, was ich meine? Manche Dinge stimmen eben von allein, wozu soll man da noch heiraten?

Plötzlich Oma – und das Leben steht Kopf!

Eva Völler
ICH BIN ALT UND
BRAUCHE DAS GELD
Roman
320 Seiten
ISBN 978-3-404-16821-7

Job weg, Mann weg, Haus weg – und dann auch noch die Wechseljahre im Anmarsch! Charlotte fühlt sich vom Schicksal nicht gerade verwöhnt. Doch der wahre Tiefpunkt kommt erst noch: Zwei chaotische Kleinkinder mitsamt russischem Au-pair-Mädchen haben sie als Ersatz-Oma auserkoren und übernehmen fortan das Kommando. Dass Charlotte nun endgültig knapp vor dem Nervenzusammenbruch steht, interessiert natürlich niemanden …

Bastei Lübbe